VIENNA PANNONIE

ANNA FUCHS

Das gelbe Hurentuch

KRUZIFIX! Wien im Spätmittelalter. Die Vorbereitung für die Herzogshochzeit laufen. Aus allen Himmelsrichtungen reist man in die Stadt an der Donau. Wien putzt sich heraus, auch die Gastwirte und die freien Töchter, die sich einträgliche Geschäfte erwarten. Jammerschade, dass den ehemaligen Dirnen im Büßerinnenkloster zu Sankt Hieronymus der Weinausschank bei Strafe verboten ist. Doch Johanna Maipelt, die Klosterköchin, verarbeitet Wiener Wein zu Essig und legt darin Obst und Gemüse ein. Säuerlich reagiert sie, als die Feierlichkeiten von dem Mord an einer Dirne überschattet werden. So richtig grantig wird sie, als die junge Gretlin in die Klosterküche kommt. Die »Essiggurkerl-Hannerl« zieht ihre Schlüsse und erkennt, dass es sich dabei wohl um die einzige Jungfer handelt, die je Aufnahme in einem Kloster für ehemalige Dirnen gesucht hat. Die Geheimnisse rund um Gretlin ziehen weite Kreise und machen auch vor dem Habsburgerhof nicht halt …

Anna Fuchs wurde 1965 in St. Pölten, in Niederösterreich geboren. Ihre Jugendzeit verbrachte sie in Wien. Parallel zu ihrem Studium der Vergleichenden Literaturwissenschaft und Romanistik arbeitete sie im Tourismus. Auch heute verteilt sie ihre Energien gleichmäßig: Hauptberuflich als Bibliothekarin und nebenbei als Fremdenführerin. Die Autorin lebt mit ihrem Mann und ihren drei Kindern in Wien.

ANNA FUCHS

Das gelbe Hurentuch

Hannerl ermittelt

GMEINER *Original*

Besuchen Sie uns im Internet:
www.gmeiner-verlag.de

Im Ehnried 5, 88605 Meßkirch
Telefon 0 75 75/20 95-0
info@gmeiner-verlag.de

1. Auflage 2013

Lektorat: Claudia Senghaas, Kirchardt
Herstellung: Julia Franze
Umschlaggestaltung: U.O.R.G. Lutz Eberle, Stuttgart
unter Verwendung des Bildes »Die vier Elemente: Luft«
von Joachim_Beuckelaer 1570; http://commons.wikimedia.org/wiki/File:Joachim_Beuckelaer_-_The_Four_Elements_-_Air_-_WGA02109.jpg
und »Wien aus der Schedel'schen Weltchronik« von Michel Wolgemut/Wilhelm Pleydenwurff 1493; http://commons.wikimedia.org/wiki/File:Nuremberg_chronicles_f_098v99r_1.png
Druck: GGP Media GmbH, Pößneck
Printed in Germany
ISBN 978-3-8392-1462-6

Dramatis Personae

Hauptpersonen

Johanna Maipelt Eine Kennerin der Liebe, der Männer und der Essigrezepte. Es gibt wenig Neues, das man ihr bei allen drei Dingen erzählen könnte.

Barthel Ein verliebter Hauerknecht, der zwar nicht mehr viele Zähne im Mund, fast keine Haare am Kopf, aber viel Herz in der Brust hat.

Gretlin Die wohl erste und einzige Jungfrau in einem Kloster für büßende Dirnen, die zwar herrlich mit einer Sticknadel, aber weniger mit dem wirklichen Leben zurechtkommt.

Alexander von Randegg, genannt Sander Ein ganz und gar verzogener Adelsspross, der im rauen Norden nicht nur seine südländische Weichheit, sondern vor allem sein Herz verliert.

Ewald von Wolkenberg Ein rotzfrecher, ewig lustiger Schelm, der das Augenzwinkern erfunden hat und zu jeder Katastrophe ein Lied dichten kann.

Büßerinnen und Schwestern im Kloster Sankt Hieronymus

MEISTERIN CÄCILIE Deren starker Hang zur Habgier im krassen Gegensatz zu ihrer schmächtigen Erscheinung und ihrem dünnen, faltigen Hals steht.

YRMEL Eine unentbehrliche Helferin in der Klosterküche, der eine schlechte Erfahrung die Stimme gekostet hat und die sich seitdem viel besser ohne Worte verständlich macht.

MARLEN Eigentlich Magdalena Apolonia, Schwester des Ordens der Magdalenerinnen, die trotz ihrer Jugend und Schwatzhaftigkeit mehr über das Leben zu wissen vorgibt als ihr guttut.

MEISTERIN SUSANNA Eine Art Schutzmantelmadonna, die Johanna vor den Folgen ihrer eigenen Dreistigkeit bewahrt.

AGNES Eine Pförtnerin, die gute Gedanken ins Kloster lässt, die schlechten draußen aussperrt.

MARTHA UND WUCKERL Arbeitsame Büßerinnen im Kloster

Historische Personen

MARGARETE (1318–1369) Gräfin von Tirol

ALBRECHT III. MIT DEM ZOPF (1349–1395) Herzog von Österreich

Beatrix von Hohenzollern (1362–1414) Seine zweite Gattin

Burggraf Friedrich von Nürnberg (1333–1398) Schwiegervater von Albrecht III. und Vater von Beatrix

Katharina Äbtissin im Kloster der Klarissen, Schwester von Albrecht III.

Personen am Habsburgerhof

Hofbedienstete

Truchsess Michael von Puchheim
Jägermeister Mathis von Kreusbach
Marschall Ewalt von Maissau
Hofmeister Johann von Fichtenstein

Gäste des Hofes

Bernhard von Randegg Patriarch von Aquileia
Ulrich von Schaunberg Oberhaupt des Grafengeschlechtes Schaunberg aus Eferding
Heinrich von Schaunberg sein Sohn
Adalbert von Winklern Bischof von Passau
Die Herren von Wallsee
Die Herren von Rosenberg

Im Frauenhaus bei der Laimgrube

ELSBETH Eine Dirne, deren Gemüt für diesen Beruf viel zu weich und mütterlich ist.

DORTHE Eine erfahrene Hübschlerin, die kein Mann aus der Ruhe bringt.

FRONIKA Die stark mit dem Zahn der Zeit zu kämpfen hat und fast ohne Gebiss auf Männersuche geht.

URSEL UND TRUDE Freie Töchter, die am liebsten zeigen, was sie haben und das, was sie nicht haben, vortäuschen.

MERCKEL Ein Frauenwirt, der gern selbst seine Ware testet, bevor er sie auf die Straße schickt.

Die minderen Brüder

KONRAD VON SCHAUNBERG
PATER NICLAS
PATER ALFONS

Das Wiener Volk: Fratschlerinnen, Händler, Hauerknechte und Würdenträger

PAUL HOLZKÄUFL Bürgermeister von Wien, der selbst den freien Töchtern Respekt zollt

Barbel Kräuterweibel und Wahrsagerin, die mehr von Geld und weniger von ihren eigenen Voraussagen hält.

Jobst und Krispin Die schwere Fässer Wein durch die Stadt schleppen und dabei auch so manch anderes in Erfahrung bringen.

Ignaz Mitterlehner Der Henker, der besonderes Augenmerk auf sein Äußeres legt und sich in einen fahrenden Sänger verliebt.

Valentin Frühauf Der Stadtrichter, dem schon so einiges untergekommen ist.

Weinberl

Eine räudige Hündin, die aus der Gosse vor das warme Feuer in der Klosterküche geflüchtet ist, Mut wie eine Löwin und Beharrlichkeit wie ein eingetretener Reißnagel besitzt.

Alle Personen und Handlungen dieses Romans sind, bis auf einige historische Anleihen, frei erfunden.

Die genaue Alltagssprache der Menschen vor unserer Zeit ist schwer rekonstruierbar. Anzunehmen ist, dass man in Wien – so wie bis heute – regional gefärbte Formulierungen verwendet hat. Um allen deutschsprachigen Lesern, den Sinn der oft abenteuerlichen Wortspielereien erklärbar zu machen, sind in vielen Fällen Fußnoten mit einem hochdeutschen Text angefügt. Diejenigen Leser, die mit der Wiener Lebensart bereits vertraut sind, mögen sich nicht aufhalten lassen und diese getrost überlesen!

Wien, das ist des Lobes wert,
Da findet man Roß und Pferd.
Großer Kurzeweile viel,
Sagen, singen, Saitenspiel.
Das findet man zu Wien genug.
Hübschheit und Ungefug.*

* Freudenleere, der, sprechender Name eines ostmitteldeutschen Dichters, verfasste um 1280 den gegen die aufstrebenden Wiener Patrizier gerichteten Schwank »Der Wiener Meerfahrt«, eine frühe Heurigengeschichte, in der die Zecher ihre Trunkenheit als zunehmend stürmischere Seereise erleben.

Erster Teil

Burg Walbenstein, im Jahr des Herrn 1363

Das markerschütternde Schreien der Gebärenden, das nun schon die zweite Nacht von den dicken Mauern der Burg widerhallte, ging langsam in ein raues Wimmern über.

Der Gesandte des Kaisers wusste nicht, was ihm mehr zusetzte, das offensichtliche Leiden der jungen Frau oder die Gewissheit, dass ihre Kräfte langsam schwanden und sie sich bereits im Dunkel zwischen Leben und Tod befand. Blass und nachdenklich stand der hochgewachsene, kräftige Mann neben dem bequemen Sessel, den man ihm ins Schlafzimmer der jungen Frau gestellt hatte. Er konnte nicht mehr sitzen, fahrig strich er sich mit der rechten Hand durch seinen sorgfältig gestutzten Kinnbart. Der eckige, mit einem Amethyst versehene Bischofsring blitzte kurz im Schein der unzähligen Kerzen, die von den Dienstboten scheinbar lautlos immer wieder ersetzt wurden, sobald sie heruntergebrannt waren. Selbst am helllichten Tag kam nur wenig Licht durch die kleinen, mit Butzenscheiben verglasten Fenster, und jetzt, zwei Stunden nach der Vesper, war es draußen bereits dunkel. Es war warm im Zimmer, das Feuer im Kamin brannte lichterloh, und die Luft war zum Schneiden stickig.

Schweißperlen hatten sich auf der Stirn der Wehmutter gebildet, das Weiß ihrer Leinenhaube, das ein älteres, gutmütiges Gesicht mit lebhaften braunen Augen umrahmte, war fleckig und feucht. Stunden schon verbrachte sie am Bett der Gebärenden, schwankte zwischen beruhigendem Zureden und aufmunternden Worten. Mittlerweile war ihr die Verzweiflung anzusehen, und immer wieder trafen sich die angstvollen Blicke der stämmigen Frau mit denen des Gesandten. Beide wussten, dass die Lage aussichtslos war und beiden graute vor dem, was da noch kommen sollte.

Wieder kam eine Wehe wie eine schmerzvolle Welle, und gleich blutroten Schaumkronen ergoss sich ein weiterer Schwall Blut auf die auf dem Bett ausgebreiteten Laken. Die Gebärende schrie heiser auf. Ihr Leib krümmte sich und sie zitterte.

»Agnes, du musst mitpressen, Mädchen, so wird das nichts, komm meine Liebe, mein Augenstern …«

Der Gesandte hörte nur zu deutlich die Panik in der Stimme der Wehmutter mitschwingen, und er verfluchte den Tag, der ihm diesen Auftrag beschert hatte. Er schalt sich selbst, seines Ehrgeizes wegen die Bürde auf sich genommen zu haben und Zeuge bei dieser Geburt sein zu müssen.

Was tat er hier eigentlich, auf der einsamen Burg, hoch auf einem Felskopf? Lächerlich klein war die Anlage. Die Ringmauern nur etwas mehr als einen Meter dick, nicht einmal einen Bergfried gab es. Vom Wohngebäude, dessen Fensteröffnungen mit dicken Butzenscheiben versehen waren, sah man auch, warum ein Turm hier gar nicht notwendig war. Die Burg war so hoch gelegen, dass man schon von hier einen weiten Blick über das Sarntal hatte. Es war schlicht unmöglich, sie mit schwerem Kriegsgerät einzunehmen. Erst einmal musste der steile Saumweg hier herauf bezwungen werden.

»Eine gute Wahl, denn hier herauf kommen nicht so leicht ungewollte Besucher«, dachte der Bischof und rief sich jene Szene vor wenigen Tagen ins Gedächtnis, wo er der Gräfin am Hof von Meran gegenüberstand, um die Anweisungen der hohen Frau entgegenzunehmen. Die schlanke Gestalt in einem engen Kleid aus golddurchwirktem Stoff mit schwarzen Arabesken bestickt, duldete keinen Widerspruch. Entschlossen war ihr Blick aus stahlblauen Augen, gerade und ebenmäßig ihr Antlitz, das von einem purpurroten Schleier, der über die schmalen Schultern bis zum Boden fiel, eingerahmt war. Fassungslos wurde er sich in diesen Minuten bewusst, welche Prüfung ihm da bevorstand, wollte er bestehen und weiterhin als einer der verlässlichsten Diplomaten seines Kaisers gelten.

Mit unbeteiligtem, gefährlich ruhigem Ton sprach die Gräfin von dem, was er hier auf der versteckten Burg im Sarntal, auf hohem Felsen zwischen Bozen und Meran erbaut, für sie zu erledigen hatte. So ruhig sprach sie, so ohne Gefühl, als ginge es um irgendeinen willkürlichen Auftrag.

»Aber es ist nicht irgendein Auftrag, der Himmel möge mir beistehen, es geht schließlich um ihre eigene Tochter, die sich hier krümmt und schreit …«, lautlos formte der Bischof die Worte, lief auf und ab und versuchte, nicht in das Innere des hohen Bettes zu sehen, nicht hinter die halb zugezogenen Vorhänge zu blicken, wo Agnes erneut mit einer Welle anrollenden Schmerzes fertigwerden musste. Aber natürlich würde er wieder auf das schmerzverzerrte Gesicht blicken müssen, auf den sich windenden Körper, der unter einem großen Tuch verborgen war und dessen Inneres nur für die Wehmutter zu sehen war. Immer wieder prüfte sie den Muttermund, horchte am Bauch und schüttelte kaum merklich den Kopf.

Die kommende Wehe quälte den geschundenen Leib mit aller Macht, der nächste Schwall Blut tränkte die Laken. Die Wehmutter entfernte mit einem Ruck das Leinen, warf es achtlos zu Boden, breitete neues auf, schickte die Magd, die vor der Tür wartete, forsch und ungehalten um neues Wasser, redete beruhigend auf Agnes ein, tastete vorsichtig zwischen den Beinen der Gebärenden und schüttelte wieder verzweifelt den Kopf. Das Antlitz der jungen Frau Agnes war grau, die blonden Locken dunkel und verschwitzt am Kopf klebend. Sie verschwand in ihrem hohen Kopfkissen fast, und nur ganz leise hörte man ihr Röcheln, als der Schmerz langsam wieder abklang.

»Sie ist schon zu schwach und hat zu viel Blut verloren«, murmelte die Wehmutter und fuhr sich über das einfache graue Kleid aus dickem Wollstoff und die vorgebundene Leinenschürze, die mit Blutflecken übersät war. Mehr zu sich selbst, als zum anwesenden Bischof sagte sie: »Ich brauche meine Gerätschaften, wenn ich das Kind noch retten will, sie schafft es einfach nicht, es allein herauszupressen, es liegt verkehrt und kommt nicht vor und nicht zurück … ich kann es mit bloßen Händen nicht drehen …«

Fragend, wie um Zustimmung bittend, sah sie den hohen Herren, der rastlos auf und ab ging, an.

»Tu Sie, was getan werden muss«, antwortete dieser rau und wandte sich abrupt ab. Nein, um nichts in der Welt wollte er mit eigenen Augen sehen, wie diese verlässliche Frau die Marterwerkzeuge wer weiß wo einführte, den Kopf des Kindes zu fassen versuchte, um dann mit der nächsten Wehe dieses kleine Wesen ein Stück weiter durch den Geburtskanal zu ziehen. Nein, er war wirklich nicht der geeignete Mann, um dieser Szene beizuwohnen. Er wollte nicht wissen, wie das Kind lag, wer wo wie etwas drehen oder pressen musste. Ihm war die ganze Situation von Grund auf widerlich, barbarisch, und er fühlte sich fehl am Platz und überfordert. Warum nur hatte die Gräfin ausgerechnet ihn ausgesucht? Nicht nur, dass er ein Mann der Kirche war, dass er unverheiratet war, dass er Frauen in dieser Situation gar nicht sehen wollte, er war auch noch viel zu empfindsam. Ihn drangsalierte dieses heisere Schreien über alle Maßen, er musste seine schweißnassen Hände über die Augen legen und sich auf seinen rot gepolsterten Sessel aus Nussholz setzen, um die aufsteigende

Übelkeit und den Schwindel, der ihn plötzlich erfasste, zu unterdrücken.

Wie lang noch muss ich mir diese Marter anhören, dachte er verzweifelt.

Kurz nahm er die Hände von den Augen. Er saß hinter der Wehmutter und konnte nur ihr konzentriertes Atmen und das grausame Klacken der Geburtszange hören. Sehen konnte er nur den linken Arm von Agnes, deren Haut wächsern und deren Finger unnatürlich verkrampft die Laken umklammerten.

Eine tiefe Traurigkeit überkam ihn, als er das Amulett aus Adlerstein an ihrem Handgelenk sah. Er wusste, was es zu bedeuten hatte. Verbunden mit einem innigen Gebet sollte es Schwangeren eine sanfte Geburt bescheren. Er stellte sich die blondgelockte, zierliche junge Frau vor, wie sie noch vor gar nicht langer Zeit hoffnungsvoll ihren Bauch umfasste und zur Jungfrau Maria betete ... doch nach über 24 Stunden Geburtsschmerzen, nach jeder Wehe, die ein weiteres Stück ihres noch so jungen Lebens verzehrte, hatte die liebe Gottesmutter wohl anderes mit ihr vor.

»Er weiß, was Er zu tun hat in allen möglichen Fällen ...« Hart drang die Stimme der Gräfin aus der Erinnerung an das Ohr des Bischofs. Wie benommen leierte er im Geiste herunter, was sie ihm gesagt hatte.

»Sollten beide nicht überleben, dann ist das Problem ein kleines«, begann sie, und er fühlte noch jetzt, wie sehr ihn schon dieser erste Satz erschütterte und sein Mitleid mit Mutter und Kind sein Herz beengte. Nie hätte er dieser eleganten Erscheinung eine solche Kaltschnäuzigkeit zugetraut. Aber es sollte noch viel schlimmer kommen.

»Wenn Mutter und Kind wohlauf sind, dann soll Er sie mit der Wehmutter nach Bozen bringen. Es wird dort für sie gesorgt werden, und Er ist entlassen ...«

Das wäre wohl die beste Lösung, dachte der Bischof, sah zum Bett, wo die Wehmutter verzweifelt werkte, und schüttelte den Kopf.

»Stirbt das Kind«, hörte er weiter den Widerhall der Stimme »kommt Agnes nach Meran. Er wird dann alle Vorkehrungen treffen, dass sie gesund und vor allem ungesehen von dieser Burg herunterkommt. Er ist mir dafür im Wort …«

Scharf sog der Bischof die Luft ein, als er an den letzten Teil der Anweisungen dachte:

»Stirbt die Mutter, dann …«

Wieder erfasste ihn eine Welle der Übelkeit, und er wusste nicht recht, ob es an der stickigen Luft, dem Geruch von Blut, dem immer schwächer werdenden Wimmern oder an der Unerschütterlichkeit der Gräfin lag. Er sah sie vor sich stehen, schön, vornehm, unnahbar und unerbittlich.

»Stirbt die Mutter, dann …«

Noch fühlte er seine Bestürztheit, wie er die Gräfin zu einer reich mit Schnitzereien verzierten Truhe schreiten sah, wie sie mit ihren schlanken Fingern ein meterlanges besticktes Band herauszog. Der golddurchwirkte Stoff schimmerte sanft im Kerzenschein, die schwarzen aufgenähten Adler glänzten dunkel, und die Emailleplättchen funkelten. Der Bischof wusste, dass es wenige so kostbare Stücke wie dieses gab, und war sich sicher, dass er es mit einem wahrlich kaiserlichen Attribut zu tun hatte. Zu exakt waren die Stickereien, zu prachtvoll das Emaille, zu golden die Seide. Er hielt damals vor Spannung die Luft an und wagte fast nicht mehr, weiter zu atmen, als er sah, was die Gräfin mit diesem Kleinod an Handarbeitskunst anstellte. Einmal nur ließ sie die Stola durch ihre Finger gleiten und der Bischof meinte gesehen zu haben, wie ihre Unnahbarkeit Risse bekam, wie ihr Antlitz für einen Moment wie von innen erleuchtet schien.

Umso mehr erschreckte ihn dann die abrupte Bewegung der hohen Frau. Fassungslos starrte er auf ihre Hände, die mit einem festen Griff die wunderschöne Stola fassten und nach einer geeigneten Stelle tasteten. Fast körperlich fühlte er den Schmerz, als die Seide mit einem hohen Ton nachgab und riss. Er konnte kaum mit ansehen, wie achtlos das kleinere, etwa eine Elle lange Stück schlampig und geknittert in einen Lederbeutel gestopft wurde, und der viel längere, übrig gebliebene Teil dieser Stola achtlos in die Truhe geworfen und diese mit einem lauten Klappen geschlossen wurde. Selbst jetzt in diesem dunklen heißen Zimmer, weit weg von der Gräfin, spürte er ihren brennenden Blick, als sie seine Trauer über das zerstörte Kleinod sah. Sie schwenkte fast triumphierend den Beutel vor seinem Gesicht und setzte in ihrer ruhigen Stimme wieder an, als hätte es diesen Anfall von Zerstörungswut nie gegeben:

»Stirbt die Mutter, Herr Bischof, dann …«

Er wagte es nicht, sich den ganzen Satz in sein Gedächtnis zu rufen, denn er wusste, nur noch eine geringe Zeitspanne und er würde dafür sorgen müssen, dass die Anweisungen der hohen Frau erfüllt würden.

Das neuerliche Wehklagen von Agnes war nicht mehr menschenähnlich, als die Wehmutter mit der nächsten Wehe den Steiß des Kindes herauszog. Doch Arme, Beine und vor allem der Kopf steckten noch fest. Es hörte sich wie Winseln und Jammern eines bis zur Grenze gemarterten Tieres an. Dann schwoll das Wimmern zu einem Schrei an, immer lauter, immer schriller. Die Wehmutter, die vor Kurzem noch geschluchzt hatte und deren Unterarme voll Blut waren, werkte mit ausdruckslosen Augen, weit entfernt jetzt von jeder Anteilnahme, wie unter Trance versuchte sie zu retten, was noch zu retten war. Der Bischof begann still zu beten, um nicht gänzlich die Kontrolle über sich zu verlieren. Zu unmenschlich, zu barbarisch war das, was er mit ansehen musste. »Nein, nein, nein«, schrie es in seinem Kopf, »Ich kann nicht mehr. Mein Gott, ich bin nicht der Richtige, das hier zu bezeugen und zu Ende zu führen …«

Plötzlich war es still. Kaum hörbar vernahm der Bischof die geflüsterten Worte der Wehmutter:

»Agnes, vergib mir. Ich konnte dir nicht mehr helfen. Friede deiner Seele.« Damit wandte sie sich mit Schluchzen dem blauen, mit Blut beschmierten Bündel zu, das sie aus der gemarterten jungen Frau gezogen hatte. Kein Laut erfüllte die Stille. Mit Bangen sah der Bischof, wie die Wehmutter den Säugling, der noch immer an der Nabelschnur hing, mit dem Kopf nach unten baumeln ließ. Dann schlug sie sanft auf das Hinterteil des Kindes. Ein Krächzen war zu hören, das dann in ein Gurgeln überging. Erleichtert drehte die Wehmutter das Kind um, sprach besänftigend auf das kleine Wesen ein, während sie die Nabelschnur durchschnitt und die Verbindung zur toten Mutter endgültig trennte. Dann deckte sie die Mutter mit einem sauberen Tuch zu und nickte kurz in die Richtung des hohen Herrn.

Der Bischof trat nun nahe an das Bett der toten jungen Frau, schloss die Lider in diesem viel zu jungen, von den erlittenen Schmerzen gezeichneten Gesicht. Bevor er ihr die Letzte Ölung gab, strich er eine der schweißnassen Locken von ihrer Wange und schalt sich augenblicklich selbst wegen dieser unangebrachten Gefühlsregung.

Ich kann nicht mehr, dachte er wieder und war sich bewusst, dass das erst der Anfang einer Katastrophe war, deren Ausmaße er sich jetzt noch gar nicht ausmalen wollte. Die Mutter war tot, das Kind lebte offensichtlich. Der schwierigste Fall war eingetreten. Unabänderlich. Er musste handeln, wie es ihm aufgetragen war. Nach seinem Gebet und seinem Segen deckte er Agnes zu und sah zur Wehmutter, die sich auf einem vorbereiteten Tisch mit weichen Tüchern zu schaffen machte. Aus einem bereitstehenden Tonkrug schüttete sie warmes Wasser in einen kleinen Holztrog, setzte ein paar Tropfen Öl dazu und begann das Kind mit einem Lappen vorsichtlich zu waschen.

Verstohlen sah der Bischof zum Neugeborenen. Es hatte den Kopf unnatürlich in die Länge gezogen, die Stirn war flach, die Augen von der anstrengenden, viel zu langen Geburt rot unterlaufen. Die Fingerspitzen waren blau, die kleinen Zehen und die Nasenspitze ebenfalls. Schwer konnte sich der Bischof vorstellen, dass dieses Wesen lebensfähig war. Augenblicklich keimte eine Hoffnung in ihm, dass vielleicht auch das Kind sterben könnte, und er dann der Gräfin nur den Tod von Mutter und Kind mitteilen musste – und fertig. Doch sofort schämte er sich seiner Gedanken, die ihm seine Feigheit eingaben. Nie würde er diese Sünde auf sich laden können, dieses noch so schwache Leben auszulöschen.

»Aber wie steht es dann um das, was du noch zu tun hast«, drängte sich ihm sein Gewissen auf, »das ist keine Sünde, nein?« Mit einer fahrigen Bewegung über seinen Hals wischte er die Gedanken weg.

Inzwischen hatte die Wehmutter unter leisem Schluchzen die Nabelschnur fein säuberlich abgebunden und sie mit Leinenstreifen, die in Olivenöl getaucht worden waren, um den kleinen Bauch gebunden. Nun machte sie sich daran, das Kleine mit einem warmen, weichen Tuch sorgfältig abzutrocknen. Zärtlich reinigte sie Ohren und Nase und gab einen Tropfen Öl auf jedes Auge. Unter Tränen wickelte sie den Säugling, beugte sich zu ihm und flüsterte: »Genauso hab ich es damals mit deiner Mutter gemacht«, dann brach ihr die Stimme, und sie schluchzte erneut auf.

Der Bischof wandte sich abrupt ab.

Warum nur, Herr, musste ich auch noch das mit anhören? Warum präsentierst du mir diese Frau als rechtschaffen, tüchtig und wertvoll?

Er krampfte seine Hände zusammen und blickte ausdruckslos ins Kaminfeuer. Es gab kein Zurück mehr, er wusste, dass der letzte, grausame Akt dieser Tragödie angebrochen war. Der Hauptdarsteller war er selbst.

Die Wehmutter wickelte mit geübten Handbewegungen die Glieder des Kindes, um ihm einen guten Wuchs zu sichern, die kleinen Arme, die Beinchen und sogar den Kopf. Dann zog sie es an und legte den Säugling behutsam in die vorbereitete Wiege. Lächelnd sah sie es noch einmal an, bevor sie sich dem Bischof zuwandte und meinte:

»Die Taufe wird wohl am Hof von Meran stattfinden!«

»Ja, in Meran«, murmelte der Bischof und fasste hinter seinem Rücken mit beiden Händen einen massiven Schürhaken, den er kurz zuvor unbemerkt vom Kamin genommen hatte.

»Wenn die Mutter stirbt ...«, schrie es fast in seinem Kopf, »muss Er sich dafür verbürgen, dass keine Spuren hinterlassen werden, keine, versteht Er das? Ich meine wirklich nicht der kleinste Hinweis, dass ein Kind überlebt haben könnte, und vor allem ... keine Zeugen!«

Die Wehmutter drehte sich wieder beflissen zur Wiege, und in diesem Moment atmete der Bischof tief ein, hob den Schürhaken hoch empor und schlug der Frau mit voller Wucht auf den Hinterkopf. Erstmals in seinem Leben war er froh, ein Mann zu sein, der über genügend Kraft verfügte. Froh für sich und vor allem froh für die arme Frau, die lautlos vornüber sank, und deren Oberkörper halb in der Wiege zum Liegen kam. Sofort färbte sich die Überdecke, mit der der Säugling zugedeckt war, rot mit Blut.

»Blut, Blut, nichts als Blut«, wimmerte der Bischof, zog, von plötzlicher Panik übermannt, die Leiche der Wehmutter weg und ließ sie zu Boden sinken. Er atmete durch, riss die blutige Überdecke weg und fasste das kleine Kind sanft mit denselben Händen, die kurz zuvor den Schürhaken geschwungen hatten. Er drückte den Säugling an sich, wickelte ungeschickt ein langes Tuch über seinen eigenen Oberkörper und das Kleine, nestelte an einem einfachen Knoten herum und breitete den schweren Bischofsmantel darüber. Mit einer Hand hielt er das Gesäß des Säuglings, mit der anderen griff er zum Türknauf.

Sein Blick schweifte noch einmal über das Zimmer, wo in den letzten Stunden das Grauen gewohnt hatte. Er sah die Gestalt im Bett und die zweite am Boden liegen mit einem faustgroßen Loch im Kopf. Dann hielt ihn nichts mehr. Wie von tausend Teufeln gejagt stürzte er die Treppe hinunter, ließ sein Pferd satteln und nickte dem gedungenen Diener zu. Der Bischof war sich sicher, dass der treu Ergebene alle Spuren verwischen würde, und der Burgherr selbst, der ja schon bald zurückerwartet wurde, nicht das Geringste ahnen würde. Alles Menschliche würde schweigen, und die dicken Mauern würden die Geschehnisse der letzten zwei Tage verschlucken.

Bewegungslos lag der Säugling im Tuch festgebunden, hatte sein kleines Köpfchen an die breite Brust gepresst, und der Bischof ertappte sich dabei, wie er zwei Finger an die kleine Nase hielt, um zu spüren, ob das Kind überhaupt noch atmete.

Er führte sein Pferd am Zügel und verfluchte das starke Gefälle und die Dunkelheit der Nacht. Er dankte Gott, dass es erst Anfang September war, denn ein paar Wochen später und hier heroben hätte bereits Schnee liegen können. Dann wäre der Abstieg von der Burg herunter ins Sarntal unmöglich gewesen. Die ganze Zeit über hielten seine großen, starken Hände das Kleine, das er sich vor die Brust gewickelt hatte.

»Was für ein Schicksal mag dich nur erwarten, du kleiner Erdenwurm …«

Er gedachte nun, den letzten Teil der Anweisungen zu befolgen und rief sich den genauen Wortlaut ins Gedächtnis.

»Dann nehme Er das Kind und stecke ihm das in die Windel«, damit schwenkte die Gräfin den Lederbeutel, »gebe es dem Minderen Bruder in meinem Tross, der sich in Bozen formiert hat und auf die Reise nach Wien wartet. Er vergesse nichts, das ist von unglaublicher Wichtigkeit, hat Er das verstanden?«, hämmerte es in seinem Gehirn.

Wie in Trance zog der Bischof den Lederbeutel mit dem abgerissenen Teil der Stola aus seinem Gürtel und steckte diesen in die Windel des Neugeborenen. Plötzlich stiegen ihm Tränen in die Augen, als er erkannte, wie klein, wie schutzlos und ausgeliefert dieses kleine Wesen war. Allzu bewusst war er sich, dass seine Nerven, die ihn sonst nie im Stich ließen, drohten, zu versagen. Als er vorsichtig, zitternd und schwach sein Pferd bestieg, sich vergewisserte, dass es dem kleinen Kind an seiner Brust unter dem Mantel gut ging, wusste er mit einer Klarheit, die sein ganzes Denken umfing: Nie in meinem ganzen Leben werden mich diese zwei Tage zur Ruhe kommen lassen. Und er wusste genau, dass er einen viel zu hohen Preis bezahlt hatte. Kein Amt der Welt war es wert, das mit ansehen und das tun zu müssen.

Grausam hallte der letzte Befehl der hohen Dame in ihm nach:

»Ich beschwöre Euch, nie zu vergessen: Es gibt KEINE Nachkommen. Es hat NIE ein Kind gegeben.«

Der schmächtige Knabe mit dem viel zu großen Kopf hockte mit angezogenen Knien auf seinem Lieblingsplatz, einem zwischen den dicken Mauern eingelassenen Holzbrett auf der Spitze des fünfeckigen Bergfrieds. Hier im älteren Hof der Burganlage sah er weit hinweg über die Donau, auf reich bestelltes Land, saftig grüne Ebenen, gesäumt durch eine ferne Hügelkette, die die weit entlegenen Besitzungen im Hausruckviertel, im Mühlviertel, ja bis zum Attersee im Salzkammergut erahnen ließen.

Er reckte seinen dünnen Hals und blickte hinunter auf die ausgedehnte Wehranlage zu Füßen des Aussichtsplatzes. Sehnsüchtig schaute er zur Schildmauer, wo ein neuer Wohntrakt angebaut wurde. Ein würdiges Herrenhaus mit einer großen Halle und vornehm ausgestatteten Schlafräumen. So nah und doch so weit und unerreichbar ... Ein Schmerz, so tief und bohrend, wie ihn nur ein vierjähriges Kind empfinden kann, das sich ungeliebt und verstoßen fühlt, bemächtigte sich seiner und trieb dicke Tränen in seine kleinen, bernsteinfarbenen Augen. Nun – er wusste, hier beim Burgherrn würde er nur unerwünscht sein und schnell sah er weg. Sein großer Kopf auf den schmächtigen Schultern wandte sich ruckartig in die andere Richtung zum Kemenatenbau, dem Wohnbereich der Frauen im älteren, schon ein wenig heruntergekommenen Teil der weitläufigen Burg. Sofort verschwand sein sehnsüchtiger Blick, sein unterdrücktes Verlangen nach Zuneigung und Liebe machte einem spöttischen, abfälligen Grinsen Platz. Nur zu gut konnte er sich an den gestrigen Tag erinnern, alle

Einzelheiten hatte er behalten und spielte sie immer wieder von Neuem in Gedanken durch. Gestern, wo er in der kleinen Stube dieser kränklichen Frau gegenübergestanden war. Wie sie sich keuchend mit behandschuhten Fingern an den spitzenumrüschten Hals gegriffen hatte, so wie immer, wenn sich ein neuer Anfall ankündigte. Wie ihr verzerrter Mund lautlos das Wort »Hilfe« geformt hatte, wie sie immer wieder auf die Flasche mit dem Kräutersud gezeigt hatte. Grenzenlos war die Macht, die das Kind in seiner noch so jungen Brust fühlte. Einfach berauschend war es, als der Knabe nur dastand, die Hände im Rücken verschränkt, den Blick ruhig auf die zitternde, um Haltung bemühte Frau gerichtet. Fasziniert beobachtete er, wie ihre Lippen immer blauer wurden, die schmalen Hände sich verkrampften, der Atem immer pfeifender und schneller ging. Mühsam hielt sie sich aufrecht, stützte sich ans Fensterbrett und bettelte mit tränenblinden Augen um ihre Medizin, denn sprechen konnte sie jetzt nicht mehr. Nur Verachtung war im Antlitz des Burschen zu lesen, als er weiter untätig zusah, wie die zerbrechliche Frau in sich zusammensackte, sich kurz am Boden wand, unkontrolliert zu zucken begann und schließlich regungslos liegenblieb. Ein paar Minuten noch stand er weiter da, sah sich im hohen, kalten Zimmer um, verabschiedete sich von jedem einzelnen Stück Mobiliar. Der dunkelroten Wandbespannungen, dem großen Kamin, der doch nicht genug Wärme spenden konnte, um die dicken Mauern aufzuheizen, der Truhe mit den Kleidern dieser Frau, die nichts lieber tat, als sich mehrmals am Tag umzukleiden und herauszuputzen, dem Kreisel, dem Holzpferd, der kleinen Holztruhe mit den bunten Murmeln. Mit sichtlicher Genugtuung gab der Knabe der Stickarbeit, die nahe dem Erkerfenster in einen Rahmen gespannt war, einen groben Fußtritt. Mit lautem Krachen zerschellte der Holzrahmen an der Wand, und die feine Stickarbeit, die eine halbfertige Figur des heiligen Rochus mitsamt einem kleinen braunen Hund erahnen ließ, hing zerfetzt herunter. Dann war wieder Stille. Nichts rührte sich. Ganz nahe ging er zu der reglosen Gestalt am Boden und tippte ihr mit der Fußspitze grob in den Bauch. Keine Erwiderung, kein Stöhnen, kein Seufzen mehr, kein Jammern, kein Weinen. Jetzt hatte er Gewissheit, er spürte es mehr, als er es sich mit seinem jungen Verstand erklären konnte. Sie war tot, endlich, sie würde nicht mehr aufstehen. Keine nassen, schlecht riechenden Küsse, keine zittrigen Umarmungen, kein Streichen über sein Haar mit Spinnenfingern und vor allem keine geschlossene Tür, kein verwehrter Weg nach draußen, in die Luft, in die Höhe, näher zur Sonne, hinein in den Wind …

Jetzt, einen Tag später, konnte er seine Freiheit immer noch nicht fassen. Vergessen war der Tumult von gestern, die vielen Leute, die mitleidsvollen Worte, das Heraustragen des leblosen Körpers, die weihrauchgeschwängerte Aura der kirchlichen Würdenträger. Alles vorbei, alles vergessen. Der kleine Knabe am Turm spannte die Ärmchen weit von sich, seine unnatürlich schwache Brust wölbte sich, ein kehliges, krächzendes Lachen, das sich eher wie der Ruf eines Raubvogels anhörte, entrang sich seinem Mund, den er weit aufgerissen hatte. Welch absonderliche Kreatur er hier auf der Spitze des fünfeckigen Turmes abgab, wie lachhaft und närrisch er sich auch gebärdete, er selbst sah das gar nicht so. Wie begeistertes Triumphgeschrei klang das kümmerliche Krächzen in seinen eigenen Ohren, stark wie Adlerschwingen fühlten sich seine dünnen Arme an, unbezwingbar und unverwundbar erlebte er seine verwachsene Gestalt.

Es war, als wollte er fliegen, so viel Luft zum Atmen hatte er plötzlich. Wie sehr berauschte ihn die Erinnerung an gestern, jenen Tag, an dem er seiner Mutter beim Sterben zugesehen hatte!

Mit verklärtem Blick, verklärter noch als der der Jungfrau Maria im Seitenschiff des nahen Stephansdoms zu Wien trug Meisterin Cäcilia fein säuberlich Zahlen in einer langen Spalte in das Wirtschaftsbuch ein. Gefällig betrachtete sie ihre verschnörkelte Handschrift, und ein wohliger Seufzer entfuhr ihrer schmalen Brust. Die Summen wurden immer höher, keine Frage, die Wiener Bürger kümmerten sich rührend um das Wohlergehen der reuigen Sünderinnen im Kloster Sankt Hieronymus. Oder die ehemals männliche Kundschaft hatte sprichwörtlich ›Dreck am Stecken‹ und wollte sich mit so manchen Gulden das Gewissen reinwaschen, wie der Badewaschel das mit ihrem Buckel machte, wenn sie einmal in der Woche im warmen Wasserschaff saßen. So entrichteten sie in schöner Regelmäßigkeit ihren Obolus an das Kloster, auf dass die ehemaligen Dirnen nur ja gründlich von den Schwestern der Heiligen Maria Magdalena von der Buße geleitet und aus seelischer Verwahrlosung hin zu Gottesfürchtigkeit erzogen werden konnten. Wenn es so einfach wäre, sich von früheren Ausschweifungen loszukaufen, dachte Meisterin Cäcilia mit säuerlichem Lächeln, doch ihr konnte es recht sein. Neben erklecklichen Summen auf der hohen Kante besaß das Kloster einen Garten in der Leopoldstadt und Weingärten in Grinzing und Nussdorf. Als Cäcilia gerade lustvoll dabei war, rein überschlagsmäßig die Einnahmen festzulegen, und so wie immer herzlich bedauerte, dass den Büßerinnen der Ausschank von Eigenbauwein strengstens untersagt war, drang absolut unheiliges, lautes Zetern und Schimpfen an das Ohr der Meisterin. Erschrocken fuhr Cäcilie auf, um gleich darauf wütend mit der Faust auf ihr Schreibpult zu schlagen, wobei das darauf liegende Buch einen Hüpfer nach vorn machte. Rasch stand sie auf, strich über ihr grobes weißes Habit und senkte demütig den Kopf.

»Geduld und Demut, Heilige Jungfrau, Geduld und Demut …«, murmelte die hagere Frau, umfasste mit ihrer rechten Hand ein hölzernes Kruzifix, das um ihren dürren Hals baumelte, und schickte sich an, ihre persönlichen Räume zu verlassen. Erstaunlich schnell für ihr doch schon fortgeschrittenes Alter bewältigte sie die steilen Stufen, hurtig lief sie an der Kapelle vorbei, schlug rasch ein Kreuzzeichen und beugte ihr spitzes, knotiges Knie, hastete weiter an den Schlafsälen der Büßerinnen vorbei und öffnete mit einem kräftigen Ruck die schwere Eichentür zum Wirtschaftshof.

»Geduld und Demut, Heilige Jungfrau …«, zischte sie, als sie augenblicklich mitsamt ihren Holzschuhen bis zu den Knöcheln im Schlamm versank, denn im ungepflasterten Hof bildete der schmelzende Schnee schmutzige Lachen. Fröstelnd wegen des scharfen Märzwindes, aber unbeirrt setzte Cäcilia ihren Weg fort. Immer lauter drang das Gezeter an ihr Ohr. Keine Frage, sie hatte wieder einmal untrüglich erraten, woher der ganz und gar unchristliche Lärm kam, der die kontemplative Stille des Klosters erschütterte. Vor dem Küchenhaus blieb die Meisterin plötzlich stehen. Leise öffnete sie die wurmzerfressene Holztür einen Spaltbreit, und sofort schlug ihr der beißende, fettgeschwängerte Rauch der offenen Herdstelle entgegen. Ihre kleinen, listigen Augen begannen zu tränen, doch fest wie ein Holzpflock blieb sie stehen und lugte angestrengt und schniefend in die Klosterküche.

»Yrmel, jetzt schau doch net so deppert … du tust ja grade, als ob du noch nie ein paar Mannsbilder gesehen hättest. Vor mir kannst di net verstellen, ich weiß, wo du noch vor wenigen Tagen dein Geld verdient hast. Also jetzt hör auf mit dem theatralischen Augenrollen und Zähnefletschen, schab die Rüben und putz den Kohl, sonst gibt's am Abend keine Suppe!«

Schwitzend nach dieser Schimpftirade fuhr sich die beleibte Frau, die wie alle hier im Kloster das einfache helle Habit trug, über die Stirn. Nur mit einem Unterschied: Statt eines Gürtels, wie bei allen anderen, umfing eine Schürze in Leintuchgröße ihre nicht enden wollende Taille und bedeckte gnädig den vorstehenden Bauch. Wieder setzte sie an zu schimpfen:

»Herrschaftszeiten, Marlen, mach den Mund zu, es zieht! Du sollst den Teig da durchkneten, den brauch ich doch für das Fladenbrot. Hör sofort auf, den Jammergestalten da dauernd auf den Hosenschlitz zu schauen!«

Erschrocken hielt sich da Meisterin Cäcilie vor der Tür die Hand an die runzligen Lippen, um nicht laut loszuschreien. Langsam wurde ihr das, was sie hier zu sehen und zu hören bekam, zu viel.

»Schwester Magdalena Apolonia vom Orden der Magdalenerinnen, warte nur, bis ich dich in die Finger bekomme«, murmelte sie bitterböse und verfolgte weiter das Geschehen in der Küche.

»Aber Hannerl, jetzt sei doch net so, wenn die kleine Marlen einmal was Schönes sehen möcht«, brabbelte da ein derber, grobschlächtiger Mann von der anderen Seite und schlug seinen beiden Kumpanen, die sich anscheinend auch irgendwo in dieser Ecke aufhielten, auf die Schulter. Cäcilie reckte ihren Schildkrötenhals, um erkennen zu können, wer da noch in der Küche war.

»Natürlich, Barthel, der Hauerknecht, Jobst und Krispin, seine Gefährten, wer sonst …«, sagte sie zu sich und spürte, wie die nächste Welle Zorn Gewalt von ihr ergriff.

»Barthel, halt's Maul, von wegen kleine Marlen. Für dich immer noch Schwester Magdalena. Sie ist Nonne, verstehst, sie dient Gott und nicht so schmierigen Haderlumpen, wie ihr das seid!«, damit wandte sich die Angesprochene an eine kleine, quirlige Person, die noch keine 14 Lenze zählte und mit leuchtenden Augen und geröteten Wangen die Männer wie eine Heiligenerscheinung anstarrte.

»Schwester Marlen hat ein Gelübde abgelegt, ein Gelübde«, damit puffte sie die Nonne grob in die Seite, »auch wenn sie es selbst oft vergisst, sie lebt, um der Jungfrau Maria und allen Heiligen zu gefallen, in Bescheidenheit und Demut!« Damit fixierte sie das junge Mädchen so lang, bis dieses den Blick beschämt senkte und entschlossen anfing, den Teig zu kneten, als gelte es, sein Seelenheil damit zu retten.

Wie zur Bestätigung nickte Cäcilie draußen und musste dann zu ihrem völligen Entsetzen erkennen, das einer der drei Männer sich an seinem verdächtig ausgebeulten Hosenlatz zu schaffen machte. Beschämt schloss sie die Augen, aber hörte umso genauer zu.

»Krispin, du Schweinehund, untersteh' dich, hier im Kloster der Büßerinnen ein Gehabe wie im Haus der Dirnen an den Tag zu legen.«

Dann hörte Cäcilie ein Klatschen, riss die Augen auf, und konnte gerade noch erkennen, wie Johanna Maipelt, Wirtschafterin, Köchin und Büßerin im Kloster höchstpersönlich ihren groß dimensionierten Holzkochlöffel, mit dem sie eben noch den Haferbrei für das Frühstück gerührt hatte, mit voller Wucht auf das halb ausgepackte Stück Männerstolz des

Knechtes Krispin sausen ließ. Unbeeindruckt vom Geschrei und Gewinsel des auf seiner empfindlichsten Stelle getroffenen Mannsbildes rührte sie längst wieder seelenruhig mit eben diesem Kochlöffel im Haferbrei.

»Also morgen keinen Haferbrei für mich«, hörte sich Cäcilie sagen und schüttelte vor Ekel ihren kleinen Kopf so heftig, dass die Falten am Hals sich wie zusammengefaltetes Pergament hin- und herschoben. Aber es ging weiter hoch her im Küchentrakt, und atemlos verfolgte die Meisterin die folgenden Geschehnisse. Gerade eben erhob ihre Wirtschafterin wieder lautstark das Wort.

»Ein für alle Mal, Barthel«, damit stellte sich Johanna vor den Hauerknecht. »Ihr seid hier, um die Fässer aus dem Keller zu holen und sonst für gar nix, verstanden. Wenn ihr's so notwendig habt, dann geht vors Widmertor, da gibt's Mädchen genug. Noch einmal so ein Auftritt, und du kannst dich mit Jobst und Krispin zum Teufel scheren …«

Zeitgleich schlug Meisterin Cäcilie vor der Tür und Marlen mit ihren Teighänden das Kreuz. Die eine mit klammen, vor Kälte steifen Fingern, die andere mit mehligen, vom Teig klebrigen Händen.

»Aber Hannerl, bitte sei doch nicht bös«, jammerte da der Barthel, »die beiden sind halt noch jung und blöd, und ich hab' sowieso nur Augen für dich.«

»Dein Herumsulzen kannst dir sparen, Barthel, ich hab schon so viele männliche Körperteile in allen Variationen gesehen, jawohl in allen«, damit starrte sie Krispin an, der mit einem Stöhnen seinen Hosenlatz zumachte, »dass es für fünf Leben reicht. Merk dir eines, ich hab' genug von euch Mannsbildern. Und jetzt tragt mir das eine Fass da nach oben, das brauch' ich morgen für den Essigansatz und dann schleicht's euch in Gottes Namen!«

»Den guaten Tropfen zu Essig werden zu lassen, ist in meinen Augen sowieso a Sünd', Hannerl«, murmelte Barthel und senkte, wie aus Angst vor der eigenen Courage, verlegen seinen Kopf, sodass sein schütteres graues Haupthaar besonders gut zur Geltung kam.

»Jetzt red' kan Schmarrn, Barthel«, fuhr Johanna den Alten grob an, »dir muss ich doch nicht erklären, dass wir Büßerinnen keinen Wein ausschenken dürfen, so wie alle hier in der Stadt. Ich bin froh, dass mir das mit dem Essig eingefallen ist, so verdienen wir wenigstens was an unseren eigenen Trauben!«

»Is ja gut, Hannerl, nur du bist immer so sauer in letzter Zeit, dass du schon deinen eingelegten Essiggurkerln Konkurrenz machen könntest …«

»Meine Essiggurkerln sind net sauer!«, schrie Johanna jetzt, stemmte ihre vom Arbeiten wuchtigen Unterarme gegen ihre ebenfalls sehr wuchtige Leibesmitte und baute sich vor dem zurückweichenden Barthel auf.

»Die sind pikant! Merk dir das, du Haderlump, elendiger! Pikant und von einer angenehmen Frische und würzigem Gusto.«

Stille breitete sich in der Küche aus. Ehrfurchtsvoll verstummten alle angesichts der pikanten Essiggurkerln der Johanna Maipelt. An einem Poltern und Rumpeln konnte Cäcilie hören, dass die drei Knechte jetzt endlich die verwinkelten Stufen zum Weinkeller hinabstiegen und wahrscheinlich bald mit einem Weinfass heraufkommen würden. Höchste Zeit, dass sie als Meisterin ihre Autorität geltend machte und festen Schrittes in die Küche stürmte! Hier musste ein Exempel statuiert werden, nein, so ging das nicht. Sankt Hieronymus war keine Bierschenke, kein Weinlokal, sondern immer noch ein Kloster! Sie umklammerte den kalten Türgriff, zog aber ihre Spinnenfinger gleich wieder weg. Konnte sie es sich gefallen lassen, dass im Kloster der Büßerinnen drei Männer in der Küche aus und ein gingen? Musste sie es aushalten, dass Johanna Maipelt, eine ehemalige Dirne, lautstark herumkeifte, obwohl sie als Büßerin bestenfalls Hymnen zu singen und sich ansonsten ins Gebet zu versenken hatte? Ja und warum sollte sie Johanna weiterhin eine stumme Magd und eine Nonne als Küchenhilfe zugestehen? Sollte sie die Arbeit doch allein machen, Herrgott noch mal! Wieder schlossen sich Cäcilies Spinnenfinger um den Türgriff, schon hatte sie die richtigen Worte auf ihrer spitzen Zunge liegen, schon öffneten sich ihre schmalen Lippen, um sich Gehör zu verschaffen – da verharrte sie einen kurzen Moment und ließ den Türgriff wieder los. Denn auf der anderen Seite, schoss es in ihr altehrwürdiges Oberstübchen, verstand es Johanna, mit der Hälfte des Wirtschaftsgeldes doppelt so gut zu kochen wie die Köchin vor ihr. Nie wieder wollte Cäcilie sich von Wassersuppe, ranzigem Getreidebrei und fauligem Krautkopf ernähren … Und das mit der Essigherstellung war ja wirklich ein guter Einfall gewesen! Viele der Büßerinnen hatten ihr Auskommen mit der Herstellung von Kräuteressig, eingelegtem Gemüse und Obst. Da blieb schon was hängen, viel mehr als früher, als sie ihre Trauben an die Weinbauern verkaufen mussten, weil sie selbst keinen Wein keltern und verscherbeln durften! Da konnte sie vielleicht bei der Johanna schon ein Auge zudrücken. Schwester Magdalena hingegen – nun die war ja noch jung, da war man halt etwas neugierig, und dass Johanna die Hand über Yrmel hielt, war vielleicht auch gar nicht so schlecht, denn sie selbst als Meisterin konnte mit dem verstockten jungen Ding, das nie auch nur ein Wort sprach, mit den Armen herumfuchtelte und sich ständig angsterfüllt umblickte, sowieso wenig anfangen. Dann, so dachte Cäcilie weiter, sollte man den Dingen vielleicht ihren Lauf lassen, einfach Gottvertrauen haben! Außerdem standen dem Kloster arbeitsreiche Zeiten ins Haus. Der Herzog würde seine Braut in wenigen Wochen heimführen, und Cäcilia hatte vor, die Hochzeitsfeierlichkeiten, die in Wien vor allem mit übermäßigem Weingenuss und Tafelfreuden einhergingen, auszunutzen und die Spezialitäten des Klosters zu einem echten Geschäft für Sankt Hieronymus zu machen. Außerdem versprach der neue Verdauungsessig von Johanna eine echte Offenbarung gegen übersäuerte Mägen und Übelkeit zu werden. Nach den hochzeitlichen Fress- und Saufgelagen konnte man sich über Mangel an Kundschaft sicherlich nicht beschweren. Da konnte sie auf die Hilfe der tüchtigen Wirtschafterin nicht verzichten. Nachdenklich stand die Meisterin weiter unbemerkt vor der Tür zum Küchenhaus und wägte ab, wie weit sie der Sünde hier Einlass gewähren durfte, oder, um es einfacher auszudrücken, wie lang sie sich noch von Johanna auf der Nase herumtanzen lassen sollte. Nicht nur, dass sie gotteslästerlich schimpfte, dass sie aufmüpfig und herrisch war, nein, Cäcilie wusste von der Schwester Vikarin, dass Johanna hier und da sogar das Kloster verließ, um am Markt wie eine gewöhnliche Bürgersfrau einzukaufen. Und – das war dann doch der Gipfel an unklösterlichem Verhalten – jeden Nachmittag ein ruhiges Stündchen mit einem Glas gewürzten Wein und einer Spezerei verbrachte! Also gerade das, was verboten war, nämlich Wein. Keine Frage, Johanna zweigte sich so manch guten Schluck vor der Essigbereitung für ihre eigene durstige Kehle ab! Und das obendrein zu einer Zeit, wo die Büßerinnen und Regelschwestern in der Kapelle die Non beteten und Hymnen und Psalmen zu Ehren Gottes anstimmten! Zitternd vor Ärger presste sich Cäcilie die Hand auf ihren heillos übersäuerten Magen.

Männerstimmen und ein lautes Ächzen rissen die Meisterin dann jäh aus ihrer geistigen Versenkung – gleich würde Barthel mit seinen beiden Helfern da sein und das Weinfass heraustragen. Meisterin Cäcilie beschloss plötzlich, so schnell, wie sie ihre dünnen Beine tragen konnten, wieder in ihre Gemächer zu eilen. Es brauchte ja eigentlich niemand zu wissen, dass sie gelauscht hatte und bestens darüber unterrichtet war, was im Küchentrakt des Klosters so vor sich ging. Johanna sollte nur fuhrwerken wie bisher. Es konnte nur zugunsten des Klosters sein, wenn sie Wirtschaftsgeld sparen konnten und – hier erhellte ein diebisches, absolut unchristliches Lächeln die etwas verwitterten Züge der Meisterin – die andere Hälfte des Ersparten in schöner Regelmäßigkeit Cäcilias eigenen Geldsäckel füllte! Denn etwas abzweigen, das konnte sie selbst auch recht gut, da brauchte sie keine Johanna dazu! Nein nicht nur ein paar läppische Becher Wein … Zu Ehren Gottes auf der einen Seite und zur Befriedigung ihrer persönlichen Habgier auf der anderen mussten es bei der Meisterin Cäcilie schon eine paar Geldstücke sein!

Das Horn des Türmers schallte im Morgengrauen über die Burg, und es versprach, ein schöner Herbsttag zu werden. Der junge Mann, der sich versteckt hielt, schnupperte. In den Küchen wurde bereits gebraten und gekocht, in den Frauenkemenaten kleideten sich die Damen und Edelfräulein für die Jagd an. Die schweren Ritterpferde schnaubten unter den Sätteln, und ihr Atem dampfte in der kalten Morgenluft. Er sah über die Brücke die ersten Gäste reiten, allen voran der

Bischof von Passau, der in seinem geistlichen Habit seltsam auf seinem Pferd aussah. Die Falkenjagd war zwar von oberster Stelle für Geistliche verboten worden, aber niemanden kümmerte das hier, weit weg von Kaiser und Herzog, inmitten der ausgedehnten Grafschaft rund um die Stadt Eferding. Immer wieder freute sich der Bischof, den Schlossherrn zu sehen, der soviel Macht und Reichtum besaß, dass er sogar den Habsburgern die Stirn bieten wollte. Es konnte also kein Schaden sein, sich von ihm herzlich begrüßen zu lassen! Der junge Mann grinste hämisch, sehr gut konnte er sich den fetten Geistlichen vorstellen, der schimpfend und schwitzend hier herauf geritten kam. Der Weg zur Burg Neuhaus war sicherlich beschwerlich gewesen für den übergewichtigen Bischof. Vom Kettensperrturm unterhalb der Festung, von wo aus der mit allen Wassern gewaschene Graf die Donau sperren konnte und Zoll einhob, begann der steile Aufstieg. Bis der Bischof endlich den fünfeckigen Turm mit der davorliegenden Schildmauer sehen konnte, rann ihm bereits der Schweiß den feisten Rücken hinunter. Sein Hinterteil schmerzte vom ungewohnten Reiten. Die Aussicht, die er von der Festung hatte, und die den Strom entlang bis zur meilenweit entfernten Donauschleife reichte, konnte ihn nicht für die Mühen entschädigen. Sehr gelegen dafür kamen dem Bischof das Warmbier und allerhand deftige Speisen, die sogleich im Burghof aufgetragen wurden. Er ergriff freudig die Gelegenheit, sich für die anstehende Jagd zu stärken.

Leise, um ja nicht gesehen zu werden, verließ der junge Mann flink sein Versteck in einer Nische neben der Kapelle und schlich sich zu einem entlegenen eingeschossigen Nebengebäude am entgegengesetzten Ende des Burghofes. Er schlüpfte durch einen Spalt des massiven Holztores. Sofort umfing ihn der ätzende Geruch von Vogelmist. Durchdringendes Geschrei kam von den Käfigen an der Längsseite, auf und ab liefen die Falkoniere und machten ihre Schützlinge fertig zur Jagd. Keuchend stand der Jüngling und lehnte sich an die Holzwand. Mit äußerster Disziplin versuchte er, gleichmäßig zu atmen. Unnatürlich heftig hob und senkte sich sein schmaler Brustkorb, und pfeifend sog er die Luft aus und ein. Er verfluchte diese Krankheit, dieses ungeliebte Erbe einer schwachen, lungenkranken Mutter.

»Jetzt steh nicht so herum, mach den Braun-Weißen und den Weißen fertig«, fuhr ihn der Falkenmeister gröber, als er eigentlich wollte, an. Aber heute war einfach zu viel zu tun und keine Zeit für Höflichkeiten. Wie um sicherzugehen, dass der Bursche ihn nicht missverstanden hatte, drehte er sich noch einmal kurz um und dachte:

Er schaut furchtbar aus, richtig verwachsen und rachitisch. Ein bedauernswerter Kerl, aber im Umgang mit den Vögeln kann ihm niemand das Wasser reichen!

»Ich, ich ganz allein, darf heute die …«, unterbrach der Junge verdattert die Gedanken des Älteren.

»Ja, du, du ganz allein«, hier musste der Falkenmeister trotz der Hektik um ihn herum lächeln, »du bist schon besser als manch einer meiner Burschen …« Damit fuhr er zornig einen jungen Mann an, der verzweifelt versuchte, einen Lannerfalken zu binden. Immer wieder drehte sich der Vogel weg, schrie durchdringend und ließ sich nicht bändigen.

»Verdammt, Kristof, so wird das nichts«, schimpfte der Falkenmeister, nahm ihm den Vogel aus der Hand, sprach beruhigend auf das aufgeregte Tier ein, zog ihm das Geschühe über und band ihn an den Sprenkel, einen lederumwickelten Stab, auf dem der Vogel gewohnt war zu sitzen. Dann drehte er sich halb um und sprach eindringlich mit dem dünnen Burschen.

»Jetzt geh schon, Junge, mach, was ich gesagt habe, mach die beiden für den Bischof und den Herrn fertig, wir haben nur mehr wenig Zeit!«

Das ließ sich der junge Mann nicht zweimal sagen, und ungelenk sprang er zu den Käfigen, wo die Vögel vom niederen Flug untergebracht waren. Sie würden bei der Jagd die am Boden lebende Beute wie Hasen oder Kaninchen reißen. Zwischen den Rotschwanzbussarden entdeckte er den Habicht. Mit einschmeichelnden Lockrufen brachte er den Vogel so weit, ruhig zu halten, sodass er ihn vorsichtig aus seinem Verschlag nehmen konnte. Der Habicht blickte ihn neugierig an, als er ihn auf seine behandschuhte Faust steigen ließ. Es war ein erfahrenes, ruhiges Tier, doch die allgemeine Aufregung hatte auch ihn ergriffen, und der Jüngling schob ihm sogleich eine Haube über den Kopf, damit er sich augenblicklich beruhigte und anbinden ließ. Dann ging er auf die andere Seite, wo sich ein Käfig neben dem anderen für die Vögel vom hohen Flug reihte. Hier waren die Falken zu Hause, die ihre Beute im Flug schlugen, vor denen sich Singvögel, Fasanen und Rebhühner zu fürchten hatten. Genauso ruhig wie vorhin verfuhr der Jüngling mit dem kostbaren Nordlandfalken, der für den Burgherrn bestimmt war. Ein wunderbares Tier, aufmerksam, nicht zu zahm, sondern wild genug, um seinem Herrn gute Erfolge zuteilwerden zu lassen. Dann übergab er beide Tiere an einen Burschen. Er wollte nicht hinaus in den Burghof, wo sich die Jagdgesellschaft bereits vom Essen und Trinken verabschiedet und sich für das Hornsignal, das Zeichen zum Aufbruch, formiert hatte. Zu vornehm und dämlich waren ihm die Damen im wallenden Reitkleid, zu grob und laut der Bischof und sein Gefolge. Aber am meisten ekelte sich der Jüngling vor den Hundeführern mit ihrer Meute. Er hasste die kleinen Münsterländer, die hechelnd und bellend um die Pferde herumsprangen, die nur darauf warteten, das Wild aufzustöbern und es dem Falken, der es geschlagen hatte und festhielt, abzunehmen. Geifernd warteten sie auf ihre Chance. Doch das alles hätte der junge Mann mit den schmalen Schultern, dem viel zu großen Kopf und dem pfeifenden Atem zur Not noch akzeptieren können, wäre da nicht der Burgherr gewesen, der nun auf seinem edelsten Pferd mit dem Nordlandfalken das Kommando für den Aufbruch gab. Ihm durfte er auf keinen Fall unter die Augen treten. Er sollte von seiner Gegenwart nicht das Geringste merken. Solang, bis seine Zeit gekommen war. Aber es war schwer, das jetzt zu akzeptieren und zu warten. Mit einem Seufzen sah der junge Mann zu, wie die Jagdgesellschaft, angeführt vom Burgherrn und vom Bischof, begleitet von Falkonieren und Hundeführern in das herbstbunte Land hineinritt.

Lang sah er dem immer kleiner werdenden Zug zu. Dann schüttelte er sich wie nach einem bösen Traum und sah sich blinzelnd um.

Stille hatte sich um ihn herum gebreitet, bis auf vereinzeltes Töpfeklappern vom Küchentrakt und dem Gackern der Hühner war nichts mehr zu hören. Langsam ging der Jüngling zum Falkenhaus. Die Ställe waren leer, die Raubvögel wahrscheinlich schon dabei, das erste Wild des jungen Tages in reißendem Flug zu schlagen. Doch ganz in der Ecke war noch ein Käfig besetzt. Mit leisen, einschmeichelnden Worten ging der junge Mann zum Verschlag und griff mit geübter Hand nach dem jungen Terzel, einem männlichen Wanderfalken. Wie immer konnte er sich nicht sattsehen an der Geschmeidigkeit und Schönheit dieses Vogels. Er hatte ihn fasten lassen, das kleine Tier hungerte nun schon ein paar Tage. Ein erster Schritt, ihn gefügig zu machen und für die

Ausbildung vorzubereiten. Ruhig sprach der Jüngling mit ihm: »Du verachtest die Menschen, ihr Geschrei, ihr Getue, ihren Gestank. Du lebst allein, und niemand versteht dich wirklich. Sie lassen dich hungern, um deine Wildheit zu bändigen. Sie binden dich fest, damit du nicht entfliehst, und sie stülpen dir die Haube über die Augen, dass du stolzes Tier im Dunkeln tappen musst und die Welt und die Freiheit um dich herum nicht siehst.«

Während er sprach, berührte er den jungen Vogel sanft. Geduldig sprach er weiter und gab ihm ein wenig Fleisch, nur ein bisschen, nicht um seinen Hunger zu stillen, sondern um ihn gefügig zu machen und ihm die Hoffnung zu geben, dass er noch mehr bekommen könnte. Neugierig neigte der Vogel den Kopf, sah mit seinen dunkelbraunen Augen mit den gelben Lidern zum Jüngling auf.

»Aber stark bist du, viel stärker als die Menschen, du kennst kein Selbstmitleid, keine Furcht, voller Selbstvertrauen bist du, sogar am Rande des Todes bist du mutig und stark …«

Der Vogel streckte seine schwarz-weiß gesprenkelten Flügel und entspannte sich. Beruhigend sprach der junge Mann weiter.

»Bald wirst du meterhoch in die Lüfte flattern, reglos über deiner Beute verharren und dann …«, der junge Mann keuchte vor Vorfreude »wirst du dich mit ungeheurer Geschwindigkeit und halb geöffneten Schwingen zu Boden stürzen, geradewegs in die Flugbahn deines Opfers.« Wieder strich der junge Mann über das glatte Gefieder des Wanderfalken, um ihn an die menschliche Berührung zu gewöhnen. Erregt sprach er weiter:

»Bevor diese niedrige Kreatur überhaupt merkt, was geschieht, wirst du sie mit den Klauen ins Rückgrat schlagen und damit …«, hier strich der Jüngling sanft über den gelben Schnabel des Tieres und fühlte die spitze, zahnartige Ausbuchtung auf beiden Seiten des Oberschnabels, »die Schädeldecke mit einem einzigen Hieb sprengen.«

Der Mann leckte sich die Lippen und gurrte vor Vergnügen.

»Niemand kann deinen Geist brechen, du hast keinen Instinkt zum Gehorsam. Du tötest den, der dir im Weg ist, du bist der Stärkere. Und wenn du fliegst, bist du frei und hast genug Luft zum Leben … zum Atmen … bist frei …«

Behutsam setzte der Jüngling den jungen Wanderfalken in seinen Verschlag. Kaum konnte er das Zittern seiner Hände unterdrücken. Längst schon hatte er die Grenze zwischen Wunsch und Wirklichkeit überschritten. Er selbst war der Falke, stand regungslos in der Luft und beobachtete mit scharfem Blick sein Opfer, bereit zuzustoßen, bereit zu töten.

Mein liebes Kind!

Heute ist ein guter Tag in meinem ach so bedauernswerten Dasein. Dieses Labsal hast ganz alleine Du mir beschert, und dafür danke ich dir aus übervollem Herzen. Wie eine Gefangene, aller Lebensfreude beraubt, friste ich mein Dasein hier im Kloster. Doch heute, als ich mich auf der Empore, von der steinernen Säule vor ungebetenen Blicken geschützt, verbarg, da klopfte mein Herz wie rasend. Ich wusste, dass Du heute mit Deiner Ziehmutter kommen würdest, und betete zu allen Heiligen, dass dem auch wirklich so sein und der Allmächtige Gott nicht anderes an diesem Tag mit Dir vorhaben möge. Als ich Deine kleinen, kindlichen Füße auf dem Steinboden tapsen hörte, da wollte meine Brust schier zerspringen vor

Freude, Dich zu sehen. Was bist Du doch für ein wunderschönes Kind geworden! Vielleicht wirst Du mir nie vergeben, wie forsch und herrisch ich in Dein ach so junges Leben eingegriffen habe ... Ja ganz gewiss wirst Du mich eines Tages verfluchen und mein Handeln Hass und Härte zuschreiben. Doch gerade das Gegenteil hat mich dazu bewogen, Dich aus Deinem vorgezeichneten Leben zu werfen, ja, Dich gleich einem unbedeutenden Kieselstein weit wegzuschleudern und in ein ungewisses Schicksal fallen zu lassen. Glaube mir, mein liebes Kind, ich habe aus weiser Voraussicht, aus Sorge und Zuneigung gehandelt. Ich habe Dich zu diesem scheinbar wertlosen Kieselstein gemacht, um Dich zu schützen, um Deinen goldenen Kern nicht für jedermann sichtbar zu machen. Denn die Welt ist grausam, mein Kind, und die Menschen morden, meucheln und schlachten einander ab, um das zu beherrschen, was golden glänzt. Ich habe aus Liebe gehandelt und weiß zu gut, dass Du das nie verstehen wirst ... mein Kind ...

Lucca, im Herbst des Jahres 1373

»Alessandro, Alessandro«, drang es dumpf durch die mit Schnitzereien verzierte Holztür, »jetzt wach auf ...!«

Mühsam öffnete der Jüngling die Augen und sah – überhaupt nichts. Stockdunkel und kalt war es im Zimmer. Wie so oft in Italien kühlte es im Herbst über Nacht bereits empfindlich ab, und der große Palazzo wurde jetzt noch nicht geheizt. Frierend wickelte er sich in seine Seidendecke und kuschelte sich in die Matratze des großen Himmelbettes.

»Alessandro, die packen schon auf, jetzt komm doch!« Mit einem leisen Knarren öffnete Ella, die Tochter des Hausknechts, die Tür und trat mit einer Kerze an das Bett des Jünglings.

Da wurde dieser plötzlich hellwach, sprang auf die Füße und schrie:

»Ella, raus aus meiner Kammer, jetzt reicht es!«

Kichernd drehte sich das Mädchen um und lief eilends aus dem Zimmer. Sicherheitshalber ließ sie die Kerze auf einer Truhe stehen. Im Hinauslaufen schrie sie noch: »Pass auf deine Beinkleider auf, Alessandro, in Wien ist es noch sehr viel kälter als hier, du könntest dir dort wer weiß was holen.«

Erschrocken sah der junge Mann, dass sich der Gürtel seiner weiten, langen Brouche gelöst hatte und er halbnackt neben dem Bett stand. Hektisch zog er die Unterhose wieder an ihren Platz. Als er sich überzeugt hatte, dass das Mädchen verschwunden war, machte er Anstalten, wieder unter die verlockend warme Decke zu kriechen. Da hörte er von der Piazza di San Michele das Wiehern der Pferde und das Klirren der Ketten und Zaumzeuge. Dazwischen waren immer wieder die Kommandorufe der Kaufleute zu hören. Keine Frage, ganz Lucca war da draußen und wollte dabei sein, wenn der Patriarch von Aquileia seine weite Reise über die Alpen nach Augsburg, Regensburg und letztendlich nach Wien antrat. Dumm nur, dass er darauf bestand, seinen Großneffen Alexander von Randegg mitzunehmen, der seiner Geburtsstadt Augsburg einen Besuch abstatten und dort den Winter verbringen sollte. Aber wie sollte Alexander seinem Onkel erklären, dass er sich hier mehr als wohlfühlte, die Bequemlichkeiten und Annehmlichkeiten dieses vornehmen Haushaltes über die Maßen genoss und ihm sein Sinn überhaupt nicht danach stand, nördlich der Alpen in Augsburg zu verweilen! Schon gar nicht, nachdem er über die Hälfte seines noch jungen Lebens in Lucca zugebracht hatte. Und wie sollte es der altehrwürdige Patriarch verstehen, dass sein Mündel Besseres vorhatte, als jetzt im Herbst, wo der Winter schon an die Tür klopfte, die Alpen zu überqueren, um nach einigen Aufenthalten im Frühjahr bei einer Wiener Fürstenhochzeit dabei zu sein. Außerdem würden seine Verwandten in Augsburg nur mehr Fremde für ihn sein, wilde, stinkende und Blutwürste verschlingende Barbaren … So jedenfalls schilderten seine Freunde aus den wohlhabenden Familien, die bereits eine Reise in den Norden hinter sich hatten, die Menschen jenseits der Alpen. Alexander schüttelte sich angeekelt. Was dachte sich sein Oheim nur?

Alexander wollte den Frühling in der Toskana erleben, das Treiben auf der Piazza del Mercato und auf der Via Fillungo, wenn die ersten wirklich warmen Sonnenstrahlen lachten, das Zwitschern der Vögel, der Blick auf die Stadt von einem der Wohntürme … Und vor allem den goldenen Herbst mit all den Festlichkeiten, der Weinernte, den Lustbarkeiten und Gaumenfreuden wollte er ja auch überhaupt nicht versäumen.

Außerdem: Man erzählte sich haarsträubende Geschichten aus dem kalten Norden. Derb sollten die Leute dort sein, nicht so elegant wie hier, die niederen Hütten stinkend von Sauerkraut und Kohlsuppe, keine Geflügelpastete weit und breit, Hopfenvergorenes wurde getrunken, kein samtener Schluck Rotwein.

Doch im Innersten wusste Alexander, dass er sich dem Wunsch des Onkels beugen und mit ihm ins Land seiner Väter ziehen musste. Einerseits war er es ihm schuldig, war doch der Oheim nach dem Tod seiner Eltern Mutter und Vater gleichzeitig für den kleinen Burschen gewesen. Außerdem war Bernhard von Randegg beinahe schon im siebzigsten Jahr, und auf einer weiten Reise konnte wer weiß was passieren. Tragische Bilder von Räubern, Seuchen, Wegelagerern, wilden Tieren und Schneestürmen zogen an Alexanders innerem Auge vorbei, bis er sie resolut mit einer Handbewegung wegwischte, als wären es lästige Fliegen, die sich an einem großen Stück Parmaschinken zu schaffen machten.

Seufzend zog sich der 14-Jährige an, die ledernen Beinkleider, das Unterhemd, sein wattiertes Wams, die bequemen Stiefel. Den großen, weiten Reisemantel und den breitkrempigen Hut würde er mit nach unten nehmen. Vorerst hatte er Hunger und wollte frisches Gebäck und seine warme Honigmilch serviert bekommen, so wie jeden Tag. Auch wenn er zu so früher Stunde normalerweise noch nichts zu sich nehmen konnte.

»Alexander, da bist du ja endlich«, stieß sein Onkel erleichtert hervor, als er seinen Neffen aus dem Palazzo ducale kommen sah. Er selbst war bereits reisefertig und stieg in seinem fortgeschrittenen Alter noch recht gelenkig auf den Rücken seines prachtvollen Pferdes. Fackeln erhellten zu so früher Stunde die Piazza San Michele und warfen pittoreske Schatten auf das bunte Treiben rund um den Patriarchen. Ein ganzer Tross von Panzerreitern, Kaufleuten, Händlern und kirchlichen Würdenträgern begleitete den Zug. Eine Herde von Packpferden wurde mit Stoffballen beladen, Seide, Brokat und feinstem Leinen, das hier in Oberitalien von hervorragender Qualität war. Olivenöl und Wein, in Steinkrügen und Fässern, wurden als wertvolles Gut auf bereitstehende Maultiere gepackt. Alexander, der bis zu diesem Zeitpunkt nicht ahnen konnte, mit welchem Aufwand sein Oheim die Reise antrat, sah sich staunend um.

»Die wollen alle über die Alpen?«, fragte er ungläubig.

»Gewiss«, antwortete sein Onkel.

»Kommen sie auch wieder mit uns zurück?«, fragte er unsicher.

»Aber nein, die haben einen viel weiteren Weg vor sich. Wenn sie ihre Waren verkauft haben, gehen sie den Goldenen Steig von Reichenhall bis nach Böhmen!«, erwiderte der Patriarch.

»Gold?«

»Ja, mein Sohn, weißes Gold, Salz! Und jetzt hör auf, hier in der Gegend herumzustehen und mir Löcher in den Bauch zu fragen. Dein Pferd ist gesattelt, steig auf, es geht los!«

Als sich Alexander gewandt in den Sattel schwang, hielt er kurz inne.

»Alessandro, Alessandro!«, hörte er rufen.

»Nein, nicht schon wieder!« Der Jüngling verdrehte die Augen, und sein Onkel lächelte verschmitzt, als er die Tochter seines Hausknechtes mit fliegenden Zöpfen auf sie beide zulaufen sah.

»Ella, mein Sonnenschein, was machst du denn hier, zu nachtschlafender Zeit?«, sanft strich Bernhard dem jungen Mädchen über den Kopf.

»Ich hab was für Alessandro!«, erwiderte Ella und steckte dem Jüngling einen kleinen kostbar bestickten Beutel zu. »Öffne ihn erst, wenn Du ganz, ganz schrecklich Heimweh hast!«, sagte sie wehmutsvoll, drehte sich schnell um und lief weg.

Verlegen steckte Alexander den Beutel in die Tasche seines weiten Mantels, und sein Onkel hörte ihn sagen:

»Lästiger Weibertand, unseliger …«

»Manches Mal, mein Sohn, halten uns gerade dieser Tand am Leben und die Gewissheit, dass sich jemand Gedanken um unser Wohlergehen macht. Aber jetzt komm, verschwenden wir die kostbaren Morgenstunden nicht mit tiefgründigen Gesprächen über die unerklärliche Weiberseele!«

Auf einen Fingerzeig des Patriarchen tönte das Horn zum

Abmarsch, und der ganze Tross setzte sich in Bewegung. Wie zur Bekräftigung schlug am Torre delle Ore die sechste Stunde.

Gleich darauf läuteten die Glocken von San Michele al foro wie zum Abschied, und Alexander blickte zur altvertrauten Kirche, sah, dass erstes zaghaftes Tageslicht graue Schatten auf die Bögen und Figuren, auf die zahlreichen Tierköpfe und Pflanzenornamente zauberte. Es schien als würde ihn der übergroße Erzengel Michael vom höchsten Punkt der Fassade zum Abschied grüßen. Er schluckte schwer, wusste er doch, dass er diesen Anblick viele Monate entbehren musste. Bernhard von Randegg spürte die Schwermut seines Mündels, und mit ruhiger Stimme begann er zu erzählen, so wie er es schon immer getan hatte, wenn sich das Gemüt seines Neffen in Aufruhr befand.

»Sander …«, ganz bewusst wählte er den Kosenamen aus Kindertagen, und der Junge senkte sein Kinn zur Brust, sodass niemand seine feuchten Augen sehen konnte.

»Sander, ich selbst bin den Weg über die Alpen schon so oft gegangen, zu jeder Jahreszeit – und ich bin jedes Mal sicher dort angekommen, wohin ich wollte. Ich habe unseren Kaiser bei der ersten Romfahrt begleitet, das war vor 24 Jahren und ich sage dir, das war damals viel gefährlicher als heute. Wir kamen von Norden, daher war der Abstieg besonders steil, weil die Alpen nach Süden hin schroff abfallen. Die Pferde rutschten gefährlich, wir haben viele Tiere verloren, und die Damen …«, hier grinste der alte Mann, »die setzten wir kurzerhand auf Tierhäute und ließen sie eine Rutschpartie machen. An Reiten war da nicht zu denken.«

Ein Seitenblick auf Alexander sagte ihm, dass sich der Junge noch nicht beruhigt hatte und verdächtig oft blinzelte. Wahrscheinlich, um ganz und gar unmännliche Tränen hintanzuhalten. Also erzählte er einfach weiter.

»Ein Jahr später habe ich in Pisa den Aufstand niedergeschlagen, du weißt doch, davon habe ich dir oft erzählt, als du besonders spannende Geschichten hören wolltest!« Fragend sah der Patriarch auf seinen Neffen, der unmerklich nickte, aber noch immer sehr traurig war. Mit leiser Stimme antwortete der Jüngling:

»Ja ich weiß noch, das war damals, als du dir die drei schweren Wunden zugezogen hast, eine an der Schulter und zwei am rechten Bein, deswegen brauchst du auch diesen eigentümlichen Sattel, weil du dein Bein nicht ganz strecken kannst.«

»Was du dir alles merkst, mein Sohn …«, wunderte sich der Alte.

»Aber das war doch meine liebste Heldengeschichte damals …«

»Und welche Geschichten hörst du heute gern?«

Das Schweigen des Jünglings dauerte so lang, dass Bernhard schon glaubte, Sander hätte ihn nicht gehört. Doch dann sprach sein Neffe beherrscht und bedacht:

»Ich würde gern von den Weinbergen rund um Lucca hören, wenn sich das Licht in den grünen Blättern bricht, von unseren weiten Mohnwiesen, die sanft im Wind schaukeln, von den weißen Rindern, den rosenumrankten Brunnen, von den Bauern, die altes Geäst in den Olivenhainen zusammentragen. Vom ersten Frühjahrsgrün kannst du mir erzählen, den weidenden Schafen, vom strahlend gelben Raps, von den Erlen und Zypressen … Erzähle mir dann davon, wenn wir durch den Schnee reiten, wenn mich der Mut verlässt, wenn ich nicht mehr weiter, sondern nur mehr nach Hause möchte …«

Erstaunt und berührt betrachtete der Patriarch sein Mündel. Unter dem breitkrempigen Reisehut sahen ein paar karamellbraune Haarsträhnen hervor, die Sommersprossen und die braunen Augen dachte sich Bernhard dazu und musste sich eingestehen, dass Alexander ein Kind der südlichen Sonne, der warmen Winde, des klaren Meeres geworden war. Nichts mehr deutete auf den blassen, dünnen Knaben hin, den man ihm vor zehn Jahren aus Augsburg nach Pisa gebracht hatte.

»Ich wusste nicht, wie tief deine Empfindung für dieses Land ist«, sagte der Onkel und dachte bei sich: »Eigentlich habe ich angenommen, dass du das bequeme Dasein im Palazzo ducale genießt, deine Freiheiten, dein Leben im Luxus.« Er wollte den Zauber des Augenblicks nicht mit seichten Andeutungen verderben.

Beide blickten sich an, und Alexander flüsterte fast.

»Ja, du hast recht. Mein Leben hier ist dank dir sehr bequem und abwechslungsreich. Ich kann an einem Tag meist zwischen drei oder vier Zerstreuungen wählen, seien es Einladungen, sei es eine Bootsfahrt, die Jagd, was immer. Aber es gibt viele Dinge, die ich an dem Land und den Menschen hier bewundere. Und weißt du, werter Onkel, ich bin nicht dumm, ich habe schon erkannt, was ich hier habe.«

Der Patriarch nickte seinem Neffen zu, um dann eine ganze Weile in Schweigen zu verfallen. Nur der regelmäßige Hufschlag der Pferde, das gedämpfte Rufen der Kaufleute, das Lachen und Scherzen der Panzerreiter drangen an das Ohr der beiden. Nach einer Weile berührte Bernhard den Ärmel seines Neffen. Als dieser sich ihm wieder zuwandte, sah er in den blauen Augen seines nun schon so alten Vormundes echte Anteilnahme.

»Mein Sohn, wenn du wirklich willst, dann kehrst du wieder zurück nach Lucca. Sander, wenn du dein Herz an dieses Land verloren hast, dann wirst du nicht eher ruhen, bis du wieder hier leben darfst. Ich weiß das, denn mir ging es anderswo genauso, vor langer, langer Zeit. Aber bitte sei mir nicht gram, ich kann dich nicht ein Leben lang im goldenen Käfig zu Lucca halten. Das hätten beide, meine Schwester und meine Nichte, also deine Großmutter und deine Mutter, nicht gewollt. Du musst die Welt sehen, Sander, und musst deine Erfahrungen machen. Diese Fürstenhochzeit ist eine gute Gelegenheit, die Nase in die weite Welt zu strecken und sich einen etwas raueren Wind ins Gesicht wehen zu lassen. Du musst dir deinen Platz in der Welt verdienen, Sander, dann ist er dir etwas wert. Glaube mir«, hier ergriff Bernhard den Arm seines Neffen noch fester, »ich habe ihn mir auch erkämpft. Als Generalkapitän in Italien, als Gesandter des Kaisers hatte ich es nicht leicht, mich zu behaupten. Ich musste als Oberster Richter Urteile fällen, die mich nächtelang wachhielten, die mein Gewissen über Gebühr beanspruchten. Die Eintreibung der Entschädigungszahlungen als königlicher Statthalter hat mir alles abverlangt und meine Menschlichkeit arg untergraben. Und da gab es noch so manches, an das ich lieber gar nicht denken möchte.« Schwer atmend und nach Fassung ringend verstummte der Patriarch.

»Aber«, begann ihn Alexander abzulenken, »du hast ja auch viel Gutes getan. Du hast mir doch von der Basilika in Aquileia erzählt, die du nach dem Erdbeben wieder errichten hast lassen, und was ist mit dem Gesetzbuch, das du verfasst hast? Ach lieber Oheim, das sind doch eine Menge gute Taten, das war doch das, was dir wirklich Freude bereitet hat.«

Aber keine, die all das Unheil, das ich angerichtet habe, sühnen könnten, dachte der Patriarch und fügte laut hinzu, um sein Mündel nicht zu beunruhigen:

»Da hast du recht. Jetzt weiß ich, warum ich dich mitgenommen habe. Wenn mich die Schwermut packt, erzählst du mir von meinen Heldentaten, und schon geht es mir viel besser!«

»Wie geht es denn jetzt weiter, wo werden wir Rast machen?«, fragte Sander jetzt betont fröhlich, um ihn endgültig von einer schweren Vergangenheit wegzuführen, die er seinem Oheim gar nicht zugetraut hatte und von der er, ehrlich gesagt, auch gar nichts wissen wollte. Niemand sollte das perfekte Bild eines Helden, das Bernhard von Randegg über Jahre für seinen Neffen gewesen war, trüben.

»Nun«, und hier schlug Bernhard von Randegg einen munteren Ton an, »wenn der Nachtfrost die Wege weiterhin hart und begehbar macht, dann schaffen wir um die acht Meilen in einem Tagesritt. Ja, schau nicht so, in den Bergen wird das Klima rauer, da gibt es schon im Herbst Frost. Aber vorher bleiben wir noch in wärmeren Gegenden, hinter Bologna, Ferrara, Verona und Trient geht es sicherlich langsamer.«

»Wo gehen wir über die Alpen?«

»Mein Sohn, wir gehen den ausgetretenen Pfad der Via Imperii, den schon die Römer gewandert sind. Nach dem Eisacktal geht es am Saumpfad über den Brenner, doch davor nehmen wir noch jemanden auf.« Vielsagend grinste Bernhard.

»Na sag schon, lieber Oheim, wer kommt noch mit? Ich kenne doch diesen Blick. Was ist das für eine Überraschung?«

»Wir werden noch Gäste aus dem Pustertal treffen, von der Burg von Schöneck, die den Herren von Rodeneck einst gehörte. Von dort aus bricht ebenfalls eine kleine Reisegruppe auf.«

»Wer soll denn von dort zu uns stoßen?«

»Der ehemalige Hauptmann, Friedrich von Wolkenberg. Er möchte uns seinen Sohn anvertrauen. Ich möchte ihn als meinen Knappen mit auf die Reise nehmen, nach Augsburg und dann weiter nach Wien.«

»Wie, wir nehmen den Sohn des ehemaligen Hauptmanns einfach mit? Als Knappen?«

»Ja, der ist in deinem Alter. Vielleicht ein wenig jünger sogar.«

Alexander grinste. »Das ist gut.«

Bernhard lächelte ebenfalls. »Ich weiß dein Entgegenkommen, mich zu begleiten, sehr zu schätzen. Aber ich möchte das nicht zu sehr strapazieren. Die Gespräche eines Alten mit einem 14-Jährigen können manches Mal recht erbaulich sein. Aber ich kann mir vorstellen, dass auch deine Geduld mit einem Greis wie mir Grenzen kennt und du lieber einmal mit deinesgleichen dem Spaß und der Narretei den Vorzug gibst.«

»Kommt darauf an, ob dieser – wie heißt er?

»Wolkenberg.«

»Ja, also ob dieser Wolkenberg überhaupt zur Possenreißerei aufgelegt sein wird. Meistens haben ja so junge Knappen Angst vor allem und jedem«, bemerkte Sander altklug.

Hier lachte Bernhard in sich hinein.

»Nun, nach den Schilderungen seines Vaters ist er nicht auf den Mund gefallen und lässt keine Begebenheit aus, die es wert ist, besungen zu werden. Du wirst schon sehen oder besser hören.«

Nach einer kleinen Pause fügte er listig hinzu:

»Ewald heißt der Jüngling übrigens. Ewald von Wolkenberg.«

Ein Stück außerhalb der Stadtmauern, wo Schweine herumliefen und sich mit streuenden Hunden um jedes Stück Fressbares balgten, wo am Ende des Abhangs schlammig der

Fluss Wien dahindümpelte und mit ihm der Unrat der Vorstadt, lag heute ein seltsames Gefühl der Erwartung. Barthel, der gestern bis in den Abend in den Weingärten der Büßerinnen gearbeitet und gleich in der kleinen Hauerhütte übernachtet hatte, stapfte missmutig Richtung Stadt. Endlich war die Weinlese vorbei, er hatte den Weinberg von den herunterhängenden Ästen befreit, die Wege gesäubert und die Reben für ihren langen Winterschlaf bereitgemacht. Der Kopf schmerzte, er hatte etwas zu viel vom Haustrunk genossen, was aber bei der schweren Arbeit in dieser Kälte nur verständlich war. Klar, Johanna würde wieder schimpfen und zetern, sie musste ja nicht die Weinranken, die von der Ernte gelitten hatten, die geschnitten und aufgebunden wurden, damit sie den Winter gut überstanden, hegen und pflegen. Und das alles für guten Wein vom nächsten Jahr? Oh nein, weit gefehlt, dachte Barthel verärgert, die ganze Arbeit für sauren Weinessig, der einem nach drei Tropfen die Beinlinge von den Füßen zieht! Aber mit Johanna war ja nicht zu spaßen, Essiggurkerln, Kirschen süßsauer, Knoblauch, Kraut, sogar Pfirsiche und Birnen, alles ertränkte Johanna in ihrem Essigsud. Das Erstaunliche war, die Leute kauften das sogar!

Pfui Deibel!, konnte Barthel da nur denken. Sehnsüchtig waren die Blicke des älteren, vom vielen Arbeiten krummbeinigen Mannes Richtung Stadt gerichtet. Zu gern säße er jetzt aber doch bei Johanna in der warmen Küche! Er bemerkte nicht die Menschen, die heute so wie immer in aller Herrgottsfrühe die Stallarbeiten verrichteten, um ja nur schnell fertig zu werden und ebenfalls wieder in ihre schiefen und baufälligen Häuser zu kommen. Nein, die Vorstadt war nicht schön anzusehen. Errichtet vor den Stadtmauern, vor den Gräben und Palisaden bot sie Unterkunft für die Allerärmsten. Er starrte weiter mit seinen kleinen übernächtigten

Augen auf die Häuser und Hütten, die noch schlafend von der Ringmauer umgeben im Morgendunst dalagen. Wie gut wäre jetzt ein Schluck gewürzter Glühwein! Ja, seine Hannerl konnte ihm nix vormachen. Den Wienern verkaufte sie das krampensaure Gemüse und sie selbst trank den süßen Tropfen! Ja seine Hannerl, die war schon eine! Ganz in der Nähe sah er den Widmerturm schon, unweit neben dem Eingang zur neuen Burg. Die grob behauenen, exakt aneinandergefügten Quadersteine ragten bedrohlich und abweisend in das fahle Licht. Das schwere Holztor am Fahrweg sowie das etwas kleinere für die Leute, die zu Fuß in die Stadt wollten, war noch fest verschlossen. Bis er dort war, würde die Burgwache schon aufgemacht haben. Trist lag der Herbstnebel über der Vorstadt, und der Atem der Leute gefror in der kalten Luft. Die Arbeiter, die dem nahen Ziegelwerk auf der Laimgrube zueilten, froren wie Barthel selbst und rieben sich die schwieligen Hände an ihren schmutzigen Jacken aus grobem Stoff warm. Sie würden heute den ganzen Tag Lehmziegel schneiden müssen, ein eintöniges, kräfteraubendes Tagewerk. Trotz der Morgenkälte versprach es, ein sonniger und warmer Tag zu werden. Wie so oft in Wien hatte der Wettergott ein Einsehen und schickte noch vor dem kalten, langen Winter ein paar goldene Herbststrahlen. Es würde nicht lang dauern, bis Barthel die ersten Sonnenstrahlen auf seinem schütter behaarten Haupt spüren konnte, bis seine klobige Nase den modrigen Geruch dieses feuchten Bodens aufnehmen würde, der unweigerlich aufstieg, wenn die Wärme den Flusssand zum Dampfen brachte.

Gar nicht lang, und größere Gruppen von Menschen, alte und junge, Männer, Frauen aller Stände würden auf den Beinen sein und so wie Barthel die Vororte verlassen und, aus allen Himmelsrichtungen kommend, Richtung Stadt wandern. Beladen mit Obst und Gemüse, mit Karren voll Federvieh, im Schlepptau Schweine und Ziegen, so würden sie zu so früher Stunde in die Stadt ziehen, sich auf die Märkte stellen, um den Wienern ihr heiß begehrtes Essen zu bringen. Nicht so Barthel, er wollte schnurstracks zum Hieronymus Kloster und hoffte, dass er, wenn Johanna ihre Schimpferei beendet hatte, selbst etwas Warmes in seinen Magen bekommen würde. Im Moment aber lag noch frühmorgendliche Ruhe über dem Wiental.

Genieße die Ruhe, meinte Barthel zu sich selbst, Hannerl wird dir sowieso die Hölle heiß machen! Doch bis dahin dauerte es, und der alte Winzerknecht stapfte mit festen Schritten vorwärts, in Erwartung eines Donnerwetters in Form einer weiblichen Schimpftirade.

Ganz nahe in einem weitläufigen, etwas heruntergekommenen einstöckigen Holzbau unweit des Widmertores summte es zum Erstaunen Barthels schon wie in einem Bienenstock. Barthel blickte auf die bereits geöffneten Fensterläden und lächelte verschmitzt. Obwohl ihm der rechte obere Schneidezahn und der linke untere Eckzahn fehlten, war sein Grinsen freundlich und ansteckend. Dass zu solch früher Stunde bereits Wirbel aus den mit Häuten bespannten Fensteröffnungen drang, war bemerkenswert, ging es doch eher in den Abend- und Nachtstunden in diesem Haus heiß her. Schon die Erinnerung an manch ausschweifend und lustig verbrachten Feierabend machte das Grinsen des Winzerknechts noch breiter. Nur mit äußerster Anstrengung gab er seinem Drang, durch die Fenster zu spähen, nicht nach, zu sehr schmerzte ihm der Kopf, und zu groß war letztendlich die Angst vor Johanna. Zwischen Gezeter und Geschrei vernahm er deswegen nur im Vorübermarschieren das eine oder andere ungeduldige Wort, den einen und anderen deftigen Scherz und lachend vernahm er dann doch das Treiben im Inneren des wohlbekannten Hauses. Zu laut waren die Stimmen der Frauen.

»Gretlin, jetzt komm schon, binde mir hier hinten das Mieder fester zu«, presste ein dralles Mädchen mit hochrotem Kopf hervor.

»Das meinst du doch nicht ernst, Fronika? Je mehr Gretlin hinten zieht, desto mehr quillt da vorn wieder raus!« Damit zeigte ein Mädchen, das einer Bohnenstange glich, auf den großzügigen Ausschnitt der anderen.

Das allgemeine Gelächter der etwa ein Dutzend Frauen wirkte ansteckend. Ein junges, zwölfjähriges Mädchen kam schnell herbei, wischte sich eine blonde Haarsträhne aus der Stirn und fingerte geschickt am Mieder der Dickeren. Dabei lachte sie verschmitzt.

»Klar, bei dir, Trude, ist da keine Gefahr«, giftete Fronika und half Gretlin so gut es ging, indem sie den Stoff straffte und versuchte auszuatmen, »Wenn ich da vorn«, damit zeigte sie auf ihren eigenen wallenden Busen, »so wie du ausschauen tät – wie eine eingetretene Wirtshaustür nämlich – dann hätte ich die Sorgen auch net!«

Wieder lachten die umherlaufenden, Truhen auf und zu machenden Frauen und Mädchen. Irgendwie versuchten sie sich zurechtzumachen, sich herauszuputzen und sich gegenseitig neue Kleider anzumessen. Dabei zeigten sie ungeniert ihre intimsten Körperteile. Blank, wie Gott sie geschaffen hatte, vielleicht ein bisschen schmutziger als nötig, die Fingernägel mit schwarzem Rand, den Hals verdreckt, die Haare fettig und die Fußsohlen schwielig und schwarz. Da ein nacktes Gesäß, hier eine entblößte Brust, dabei schien keine der Damen etwas zu finden. Auch Gretlin kicherte und fühlte sich sichtlich wohl in diesem ganzen Durcheinander von verschiedensten Haarnadeln, rostigen Brennscheren, fadenscheinigen Unterröcken, Gürteln, die schon bessere Zeiten gesehen hatten, abgetretenen Schuhen. Das alles lag in einem schlampigen Haufen inmitten dieses niedrigen, schäbigen Raumes, der auf der einen Seite in die Wand eingelassene Sitzbänke und auf der anderen eine offene Feuerstelle hatte. Richtig fehl am Platz wirkte der neue blaue Stoff, aus dem die Kleider, die jede der Frauen jetzt schon mehr oder weniger am Leib hatte, geschneidert werden sollte. Hier lag der Teil eines Ärmels, dort eine Rockbahn, grob zusammengeheftet, dort die bereits gezogenen Rüschen für den Ausschnitt.

»Der Samt ist wunderschön, den euch der Herzog da geschenkt hat, ganz weich ist er.« Damit fuhr das Mädchen, dessen Wangen freudig gerötet waren, mit seinen schmalen Händen über die Stoffballen. »Ganze zehn Ellen für jede waren es und das nur, weil er heiraten wird.« Gretlin hatte das Mieder von Fronika endlich fest genug geschnürt und machte sich daran, der nächsten Frau, die ihre Hilfe benötigte, zur Hand zu gehen. Auf einem Bein hüpfend bewegte sie sich auf Elsbeth zu, die ihr Haar aufstecken lassen wollte.

»Na, Mädchen, du bist so fröhlich heute«, damit strich die Ältere Gretlin sanft über das helle Haar und musste schmerzlich erkennen, wie jung und unbeschwert die Kleine war, im Gegensatz zu ihr, die, 15 Jahre älter, schon verbraucht und alt aussah. »Ich hab dich schon lang nicht mehr so kichern gehört«, sagte sie liebevoll.

»Aber es ist ja ein so schöner Tag heute«, erzählte das Mädchen eifrig. »Herzog Albrecht hat uns diese schönen Stoffballen geschickt, weil er heiraten will.«

Lächelnd meinte Elsbeth: »Aber Kindchen, das ist doch erst im Frühjahr, bis dahin ist noch viel Zeit und wir müssen die Kleider ja auch erst nähen, heute stecken wir sie nur ab, probieren sie an und schauen, ob wir genug für alle haben.«

Gretlin fuhr unbeirrt fort: »Aber die ganze Stadt wird auf den Beinen sein, wir werden beim Einzug mit dabei sein, ich kann es gar nicht erwarten, den Brautwagen zu sehen und …«

Stirnrunzelnd unterbrach Elsbeth Gretlin und fragte barsch:

»Was heißt hier, *wir* werden beim Einzug dabei sein?«

»Aber Elsbeth, wir alle werden doch den Herzog in der Stadt willkommen heißen, ihm Blumen streuen, deswegen habt ihr dann ja die schönen Kleider an, die wir jetzt schneidern werden.«

»Genau, Gretlin, *wir* Frauen haben dann die schönen Kleider an, aber nicht du. *Wir* werden am Einzug teilnehmen, nicht du!« Als sie die plötzliche Traurigkeit sah, die sich auf dem vor ein paar Sekunden noch so fröhlichem Gesicht des Kindes sah, zerschnitt es ihr das Herz. Sie seufzte: »Du weißt doch, Mädchen, dass ich dich da heraushalten möchte. Das ist nicht dein Platz! Du kannst hier von der Dachkammer zusehen, ich werde es Merckel sagen, der hat gewiss nichts dagegen«, meinte sie betont munter.

»Aber Elsbeth, das ist nicht dasselbe! Was sehe ich denn von hier, beim Widmerturm muss ich sein«, maulte Gretlin und wandte sich an die nächste Frau, die mit ihrem langen, bis zum Knie reichenden Ärmelzipfel nicht zurande kam und kurzerhand einen Teil des aufgesteckten Ärmels abschnitt.

»Aber Elsbeth, jetzt lass der Kleinen doch auch einmal ein wenig Freude«, fast lautlos war eine gemütlich wirkende, etwas zu behäbige Frau um die 30 zu Elsbeth getreten. »Außerdem, warum denn jetzt zetern über Dinge, die erst in vielen Wochen geschehen werden?«

»Nein, Dorthe«, erwiderte diese heftiger als beabsichtigt.

»Das muss ich ihr doch beizeiten schon sagen. Sonst sind die Vorfreude zu groß und die Enttäuschung zu heftig. Außerdem: Das ist nicht ihr Platz!«

»Was ist denn ihr Platz?«, fragte Dorthe und band sich seelenruhig einen schäbigen braunen Gürtel um die schwammige Taille, obwohl er so überhaupt nicht zum blauen Stoff des Kleides passte. Doch alle kannten Dorthe und ihren Gürtel, hatte sie doch einen kleinen Dolch darin verborgen, der schon so manchen hitzigen Freier in Schach gehalten hatte.

»Ich weiß es nicht. Ich weiß nur, dass ich die Verantwortung für sie habe. Ich muss auf sie aufpassen!«

»Aber jetzt lass sie heute doch davon träumen, mit uns auf dieses Fest zu gehen. Da ist doch nichts dabei. Du kannst sie doch nicht immer wie unser aller Dienstmädchen behandeln, sie bemuttern oder hier einsperren.«

Zweifelnd sah Elsbeth zu Gretlin hinüber, die schon wieder guter Dinge war und gerade über das kecke Strumpfband lachte, das ein Mädchen, das kaum zwei Jahre älter war als sie selbst, unter ihr Knie drapierte. Was machte es da schon aus, dass das Knie so dreckig war, dass sich bereits schwarze verkrustete Ringe gebildet hatten!

»Du kannst sie nicht von allem fernhalten, Elsbeth. Sie wird erwachsen und sie bekommt ja sowieso mehr mit, als du dir vorstellen kannst!«

Damit entfernte sich Dorthe und ließ Elsbeth zweifelnd zurück. Nachdenklich sah sie zur jungen Gretlin, die wie eine kleine Frühlingselfe unter all den braunen Maikäfern herumflatterte, dort eine Schleife band, hier eine widerspenstige Falte im Stoff glattstrich, da eine weitere Bahn abschnitt, dort eine Gürtelschließe zusammenkettete. Sie biss sich auf die Unterlippe und fuhr sich mit der Hand müde über ihr verhärmtes Gesicht. Wie gern hätte sie ihr auch ein neues Kleid gekauft.

Aber keines in diesem dunklen Blau. Heller müsste es sein, blassblau, so wie die Augen des Mädchens, und luftiger müsste der Stoff fallen. Aber was dachte sie da, sie konnte mit ihrem Verdienst den Frauenwirt gerade noch beschwichtigen und ihn widerwillig dazu bringen, sie beide in der engen, kleinen Kammer wohnen zu lassen, obwohl nur sie selbst, Elsbeth, arbeitete. Immer wenn sie Kundschaft hatte, musste sich das Mädchen am Gang unsichtbar machen, sich in den Ecken und Winkeln des schmutzigen Hauses verstecken. Was war das für ein Leben? Resignierend sah sie in die Runde der Frauen und Mädchen. Die Spannung und Vorfreude, die den heutigen Morgen begleitete, verarbeitete jede auf ihre Weise. Die einen saßen mehr oder weniger teilnahmslos auf dem Boden oder auf einem niedrigen Hocker, pflegten ihre Hühneraugen, schnitten die Fußnägel oder bohrten in den Ohren. Andere wieder wussten nicht, was für einen aufwendigen Tand sie in ihr Haar stecken sollten, kein Band war zu bunt, kein Kamm zu aufdringlich. Wieder andere rieben sich mit allerlei Ölen und Cremen aus abgenutzten schmutzigen Tiegeln ein, denen eines gemeinsam war: Sie stanken aufdringlich und konnten doch nicht den säuerlichen Körpergeruch, der von den meisten Frauen ausging, übertünchen. Die Atmosphäre war trotzdem sehr geladen, spürte Elsbeth, und sie lag nicht falsch, denn Fronika konnte schon lang nicht mehr erwarten, es dieser eingebildeten Bohnenstange einmal so richtig zu zeigen!

»Hallo, Waschbrett, reich mir mal die Bürste rüber!«, eröffnete sie den Zweikampf. Interessiert sahen die anderen von ihren Tätigkeiten auf und grinsten. Lustig war es schon, da waren sie doch gleich dabei! Und sie mussten nicht lang warten, denn die dürre Trude konterte postwendend:

»Ich hab halt andere Qualitäten als ein herabhängendes Kuheuter.« Damit drehte sie ihr Hinterteil, lüftete den weiten Rock des Kleides gerade einmal so hoch, dass alle sehen konnten, dass sie nichts darunter trug und sich auf ihrem schmalen Hintern bereits eine Gänsehaut zeigte.

»Sag mal, wie wär's mit einem Untergewand, du frierst ja jetzt schon!«, meinte Ursel, eine schon etwas ältere Frau mit groben Gesichtszügen und hervorstehenden Zähnen, »du könntest dir dein bestes Stück verkühlen, und dann kannst du nicht wie ein abgemagerter Storch um die Männer herumscharwenzeln!«

Eine kaum merkbare Röte überzog das Gesicht Gretlins, als sie einen kurzen Blick mit Elsbeth tauschte, und übertrieben geschäftig nestelte sie am Ausschnitt einer weiteren Frau, damit auch diese ihre Reize möglichst vorteilhaft umrahmt von Blau zeigen konnte.

»Aber geh, allzeit bereit muss man sein!«, lachte Trude schnippisch und blitzte die Ältere an, »so viele Kerle wie du schlepp ich immer noch ab und wenn ich im Blasentee baden muss! Bei dir da unten hängt ja alles schon voll Spinnweben!«

Grölend lachten die Frauen und schickten sich an, mehr oder weniger deftige Ergänzungen beizusteuern. Gretlin, der das jetzt doch zu viel wurde, rettete sich zu Elsbeth, die am Rande des Geschehens bei der Tür stand. Und gut war das, denn blitzschnell und kreischend sprang Ursel auf die Bohnenstange zu und ging ihr an die Haare, dass diese laut aufquietschte. Bei ihrem Alter hätte man ihr diese Behändigkeit gar nicht zugetraut.

»Ja Herrgott noch einmal, ihr blöden Weiber ihr nichtsnutzigen, jetzt hört auf, euch gegenseitig diese blauen Fetzen an den Leib zu halten. Zieht's euch eure alten Hadern an und hörts ma auf mit der Rauferei. Balgen könnt ihr euch nach dem Erntedank immer noch mit euren Kerlen, Arbeit wird's genug geben«, damit öffnete ein übergewichtiger, jetzt schon am Morgen völlig verschwitzter Mann die schwere Tür und stand in seiner ganzen Größe mitten im Zimmer.

»Ich möchte, dass ihr euch heute alle anstrengt und so viele abschleppt, wie nur möglich. Die Zeit nach der Weinlese lockert die Börsen. Und wenn ich sage alle, dann meine ich auch alle, ihr verlotterten Weibsstücke. Ich werde Schmarotzer hier nicht länger dulden. Wer nicht arbeitet, fliegt raus.« Mit einem kurzen Blick auf Elsbeth, die ängstlich auf Gretlin blickte, schloss er die Tür von außen.

Betretene Stille herrschte unter den Frauen, bis Ursel ihre Sprache wiederfand.

»Der stinkende Bock hat heute wieder eine Laune!«

»Die bessert sich erst, wenn er sich seinen Teil von unserem Verdienst unter den Nagel gerissen hat«, meinte Trude, und alle Wut von vorhin war verraucht.

»Wird schon nicht zu knapp sein, sein Anteil, …«, setzte Fronika nach, drehte sich um und rief wieder: »Gretlin, bitte, mein Mieder!« Geschäftig machte sich das Mädchen erneut daran, die dralle Frau noch enger in ihr Kleid zu schüren.

Dorthe sah prüfend zu Elsbeth.

»Lass die Kleine auf keinen Fall allein hier, dem schwitzenden Bock traue ich alles zu. Von wegen, sie soll sich alles von hier ansehen. Vergiss es, Elsbeth, lass sie mitkommen! Und überleg dir, was du mit ihr im Winter machst. Du hast dann die Kerle nur mehr in deiner Kammer, fürs Geschäft in der freien Natur ist es zu kalt.«

»Hast ja recht. Sie wird sich wieder verstecken müssen«, seufzte Elsbeth und winkte Gretlin herbei.

»Pass auf, Mädchen, du darfst ab jetzt mit uns gehen.« Den aufkeimenden Jubelschrei Gretlins würgte sie mit einer forschen Handbewegung ab.

»Aber du musst so nahe wie nur möglich bei uns bleiben. Du gehst keine zwei Schritt weg von mir, ist das klar?«

Freudig nickte Gretlin.

»Bleib mir vor allem von den Männern fern!«

»Freilich, so wie immer mach ich das, Elsbeth«, das Mädchen wirbelte herum, konnte sich vor Freude nicht fassen.

»Nein«, unterbrach Elsbeth sie ärgerlich und hielt sie ein wenig zu fest an den beiden Unterarmen.

»Es ist nicht so wie immer, Mädchen, wir müssen für dich ein Versteck finden, wenn ich arbeiten muss. Und wenn du mit mir unterwegs bist, dann funktioniert das nur, wenn du auch«, hier machte sie eine kleine Pause und sah Gretlin fest in die Augen, »das gelbe Tüchel trägst!«

»Du meinst, Elsbeth«, hier flüsterte das Mädchen fast unhörbar, »ich bin dann auch eine von euch, eine Hübschlerin?«

»Kind, du wirst hoffentlich nie wirklich zu einer freien Tochter werden, da sei Gott davor, aber sobald du das Haus mit mir verlässt, musst du so tun, als wärst du eine«, seufzte Elsbeth, »sonst kannst du nicht mit! Und du hast den Merckel ja gesehen, hierbleiben ohne mich geht nicht, verstehst du das? Weißt du, was ich meine, du darfst ihm nicht allein unter die Augen treten, verstanden?« Eifrig nickte das junge Mädchen, und Elsbeth sah auf die geröteten, frischen Wangen, das feine Blondhaar, das natürliche Lächeln. Böse Ahnungen machten ihr die Brust plötzlich eng, und sie fragte sich, wie lang noch sie eine schützende Hand über ihre unbedarfte Gretlin halten konnte.

»Als du mir gesagt hast, Oheim, dass ich mir die Luft der großen, weiten Welt um die Nase wehen lassen soll, da hast du aber vergessen zu sagen, dass diese Luft erbärmlich kalt ist!«

Schniefend setzte sich Sander in seinem Sattel auf, um sich sein linnenes Tuch zu holen, das aber nicht viel nützte, es war bereits durchweicht und schmutzig.

Dennoch wischte er beherzt über seine Nase, die nun nach fast vier Wochen Reisezeit nicht mehr sommersprossig war, sondern rot gefroren und rissig. Wie fehlte ihm Lucca!

Bernhard von Randegg, der nur eine Pferdelänge vor seinem Mündel ritt und sich mit seinen Gefährten über das bevorstehende Treffen mit dem Bischof von Passau austauschte, hatte Sander gar nicht gehört.

Dafür aber der stämmige Jüngling, der neben ihm ritt. Er kicherte höhnisch und blickte seinen Freund diabolisch an.

»Na Sander, macht sich ein Rotzglöckchen wieder selbständig? Bei dir bimmelt es aber auch andauernd aus beiden Nasenlöchern!«

»Mir ist kalt.«

»Verwöhnt bist du, das ist alles, es ist ein bisschen frisch, aber durchaus auszuhalten. Wenn man nicht ein so behütetes Bürschchen wie du bist, versteht sich.« Damit lugte Ewald wieder nach nebenan. Kopfschüttelnd betrachtete er seinen Freund, der inzwischen die Kapuze seines Reisemantels ins Gesicht gezogen hatte und mürrisch seine eigenen Hände betrachtete, die die Zügel führten.

»Warum meckerst du dauernd, Sander, warum bläst du ständig Trübsal und beschwerst dich über alles und jedes«, fragte Ewald plötzlich und setzte fort, ohne eine Antwort abzuwarten, »ein paar Stunden noch, und wir sind in Augsburg! Freu dich doch, du hast die Alpen überquert, du bist im Norden, gesund und wohlbehalten!« Sander knurrte nur. »Weißt du, mein Freund, du bist schlimmer als meine vier Schwestern zu Hause!« Damit trieb Ewald sein Pferd an und schloss sich der vorderen Gruppe an.

Missmutig ritt Sander allein weiter. Die Reise war bisher nur anstrengend für ihn gewesen. Ja da hatte Ewald leicht lachen, *er* war ja schließlich schon seit seinem zehnten Lebensjahr unterwegs, *er* war es gewohnt, sich Wind und Wetter auszusetzen, *er* liebte unwirtliche Gegenden. Da half es auch nichts, dass wohl schon über 50 Mal kaiserliche Gesandte oder die Herzöge, Könige und Kaiser selbst den Brenner, also die Valle Tridentiam den Passo del Brennero, wie sie die Verbindung über die Alpen nannten, überquerten – und das zu jeder Jahreszeit. Für ihn, Sander, war es das erste Mal, diesen Pass in über 1000 Meter Höhe zu bezwingen, und nur das zählte für ihn. Was noch viel schwerer wog, war die Tatsache, dass Sander nicht freiwillig diese Reise unternahm. Er wollte seine Augsburger Verwandten ja nicht sehen, und was bitte, ging ihn eine herzogliche Hochzeit im fernen Wien eigentlich an. Er reiste, um seinem Oheim einen Gefallen zu tun. Seit er denken konnte, war Bernhard von Randegg für ihn ein verlässlicher, geduldiger Vormund gewesen, der stets um Sanders Wohlergehen bemüht war. Natürlich begleitete Sander seinen Oheim, etwas anderes hätte er niemals zu denken gewagt, umso mehr, als dem Patriarchen von Aquileia auf dieser Reise offenbar die Anwesenheit seines Mündels von besonderer Wichtigkeit erschien.

»Also«, seufzte Sander gottergeben, »dann weiter bis nach Wien, was immer mich da auch erwarten möge! Schlimmer als das, was bereits hinter mir liegt, kann es ja nicht sein.« Die Königsstraße vom angenehmen Süden in den rauen und unwirtlichen Norden hatte Sander in den vergangenen Wochen alles abverlangt. Er kam mit den veränderten Lebensbedingungen, die diese Reise mit sich brachte, mit den Unbequemlichkeiten und Anstrengungen schlecht zurecht, plagte sich schon zu Anfang und dankte Gott, als sich die Reisegruppe in Verona zu einer kleinen Rast niederließ. Die Stadt im Veneto gefiel Sander wider Erwarten ausnehmend gut. Das Castelvecchio der Herren della Scala an der Etsch und die mit Zinnen bekrönte Festungsbrücke beeindruckten ihn. Besonders angetan hatte es ihm der dreibogige Ponte Scaligero über die Etsch, der erst vor zwölf Jahren fertiggestellt wurde und von dem man im ganzen Kaiserreich schwärmte. Jetzt endlich konnte er dieses Wunder betrachten! Als größte Segmentbogenbrücke hatte sie eine Hauptspannweite von über 40 Ellen und die zinnenbewehrten Türme sahen hinab auf die breite, schnell dahinfließende Etsch. Doch die Begeisterung hatte für Sander ein jähes Ende, als sie weiter dem Fluss folgten. Das enge Tal und der schmale Weg ängstigten den jungen Mann, und er dachte, dass er wohl kaum Anstrengenderes meistern konnte.

Die Straße, oder vielmehr der Saumpfad, verlief ganz in der Tiefe, eingezwängt zwischen den steil aufragenden Bergketten. Sander fühlte sich, als bewege er sich hinein in einen undurchdringlichen, gewundenen Schlund. Er konnte das erhebende Gefühl dieser Berglandschaft nicht genießen, es schien ihm eher, als würden die Alpen ihre kalten grauen Arme nach ihm ausstrecken. Das Tosen des Wassers, die steilen Felsen, die nur jeweils einen Reiter hinter dem anderen duldeten, weil sie auf beiden Seiten hoch aufragten, ängstigten Sander zutiefst, und ein schmerzvolles Sehnen nach Lucca, seinen sanften, weiten Hügeln nahm Besitz von ihm, und es war so stark, dass es ihn wohl bis zum Ende seiner Reise nicht mehr loslassen würde. Er vermisste den weiten, blauen Himmel und konnte sich nicht damit abfinden, dass der schmale Streifen, der wie eine Spalte in den Bergen aussah, dasselbe Firmament sein sollte. Nicht auszudenken, wenn nur ein kleiner Felsbrocken von oben heruntergerollt käme, welchen Schaden dieser vielköpfigen, mit Pferden, Maultieren und Trägern begleiteten Reisegruppe erleiden könnte!

Endlich erreichte Sander mit seiner Reisegruppe Trient, wo er seine durchweichte und schmutzige Reisekleidung tauschen und sich etwas erholen konnte. Doch sein Oheim drängte zur Eile. In wenigen Tagesmärschen sollten sie Bozen hinter sich lassen und in Terlan auf der Burg eintreffen, um Wolkenberg und seinen Sohn Ewald in das Gefolge aufnehmen zu können. Der Weg von Trient verlief ein wenig ruhiger, und nach ein paar Meilen staunte Sander über die Vielzahl an herrschaftlichen Burgen, die den Weg säumten. Aber eine eigenartige, barbarische Sitte verwirrte ihn danach auf das Höchste: Auf den zahlreichen Burgen, die hoch auf den Felsen über dem Fluss ragten und Adeligen gehörten, spielten sich beängstigende Dinge ab. Denn wenn die Bewohner eine größere Anzahl an Reisenden erblickten, ließen sie, sobald sich die Gruppe schon unterhalb ihrer Burg befand, plötzlich von der Festung die Hörner erschallen. Nicht genug damit, zudem erhob eine möglichst große Anzahl von Menschen von den Mauern und Befestigungen aus ein barbarisches Geschrei und feindliches Geheule. Durch das unvermutete Ereignis fuhr nicht nur Sander der Schrecken in die Glieder, auch dem Patriarchen und den Handelsreisenden sank der Mut, weil sie nicht wissen konnten, was nun als Nächstes geschehen würde. Würde eine in diesen Gegenden allzu bekannte Räuberbande auf die Reisenden herabstürzen? Oder würde ein Felsbrocken, rasch heruntergerollt, den weiteren Weg versperren? Nur einer lachte und johlte zurück, dass sich der Schall an den steilen Bergrücken vervielfachte: Ewald. Er war es auch, der Sander erklärte, was dieser Krach zu bedeuten hatte. Jene Burgherren nämlich glaubten, dass diese barbarische und schreckliche Sitte zum

Schutz ihres Eigentums beitragen würde und Menschen eher vom Unrecht ablassen würden, wenn sie schon erblickt und angeschrien wurden. Für Sander eine reichlich seltsame Sitte, sein Hab und Gut zu verteidigen, und einmal mehr erkannte er, dass er sich dem barbarischen Norden mit Riesenschritten näherte. Doch diese Begebenheit war nicht die Einzige, die den Jüngling zum Grübeln brachte. Auf dem weiteren Weg wunderte sich Sander immer mehr über Bernhard von Randegg. Sein Oheim, der sonst die Ruhe in Person war, wurde zunehmend fahriger und ungeduldiger. Er schrie die Träger ohne besonderen Grund an, trieb sein Pferd über dessen Kraft und wurde bei jeder noch so kleinen Verzögerung wütend. Sander konnte sich nicht erklären, was seinen Oheim so belastete, denn es war offensichtlich, dass der Patriarch mit einem inneren Zwist zu kämpfen hatte. Sander befürchtete, dass es mit dem Gefolge Wolkenbergs zu tun hatte, und sah mit Bangen dieser neuerlichen Herausforderung entgegen.

Endlich kamen die Stadttore von Bozen in Sicht. Diese Stadt zwischen Talfer und Eisack fiel Sander sofort durch die Kirchtürme auf, die sich mutig in den Himmel reckten. Der schlanke Turm der Pfarrkirche, die Dominikanerkirche und natürlich die Kirche des Ordens des Heiligen Franziskus. Sander atmete befreit durch, sein Schutzpatron würde ihn nicht aus den Augen lassen. Der kleine Giovanni Battista, wie der Heilige mit seinem weltlichen Namen gerufen wurde, wanderte ebenfalls diesen Weg entlang, Sander begab sich auf dessen Spur und war sich dessen Beistand gewiss. Er kannte die Geschichte des Heiligen nur zu gut, war mit den Legenden rund um Franz von Assisi gleichsam groß geworden. Es war so spannend, in diese Stadt hineinzureiten, wo der große Heilige 150 Jahre zuvor mit seinem Vater Pietro Bernardone, einem Tuchhändler, auf einer Geschäftsreise vorbeigekommen ist. Ehrfurchtsvoll stand Sander in der Kapelle des Klosters, wo der Tross Quartier bezogen hatte, denn er wusste nur zu gut: Der kleine Franziskus hatte genau hier bei der Messe ministriert und die Glocke geläutet. Wäre Sander nicht schon ganz angetan von Franz von Assisi gewesen, spätestens hier in Bozen im Kloster hätte ihn die Begeisterung gepackt. Getröstet und gestärkt fühlte er sich in dieser Stadt, und wenn es nach ihm ginge, so wollte er die Alpen nicht mehr überqueren. Dieser Ausflug allein genügte ihm, um in Lucca davon erzählen zu können.

Doch die Ruhelosigkeit des Oheims nahm zu, die Schönheit dieser alten Handelsstadt mochte nur sein Mündel, aber nicht ihn zu bezaubern, und so hetzte er seinen Tross weiter die Etsch entlang Richtung Terlan. In der nahegelegenen Burg Neuhaus sollte dann eine wohlverdiente mehrtägige Rast eingelegt werden, wo man in Muße den zweiten Teil der Reisegesellschaft erwarten wollte. Friedrich von Wolkenberg wollte seinen zweitjüngsten Sohn mit Gefolge Bernhard von Randegg als Knappe übergeben. Sander, dem die Ankunft eines jüngeren Reisegefährten bereits von seinem Oheim angekündigt worden war, war gleichermaßen freudig gespannt wie ängstlich abwartend. Einerseits würde ihm Ewald helfen, die langen Stunden im Sattel zu verkürzen, andrerseits wollte Sander sich nicht mit einem jüngeren Knappen belastet fühlen. Er wollte nicht zusätzlich ein ängstliches Kind am Hals haben, war er selbst doch schon genug eingeschüchtert von der Reise. Ewald war, das erfuhr er von seinem Oheim, 13 Lenze alt, also um ganze drei Jahre jünger als er selbst. Nun, das war für einen Jüngling bekanntlich eine halbe Ewigkeit. 36 Monate weniger – also war Sander gewiss, dass er eindeutig einen ängstlichen Knaben und keinen jungen Mann vor sich habe würde. Was war, wenn dieser junge Wolkenberg ein unangenehmer Genosse war, wenn er Sander als großen Bruder ansah und ihm am Rockzipfel klebte? Also da lehnte sich alles in ihm auf, er hatte keinen Bedarf, Aufpasser oder gar Kindsdirne zu spielen!

So kam er mit sehr gemischten Gefühlen nach Terlan und war augenblicklich angetan von der Burg, die sich ihm hoch über der Ortschaft zeigte. Vom Tal aus erblickte er einen fünfeckigen Bergfried, welcher an der höchsten Stelle des Burgfelsens stand. Es schien Sander, als wäre der Bergfried bis zum obersten Stockwerk bewohnbar, und er blinzelte leicht, als er am zinnenlos abgeschlossenen Turm hölzerne Obergaden erblickte. Wie weit musste der Ausblick von dieser Stelle aus sein! Als sich der Tross mühsam die Steigung hinaufquälte, wurde Sander das gesamte Ausmaß der Burganlage bewusst. Zahlreiche Vorburgen mit Ringmauern säumten den Weg zur Hauptburg, deren Palas nicht weniger als vier Geschosse hatte. Auf seine erstaunten Ausrufe reagierte der Patriarch missmutig. »Sander, ich weiß nicht, was du hast, das ist nur eine von vielen Burgen« oder »Sander, jetzt mach doch nicht so viel Aufhebens darum, altes Gemäuer ist das doch nur!« Der Jüngling staunte nicht schlecht, denn so abweisend hatte er seinen Oheim nur selten erlebt. Als er endlich erfuhr, dass dieser Ort einer der Lieblingsplätze der Gräfin von Tirol war, schwoll ihm die Brust vor lauter Stolz. Bernhard von Randegg wurde immer unwirscher und konnte die Jubelschreie seines Mündels nicht verstehen, als sie die prunkvollen Herrenräume im Palas bezogen. Sander war sich einmal mehr ganz sicher, dass die schlechte Laune seines Oheims mit der nahenden Ankunft der Wolkenberger zusammenhängen musste. Es gab einfach keine andere Erklärung. Was würde ihn da wohl erwarten, wenn schon sein besonnener Onkel unruhig wurde?

Nun, wenige Tage, nachdem sich der Tross des Patriarchen auf der Burg eingerichtet hatte, ritt die Vorhut der Wolkenberger in den Burghof. Sander hatte fest vor, sich einen ersten Eindruck von den Ankommenden aus dem sicheren Obergeschoss zu machen. Doch weit gefehlt! Nach einem kurzen Gespräch mit den angekommenen Reitern ließ Bernhard sein Mündel holen und wies ihn an, den bevorstehenden Besuch gemeinsam würdig zu empfangen.

Schon von Weitem konnte Sander eine hoch aufgerichtete Gestalt, die auf einem wunderschönen Falben saß, ausmachen und daneben eine kleinere auf einem Apfelschimmel. Kein Zweifel, das mussten Friedrich von Wolkenberg und sein Sohn sein. Sie wirkten noch frisch und munter, was kein Wunder war, denn zum Unterschied zu Sander, der aus der Toskana angereist war, war die Stammburg der Wolkenberger, Burg Schöneck, nur weniger als 20 Meilen entfernt, einen gemütlichen Tagesritt also.

Als die Reisegesellschaft im Hof der Hauptburg abgesessen war, und während sich ein Tumult von Stallburschen, die die Pferde übernahmen, Knappen und Dienern, die die Herrschaften in die Räume des Palas geleiteten, entwickelte, blieb Ewald seelenruhig auf seinem Schimmel sitzen und musterte Sander ungeniert. Diesem entging das freilich nicht, und beschämt senkte er den Blick. Als er wieder aufsah und sich der Peinlichkeit seines Verhaltens bewusst war, stand ihm der Jüngere schon gegenüber. Viel zu nahe für Sander, keine zehn Zoll entfernt. Zaudernd wich er drei Schritte zurück und blickte kurz auf den Knaben. Ewald war mit seinen 13 Jahren etwa gleich groß wie Sander, und – wie dieser mit Unmut feststellen musste – viel kräftiger gebaut. Seine muskulösen Waden steckten in braunen Beinlingen, sein ausladender Brustkorb sprengte fast die Verschnürung an seinem grünen Wams. Sein

Haar, von kastanienbrauner Farbe und bis zu den Schultern reichend, hatte die Beschaffenheit von Rosshaar, so fest und struppig lugte es unter der Kappe hervor. Seine Gesichtsfarbe hatte nichts von der Blässe, die Knaben aus vornehmer Familie oft aufwiesen, nein, Ewalds Gesicht war wettergegerbt mit rosigen dicken Backen. Alles schien an ihm größer ausgefallen zu sein, seine Nase war klobig, sein Kinn rund und seine Augen groß. Halt, was sah Sander da? Hatte der Knabe etwa die Dreistigkeit, ihm zuzuzwinkern, ohne vorher ein Wort an ihn gerichtet zu haben? Vor soviel Übermut verschlug es ihm die Sprache, und unsicher starrte er an Ewald vorbei ins Leere.

Inzwischen wurde es im Burghof wieder ruhiger, leise hörte man die Pferde in den Ställen schnauben, als sie ihre Heurationen bekamen, nur sehr weit weg konnte man die Axt hören, die der Hausbursche schwang, um genug Feuerholz in die Küchen bringen zu können. Langsam wurde das Schweigen zwischen den beiden Jünglingen unangenehm. Für Sander jedenfalls, Ewald, so schien es, schien sich gut zu unterhalten und schaute interessiert in alle Richtungen.

Da plötzlich: »Ich weiß nicht, wie es dir geht, aber mir stinkt diese ganze Unternehmung hier gewaltig!« Damit hob Ewald seinen Arm aus dem warmen Reiseumhang, und in einer weit ausholenden Geste schloss er den Burghof, den Palas und die angrenzenden Wirtschaftsgebäude mit ein.

Verblüfft starrte Sander zu diesem Knaben, dessen Dreistigkeit er kaum fassen konnte.

»Nicht, dass ich nicht gern auf Reisen wäre, aber das ganze Brimborium, das mein Alter und deiner hier veranstalten, geht mir auf den Geist.«

Sander blieb der Mund offen.

»Ja gut, die Burg ist im Besitz der Grafen von Tirol, aber die Hochwohlgeborenen können mir sowieso gestohlen bleiben, und«, damit drängte er sich noch näher an Sander, »die gehen ja auch nur wie unsereins auf den Abtritt, oder? Sind keineswegs besser als wir, wahrscheinlich stinken sie sogar noch mehr!« Damit warf der Junge seinen Kopf zurück und lachte offen heraus. Sanders betroffene Miene schien er zu ignorieren und munter plapperte er weiter:

»Ja sicher, mein Alter will halt einen guten Eindruck machen, und deiner auch, aber diese Speichelleckerei vor den Tiroler Grafen ist so gar nicht meines.« Erwartungsvoll blickte er Sander an. »Und du, bist du am Ende auch so ein Kriecher?«

Betroffen sah Sander Ewald ins Gesicht und rang sich zu einem leisen, kaum hörbaren »Nein, also ich weiß nicht …«, durch.

»Na, Gott sei Dank«, damit klopfte Ewald Sander auf den Rücken, sodass dieser zwei Schritte nach vorn stolperte, nahm daraufhin seinen Arm und zog ihn Richtung Herrenhaus. Wieder plauderte er weiter: »Ich dachte ja, mein Gott das Mündel vom Patriarchen von Aquileia, das wird so ein verzogener Pinkel sein, ein Weichei halt, ein Duckmäuser und Schwächling.«

Sander, der sich willig von Ewald mitzerren ließ, zuckte bei jedem Wort zusammen. »Aber wie ich sehe, bist ein kerniger Bursch!« Damit lachte er wieder schallend, und beide erreichten das Tor zum Rittersaal. »Ich weiß ja nicht, wie es dir geht, aber ich brauche dringend, sehr dringend was zwischen die Zähne, das Frühstück ist schon lang her.«

Lächelnd dachte Sander jetzt an diese erste Begegnung mit Ewald zurück. Er hatte sich Gedanken gemacht, Aufpasser für ein zartes Bürschchen spielen zu müssen und war stattdessen mit einer Tiroler Urgewalt geschlagen! Als die Reise weiterging, kamen sich die beiden Burschen näher, und Sander erfuhr, dass Ewald nicht unablässig zwinkerte, sondern mit einer angeborenen Missbildung zurechtkommen musste, die das rechte Augenlid herunterhängen ließ. Aber er kam glänzend zurande mit seiner Gabe, das Leben zu nehmen, wie es war, nicht in Selbstmitleid zu versinken, sondern sich über sich selbst lustig zu machen. Nach drei weiteren Tagen auf der Burg Neuhaus verabschiedete sich Friedrich von Wolkenberg mit seinem Gefolge und überließ seinen Sohn der Fürsorge von Bernhard von Randegg.

Die Reisegruppe, die jetzt um einen Knappen reicher war, folgte der Etsch und erreichte in einem Dreitagesritt auf einer stetig aufwärts führenden Straße zwischen hohen Felswänden hindurch endlich die Passhöhe des Brenners. Dort angekommen sahen sie auf eine ebene Fläche, wo sich auch zwei Seen befanden, die nur wenig voneinander entfernt waren. Vom einen See entsprang die Etsch, die sich nach Süden wandte, vom anderen ergoss sich ein Fluss Richtung Deutschland, den die Bewohner Inn nannten. Für Sander war das nun die Wegscheide zwischen dem heimatlichen, vertrauten Süden und dem barbarischen Norden – eine Herausforderung, der er sich stellen musste, ob er nun wollte oder nicht.

Und wirklich: Die Schwierigkeiten, die zu überwinden waren, ließen nicht lang auf sich warten. Der Abstieg von der Passhöhe gestaltete sich bei Weitem schwieriger als der Aufstieg. Der Weg war steil abfallend und schmal, und an manchen Stellen führte er in langen Kehren über steile Felsen gleichsam in einen Höllenschlund. Rechts der Straße drohte ein gewaltiger Berg, links der Abgrund. Sander war schon vom Anblick der felsigen Hänge beängstigt, und er konnte langsam keine Tannen, Fichten und Föhren mehr sehen. Dazu kam ein Wettereinbruch, und zu einer Zeit, wo man in Lucca womöglich noch das Mittagsmahl im Freien genießen konnte, stapfte die Reisegesellschaft in frisch gefallenem Schnee dahin. Ganze zwei Tage kroch der Tross durch tiefe und schwer begehbare Täler am Fuß der Berge, über verschneite Saumpfade, die nicht mehr als einen Fuß breit waren. Die Menschen konnten auf diesem Weg ohne Schwierigkeiten dahinschreiten, aber Sander taten die Pferde und Maultiere leid. Sie wurden am Zügel geführt, und wenn sie mit dem einen oder anderen Bein vom Pfad abkamen, tauchten sie in den Tiefschnee ein und konnten nur mit großer Mühe und unter Gefahr herausgezogen und auf den Weg zurückgebracht werden. Endlich hatte man die Durchquerung dieses Tales geschafft, und Sander erblickte in der Ferne Innsbruck! Diese Stadt würde ihm fortan nur mehr als Name für ›Paradies auf Erden‹ im Gedächtnis bleiben, so erleichtert war er und so nahe am Ende seiner Kraft und Geduld.

Vom Vorstadttor erreichte der Tross von Randegg die innere Stadt. Sander fielen sofort die neu erbauten Häuser auf, hohe, schmale Gebäude mit niedrigem Giebel, die eng aneinandergebaut sich weit nach hinten erstreckten. Die älteren unter ihnen waren aus Holz, aber ganz neue aus Stein. Mauerstützen, die nicht selten bis zum zweiten Stockwerk ragten, sollten die Bauten vor den häufigen Erdbeben schützen. Sander, der nach langer Zeit wieder Straßen, fremde Menschen und das Getümmel und die Gerüche einer Stadt gierig aufnahm, wartete gespannt, was sein Oheim vorhatte. Beruhigt nahm er zur Kenntnis, dass sich der alte Mann wieder etwas beruhigt hatte, und von der Ungeduld und Fahrigkeit, die er in der Burg Neuhaus an den Tag gelegt hatte, nichts geblieben war. Sein Oheim hatte sich wieder in den geduldigen und zufriedenen Mann verwandelt, dem Sander bedingungslos vertraute. Bernhard von Randegg bezog Quartier bei einem ihm nahestehenden Kaufmann, der den gesamten Speck- und Schinkenhandel mit Augsburg abwickelte und ein vornehmes Haus in der Herrengasse, gleich hinter dem Dom, unterhielt. Das Gebäude war zwar viel düsterer und dunkler, als es Sander von den Palazzi in der Toskana gewöhnt war, doch herrlich bequem, heimelig und ein wahres Gottesgeschenk nach den Entbehrungen der Reise. Im Erdgeschoss waren die Lager, Ställe und Magazine untergebracht und in den beiden Obergeschossen die Wohnungen. Ganze drei gab es davon, alle mit einer hellen Stube und zwei Schlafkammern mit kleinen Fenstern, um das raue Wetter und die tiefen Temperaturen dieser Bergstadt draußen zu halten. Die alles beherrschende Küche befand sich im Inneren des Hauses und erhielt nur Licht aus einem Schacht, der nach oben führte.

Sander liebte den Geruch des Geräucherten, das man hier ›Geselchtes‹ nannte. Er schnupperte den würzigen Duft, der sich von den Lagern nach oben zog und gewöhnte sich sogar an die deftige Kost, die ihnen vorgesetzt wurde. Ewald meinte fast, dass Sander das Jammern verlernt hatte, und freute sich, dass sich sein Freund hier in dieser von hohen Bergen umgebenen Stadt so wohl fühlte. Er konnte nicht wissen, dass Sander die Reise bis an seine Grenzen erschöpft hatte, und ihm alles, was ihn einigermaßen an seine verlorene heimatliche Bequemlichkeit erinnerte, als Geschenk des Himmels vorkam. Doch Sanders Sanftmut und Zufriedenheit hielt nicht lang vor, denn nur sehr kurz wurde gerastet. Bernhard von Randegg drängte bestimmt und unnachgiebig weiter. Auf die Klagen seines Neffen antwortete er nur: »Unsere Augsburger Verwandten warten sicherlich schon auf uns. Ich möchte sie nicht enttäuschen!«

Schwer seufzend kehrte Sander eines sonnigen aber klirrend kalten Tages Innsbruck den Rücken, schwang sich stöhnend auf sein Pferd und reiste weiter im Tross, übellauniger denn je. Und da war er jetzt, beendete seine Gedanken an die hinter ihm liegende Reise und wandte sich der Zukunft zu. Die nächste Station war endlich Augsburg, von da sollte es nach dem Winter über Regensburg weiter nach Passau gehen. Missmutig saß Randeggs Mündel im Sattel, fluchte über die dicke Reisekleidung, schimpfte über das schlechte Wetter, raunzte über das schnelle Tempo und nervte seinen jungen Freund und seinen Onkel.

»Ach Sander, du freust dich sicher genauso darauf, unsere Familie in Augsburg begrüßen zu dürfen«, meinte der Patriarch aufmunternd. »Bald wirst du die ersten Türme der Stadt sehen, wirst dich über deine große Familie freuen und guter Dinge sein!«

»Du hast ganz recht, Oheim!« Sander richtete sich im Sattel auf und atmete tief durch. »Ja, einfach brennend warte ich darauf, unsere Verwandten zu sehen, und viele Tagesmärsche weiter zu reiten«, setzte er pflichtschuldigst nach.

Ewald fiel vor Lachen beinahe aus dem Sattel, als er Sanders Leichenbittermiene sah. Und ein kleines Lächeln kräuselte auch die Lippen Bernhard von Randeggs.

Mein liebes Kind!

Viele Tage und Wochen sind vergangen, viele Stunden der Verzweiflung, der Ungeduld und des Haderns mit meinem Schicksal. So gerne möchte ich Dich zu mir rufen, wann immer Du in die Kirche kommst, und doch weiß ich so gut, dass ich Dir damit keinen Dienst erweisen würde. Meine Tage sind dunkel und grau, ich, die Herrscherin über so viele Menschenschicksale bin meiner Macht beraubt und doch kann ich mich glücklich schätzen, dass ich überhaupt noch unter den Lebenden weile und nicht eines Giftmordes wie mein Sohn sterben musste, der gerade einmal 15 Lenze auf dieser Erde verweilen durfte. Die Machthungrigen sind grausam, mein Kind, und sie erfinden immer wieder neue verschlungene Wege, mich in Verruf zu bringen und mir ihre eigenen Taten anzulasten. Mir zersprang fast das Herz, als ich mein Siegel auf die Urkunde drückte und Dir damit Dein ganzes vor Gott zustehendes Erbe entriss, Dich damit Deines Namens und Deiner Herkunft beraubte. Da half es auch nichts, dass ich später noch ein Kleinod, mein geliebtes Grein, für Dich retten wollte. Zu verworren war mein Leben, zu schwach meine Verbündeten und zu mächtig meine Gegner. Ich habe Dir alles genommen, mein Kind, Dich verleugnet und gleich einem Baum entwurzelt und in unfruchtbare Erde gesteckt. Aber glaube mir, unsere Widersacher hätten Dich nicht nur entwurzelt, sondern Dich ohne Aufhebens schlichtweg gefällt und Deine Lebenssäfte endgültig vertrocknen lassen. Ich bete für Dich, mein Kind, und weiß, dass es Dir irgendwie gelingen wird, auch in dieser unfruchtbaren Erde zu überleben und Wurzeln zu schlagen. Du bist aus gutem Holz gemacht, und Deine Äste werden stark sein, Deine Blätter saftig grün …

Leise bimmelte das Glöckchen am Bellriemen des edlen Tieres. Nur dieses leise Geräusch gab Zeugnis davon, dass sich in dieser undurchdringlichen Nebelwand etwas regte. Zu früh war die Stunde, noch hatte die Sonne nicht den Kampf gegen die trübe Feuchtigkeit gewonnen. Der Falkenbursche fröstelte, und sein Atem gefror in der Luft zu weiteren Nebelwolken. Auf seinem braunen Lederhandschuh saß das edle Tier wohl behütet, die Haube sorgfältig über den Kopf gezogen, und wartete auf seinen Einsatz. Auf der anderen Seite des Feldes stand der Falkner, die Ledertasche mit der Atzung schräg über der Schulter, das Federspiel fest um die Hand gewickelt. Dann brach die Sonne durch, endlich!

Auf einen Pfiff des Falkners nahm der Junge den einen Riemen der Haube in den Mund, den anderen in die Hand und befreite so den Vogel von seiner Haube. Kurz sträubte dieser sein Gefieder, hielt seinen Kopf schräg auf die eine, dann auf die andere Seite. Mehr brauchte er nicht, um sich zu orientieren. Dann setzte der Junge den Vogel auf den Block und löste die Langfessel. Lang hatte das Abtragen auf die Faust gedauert, nun war die Übung mit dem Lederpolster, auf den ein paar Federn genäht und die Atzung gebunden war, an der Reihe. Das Spiel konnte beginnen, der Vogel zum ersten Flug war bereit.

Hoch hob der Falkner seinen Arm und ließ das lange Lederband des Federspiels mit immer höherer Geschwindigkeit kreisen. Ein zischender Laut durchschnitt die frische Morgenluft. Sofort starrte der Vogel auf das kreisende Polster. Blitzschnell drehte er seinen Kopf, fixierten seine starren Augen die Beute. Mit einem sachten Laut hob er die Flügel, stieg gegen den Wind höher und höher, um plötzlich die Flügel anzulegen und im Sturzflug auf den Falkner herabzufallen. Im letzten Augenblick surrte das Federspiel vorbei, und der Vogel streifte mit einem Flügel den Boden, bevor er wieder aufstieg, höher noch als zuletzt, um sein Glück erneut zu versuchen. Dieses Mal hackte er mit seinem Falkenzahn in das Leder, um dann abzulassen und zu einem neuen Angriff zu starten. Wieder schleuderte der Falkner das Federspiel, wieder stürzte der Vogel von oben herab. Dieses Mal verfehlte er seine Beute nicht, krallte sich fest im Lederbalg, riss ihn zu Boden und schlug seinen Schnabel in das rohe Fleisch, das angebunden seine Belohnung darstellte.

»Er ist ganz gut, ein wenig zu hitzig vielleicht. Du solltest ihn weniger hungern lassen«, meinte der Falkner zu seinem Burschen, indem er die Distanz zum Bock in raschem Schritt verkürzte.

»Aber ansonsten, meine Hochachtung. Das Abtragen hast du gut gemacht. Seine Wildheit ist beherrschbar, sein Flug einwandfrei.« Jetzt war er bei den beiden angekommen.

Mit einer fast zärtlichen Geste wollte er dem Gerfalken über sein weißes grau gesprenkeltes Gefieder streichen, doch der Bursche drängte sich dazwischen, nahm den Falken auf, streifte ihm die Haube über und stapfte ohne ein Wort zurück zum Verschlag.

Nachdenklich sah ihm der Falkner nach, und ein ungutes Gefühl ließ es ihm kalt den Rücken hinunterlaufen. Was war nur mit dem Jüngling los, hatte er es sich eingebildet oder glänzten seine Augen wirklich wie im Fieber, ging sein Atem stoßweise und zitterten seine Hände? Ein komischer Kauz! Ein guter Falkner sicherlich, aber ein wirklich seltsamer Mensch. Was würde nur werden, wenn er ihn unter seine Fittiche nehmen musste? Und das würde er müssen, auf höchsten Befehl der Herren. Dieser komische Junge würde Teil der Reisegesellschaft nach Wien sein, das war unumstößlich entschieden. Da konnte man nichts mehr machen, man musste sich fügen. Achselzuckend machte sich der Falkner auf den Weg in die Burgküche, um sich einen wärmenden Trunk nach diesem frostigen Tagesbeginn zu erbitten.

Der Jüngling hingegen bedurfte keiner wärmenden Gabe, ein Feuer brannte in seinem Innersten lichterloh und schien ihn fast ganz zu verzehren. Er würde die Burg verlassen, das Gefängnis seiner Kindheit. Er durfte weg! Verzückt versorgte er den Falken, setzte ihn in seinen Käfig, zog ihm die Haube vom Kopf, band die Langfessel sorgfältig. Verträumt musterte er das Tier, kauerte sich in seiner ganzen verwachsenen Gestalt in eine Ecke und gab sich seinen Tagträumen hin. Ganz weit weg würde es gehen, nach Wien, und in Begleitung seines Lieblingstieres.

Alles veränderte sich in diesem einzigen Moment, als man ihm die Entscheidung des Herrn mitteilte. Die beengte Kammer wurde weit, sein mühsames Atmen leicht, seine Angst und Bedrängnis verschwanden. Er würde auf Reisen gehen, sich in die Lüfte erheben, gleich seinem Falken würde er sein Opfer erspähen mit seinen kleinen braunen Augen. Gleich diesem wunderbaren Tier, das unter dem Dunkel seiner Haube in einem Dämmerzustand verharrte, um dann, hochgeworfen in die Luft, höher, immer höher zu steigen, immer weiter und weiter weg zu reisen …

Angenehm wie ein seidenes Gewand umschmeichelte die Luft seine kranken Lungen. Atem, wohltuend und leicht, befreite die Fessel, die sonst seinen Brustkorb umschloss. Diese Kraft und Überlegenheit, endlich die Schmach und Schande hinter sich lassen zu können, beflügelten ihn. Unbeherrscht brach sich die Begeisterung Bahn, und der Junge schrie erst leise, dann immer lauter, und aus leisem Gekrächze wurde ein weittönendes Triumphgeschrei.

Gleich einem Raubvogel rannte und hüpfte er herum, ungebärdig vor Freude und Übermut. Da, er vermeinte ein Opfer erspäht zu haben, es war ein Spiel, eine Einbildung, aber sogleich bahnte sich der Gedanke seinen Weg, ließ ihn zum Falken werden, zum Raubvogel, zur Bestie. Im Sturzflug ließ er sich nieder auf das wehrlose Opfer, ein Stück

Fleisch, das plötzlich Konturen annahm, ein Gesicht bekam, Haare, Augen, eine Nase, einen Mund. Mit unglaublicher Härte stieß er mit der Klinge auf die blasse Haut, die den zarten Nacken umspannte. Einem Falken gleich durchbohrte er mit gezieltem Hieb die Schädeldecke. Er stellte sich das Blut auf dem gelockten Blondhaar vor, oder war das Haar glatt, war es brünett? Ehernen Krallen gleich umschloss seine Hand den Oberkörper seiner Beute, drückte sie zu Boden und schlang mit der anderen die Lederschnur um ihren Hals. Mit seinem ganzen Körpergewicht legte er sich auf sein Opfer und zog fester und fester. Ohne Bedauern, ohne Gnade wartete er, bis er keine Bewegung mehr spürte, kein Zucken, kein Zittern.

Was machte es denn aus, dass er nur eine armselige Kreatur war, wenn er doch in Gedanken so viel mehr war? Der verwachsene Junge spürte in seinem Traum weder die Kälte, die vom erdgestampften Boden in seine Knochen kroch, er roch nicht den beißenden Gestank des Vogelkots, zu sehr nahm ihn diese wollüstige Vorstellung gefangen. Sein Magen krampfte sich vor Erregung zusammen, als er in Gedanken das grausige Bild betrachtete. Den misshandelten Körper, die verrenkten Glieder, das geronnene Blut. Wie ein Schauspiel bewunderte er seinen Beutezug. Es war wunderschön. Es war stark. Und es bereitete ihm Vergnügen. Er wusste, er würde es tun, nicht nur in Gedanken, zu sehr lockte ihn die Lebendigkeit, die Macht über Tod und Leben.

Wie ein Irrer lachte er, als er den Ruf des Falkners von draußen hörte: »Wir packen's, alles Getier in die Verschläge, Ausrüstung in die Satteltaschen, es geht los, wir ziehen nach Wien!«

»Hundsviecha, elendige«, laut schimpfend zog Johanna ihren rechten Fuß, der ziemlich klein für eine Frau ihres Umfanges war, nach oben. Mit einem unappetitlichen Schmatzen löste sich ihr Holzpantoffel aus einem großen Haufen Hundedreck. Da stand sie nun und lehnte ihre vom Arbeiten sehnigen Unterarme gegen die Klostermauer, begutachtete den versauten Schuh und spuckte Gift und Galle vor Wut. Direkt vor dem Seiteneingang zum Kloster in der Singerstraße! Das durfte doch alles nicht wahr sein. Müde strich sie eine Strähne ihrer ursprünglich blonden, jetzt schon grau durchzogenen Haare zurück und versuchte, die wenigen Haare in ihren Zopf, den sie hochgesteckt unter der Haube trug, zu stopfen. Doch die Flechten waren so dünn, dass sich die Haarsträhne wieder herauslöste und ihr erneut über die etwas groß geratene Nase hing. Verärgert blies sie die Luft nach oben. »Auch das noch«, murmelte sie und leckte mit der Zunge über ihren Mund, der schön geformt war und mit ein bisschen Zuwendung und Pflege eigentlich recht manierlich ausgesehen hätte. Aber so waren die Zähne gelb, und die Lippen, die sie jetzt vor lauter Anstrengung fest zusammenpresste, rissig. Mühsam ging sie in die Knie, was mit dem aus Weiden geflochtenen Tragekorb, der voll Tontöpfen der verschiedensten Größen war, einem Kraftakt glich. Umso mehr, als ihr das Kreuz sowieso schon zu schaffen machte. Auch jetzt spürte sie ein Reißen in den Bandscheiben und ein Ziehen in ihren massigen Oberschenkeln. Seufzend betrachtete sie wieder den stinkenden Schuh, setzte dann ihre schwere Last ab und fluchte:

»Bei allen guten Geistern, welcher Teufel hat diese blöden Weiber nur geritten, sich diese depperten Köter zu halten!« Ihr Blick heftete sich giftig auf die gut gekleidete Bürgersfrau, die mit einem rotbraunen Hund schnell um die Ecke verschwand.

Laut keifte Johanna hinterher: »Ja, euch Gsindel mein ich, die ihr eure vierbeinigen Dreckschleudern akkurat vor die Hauseingänge sch … lasst. Den Hundsschlager hetz ich euch noch aufn Hals, nur dass des klar is!«

Damit sah sie wieder zweifelnd auf ihren mit Hundedreck verzierten Holzschuh und gestand sich ein, dass an ein Ausliefern ihrer Essigtöpfe so nicht zu denken war. Was würde die Kundschaft sagen, wenn das sorgsam eingelegte Gemüse mit einem durchdringenden Geruch nach Hundescheiße einherging. Jetzt wo sich in der Stadt langsam schon herumsprach, dass die Büßerin-Hannerl die besten sauren Gurken für den Schweinebraten, den mildesten eingelegten Knoblauch für das Geselchte und die feinsten Essigbirnen zum Lammfleisch liefern konnte! Der ganze gute Ruf wär ja glatt mit einem Hundstrümmerl versaut!

Seufzend ging Johanna zurück über den Wirtschaftshof in Richtung Küche. Als sie am Brunnen in der Mitte des ungepflasterten, rechteckigen Platzes vorbeikam, schleuderte sie den Holzschuh in weitem Bogen von sich und humpelte mit nur einem Schuh in ihr Allerheiligstes. Den Tragekorb hievte sie über die Schwelle und ließ ihn an die Wand gelehnt stehen.

»Ich weiß, warum ich keine Hunde mag. Die stinken, machen Dreck und sind zu gar nix zu gebrauchen. Unnütze Fresser.« Erst jetzt merkte Johanna, dass sie die ganze Zeit Selbstgespräche führte, weder Yrmel noch Marlen waren da. Keine Lieferanten, keine Büßerinnen, die eine Stärkung brauchten, keine Meisterin, die Anweisungen gab, die Johanna dann doch nicht befolgte, keine Winzerknechte, die dumme Sprüche klopften, rein gar niemand war da, der die wohltuende Stille der Küche entweihte. Die meisten waren bei der Arbeit, und jene, die im Augenblick nicht für ihr Auskommen sorgen konnten, beteten mit den Nonnen in der Kapelle die Terz. Wenn Johanna ihre recht klein geratenen Ohren spitzte, konnte sie von Ferne die Litanei der deutschen Hymnen und Psalmen hören. Sie selbst war vom Beten befreit. Es hatte lang gedauert, bis sie das durchgesetzt hatte, aber mit der ihr eigenen Beharrlichkeit konnte sie die Meisterin überzeugen, dass während des Betens unverzeihliche Dinge in der Küche geschehen konnten. Der Hirsebrei konnte sich anlegen, die Suppe übergehen, oder noch schlimmer, der Kochwein konnte ›verdampfen‹, das Bier ›sauer werden‹ und die Milch ›verdunsten‹. Bei so vielen Leuten, die immer wieder aus und ein gingen! Also war jetzt einer der wenigen kostbaren Momente, wo Johanna allein war!

Auch nicht schlecht, dachte sie und setzte sich mit einem lauten Seufzen hin. Die hölzerne Bank knarrte, als ihr Hinterteil von Ausmaßen eines Brauereipferdes die Bretter herunterdrückte. Müde strich sich Johanna mit ihren schwieligen, vom Arbeiten rauen Händen über ihre Augen. Augen, die trotz ihrer unauffälligen wässrig blauen Farbe meist forschend und neugierig in die Welt blickten, nun aber stumpf auf den mit Holzlatten ausgelegten Boden starrten.

»Warum strengt mich alles nur so an«, sagte sie leise zu sich selbst, »sooo alt bin ich ja auch wieder nicht.« Mit 42 Lenzen zählte Johanna zweifellos zu den älteren Büßerinnen, doch ein paar von den ehemaligen Dirnen waren noch viel älter als sie.

»Und was ist denn schon groß geschehen, außer, dass ich in einen Hundehaufen getreten bin und nun ein bisserl später zum Ausliefern komm«, dachte sie weiter laut nach. Plötzlich konnte sie ihre Wut von vorhin gar nicht mehr verstehen, ja konnte sich selbst nicht verstehen.

»Hat der Barthel etwa recht, und bin ich wirklich schon saurer als meine Essiggurken? Sicherlich, dieses Mannsbild kann einem den letzten Nerv ziehen, aber eigentlich ist er ja doch ein gutmütiger Depp.«

Wenn Johanna da an andere Bekanntschaften aus ihrem früheren Leben dachte ...

Ihr früheres Leben als eines von zehn Kindern der Maipelts, die sich mit dem Binden von Bürsten und Besen eher schlecht als recht über Wasser hielten: Der ewige Hunger, die Enge des Hauses, das eher einem Verschlag glich, der Schmutz der Haustiere, die im einzigen Wohnraum der Familie herumliefen, Hühner, Enten, Gänse ... Johanna schon mit zwölf in ihrer ersten Anstellung als Helferin auf dem Markt, mit 14 auf der Straße, mit 16 im Frauenhaus und im öffentlichen Bad am Stubentor, mein Gott, was war ihr da alles untergekommen! Ein kurzes Zittern durchfuhr Johanna, so plötzlich und stark war der Ekel, selbst jetzt noch, nach so vielen Jahren. Als sei es gestern erst gewesen, hatte sie den Geruch nach Schweiß und Alkohol in der Nase, die deftigen Sprüche der Männer im Ohr, taten die Schläge und Misshandlungen ihr auf sämtlichen Körperstellen weh. Welche Wonne war es gewesen, dieses verhasste gelbe Tüchlein, das sie jahrelang an der Schulter tragen musste, hier in dieser Küche, in diesem Ofen zu verbrennen! Keine Dirne mehr, nicht mehr für jeden zu haben! Welch guter Stern hatte sie hier ins Kloster geführt.

Warum nur war sie dann so grantig wie vorhin, warum beschlich sie in letzter Zeit immer öfter eine Traurigkeit, die sie umfing wie ein schwarzer Schleier? War sie vielleicht unglücklich hier im Kloster? War sie so wie die anderen, die jüngeren Frauen, die nur warteten, bis sie ein Mann heimführte und von Gebet und Buße direkt ins eheliche Bett verfrachtete?

Stumm schüttelte Johanna ihren gesenkten Kopf, dass ihr Doppelkinn sich an der Brust hin und her rieb. Nein, unzufrieden war sie nicht in Sankt Hieronymus. Mit einem diebischen Grinsen musste sie daran denken, wie sie sich Schritt für Schritt die Küche erobert, Marlen als Hilfskraft ausgebeten, Yrmel dazubekommen hatte. Und das alles nur, weil sie es schaffte, mit wenig Geld etwas Gutes auf den Tisch zu bringen. Als wäre das bei ihrer Vergangenheit, bei den ewig hungrigen Mäulern ihrer Geschwister eine Kunst! Wie im Paradies war es hier, dünkte es Johanna, wenn sie an den Sack Hirse in der einen, an das Schaff Gerste in der anderen Ecke, an die zahlreichen Eier im Keller, an die Kohlköpfe und Rüben dachte, die körbeweise in den angrenzenden Vorratsräumen lagerten. Da machte es echte Freude, zu kochen, da konnte Johanna wirklich aus dem Vollen schöpfen. Zum ersten Mal in ihrem Leben hatte sie keinen Hunger. »Und das«, meinte sie verdrossen und klopfte mit der flachen Hand auf ihren Bauch, »musste ich ja wieder voll übertreiben. Wo nur ist meine schlanke Gestalt hin? Ich seh aus wie eine gemästete Gans. Aber was soll's, es schmeckt halt zu gut.« Damit strich sie sich über ihren gewaltigen Busen und dachte angestrengt nach, was sie heute so zum Abendbrot auftischen sollte.

Ja, die Bürger der Stadt Wien ließen sich nicht lumpen, wenn es um die Versorgung der gefallenen Mädchen und deren Seelenheil ging. Zahlreiche Spenden erreichten Sankt Hieronymus mehrmals im Jahr. Erst letztens in der Fastenzeit kam ein ganzes Fass Heringe vom reichen Handwerker Popfinger, der auch im Stadtrat saß.

»Ja«, schmunzelte Johanna und rieb sich ihre kalt gewordenen Zehen mit den Fingern warm »da wird der Popfinger wohl so manch nette Erinnerung an die Hübschlerinnen mit sich herumtragen, dass er gleich ein ganzes Fass spendiert hat.« Aber trotz der Großzügigkeit war das Geld im

Kloster immer knapp, war Johanna immer angehalten, hinten und vorn zu sparen und jeden Pfennig dreimal umzudrehen. Sie machte sich nichts vor, sie wusste, wo dieses Loch war, das jedes Ersparte gierig verschlang. Sicher war es nicht zum Wohl aller in der gemeinsamen Kasse, nein. Vielmehr war die Meisterin dieses gefräßige Ungeheuer, das ihren Schützlingen und gar sich selbst nichts vergönnte und stattdessen alles ihrem Geldsäckel einverleibte. Johanna wusste zu gut, dass Schwester Cäcilie eher der Habgier als irgendeinem Heiligen oder gar dem lieben Gott zu Diensten stand.

Diese alte Truthenne, dachte Johanna belustigt und stellte sich wieder einmal den faltigen Hals, den unsteten Blick und die lange, dünne, verrunzelte Nase von Cäcilie vor. Aber gar kein Laster sollte sie haben? Damit war Johanna wieder bei der ihr eigenen Art, die Menschen zu nehmen, wie sie waren, mit Fehlern, mit Unzulänglichkeiten. Wenn die dürre Cäcilie so auf das Geld gierte, dann war das für Johanna in Ordnung. Sollte sie es doch haben. Aber sie war schlau genug, es ihr nicht umsonst zuzuspielen. Wie viele Sonderrechte hatte ihr die Tatsache, dass sie immer wieder findig genug war, neue Einnahmequellen zu erschließen, schon eingebracht! Und sie war sich sehr sicher, dass sie noch viele, viele Einfälle haben würde. Es gab ja inzwischen nichts mehr, was unter der Erde oder auf den Bäumen wuchs, was Johanna nicht unter Zugabe von Kräutern und Gewürzen in Essig einlegte! Jawohl, der Essig hatte ihr Glück gebracht! Dadurch, dass Sankt Hieronymus keinen eigenen Ausschank betreiben durfte, waren die Nonnen gezwungen, ihren Wein an die Wirte zu verkaufen, die sie natürlich gewaltig im Preis drücken konnten. Nun verwendeten sie den Ertrag aus den Weingärten selbst, und Johanna stellte, sobald es wärmer wurde, die großen offenen Tontöpfe, bis an den Rand gefüllt mit Wein im

Wirtschaftshof auf, sodass die Sonne ihr Werk vollbringen konnte und den Alkohol im Rebensaft nach und nach zu Essig werden ließ. Dabei achtete Johanna darauf, dass sie besten Wein für die Tontöpfe bekam, nicht den übriggebliebenen Fusel, den andere Essighersteller verwendeten. Das Ergebnis konnte sich wirklich sehen lassen. Kein trüber, scharfer, saurer Trank, sondern klarer, feinster, starker mit dem herben Aroma der Trauben durchsetzter Essig. Die Wiener rissen sich darum, um ihre Lebensmittel für die schlechte Jahreszeit damit haltbar zu machen. In den ersten Jahren war im Herbst bereits der ganze Essig verkauft. Doch Johanna wollte mehr, nicht nur das Grundprodukt verkaufen. So nach und nach begann sie, die eigene Ernte einzulegen, viel mehr, als sie für den Bedarf des Klosters brauchte. Sie begann mit den Gurken, dem Knoblauch und dann mit dem Obst. Zwetschken, Birnen, Kirschen und Marillen kamen alle in den Essig. Und siehe da, jene Wiener, die zur Erntezeit geschlafen oder keine Vorräte horten konnten, rissen ihr die Ware direkt aus der Hand. Mittlerweile hatte ein Großteil der Büßerinnen Arbeit gefunden in der Herstellung von saurem Eingelegtem. Das allein zählte, da konnte der Barthel noch so jammern über die Verschwendung des guten Tropfens! Sie gab allen damit zu essen, den Frauen und Kindern ebenso, denn Wein, in Unmaßen genossen, brachte sowieso nur Unglück über die Familien, davon war Johanna fest überzeugt! Aber das durfte man in Wien, wo in fast jedem Haus ausgeschenkt wurde, ja nicht zu laut sagen!

Da konnten sie alle die Essiggurkerl-Hannerl nennen, da stand sie drüber, das war ihr gleich. »Also dann nichts wie an die Arbeit«, kommandierte sie sich selbst, strich über ihr graues Habit, hievte sich von der Bank und – stand mit nur einem Schuh da!

Wie war das mit der Reinigungskraft meines Essigs? Nun konnte sie schon wieder lächeln und machte sich daran, den weggeschleuderten Pantoffel im Hof zu suchen und den Hundedreck abzuwaschen. Doch sie konnte es sich nicht verkneifen, beim Hinausgehen ein »Hundsviecha elendige, Dreckschleudern nixnutzige« von sich zu geben. Fast schien es so, als wäre sie es sich schuldig, diese raue Schale zu pflegen, um den Blick auf ihr ach so weiches Gemüt abzulenken.

Das Wetter war schlecht und kalt, so wie schon seit Tagen. Immer wieder nieselte es, und der Frühling wollte sich ganz und gar nicht durchsetzen. Ein rauer Wind blies der Reisegruppe, die sich auf ihrer letzten Etappe vor Wien befand, ins Gesicht. Jeder der Mitreisenden versuchte, das Beste aus der Situation zu machen. Fest eingewickelt in ihre Reiseumhänge, die Finger trotz der Handschuhe klamm um die Zügel geschlossen, ritten sie im Schritt neben- oder dicht hintereinander. Kein Rufen, kein Scherz waren zu hören. Hier und da schnaubte ein Pferd oder ein Maultier. Manchmal klirrte ein Teil des Zaumzeuges metallisch. Gelegentlich räusperte sich ein Reiter. Sonst war es gespenstig still zu dieser frühen Stunde, nur der monotone Hufschlag war zu hören, den aber keiner mehr wirklich wahrnahm, weil er einfach immer da war. Je näher man der Stadt Wien kam, umso größer wurde die Gruppe. Alle waren müde und erschöpft, alles drängte zur Herzogshochzeit. Sander, der stur und ohne nach rechts und links zu sehen neben seinem Oheim ritt, starrte geradewegs auf das ausladende Hinterteil seines Vordermannes. Der Bischof von Passau, der irgendwo, Sander wusste es nicht mehr genau zu benennen, jedenfalls im Land Österreich ob der Enns zu ihrem Tross gestoßen war, schwitzte trotz des kühlen Wetters. Der feiste Mann ließ sich von einem seiner zahlreichen Knappen immer wieder ein mit Spitzen eingefasstes weißes Tüchlein reichen und betupfte sich damit pikiert und betont vornehm seine tropfnasse fettige Stirn. Ein lächerliches Unterfangen, denn der Bischof, der nach Sanders Einschätzung fast mehr als sein bedauernswertes Pferd wog, wirkte in seinem Prunk alles andere als vornehm. Eher wie ein mit Brokat und Atlas überzogener Sack voll Futterrüben. Da konnte ein wertvolles Leinentüchlein auch nichts ausrichten. Umso mehr, als der Befehlston, den er gegenüber seinen Bediensteten anschlug, auch alles andere als fein war. Doch Sander wollte sich mit dem Bischof und seinem Gefolge nicht beschäftigen, schüttelte seinen Kopf unter der feuchten Kapuze, wie um seine Gedanken an dickleibige Würdenträger fortzuschleudern, und begann, das ihm inzwischen ganz vertraute Spiel zu spielen. Er ließ seinen Erinnerungen freien Lauf, guten und tröstlichen Vorstellungen, und klammerte sich an die Gewissheit, dass er mit jedem Schritt seines Pferdes seinem Ziel näherkam und diese Tortur an Unbequemlichkeit, Kälte und Regen Hufschlag für Hufschlag kürzer wurde. Ganz bewusst wollte er an zu Hause denken, doch zu seiner grenzenlosen Bestürzung musste er einsehen, wie weit entfernt Lucca nicht nur vom Weg her, sondern auch von seinen Empfindungen war. Plötzlich war er sich sicher, hätte man ihn schnell nach der Farbe der Stickerei seiner Bettwäsche zu Hause gefragt, den Motiven auf seinem Zinnbecher oder den Intarsien auf seiner Sitztruhe, so müsste er schon ein Weilchen darüber nachdenken. Befremdend war all das für ihn. Alles war so weit weg, sein Leben im Palazzo schien ihm jetzt wie ein ferner Traum. Er schien gar nicht mehr der Alessandro zu sein, der von der kleinen Ella im Morgengrauen verabschiedet wurde, sondern irgendein anderer. Seine Erinnerungen fühlten sich an wie Kinderschuhe, lieb gewonnen, vertraut, aber zu eng geworden. Zu viel war seit September passiert, die Eindrücke, die er im letzten halben Jahr auf dieser Reise mit seinem Oheim sammeln durfte, verdrängten nach und nach alle Erinnerungen an sein Zuhause. Nicht, dass er sein geliebtes Lucca vergaß, das würde nie der Fall sein, aber allmählich drängten sich andere, fremde, interessante Bilder in seine Gedankenwelt und beschäftigten ihn über die Maßen. Und so kam es, dass er beim Anblick des Hinterteils des Passauers augenblicklich an die Speckschwarten in der Niederlage des Innsbrucker Hauses denken musste, an den heimeligen Geruch von Geselchtem und Glühwein.

Von Innsbruck aus, wo er sich von der anstrengenden Alpenüberquerung erholen durfte, ging der Tross Richtung Augsburg. Auf der altehrwürdigen Via Claudia Augusta bewegte sich die Reisegesellschaft den Inn entlang, passierte Stams und Imst. Sander war nun, ausgeruht, zugänglicher für die herrliche Gebirgskulisse und genoss den Blick auf blaugrüne Gebirgsseen und kleine Dörfer. Besonders gefiel ihm Schongau, die Grenzfestung mit Wehranlagen und Stadtmauer. Der Blick auf das Lechtal ließ ihn Großes erwarten, und er wurde nicht enttäuscht. Es wäre nicht Sander gewesen, wenn er seine Begeisterung offen zur Schau gestellt hätte. Natürlich gab er sich weiterhin mürrisch und schlecht gelaunt. Sein Oheim sollte nur wissen, welch großes Opfer er mit dieser Reise auf sich nahm und wie schwer es ihm fiel, auf alle Bequemlichkeit zu verzichten. Doch unter dieser Maske der Unzufriedenheit wuchs langsam ein zartes Pflänzchen, das sich Reiselust nannte, und Sander war stolz auf sich und freute sich an diesem Abenteuer. Er freute sich so, dass er immer öfter auf sein mürrisches Gesicht vergaß und still zu lächeln begann. Natürlich nur dann, wenn er sich unbeobachtet fühlte und weder Ewald noch sein Oheim seiner ansichtig wurden! Der wildromantische Lech hatte es ihm angetan, und Landsberg und Königsbrunn erschienen ihm wie Vorboten des noch prächtigeren Augsburg. Fast hätte er laut gejubelt, als ihm Bernhard von Randegg auf die Schulter klopfte und rief: »Jetzt, mein Sohn, kommst du nach Hause, ins Land deiner Eltern!« Gerade noch konnte er sich zurückhalten, sein griesgrämiges Gesicht aufsetzen und unbestimmt murmeln: »Endlich, wurde auch schon Zeit.« Alles würzte er mit eindringlichen Schilderungen der Blasen an seinen Fingern und der Druckstellen an seinem Hinterteil und verbrämte die ganze Lamentiererei mit Stöhnen und Ächzen, bis der Patriarch die Gesellschaft seines Knappen Ewald bevorzugte, weil der nicht jammerte, sondern dauernd sang oder Possen riss. Aber genau das wollte Sander: allein sein. Augsburg ganz für sich begrüßen und sich vorstellen, dass seine Mutter und sein Vater auf den lang vermissten Sohn warteten. Es war ein Spiel, sein ganz persönliches Spiel, um mit seinem Leben zurechtzukommen. Er stellte sich vor, wie sein Vater als Teil des stolzen Bürgertums in einem vornehmen Zunfthaus auf ihn wartete, wie die Mutter mit reich verzierter Haube und langem Schleppgewand auf dem Domplatz einherschritt, wie er selbst über das Kopfsteinpflaster ritt und die windschiefen Häuschen hinter sich ließ, um nur ja schnell zu seinem Elternhaus zu kommen, das natürlich das prächtigste des Viertels war. Vorbei an den Kirchen, den Stiftsbauten, über die Lechkanäle durch das arme Handwerkerviertel. Ja, Augsburg war für Sander die Stadt zum Träumen, der Hoffnung auf Familie, des Willkommens und Daheimseins. Nur eines bedachte Sander nicht. Er war nicht so gut im Verstellen und konnte fast jedem auf der Welt etwas vormachen, nur nicht seinem

Oheim, der ihn von frühester Jugend an umsorgte und sich mit seinen Launen wohl besser auskannte als er selbst. Doch Bernhard von Randegg ließ seinen Neffen in Ruhe. Er spürte mehr als er es sehen konnte, dass Sander sich in sein Innerstes zurückgezogen hatte, und respektierte das. Jeder hatte ein Recht auf seine eigene Welt. Umso mehr schonte er den Jüngling, da er nur zu gut wusste, was in den kommenden Tagen alles auf ihn einstürmen würde. Und er täuschte sich nicht, die ganze Sippe der Randeggs, und das waren bei Gott nicht wenige, standen gleich einem Ritterturnier am Anfang der Startbahn und wetteiferten, wer die beste, schillerndste und seelenvollere Überraschung für die Ankömmlinge bereithalten würde. In all den Begrüßungsszenen, Festen und Veranstaltungen hatte Bernhard den Eindruck, dass Sander der Trubel guttat. Zum ersten Mal nach dem frühen Tod seiner Mutter hatte er wohl das tröstliche Gefühl, Teil einer großen Familie zu sein, das spürte sein Oheim ganz deutlich am Lächeln und am Betragen seines Mündels. Tanten, Cousinen und Cousins, deren Kinder und Kindeskinder, die ganze kunterbunte, fröhliche Schar, die sich zu Ehren der Weitgereisten in Augsburg versammelt hatte, entschädigte Sander für den Verlust seiner Eltern und Großeltern. Sein Oheim, der ihm Vater und Mutter in all den Jahren ersetzt hatte, blieb stets an der Seite seines Mündels. Er kannte Sander und wusste, dass die zur Schau getragene oberflächliche Heiterkeit keinesfalls seiner wahren Stimmung entsprach. Vielmehr wurde der junge Mann von der Vielzahl an Gefühlen, die sein Innerstes berührten, schier überfordert. Doch Bernhard von Randegg bemerkte mit Wohlwollen, dass sich sein Neffe wacker durch die Familienfeierlichkeiten kämpfte, sich stets bemühte, aufmerksam und zuvorkommend zu sein und alles in allem glänzende Manieren zur Schau trug. Gleich seinem

Neffen blickte Bernhard von Randegg nun, eingebettet in die angenehme Erinnerung an Augsburg, nach vorn, und genauso wie sein Mündel nahm ihm das breite Gesäß des Passauer Bischofs einen Gutteil seines Sichtfeldes weg. Auch er schüttelte sein Haupt und hörte wie durch einen Nebel seinen Neffen: »Ich bin schon ganz nass, mir ist kalt und ich will von diesem Gaul runter!« Nachsichtig sah der Patriarch zur Seite, dachte noch einmal mit Wehmut an Augsburg und lächelte den unwirsch dreinschauenden Jüngling an. Was machte es da aus, dass sich der gutgeratene Neffe im Sattel wieder in den maulenden, sich über die kleinste Unbill beschwerenden und ewig lamentierenden Sander verwandelte und allen Mitreisenden, seinem Oheim mit eingeschlossen, fürchterlich auf die Nerven ging? Gar nichts machte es aus. Was für ein guter Stern hatte Ewald zu ihnen geführt! Der Patriarch von Aquileia mochte gar nicht daran denken, wie die weite Reise ohne seinen Knappen ausgesehen hätte. Wahrscheinlich hätte er Sander irgendwo auf dem Weg ausgesetzt, ihn in den nächsten reißenden Fluss getaucht oder über einen Felsvorsprung baumeln lassen! Aber so war Ewald, wenn die Launen des verwöhnten Sanders wieder einmal das Maß alles Erträglichen sprengten, stets zur Stelle und rettete die Situation mit einem flotten Scherz, einem spontanen Spottlied oder einfach nur mit einem Augenzwinkern, das dem Jungen ja wahrlich eingebrannt war in seinem außergewöhnlichen Antlitz. Kurz blickte Bernhard zur Seite und sah seinen Neffen missmutig und fast in seiner Gugel verschwindend auf dem Pferd sitzen. Schnell schaute er wieder weg, bevor Sander seiner Aufmerksamkeit gewahr wurde. Er wollte sich jetzt keine Beschwerden anhören. Ihn selbst plagten das feuchte Wetter, der Nebel und die Kälte, die durch die Kleidung bis an die Haut reichte, ebenfalls. Keinesfalls wollte er das Gejammer

Sanders hören, hatte er als alter Mann doch mehr als einen Grund, sich über schmerzende Knochen und rheumatische Glieder, über verspannte Muskeln und einen steifen Nacken zu beschweren! Doch der Patriarch war hart im Nehmen und unerbittlich seinen eigenen Bedürfnissen gegenüber. Das Reisen unter noch viel widrigeren Bedingungen war Teil seiner Berufung. Und so ließ er wieder seine Gedanken wandern und mit einem leisen Lächeln gedachte er seiner ersten Reise, die ihn vom schwäbischen Randegg als frischgebackener kaiserlicher Diplomat in die weite Welt hinaus geführt hatte. Wie stolz war er doch gewesen, Kaiser Karl IV. auf seinem Weg zu Papst Clemens VI. nach Avignon begleiten zu dürfen! Wie unmöglich war da erst das Wetter und wie unerfahren er selbst! Viel gereifter war er dann, als er bereits den Bischofsstuhl von Augsburg innehatte und den Kaiser bei dessen erster Romfahrt begleitete. Seine erste Alpenüberquerung im kaiserlichen Tross, das war ein Abenteuer gewesen! Plötzlich erlosch das Lächeln auf dem Gesicht des alten Mannes. Viel unangenehmere Erinnerungen suchten ihn nun heim. Er sah sich selbst in Waffen als Anführer eines kleinen, aber gut ausgerüsteten Heeres, das mit gnadenloser Gewalt einen Aufstand gegen den Kaiser in Pisa niederschlug, er sah sich als königlicher Statthalter Entschädigungszahlungen von den Aufständischen eintreiben und er sah sich im Auftrag von … Hier unterbrach er seine Gedanken vehement, denn er wollte keinesfalls an diese Zeit seines so langen Lebens erinnert werden. Dieser Schmach und Schande wollte er sich jetzt in diesem Moment nicht stellen. Und doch wusste er, dass er sich der Verantwortung nicht würde entziehen können. Freilich, von außen würde ihn niemand dazu zwingen, zu gut wurden die Spuren von höchster Stelle verwischt, ganz ausgezeichnet sorgte man dafür, dass der Ruf des Patriarchen fleckenlos war. Doch er selbst kam damit nicht zurecht, und es war eine Frage der Zeit, bis er mit dieser weißen Weste, die wie eine Rüstung seine Seele umschloss, noch leben konnte. Immer drängender und immer öfter verlangte sein Gewissen, reinen Tisch zu machen und sich endlich, nach all den Jahren, dieser Tat, die er aus reinem Geltungsbedürfnis und unlauterer Ruhmsucht begangen hatte, zu stellen. Warum nur war sein Ehrgeiz so stark gewesen? War es nicht genug, Statthalter zu sein, musste er auch noch Patriarch von Aquileia werden? Er hatte seinen Frohsinn, seine Seelenruhe für dieses Amt verkauft, für einen Judaslohn hatte er sich zu einem menschlichen Scheusal herabgewürdigt. Seufzend schlug er seinen Reisemantel fester um seine Oberschenkel. Ihm fröstelte, doch er wusste, dass die Kälte aus seinem Inneren kam und rein gar nichts mit dem Wetter zu tun hatte.

Um sich abzulenken, schweifte sein Blick nach vorn, und er musste erkennen, dass der Passauer Bischof noch immer genau vor ihnen ritt. Bernhard von Randegg schmunzelte über den schwitzenden Kirchenfürsten, um gleich darauf wieder ernst zu werden und in Gedanken zu versinken. Nein, er würde nicht den Fehler aller anderen machen und sich mit diesem offiziellen Gesandten der Diözese Passau schlecht stellen! Er unterschätzte den Einfluss dieses beleibten und feisten Mannes keineswegs. Hatte er doch erst kürzlich einen Aufstand der Bürger in Passau mit großer Gewalt und Blutvergießen niedergeschlagen. Da fiel es auch wenig ins Gewicht, dass er seinen Untertanen die Einhebung einer Steuer auf Bier, Wein und Fleisch gestattete. Umso mehr deshalb, als man munkelte, dass ein Gutteil dieser Beträge nicht den Bürgern zugutekam, sondern in die Hofhaltung des Bischofs floss. Unangenehm berührt dachte Bernhard an den gestrigen Abend in der Herberge, die ihnen die Fratres

Minores in Tulln, dem ehemaligen Comagena, großzügig zur Verfügung gestellt hatten. Statt dankbar zu sein, halbwegs bequem eine Tagereise von Wien entfernt untergekommen zu sein, beschwerten sich viele der inzwischen großen Reisegesellschaft über die Kälte im Schlafsaal und die dünne Suppe, die als Abendmahl gereicht wurde. Doch erst richtig ungemütlich wurde es, als der Lärm einer handfesten Prügelei vom Klosterhof hereinschallte. Die Bediensteten des Bischofs von Passau und jene der Herren von Wallsee, die sich selbst als ›Hauptleute ob der Enns‹ bezeichneten, stritten angeblich um den besseren Stall für ihre Pferde. Doch jeder, der wusste, wie die Dinge im Land rund um Enns lagen, wusste, dass es dabei rein um einen Machtkampf zwischen dem schwäbischen Adel derer von Wallsee und Adalbert von Winkel, dem Passauer Bischof, ging. Es wunderte nur wenige, dass sich auch der Schaunberger Graf einmischte und seine Bediensteten ebenfalls in den Klosterhof schickte. Die Freundschaft zwischen Graf Ulrich von Schaunberg und Adalbert von Winkel war längst ein offenes Geheimnis. Während sich das Gesinde draußen mit den Fäusten bekämpfte, bevorzugte man drinnen die feinere Klinge. Rudolf von Wallsee, der inzwischen nicht nur die Stadt Enns, sondern auch Steyr, weite Teile des Salzkammergutes, das Machland und das Landesgericht Freistadt sein Eigen nannte, erdreistete sich, sich über den Aufwand, den der Bischof auf dieser Reise trieb, zu amüsieren. Immer wieder blickte er provokant zu Ulrich von Schaunberg, das wirkliche Ziel seiner Streitlust, denn dieser war ihm in seinem weiteren Besitzstreben im Weg. Sicherlich, dachte Bernhard weiter, vielleicht war der Küchenwagen etwas zu viel des Guten, die drei Handpferde waren vielleicht auch nicht notwendig, eines hätte es auch getan. Das Rudel Jagdhunde hätte er besser auch zu Hause gelassen, und dass der Bischof seine gesamte Falknerei mit nach Wien nahm, war eindeutig zu viel Aufwand. Andererseits hatten auch die anderen hohen Herren ihre Falkner mit und ein paar Hunde, Bedienstete und einen Küchenwagen, aber etwas kleiner vielleicht und nicht so aufwendig. Doch was hinter diesem Prunk stand, wusste Bernhard von Randegg. Adalbert von Winkeln war in der Reichsstadt alles andere als gern gesehen. Umso mehr wollte er mit Bedeutung und Pomp einherreiten. Er wusste es sicher auch, denn es war ein offenes Geheimnis. Die Wiener wollten schon längst ein eigenes Bistum und sich nicht immer von Passau diktieren lassen. Umso wichtiger war es daher für Adalbert, ein untrügliches Zeichen der Übermacht, der Bedeutsamkeit und der Wichtigkeit zu setzen! Wien musste sozusagen auf seinen Rang hinter Passau verwiesen werden. Bernhard von Randegg wusste aus eigener Erfahrung, dass die Zurschaustellung von Macht und Reichtum eher das Gegenteil zur Folge hatte, und wie er die Wiener einschätzte, würde der Bischof von Passau nur eines erreichen, nämlich zum Gespött der ganzen Hochzeitsgäste zu werden. Sie würden nicht in Ehrfurcht versinken, nicht die Wiener, so viel war klar. Aber all das würde sich weisen, dachte er weiter, und den Lauf der Welt kann man sowieso nicht aufhalten. Mit dieser Plattitüde, über die er selbst lächeln musste, verscheuchte er weitere Gedanken und beschloss, sich spontan den einfachen, fröhlichen Dingen des Daseins zu widmen.

»Na, wer wettet mit mir, was es im nächsten Gasthof zum Mittagessen geben wird?« Betont lustig klopfte sich der Patriarch auf die Schenkel und puffte den neben ihm reitenden Sander in die Seite. »Hast du einen Tipp für mich, liebster Neffe?« Ein undefinierbares Murmeln, eher griesgrämig als freudig, war die Antwort.

»Offensichtlich nicht!«, lachte der Patriarch und war fest entschlossen, sich nicht von der schlechten Laune seines Mündels anstecken zu lassen. »Wie steht's mit dir, Ewald?« Er drehte sich halb im Sattel um, weil er wusste, dass sein Knappe wie immer dicht hinter ihm ritt. Auch diesmal enttäuschte ihn der Junge nicht, und todernst antwortete ihm Ewald. »In Anbetracht der übergroßen Zahl an Reisenden, die der arme Gasthof in Kürze zu bewirten haben wird, tippe ich auf eine große Schüssel, gut angewärmt, aber leer. Dazu einen Becher voll kühlem Nichts und eine Portion Luft als Beilage.«

»Da kannst du wohl recht haben«, meinte Bernhard verschmitzt.

Erschrocken drehte sich Sander zu seinem Oheim: »Meinst du wirklich, dass wir gar nichts zu essen bekommen?«

»Also ich denke, so ein bisschen dünne Suppe wie gestern Abend wird's schon geben«, feixte Ewald von hinten.

»Aber nur, wenn uns all die anderen Reisegefährten etwas übriglassen«, hielt der Patriarch dagegen und lachte ebenfalls.

Sander entgegnete unwirsch: »Ich weiß nicht, was daran so lustig sein soll. Ich möchte endlich runter von diesem Gaul, raus aus meinen durchweichten Sachen und …«,

»… dir den Magen vollschlagen, dich ans Feuer setzen, vielleicht noch ein schönes Bad nehmen, dich von einer hübschen Jungfer wärmen lassen, dich …«

»Hör auf, Ewald«, schrie Sander nach hinten, »immer machst du deine Späße mit mir. Lass mich doch endlich in Frieden!« Damit gab er zur Überraschung aller dem Pferd die Sporen und schloss nach vorn auf. Ewald füllte die Lücke, die Sander neben dem Patriarchen gelassen hatte, seelenruhig auf und begann, sich mit Bernhard zu unterhalten.

»Haben Sie schon gehört, mein Herr, gestern von der Prügelei im Klosterhof?«

»Was soll denn Besonderes gewesen sein?«, fragte Bernhard ahnungslos, »meines Wissens soll sich die Dienerschaft des Bischofs mit der der Herren von Wallsee in die Haare bekommen haben.«

»Ja schon, aber haben sie von dem weiteren Vorfall nichts erfahren?« Ewald war entzückt, dass er seinem Herrn mit dem neuesten Klatsch dienen konnte.

»Woher weißt du denn schon wieder mehr?«, fragte der Patriarch neugierig, und mit stolzgeschwellter Brust eröffnete ihm Ewald: »Ich hab da so meine Verbindungen, wissen Sie. Der Leibkoch von Adalbert von Winklern hat einen Bruder, der für die Kleidertruhen verantwortlich ist, der wieder kennt den Aufseher der Jagdhunde, der mit dem Kämmerer derer von Wallsee ganz weitschichtig verwandt ist, und der wiederum …«

Lachend unterbrach der Alte seinen Knappen: »Wie wäre es denn, wenn du mir einfach sagst, was du weißt, ohne diese Verwicklungen?«

Ewald errötete. »Aber um Verwicklungen geht es ja gerade. Man hat einen Falken, so ein schönes wertvolles Tier, na den besonderen Beizvogel …«

»Einen Gerfalken, meinst du?«, sprang Bernhard ein.

»Ja, so einen schönen halt. Den fand man heute früh im Klosterhof.«

»Und?«

»Man hat ihm das Genick umgedreht, mit dem Lederband des Federspiels umwickelt und mit dem Kopf nach unten aufgehängt. So aufgehängt, dass der Bischof ihn finden musste, als er aus seiner Zelle trat. Und das hat er auch, der ist direkt in den Kadaver hineingerannt.«

»Das kann nicht sein. Wer bitte bringt so ein schönes Tier um, um es dann wie billiges Geflügel aufzuhängen? Wem gehörte der Vogel denn?«, fragte Bernhard bestürzt.

»Ja, das ist jetzt auch so seltsam. Ulrich von Schaunberg meint, der Vogel gehöre ihm, der Bischof von Passau ist sich sicher, dass er zu seiner Falknerei gehört, und Rudolf von Wallsee meint, dass das sein Geschenk für die Braut Beatrix hätte sein sollen. Haben ja alle drei ihre Falkenmeister und Burschen mit.« Ewald sah gespannt zu seinem Herrn und wartete auf eine Antwort. Er dauerte jedoch geraume Zeit, denn dem Patriarchen gingen viele Dinge durch den Kopf. Alles in allem gefiel ihm die Sache überhaupt nicht. Zwei der drei logen, soviel war sicher. Aber warum? Wer hatte etwas von dieser Provokation? War es wirklich nur ein dummer Scherz? Wohl kaum. Gerfalken galten als eines der wertvollsten Kleinode. Sie waren schwer zu bekommen und noch schwerer zu erziehen. Erfahrene Falkner waren stets begehrt an den adeligen Höfen, sie ließen sich ihre Kenntnisse teuer bezahlen. Wenn jemand so einen Vogel auf derart abstoßende Weise umbrachte, dann wollte er seinen Gegner mit voller Absicht treffen. Nun, Bernhard dachte, er sollte zukünftig besser aufpassen, was so rund um ihn geschah und nicht immerzu seinen eigenen düsteren Gedanken nachhängen. Es wäre besser, vorbereitet zu sein auf das, was auch immer kommen möge. Auf keinen Fall jedoch wollte er seine beiden jungen Reisegefährten in irgendeine Verschwörung hineingezogen sehen und daher beschloss er, die Sache nach außen hin abzuwiegeln. Er atmete tief, wandte sich an seinen Knappen und meinte betont freundlich: »Wir sollten dem Ganzen nicht zu viel Bedeutung beimessen, Ewald. Es wird halt einen großen Wettstreit zwischen den Falknereien geben, und da hat wahrscheinlich jemand die Nerven verloren. Lass uns doch um unsere eigene Angelegenheiten kümmern.« Enttäuscht nickte ihm Ewald zu, nur zu gern hätte er mehr über den Hintergrund dieser Tat erfahren, doch er kannte seinen Herrn. Wenn dieser nicht wollte, dann war da nichts zu machen. In diesem Augenblick kam Sander vom vorderen Teil des Trosses zurückgeritten und gesellte sich wieder zu Bernhard und Ewald.

Schweigend ritten sie eine Weile zu dritt, bis Bernhard den offensichtlich nicht zum Reden aufgelegten Sander ansprach: »Irgendwas Interessantes da vorn?«

»Nein, gar nichts«, murrte dieser, »nur der Tross des Bischofs, eine ganze Bande komischer Leute.«

»Warum komisch? Komisch bin nur ich allein, merk dir das, Sander«, damit zwickte Ewald dem Älteren in die Backe, bis dieser zu lächeln begann.

»Na schmutzig sind sie, reden tun sie viel, und die riechen so seltsam.«

»Es kann nicht jeder so wie ich nach Lavendel duften, mein Freund!«

»Du stinkst ja auch manchmal wie ein Ziegenbock, Ewald, aber der Geruch da vorn, der war so eigen, so …«

Der Patriarch unterbrach das Geplänkel der beiden und deutete auf den Horizont vor ihnen.

»Seht ihr das?«

Pflichtschuldigst reckten die beiden ihre Hälse und blickten in die angegebene Richtung, erst gelangweilt, aber dann, als sie Einzelheiten erkennen konnten, interessiert und gebannt.

»Ja, da verschlägt es sogar euch Lausebengeln die Sprache, was?«, schmunzelte Bernhard.

»Aber, aber …«, stammelte Sander.

»Da, da vorn, da«, stotterte Ewald.

Lachend half ihnen Bernhard auf die Sprünge: »Ganz richtig. Wir sind schon fast da. Was ihr hier seht, ist Wien. Wien – die wohl schönste Stadt des Abendlandes!«

Mein liebes Kind!

Wie schwer wiegt der Schmerz in meiner Brust, wie sehne ich mich nach zu Hause, nach dem fernen Tirol! Oft ertappe ich mich dabei, wie ich sanft über die spärlichen Mitbringsel aus meiner Heimat streiche, gleichsam als könnte ich sie auffordern, mir Geschichten zu erzählen von der klaren Luft, den schroffen Bergen, den kargen Wiesen.

Wie gerne würde ich Dir selbst, mein Kind, diese Geschichten erzählen, von der Ergebenheit meiner Tiroler, von ihrer Härte und ihrem edlen Wesen. Doch es ist mir nicht vergönnt, von dem zu sprechen, was mir am meisten am Herzen liegt. Um Deiner Sicherheit willen muss ich schweigen und mein Geheimnis mit ins Grab nehmen. Wie hasse und verabscheue ich es, untätig in meiner Kammer zu sitzen und nur den Dank der Minderen Brüder ob meiner erbrachten Almosen entgegenzunehmen. Das allein ist mein Leben, unvorstellbar für die einstige Regentin von Tirol. Zuzusehen, wie sich die Welt rund um mich weiter dreht, wie politische Ränke und Boshaftigkeiten die Oberhand gewinnen, während du, mein Kind, ahnungslos heranwächst und nie die Gelegenheit haben wirst, dir deinen Teil zu nehmen! Oft frage ich mich, ob ich recht gehandelt habe, ob ich nicht zu sehr eingenommen von meiner Person war, als ich mir anmaßte, Schicksal zu spielen. Es gibt nur eine Entschuldigung für mein gotteslästerliches Verhalten. Du wärst wohl inzwischen tot, ermordet, gemeuchelt, vergiftet und aus dem Wege geräumt. Mein Verstand sagt mir das ganz deutlich, mein Herz dagegen spricht eine andere Sprache. Ich würde Dir gerne mein Tirol zu Füßen legen und frohlockend meinen Widersachern ins Gesicht schlagen, doch mein Triumph wäre von kurzer Dauer, und der Preis, dein Wohlergehen, zu hoch, viel zu hoch …

Er weinte lautlos, ohne Tränen. Sein Mund verzerrte sich, doch das fiel nicht weiter auf, denn man war es schon gewohnt, dass er immer wieder eigenartige Grimassen zog. Zum wiederholten Male griff er in seine ausgebeulten Taschen. Es war wie ein Zwang, immer wieder musste er es tun. Seine Finger klebten, seine Nägel waren fast schwarz von geronnenem Blut. Doch immer aufs Neue griff er in dieses schlaffe, weiche Teil, befühlte die Wunde, zog den vom Körper halb abgetrennten Kopf hin und her, betastete einmal hier und einmal dort das Federkleid, die Krallen, zog seine Finger heraus, betrachtete das Blut, um seine Hand gleich wieder dort einzutauchen und von vorn mit diesem grausamen Spiel zu beginnen.

Seit den Morgenstunden konnte er an nichts anderes denken. Alles um ihn herum war ihm gleichgültig geworden, nur der Ruf nach Vergeltung dröhnte in seinem Kopf. Wie der Hammer des Hufschmieds, der immer wieder auf glühendes Metall traf, klang es in seinem Kopf: »Tod, Blut, Rache …« Es war sehr leicht für ihn, den Täter auszumachen. Er spürte es mehr als er es wusste, wer den Mord an seinem geliebten Vogel begangen hatte. Verräterisch war das überhebliche Lächeln, die versteckten Blicke, das neugierige Warten dieser Bestie. Doch er würde es ihm heimzahlen, diesem feigen, verschlagenen Schurken, der sich nicht zu minder war, einem edlen Vogel das Genick umzudrehen und ihn wie ein Rebhuhn verkehrt aufzuhängen. Diesen König der Lüfte! Wieder schüttelte ein lautloses Schluchzen seinen Körper, wieder musste er wie zur Bestätigung seines Schmerzes in seine Tasche fassen und seine Finger in den Vogelkadaver krallen. Aber seine Stunde würde kommen, längst schon hatte er sein Opfer gesichtet. Es war so leicht, diesem Mörder alles heimzuzahlen! Er würde ihm einfach auch das Liebste nehmen, so wie er ihm sein Liebstes genommen hatte. Wie gut, dass er genau beobachtet hatte. Sie hatten sich zwar gut verstellt, aber ihn konnte man nicht täuschen. Er, der immer abseitsstand, den niemand beachtete, mit dem man höchstens seine grausamen Scherze trieb, wusste ganz genau, wo die Geheimnisse lagen. Wer mit wem, wo und wie oft. Alles lag klar vor ihm. Fast machte es ihm Spaß, zu beobachten, wie sie lachte, um die Aufmerksamkeit ihres Liebsten zu erregen, wie sie ihn mit tiefen Blicken bedachte und Scherze machte. Wie kokett sie ihre Hüften schwang, nur um des Nachts mit ihm ins Stroh zu steigen! Nun – heute Nacht musste sich ihr geiler Bock wohl anders vergnügen, denn es würde zu Ende gehen mit ihr. Wie schön, dass sie noch ganz arglos mit ihren Haaren spielte und rein gar nichts davon wusste! Berauschend war diese Gewissheit, so unübertroffen zu sein, um den Tod eines Menschen bestimmen zu können. Er hatte die Macht, er war der Rächer, er war stark.

Behutsam, ohne dass irgendjemand etwas bemerken konnte, machte er sich an die Vorbereitungen. Wie gut, dass er alles immer griffbereit hatte. Wie schön, dass er so ordentlich war. Unbeirrbar verfolgte er sein Ziel, nur das allein war jetzt wichtig. Er lenkte das Maultier mit den umgeschnallten Gepäckstücken an den Rand des Pfades, band es an und gab vor, austreten zu müssen. Scheinbar beschäftigt, seinen Hosenlatz zu öffnen und sich Erleichterung in den Büschen zu verschaffen, beobachtete er genau. Wie vorausgesehen, machten sich alle daran, den besten Platz an der Tafel des Klosters zu ergattern. Nichts als das Fressen und Saufen im Kopf, dachte er belustigt und belauerte das hektische Anbinden und Absatteln der Pferde und Maultiere, das laute Herumgeplärre der hohen Herren und das gierige Glitzern in den Blicken der Dienerschaft. Er wartete geduldig, umkreiste sein Opfer in Gedanken. Nach und nach strömten die durchgefrorenen und hungrigen Reisenden ins Refektorium des Klosters. Er war nun ganz allein, oder doch nicht, denn da kam sie. Das Schicksal kam ihm zu Hilfe, erbarmte sich seiner und sandte ihm die Gelegenheit, seine Tat ohne viel Aufhebens, gründlich und sorgsam zu verrichten.

»Bin ich froh, dass wir Mauerbach hinter uns gelassen haben! Ich kann schon bald kein Kloster mehr sehen, Oheim! Diese stinkenden Mönche, die dünne Suppe, das harte Brot«, jammerte Sander, übergab den Zügel einem Stallburschen und sprang vom Pferd, nicht ohne sich sein Hinterteil zu reiben. Aber niemand hörte ihm zu. Ewald und Bernhard von Randegg waren mit dem beschäftigt, was sie in der Ferne sahen.

»Ich kann es kaum glauben«, meinte Ewald, »endlich bin ich in Wien, in der Stadt der Lieder, der Schwänke, der Lustbarkeiten! Mein Gott, was werde ich da wohl alles lernen können!«

Laut lachte Bernhard und klopfte seinem Knappen freundlich auf die Schulter. »Was willst du denn noch lernen? Meiner Ansicht nach beherrscht du schon genug flotte Sprüche, und dein Witz ist bereits jetzt an der Grenze des Erträglichen. Also ich denke, du solltest aufpassen, dass du nicht zu viel des Guten erlernst.«

Verlegen räusperte sich Ewald und meinte ernst: »Lieder zu schreiben und vorzutragen ist eine hohe Kunst, und gewiss habe ich da noch viel zu lernen. Denken Sie sich doch, werter Herr, Wien hat so viele bedeutende Sänger hervorgebracht. Walther von der Vogelweide, Neidhart von Reuental.«

»Das war – so entsinne ich mich, vor fast 200 Jahren, Ewald, ich finde, da ist es hoch an der Zeit für ein neues

Talent!« Damit zwinkerte Randegg seinem Knappen freundlich zu. Begeistert nahm Ewald das Gesagte auf und geriet ins Schwärmen: »Ja, für mich ist Walther von der Vogelweide eine echte Inspiration.«

Laut lachte Randegg, drohte seinem Knappen mit dem Zeigefinger und begann leise zu singen: »Unter der Linde, an der Heide, wo unser beider Bett war, dort könnt ihr sorgsam gepflückte Blumen und Gras sehen, in einem Tal am Waldrand …« Ewald lachte ebenfalls, und beide sangen lauthals: »Tandaradei, sang die Nachtigall lieblich!«

»He, vielleicht hat jemand von euch die Güte und beachtet mich einmal, mir ist vor Hunger schon schlecht, und ihr steht da herum«, Sander stampfte missmutig mit einem Fuß auf. Ewald verbeugte sich demonstrativ und summte weiter. Bernhard grinste, wandte sich wieder an Ewald, als wäre gar nichts geschehen: »Ich bin sicher, dass du hier manch guten Lehrer finden wirst. Warte einmal, bis du die Wiener besser kennenlernst, Ewald, die sind ein lustiges Völkchen.«

»Nun, im Augenblick sehe ich da nur eine ganze Anzahl von Kirchtürmen. Sind die Wiener denn so gottesfürchtig?« Damit zeigte der Bursche Richtung Horizont, wo sich vor ihnen die Stadt Wien ausbreitete, einem bunt gewebten Teppich gleich mit roten Ziegeldächern, bemalten Schindeln, weiß gestrichenen Mauern, einer mächtigen Wehranlage mit Zinnenkranz davor, mit Wehrtürmen und Palisaden.

»Ich will hier weg!«, beschwerte sich Sander.

Endlich schenkte ihm sein Oheim seine Aufmerksamkeit. »Wir sind ja noch nicht einmal da, Sander, und du willst schon wieder weg?«

»Ich will da weg!« Damit deutete er rund um die Anhöhe, auf der sich die kleine Reisegruppe eben befand. »Ich will da runter«, maulte er und zeigte auf einen kleinen eingefriedeten Platz. »Hab noch ein wenig Geduld, bevor wir weiterreiten«, beschwichtigte der Patriarch seinen Neffen, »schau dir lieber noch Wien von der Ferne an, bevor wir heute Abend endlich durch die Tore reiten werden. So einen schönen Blick hast du selten auf die Stadt.«

Mit Widerwillen ließ sich sein Mündel zu ihm ziehen, und Randegg legte ihm seinen Arm um die Schultern. Mit seiner anderen Hand zeigte er auf Wien und begann zu erklären: »Da, diese erste Kirche zu deiner linken Hand, das sind die Minderen Brüder!« Wie er es nicht anders erwartet hatte, begann sich Sander zu interessieren.

»Ja, ganz recht, die Minoriten gehören zu den Ersten, die sich in Wien niedergelassen haben! Schau, das Stück da dran ist die Ludwigskapelle. Der nächste Bau mit den vier Türmen und der Zugbrücke, das ist die neue Herzogsburg, und die kleine Kapelle gehört auch dazu. Da wird die Hochzeit stattfinden.«

Ewald und Sander staunten nicht schlecht, sie hatten beide nicht mit dieser Größe der Stadt Wien gerechnet. Beeindruckt ließ sich Ewald vernehmen: »Aber schau dir nur die vielen Türme an!«

Zufrieden fuhr Bernhard von Randegg fort: »Daneben, also gleich ganz nahe der Burg, ist die Michaelerkirche, dann folgt das Dorotheerkloster, Sankt Ruprecht blinzelt da durch, hier die Augustinerkirche, ach ja, Sankt Peter und, ja, da steht er, endlich, jetzt seh ich dich wieder: Das, meine Lieben, ist der Dom, der mit dem Zick-Zack-Muster auf dem hohen Dach, der Stephansdom zu Wien. Wie schön! Und hier seht ihr Sankt Nikola, die Kapelle da müsste zu Sankt Hieronymus gehören, und da Sankt Jakob, nahe beim Stubentor. Seht ihr das? Jetzt auf die andere Seite in der Nähe der breiten Straße, der Kärntnerstraße, Santa Klara und Santa Anna …«

»Aber wie sollen wir dir denn da folgen können, Oheim«, maulte Sander, »so schnell, wie du das da herzeigst!«

»Entschuldige, liebster Neffe«, damit machte der Patriarch eine übertriebene Verbeugung, »aber ich war schon so lang nicht mehr in Wien und ehrlich gesagt, habe ich eine Riesenfreude!«

»Wann warst du denn das letzte Mal da?«; fragte Sander.

»Oh, das war in einem anderen Leben, mein Sohn. Ich begleitete unseren Luxemburger, Karl IV. auf seiner Reise nach Wien zum Fürstenkongress, da war ich noch drei Dezennien jünger und hatte noch Haare am Kopf und alle Zähne im Mund!« Alle lachten über diesen Scherz, kam es doch selten genug vor, dass der Patriarch sich selbst zum Ziel des Gespötts machte. Ewald ließ sich dennoch nicht täuschen: »Sie waren wohl gern hier und haben gute Erinnerungen an Wien?« Bernhard bedachte seinen Knappen mit einem eigentümlichen Blick und meinte etwas leiser: »Ja, ich war einfach jung, unbeschwert und draufgängerisch, eine gute Mischung, um die Stadt wirklich genießen zu können. Außerdem hat sich mein Schicksal erst später wie ein zentnerschweres Gewicht auf meine Brust gelegt. Damals war alles noch leicht, fröhlich und frisch.« Der Patriarch verstummte, und eine unangenehme Stille breitete sich aus. Keiner der Burschen traute sich, das Wort wieder aufzunehmen, und etwas verlegen blickten beide scheinbar gebannt zum Horizont und versuchten vergeblich, all das zu entdecken, was ihnen der Patriarch so begeistert gezeigt hatte. Bernhard, tief in Gedanken versunken, starrte zu Boden. Niemand wusste so recht, wie man mit diesem plötzlichen Stimmungsumschwung des alten Herrn zurechtkommen sollte, als plötzlich ein ohrenbetäubender Schrei vom Fuß der Anhöhe heraufschallte. Fast erleichtert wegen der Störung blickten die beiden Jünglinge auf. »Was soll denn das Gezeter da unten?«, meinte Sander fast scherzhaft. Bernhard von Randegg war jedoch der verzweifelte Unterton, das schrille Entsetzen, das in diesem Schrei mitklang, nicht entgangen. Alarmiert blickte er auf, zügelte sein Pferd und wandte sich an seine jungen Reisebegleiter: »Ihr bleibt mit dem Burschen hier oben und rührt euch nicht vom Fleck. Sobald ich weiß, was da passiert ist, gebe ich euch ein Zeichen, und erst dann dürft ihr nachkommen!« Betreten sahen ihm die beiden nach, als er im Galopp den Hügel hinunterritt.

Der Großteil der Reisegruppe hatte sich zu einer letzten Rast versammelt, um die Pferde zu tränken und selbst etwas zu essen. Viele Reisende, die vom Westen her kamen, nutzten diese kurze Verschnaufpause am Heuberg, bevor sie weiter durch den Wienerwald ritten, immer dem Fluss Wien entlang, um schließlich eine uralte Furt zu queren und die letzten Meilen nach Wien zurückzulegen.

Bernhard hielt sich jedoch nicht lang mit der Quelle auf, sondern ritt geradewegs auf die größere Menschenansammlung zu, die sich um einen kleinen Unterstand scharte, den man errichtet hatte, damit die Reisenden ihre Reittiere anbinden konnten. »Weg da, geht weg, macht, dass ihr da weiterkommt!«, schrie er schon von Weitem dem Gesindel zu. Stallknechte, Bedienstete und allerlei anderes Fußvolk sahen ihn aus schreckensgeweiteten Augen an. Lautlos traten sie zurück und gaben den Blick frei auf einen weiblichen Körper, den man kopfüber auf den obersten Holm des hölzernen Unterstandes gebunden hatte. Der Patriarch scheuchte die Schaulustigen weg so gut es ging, sprang vom Pferd und näherte sich dem Unglücksort. Der derbe Rock war der Frau über Beine, Gesäß und Hüften gerutscht und verdeckte ihren Oberkörper und ihren Kopf, der nur wenige Zoll über den

Boden baumelte. Bernhard ging beherzt hin, schlug den Rock über die Blöße der Frau, hielt ihn mit der einen Hand fest, dass er nicht wieder herunterrutschen konnte und schnitt mit der anderen Hand die Lederriemen ab, die um ihre Knöchel gebunden und am Pfosten befestigt waren. Langsam ließ er den Körper zu Boden gleiten. Als der Kopf bereits die Erde berührte, erkannte er an der Totenstarre, die bereits eingesetzt und alle Körperteile erfasst hatte, dass die Frau schon Stunden hier gehangen sein musste. Sie musste den Tod gefunden haben, als er und seine Mitreisenden die Gastfreundschaft der Mönche im Kloster genossen hatten.

Als er den leblosen Körper sanft in das feuchte Gras gelegt hatte, besah er sich das blau angeschwollene Gesicht genauer. Die Augen waren hervorgetreten, die Bindehäute waren rot unterlaufen, und aus Nase und Mund waren dünne Rinnsale aus Blut zu sehen. Bernhard von Randegg hatte in seinem langen Leben schon so viele Tote gesehen, dass er dem verständlichen Schock, von dem alle Umstehenden befangen waren, entkam und sich nüchtern Gedanken machte. Nicht so wie die einfachen Leute, die ihren Blick nicht vom entstellten Gesicht der Leiche abwenden konnten. Grauen, Faszination und Ungläubigkeit standen in ihren derben Gesichtszügen geschrieben. Randegg musste zweimal fragen, bevor endlich jemand auf seine Frage: »Hat irgendjemand von euch etwas gesehen?«, überhaupt reagierte. Ein paar schüttelten den Kopf, einige bekreuzigten sich, und der Großteil der Schaulustigen begann einfach davonzulaufen. Randegg, der noch immer bei der Leiche am Boden kniete, hatte nichts anderes erwartet. Als er sich das einfache Gewand, die verhornten Fußsohlen und die abgearbeiteten Hände der Toten besah, wurde ihm bewusst, dass es sich dabei um eine Dienstmagd, eine Küchenhilfe bestenfalls, handelte, und er gab sich keinen Illusionen hin: Man würde den Körper einfach in der Nähe verscharren, vielleicht noch ein Gebet sprechen, und die ganze Angelegenheit auf sich beruhen lassen. Aber jung war sie noch, dachte er wehmütig, viel zu jung, um schon Bekanntschaft mit dem Tod machen zu müssen. Sie trug keine Haube, hatte ihr brünettes Haar in Flechten um den Kopf geschlungen, und ihr Gesicht, das nun vom Todeskampf gezeichnet war, musste frisch und lebhaft gewesen sein. Welche Verschwendung, seufzte Randegg und bedeckte das Antlitz der Toten mit einem grob gestrickten Tuch, das ihr vermutlich als Schultertuch gedient hatte. Als er sich bereits wieder erheben wollte, fiel ihm das eigentümliche Leder auf, mit dem das Mädchen an den Knöcheln gefesselt war. Es war kein Gurt, sondern vielmehr eine Lederschnur, die am Ende, und das kam dem Patriarchen sehr eigentümlich vor, mit einem Holzgriff versehen war. Er kannte das, es handelte sich um ein Federspiel, es fehlte nur das Lederpolster auf der anderen Seite, wo Taschen eingearbeitet waren, um es mit Teilen des Beutewildes für den Falken zu füllen. Randegg besah sich nun das andere Ende der Lederschnur und erkannte, dass er recht hatte. Mit einem scharfen Schnitt war hier etwas abgeschnitten worden. Aber er wusste, dass, selbst wenn er die ganze Reisegesellschaft nach einem Lederpolster ohne Schnur durchsuchen ließ, er nicht fündig werden würde. Es war aussichtslos. Dennoch beunruhigte ihn der Gedanke, dass am Morgen ein Gerfalke verkehrt herum aufgehängt gefunden wurde und jetzt dieses einfache Mädchen auf dieselbe Art und Weise. Eigentümlich, dachte er und stand dann seufzend auf. Er würde seinen Reisegefährten in allen Einzelheiten berichten und ihnen auftragen, ein besonderes Auge auf ihre Falkner und ihre Bediensteten zu haben. Es war einfach unerfreulich, sich mit solchen Vorfällen herumschlagen zu müssen. Nüchtern und leidenschaftslos, alles Eigenschaften, die Randegg zu seiner herausragenden Karriere und seiner großen Bedeutsamkeit verholfen hatten, verließ er den Unglücksort, winkte Ewald und Sander von der Anhöhe herunter und bereitete sich auf ein Gespräch mit Ulrich von Schaunberg, den Bischof von Passau und vor allem mit den Herren von Wallsee vor. Es wäre doch gelacht, wenn diese ihre Bediensteten nicht ordentlich ins Gebet nehmen könnten. Für Randeggs Geschmack war zu viel auf dieser Reise passiert, und dieses tote Mädchen sollte nicht der Beginn weiterer Verwicklungen sein. Still und heimlich veranlasste er, die Leiche wegzuschaffen. Er wollte seinem Neffen ein schönes, herrliches Wien zu Füßen legen, eine Stadt, die ihn für alle erlittenen Unbequemlichkeiten der Reise entschädigen sollte.

Wien, im Frühling des Jahres 1374

Verhalten lachten die Bürgersfrauen mit ihren züchtigen Hauben und ihren festlichen Übergewändern, die zwar ohne Spitzen und Borten waren, denn das war nur den höheren Frauen gestattet, aber dafür aus edlen Stoffen wie Samt oder Brabanter Tuch. Weniger verhalten, als vielmehr so laut, dass sie bald die Kirchenglocken von den nahen Augustinern übertönt hätten, lachten die anwesenden Männer und stießen sich gegenseitig aufmunternd mit den Ellenbogen an. Kichernd ließen die weit weniger prunkvoll gekleideten Dienstmädchen eine schmale Gasse frei, und die besonders jungen unter ihnen hoben die Schürze vor ihre Gesichter, um die Schamesröte auf ihren Wangen zu verbergen.

Mit einem bestimmten »Na erlaubts, wir wollen da durch, der Herzog wartet«, raffte die dicke Fronika ihr nagelneues blaues Samtkleid etwas zu hoch und zeigte weit mehr als nur einen Knöchel, was gerade noch schicklich gewesen wäre. Im Gegenteil, sie gab den Blick frei auf schwammige, kreideweiße, mit Krampfadern durchzogene Waden, die die Anwesenden an die Tischbeine in der Bierschenke um die Ecke denken ließen.

»Ja klar, der Herzog wartet auf euch, natürlich!« Prustend vor Lachen ließ ein grobknochiger Mann Fronika und ihren Anhang passieren, nicht ohne ihr einen derben Klaps auf das ausladende Hinterteil zu geben.

Mit nach vorn gereckter Brust, dass der Busen fast aus dem Mieder hüpfte, antwortete sie selbstbewusst: »Wir sind beim Einzug dabei, schon vergessen? Lassts uns durch, ihr Deppen!«

Trude, die gleich hinter ihr stakste, blickte missbilligend auf die lachende Menge und raunte: »So viele blöde Gaffer auf einmal!« Damit zog sie das Oberteil mit einer raschen Handbewegung weiter nach unten, um den Umstehenden einen Blick auf ihre von der Kälte zusammengeschrumpelten Brustwarzen zu gönnen.

Dahinter kam Ursel, die genug zu tun hatte, um das Tempo der beiden zu halten, und der die Spucke aus dem linken Mundwinkel troff, weil ihr dort seit dem Vortag ein weiterer Zahn fehlte. Gestern hatte sie so lang herumgewerkelt, bis er endlich draußen war. Alle anderen Frauen folgten mehr oder weniger aufreizend gekleidet mit wiegenden Hüften, lüsternen, aufmunternden Blicken und voll Tatendrang. Die blauen Kleider für alle Dirnen waren rechtzeitig fertig geworden. Wann immer die Hübschlerinnen Zeit hatten, nähten sie an ihren ›Hochzeitsroben‹. Dementsprechend stolz präsentierten sie nun ihre neuen Gewänder.

Als die tuschelnde und hin und her wogende Menge die Gasse schon wieder schließen wollte, drängten sich noch Dorthe und Elsbeth durch die Schaulustigen. In der Mitte führten sie Gretlin, die als Einzige nicht in blauen Samt, sondern in helles, etwas zerschlissen wirkendes Leinen gekleidet war. Elsbeth hatte günstig ein abgetragenes Kleid erwerben können und es für die zarte Gretlin umgeschneidert. Die Haare trug das Mädchen nicht aufgetürmt, sondern in zwei braven Flechten, die sie noch um den Kopf gewickelt hatte. Der Gegensatz zu den Hübschlerinnen hätte nicht krasser sein können. Doch Elsbeth bestand auf diesem Aufzug, anders wollte sie Gretlin auf keinen Fall unter die Meute potenzieller Freier lassen.

»Jetzt sei nicht so neugierig, sondern geh da einfach durch«, zischte sie sogleich und drängte Gretlin unsanft vorwärts.

»Aber schau nur, die vielen Leute. Und so freundlich lächeln sie uns an!«

Elsbeth war sprachlos über so viel Naivität und bereute einmal mehr, das Mädchen überhaupt mitgenommen zu haben.

»Sag mal, sieht man auch das gelbe Tüchel gut«, setzte Gretlin wieder an und strich stolz über ihre Schulter, wo sie ein gelbes Stück Stoff als freie Tochter auswies. Jenes Gelb, das sie immer trug, wenn sie mit Elsbeth auf der Straße spazierte. Nur – bis jetzt hatte sie es noch nie bei einer so großen Feierlichkeit getragen. Noch nie haben so viele Leute mein Tuch gesehen, dachte sie stolz und reckte ihr Kinn ein wenig höher.

Elsbeth biss die Zähne zusammen und versuchte, ihre Tränen, so gut es ging, zu verbergen. Dorthe nickte ihr beruhigend zu, bevor sie sich an das Mädchen, das ganz rote Wangen vor Aufregung hatte, wandte:

»Alles in Ordnung, Gretlin. Du siehst wunderhübsch aus, das Tüchel sitzt ganz ausgezeichnet. Jetzt geh aber bitte weiter, dass wir uns ganz hinten im Festzug einreihen können.«

»Aber«, meinte Gretlin ganz aufgeregt, »da müssen wir ja erst von vorn bis nach hinten gehen, da komme ich ja bei allen vorbei, da sehe ich ja einfach ALLES!«

»Ja natürlich«, schmunzelte Dorthe und nickte der betrübten Elsbeth zu, »du bleibst brav zwischen uns beiden, und wir bringen dich vorbei bei allen Festgästen, die da vorn schon Aufstellung genommen haben.« Damit zeigte sie auf eine bunte Schar zu Pferd, zu Fuß, in kirchlichen Ornat, in bestickten Überkleidern, mit ausladenden Hüten, opulenten Gürteln und glitzernden Silberschnallen an ungewöhnlich spitz geformten Schuhen.

»Komm jetzt, Kleines, wir müssen uns beeilen, dass wir den Anschluss an die anderen nicht verlieren. Fronika«, rief Dorthe nach vorn »jetzt wart doch einmal, was hast es denn so eilig?«

»Na, ich weiß, warum«, rief ihr da der grobschlächtige Mann von vorhin nach, »sie kann es nicht erwarten, uns mehr als nur ihre fetten Waden zu zeigen!« Wieder brüllten die Umstehenden vor Lachen.

Dorthe zwinkerte dem Mann zu: »Ihr werdet es schon erwarten können, bis der offizielle Festzug vorbei ist, wir warten auf euch alle«, damit zeigte sie in eine Männerrunde, »gleich beim Stephansfreithof … so wie immer!« Damit schleuste sie Elsbeth und Gretlin durch das wartende Volk und schmunzelte, als sie in den Augenwinkeln sah, wie die dazugehörigen Ehefrauen ihre Männer erbost ankeiften.

Gretlin ließ sich widerstandslos von Dorthe und Elsbeth durch die Menge schleifen, bis sie auf einen freien Platz traten und sich vor ihnen das imposante Widmertor auftat. Grob behauene Backsteine, Holzpalisaden und eine wappenverzierte Wand ließen das Tor mächtig erscheinen. Davor standen bereits hintereinander aufgereiht die Abordnungen des Hofes und des Klerus. Noch war der Zug stadtauswärts gerichtet. Auf ein Trompetensignal vom Turm der Burg würde sich der Tross dann in Bewegung setzen und in einer Hufeisenform wenden, um sich dann in richtiger Reihenfolge, die Wichtigen vorneweg, die Unwichtigen ganz hinten, stadteinwärts durch das Widmertor Richtung Kohlmarkt zu begeben. Gretlin bereitete es ein unsagbares Vergnügen, die Reihe entlangzuschreiten. Wie gut, dass die freien Töchter bei Festen und Umzügen jeweils die Nachhut bildeten, um den Wienern zum Abschluss noch ein lustvolles Bild zu liefern. Aber noch war es nicht so weit, noch hatte der Trompeter das Hochzeitspaar nicht gesehen, und die Festgäste nutzten die Gelegenheit, schnell an ihrer Garderobe herumzuzerren, sich einen Gürtel zu richten, eine Haarspange zu sichern oder den Faltenwurf des Umhanges zu kontrollieren. Wie spannend und bunt, wie glitzernd und aufregend, wie einmalig war der heutige Tag.

»Gretlin, jetzt komm endlich, lass uns da ganz nach vorn gehen, immer die Reihe entlang. Siehst du den dicken Hintern von Fronika, in die Richtung musst du gehen, komm jetzt, Mädchen.« Schon etwas ungeduldiger als vorhin dirigierte Dorthe Gretlin den Zug entlang. Zweifelnd schaute sie zu Elsbeth, die mürrischer denn je wirkte.

»Elsbeth, jetzt komm, schau doch ein bisschen freundlicher drein. Wer soll dich heute mitnehmen wollen, wenn du wie ein altes Kräuterweib dreinschaust, dem der Salbeisud ausgegangen ist!«

Elsbeth atmete tief ein, straffte die Schultern und lächelte in die Menge, wiegte die Hüften, schwenkte ihr gelbes Tüchel, was prompt durch johlende Zurufe von einer Gruppe Handwerksburschen quittiert wurde. Zwischen den Zähnen raunte sie zu Gretlin: »Schau die Festgäste nicht so unverschämt an, Gretlin. Das ist unhöflich. Die Hübschlerinnen halten den Blick vor den Hochwohlgeborenen gesenkt. Himmel noch mal, Mädchen, du gaffst so ungeniert herum, du wirst noch alle Aufmerksamkeit auf dich ziehen.«

Mit angstvollem Blick schaute Elsbeth zu Dorthe, die prompt antwortete:

»Lass gut sein, Elsbeth. Sie macht ihre Sache doch ganz gut. Es kann nichts passieren, solang wir bei ihr sind, und du weißt ja, erst nach dem Festzug kommen die Männer zur Sache, erst da wird ihnen der Hosenlatz zu eng. Bis dahin haben wir das Mädchen längst wieder weggebracht.«

»Und sie kann dieses Tüchel wieder ablegen …«, seufzte Elsbeth.

»Ja natürlich, Elsbeth, komm, beruhige dich jetzt. Du, genauso wie wir alle, musst heute einen Batzen Geld ins Frauenhaus bringen, sonst setzt uns der stinkende Bock vor die Tür. Dass du da herumrennst wie eine nervöse Henne, ist verständlich – aber damit ist keinem geholfen.« Damit drehte sie sich zu den wartenden Zuschauern, schwenkte ihr Tuch und rief den Freiern zu: »So eine Hochzeit ist doch immer wieder anregend, findet ihr nicht?«

Pflichtschuldig drehte sich auch Elsbeth um die eigene Achse, dass sich das neue Kleid bauschte und den Blick auf ihre Beine freigab. Sie schüttelte ihr Haar und leckte sich die Lippen. Was hätte sie nicht noch alles veranstaltet, um den Blick von ihrer Ziehtochter, die mit wagenradgroßen blauen Augen neben ihr schritt, auf sich selbst zu lenken! Nicht auszudenken, was diese ungehobelten Burschen mit einem zarten, unwissenden Mädchen imstande waren, anzustellen!

»Möge dieser Tag doch endlich vorbei sein«, dachte sie bei sich und zwinkerte den Stallknechten, die sich um die Handpferde kümmerten, kokett zu.

Obwohl Gretlin alles andere als aufreizend aufgemacht war, starrten sie die jungen Männer ungeniert an.

»Wie ein bunter Falter in einem Haufen von Stubenfliegen«, dachte Dorthe bei sich, und mit einem Blick auf das sorgenvolle Gesicht von Elsbeth musste sie sich eingestehen, dass deren Bedenken begründet waren. Gretlin sah so hübsch und unbedarft aus, trug das gelbe Tuch mit solch einer Begeisterung, dass statt vier wahrscheinlich zwölf Augen notwendig gewesen wären, um das Mädchen vor Übergriffen zu schützen.

Gretlin selbst bekam von diesen Überlegungen so gut wie gar nichts mit. Da sie sonst nur das Frauenhaus und die Gegend um den Wienfluss kannte, war sie einfach begeistert von diesem Trubel und den Festgästen. Trotz der Warnung Elsbeths heftete sie ihren Blick auf die geladenen Gäste, die bereits ungeduldig auf das Trompetensignal warteten. Und sie waren alle gekommen, die bedeutenden Persönlichkeiten. Nachdem Albrecht III. sich in Wien niedergelassen hatte, ließ die Hofgesellschaft nicht lang auf sich warten. Zu wichtig war es, dem Habsburger nahe zu sein und seinen Einfluss für den eigenen Geldsäckel zu nutzen. Begehrt waren dabei die Hofämter, die hohes Ansehen und sicheres Einkommen versprachen.

Hofkämmerer Michael Hirssmann scharrte mit seinen Schnabelschuhen ungeduldig in den Fugen des Granitpflasters. Er mochte nicht mehr warten und sich vom Volk anstarren lassen. Genauso ungeduldig gebärdete sich sein Hengst. Ausgestattet mit einer purpurfarbenen Decke, wurde er von einem vor Anstrengung schwitzenden Stallburschen gehalten. Er tänzelte dennoch nervös herum, blähte seine Nüstern, erschrak vor dem kleinsten ungewohnten Geräusch – und die gab es hier zuhauf – und hätte fast der Gattin des Marschalls, Eleonore Puchheim, die reiche Haube von dem mit der Brennschere gebändigten Haar gestoßen. »Ja kannst nicht aufpassen, Depp ungehobelter, bleder Aff!« Gänzlich undamenhaft versetzte sie dem Burschen eine Ohrfeige, was wiederum Michael Hirssmann erzürnte: »Sag deinem Weib, Puchheim, dass wir nicht auf dem Bauernmarkt stehen, sondern auf einer Herzogshochzeit. Auch wenn es ihr schwerfällt, sollte sie sich wenigstens den Anschein einer edlen Dame geben!« Puchheim, der ziemlich verlegen an seinem Gürtel herumnestelte, schoss giftige Blicke zu Hirssmann und zischte seiner Frau zu: »Benimm dich!« Worauf Eleonore mit einer weiteren Ohrfeige konterte, dieses Mal traf die Furie ihren Mann. Die Umstehenden brüllten vor Lachen.

Der herzogliche Mundschenk Sägebrecht wiederum stand in Gedanken versunken da und polierte abwesend seine ohnehin schon funkelnden Silberknöpfe an seinem Wams. Er hoffte inständig, dass das Küchenpersonal und die Kellermeister seine letzten Anweisungen für das anschließende Festmahl befolgten und ihn vor dem Herzog und der frisch angetrauten Gattin nicht bis auf die Knochen blamierten. Wie schwer war es in Wien, an gutes Personal zu kommen. Beatrix vom Nürnberger Hof war da sicher Besseres gewohnt!

Nun, von den Sorgen und Nöten der geladenen Festgäste bekam das Mädchen im hellblauen Kleid freilich nichts mit. Sie sog das ganze Bild auf wie den Inhalt eines Bechers Holundersirups, ein seltener, ein ausnehmend anregender Genuss. Gretlins Blick schweifte weiter über eine Gruppe von Geistlichen, die krampfhaft vermieden, die Hübschlerinnen auch nur anzusehen. Doch wie Fronika immer sagte: »Wo viel gebetet wird, da wird auch viel gevögelt«, und die Mehrzahl der Frauen kannten nicht nur die Gesichter der Geistlichen, sondern etliche Körperteile mehr und die noch dazu ohne Hülle. Jetzt freilich standen sie im Festzug, die Schotten, die ja eigentlich aus Irland kamen, die Minoriten, Dominikaner und Augustiner Eremiten. Gefolgt von den Ritterorden, den Templern, Johannitern und dem Deutschen Orden. Gretlin freilich kannte keinen der Namen, wusste nichts über die Ordenszugehörigkeiten. Für sie zählten nur der Prunk und das eigenartige Gewand der Menschen. Sie staunte über die schwarze Kukulle und die spitze Kapuze der Augustiner, über das weiße Gewand mit dem schwarzen Kreuz der Deutschen Ordensritter und über das hellblaue ›T‹, das die Antoniter, die das Spital vor dem Kärntnertor leiteten, auf ihrer Kleidung trugen. Sie konnte den Blick von dieser Stadt, die sich heute zu Ehren Albrechts III. und seiner Braut Beatrix auf das Glänzendste herausgeputzt hatte, kaum abwenden. Wie spannend das alles war! Erst jetzt wusste sie, welch armseliges Leben sie unten am Wienfluss geführt hatte, eingesperrt im engen Haus, nur hier und da draußen zum Luftschnappen. Ganz außer sich vor Freude drückte sie den Arm Elsbeths und rief ihr mit lauter Stimme zu, um den Lärm um sie herum zu übertönen: »Danke, Elsbeth, danke für diesen schönen Tag. So wunderbar wie heute hab ich mich noch nie gefühlt!« Unsicher lächelte Elsbeth, traurig und glücklich zugleich. Wie leicht war es doch, diesem Mädchen eine Freude zu machen, wie sehr lebte sie bisher am Glück vorbei, dachte sie.

»Schau nur, Elsbeth, die schöne Straße!«, rief das Mädchen und deutete auf ein frisch verlegtes Pflaster zu ihren Füßen. Die Überleger aus Nürnberg hatten ganze Arbeit geleistet und gerade noch rechtzeitig zur Hochzeit die Straße, auf der der Festzug stattfinden sollte, aus Granit fertiggestellt.

»Ach schau nur, Elsbeth, wie hübsch die Häuser ganz oben aussehen, und so hell sind sie, dass sie blenden, wie die Sonne selbst!« Gretlins Begeisterung war ansteckend, und Elsbeth entspannte sich ein wenig und sah sich ebenfalls um. Ja, Wien sah heute selbst wie eine Braut aus! Die Häuser waren zum Teil mit sündhaft teuren Dachziegeln gedeckt oder mit Schindeln, die man mit roter Farbe angestrichen hatte. Fast alle Bauten am Weg des Trosses hatten einen frischen weißen Anstrich, und die Fenster waren mit sauberen Häuten bespannt. An einigen Häusern sahen sie sogar die neumodischen Butzenscheiben aus Waldglas in den Fenstern. Gretlin war sprachlos über solchen Luxus und deutete ehrfürchtig auf das glitzernde Glas.

»Einmal nur möchte ich in einem Zimmer wohnen, wo die Sonne so hell wie Edelstein hereinscheint!«, hauchte sie.

Endlich hatte die Gruppe der Hübschlerinnen das Ende des Zuges erreicht. Umständlich richteten sie ihre Kleider und achteten peinlich darauf, dass sie ihre Waden und ihre nackten Oberarme zeigten und so hier und da eine unbedeckte Brust blitzen ließen. Begehrliche Blicke, Zungenschnalzen und lautes Johlen der umstehenden Männer begleiteten jede ihrer aufreizenden Gesten. Als die Trompeten endlich erschallten, setzte sich der Festzug langsam in Bewegung. Elsbeth und Dorthe nickten sich zu, hakten sich beide links und rechts bei Gretlin unter und führten sie inmitten der Gruppe der freien Töchter vom Widmerturm zur neuen Herzogsburg. Auf dem großen Turnierplatz verweilte der Zug noch ein wenig, und man wartete gespannt, dass Braut und Bräutigam sich aus ihren Wohntrakten begaben und gut beschirmt unter prunkvollen Baldachinen ihren Platz an der Spitze des

Zuges einnahmen. Aufgeregt blickte Gretlin zur Burg mit den mächtigen vier Ecktürmen. Alles war so groß, so sauber und so mächtig! Der größte im Südwesten musste wohl der Bergfried sein! Rundherum war ein Burggraben angelegt, wo eine massive Zugbrücke in das Innere des Hofes führte. Gretlin konnte einen Brunnen erkennen, wenn sie sich vorbeugte und am Torhaus vorbeilugte. Rund um die Burg war ein wunderschöner Garten angelegt, und aufgeregt stupste Gretlin Elsbeth in die Seite: »Schau, da drüben neben dem Gang zum Kloster, schau nur, da steht ein Haus mit lauter Vögeln drinnen!«

Elsbeth lächelte nachsichtig: »Du schaust in die falsche Richtung, Gretlin! Schau hier zur Brücke, da kommt gleich der Herzog mit Braut und Gefolge!« Und richtig, Gretlin blieb der Mund offen stehen, als Albrecht mit seiner Braut Beatrix und den kirchlichen Würdenträgern, alle unter purpurfarbenen Baldachinen den Burggraben überquerten und sich ganz nach vorn begaben. Eine ganze Reihe von Adeligen in kostbaren Gewändern, teilweise mit Dienern, die Handpferde am Zügel führten, folgte dem Paar. Die Pferde trugen keinen Sattel, nur kunstvoll gestickte Schabracken mit dem Wappen des jeweiligen Geschlechts. Gretlin staunte: »Schau dir diese vielen Herrschaften an! Die kommen alle zur Hochzeit!«

»Nun, Gretlin«, meinte Dorthe, »geheiratet haben die beiden schon. In der Kapelle der Burg, aber jetzt ziehen sie durch die Stadt nach Sankt Stephan, um ein Dankgebet zu sprechen. Und da dürfen wir mit. Ganz hinten zwar, aber doch!«

»Und die da, wer sind die?«, damit zeigte Gretlin auf zwei junge Männer in der Gruppe der Adeligen, die unverhohlen in ihre Richtung starrten.

»Also ich schätze, mein Kind, dass das junge Ehrengäste sind, die freie Töchter so wie wir es sind, bisher nur von der Ferne gesehen haben. Ihre Gesichter, die mich entfernt irgendwie an einen Esel erinnern, den man aufs Eis tanzen geschickt hat, lassen mich etwas in dieser Richtung vermuten.« Elsbeth lachte und zwinkerte den beiden zu, sofort drehte sich der eine weg. »Na schau dir doch nur diesen Blondschopf an, so schüchtern!«, meinte sie verschmitzt. Gretlin verstand gar nichts, aber das machte ihr nichts aus, denn ihr gefielen die beiden und vor allem die schönen Wamse und dazu passenden Gugeln, die Samtbarette und feinen Beinlinge und – natürlich – die Schnabelschuhe aus feinstem Leder.

Endlich setzte sich der Zug vorbei an der Hofburg durch den Witmarkt in Bewegung. Brav blieb Gretlin in der Mitte ihrer beiden Bewacherinnen und ließ sich durch die Menge schieben. Mittlerweile hatten sie das Ende des Witmarktes erreicht und bogen rechts in den Milchgraben ein. Ursprünglich als Lagergraben gedacht, wurde er beim Bau der Stadtmauern einfach zugeschüttet und diente als Marktplatz für die Mehlhändler und Fleischverkäufer. Doch weil der Milchgraben direkt zum Dom Sankt Stephan führte, dauerte es nicht lang, und prunkvolle Bürgerhäuser wurden errichtet. Gretlin staunte über die oft zwei Stockwerke hohen Steinbauten. Der Freisingerhof, der aussah wie eine romanische Burg, der Besitz des Goldschmieds Auerhaimer, das ›Haus zum Goldenen Kopf‹ genannt wurde, oder das Haus vom Schneider Kronberger, das die Wiener ‹Zum Hund im Korb‹ nannten. Elsbeth und Dorthe sahen sich nickend über den Kopf von Gretlin an, und Dorthes Blick schien zu sagen: »Keine Sorge Elsbeth, es wird gutgehen!«

Mittlerweile war das Volk vom vielen Warten und vor allem vom Schauen schon ganz überdreht, und immer wieder kam es am Rande zu Handgreiflichkeiten und kleinen Raufereien. Auch der Wein, der an allen Plätzen der Stadt ausgeschenkt wurde, hatte sein Übriges getan, und viele der umstehenden Männer waren schon ziemlich angetrunken. »Ha schau, da kommen sie«, rief einer, als er die Gruppe der Hübschlerinnen entdeckte. »Ja, die Huren kommen, da schaut's«, rief ein anderer. Lachend drehten sich Fronika und Trude um die eigene Achse und winkten den Männern zu. Mit eindeutigen Gesten gaben sie ihnen zu verstehen, dass sie auch durchaus mehr zu geben bereit waren als nur einen schönen Anblick. Mit Geschrei und Gejohle rannten die Männer hinein in den Festzug und schnappten sich die beiden erstbesten Dirnen, deren sie habhaft werden konnten. Sie zerrten die schreienden und um sich tretenden Weiber weg von der Straße in die nächste dunkle Gasse. Die umstehenden Leute lachten, und ein alter Mann mit runzligem Gesicht meinte: »Die können wohl das Dankgebet zu Sankt Stephan gar nicht mehr abwarten und müssen vorher schon einen draufmachen!« Kichern und anzügliches Grinsen waren die Antwort. Der Festzug zog sich weiter dahin, als wäre nichts geschehen. Wien als Stadt des Weines und als Stadt der Liebe wurde ihrem Ruf gerecht. Lautes Lachen, großes Durcheinander, Raufereien und Taschendiebstähle begleiteten den Weg der frisch Angetrauten.

In all dem Prunk schleppte sich ein junges Mädchen allein dahin. Nicht Beherrschung allein ließ sie ihre Tränen zurückhalten, vielmehr verhinderte der erlittene Schock, dass sie hemmungslos zu schluchzen begann. Nicht Frohsinn und Lebensfreude waren an ihrer Seite, sondern Angst und Beklemmung. Gretlin war plötzlich allein. Es waren Dorthe und Elsbeth gewesen, die man links und rechts von ihr weggerissen und in die dunkle Gasse gezerrt hatte.

Wie betäubt ging das Mädchen weiter, fühlte sich mutterseelenallein in der Menschenmenge und konnte nicht einmal erahnen, in welch großer Gefahr sie schwebte. Sie konnte nicht wissen, dass genau das, was ihr heute die größte Freude bereitet hatte, unweigerlich ihr Verderben bedeuten konnte. Munter flatterte es im Wind, das gelbe Tüchel, das sie in Wien zum Freiwild und zu jedermanns Eigentum machte.

»Hast du den da gesehen?« Ärgerlich klopfte sich Sander auf sein grünsamtenes Wams, das mit Perlen und Silberfäden bestickt war.

»Der rempelt mich einfach an, na hast du den jetzt gesehen oder nicht?«

»Nein, hab ich nicht, wen meinst du?«, antwortete Ewald abwesend und betrachtete interessiert eine Gruppe von Tänzern, die den wartenden Festgästen vor dem Dom die Zeit vertreiben sollten.

»Na, den mit dem stinkenden Tier an der Kette«, entrüstete sich Sander, »als würde es in dieser Stadt nicht schon genug stinken!« Missmutig betrachtete er seine Schnabelschuhe, die seitlich mit Schlamm verunziert waren.

»Schau dir meine Schuhe an, Ewald!«

»Ja dann hättest du so wie ich die Holzpantoffeln darüber ziehen sollen, dann wären sie jetzt nicht verdreckt.«

»Mit diesen Trippen stelze ich auf dem verfluchten groben Pflaster wie ein Storch auf der Sumpfwiese.«

Gleichgültig zuckte Ewald die Schultern und sah dem Bärenführer nach, der Sander angeblich angerempelt haben sollte.

»Das soll eine herausgeputzte Straße sein, siehst du die Lachen am Rand, wenn ich nicht aufpasse, dann spritzt mir der Unrat auf meine Beinlinge.« Damit strich er sich über seine weinroten Strumpfhosen und kontrollierte, ob sie auch fest genug an seinem Wams befestigt waren.

Ewald verdrehte die Augen.

»Nein, jetzt hat mir doch tatsächlich so eine blöde Taube auf meine Schapel geschissen!« Damit riss Sander seine schwarze, mit Silberbändern durchwirkte Kappe vom Kopf und säuberte sie vom Vogelkot mit einem Tüchlein aus feinstem Leinen.

Ewald knickte ein vor lauter Lachen und stützte sich schwer auf einen vorübereilenden Kleriker, der Anschluss an seine Gruppe weiter vorn suchte.

»Entschuldigen Sie vielmals, Pater, meine Ungeschicklichkeit, aber ich kann mich vor Belustigung kaum mehr auf den Beinen halten, weil meinem Freund in dieser Stadt so furchtbare Sachen passieren.«

Damit zwinkerte er dem entrüsteten Augustinerpater schelmisch zu, was bei seinem ohnedies schon hängenden Augenlid sehr abenteuerlich aussah, und lächelte ihm nach, als sich der Pater laut schimpfend und wild gestikulierend weiter seinen Weg hinein in den Dom bahnte.

»Ich weiß nicht, was du hast, Sander, die Leutchen hier sind doch sehr angenehm und zuvorkommend!«

Sander schnaubte verächtlich, er konnte dem Sarkasmus seines Freundes einfach überhaupt nichts abgewinnen.

»Also mir gefallen Wien und die Wiener ausgezeichnet. Weißt du, es ist erstaunlich, wie viel Inspiration mir hier geboten wird. Ganze Liederbücher könnte ich nach meiner Reise füllen! Erstaunlich, wirklich!« Damit zeigte Ewald auf eine Gruppe von Musikanten, die mit einer Fiedel, einer

Pfeife und einem Dudelsack einen Puppenspieler begleiteten. Die Marionette hüpfte an den Fäden im Takt auf und ab. Ewald streifte einen der umstehenden Gaffer am Arm und fragte: »Wen soll die denn darstellen?«

»Wos wü der wissen?«, meinte der ältere Mann zu seiner danebenstehenden Frau.

»Mi frogst?«, kam es unwirsch von der Bürgerin, die ihre Haube tief in die furchige Stirn gezogen hatte. Dann meinte sie abfällig Richtung Ewald: »Immer diese Welschen, wenn i die scho siach, dann hob i scho g'fressn …! Bin scho froh, wenn der ganze Zauber mit der Hochzeit wieda vorbei is!«

Sander, der ärgerlich zu der Frau blickte, meinte: »Ewald, diese nette Frau hier meint,« damit rümpfte er die Nase, als ob er einer toten, halb verwesten Katze gegenüberstünde, »dass *wir* aus dem Süden, also von jenseits der Alpen, ihr schon beim Anblick zuwider sind und sie nichts mehr herbeisehnt, als das Ende der Festlichkeiten und unsere damit verbundene Abreise!« Damit wandte er sich mit einer abrupten Drehung zu der Bürgersfrau und meinte affektiert: »Habe ich das so richtig übersetzt?« Pfauchend drehte sich die Angesprochene weg. Ewald, anstatt beleidigt zu sein, ergab sich wieder in einen für ihn typischen Heiterkeitsanfall, der einer Naturgewalt glich.

»Ich hab gar nicht gewusst, dass du diesen drolligen Dialekt so gut verstehst, Sander!«, presste er zwischen übermütigem Kichern hervor.

»Ich habe eine große Verwandtschaft, und glaub mir, Ewald, zwischen Augsburg, Regensburg, Wien und Lucca kommt einem schon einiges an Mundart unter! Obwohl – so einen schwarzen Humor wie der der Wiener muss man im restlichen Abendland erst erfinden …«

»Aber, aber, Sander, die Leute, die sagen, was sie denken, sind mir lieber als die, die so tun, als ob sie kein Wässerchen trüben könnten. Ich finde Wien einfach berauschend!«

Der ältere Mann, der sich fürchterlich für das Benehmen seiner Frau schämte und der Unterhaltung der beiden Burschen mit Interesse gefolgt war, meinte, indem er auf die Marionette zeigte: »Das da, mein jungen Herren, nennt man bei uns Tattermann. Des Maxerl da am Faden.« Ewald nickte.

»Und der do, des soll der Albrecht sein, also der, der heit heirat. Aber des is eh klar!«

»Warum is des eh klar?«, fragte Ewald verdattert.

»Na wegen dem Zopf da!« Damit zeigte der Mann auf den geflochtenen Rosshaarzopf der Marionette.

»Ja, ja, schon verstanden«, sagte jetzt auch Sander, zerrte seinen Freund am Arm weg und raunte ihm zu: »Das sag ich dir später. Ich will da jetzt weg, mein Oheim wird gleich da sein … und ich mag die Leute hier einfach nicht!«

»Mein Gott, Sander, was bist du aber auch empfindlich.« Ewald ließ sich bereitwillig wegführen, doch erblickte er sogleich wieder etwas Interessantes. Abrupt blieb er stehen, packte seinen Freund an den Schultern und drehte ihn mit einem Ruck herum.

»Siehst du hier die freien Töchter, Sander?«, damit zeigte Ewald auf Fronika und ihr Gefolge, »die haben wir bei der Burg schon getroffen.«

»Wen meinst du?« Sanders Blick schweifte suchend umher.

»Na die da alle in den blauen Kleidern!«

»Wen?«

»Sander, ich meine die Dirnen mit den blauen Kleidern und dem gelben Tuch auf der Schulter. Die haben wir heute schon einmal gesehen!«

»Ach die. Aber da war doch so eine kleinere ...« Verlegen biss sich Sander auf die Lippen und senkte den Kopf, um seine roten Wangen zu verbergen. Doch wie immer war das vergeblich. Ewald schien einen sechsten Sinn zu haben, wenn es darum ging, jemanden zu necken, und natürlich wieherte er gleich vor Lachen und zeigte mit dem Finger auf Sander. »Wusste ich es doch. Als du mit deinem Kuhgesicht die Kleine erblickt hast, sind dir die Augen fast aus dem Kopf gefallen! Ja, schau nicht so«, Ewald puffte seinen Freund kameradschaftlich in die Seite, »da kommt sie übrigens.« Damit zeigte er auf eine schlanke, zierliche Gestalt mit hellblonden Zöpfen, die starr hinter der Gruppe her schritt.

»Wo?«

»Na da, Sander, hinter dieser Dicken mit den schlechten Zähnen, die den Hintern so dreht!«

Sander erblickte das Mädchen, das blass mit schreckensgeweiteten Augen dem Zug folgte. »Aber was ist mit ihr?«

»Was soll sein?«

»Sie sieht so anders aus als vorhin, irgendwie verzweifelt.«

»Ach, Sander, das ist eine Dirne. Wahrscheinlich ist ihr ein Freier weggelaufen. Jetzt stell dich nicht so an!«

»Aber ...«, Sander schluckte, »ich geh vielleicht einmal zu ihr und frage sie ...«

Ewald klopfte sich auf die Oberschenkel vor lauter Lachen. »Ja, frag sie nur, ob sie Zeit hat für dich!«

Wütend wandte Sander den Blick von dem Mädchen und schrie seinen Freund an: »Ich will sie fragen, ob sie Hilfe braucht, du Tölpel!«

Ewald kicherte. »Sie nicht, aber du vielleicht!«

»Ach, verschwinde doch, du Dummkopf!« Damit ließ Sander Ewald stehen und wollte sich wieder dem Mädchen zuwenden. Doch als er sich umsah, konnte er sie nirgendwo erblicken. Verstört rempelte er seinen Freund an: »Du Ewald, die ist plötzlich weg. Ich verstehe das nicht. Eben war sie doch noch da!«

Ewald trocknete sich mit seinem Taschentuch die Augen, die vor lauter Lachen geträ nt hatten, und unterdrückte einen weiteren Lachanfall: »Lass gut sein, Sander, die hat Kundschaft bekommen. Da musste sie schnell weg, sie kann ihr Gewerbe ja nicht direkt vor dem Dom abwickeln, oder?«

»Ach was«, zischte Sander wütend zwischen den Zähnen hervor.

»Komm jetzt, lass diese Hure, wir müssen hinein in den Dom, dort drinnen weilt dein Oheim, und ich glaube ihn gut genug zu kennen, um sagen zu können, er ist schon ein wenig ungeduldig!«

Unwillig ließ sich Sander in das Innere der Kirche führen und vergaß noch im selben Moment das blasse, verstört wirkende Mädchen. Zu eindrucksvoll war das, was den Jünglingen nun geboten wurde, als sie Sankt Stephan betraten. Sogar Ewald erlebte einen der bei ihm seltenen Augenblicke, wo es ihm gänzlich die Sprache verschlug. Es war den beiden jungen Männern in diesem Moment so, als hätte sich für sie die Pforte in das Himmlische Jerusalem geöffnet.

Was man bei dieser Kirche außen nur erahnen konnte, bewahrheitete sich innen. In dem hohen Raum mit dem eindrucksvollen Kreuzrippengewölbe blickten die beiden auf den gotischen Chor, der sich an der Ostseite, dort, wo Jesus Christus am Jüngsten Tag auferstehen würde, in seiner ganzen Pracht entfaltete. Jedes der drei gleich hohen Chorschiffe, die durch mächtige Bündelpfeiler getrennt waren, hatte seine besondere Bestimmung, das Mittelschiff war Christus, dem Heiligen Stephanus und allen Heiligen, das nördliche Chorschiff der Gottesmutter, das südliche Schiff den Heiligen

Aposteln zugedacht. Die mächtige dreischiffige Chorhalle war durch die bunten spitzbogigen Glasfenster in ein vielfarbiges, mystisches Licht getaucht. Christus mit den sieben Tauben zierte das Fenster des Mittelschiffes. Sander sah hinauf in das nicht enden wollende Gewölbe und konnte die Schlusssteine erkennen. »Schau, Ewald«, flüsterte er, »Jonas mit dem Wal, ein Löwe, der seine Jungen zum Leben erweckt. Da auf der Frauenseite ein Pelikan, ein Phönix und hier …«

»… die Jungfrau mit dem Einhorn«, vollendete Ewald den Satz. Ehrfürchtig glitt der Blick der beiden ein Stück nach unten zu den Wänden des Chores, wo in mehr als fünf Metern Höhe Nischen mit turmartigen Baldachinen eingelassen waren. »Laurentius, Stephanus, Christophorus … alle sind sie da«, murmelte Ewald ergriffen und betrachtete die Skulpturen mit den liebevoll ausgeführten Details und dem geschwungenen Faltenwurf der Gewänder.

»Und hier«, Sander zeigte auf die Frauenseite, »die Schutzmantelmadonna, Katharina, Maria Verkündigung …« Versonnen strich Ewald über den ockergelben Verputz des Sandsteins, fuhr die weißen Quaderrillen mit dem Finger nach. Dort, wo die Bischöfe die Wand mit dem heiligen Öl salbten, waren Apostelzeichen als Erinnerung angebracht. Die Durchgänge des Lettners, eine Art hölzerne Begrenzung, die normalerweise die Geistlichkeit vom Volk trennte, war heute zu Ehren des Herzogs geöffnet worden, sodass sich die Festgäste bis zum Gottleichnamsaltar in der Mitte des Chores aufhalten konnten. Gleich bei der Figurengruppe der schlafenden Apostel Johannes, Petrus und Jakobus, stand der Patriarch von Aquileia und winkte unauffällig, aber eindringlich den beiden Burschen, näherzukommen. Als er beide in Empfang genommen hatte, zeigte er auf den Liebfrauenaltar, wo die Braut Beatrix ihr Dankgebet verrichtete und Gottes

Segen für ihre noch junge Ehe mit Herzog Albrecht erbat. Nur wenige in der Stephanskirche ahnten, wie notwendig sie göttliche Kraft und Zuspruch benötigen würde, um die auf sie zukommenden Aufgaben zu lösen.

»Was wollt ihr Weißfrauen hier am Markt? Schert euch zurück hinter eure Klostermauern, ihr Betschwestern, und nehmt ehrbaren Bauern wie uns nicht die Kundschaft weg!« Ein grobschlächtiger Mann, bekleidet mit schäbiger Schürze, verdreckten Beinlingen und mehrmals gestopftem Hemd baute sich in ganzer Größe vor dem Stand Johannas auf. Mit gespielter Abscheu spuckte er ihr vor die Füße, schob seinen speckigen Hut aus der Stirn und sah sie herausfordernd an. Scheinbar unbeteiligt sortierte Johanna ihre Tonkrüge mit dem Essigobst, rührte beflissen in dem großen Fass mit Essiggurkerln, wischte mit einem Lappen über das Holzbrett, das ihr als Tisch diente, und wandte sich scheinheilig zu Yrmel. Diese machte ein Gesicht, als rechnete sie jeden Moment mit einem Ausbruch, der dem des Vesuvs vor 1300 Jahren nicht nachstehen würde – sie kannte Johanna nur zu gut und wusste, dass alles, was jetzt folgen würde, nur Geplänkel auf dem Weg zum großen Donnerwetter war.

»Also Yrmel, verstehst du den netten Mann hier, weißt du vielleicht, warum sich der so aufregt? Wo doch jeder in Wien weiß«, damit machte Johanna eine ausholende Handbewegung, »also jeder halbwegs gescheite«, hier funkelte sie den Mann, der weiter geringschätzig ihre Ware musterte, an, »also wirklich nur die gescheiten Menschen wissen, dass für die Dauer des Festzuges das Marktrecht aufgehoben ist und jeder, also wirklich *jeder* seine Ware feilbieten darf!«

Sie umrundete mit einer Geschwindigkeit, die man ihr mit ihrer Körperfülle nie zugetraut hätte, ihren Stand, kam stampfend vor Wut vor dem Bauern zu stehen und brüllte ihn an: »Aber das darf man von so einem dahergelaufenen Dorftrottel wie dem hier«, damit schleuderte sie ihm ihr essiggetränktes Putztuch über den geöffneten Mund, »wohl nicht verlangen. Vor allem«, und hier schnalzte sie das Tuch gleich zweimal um den Mund des völlig überrumpelten Bauern, »wenn sich dieser Schweinehund nicht zu benehmen weiß und einfach so vor die Ware von rechtschaffenden Büßerinnen spuckt.« Mit einem lauten Klatsch gab sie ihm dann noch eine Ohrfeige, die jedem Rossknecht unten in der Renngasse Ehre gemacht hätte. »Und verkühl dich nicht noch einmal und nenn *mich* Betschwester, du saublöder Ochs, du damischer!« Damit endete ihre Schimpftirade so schnell, wie sie begonnen hatte.

Wie wenn rein gar nichts passiert wäre, stellte sich Johanna wieder hinter ihren Tisch und säuselte zuckersüß zu Yrmel: »Also findest du nicht auch, Mädchen, dass die Heiligenkreuzer Mönche heute früh ganz besonders schöne Huchen aus der Donau gezogen haben, und ihre Holzschuhe, also die sind vom Feinsten ...« Sie zeigte auf die gut drei Ellen großen Fische und die schön geschnitzten Holzschuhe auf dem Stand der Zisterziensermönche von Heiligenkreuz, die aus den dichten Wäldern südlich der Stadt angereist waren, aber auch in der Stadt einen großen Wirtschaftshof betrieben.

»Ja und hier die Zwettler, also das Selbstgebraute von denen, alle Achtung!«

Yrmel nickte betreten. Die umstehenden Leute bogen sich vor Lachen und begleiteten den Bauern, der verdattert seines Weges ging, mit lauten Schmährufen.

»Mit der Essiggurkerl-Hannerl darfst di net anlegn, Bauer, die macht di schlichtweg zur Sau!«, prustete ein Gemüsehändler los.

»Du halts Maul«, kam es postwendend von Johanna, »deine Erbsen sind ja bekannt dafür, dass sie das Fleisch gleich dabei haben.«

»Wie meinst das jetzt, Weib«, fragte der Händler ärgerlich.

»Na was wohl. Wurmig sind's. Mehr Würmer als Erbsen, glaubst i seh net recht? Und nenn *mich* net Weib, du bleder Hammel.«

»Jetzt mach aber halblang mit deinem sauren Schmarrn da«, mischte sich der Weinhändler von der Seite gegenüber ein. Hurtig drehte sich Johanna um die eigene Achse, dass ihr Busen vor lauter Aufregung hüpfte.

»Ich sag dir jetzt mal was, du elendiger Aff, du! Dein Wein ist saurer als mein schärfster Essig. Wenn ich so ein Gesöff anbieten müsst, dann würd ich mich in Grund und Boden genieren.«

»Ja, wenn selbst die ehemaligen Huren jetzt schon herumpantschen, dann steht die Welt nimma lang«, lamentierte ein altes verhutzeltes Weiberl, das Unschlitt und Kerzen feilbot. Wütend drosch Johanna so auf das Holzbrett, dass die Krüge wackelten und Yrmel alle Hände voll zu tun hatte, sie aufzufangen und am Herunterfallen zu hindern.

»Ihr vermaledeiten Schwachköpfe, ihr habt keine Ahnung und nur immer Saufen und Feiern im Kopf. Zum Teufel mit euch Bsoffenen!«

»Aber eins musst zugeben, Hannerl. Besser isses schon, wenn man den Wein wenigstens ausschenkt und ihn nicht so wie du in offenen Holzfässern in die pralle Sonne stellt!« Barthel war aufgetaucht und genoss es, Johanna vor allen anderen Marktleuten zu ärgern.

»Ja, ja«, murmelten alle anderen zustimmend, »macht aus dem guaten Wein so a saure Lackn. Verschwendung nennt man das!«

»Was machst du da, du Depp?«, fragte Johanna unvermittelt Barthel.

»Na ich schau mir den Festzug an, der da gerade vom Witmarkt her einbiegt!«

»Komm mir ja nicht in die Quere, Barthel, sonst saufst an Liter Essig ex – und wenn ich dich dabei anbinden und ihn dir ins Maul schütten muss«, plärrte Johanna fuchsteufelswild.

»Ruhe. Seids jetzt doch still, sonst schick ich euch alle mit dem ganzen Krempel heim. Der Festzug kommt, und hier wird nicht geschimpft und geschrien. Es reicht jetzt.«

Leider hatte Johanna in ihrer Wut die herannahende Stadtwache zu spät gesehen! Ertappt senkte sie schnell den Kopf. So weit käme es noch, dass sie der Meisterin erklären musste, warum sie ausgerechnet beim Festzug, wo man das Geschäft seines Lebens machen konnte, des Platzes verwiesen wurde. Zu lang hatten sie und die Büßerinnen auf diesen Tag hingearbeitet, wo das Geld der Wiener und vor allem das der Gäste sehr locker saß. Warum nur ließ sie sich immer so hinreißen? Der Neid über ihre gute Ware war den anderen doch ins Gesicht geschrieben. Niemand in Wien hatte fruchtigere Essigbirnen, aromatischere Marillen oder reifere Essigzwetschken anzubieten. Und das im Frühling, wo sich jeder nur mehr von eingesalzenen Heringen und Sauerkraut ernähren musste! Kein Wunder, dass sie schon fast ausverkauft war! Beruhigt klopfte sie auf ihren prallen Geldsäckel unter der Kutte und mit einem breiten Grinsen wandte sie sich ihrer Konkurrenz zu.

»Ja, euren Wein könnt ihr selber saufen, der ist geschenkt. Nur satt wird man halt nicht davon, nur deppert und bled.

So Yrmel, du kannst jetzt schon die restlichen Krüge und Töpfe da heraufstellen, mei, was haben wir zwei heute schon alles verkauft!«

Damit nickte sie den Umstehenden triumphierend zu, wandte sich mit Interesse zum Festzug, der gerade mit lautem Getöse an den Standeln am Milchgraben vorüberzog.

»Also der Herzog schreitet auch ziemlich hochnasig daher«, raunte sie Yrmel zu, »aber die Braut, ich glaub, Beatrix heißt die, die schaut mir ganz praktisch her …«

»Aus Nürnberg soll's sein …«, flüsterte Barthel, der sich unbemerkt an die Seite Johannas geschlichen hatte und verlegen ihren Unterarm tätschelte. Weil er halt so ein alter Depp ist, dachte Johanna und ließ ihn gewähren.

»Wer ist denn das jetzt wieder«, überlegte sie laut, als sie einen hoch aufgerichteten, dürren, ganz in schwarz gekleideten älteren Mann sah, der starr vor sich hin blickte.

»Das ist der Hofmeister, der Fichtenstein«, meinte Barthel, »in den Schenken reden s', dass der die Braut nicht so gut leiden mag.«

»Klar, weil er dann nicht mehr machen kann, was er will. Mit dem Albrecht allein hat er bisher ja leichtes Spiel ghabt. Scheint ja wirklich ein kluges Köpfchen zu sein, die Beatrix!«, meinte Johanna.

Da rempelte Yrmel sie barsch in die Seite, und als Johanna gerade fragen wollte, welcher Teufel sie jetzt geritten hatte, so grob zu sein, sah sie, wie Yrmel sich die Hand vor den Mund schlug und wie ein Wildschwein nach dem Abschuss röchelte. Jeder, der die stumme Yrmel nicht kannte, hätte wahrscheinlich gedacht, dass das Mädchen zu ersticken drohte, doch das Gegenteil war der Fall. Wenn die ansonsten so zurückhaltende Yrmel röchelte, dann war das ein sehr gutes Zeichen! Dann lachte sie aus vollem Herzen! Mit dem Finger zeigte sie auf ein selten dickleibiges Mannsbild, das sich in ein auffallend grün gemustertes Gewand gehüllt hatte und aussah wie ein aufgeblasener Frosch.

Selbst Johanna konnte ein kurzes Auflachen nicht verhindern. Sein Kopf sah aus wie eine überreife Birne, rot und gelb, seine Nasenlöcher blähten sich, und seine Hände, die am runden Körper wie zwei zu kurz geratene Flügel wirkten, ruderten auf und ab.

»Eigentlich hat er Glück, denn wenn der Festzug noch ein Stückerl weiter gehen würde, dann könnten wir ihn vom Pflaster klauben, so fertig ist der!«

»Jetzt seid's still«, warnte Barthel, »das ist der Bischof von Passau!«

»Oh!«, kam es von Johanna, und schnell schauten sie und Yrmel in die andere Richtung.

Den Bischof von Passau sah man in Wien nicht so gern. Er repräsentierte das Bistum, dem die Stadt unterstand. Jahrelang schon wollten die Wiener ihr eigenes Bistum, aber vergebens. Passau klammerte sich an die Macht wie ein Ertrinkender an eine Holzplanke. Wien war zu kostbar, um aufgegeben zu werden. War der Bischof nicht in der Stadt, so übertrug er seine Macht einem bestellten Offizial. Der lebte recht gut in einem Haus in der Bäckerstraße nahe der Universität und liebäugelte bereits mit einer zweiten Niederlassung auf dem Salzgries, nahe der Kirche Maria am Gestade.

»Stimmt es eigentlich, dass sich der Offizial einen Garten rund um sein Gut hat anlegen lassen?«, fragte Johanna Barthel, der auf seinen Rundzügen durch die Bierbeisln und Weinschenken immer genauestens informiert war.

Prompt kam es von ihm: »Der Garten ist nicht alles, er hat sich auch ein Bad einrichten lassen … und man erzählt schon ein paar pikante Gschichten, dass die Pfaffen auch keine Kostverächter sind.«

»Da brauch ich kein Gschichten, das weiß ich so«, murmelte Johanna und beobachtete weiter den Festzug.

»Ja mei, is des net die Ursel?«, rief Johanna plötzlich freudig, sodass Barthel und Yrmel sie erstaunt ansahen, weil sie dem plötzlichen Stimmungsumschwung der Essig-Hannerl nicht so schnell folgen konnten.

»Wer?«, fragte Barthel verdutzt.

»Geht di nix an, und jetzt schau, dass d' ma ausm Weg gehst!« Damit rempelte Johanna Barthel auf die Seite und ging mit ausgebreiteten Armen der dicken, großbusigen, in neues Blau gekleideten Ursel entgegen.

»Ja, die Hannerl. Des is aber a Freid, dass wir uns do treffen! Wie geht's dir?« Ursel umarmte Hanna so stürmisch, dass ihr gelbes Tüchel sich in der Haube Johannas verhedderte, und beide Mühe hatten, wieder voneinander loszukommen.

Als sie endlich wieder lachend und prustend dastanden, meinte Ursel zwinkernd: »Es will wieder zu dir, das Tüchel, liebe Johanna. Und wir anderen hätten dich auch wieder gern bei uns.«

»Ja die Hannerl«, riefen da Trude und Fronika und winkten von Weitem, »geh kumm mit mit uns.«

»Na danke«, wehrte Johanna ab, »die Zeit is für mi vorbei!« Sie sah sich suchend um und fragte Ursel: »Wo ist denn die Dorthe, die hab ich schon so lang nicht mehr gsehn!«

Ursel drehte sich um: »Du, i weiß net, eben waren's noch beide da, die Elsbeth mit der Dorthe, dort gleich hinter uns, aber es wird sie wohl jemand aufghalten haben.« Damit zwinkerte sie schelmisch und drehte sich in ihrem blauen Kleid. »Was sagst, Hannerl, ein Geschenk vom Herzog, zur Hochzeit, dass wir auch recht manierlich anzuschaun sind. Willst net auch so was, dein Weißfrauenhabit schaut ma recht rau und schleißig daher.«

»Na, lass mal, Ursel, des passt schon.« Hanna sah sich weiter suchend nach Dorthe um, konnte aber nur ein verschüchtertes blondes Mädchen allein daher laufen sehen.

Ursel, die inzwischen mit einem am Rand des Festzugs stehenden potenziellen Freier geliebäugelt hatte, meinte abwesend: »Du, ich muss jetzt weiter, Johanna, weißt eh, heute ist viel Gschäft. Pfiati Gott und meld dich mal bei uns in der Laimgruben, da können ma dann ratschen.«

»Ja, Servus, Ursel, lass ma alle schön grüßen«, antwortete Johanna, die sich beim Anblick des Freiers, der bereits besitzergreifend einen Arm um die blausamtenen ausladenden Hüften Ursels gelegt hatte, angewidert schüttelte.

»Ich versteh nicht, wo die Dorthe ist!«, meinte sie mehr zu sich selbst, sah wieder zu dem blonden Mädchen »und noch weniger versteh ich, warum sie im Zug so junge Dinger mitgehen lassen, wo doch jeder weiß, dass an solchen Tagen jeder Mann Pfeffer in den Beinlingen hat!«

Aber dann wandte sie sich wieder ihrem Essigstand zu und verbreitete eine so ansteckend gute Laune, lachte, scherzte und folgte dem Treiben in der festlichen Stadt mit solcher Fröhlichkeit, dass Barthel und Yrmel kaum ihren Ohren und Augen trauten.

Wird wohl sein, weil sie so ein gutes Geschäft gemacht hat und alle ihre Essigfrüchte an die Wiener verscherbelt hat, dachte Yrmel und freute sich mit Johanna.

Wie verändert meine Hannerl nur ist, wenn sie mit ihren Freundinnen von früher beisammen war, sinnierte hingegen Barthel und war sich einmal mehr sicher, dass in Johannas Brust immer noch das Herz einer Hübschlerin schlug und nicht das einer Büßerin.

Doch keiner der beiden ahnte den wahren Grund für Johannas Freude und Leichtigkeit. Mit dem Läuten der Glocken von Sankt Stephan, die zum Dankgebet für die feierliche Vermählung des Herzogs und seiner neuen Gemahlin riefen, betete sie ihr ganz persönliches ›Vergelts Gott‹. Mit einer bei ihr seltenen Inbrunst dankte sie Gott für die Gnade, zu Sankt Hieronymus ihre Lebensaufgabe gefunden zu haben. Bei Johanna Maipelt hörte sich das freilich ein bisserl anders an: »Liabster Herrgott, ich schwör dir, dass ich mein Lebtag lang nimma meine Pratzen aus dem Essig rausgeb, dass ich Essiggurkerln mach, solang mich meine Füß no tragn, aber bitte, bitte halt mir die Mannsbildern fern und lass mich nie, nie wieder dieses vermaledeite Tüchel tragn.«

»Du willst mir jetzt nicht weismachen, Sander, dass du mit gut der Hälfte der Anwesenden verwandtschaftliche Bande pflegst?«, damit zeigte Ewald auf die tratschenden, trinkenden und lachenden geladenen Gäste, die sich nach der Dankesmesse in den Räumlichkeiten des Regensburger Hofes eingefunden hatten. Neben dem Kölner Hof war das Gebäude an der Rotenturmstraße das geräumigste, das Wien zu bieten hatte. Wenn es keine Hochzeit zu feiern gab, also an den übrigen Tagen des Jahres, saßen an den Tischen die Kaufleute aus dem niederbayrischen Raum und handelten für ihre Ware den bestmöglichen Preis heraus. Da Wien schon über 100 Jahre lang das Stapelrecht besaß, konnten sie ihre Produkte nur an Ortsansässige verkaufen, und das verlangte in den meisten Fällen nach einem längeren Aufenthalt in der Stadt. Da wollten sie es sich gutgehen lassen, und daher bot der Regensburger Hof alles, was das Herz eines Gastes höher schlagen ließ. Auch die Hofgesellschaft von Albrecht und Beatrix schätzte die Annehmlichkeiten. Alles drängte sich um die zahlreichen Tafeln mit gutem Essen. Auch die Delegation aus Augsburg, allen voran Bernhard von Randegg, hatte den Weg in die Rotenturmstraße gefunden und so wie die meisten geladenen Gäste, waren sie keine Kostverächter. »Ja natürlich bin ich verwandt mit den meisten hier«, erwiderte Sander undeutlich, weil er gerade ein Stück des Pfauenbratens im Mund von einer Seite zur anderen schob. »Verdammt zäh, das Vieh«, meinte er, schluckte schwer und stocherte in seinen Zähnen herum.

»Ja gut, dein Oheim als Patriarch von Aquileia hat sicherlich seine Verbindungen …«, merkte Ewald nachdenklich an, bevor er den Gewürzwein aus einem Zinnbecher hinunterspülte. »Wenn du es genau wissen willst, dann kann ich dir ja erzählen, wie ich zu solch einer großen Familie komme.«

»Lass hören!«

»Mein Oheim war vor dem Patriziat in Aquileia der Bischof von Augsburg. Die von Randegg stammen ja aus Schwaben, aus Ochsenwang, wo wir unsere Stammburg haben.«

»Ochsenwang?«

»Ja, Ochsenwang, was lachst du da so?«

»Ochsenwang!«

»Ja, stimmt. Die Burg Randegg. Meine Mutter, also die Schwester meines Oheims Bernhard, war eine Cousine von der Mutter der Braut.«

»Ich versteh nix. Ich versteh nur Ochsenwang.«

»Na, die da drüben, die Braut halt«, damit zeigte Sander auf eine in vornehme Seide gekleidete junge Frau, »Beatrix hat auch eine Mutter.«

»Ach wirklich? Schön für sie. Trotzdem versteh ich nur Ochsenwang.«

»Die heißt Elisabeth von Meißen und sitzt da drüben.« Sander zeigte auf eine in dunkles Tuch gewandete Dame mit einer erschreckend hohen Hörnerhaube und nahm sich fest vor, nicht auf die Hänseleiern von Ewald einzugehen.

»Die Burggräfin von Nürnberg?«

»Ja, die Brautmutter. Sie stammt aus dem Geschlecht der Markgrafen von Sachsen. Elisabeth und meine Großmutter waren Cousinen.«

»Aha. Also lieber Sander, ich kann nicht behaupten, dass ich das alles, was du mir da berichtet hast, verstehe, aber soweit erkenne ich nun, dass ihr einfach alle untereinander verschwägert seid. Was manches erklärt.« Lachend stieß Ewald seinen Freund in die Seite. Der setzte fort, als sei nichts geschehen und versuchte so nebenbei einen Safranpudding mit Nüssen. Kauend erklärte er weiter:

»Jedenfalls kenne ich Beatrix, also die Braut, schon aus meinen frühen Kindertagen in Augsburg. Später haben wir uns aus den Augen verloren, weil ich ja dann nach Lucca gezogen bin zu meinem Oheim, als meine Mutter verstorben war.« Leichte Wehmut sah Ewald plötzlich in den Augen seines Freundes, die er auf die ihm eigene Art mit einem derben Scherz wegzuwischen versuchte:

»Also, wer meinst du, mein werter Sander, gehört heute wohl zu den am eigentümlichsten bekleideten Männern in diesem Raum? Ich finde, der Herr mit dem Zopf da drüben sticht alle aus. Sieht aus wie eine Mischung aus Rabe und Walpurgishexe.«

Angstvoll und erschrocken weiteten sich die Augen von Sander: »Um Gottes willen, Ewald, das ist der Herzog.«

»Das ist Albrecht?«

»Ja, genau.«

»Ach jetzt verstehe ich das mit der Marionette, vorhin auf der Straße, bevor wir in den Dom gingen, auch.«

»Genau. Die hatte ja auch einen Zopf.«

»Was soll der Zopf dann heißen? Ich verflechte alle meine Länder miteinander?« Wieder bildeten sich Lachfalten auf dem Gesicht Ewalds. Entrüstet sah Sander seinen Freund an: »Kannst du denn gar nichts ernst nehmen?«

»Schwerlich«, gluckste der.

»Das ist der Ornat des Zopfordens, Ewald. Es ist ein Habsburgerorden, und schau einmal genau hin.« Gehorsam lehnte sich Ewald nach vorn und fixierte mit zugekniffenen Augen den Herzog, der am übernächsten Tisch saß.

»Nein, nicht so genau, das ist ja unangenehm. Also ich sag es dir eben. Der Zopforden besteht aus einem geflochtenen Zopf, der als Ring um ein eingelegtes Wappen gebogen ist. Das Wappen zeigt eine Montfort'sche Kirchenfahne.« Besonnener fuhr Sander fort: »Ich mag den Herzog gut leiden, er regiert mit Verstand, nicht umsonst ist sein Wahlspruch NIL ADSPICIT NON ADSPICITUR.«

»Heißt was? Ich hab in Latein immer gefehlt, ging lieber auf die Gamsjagd bei uns.« Ewald kaute grinsend an einem Stück Lammbraten.

»Der wird nicht geachtet, der selbst nicht achtet.«

»Was jetzt?«

»Na das ist die Übersetzung von Albrechts Wahlspruch. Der wird nicht geachtet, der selbst nicht achtet.«

»Ist mir auch recht.« Stöhnend und händeringend meinte Ewald: »Also wir sind jetzt in erlauchter Gesellschaft deiner entfernten Cousine Beatrix von Hohenzollern, die heute Gemahlin von Albrecht mit dem Zopf wurde. Der wiederum Schwiegersohn vom Burggrafen von Nürnberg wurde.

Und wem das nicht kompliziert genug ist, der kann sich noch den Bischof von Passau ansehen, der ob seiner Leibesfülle sowieso nicht zu übersehen ist, daneben der Patriarch von Aquileia, der dein Onkel ist, dann eine Unmenge von Höflingen … Moment, der da so ganz und gar finster dreinschaut, wer ist denn das?«

Ewald zeigte auf einen in ein weinrotes Wams gekleideten älteren Mann, der mit zusammengekniffenen Lippen in die von Heiterkeit und Fröhlichkeit erfüllte Hofgesellschaft blickte.

»Ich glaube, du meinst Ulrich von Schaunberg.«

»Was hat denn der?«

»Der ist immer so.«

»Gehört er auch zur Familie?«

»Ja und nein.«

»Was jetzt?«

»Die Schaunberger sind aus dem Viertel ob der Enns.«

Ewald schaute verwirrt, und Sander führte weiter aus: »Na aus dem Landl, dem Hausruck. Sie besitzen eine ganze Anzahl von Donauburgen und machen Albrecht das Leben schwer.«

»Warum denn?«

»Sie wollen halt immer mehr und mehr und möchten vor allem frei und unabhängig sein.«

»Das wird dem Habsburger nicht gefallen.«

»Ja, man wird sehen, wie lang er ihn noch gewähren lässt.«

»Ich weiß ja, dass ihr sehr nett zueinander seid, da ihr ja alle irgendwie verwandt seid, also irgendwie eine Familie«, Ewald schüttelte zweifelnd den Kopf, »aber verrate mir, mein Freund, warum dann dieser missmutige Schaunberger an der Hochzeitstafel sitzt?«

Unbeteiligt schüttelte sich Sander und meinte: »Mein Oheim meint, dass er dem Bischof von Passau nachgereist

ist. Dem hat er ja auch vor ein paar Jahren die Stadt Eferding abgekauft. Scheinen sich gut zu verstehen, die beiden Herren. Außerdem ist er der Berater von Albrecht und Leopold gewesen, das verbindet doch!«

Ewald bezweifelte das zwar heftig, aber wie er von seiner eigenen weitverzweigten Familie wusste, kamen einem da die absonderlichsten Konstellationen zu Ohren. Er musste nur einen Augenblick an seine zwei Brüder und vier Schwestern zu Hause im fernen Tirol denken, und es lief ihm ein unangenehmer Schauer über den Rücken. Wie froh war er, dass er sich die Welt anschauen durfte und im Gefolge Bernhards von Randegg untergekommen war. Er nahm das nicht für selbstverständlich, auch wenn es für einen Jüngling seines Standes völlig richtig war, als Knappe zu reisen.

»Wer ist dann das, der auch so finster schaut und überhaupt gar nichts darstellt.«

»Wer?«

»Na der ganz in Schwarz, mager und verschrumpelt.«

»Psst, Ewald! Das ist der Hofmeister des Herzogs, ein Finkensteiner, hohe Familie, alte Ministerialen, viel Macht!«

»Gut. Ich sag es dir ehrlich, Sander, ich habe jetzt genug von deinen hochwohlgeborenen Familiengeschichten. Da ist mir das einfache Volk viel lieber. Nach dem, was ich heute Nachmittag gesehen habe, sind sie auch dir, besonders die Weibchen unter ihnen, viel lieber, oder irre ich?« Lauernd wartete Ewald auf die Erwiderung seines Freundes und prustete laut los, als sich dessen Wangen dunkelrot färbten.

»Ich weiß nicht, was du meinst«, erwiderte der so ertappte Sander und widmete sich mit gespielter Hingabe einem in Honig getauchten Hühnerschenkel.

»Nun, ich meine die Töchter dieser lasterhaften Stadt, die den Hintern drehen, den Busen raushängen lassen, die …«, weiter kam Ewald nicht, denn Sander hielt ihm den Mund zu und zischte zornig: »Halt's Maul! Alle sind nicht so!«

»Aff, fag bfof«, presste Ewald durch die behandschuhte Hand Sanders hervor und setzte fort, als er sich mit einem Schlag davon befreit hatte: »Ich sah zwar dicke, dünne, große, kleine, aber alle hatte sie es an der Achsel – das gelbe Tüchel! Allesamt zu haben – die netten Mägdelein!«

Weiterhin zornig entgegnete Sander: »Aber das heißt doch gar nichts.«

Ewald grinste: »Das heißt alles, Sander, alles … aber ich hab schon gemerkt, dass es dir die kleine Schlanke mit den blonden Flechten angetan hat. War ja wirklich zum Anbeißen, die Dirne. Also mir wäre sie oben zu flach gewesen, aber das ist bekanntlich reine Geschmackssache.« Wieder grinste Ewald unverschämt und vergnügte sich an Sanders Geschimpfe.

»Sag nicht Dirne zu ihr!«

»Oh, hab ich Dirne gesagt? Entschuldige, mein Freund, gefällt dir Hure, freie Tochter – oder wie sie in Wien sagen – Hübschlerin oder gar Fensterhenne, besser?«

Mit lautem Gepolter warf Sander seinen Sessel nach hinten, nahm Anlauf und stürzte sich mit Wucht auf den völlig überrumpelten Ewald. Beide Jünglinge rollten ineinander verkrallt über die Tafel und nahmen auf ihrer Reise Richtung Fußboden ganze Platten mit Gepökeltem und Gänsebraten und den kunstvoll arrangierten Forellen mit in die Tiefe.

Bernhard von Randegg schaute von seinem weiter entfernten Platz auf die balgenden Jungen und grinste in sich hinein. Schelmisch meinte er zu seinem Sitznachbarn: »Ich habe mir schon Sorgen gemacht, dass es meinem Mündel hier in Wien so gar nicht gefallen würde. Aber ich glaube, inzwischen haben es ihm die Sitten und Gebräuche dieser Stadt angetan, und er beginnt wahrhaftig, sich hier einzuleben! Also das gefällt mir!«

Leise bimmelte das Glöckchen am Gürtel der Dirne. Nur dieses unscheinbare Geräusch gab Zeugnis davon, dass sich in dieser nebeligen und nasskalten Nacht, die über die verwinkelten Gassen der Stadt hereingebrochen war, etwas regte. Zu spät war die Stunde, längst hatte der Nachtwächter seine Runde gemacht, und dichte Wolken verschluckten das Mondlicht. Der Bursche fröstelte, und sein Atem gefror in der Luft zu weißen Nebelwolken. Angestrengt hörte er auf das Bimmeln des Glöckchens. Gut, es war nur wenige Schritte vor ihm. Seine Geduld hatte sich bezahlt gemacht, den ganzen Abend schon lief er hinter diesem Weibsstück her, wartete in der Kälte vor der Schenke, bis sie wieder herauskam, hörte ihr lautes, aufreizendes Lachen, die derben Sprüche, die sie den Betrunkenen zum Abschied nachrief, sah, wie die kalte Nachtluft sie verschluckte, als sie sich eilig auf den Heimweg machte. Es war nicht schwer, ihr zu folgen. Fast lautlos schlich er hinter ihr her, zog die enge schwarze Lederhaube über den Kopf, wickelte sich den Ledergurt um den Arm, packte die scharfe Klinge in die freie Hand, um gleichzeitig das Federspiel aus der Falknertasche zu ziehen. Blitzschnell hatte er alles, was er zu seinem Vorhaben brauchte, zu oft hatte er die Handgriffe geübt. Mit ein paar großen Schritten war er genau hinter ihr. Kurz drehte sich die Dirne um, in ihrem Blick lag Überraschung, dann Entsetzen und schließlich

Panik. Aber schon surrte die Lederschnur um ihren Hals, machte das Atmen unmöglich, ließ sie den Mund aufreißen, zu einem Schrei ansetzen, der jedoch nie ihre Kehle verließ. Mit voller Wucht wurde sie zu Boden geschleudert, Krallen gleich bohrte sich etwas Kaltes, Metallisches in ihren Rücken, traf sie ein brennender Blitz am Hinterkopf. Inmitten des machtvollen Schmerzes dachte sie verwundert an den eigenartigen, ungewohnten Geruch, der sie umgab. Dann war ihr, als würde sie in ein großes, unendlich tiefes schwarzes Nichts fallen, und schon mehr tot als lebendig sank sie an den Rand der Gosse. Mit einem Mal brach das Mondlicht durch die Wolken und malte gespenstige Schatten auf die gekrümmte Gestalt.

Langsam zog er seinen braunen Lederhandschuh aus, trennte mit einer der Klingen das Federspiel vom Lederband, das sich fest in die Haut des Opfers geschnitten hatte. Mit einem Ruck zog er sich die Lederhaube vom Kopf und starrte in das Gesicht der Frau, das verschwollen und bläulich im fahlen Licht schimmerte. Lächelnd gab er der leise Wimmernden einen Stoß. Bedächtig räumte er Federspiel, Handschuh und Haube in seine Tasche. Ganz ohne Eile. Er würde es wieder brauchen, er wusste nicht wann, aber es würde da sein, wann immer es soweit sein sollte.

Er würde auf den Augenblick warten, bis er sich wieder von der Fessel lösen konnte, höher und höher steigen. Da hörte er ein Geräusch. Ein zeternder Laut und lautes Gelächter durchschnitten die kalte Luft. Sofort starrte er in die jetzt mondhelle Nacht, blitzschnell drehte er seinen Kopf, fixierten seine starren Augen noch einmal das Opfer. Mit einem sachten Laut drehte er sich auf die andere Seite, hob seine Arme, wie wenn er fliegen wollte und lief, so schnell ihn seine Beine trugen, davon.

»Jetzt hör doch auf, hast du immer noch nicht genug«, mit leicht gereiztem Unterton versuchte die Dirne, ihren stockbetrunkenen Freier auf Abstand zu halten.

»Aber nein«, lallte dieser und hängte sich mit seinem ganzen Gewicht an den Unterarm der Frau, die strauchelte und sich eben noch auf den Beinen halten konnte.

»Jetzt langt es aber.« Gerade als sie sich mit einem scharfen Ruck befreien wollte, stieß ihr Fuß an ein Fetzenbündel am Straßenrand.

»Was ist denn das«, meinte sie erstaunt und bückte sich, um im nächsten Moment schreiend in die Höhe zu fahren.

»Was denn, Mädel, was denn?«, lallte ihr Begleiter.

»Da liegt wer«, flüsterte sie.

»Hat halt auch zu viel erwischt!«

»Nein, schau«, zaghaft zerrte sie an dem Bündel und schrak erneut zurück.

»Mein Gott«, erschrocken fuhr sich die Frau mit der Hand an den Mund. »Mein Gott, die kenn ich …«

Weinend kauerte sie sich neben die Sterbende und fuhr sich verzweifelt mit der Hand über ihr eigenes Gesicht. Fast zärtlich streichelte sie dann mit derselben Hand die blaugefärbte Wange der Verletzten, und mit der anderen Hand berührte sie sanft das kleine Glöckchen am Gürtel der Frau. Zu oft hatte sie schon diesen Gesichtsausdruck gesehen, ja oft genug, um zu wissen, dass für ihre Freundin jede Hilfe zu spät kam.

»Was haben wir immer geschmunzelt über dein kleines Glöckchen, was haben wir gelacht zusammen und geweint, vor allem geweint …«

Noch einmal bäumte sich die Geschundene auf, starrte mit weit aufgerissenen Augen in die Nacht, bis sie leblos zurücksank und ihre Freundin schluchzend zurückließ.

Nach einiger Zeit, als der betrunkene Freier schon längst heimgetorkelt war, erhob sich die Dirne und stolperte in die Nacht hinaus. Tränenblind und aufgewühlt, wie sie war, konnte sie die schlanke Gestalt, die sich aus dem Schatten der Hauswand löste, nicht sehen. Die Dirne lief so schnell, dass sie auch den durchdringenden und markerschütternden Schrei nicht mehr hörte, den die Gestalt ausstieß, als sie sich mit ihrem Körper über die Leiche der Frau in der Gosse warf.

»Jetzt vertragt euch wieder, Burschen!« Schmunzelnd fasste Bernhard die beiden Streithähne am Nacken und schüttelte sie scherzhaft ein wenig durch. Sie waren auf dem Weg zu ihrer Herberge am Lichtensteg und spazierten gerade die Gasse, nahe den Donauauen entlang. Das Fest hatte lang gedauert, und es war fast Morgen.

»Was war denn so wichtig, dass ihr euch in Forellen und Gänsebraten gewälzt habt?«, bohrte Randegg nach.

»Ach nichts weiter, gnädiger Herr, es war eher … also es war … eine Männersache«, stotterte Ewald, der gegenüber seinem Herrn ein bisschen weniger keck und dafür etwas schüchtern war.

»Aha, eine Männersache also«, wiederholte der Patriarch schmunzelnd und wandte sich an sein Mündel. »Was meinst du dazu, Sander?«

Unverständliches Gemurmel war die Antwort.

»Sander, geht es dir gut, bist du müde, ist dir nicht wohl?« Besorgt blieb Bernhard stehen und wandte sich Sander zu, um ihn sich genauer anzusehen. »Warum hast du denn deinen Umhang über dein Gesicht gezogen. Fröstelt es dich so in der Morgendämmerung?«

Wie unter einem Berg Decken, so gedämpft und leise kam es von Sander: »Nein, nein, keine Sorge, mit mir steht alles zum Besten … nur … bitte, Oheim, zwingt mich nicht, den Umhang vom Gesicht zu nehmen, bloß nicht!«

»Nun, mein Sohn, jetzt bin ich aber doch in Sorge. Was ist mit dir, bist du verletzt, hast du vielleicht gar Zahnschmerzen?«

»Nein, Oheim«, damit zog Sander genervt den dicken Stoff seines Umhanges vom Gesicht und schnaufte mit letzter Kraft, »hier stinkt es nur so erbärmlich, dass ich mich vor lauter Abscheu übergeben könnte.«

Ein lautstarkes Lachen kam von der anderen Seite, Ewald hatte offenbar seine Schüchternheit vergessen und amüsierte sich königlich.

Bernhard von Randegg meinte besorgt: »Ist es so schlimm für dich, Sander?«

»Ach Oheim, jetzt sieh dich doch nur einmal um!«

Als der Patriarch von Aquileia das erwachende Wien genauer musterte, konnte er zum Teil den Abscheu seines Mündels verstehen. Schon allein die Gasse, der sie folgten, trug den wenig anheimelnden Namen ›Unter den Fleischbänken‹. Man konnte unschwer am Geruch erkennen, dass sich hier mindestens zwei Schlachthöfe in unmittelbarer Nähe befanden.

»Ja, hier sind die Fleischer zu Hause«, meinte er entschuldigend mit einer vagen Handbewegung Richtung Schlachthof.

»Aber nicht nur das, hier stinkt es nach Abtritt, als würde man mitten in so einem stehen, Oheim«, kam es zerknirscht und gedämpft von Sander, der schon wieder halb hinter seinem Umhang verschwunden war.

Bernhard, der stets gern in Wien weilte, die Lebensart und die Leute sehr schätzte, musste zugeben, dass sein Neffe nicht unrecht hatte.

»Ich denke, das kommt daher, dass wir neben der Möhrung gehen!«

»Was ist das, die Möhrung?

»Na das da, was sonst, Sander!«, Ewald deutete auf eine Kloake, in der alles Mögliche und Unmögliche auf den Weg zum nahen Donauarm unterwegs war.

»Das – ist – einfach grauenerregend«, schnaufte Sander.

»Ihnen scheint es zu gefallen«, meinte Ewald unbekümmert und deutete auf ein Rudel Hunde, die sich um die am Rand angeschwemmten Abfälle balgten.

Durfte das denn wahr sein, sah Sander wirklich richtig? Ein hellbrauner, struppiger Kerl hatte gerade ein halb gerupftes Huhn aus der Mörung gezogen, und ein Dunkelbrauner mit kahlen Stellen am Ohr balgte sich mit einem Weißgefleckten um einen Katzenkadaver.

»Ooch, mir ist schlecht, mein Gott, wo kommen denn diese Kreaturen her, aus dem Vorhof der Hölle?«, keuchte Sander.

»Nein«, kam es knapp von seinem Onkel »die hat wohl der Hundsschlager vergessen. Mir ist zu Ohren gekommen, dass Dutzende herrenlose Hunde beim Aufräumen vor der Hochzeit in der Stadt haben dran glauben müssen. Die hier haben es wohl geschafft, davonzukommen.«

Sander schüttelte sich: »Also, das wird mir jetzt zu viel, Onkel, das ist ja grauenhaft. Wie nennen die Wiener das? Den Hundsschlager?«

»Ja, ganz recht. Der hält die Stadt vor streunenden Hunden sauber.«

»Was heißt hier sauber halten, Oheim? Er treibt sie zusammen und bringt sie um! Er erschlägt sie einfach?«, entrüstete sich Sander und blickte auf die räudigen, knurrenden und stinkenden Kreaturen.

»Mein lieber junger Mann. Mir scheint, ich habe dich bisher zu viel geschont und dich zu sehr an der Unbill des Lebens vorbeigeführt.«

»Aber in Lucca …«, setzte Sander an und wurde von seinem Onkel unterbrochen.

»In Lucca ist es genauso. Wo viele Menschen leben, ist auch viel Dreck, wo gegessen wird, da wird auch ge … Also du weißt schon. Wo Abfälle sind, da sind auch streunende Hunde. Wenn du wüsstest, was da alles vorkommt.« Nach einer bedeutungsschweren Pause setzte der Patriarch fort: »So ist das Leben, Sander. Rund um den Palast in Lucca scheint es dir sauber und wunderschön zu sein, aber geh doch einmal morgens um halb vier durch die Straßen. Da schaut es genauso aus wie hier in Wien, wenn nicht schlimmer.«

Bestürzt schüttelte Sander den Kopf und deutete auf ein Bündel am Rande der Gosse: »Nie und nimmer würden die Leute bei uns ihren Mist einfach auf die Straße werfen!« Sein Oheim lachte über so viel Naivität und warf einen schnellen Blick auf das Bündel Lumpen. Er wollte sich bereits wieder zum Gehen wenden, als er erstarrte. Ewald tat es ihm gleich und hielt mitten im Schritt inne. Nur Sander spazierte weiter und lamentierte: »Einfach so alles rauswerfen, die Hunde um Kadaver balgen und den Unrat zur Donau schwimmen lassen, also Wien ist doch das Letzte, was …« Als er merkte, dass niemand mehr an seiner Seite ging, drehte er sich um, sah seinen Oheim und Ewald auf das Bündel starren und lief besorgt die paar Schritte zurück. Barsch wurde er von Bernhard am Näherkommen gehindert. »Bleib, wo du bist, Sander!«, rief er mit barscher Stimme, »Ewald, du bleibst auch stehen!«

»Aber Herr, da stöhnt jemand!«, kam es leise von Ewald. Der Junge lief trotz Warnung geradewegs auf das Lumpenbündel zu und beugte sich hinunter. Bernhard und letztendlich auch Sander liefen hinterdrein. Beide Burschen sahen mit Grauen zu, wie Bernhard den Stoff ein Stück anhob und darunter der Körper einer Frau zum Vorschein kam, der quer über einer weiteren Gestalt lag. Nicht genug des unheimlichen Fundes lag zu Füßen der beiden noch ein dunkler Köter und fletschte knurrend die Zähne.

Alle drei Männer wichen ruckartig zurück. »Sind sie …«, setzte Ewald, der seine Sprache als Erster wieder gefunden hatte, »sind die denn …«

»Eine atmet noch«, unterbrach ihn Bernhard, »aber für die, die darunterliegt, kommt wohl jede Hilfe zu spät.« Damit zeigte er auf das bläulich angelaufene Antlitz einer erwachsenen Frau, deren Hals mit einem dünnen Lederband umwickelt war. Der Patriarch erschrak, suchte und fand ihn: den Holzgriff. Wie bei dem jungen Mädchen, dachte er.

»Kommt, wir sollten sie da wegheben, also die kleinere, wenn,« und hier sah Randegg zu dem immer noch bedrohlich knurrenden Hund, »der uns an sie heranlässt«.

Sander und Ewald packten den schmächtigen Körper an der Seite, Bernhard fasste die Schulter. Umgedreht konnten sie einen Blick auf das Gesicht der noch Lebenden werfen. Alle erstarrten. Vom Weinen gerötete Augen starrten die Männer an, der Mund von Schmerz verzerrt, die Haare nass und zerrauft, das Kleid schmutzig, und auf der Stirn eine Schürfwunde. Die noch sehr junge Frau bot einen durch und durch verzweifelten Anblick. Einerseits schien sie mit glasigem Blick durch einen hindurch zu sehen, andererseits hatten ihre Augen etwas Zwingendes, als würden sie allen Jammer und alle Schuld der Welt in sich vereinen.

»Das ist doch, Sander, das ist doch, freilich, na freilich, das ist …«, aufgeregt stammelte Ewald und zeigte auf die Frau.

Geschockt strich Sander über seine trockenen Lippen und sah hilfesuchend zu seinem Oheim. Bernhard von Randegg würde sicher wissen, was sie in dieser Situation tun sollten.

Die Wirklichkeit traf ihn wie ein Schlag. Der sonst so ruhige Mann zitterte wie Espenlaub. Sein Gesicht war aschfahl und seine Augen schreckensgeweitet. Als hätte ihn eine Tarantel gestochen, sprang er plötzlich auf, zerrte die beiden Jünglinge auf die Füße und schickte sich an, so rasch als möglich den grausigen Ort zu verlassen.

»Kommt, Burschen, schnell weg hier. In Gottes Namen, kommt mit!«

»Aber Oheim, wir können sie doch nicht so liegen lassen.« Sander stammelte verwirrt und blickte abwechselnd zu dem offensichtlich geschockten Mädchen und der Leiche. Inzwischen hatte sich die Jüngere wieder über den toten Körper gebeugt und murmelte: »Elsbeth, Mutter, ich bin's. Wach auf.« Sander schüttelte sich vor Mitgefühl über den unsäglichen Schmerz des Mädchens und konnte sich dennoch nicht abwenden.

»Da muss sich die Stadtwache darum kümmern, schnell jetzt, komm, Sander, komm, Ewald. Das … das geht uns ja gar nichts an!« Damit packte er die beiden grob an den Oberarmen und zerrte sie weg.

Sowohl Ewald als auch Sander sträubten sich, und Letzterer meinte: »Aber wir kennen die Frauen, die haben wir heute schon zweimal gesehen. Bitte, wir müssen doch helfen!«

»Genug jetzt. Wir gehen. Alle drei.«

Die Stimme des Patriarchen duldete keinen Widerspruch, die beiden fügten sich und rannten die Gasse hinunter, als wäre nicht nur ein Rudel streunender Hunde hinter ihnen her, sondern gleich Zerberus persönlich aus der Unterwelt heraufgekommen, um sie erbarmungslos zu verfolgen.

»Da wirst jetzt aber schaun, was wir dir bei der Schlagbruckn so ausm Wasser zogen ham, Hannerl, gell?«, meinte Barthel verschmitzt und lächelte dem breit grinsenden Krispin schelmisch zu. Er wedelte mit einem nach Fisch stinkenden, feuchten Leinensack vor Johanna herum, die gerade in einem großen Topf rührte und das Frühstück für die Büßerinnen zubereitete.

»Jetzt geh weg mit dem fischigen Zeug, weg vom Haferbrei. Da kommen Nüsse und Honig rein für die Meisterin, und du versaust mir den ganzen Geschmack mit stinkenden Krebsen aus der Donau«, schimpfte sie und holte aus, um Barthel tüchtig in die Seite zu boxen.

Geschickt wich dieser aus und lächelte noch mehr. Krispin ließ einen zahnlosen Oberkiefer sehen und lallte: »Kein Krebs, wos anders …«

Seufzend drehte sich Johanna um und sah zu Yrmel, die scheinbar teilnahmslos Zwiebeln und Kohl für das Mittagessen putzte. Doch wie immer trog der Schein, und Johanna sah, wie Yrmel ihr warnend zuzwinkerte, um mit einer schlangenförmigen Bewegung zu verstehen zu geben, dass etwas anderes als Krebse im Sack waren. Immer wieder erstaunte es sie aufs Neue, wie feinfühlig und ausgeprägt die Sinne der stummen Yrmel waren. Es schien, als müsse das arme Mädchen ihre fehlende Stimme durch einen besonders aufmerksamen Verstand, durch flinke Hände und scharfe Augen ausgleichen. Schon längst war Johanna Yrmels unaufdringliche Wachsamkeit zur unentbehrlichen Hilfe geworden. So auch jetzt, als die beiden Hauerknechte offensichtlich etwas im Schilde führten. Durch Yrmel vorgewarnt, baute sich Johanna in ihrer ganzen imposanten Gestalt vor Barthel auf, stemmte in altgewohnter Art und Weise ihre Unterarme in die Hüften und funkelte beide Männer zornig an: »Ich hab keine Zeit für eure dummen Scherze. Entweder ihr gebt mir den Sack oder ihr fliegt raus aus der Küche!«

Krispin duckte sich schuldbewusst und stieß Barthel, der traumverloren auf Johannas wogenden Busen blickte, ängstlich an.

»Du, die is wieder bös«, meinte er zerknirscht. Als Johannas Barthels verliebtes Grinsen sah, riss ihr endgültig die Geduld. Sie schnappte vehement den Leinensack, warf ihn dreimal mit Wucht auf den groben Holztisch, fasste mit ihrer starken Hand, um die sie ein grobes Tuch gewickelt hatte, hinein und zog einen etwa zwei Ellen langen, schwarzen, schleimigen Aal heraus. Kaum hatte sich der Fisch von der groben Behandlung erholt und wollte wieder mit seinen schlängelnden Bewegungen beginnen, hatte Johanna bereits mit der anderen Hand das große Beil geangelt. Bevor Krispin noch seinen Mund zum Schreien aufreißen konnte, hatte Johanna dem Aal den Kopf abgehackt und schickte sich an, den Fisch aufzuschneiden und auszunehmen. Dabei verwendete sie ein altes Stück Stoff, um nicht mit dem Blut des Tieres in Kontakt zu kommen und um die glitschige Haut besser zu fassen zu bekommen. Denn auch ohne Kopf schlängelte sich das Tier um ihre Unterarme.

»Die ist mir aber nimma wurscht«, stammelte Krispin und klappte seinen Mund zu.

»Ja, unterschätz mir mei Hannerl net!«, meinte da Barthel mit stolzgeschwellter Brust, »Die überrascht so schnell nix!«

Seelenruhig schnitt Johanna den Aal in gefällige Stücke, wusch diese im Holzbottich und lächelte Yrmel zu, die ihr bereits einen Steinguttopf reichte. Dann schlichtete sie unter den fast ehrfürchtigen Blicken der beiden Männer die Stücke schön ein, legte ein paar gezupfte Petersilienblätter dazu und holte aus der Vorratskammer einen großen Krug. Als sie ansetzte, den Inhalt des Kruges in den Steinguttopf zu schütten, und sich in der Klosterküche der Geruch von Essig verbreitete, begann Barthel zornig zu wettern:

»Du machst es schon wieder!«

»Was denn?«, fragte Johanna mit samtweicher Stimme.

»Na das!« Damit zeigte er auf den Strahl Essig, der jetzt vom Krug auf die schön geschlichteten Aalstücke in den Topf rann.

»Ja wie meinst, soll ich den Fisch denn aufheben? Ich bin halt keine Hellseherin und weiß nicht, wann ihr Glück beim Angeln habt. Für heute gibt es schon Zwiebel mit Kohl.«

Johannas sich rötende Wangen zeigten bereits den Beginn eines nahenden Wutanfalles.

»Das mein i net«, grummelte Barthel.

»Was denn?«, fauchte Johanna.

»Das mit dem da …«

»Was?«

»Na das da!« Angewidert rümpfte der Hauerknecht die Nase und zeigte auf den Krug.

»Essig ist das, Barthel. Weinessig, wenn du es genau wissen willst, der beste in Wien.« Stolz deutete Johanna auf die gelblich klare Flüssigkeit, die jetzt die Fischstücke bedeckte.

»Hättest ihn als Wein lassen sollen. Ewig schad um die Arbeit.«

Gleich einem Milchtopf, der schaumig übergeht, fuhr Johanna Barthel mit solcher Kraft an, dass eine Strähne seiner schütteren Haare nach hinten flatterte und ihm dann wieder in die Stirn fiel.

»Ich sag's dir immer wieder. Aus den Weintrauben des Klosters Hieronymus wird Essig. Basta. Kein Wein, den Mannsbilder wie ihr versaufen und der euch noch blöder und lüsterner macht, als ihr Dreckskerle sowieso schon seid! Verstanden?«

»Wofür brauchst denn dieses stinkende, beißende Zeug?« Barthel wagte einen Einwand, schützte aber vorsichtshalber sein Gesicht mit den Unterarmen, denn wenn seine Hannerl ihn dermaßen anschrie, dann war auch mit einer ausgewachsenen Watschn zu rechnen.

»Ich brauch's, dass wir im Winter was zum Essen haben, dass wir die Ernte einlagern, du Depp. Du brauchst es zum Saufen und mit dir ganz Wien. Aber mich geniert's nicht, was für die Kinder und Frauen zu tun. Den Männern den Alkohol wegzunehmen, ist ein gutes Werk, das kannst du mir glauben, und ihnen stattdessen vollere Bäuche zu bescheren, ist noch was viel Besseres.« Damit stellte sie den Krug ab, deckte den Steinguttopf mit einem Stück Stoff ab, wickelte eine Hanfschnur herum und deutete Yrmel, alles in die Vorratskammer zu stellen.

Barthels Gesicht spiegelte unterdrückte Wut, und da er nicht wusste, wie er Johanna beikommen sollte, ließ er seinen Ärger an Krispin aus, der die ganze Szene aus sicherer Entfernung mit sehr gemischten Gefühlen beobachtet hatte.

»Was haltst du hier Maulaffen feil? Wir müssen in den Weinberg, die Triebe gehören aufgebunden, dass Weiber wie die da«, damit zeigte er auf Johanna, die ihm längst den Rücken zugekehrt hatte und wieder im Haferbrei rührte, »aus unseren süßen Trauben saures Gebräu machen können!« Damit stieß er den verdatterten Krispin Richtung Tür, und dieser wäre fast mit der alten Barbel zusammengestoßen, die gerade aufgeregt in die Klosterküche stürzte und voll auf den Hauerknecht prallte.

»Ja um Gottes Himmels willen, da ist net der Gemüsemarkt, wo jeder hin- und herrennt. Das da ist eine Klosterküche in Dreifaltigkeitsnamen.«

Damit sah Johanna das alte verhutzelte Kräuterweib scharf an.

»Was kommst überhaupt erst heut und dann auch noch so früh am Morgen, wo ich sowieso schon so viel zu tun hab! Gestern hätt ich dich braucht. Mir sind die Senfkörner ausgangen, und eben hab ich den letzten Petersil verwendet. Meiner ist noch nicht so weit heraußen und …«

»Wennst mich ausreden lasst, Hannerl, dann kann ich dir vielleicht sagen, was wichtig ist. Dann kann ich dich warnen, was passieren wird, nämlich gleich und bald …«

»Pass auf, Barbel, ich hab heute keinen Nerv für dein abergläubisches Zeug, das kannst dir gleich hinter deine dreckigen Ohren schreiben.« Damit zeigte Johanna mitten in das derbe, von Dreck und Runzeln verunstaltete Gesicht der Alten. Ganz Wien kannte Barbel das Kräuterweibel. Niemand kannte ihr wahres Alter, niemand wusste, woher sie kam und wohin sie sich schlafen legte. Doch jeder kannte ihre Schauergeschichten. Ob man wollte oder nicht, die Barbel sagte einem die Zukunft voraus. Sie konnte am Flug der Schwalben ablesen, ob der Bürgersfrau heute der Mann weglief, am Grunzen der Schweine erkennen, ob das Kind der Bauersfrau ein Knabe oder ein Mädchen werden würde, oder am besonders penetranten Geruch der Urinale die Schneehöhe des nahenden Winters voraussagen. Kurz und gut, die Barbel kannte sich aus. In allem und in jedem. Keiner glaubte ihren Weissagungen, doch alle fürchteten sie, denn vielleicht, ja vielleicht hatte die Barbel doch einmal recht. Diese sehr tiefsitzende Unsicherheit der Wiener ließ sich das alte Kräuterweibel gut bezahlen, denn für jede ihrer Weissagungen hatte sie ein passendes Amulett dabei. Die Taschen ihrer speckigen Schürze beulten sich regelrecht nach außen, um all die Wunderdinge zu beherbergen, die gegen alles Böse, Unangenehme und Schreckliche helfen sollten. Beutel mit Haaren von dreifärbigen Glückskatzen, Mäusedreck und getrocknete Rattenohren halfen bei kleineren Übeln. Bei größeren Schwierigkeiten musste man schon tiefer in die Tasche greifen: besonders geformte Kieselsteine, Hasenpfoten, grotesk verbogene Äste von heiligen Bäumen. Aber auch ganz einfache Glücksbringer wie ein Thymianzweig konnten bei der Barbel wundertätig sein, behauptete sie jedenfalls. Alle Amulette gab es versehen mit einem Segenswunsch an den betreffenden Heiligen. Der Blasius gegen Halsschmerzen, die Gertrude gegen Fieber oder die Apolonia gegen Zahnweh. Gut für die alte Barbel, dass niemand genau nachprüfen konnte, ob das denn ein Amulett mit oder ohne Segenswunsch war, es war von außen ja schließlich nicht zu sehen. Merken konnte man es nur am Preis, das war wieder gar nicht zu übersehen, denn die Barbel ließ sich den Aberglauben der Wiener fürstlich belohnen, so ausgekocht war sie. Johanna durchschaute die Geschichten der Alten und ließ sie gewähren. Der Grund war recht einfach: Niemand bot so gute und frische Ware an wie das Kräuterweibel Barbel. Und Johanna war auf Gewürze und Kräuter angewiesen, ohne die geeigneten Pflanzen konnte sie ihre ganze Essigherstellung vergessen. Regelmäßig benötigte sie Unmengen an Senfsaat, Wacholder, Liebstöckel und Kümmel. So viel konnte sie in ihrem eigenen Kräutergarten gar nicht hegen, pflegen und ernten, was sie in ihre Steinguttöpfe und Krüge hineinzupfte. Also trafen die beiden Frauen eine stille Abmachung: Johanna bekam immer die beste Ware und ließ Barbel dafür ihren Hokuspokus treiben. Nur heute, nein heute wollte sie von den wüsten Prophezeiungen der Alten nichts hören.

Aber Barbel ließ nicht locker: »Hannerl, ich mein es ernst.«

»Du meinst es immer ernst.«

»Es ist was Furchtbares passiert, und das kommt jetzt auch zu dir …«

»Ja freilich, wahrscheinlich geht mir der Germteig net auf oder die Milch wird sauer …«

»Nein, Hannerl, es geht um Leben und Tod. Hör zu, gleich werden die Männer der Stadtguardia kommen, die …«

Lautes Gepolter und tiefes Stimmengewirr unterbrochen von schrillem Gejammer kündigten an, dass Barbel dieses Mal nicht nur die Wahrheit gesagt hatte, sondern ihre oft so unsicheren Weissagungen sich dieses Mal genau im Moment erfüllten. Drei Männer in grobem Schuhwerk stürmten in die Küche. Zwei von ihnen schleiften eine schmächtige Gestalt zwischen sich herein, deren Gesichtszüge von wirrem Haar verdeckt und daher nicht gleich zu erkennen waren. Offensichtlich war die Person nicht bei Sinnen, denn sie ließ sich gänzlich willenlos, ohne die eigenen Beine zu Hilfe zu nehmen, in Johannas Küche schleifen. Am Arm des dritten Mannes hing die Meisterin Cäcilie, noch blasser als sonst, und zeterte: »Meine Herren, das ist ein Kloster, kein Armenasyl. Wir nehmen keine Kranken auf und auch niemanden sonst, den ihr in der Gosse aufgelesen habt. Das geht nicht..:« Krispin, der ja ständig irgendetwas auf dem Kerbholz hatte, sprang vor lauter Schreck im Angesicht der ehrfurchtgebietenden Männer in eine Ecke und stieß dabei den Sack mit Gerste um. Barthel, neugierig, wie er war, stellte sich auf die Zehenspitzen, um nur ja nichts vom Schauspiel zu verpassen, und stützte sich dabei auf dem Buckelkorb der Barbel ab, in dem sie immer ihre Kräuter transportierte. Prompt riss der schon altersschwache Lederriemen, und munter purzelten Bärlauch, Majoran, Dill und Kerbel in Bündeln auf den Boden. Sofort breitete sich ein penetranter Knoblauchgeruch in der Küche aus, der Bärlauch war ja eben erst in mühevoller Arbeit in den Donauauen frisch gepflückt worden. Dementsprechend laut setzte Barbel eine Schimpftirade Richtung Barthel ab. Völlig unbeeindruckt vom Geschrei des Kräuterweibels und der Meisterin legte die Stadtwache ein, wie Johanna nun erkannte, bewusstloses junges Mädchen vor ihr auf den Küchenfußboden, der aus rohen Brettern zusammengefügt und nun mit Gerstenkörnern und zertrampelten Kräuterpflanzen verziert war. Wäre dieses Durcheinander nicht schon genug, so kam zu allem Überfluss ein offensichtlich streunender Hund mit einem ganzen Schwall an undefinierbaren, aber eindeutig aus der Gosse stammenden Gerüchen behaftet, herein und legte sich mit der größten Selbstverständlichkeit neben den Kopf des am Boden liegenden Mädchens.

Johanna reagierte wie immer. Sie nahm das nächstbeste Trumm und drosch damit auf ihren Küchentisch. Dieses Mal erwischte sie den Fleischklopfer, den sie normalerweise für die besonders zähen Schweinekoteletts verwendete. Als sie endlich zum fünften Schlag ausholte, wurde es mucksmäuschenstill. Erwartungsvoll blickte Barthel sie an, die Meisterin sah fragend in ihre Richtung, dem Kräuterweib blieb das letzte Schimpfwort im Hals stecken, und Krispin drückte sich noch tiefer in seine Ecke. Dann räusperte sich Johanna vernehmlich und sagte in einem für ihre Verhältnisse sehr ruhigen Ton:

»Ich stelle fest, dass ich unerwartet Besuch in meiner Küche bekommen habe. Und das zu so früher Stunde. Mir scheint, dass es noch einige Zeit bis zum Läuten der Sext dauert.«

Barthel blieb der Mund offen, selten hörte man seine Hannerl in so vollendeter Weise sprechen.

Als sich die Meisterin wieder einschalten wollte und zu »Ich hab ja auch gesagt, dass …« ansetzte, genügte nur ein fuchsteufelswilder Blick von Johanna, um sie wieder zum Innehalten zu bewegen.

»Aus diesem Grunde würde ich vorschlagen, dass du, Barthel, dich verabschiedest und deinen feinen Freund, der da in der Ecke lümmelt, gleich mitnimmst.«

Ein Murren war die Antwort.

»Und du, Barbel, schnappst dir deinen vermaledeiten Korb und gehst deiner Wege. Dich möchte ich frühestens wieder morgen sehen, um die Terz herum, aber mit Petersil und Senfsaat.«

Murrend entfernte sich die Alte. Als Johannas Blick auf die Meisterin fiel, hob diese beschwichtigend beide Hände und wandte sich Richtung Tür. Dort drehte sie sich in einer abrupten Geste noch einmal um und meinte: »Auch ich komme später wieder in die Küche und möchte dann erfahren, was du, Johanna, in dieser Angelegenheit«, damit zeigte sie auf das Mädchen am Boden, »zu tun gedenkst. Ja und außerdem, ich warte auf meinen Haferbrei … und vergiss die Nüsse nicht.«

Natürlich, immer alles abwälzen auf die Johanna, die darf sich ja um jeden Dreck kümmern, dachte die Angesprochene und gab dem Köter am Boden einen Tritt mit ihrer Fußspitze. Das Tier winselte kurz, um sich dann noch enger an den Körper des Mädchens zu drücken.

Jetzt, da in der Küche bedeutend mehr Platz war, wandte sich Johanna den Männern der Stadtwache zu und bat sie, ihnen ihren Besuch und das ›Mitbringsel‹ zu erklären. Da sie wusste, dass die Kehlen der Männer meist ausgetrocknet waren, und sie außerdem das Gefühl hatte, dass sie für gute Stimmung sorgen sollte, erhitzte sie drei Becher ihres sorgsam gehüteten Kochweins, gab ein paar ihrer speziellen Gewürze hinein und lud die Männer ein, sich an den Tisch zu setzen. Nach ein paar Schlucken war die Situation gleich viel entspannter, und einer der Männer begann zu erzählen. Sie hätten das Mädchen heute bei ihrem ersten Rundgang in aller Frühe gefunden, in der Nähe des Lichtenstegs, gleich neben der Mörung. Am Boden sei sie gelegen und ein Fetzenbündel so fest umschlungen gehalten, dass man sie nur mit Gewalt davon herunterzerren konnte. Mit Grauen erzählten die Männer, dass sie darin eine fürchterlich zugerichtete Leiche gefunden hätten.

»Aber was hat euch dann bitteschön bewogen, das Mädel nach Sankt Hieronymus zu bringen?«, erlaubte sich Johanna eine Frage und bemühte sich, freundlich zu klingen.

»Na wegen dem da, natürlich!«, antwortete einer der Männer und zeigte auf den Arm des Mädchens.

»Natürlich, wegen dem da, was denn sonst«, seufzte Johanna schwer und schenkte den Männern noch einmal nach.

»Für uns wär die Sach dann erledigt«, meinte einer der beiden, »wir haben mit der Leich sowieso noch genug Scherereien. Wenns was weiß, die Kleine, dann lass es uns wissen, Hannerl. Ansonsten … Dank schön fürn Wein.« Damit rüsteten sie sich zum Aufbruch.

»Halt«, rief Johanna ihnen noch einmal nach, »was mach ich mit dem Köter?«

»Mit dem kannst machen, was du willst. Der ist ka Fall für die Stadtguardia, sondern für den Hundsschlager.« Damit gingen sie hinaus auf die Straße.

»Ja, das mein ich auch«, murmelte Johanna und wollte schon wieder die Tür schließen, als sich aus dem Morgengrauen eine Gestalt löste, Johanna zur Seite drängte und schnell in die Klosterküche huschte.

»Mei, Barthel, hast du mich jetzt erschreckt!«, Johanna fasste sich an den Hals, »was soll denn das?«

»Ich kann di do net so einfach allein lassen mit dem da. Ich bin doch nicht die Meisterin Cäcilie, die alles an dir abputzt, Hannerl. Komm, schau ma mitanand, wia ma da jetzt weitertuan!«

Damit wandte sich Barthel dem Hund zu, sprach beruhigend auf ihn ein und wollte ihn ein wenig von dem Mädchen wegschieben. In dem Moment ertönte ein gellender Schrei. Erschrocken wichen Barthel und Johanna zurück. Das bisher apathisch daliegende Mädchen rang die Arme.

»Nein, nicht!«, schrie sie und klammerte sich panisch an dem Hund fest. Ratlos sahen Barthel und Johanna einander an. Eigentlich wussten sie nicht, was sie nun tun sollten. Da kam Yrmel, die von ihrer Ecke aufgesprungen war und sich wieder in die Küche getraut hatte, an die Seite des Mädchens und strich ihr über das nasse Haar. Augenblicklich beruhigte sich die Kleine, und ihr verzerrtes Gesicht nahm entspannte Züge an. Dann versuchte Yrmel, den Hund mit einem Stück Fleisch so weit abzulenken, dass Barthel sich wieder dem Mädchen widmen konnte. Ausgehungert, wie das Tier war, gelang das ganz gut. Der Hund lief Yrmel nach und verschlang gierig das Stück Fleisch. Johanna betrachtete die ganze Szene mit blankem Abscheu, doch bevor sie sich beschweren konnte, bat Barthel sie um Hilfe. Er versuchte, das wieder teilnahmslos in die Gegend blickende Mädchen auf einen Stuhl zu setzen. Noch ehe das Mädchen sein schmales Gesäß am Sessel hatte, kam schon wieder der Hund und presste seinen schmutzigen, mageren Leib an ihre Unterschenkel. Yrmel stellte sich hinter das Mädchen und stützte es. Johanna und Barthel setzten sich gegenüber und musterten dieses Geschöpf, das in aller Frühe ihrer Obhut übergeben worden war, genauer.

Just in diesem Moment polterte es an der Tür, und eine völlig aufgelöste Marlen stolperte in die Küche. Johannas Blick glitt genervt zur niederen Decke. Barthel räusperte sich, und Yrmel gestikulierte hektisch und legte einen Finger über den Mund. Doch Marlen bekam von dem allen nichts mit – oder wollte nichts mitbekommen. Mit vor Neugier glänzenden Augen baute sie sich vor dem Mädchen auf und meinte: »Also du bist die Neue?«

»Marlen«, knurrte Johanna.

»Wir haben es gesehen. Die Stadtwache meine ich, als wir aus der Kirche gekommen sind.«

»Mag sein, aber …«, setzte Johanna wieder an.

»Stimmt das, dass du auf einer Leich gelegen bist, also ich weiß nicht? Ich finde das schon ein bisschen … seltsam. Ich würde ja …«

»Marlen«, brüllte Johanna jetzt, »es reicht, ein Wort noch, und ich weiß nicht, was ich tu mit dir!«

Barthel blickte besorgt in das Gesicht des Mädchens, das kaum merklich zusammengezuckt war. Doch sie blieb stumm.

»Jetzt tu nicht so, sag schon, wie ist das auf so einer Leiche? Also ich stell mir das so grauslich vor, nein, so grauslich!«

Johanna und Yrmel sprangen gleichzeitig auf. Yrmel schob Marlen zur Tür, Johanna drückte ihr die Holzschüssel mit dem Haferbrei in die Hände und meinte knapp: »Das bringst du der Meisterin. Beeil dich, sie wartet darauf, und untersteh dich«, damit bohrte sie ihre Finger fest in die Oberarme der Nonne, »auch nur ein Wort über das Mädchen da draußen bei den Büßerinnen zu verlieren. Untersteh dich!« Warnend hob Johanna den Arm, wie wenn sie im nächsten Moment zuschlagen würde.

»Ja, ist ja schon gut«, murmelte Marlen, duckte sich, nahm die Holzschüssel in die Hand und drehte sich zur Tür. »Ich versteh das nicht. Da ist endlich einmal was los bei uns, und ich darf nicht darüber reden und noch nicht einmal was darüber wissen. Das ist ungerecht.«

»Marlen, du bist Nonne, du hast Schweigegebot, und Gerechtigkeit allein bekommst du vom Herrn, deinem Gott. Doch wie es aussieht, wirst du sowieso im Fegefeuer schmoren. Aber das, liebe Marlen, wird wie ein Furz sein im Vergleich zu dem Donnerwetter, das dich von mir erwartet. Und jetzt schau, dass du weiterkommst!«

Mit einem lauten Krachen schloss Johanna die Tür hinter Marlen und wandte sich wieder den anderen zu. Stille breitete sich aus, unterbrochen vom Knacken und Pfauchen des brennenden Holzes in der Feuerstelle. Niemand sagte ein Wort. Yrmel streichelte sanft den Hinterkopf des Mädchens, das nach wie vor regungslos auf die Tischplatte starrte. Barthel musterte eingehend die Kleine und plötzlich erhellten sich seine Gesichtszüge: »Ach deswegen haben sie dir dieses Kuckucksei in die Küche gelegt!«

Barthel tippte das Stück Stoff an der Schulter des Mädchens leicht an. Obwohl es nass und verschmutzt war, an einer Ecke sogar eingerissen, konnte man unschwer das gelbe Tüchel der Wiener Dirnen erkennen.

»Habens dir eine Hübschlerin gebracht, die Stadtguardia …«, murmelte Barthel weiter.

»Schaut so aus«, meinte Johanna leise, »wieder so ein armes Ding, das nicht weiß, wo oben und unten is!«

Das Mädchen starrte weiter auf die Tischplatte, es bewegte sich nicht, nur seine Finger krallten sich in das Fell des Hundes, der weiter zu seinen Füßen saß und sich fest an seine Beine drückte. Johanna betrachtete das Vieh mit Abscheu, sein graubraun verklebtes Fell, seine wässrigen Augen, seine mit Kot verschmierten Flanken. Doch noch einmal getraute sie sich nicht, den Hund vom Mädchen wegzuzerren, zu frisch war die Erinnerung an den markerschütternden Schrei von vorhin. Aber irgendetwas musste ja geschehen. Sie konnten nicht ewig schweigend hier herumsitzen!

So versuchte es Johanna vorerst auf die sanfte Tour, auch wenn sie das einige Überwindung kostete.

»Nun, Mädchen, sagst du uns, wie du heißt?« Keine Antwort.

Johanna versuchte es nochmals: »Ich bin die Johanna, das da drüben ist der Barthel, und die Yrmel ist auch da.«

Es war wieder still in der Küche, niemand sagte ein Wort. Als das Schweigen Johanna fast schon zu viel wurde und sie ansetzte, ihre Frage ein bisschen forscher zu wiederholen, hörte man ein zaghaftes Flüstern: »Gretlin. Ich heiße Gretlin.«

Barthel, Yrmel und Johanna nickten. »Ach, Gretlin also. Gut«, meinte Johanna.

Yrmel zeigte auf den Hund und blickte Gretlin fragend an.

»Der hat noch keinen Namen«, meinte sie.

»Kein Wunder«, murmelte Johanna unwirsch.

»Na, dann werden wir halt einen Namen finden für des Hunderl!«, meinte Barthel versöhnlich und tätschelte vorsichtig Gretlins Hand.

Johanna setzte bereits zu einer Schimpftirade an, hielt sich aber im letzten Moment zurück, als sie ein schüchternes Lächeln auf dem blassen Gesicht des Mädchens sah.

Barthel, dem das auch nicht entgangen war, setzte fast väterlich fort: »Wennst mich fragst, dann schaut er …«

»Sie«, unterbrach ihn Johanna unwirsch.

»Also der Hund ...«, meinte Barthel.

»Das ist kein Hund, das ist eine Hündin, Barthel«, schimpfte Johanna.

»Jetzt kannst amal sehn, wie weit des für mich schon alles weg is, seit ich nur mehr Augen hab für dich, mei Hannerl! Net amal a Manderl kenn i von an Weiberl auseinand!« Schelmisch zwinkerte Barthel Johanna zu.

»Depp bleda!«, kam es postwendend zurück.

Yrmel kam inzwischen mit einem Topf Rosinen daher, zeigte sie allen und strich über das braune und verklebte Fell des Tieres.

»Ja, Yrmel, da hast recht, des Viech schaut aus wie eine Rosine. So eingetrocknet und verschrumpelt«, meinte Johanna.

»Genau, jetzt hob ich's.« Damit tätschelte Barthel den Hund ziemlich grob, was den aber nicht zu stören schien.

»Weinberl wirst heißen. Des passt. Bei uns in Wien, do sagt ma net Rosine, da bist unser Weinberl!«

»Unser Weinberl ... jetzt langt es aber!«, zischte Johanna.

Aber keiner hörte ihr zu, jeder horchte nur gebannt auf das leise Gekrächze, das vom Tisch her kam. Es war kaum zu glauben, aber Gretlin versuchte zu lachen, was ihr aber gründlich misslang. Vielmehr riss sie den Mund auf, verdrehte die Augen und gab ein paar hysterische Schluchzer von sich. Tränen rannen ihre Wangen hinunter, und wie unter starken Schlägen bäumte sie sich auf und sackte wieder zusammen. Sogleich waren Johanna und Yrmel an ihrer Seite und fingen die inzwischen unkontrolliert zuckende Gestalt auf. Keinen Moment zu früh, denn nach diesem Ausbruch sank das Mädchen ohnmächtig in sich zusammen.

Die frühe Morgenstunde erfrischte ihn. Er breitete die Arme aus und atmete tief. Er war allein, jetzt wieder, das Abenteuer war vorbei, hinterließ nur einen wonniglichen Nachgeschmack, mehr nicht. Er wusste, was er zu erwarten hatte, er kannte seine Berufung. Denn einsam lebt der Raubvogel, einsam und ungebunden. Wenn er unter die Menschen geht, dann muss er seine natürlichen Gewohnheiten und Absonderlichkeiten ablegen und sich wie ihresgleichen gebärden – so würde er es machen. Es drängte ihn, sich möglichst weit zu entfernen. Denn schrecklich war es, ins Antlitz der Menschen zu schauen, fürchterlich, sich ansprechen zu lassen. Und doch zog es ihn in den Bannkreis alles Menschlichen. Nur die Erinnerung an die letzte Nacht gab ihm die Kraft, sich der grausamen Welt auszusetzen. Nur der Glaube an seine Allmacht und Wichtigkeit gab ihm das Gefühl, allem Ungemach gewachsen zu sein. Nur so hielt er es aus unter den Menschen. Nun musste er wieder warten, sich unsichtbar machen, den Menschen zusehen, wie sie sich unterhielten, wie sie aßen und tranken, wie sie tanzten und liebten. Er war immer Zuschauer und Wartender. Er diente ihnen, ließ sich herumkommandieren und war ihr Gefangener. Aber das machte ihm nichts aus, denn er wusste, dass seine Zeit kommen würde, denn er war der stärkere, er war der mächtigere. Immer wieder war es die Zeit davor wert, denn zu groß war die Genugtuung danach. Das beengte, aber doch sichere Gefühl unter der Haube, das Geräusch des surrenden Lederriemens, den erst erstaunten, dann panischen Blick des Opfers, wenn die Luft knapp wurde, wenn er mit seinen Marterwerkzeugen zu spielen begann, die entstellte Fratze des Todes, das blau angelaufene, verschwollene Gesicht. Was er übrig ließ, darum konnte er sich nicht kümmern. Es war nicht schade um die Weiber, die ewig nörgelnden, um Aufmerksamkeit heischenden, liederlichen Weiber. Ein Triumph war es, wieder eine erledigt zu haben, eine weniger, die ihm sagte, was er zu tun hatte, die ihn einengte, am Atmen hinderte. Frei und ungebunden – wieder ein Stück mehr Luft zum Atmen – wieder ein Stück Dreck weniger. Und er lachte und freute sich, breitete seine Arme aus und atmete die kühle Morgenluft.

Es war ruhig geworden in der Klosterküche. Stille breitete sich in der dämmrigen Stube aus, nur das Feuer im Herd prasselte und brachte das Wasser im Kessel zum Brodeln. Müde legte Johanna frische Hühnereier ins Kochwasser und sah zu, wie der Wasserdampf in weißen Schwaden bis unter die niedrige Decke stieg. Es war sehr ungewöhnlich, dass sie so alltäglichen Dingen Aufmerksamkeit schenkte. Viel zu viel war heute geschehen, und ein ungutes Gefühl im Bauch sagte ihr, dass der Tag noch nicht gewonnen war, und weitere Schwierigkeiten gleich Dämonen in den finsteren Ecken der Küche lauerten, wo in Truhen das Getreide lagerte, in braunen Säcken Kohlköpfe und Wurzelgemüse auf die Verarbeitung warteten, und Krüge voll mit Öl, saurer Milch, Honig und Schmalz standen. Das ganze Sammelsurium von Lebensmitteln, das sonst so vertraut war, schien Johanna heute unheimlich, und sie fühlte sich, als wäre sie in schwarze Watte gepackt, als würde sie alles nur gedämpft wahrnehmen und rundherum im Dunkeln stehen. Ihre heile Welt der Kochlöffel, Nudelhölzer, Pfannen und Töpfe ließ sie heute im Stich, gab ihr nicht den Halt wie sonst, sondern ließ sie Unordnung und Chaos erahnen. Johanna kannte dieses Gefühl. Es kam immer, wenn der Tod an die Tür geklopft hatte, wenn Gewalt und Verbrechen zu nahe herangeschlichen waren und ihre spinnenartigen Klauen nach den Menschen in ihrer unmittelbaren Umgebung ausstrecken wollten. Sie seufzte schwer, als sie an die letzten Stunden dachte. Nachdem die Stadtguardia neuerlich erschienen war, um sich nach dem Befinden des Mädchens zu erkundigen, war sie schon erledigt. Als die Barbel neuerlich mit Petersilie und einem Glücksbringer die Küche gestürmt hatte, war sie ziemlich zornig, weil es der Alten doch nur um den Tratsch ging und gar nicht um das Mädchen selbst. Als Marlen endlich nicht weniger neugierig ihre Nase hereingestreckt hatte, warf sie sie kurzerhand hinaus. Und als Barthel endlich sein breites Hinterteil hob und es Richtung Weinberg bewegte, da war Johanna einfach nur erleichtert. Nun aber hieß es fertigzuwerden mit der Stille, was noch viel schwieriger war. Ein wenig tröstete sie die Gewohnheit und Routine aller Abende, und unendlich dankbar war sie für die unaufdringliche stille Anwesenheit ihrer Küchenhilfe. Denn so wie jeden Tag arbeiteten Johanna und Yrmel Hand in Hand, um die Abendmahlzeit für die Büßerinnen zu bereiten. Eben schnitt die Jüngere zwei Laibe Brot in Scheiben, um dann die Senfeier daraufzulegen, die Johanna zubereitete. Es war im Kloster nicht üblich, an ganz normalen Abenden Schüsseln zu verwenden, und so wurde die Scheibe Brot gleichsam zum Teller, der den Saft der Gerichte aufsog und dann obendrein noch mit verspeist werden konnte. Verstohlen blickte Johanna zu Yrmel, die sie sogleich schüchtern anlächelte. Diesem Mädchen, ja eigentlich der jungen Frau, denn sie zählte schon über 20 Lenze, konnte man nichts vormachen. Sie wusste genau, wer sie gerade mit Aufmerksamkeit bedachte. Ihre Sinne waren geschärft und geschult. Konzentriert schöpfte sie die inzwischen hart gekochten Eier aus dem Kessel, schreckte sie mit kaltem Wasser ab und begann sie zu schälen und in Scheiben zu schneiden. Dabei beugte sie ihre schlanke, fast hagere Gestalt über den Arbeitstisch, spitzte ihre schmalen Lippen und blies sich immer wieder auf ihre Fingerspitzen, wenn die Eier dann doch zu heiß wurden. Zwei Strähnen ihres dunklen, glatten Haares hatten sich aus der Haube gelöst und wurden schnell hinter etwas zu groß geratenen Ohren versteckt. Braune Augen mit langen Wimpern und starken Augenbrauen starrten müde auf die Eierschalen, und die Flügel einer geraden, langen Nase bebten. Auch Yrmel hatten die Ereignisse rund um Gretlin mitgenommen. Johanna erkannte dunkle Ringe unter den Augen und Falten, die tiefer eingegraben als sonst schienen, zwischen Nase und Mundwinkel. Immer wieder sah eine der beiden Frauen besorgt zu Gretlin, die nach ihrem Schwächeanfall behelfsmäßig auf einen Strohsack am Boden neben dem Herd gebettet worden war und in einen unruhigen, von gestammelten Worten, Zucken der Arme und Beine unterbrochenen Erschöpfungsschlaf gefallen war. Hannerl, die Essig, Senf und etwas Honig zu einer dicken Soße schlug, ging zum Salzfass, um sich einen Löffel davon zu holen und beugte sich dabei halb zu Gretlin. Besorgt richtete sie sich wieder auf, salzte ihr Honig-Essig Gemisch und schüttelte bedenklich den Kopf. Yrmel, die zugesehen hatte und bedauernd auf die Kleine zu ihren Füßen sah, nickte nur. Längst kannten sich die beiden Frauen so gut, dass keine Worte mehr nötig waren. Yrmel kamen sowieso keine über die Lippen, und Johanna war froh, auch einmal schweigen zu dürfen. Mit unendlich traurigen Augen ließ sie den Soßenlöffel sinken und sah zu Yrmel. Als wäre es gestern gewesen, sah sie dieses kleine, misshandelte, zerrupfte Küken, das sie am Weg vom Kienmarkt im Morgengrauen aufgelesen hatte. Yrmels Auge war blau geschlagen gewesen, den Arm konnte sie nicht bewegen, weil ihre Schulter ausgerenkt war und auf ihrem Hals waren eindeutig Würgemale zu sehen. Johanna nahm sie kurzerhand mit, nein falsch, die Kleine folgte ihr im Abstand von zwei Pferdelängen. Immer wenn sie sich nach ihr umdrehte, versteckte sie sich in der nächsten Hauseinfahrt. Erst am Abend, als das Kind einsehen musste, dass es nicht die Nacht über in einer Toreinfahrt kauern konnte, kam es mit kleinen vorsichtigen Schritten über die versteckte Gartenpforte auf der Rückseite des Klosters, die Johanna ihr wohlmeinend einen Spalt offen gelassen hatte, in die Küche getrippelt. Nach einem Becher warmer Milch begann die Kleine, einem streunenden, getretenen Kätzchen gleich, langsam Zutrauen zu fassen. Erst Stunden später ließ sie es zu, dass sich Johanna um ihre Wunden kümmerte, alles schweigend, ohne einen Laut. Aus plötzlich aufwallendem Mitleid heraus strich Johanna Yrmel mit einer ruppigen Handbewegung über die Haube, um dann sogleich wieder geschäftig in der Soße zu rühren, als wäre nichts geschehen. Yrmel stellte eine große gusseiserne Pfanne auf den Herd, tat etwas Schweineschmalz hinein und drückte dann ganz kurz die Hand von Johanna. Mehr Gesten der Zuneigung waren nicht zu erwarten und mehr bedurfte es auch nicht. Johanna wusste, dass sie den Grund für Yrmels Schweigen wohl nie erfahren würde, zu groß und zu mächtig war das Leid, das man ihr angetan hatte, um es in Worte fassen zu können. So versorgte sie damals die Wunden des Mädchens in voller Gewissheit, dass sie nur die äußeren behandeln und lindern konnte, nicht die inneren. Sie gab Salbe auf das Auge, bangagierte die Schulter, versorgte die Schürfwunden und versuchte, das Blut, das dem Mädchen zwischen den Beinen herabtropfte und das es um jeden Preis zu verbergen versuchte, nicht zu sehen. All das lag unausgesprochen zwischen den beiden, wurde wieder hochgespült von den Vorkommnissen des heutigen Tages, wurde wieder greifbar in der feingliedrigen, mageren Gestalt der blonden Gretlin, die sich nun auf ihrem Strohsack zu regen und laut zu stöhnen begann.

»Na, dann müssen die Eier in Senfsoße noch ein wenig warten!« Hannerl wischte sich die Finger an einem Küchentuch ab, beugte sich zu der mit einer groben Decke umhüllten Gestalt und fasste ihr an die Stirn. Missbilligend schnalzte sie mit der Zunge und blickte zu Yrmel auf. Diese nickte wissend und begann, grobe Leinentücher aus einer Truhe zu holen. Dann schüttete sie Wasser in einen Holzbottich, und Johanna gab einen kräftigen Schuss Essig hinzu. Yrmel tränkte die Lappen im Bottich. Inzwischen hatte Johanna Gretlin auf den Rücken gedreht und sie abgedeckt. Leise wimmerte das Mädchen, wachte aber noch nicht auf. Beide Frauen streiften ihr die groben Holzpantoffeln von den Füßen, schoben das hellblaue Kleid hoch und nickten einander beruhigend zu, als sie das Unterkleid weder zerrissen, noch verschmutzt und den Unterleib auf den ersten Blick unverletzt vorfanden. Auch am übrigen Körper konnten sie keine Blessuren feststellen. Yrmel besah sich den Hals genau und nickte wieder. »Hat noch Glück gehabt, die Kleine«, murmelte Johanna und entfernte das gelbe Tüchel von der Schulter. Plötzlich wachte Gretlin auf, starrte mit schreckensgeweiteten, glasigen Augen auf die beiden Frauen, raffte den zerschlissenen gelben Stofffetzen an sich und begann zu schreien: »Nein, lass das, das ist von der Elsbeth. Das ist ein Geschenk!« Unerwartet grob riss ihr Johanna das Tuch aus den Fingern und keifte: »Auf so ein Geschenk kannst du verzichten! Her damit!« Damit warf sie den Fetzen ins Feuer, der blitzartig in Flammen aufging, noch einmal hell aufflackerte und sogleich verkohlte. Gretlin begann hysterisch zu schreien und schlug dermaßen wild um sich, dass beide Frauen sie mit Anstrengung und Kraft zu Boden drücken mussten. Endlich beruhigte sie sich ein wenig und schluchzte nur mehr leise. Johanna ließ von ihr ab, und Yrmel begann, dem Mädchen sanft den knochigen Rücken zu reiben. Fast entschuldigend meinte Johanna: »Schau Gretlin. Hier im Kloster gibt es keine gelben Tüchel mehr. Außerdem hast du hohes Fieber. Lass dir helfen, komm, mach es uns allen nicht so schwer!«

Damit wrang sie die Lappen im Bottich aus und wickelte sie um Gretlins dünne Waden. Yrmel setzte sich zu ihr in Kopfhöhe und wischte die verschwitzten Strähnen ihres Blondhaares aus der Stirn.

Langsam beruhigte sich das Mädchen und fühlte die angenehme Kühle des Essigwassers, das das Fieber herunterdrückte. Johanna deckte die umwickelten Waden mit der groben Decke zu, drückte das Mädchen fest aber herzlich an der Schulter und sagte mit Bestimmtheit: »Das bleibt jetzt eine Weile so!«

Leise weinte das Mädchen wieder, und Yrmel hockte sich neben sie. Entschlossen holte sich Johanna den Küchenschemel, stemmte ihr breites Hinterteil irgendwie darauf, verschränkte die Arme und sagte nur: »Heraus damit!«

Gretlin weinte weiter. »Mädchen, spuck's aus, sonst hält dein Nervenfieber an und du leidest noch mehr. Raus damit, sag uns, was da passiert ist.«

»Was soll ich da sagen, ich versteh es ja selbst nicht«, stotterte Gretlin und weinte weiter.

»Fang einfach von vorn an.«

Gretlin atmete tief durch und fing leise an zu erzählen.

»Es war so ein schöner Tag, wir waren am Festzug. So schön!« Bei der Erinnerung daran begannen ihre verweinten Augen zu glänzen.

»Und dann?«

»Ja, dann war ich auf einmal allein, die haben die Elsbeth und die Dorthe einfach mitgenommen.«

»Wer?«

»Männer«

»Welche Männer?«

»Keine Ahnung, Männer halt.«

»Und dann?«

»Dann war der Festzug aus, und ich war allein. Ich hab mich versteckt in einer dunklen Gasse. Stundenlang.«

»Dann kam die Nacht.«

»Ja genau.« Hier zitterten die Hände Gretlins so stark, dass Yrmel mit ihren Händen Gretlins Finger umfing.

»Ich bin dann herumgeirrt, es war furchtbar, bei den Schenken hab ich immer geschaut, ob ich eine von unseren Frauen finde, aber da waren so viele … und alle mit den Männern unterwegs …«

»Du bist ganz allein herumgelaufen nachts in Wien? Mädchen du weißt nicht, welches Glück du hattest!« Johanna schnaufte aufgeregt.

»Aber ich habe doch das Tüchel gehabt, das beschützt!«

»Ach ja«, unterbrach sie Johanna hämisch, »ich glaube, da hat dir jemand nicht so ganz die Wahrheit gesagt, aber lassen wir das jetzt, was hast du noch gesehen?«

»Ich bin dann immer im Kreis gelaufen, um den Dom herum, denn ich hab die Frauen einmal reden hören, dass sie sich oft am Stephansfreithof treffen, wenn die Arbeit getan ist, und so dachte ich, Elsbeth kommt auch dorthin.«

»Aber dort war sie nicht.«

»Nein«, weinte Gretlin, »aber ich hab das Glöckchen gehört, weiter weg.«

»Das von der Magdalenenkapelle?«

»Nein, das am Gürtel von Elsbeth. Sie hatte immer dieses Glöckchen am Gürtel. Und das hab ich gehört. Ich hab mich dann angeschlichen und zwei Gestalten gesehen und ...«

Gretlin weinte jetzt wieder hemmungslos, krümmte sich zusammen und war nicht mehr zu beruhigen.

»Geh, Yrmel, wir brauchen da etwas Stärkeres als Essig. Nimm den Branntwein aus der Truhe und gib ihr einen Schluck.«

Yrmel tat wie geheißen und hielt Gretlin den Krug an die Lippen, sodass die gar nicht anders konnte, als einen Schluck zu machen. Eine Weile lang hörte man nichts als Husten in der Küche.

»So, jetzt atme tief durch, Mädel, versuch dich zu erinnern und sag mir ganz genau, wen du da gesehen hast.«

»Nicht viel, nur einen Schatten, der sich über die andere Gestalt beugte.«

»Hast du irgendetwas gehört, außer dem Glöckchen?«

»Ein so komisches Surren und Zischen.«

»Und dann?«

»Dann ist der große Schatten einfach weggelaufen.«

»Warum?«

»Weil ... ich weiß nicht, aber ich glaube, weil dann die Dorthe mit einer Kundschaft vorbeigekommen ist.«

»Hast du mit der sprechen können?«

»Nein, ich hab mich versteckt, der Mann, der bei ihr war, war schon ziemlich betrunken, und ich hatte so Angst.«

»Zu Recht«, nickte Johanna. »Was geschah dann?«

»Die Dorthe hat so geweint und ist dann auch weggelaufen!«

»Und du?«

»Ich hab mich herangeschlichen und gesehen, dass Elsbeth da liegt, ganz kalt war sie, und da hab ich mich zu ihr gelegt, um sie zu wärmen. Das hat sie bei mir auch immer so gemacht, wenn mir kalt war in der Nacht.«

Betroffen schwieg Johanna eine Weile. Wieder legte sich die unheilvolle Stille auf ihr Gemüt. Wieder klopfte der Tod an die Tür. Sie schüttelte sich, um dann leise weiter zu fragen.

»Dann hat dich die Stadtguardia gefunden?«

»Ja, gegen Morgen. Aber zuerst waren da noch drei Männer.«

Erschrocken fragte Johanna: »Drei Männer. Was haben die gemacht?«

»Ach die«, winkte Gretlin ab, »zwei sind gar nicht nähergekommen, und der eine, der Alte, der hat mich angesehen und ist weggelaufen.«

»Dem Himmel sei Dank!«

»Warum?«

»Na, weil dir nichts geschehen ist, Gretlin!«

»Aber mir konnte ja nicht passieren, ich …«

»Ja, ich weiß«, unterbrach sie Johanna unwirsch, »du hattest ja dein gelbes Tüchel als Schutz.«

»Nein, das mein ich nicht. Ich hab ja meinen Hund …« Erschrocken setzte sich Gretlin auf. »Wo ist er nur?«

Yrmel zeigte beruhigend auf den Platz neben dem Ofen, wo sich ein verdrecktes Fellbündel zusammengerollt hatte und schnarchte. Missbilligend schnaubte Johanna, hielt aber des lieben Friedens willen ihren Mund. Zu anstrengend war es für dieses Kind, von den Ereignissen zu berichten, da sollte der Hund einmal Nebensache bleiben.

»Gretlin, wie alt bist du eigentlich?«, Johanna strich dem

Mädchen eine blonde Haarsträhne aus der verschwitzten Stirn.

»Ich bin zwölf!«

»Hast du außer Elsbeth noch Familie?«

»Nein. Ich hatte nur meine Mutter, also die Elsbeth. Ich hab nur nie Mutter zu ihr gesagt, das haben wir so ausgemacht. Keiner sollte davon wissen!«

»Ja, mein Kind!« Hannerl seufzte, viele Dirnen, die Kinder hatten, mussten sie vor der Öffentlichkeit verstecken, Mutterschaft war schlecht fürs Geschäft. Besorgt fuhr sie fort: »Ist da noch jemand, den wir benachrichtigen sollen? Gibt es jemanden, der sich vielleicht Sorgen um dich macht?«

Laut schrie Gretlin auf, riss sich die Essigwickel von den Beinen und schleuderte sie der erschrockenen Johanna ins Gesicht.

»Du verstehst nicht, gar nichts weißt du. Elsbeth ist nicht mehr, ich habe niemanden. Keine Mutter, keinen Vater, keine Geschwister. Ich hab gar niemanden. Ich weiß ja nicht einmal, wo ich hin soll!«

Weinend kroch das Mädchen zum Platz beim Ofen, kauerte sich neben die Hündin und war weder von Johanna noch von Yrmel zu bewegen, sich wieder auf ihren Strohsack zu legen. Endlich, nach fast endlosem Schluchzen, war Gretlin eingeschlafen. Yrmel legte die grobe Decke über ihre Beine und deutete Johanna, dass sie selbst sich auf den Strohsack legen würde, um über Nacht auf das Mädchen aufzupassen. Dankbar nickte Johanna und machte Anstalten, in ihr Schlafgemach zu gehen, eine kleine Kammer neben der Küche. Als sie sich auf dem einfachen Holzkasten ausstreckte, wünschte sie sich nichts sehnlicher, als dass es gar keine Fürstenhochzeit gegeben hätte in Wien, und dass alles so normal wäre, wie vor wenigen Stunden noch.

Gleich nach dem Anhäufen von Besitz und Pfründen war es eine seiner Leidenschaften, in den frühen Morgenstunden durch die Stadt zu wandern, durch seine Stadt. Denn jetzt endlich hatte sie sich, so wie er selbst auch, von den Fesseln der aufgezwungenen Fröhlichkeit, der verschwenderischen Feierlaune, der überschäumenden Wollust und den dekadenten Gelagen befreit. Die Herzogshochzeit war Vergangenheit. Er, Hofmeister Fichtenstein, hatte seine Rolle als treusorgender Untertan glänzend gespielt, die nötigen Verbindungen für noch mehr Besitz geknüpft und die lukrativsten Freundschaften gepflegt. Kurz – er hatte sich so wie schon während des letzten Dezenniums, wo er im Dienste der Habsburger stand, skrupellos bereichert. Mehr als zwei Dutzend Burgen, eine Handvoll Städte und eine ganze Menge an Gütern konnte er jetzt sein Eigen nennen. Und er hatte vor, weiter in dieser Richtung zu verfahren. Zu verlockend waren der Luxus und das Geld, zu sehr konnten irdische Güter seine innere Leere zwar nicht ganz füllen, aber doch wirksam betäuben. Sein Dienstherr, der Herzog, zu beschäftigt damit, die Nachfolge seines großen Ahnherrn Rudolf der Stifter redlich zu erfüllen, bemerkte rein gar nichts. Albrecht, hin und her gebeutelt zwischen dem Hause Luxemburg, den Bayern, immer bedacht, König Wenzel, dem Nachfolger Kaiser Karls IV. zu Diensten zu sein, hatte anderes im Sinn, als sich mit dem Vermögenszuwachs seines Hofbeamten auseinanderzusetzen. Fichtenstein wusste das und hatte alle Zeit der Welt, denn die Geduld Albrechts wurde gerade eben von der Hausordnung der Habsburger, die die Unteilbarkeit der Länder vorsah, über die Maßen strapaziert. Bedrängt von seinem jüngeren Bruder Leopold, musste er alles daran setzen, einen Bruderkrieg und damit den endgültigen Bruch zu verhindern. Wie gut, dass ihm da sein eben an die Seite getretener Schwiegervater, der Burggraf von Nürnberg, zu Hilfe kam und vermittelte. Beiden Habsburgern, Albrecht und Leopold, wurde jetzt zumindest eine eigenständige Außenpolitik zugebilligt. Fichtensteins Meinung nach würde das eine drohende Teilung der Länder nicht verhindern, aber zumindest hinauszögern und seinen Untertanen das trügerische Gefühl einer einzigen, starken und funktionierenden Hausmacht vorgaukeln. So war Albrecht gerade im Begriff, eine Preußenreise anzutreten, eine reine Geste der Machtbezeugung, die ihn über Laa, Breslau, Marienburg bis nach Königsberg führen sollte. Fichtenstein schüttelte schon bei dem Gedanken an die 2000 Pferde mit prächtigem Gefolge und 50 ritterlichen Dienstmannen den Kopf – all das Gepränge, um angeblich Heiden auszurotten. War es doch ein unausgesprochenes Geheimnis, dass hier reine Barbarei betrieben wurde und ganze Bauerndörfer abgefackelt und die Bewohner abgeschlachtet wurden. Dem Heldenmut zuliebe, um Christi willen! Einfach lächerlich! Da blieb Fichtenstein schon lieber in Wien, in seiner Stadt und kochte sein eigenes Süppchen. Umso mehr, als Beatrix, die neue Herzogsgattin, natürlich an der Reise teilnahm. Sie reiste ein Stück mit, bis Nürnberg, um ihre Familie zu beehren. Mit ihr würde sich ein ganzer Tross hochwohlgeborener und kirchlicher Würdenträger ebenfalls auf den Weg machen und Städte wie Augsburg, Regensburg oder Passau mit dem zweifelhaften Vergnügen ihrer Präsenz beehren. Wien hatte es geschafft, die Stadt gehörte wieder sich selbst, bis zur nächsten Feierlichkeit, die hoffentlich noch in ferner Zukunft lag.

Der Morgen im Mai war frisch, ja geradezu kalt, und Fichtenstein schlug sich schnell die Kapuze seiner schwarzen Gugel über den kahlen Kopf. Sein Schritt war rasch, bestimmt und doch leise. Er setzte seine Füße in den Schuhen aus weichem dunklem Leder behutsam auf. Behände und federnd war sein Gang, und nie und nimmer hätte man ihm die zahlreichen Lenze zugetraut, die er bereits hinter sich hatte. Zufrieden atmete er die Morgenluft ein, die Stille tat ihm gut. Er streckte seinen schlanken, ja fast schon hageren Körper und reckte sein markantes Kinn in die Höhe. Seine Nasenflügel bebten, als er die Luft frei vom Gestank nach Fettgebratenem, Kraut, Wein und Bier einatmete. Er schüttelte sich, zu präsent war noch das Durcheinander an Schweiß, Essensdüften und Tiermist, das beim Festzug auf ihn einstürmte. Raschen Schrittes durchquerte er das Peilertor und ließ die Tuchlauben, wo er in einem seiner zahlreichen herrschaftlichen Häuser in der Stadt genächtigt hatte, hinter sich. Sein Blick heftete sich auf das hohe Spitzdach des Tores, schweifte zu den drei kleinen Fenstern unterhalb und bemerkte die breite, wuchtige, von den Jahren geschwärzte Gesimsmauer, die das Tor als eines der ältesten der Stadt auswies. Erbaut wurde es vom Vermögen der Wiener Bürgerschaft. Also jener Leute, die ihm die Zornesfalten an diesem so ruhigen Morgen auf der Stirn hervortreten ließen. Jener Herren, die unter dem Deckmantel der Wohltätigkeit ungebremsten Einfluss in dieser Stadt nahmen. Er durfte gar nicht daran denken, wie schwer ihm die Bürger Wiens sein Leben machten. Keine Entscheidung wurde gebilligt, ohne dass der Innere Rat seinen Senf dazugab und alles und jedes in Frage stellte. Was für unmögliche Zustände in dieser Stadt, wo der Pöbel, also einfache Handwerker, ein Mitspracherecht hatte! Unerhört! Er schnaubte missbilligend und verbot sich weitere Gedanken daran, denn er wollte diesen Morgen, der so ganz ihm und seiner Stadt gehörte, nicht durch schlechte Vorstellungen verderben. Doch weit gefehlt zu glauben, dass ihm ein Stück Muße beschieden war! Als er zum Petersfreithof gelangte, wurde er eines Besseren belehrt. Längst nicht mehr gehörte Wien nur ihm allein. Rund um die kleine, dunkle Peterskirche mit dem niederen Schiff und dem zum Turm emporragenden Vorbau, war bereits Leben. Ihr Innenraum, den man nur durch drei steile abwärtsführende Stufen betreten konnte, war erfüllt mit dem Gemurmel der Betenden. Rings um die Kirche waren Kaufläden angebaut, wo Schuhflicker, Obstler und Ölhändler ihre ärmlichen Stände und Buden betrieben und, wie es ihm vorkam, schon eifrig am Werk waren. Der Lärm des geschäftigen Heranschleppens von Waren, des Zurufens und Grüßens von Gefährten und des Ausschimpfens und Kommandierens von Mägden und Knechten zeugte jedenfalls davon, dass viele Menschen hier bereits ihr frühes Tagwerk begonnen hatten.

»Gesindel elendes«, seine schmalen Lippen formten ein Schimpfort nach dem anderen und konnten dennoch nicht annähernd seinen unendlich großen Ekel vor dem gemeinen Volk ausdrücken. Kein Wort konnte dem gewaltigen, ihn selbst fast schon verschlingenden Hass vor der Gewöhnlichkeit, der Dummheit und dem Schmutz dieser Masse an ungewaschenen, von Urtrieben gelenkten Körpern gerecht werden. Viel lieber beschäftigte er sich mit den schönen Dingen. Mit Kunstwerken, Gemälden, Skulpturen. Sie waren so schön, so sauber, so rein. Doch der Schmutz der Alltäglichkeit holte ihn ein, Schritt für Schritt. Mit Abscheu sah er auf den Boden, nur um eine schmale Fensteröffnung an der Peterskirche, die zu einem unterirdischen Gewölbe führte, zu sehen, in die die Wiener, so wusste er aus zahlreichen Beobachtungen, abgetragene Leinwand zum Verbinden der Wunden für

Spitäler hineinzuwerfen pflegten. Er mochte keine Kranken und Alten, er fürchtete ihre faulen Ausdünstungen, ihren schlechten Atem und ihren gierigen Blick nach Leben. Wie wohl taten ihm dagegen die schönen Künste. Längst musste er sich nicht mehr damit begnügen, Artefakte einfach nur anzugaffen wie das gemeine Volk oder sie zu bewundern wie der niedere Adel. Nein, er hatte so viel Geld, dass er diese ganz besitzen konnte, nur für sich allein, und sie betrachten konnte, so lang und so oft er wollte. Ein wohliger Schauer lief seinen Rücken hinab, als er an seine letzte Errungenschaft, die Statue des heiligen Georg als Drachentöter, dachte, die eigentlich für den Dom vorgesehen war, er aber im letzten Moment noch dem Domkapitel abschwatzen konnte. Wie warm und kühl zugleich war das Holz der Eiche, wie ausdrucksstark und entschlossen das Gesicht des Heiligen und wie bestialisch dargestellt der Drache, als könnte man seinen Gifthauch riechen. Spielte ihm die Erinnerung einen Streich, begab er sich jetzt wirklich in die Untiefen der Verwirrtheit? Verschreckt drehte er sich um und sah sich den Mistbauern gegenüber, einfache Leute, die den Müll der Hochzeitsfeierlichkeiten zu dieser frühen Stunde zusammenkehrten. Zerborstene Fässer, Tonscherben, verendete Tiere, Haufen von Schweinemist und Rossäpfel auf ihre Karren luden, um damit die Rotenturmstraße hinunter zur Donau zu fahren, wo sie ihre stinkende Fuhre in einen der schneller dahinfließenden Flussarme kippen würden. Fichtenstein fasste sich an die Brust, auf der ein Felsbrocken zu liegen schien, so eng wurde es ihm. Er fühlte sich jetzt endgültig gestört und in seiner morgendlichen Versunkenheit mit Dreck besudelt. Zornig dachte er nach, was er sich Gutes tun könnte, um diesen Tag für ihn noch zu retten und diesen schön und erbaulich machen zu können. Jetzt, wo der Herzog, dessen Frau und die ganze Schar an Speichelleckern endlich für eine Weile verschwanden! Seine Wahl fiel, wie schon so oft, auf Sankt Stephan, jenen Ort, der ihn immer wieder zu trösten vermochte. Hastig wandte er sich vom Petersfreithof ab und lenkte seine Schritte vorbei zum Freisingerhof. Dieser altehrwürdige, höchst unregelmäßige Bau wurde von Otto von Freising, dem Sohn von Leopold dem Heiligen, erbaut und bestand aus insgesamt neun kleinen Häusern, von denen fünf dem Graben zugewandt waren. Vor dem zweistöckigen Haupthaus mit den pompösen Toreingängen und den schwarzen Gitterfenstern standen zwei Edelleute, die in ein gestenreiches und angeregtes Gespräch vertieft waren. Als sie Fichtensteins ansichtig wurden, begannen sie laut zu rufen und ihn zu sich zu winken. Zornig lenkte er den Blick himmelwärts und starrte auf das unregelmäßige Zickzack des Daches. Dann aber, wie auf einen ungehörten Befehl, setzte er sein maskenhaftes Lächeln auf und trat zu den beiden. »Oh, der Herr von Kreusbach, gar keine Jagd heute? Und unser Marschall, Herr von Maissau, alle Pferde des Herzogs wohlauf?«

»Natürlich, Hofmeister Fichtenstein, alles, was vier Beine hat, ist unterwegs nach Preußen«, antwortete lachend Ewald von Maissau, dessen Familie schon seit drei Generationen für den Hofstall verantwortlich war. Fichtenstein lächelte, als er die natürliche Heiterkeit, die Gelassenheit und Fröhlichkeit dieses Mannes spürte, noch gekünstelter.

»Endlich einmal Zeit, ein bisschen für uns selbst auf die Jagd zu gehen!« Der Jagdmeister Matthis von Kreusbach, etwas älter zwar als der Marschall, aber nicht minder fröhlich, mit roten Backen und hellblondem geringeltem Haar, zwinkerte einem vorbeieilenden Dienstmädchen zu und blickte vielsagend zu Fichtenstein. Dieser, der sich eigentlich auch einen angenehmen Morgen machen wollte und sich nun zwei seiner Meinung nach äffisch und blöd betragenden Hofbeamten gegenübersah und höflich Konversation machen musste, konnte sich nur schwer beherrschen und setzte schon zu ein paar unverbindlichen Abschiedsworten an. Doch die beiden hatten nicht vor, den Hofmeister so schnell gehen zu lassen, und Matthis senkte bedeutungsschwer seine Stimme: »Haben Euer Hochwohlgeboren auch schon vom Mord gehört?«

»Sollte ich?«, kam es knapp von Fichtenstein, den ein Menschenleben mehr oder weniger nicht unbedingt interessierte.

»Na also, jeder in Wien redet heute darüber …«, erstaunt schaltete sich Ewald in das Gespräch ein.

»Sind das nicht genug?«

»Schon, aber es ist halt so ganz und gar grauslich.«

»Während all die anderen feiern, da kommt so ein armes Weib auf gewaltsame Art zu Tode.« Ergriffen nickte Matthis, dass seine feinen Haare mitschwangen.

»Immer feiert der eine, und der andere krepiert«, meinte Fichtenstein knapp.

Unbeeindruckt gab Ewald seinen Bericht ab: »Es scheint, als habe man sie gewürgt und ihr dann irgendetwas über den Kopf gezogen, Bisswunden und Schnittwunden soll sie auch haben … und in der Gosse hat sie gelegen, aber nicht allein, da war noch ein …«

Amüsiert fiel ihm Fichtenstein ins Wort: »Also, da war sie aber dann wirklich richtig tot. Erwürgt, erstochen, gebissen, erstickt, in der Gosse, da hat ja jemand gründlich gearbeitet.«

Irritiert und etwas verstört meinte Matthis: »Ich finde es ein wenig herzlos, so über eine arme Seele herzuziehen. Auch wenn es nur eine Dirne von der Laimgruben war.«

Fichtenstein merkte, dass er zu weit gegangen war, und bemühte sich geflissentlich um ein paar freundliche, mitfühlende Worte: »Na dann … Friede ihrer Seele halt. Und vor allem der Kleinen, die noch einmal mit dem Leben davongekommen ist«.

Für ihn war die Angelegenheit mit diesen Worten nun wirklich zur Genüge besprochen, und er wandte sich um und ließ die beiden Hofbediensteten betroffen stehen. Weniger des Mordes wegen, sondern mehr ob der herzlosen Bemerkungen des Hofmeisters.

Nach einer ganzen Weile stieß Matthis Ewald sanft in die Seite. »Sag einmal von wem weiß der eigentlich, dass da ein junges Mädchen bei der Leiche gefunden wurde? Du bist ja gar nicht dazu gekommen, es ihm zu sagen.«

»Stimmt eigentlich. Ich hab's ja selbst erst von der Stadtpolizei erfahren. Der Johann Fichtenstein wird immer wunderlicher.«

»Aber pass auf, was du sagst. Der hat inzwischen seine ganze Familie in den Hof eingeschleust. Seinen Bruder Hartnid hat er in der Steiermark untergebracht, der Matthias, so sagt man, ist am besten Wege, der Kämmerer unseres Herzogs zu werden, und drei Neffen von denen stehen auch schon auf der Warteliste …«

»Ja wo Tauben sind, fliegen Tauben zu.«

»Wenn ich mir den so anseh, wie er einherstelzt!«, damit zeigte Matthis grinsend auf die hagere schwarz gekleidete Gestalt des Hofmeisters, der mit weiten, ausgreifenden Schritten und einer wehenden Gugel seinen Weg zum Dom fortsetzte, »dann schaut mir das eher nach einem Raben statt einer Taube aus.« Vergessen waren die Dirne und das Mädchen, die beiden lachten schon wieder und freuten sich auf einen Tag ohne die Hofgesellschaft. Einen Tag, wo Faulheit und Frohsinn, wo Müßiggang und Laster die Hauptrolle spielen sollten.

Anders Johann Fichtenstein, er hasste Frohsinn und Müßiggang, weil er beides nicht kannte. Laster und Faulheit verachtete er, weil es ihn an der Vermehrung seiner Reichtümer hinderte. Und doch gelang es ihm nicht, vor dem, was ihn störte, wegzulaufen. Auch diesmal konnte er sich dem Bild, das sich in seinem Kopf formte, nicht entziehen. Die Dirne, das Gesicht blau und geschwollen, die Zunge halb aus dem verzerrten Mund hängend, Stichwunden am Rücken, eine Strieme eingedrückt um den Hals. Ein junges Mädchen, bleich, verschreckt … Beklommen beschleunigte er weiter seine Gangart und wusste dennoch, dass er seinen inneren Ängsten, die ihn gleich den Klauen eines Basilisken zu umschlingen drohten, kaum entkommen würde. Zu bekannt war ihm dieses Gefühl, immer öfter überkam ihn die namenlose Furcht, das Empfinden, den Boden unter den Füßen zu verlieren, in Schmutz und Schlamm zu treiben. Aber nur noch ein kleines Stück, sagte er sich und versuchte einen Halt zu finden im Treibsand seiner Beklemmung. Die Stephanskirche war nicht mehr weit. Er hetzte den Grünmarkt entlang, und längst hatten seine Bewegungen Anmut und Grazie verloren, weg war die Behändigkeit, die Überlegenheit. Sie hatten einer stockenden und taumelnden, armen Gestalt Platz gemacht. Pfeifend ging sein Atem, der Schweiß rann ihm den Rücken hinab. Doch er fühlte seine Rettung nahen, schon grüßten die beiden Heidentürme des Domes, er erkannte das steinerne Astwerk des Riesentores. Nur noch ein paar Schritte, dachte er, nur noch durch das Neidhardttor, vorbei an der Magdalenenkapelle und über den Gottesacker …

»Nur an halben Pfennig, der edle Herr«, so plötzlich, dass er strauchelte, stellte sich ihm ein Krüppel, in bunte, abgetragene Fetzen und Lappen gehüllt, in den Weg. Unverkennbar ausgestattet mit dem Bettelzeichen, dem gelben Tüchel um den Hals, bat dieser erneut laut um Almosen. »Nur einen halben Pfennig, der edle Herr.« Mit schreckensgeweiteten Augen, zitternden Gliedern und stoßweisem Atem wich Fichtenstein vor den ausgestreckten mit Grind und Aussatz übersäten Unterarmen des Bettlers zurück, sodass er das Gleichgewicht verlor und nach hinten kippte. Schnell rappelte er sich mit letzter Kraft auf, stieß den Krüppel brutal zur Seite und erreichte in großen unregelmäßigen Tritten das Riesentor des Doms. Ein tiefer Atemzug und dann noch einer, um sich zu sammeln und die Schwelle in das Gotteshaus zu überschreiten. Gleich wandte er sich nach rechts zur Eligiuskapelle. Einem Verdurstenden gleich drängte es ihn nun an die linke Seite des Bischofstores. Völlig ermattet legte er seine Hand auf einen Stein, den Rudolf der Stifter aus dem eine Tagereise entfernten Stockerau hierher bringen und in die Wand hatte einmauern lassen. Just an dem Platz, wo der heilige Koloman seinen letzten Atemzug getan hatte, füllten sich seine Lungen wieder mit Luft. Hier, wo der Pilger aus Jerusalem sein Martyrium erfahren hatte, fühlte er sich wieder unter den Lebenden. Wo Kolomans Märtyrerblut geflossen war, zauberte seines wieder Farbe in seine fahlen Wangen. Dieser Stein, dieses Kleinod an Frömmigkeit und Anbetungswürdigkeit, vermochte es, Furcht und Beklemmung aus der Seele des Fichtensteiners zu pressen. Schade eigentlich, dass dieser Stein so öffentlich ausgestellt war. Wie viel intimer und ehrfurchtsvoller wäre es, wenn nur er das Vergnügen hätte, dieses Heiligtum zu besitzen, es berühren zu können, wann immer er wollte, ohne die neugierigen Blicke der anderen Leute, des Pöbels, der Dummen und Kranken, der Aussätzigen, der

Weiber und Dirnen! Augenblicklich, als seine Finger die kühle Vertiefung im Stein berührten, wurde ihm leichter. Geschafft! Wieder einmal hatte die Wundertätigkeit der Heiligtümer die Unzulänglichkeit alles Irdischen besiegt. Sein Herz schlug regelmäßig und kräftig, seine Ängste glichen schwarzen Krähen, die sich krächzend erhoben und himmelwärts verschwanden.

Erst jetzt fand er die Muße, sich umzusehen und zu erkennen, dass er selbst hier in der Kirche des Erzmärtyrers Stephan nicht allein war. Zu spät bemerkte er Michael von Puchheim, den Truchsess des Hofes, auf sich zukommen und augenblicklich setzte er eine unnahbare, strenge Miene auf, wo niemand erwartet hätte, dass er sich vor wenigen Augenblicken so verwundbar wie ein kleiner Vogel gefühlt hatte, der gerade aus dem Nest gestoßen wurde.

»Meine Verehrung, Puchheim«, setzte er in lauten, schroffen Worten an und hoffte, damit die Unterhaltung schnell zu beenden. Doch beim Näherkommen von Puchheim wusste er instinktiv, dass dieser in Plauderlaune war, und er ihn schwerlich abhalten konnte, mehr als nur »Guten Morgen« zu sagen. Eitler Fatzke, dachte er und kräuselte seine Mundwinkel zu einem unehrlichen Lächeln, das dem Truchsess, der in kobaltblauen Beinlingen und einem ockerfarbenen Wams daher geschritten kam, keineswegs irritierte.

»Ja, der Kolomanistein, immer eine Verehrung wert«, setzte Puchheim, dem sein hohes Amt sichtlich in die Nase gestiegen war, so hoch, wie er sie trug, an. »Friede der Seele unseres hochwohlgeborenen Kaisers Rudolf für seine mildtätige Vorausschau«, fuhr er fort und gestikulierte auffallend schnell mit seinen Armen, um den roten Unterstoff seines Wamses gut zur Geltung bringen zu können.

Fichtenstein, der sich bemühte, seine Ungeduld zu verbergen, begnügte sich mit einem »Amen« und einem Kreuzzeichen als Antwort. Wie satt hatte er all das affektierte Getue!

»Eine Kirche wie diese kann ja nicht genug Heiligtümer vorweisen«, quasselte Puchheim weiter.

»Keiner kann genug Heiligtümer haben«, rutschte es ihm etwas zu scharf heraus. Doch der Truchsess schien das nicht zu bemerken oder wollte es nicht, jedenfalls war dieser mehr als bemüht, das Gespräch aufrechtzuhalten. Natürlich, dachte er und löste seine Finger vom Stein. Es war ja eine Ehre, mit ihm, den Hofmeister, im Gespräch vertieft gesehen zu werden, da überging der gute Puchheim so manche verbale Zurechtweisung gern. Süffisant lächelte Fichtenstein den Emporkömmling an, der sich sogleich bemühte, ein neues Gesprächsthema zu finden und die Aufmerksamkeit seines Gegenübers zu bannen.

»Wenn man bedenkt, was Rudolf für Schätze von Schwaben heimgebracht hat ... Man stelle sich vor. Was da alles an Heiligtümern für Sankt Stephan vorgesehen war. Ach ja, die Unlauterkeit der Leute schreckt selbst vor den heiligsten Reliquien nicht zurück.«

»Was heißt das?«, misstrauisch reagierte Fichtenstein. Zu aufwühlend war der Gedanke, dass sich kraftbringende, wunderbare Kleinode in den Händen falscher Leute befanden. Alle Leute, außer ihm selbst, waren falsche Leute.

»Nun«, lächelte Puchheim, der sich nun der vollen Aufmerksamkeit seines Gesprächspartners bewusst war, »man munkelt, dass ein paar Heiligtümer verschollen sind. Jene, die vor gar nicht langer Zeit erst in den Besitz der Diözese und des Domes gekommen sind.«

»Jene vom Chorherrenstift Thann im Elsass?«

»Ja, genau jene.«

»Aber die wurden doch erst vor 15 Jahren dem Kaiser ausgehändigt, und zwar alle. Ich hatte die Ehre, bei der Übergabe anwesend zu sein!«

»Natürlich. Nur haben sich die Stücke auf seltsame Weise dezimiert und sind den Weg in dunkle Keller, verborgene Kammern oder zu sonst unrechtmäßigen Orten gegangen.«

Angesichts solcher haarsträubenden Neuigkeiten wurde Fichtenstein blass, und seine Hände, die sich so stark nach der Berührung des Steines gefühlt hatten, begannen wieder zu zittern. Wer hatte es gewagt und war auf verlässlichere Quellen, als er sie hatte, gestoßen? Im Geiste ratterte er die Liste der wertvollen Reliquien herunter und fragte sich einmal mehr, wer sie ihm, dem allgegenwärtigen mächtigen Hofmeister hatte vor der Nase wegschnappen können.

Er traute sich die Ungeheuerlichkeit kaum auszusprechen, geschweige denn zu fragen. Dennoch musste er es wissen, um seinen Seelenfrieden nicht zu gefährden, und begann mit dem ersten Namen auf seiner imaginären Liste: »Er meint doch wohl nicht das Haupt des Heiligen Andreas?« Mittlerweile zitterte auch seine Stimme.

»Nein, das ist wohlweislich gut im Schrein versperrt.«

Ein Seufzer der Erleichterung kam von Fichtenstein.

Puchheim sonnte sich in der Gewissheit, an Nachrichten gekommen zu sein, die den Hofmeister dermaßen aufwühlen konnten.

»Doch nicht etwa die Zunge des Heiligen Gervasius?« Wieder blickte er ängstlich zu seinem Gegenüber.

»Nein, die ist auch noch in diesen Räumen, gut aufgehoben, aber sehr schweigsam …« Puchheim zwinkerte vor Vergnügen, doch Fichtenstein überging kalt seinen unangebrachten Scherz.

»Der Heilige Prothasius, sein Unterkiefer?«

»Nein.« Mittlerweile bereitete Puchheim dieses Ratespiel viel Kurzweil.

»Ja dann ...« Selbst Puchheim, dessen hervorragende Eigenschaft eher die Eitelkeit als das Mitgefühl war, erschrak über die Trostlosigkeit, die sich augenblicklich im Gesicht seines Gegenübers spiegelte.

»Ja dann müssen es wohl die Marterwerkzeuge des Heiligen Bartholomäus sein, die abhandengekommen sind.« Ein unwiederbringliches Versäumnis, dieses Heiligtum nicht in seinen eigenen Besitz gebracht zu haben! Fichtenstein hielt inne und dachte nach, bevor er aufgeregt fortfuhr: »Ich entsinne mich, dass die Chorherren aus dem Elsass über die Inbesitznahme unseres Kaisers gar nicht erfreut waren, vielleicht wollten sie ihr Eigentum um jeden Preis zurück?«

»Nein, diese Spur wurde vom Herzog bereits verfolgt, ohne fündig zu werden.« Puchheim streckte sich, stellte sich auf die Zehenspitzen und richtete sich auf, um die Bedeutung seiner Worte zu unterstreichen. Es bedeutete ihm sehr viel, seine Geltung für den Wiener Hof unter Beweis zu stellen. Aber Puchheims Mühe, sich wichtig zu machen, war vergebens. Die Gedanken seines Gegenübers galten nicht ihm, sondern einem der Zwölf Apostel. Fichtenstein konnte sich zu gut der Kraft entsinnen, die auf ihn übergegangen war, als er als junger Reisender im Dom von Frankfurt geweilt hatte. Wie gegenwärtig war ihm diese durch und durch heilige Empfindung bis zum heutigen Tag! Der Heilige Bartholomäus, dessen Hirnschale er betrachten durfte! Wie groß war die Freude, als der Kaiser die Martermesser als Reliquie dann endlich aus Schwaben mit nach Wien, in seine Stadt, brachte! Jene Messer, mit dem der Apostel gehäutet wurde!

Was für eine Stärke! Es schmerzte körperlich, wenn er sich diese Zauberdinge, diese Quellen der Kraft und Erleuchtung in unwürdigen Händen vorstellte. Alle Hände, außer den seinen, waren unwürdig.

Er hörte Puchheim, der weiter lautstark deklamierte und gestenreich erklärte, nicht mehr zu. Wie ein alter Hund, der Schläge nur mehr stoisch ertrug, wandte er sich ab, tief in Gedanken versunken. Seine Augen füllten sich mit Tränen, die zu verbergen er nicht für nötig fand. Wie sollte er es nur anstellen, diese Wunderdinge in seinen Besitz zu bringen? Wer nur war ihm zuvorgekommen? Wo waren seine guten Verbindungen?

Die Betenden in der Kirche staunten nicht schlecht, als sie den Hofmeister des Herzogs persönlich zu so früher Stunde im Dom sahen. Doch ihm war es gleichgültig, dass hinter ihm ein Getuschel einsetzte. Er hörte nicht, als er von Mitgliedern des Inneren Rates begrüßt wurde, als er aus der Kirche trat. Er reagierte nicht auf die Rufe »Hofmeister Fichtenstein, Gott zum Gruß«, die sie ihm nachriefen. Er hörte einzig und allein die Marterschreie des gequälten Bartholomäus in seinem inneren Ohr, sein Leiden und sein Weinen, das übergangslos in seine eigene Traurigkeit überging. Und er wusste an diesem Morgen im Mai, der so verheißungsvoll in dieser Stadt begonnen hatte und der in so einer Katastrophe endete, nur das eine: Er, Hofmeister Fichtenstein, würde nicht eher ruhen, bis er die Spur der verschwundenen Marterwerkzeuge aufgenommen, sie gefunden und in seinen Besitz gebracht hatte. Er brauchte diese heiligen Objekte um sich, nur so war sein Leben zu ertragen, seine Ängste zu beherrschen, seine Gier zu stillen. Ausgestattet mit dieser Kraft würde er jedem die Stirn bieten, dem Pöbel, der Bürgerschaft und dem Herzog, so wahr er Hofmeister war in Wien, in seiner Stadt: Hofmeister Johann Fichtenstein.

Ruhe breitete sich in der Klosterküche aus, und niemand vermisste das stetige Geplapper von Marlen, die nun endlich zu ihrem Chorgebet in die Kirche gegangen war. Nur das Kochwasser blubberte beruhigend vor sich hin, unterbrochen von einem lauteren Platschen, wenn Yrmel wieder eine fertig geschabte Rübe hineinwarf. Weinberl schnarchte ganz leise in ihrer Ecke, nur die struppigen, abgelaufenen Pfoten zuckten auf und ab, wie wenn die Hündin im Traum Meile um Meile über Stock und Stein zurücklegen würde. Johanna knetete den Brotteig mit ihren starken Armen, die nun, wo sie die Ärmel der rauen Kutte bis über die Ellenbogen gekrempelt hatte, grau vom Roggenmehl waren. Mit einem ergebenen Seufzen besah sie sich den schlafenden Hund und verwünschte einmal mehr dieses Flohbündel in ihrer Küche. Alle ohne Ausnahme hatte das Vieh bereits um den Finger gewickelt, am besten und wärmsten Platz schnarchte sie mit dem Kopf auf Yrmels Pantoffeln. Aber mit ihr, Johanna, würde es das nicht geben, sie hasste Hunde und das war's dann schon. Verstohlen musterte sie daraufhin das Mädchen, das ihr gleichsam vom Schicksal in ihre Küche geweht wurde. Mittlerweile hatte sie sich schon eingelebt und sich auch ein wenig von den grausigen Ereignissen erholt. Wie zu erwarten, hatten die Untersuchungen der Stadtwache nichts ergeben. Elsbeth war anscheinend Opfer eines gewalttätigen Freiers geworden. Wieder eine Dirne weniger und das war es auch schon, dachte Johanna verbittert und beobachtete weiter das Mädchen. Gretlins Zungenspitze schaute aus ihrem herzförmigen Mund, die Stirn zog das Mädchen kraus, so konzentrierte sie sich auf das Öffnen der Erbsenschoten. Verwundert dachte Johanna, mit welch einer Begeisterung die Kleine bei den einfachsten Arbeiten war, wie angestrengt und mit welcher Freude sie den unangenehmsten Aufgaben nachging. War die Aschelade zu entleeren, der ewig klebrige Holzboden zu reiben, nie entkam ihr auch nur ein Seufzer der Missbilligung. Fühlte sie sich hier in der kleinen Welt des Büßerinnenklosters wirklich so wohl? Oder war sie schlichtweg zu dumm oder zu unbedarft, um mehr zu wollen? Johanna walkte ihren Teig mit Inbrunst weiter. Das konnte doch nicht sein, nein, dämlich war sie nicht, die Kleine. Marlen war ein wenig einfältig, das schon. Wer, der alle Sinne beisammenhatte, plapperte denn als Nonne über Männer in einer so schamlosen Weise, dass allen Zuhörern die Wangen vor Verlegenheit brannten? Na ja, Marlen halt, dachte Johanna, hob ihren Teig eine Ellenlänge hoch, schleuderte ihn mit Wucht auf das Nudelbrett und warf ihn wieder hoch. Irritiert durch das ungewohnte Geräusch hielt Gretlin im Auslösen der Erbsen kurz inne, sah besorgt zu Johanna, lächelte doch gleich darauf, als sie erkannte, was hier so vehement geschlagen und gewalkt wurde. Johanna lächelte zurück, um gleich darauf wieder auf ihren Teig loszugehen. Da schlich sich ein ganz und gar unangenehmer Gedanke in ihren Kopf und sie wusste, dass sie dem gleich nachgehen musste, sonst würde sie die Vorstellung noch bis in den Abend hinein quälen. Irgendetwas stimmte hier nicht, dieses Mädchen, das sich so hilfsbereit und willig zeigte, vom Aussehen her wie ein Engel, blauäugig und blond, von zartem Körperbau, mit blasser, schöner Haut, mit gerader und anmutiger Statur. Irgendwo musste doch da etwas sein. Das konnte keine freie Tochter sein. Johanna wusste genau, was das Leben als Dirne mit den Mädchen anstellte. Fast konnte sie Dunkles und Böses mit den Fingern greifen, wenn sie an ihre eigene Jugend dachte und die unzähligen Leidensgenossinnen, an aufgeschlagene Lippen, Schrammen und Kratzer, Beulen am Kopf. Noch schlimmer waren die Verletzungen, die man nicht sah und von denen nur ein stumpfer Blick, Abgebrühtheit und unendliche Trauer in den Augen zeugten. Nein, dieses Geschöpf in ihrer Küche war keine Hübschlerin, aber was war sie sonst? Keinen Moment ließ sie sich vom engelsgleichen Aussehen täuschen. Stirnrunzelnd blickte Johanna auf und setzte leise, um sie nicht zu erschrecken, in Richtung des Mädchens an:

»Du, Gretlin.«

Versunken arbeitete das Mädchen weiter, Schote aufreißen, Erbsen herausholen, in die Schüssel kullern lassen, Schote wegwerfen, nächste Schote angeln. Nur Weinberl hob den Kopf und spitzte ihre halb geknickten, von zahlreichen Hundebalgereien ausgefransten Hundeohren. Abfällig schnaubte Johanna in die Richtung des Tieres: »Wer spricht mit dir, Dreckschleuder?« Gleichgültig legte Weinberl wieder den Kopf auf Yrmels rechten Fuß, was ihr sogleich ein paar Streicheleinheiten und ein undefinierbares, beruhigendes Brummen der Yrmel einbrachte. Johanna verdrehte in Anbetracht der tiefen Vertrautheit der Stummen mit diesem blöden Viech, wie sie es bei sich nannte, entnervt die Augen.

Etwas lauter setzte sie wieder an: »Du, Gretlin.« Jetzt hatte das Mädchen sie gehört und wandte sich ihr voller Aufmerksamkeit und mit so spontanem, fast kindlichem Vertrauen zu, dass es Johanna ganz eng in ihrer doch ziemlich ausladenden Brust wurde. »Also, was ich dich schon länger fragen wollte«, damit warf sie den Teig wieder mit Schwung auf das Holz, »wie war es eigentlich, das Leben so am Wienfluss?«

Das Mädchen nickte unmerklich mit dem Kopf, wandte sich einer Schote zu und murmelte: »Ganz in Ordnung … eigentlich … ja wirklich … fast schon schön … angenehm …« Vehement nickte sie jetzt, und wenn ihr die Schote nicht zu Boden gefallen wäre und sie sich nicht hätte bücken müssen, wenn Johanna nicht so eine gute Beobachterin gewesen wäre und nicht die zitternden Hände und die zusammengepressten Kiefer des Mädchens bemerkt hätte, ja dann hätte man wirklich annehmen können, dass alles in Ordnung gewesen war.

»Schmarrn«, entfuhr es Johanna heftiger als beabsichtigt, und mit einem Krachen schleuderte sie den Nudelwalker auf das Holz, dass Weinberl den Schwanz einzog und sogleich von Yrmel beruhigt werden musste. Verärgert gestikulierte diese und zeigte abwechselnd anklagend auf den Hund, das Nudelholz und auf Johanna.

»Aber was, leise werd ich sein wegen dem Köter«, mit einer Handbewegung scheuchte sie den Vorwurf der Stummen beiseite und wandte sich zornig Gretlin zu, die sie entsetzt anblickte. »Und du, liebes Kind, tisch mir keine Lügen auf. Das kannst vielleicht dem Barthel erzählen, wenn er fünf Viertel Wein intus hat, oder sonst einem Blindgänger, dass es dir an der Wien gefallen hat, dass es angenehm und schön war, aber mich lügst du nicht an. Raus mit der Sprache!«

Als sie die Tränen sah, die Gretlin nach ihren Worten die Wangen herunterrannen, und den entsetzten Blick aus ihren blauen Augen, gab sie sofort klein bei.

»Ja, verflucht noch mal. Ist mir herausgerutscht, Mädchen. Ich bin halt so. Jessasmariaundjosef, nochmal.« Damit nahm sie das Mädchen einfach in den Arm, um sie gleich darauf wieder eine Armlänge von sich wegzuhalten und ihr fest in die Augen zu sehen.

»Aber du kommst mir net aus, Gretlin. Es wäre das erste Mal, dass es irgendeiner Frau bei diesem Hurenbock da unten in der Laimgrube gut gehen würde. Mir kannst du es sagen, glaub mir, ich vertrag das schon.« Damit klopfte sie dem Mädchen stärker als beabsichtigt auf die Schulter, dass Gretlin unwillkürlich einen Hopser nach vorn machen musste, um nicht zu stolpern.

»Also raus damit, was war da los! Sag einfach alles, frei von der Leber weg. Bei der Yrmel ist jedes Geheimnis gut aufgehoben, und vor dem Köter brauchst dich ja sowieso nicht genieren.« Weinberl ließ nur seine Augen von rechts nach links rollen und drehte sich mit einem Seufzer auf die andere Seite, noch näher zum warmen Ofen.

»Da war schon was. Na, der stinkende Bock«, gleich darauf zog die Schamesröte ins Gesicht des Mädchens, bevor sie noch hastig hinzufügen konnte, »so haben ihn Elsbeth und Dorthe immer genannt, und die anderen Frauen haben sogar noch Schlimmeres über ihn gesagt …«

Mit einer Handbewegung wischte Johanna die Bedenken des Mädchens weg. »Klar, ich kenn dieses Schwein Merckel, weiter aber jetzt, was ist passiert?«

»Also er hat mir halt immer so aufgelauert, wenn die Elsbeth beschäftigt war, also wenn sie mit einer Kundschaft in der Kammer war, also wenn ich nicht reindurfte zu ihr, also wenn sie einfach keine Zeit für mich hatte, also …«

»Mädchen, Mädchen«, unterbrach sie da Johanna beschwichtigend, »du brauchst in der Küche eines Klosters der Büßerinnen, also an einem Ort, wo ehemalige Dirnen aus- und einmarschieren, nicht dermaßen herumzustottern. Glaub mir, wir wissen alle sehr genau, dass deine Elsbeth in ihrer Kammer mit der Kundschaft nicht Würfel oder Domino gespielt hat. Also weiter mit der Geschichte und halt dich nicht mit Sachen auf, die sowieso jeder weiß. Ist ja keine Niederlage für fromme Gebetsbücher da unten vor dem Widmertor, is halt ein Frauenhaus!«

Jetzt lächelte Gretlin sogar ein wenig, doch als sie fortfuhr, bekam sie wieder diesen eigenartigen, scheinbar unbeteiligten Gesichtsausdruck, der Johanna so ganz und gar nicht gefallen wollte.

»Er hat mir aufgelauert, mich angestarrt, dann hat er geschimpft und gezetert, dass ihm nur so die Spucke aus den Mundwinkeln geflogen ist«, angeekelt schüttelte sich das Mädchen, bevor es wieder scheinbar unbeteiligt fortfuhr, »dann hat er gedroht, dass ich mir mein Brot bald selbst verdienen muss. Weil ich nicht arbeite, nur im Weg herumsteh und mich so gar nicht nützlich machen kann.«

Zweifelnd sah Johanna Gretlin an. »Und weiter?«

»Nichts weiter!«

»Raus damit.«

»Was denn, da ist ja nichts!«

»Ich hab wenig Geduld, Mädel. Das hast du vielleicht schon bemerkt, also was war?«

»Nichts Besonderes.«

»Gretlin!«

»Nichts, an das ich mich besonders erinnere ...«

»Gretlin, der Hurenbock belässt es nicht beim Schimpfen, das ist so klar wie das Amen im Gebet. So klar, wie man pieseln muss, wenn man zu viel getrunken hat.«

Verschreckt fuhr Gretlin auf, sah hilfesuchend zu Yrmel, die ihr beruhigend zunickte und auf Johanna deutete.

Johanna sagte ruhig zu Gretlin: »Yrmel meint, dass du mir ruhig alles sagen kannst. Sie hat das auch getan, ohne Worte, aber wir haben uns auch so verstanden, nicht, Yrmel?«

Damit wandte sie sich um, und beide Frauen nickten sich zu.

»Also, was jetzt?«, unerbittlich setzte Johanna dem Mädchen zu, »ich will wissen, was passiert ist! Warum bist du so verschreckt hier bei uns hereingeschneit und warum um Gottes willen tust du jetzt so, als ob dich das alles nichts angehen würde?«

Gretlin trat einen Schritt zurück und heftete ihren Blick auf den Boden.

In kurzen, abgehackten Sätzen berichtete sie vom Leben im Haus vor dem Widmertor. Dass sie sich stets im Dunkeln versteckt hatte, kaum auf die Gasse getreten war, um dem Frauenwirt nicht in die Finger zu geraten. Bei jeder Gelegenheit hatte er ihre kaum entwickelten Brüste befingert, ihr zwischen die Beine gegriffen, sie an den Haaren gefasst und den Kopf in den Nacken gebogen, um sie küssen zu können.

»Warum überrascht mich das nicht?«, murmelte Johanna und setzte ihr Verhör fort: »Hat er dir Gewalt angetan?« Auf den fragenden Ausdruck auf dem Gesicht Gretlins wurde sie genauer. »Ist er dir da unten«, damit zeigte sie zwischen die Beine des Mädchens, »mit mehr als nur mit seinen verdammten, dreckigen Mistfingern zu nahe gekommen?«

Verlegen senkte Gretlin den Kopf: »Also einmal, da hat er schon seine Beinkleider heruntergerissen und meinen Kittel hinaufgeschoben, aber die Elsbeth, ach, meine Elsbeth …«, damit schluchzte das Mädchen laut auf, »die hat was geahnt, ist aus der Kammer gekommen, hat ihn gleich von hinten gepackt und ist mit ihm zurück in ihr Bett gegangen, da ist er gern mitgegangen, mich hat er dann in Ruhe gelassen, bis auf das Geschimpfe halt, und eine Ohrfeige hat er mir vorher auch reingehaut, aber das hat mir sowieso nichts ausgemacht. Besser eine Ordentliche ins Gesicht, als die Küsserei von diesem Widerling.«

Johanna nickte mit starrem Gesicht. Mehr war da nicht zu sagen. Sie sah zu Yrmel hinüber. Auch sie nickte nur. So war das eben.

»Aber ich bin schon zu etwas nutze, oder, Johanna? Ich bin nicht faul und verstockt, nur weil ich das da«, damit zeigte Gretlin zwischen ihre Beine, »mit dem Hosenlatz da, du weißt schon, nicht ausstehen kann und den faulen Atem und die sabbernde Zunge und die rauen, schmutzigen Finger. Oder, Johanna, das macht nichts, gell?«

Johanna sah sie mit traurigen Augen an. Alles Distanzierte und Engelhafte war gewichen, zurück blieb ein verängstigtes, gequältes junges Ding.

»Jetzt sag doch was«, sprudelte das Mädchen plötzlich nur so hervor, »das macht nichts, oder? Ich mag das nicht, wenn die Männer so nach Wein stinkend daher kommen, so laut reden, einen überall anfassen, ich hab so viel davon gesehen, Johanna, ach so viel davon …« Damit schluchzte sie hemmungslos, und als Johanna und Yrmel sie halten wollten, riss sich Gretlin los, setzte sich zu Weinberl auf den Boden und umarmte die stinkende Hündin. Sich und das Tier hin und herwiegend murmelte sie: »Du musst mir nur sagen, was ich zu tun habe. Ich kann arbeiten, wirklich, ich putze und koche und scheuere und helf dir, wo ich kann, Johanna. Ich will nur nicht allein sein und ich will mit keinem Mann in die Kammer gehen. Ich will hier bleiben, Johanna, kann ich hierbleiben, kann ich da in der Küche bleiben?« Mit tränenden Augen und völlig erschöpft von den Erinnerungen kauerte Gretlin zu Füßen Yrmels neben Weinberl.

Erneut schüttelte ein Schluchzen das Mädchen: »Es ist nur wegen mir passiert, die arme Elsbeth. Ich wollte so gern mit, weißt du, Johanna, auf den Festzug, wo der Herzog uns alle eingeladen hat, in den schönen, neuen blauen Kleidern. Da wollt ich so gern mit. Ich wollte nicht mehr nur im Haus bleiben. Da draußen war es so schön und bunt.« Traurig blickte sie zu Weinberl und streichelte sie abwesend. »Der Elsbeth war das gar nicht recht. Sie hat gemeint, dass sie da nicht so gut auf mich aufpassen kann. Aber ich wollte so gern, und da hat sie dann ja gesagt. Und jetzt ist sie tot, die Elsbeth. Ich weiß gar nicht, was ich machen soll. Ich kann auch niemanden fragen, denn ich hab immer nur die Elsbeth gefragt, und die hat mir dann immer gesagt, was ich tun soll. Kannst du mir jetzt vielleicht sagen, was ich tun soll? Johanna, kann ich dich jetzt fragen?«

»Elsbeth hätte dich auch nicht ewig schützen können, Mädchen. Mich wundert es sowieso, dass sie es so lang geschafft hat.« Und dieser elende Hurenbock dich nicht einfach geschnappt und sich mit dir vergnügt hat, dachte sie bei sich. Laut seufzend stützte sich Johanna auf den Tisch und schüttelte sich. Fragend sah Gretlin zu ihr auf. Weinberl rückte näher an das Mädchen und legte ihren Kopf in deren Schoß. Auch die Hündin sah zu Johanna.

»Ja, Kreuzdonnerwetter, jetzt schaut's mich halt beide nicht so an, als wär ich der Erzengel Gabriel.« Erschreckt fuhren die beiden zusammen. Yrmel, um Beruhigung bemüht, strich Gretlin sanft über die Schulter und brummte Weinberl zu.

»Also Yrmel, dieses Getue um diese räudige Hündin gewöhnst du dir schnell wieder ab. Das bringt keinen weiter.« Johanna schüttelte resolut den Kopf und knallte wieder einmal den Brotteig auf das Holzbrett. »Immer mir passieren solche verzwickten Sachen, dieses Mädchen, dieser Köter …« Daraufhin war es mucksmäuschenstill.

Nach einer endlos langen Pause beugte sich Johanna zu Gretlin, nicht ohne sich vorher das stumme Einverständnis der wartenden Yrmel geholt zu haben, und redete in einer für sie erstaunlich moderaten Lautstärke: »Also Mädchen, so schwer war das doch gar nicht, uns die Wahrheit zu sagen, oder?« Gretlin nickte kaum merklich, aber es rannen ihr immer noch Tränen über die Wangen, was Johanna mehr zu schaffen machte, als sie zugeben wollte und konnte.

Es hatte sich annähernd so zugetragen, wie sie bereits vermutet hatte. Das machte die Sache nicht leichter. Gretlin war also tatsächlich die erste Jungfrau, die hier in Hieronymus Zuflucht suchte. Das durfte niemand erfahren, soviel stand fest. Als Erstes musste sie Zeit gewinnen, um diesem Kind Gelegenheit zu geben, sich zu fangen und um zu überlegen, was sie mit diesem Mädchen, das scheinbar niemanden hatte, der sich um sie kümmern konnte, machen sollte.

»Also, wir machen das so«, damit räusperte sie sich vernehmlich, »du wirst vorerst einmal niemandem erzählen, was dir widerfahren ist, da unten,« damit zeigte sie wieder zwischen die Beine, oder vielmehr, was dir Gott sei Dank nicht widerfahren ist, dachte sie bei sich und blickte Yrmel vielsagend an, die unmerklich nickte und die Augen niederschlug.

Dann setzte sie wieder laut fort: »Wir werden mutig sein, wir beide. Wir gehen zur Meisterin und bitten sie, dich hier zu behalten.« Auf dieses Leuchten in den Augen Gretlins reagierte sie sehr schroff:

»Aber so einfach ist das nicht. Ich hab schon Yrmel und Marlen am Hals, hier in der Küche. Ich muss mir was einfallen lassen, was eine weitere Arbeitskraft rechtfertigt.« Betreten blickte Yrmel zu Boden.

»Ja, mei, jetzt sei doch nicht gleich so angfressen, Yrmel. Ich versuch es ja!« Schnaubend wandte sich Johanna wieder dem Teig zu, der ein wenig aufgegangen war und eigentlich gar keine Behandlung mehr brauchte. Aber wie üblich konnte sie besser Gedanken ordnen, wenn sie hemmungslos auf etwas eindrosch.

»Na dann schauen wir einmal. Meisterin Cäcilie kann ich nur mit Geld ködern. Was anderes interessiert sie nicht. Und ich kann nur etwas mit meinem Essig zaubern, denn da kenn ich mich wirklich aus. Irgendwas Gesundes, Reines. Was jetzt zum Frühling passt, fasten, putzen, sauber sein … Fällt euch dazu etwas ein?«

Yrmel runzelte die Stirn, stemmte die Arme in die Hüften und drehte sich in der Küche herum. Gretlin streichelte Weinberl und machte keine Anstalten, sich von ihrer zusammengekauerten Haltung vor dem Ofen zu erheben. Sogar die Hündin schaute gelangweilt drein.

»Na, eine große Hilfe seid ihr beide mir ja nicht unbedingt. Von dir, du Viech, red ich erst gar nicht.«

Yrmel blieb abrupt stehen und starrte auf eines der Holzregale. Johanna, die sich wieder dem Teig widmete, brummelte dabei vor sich hin:

»Essiggurkerln, eigelegte Birnen, Zwetschken, Marillen. Hab ich alles schon, mein Gott, ich brauch was Neues, sonst beißt der alte Truthahn nicht an!«

Fast lautlos erhob sich Gretlin und verständigte sich gestikulierend mit Yrmel. Als beide ein Glas Salbei und Honig vor Johanna hinstellten, sah diese die beiden verständnislos an.

»Also was soll das denn, Salbei frisst mir doch keiner der Wiener, so grauslich ist der, und Kräuteressig mit Kerbel, Estragon, ja sogar mit Pfefferoni und Knoblauch hab ich schon.«

Aber Yrmel gab nicht auf und zeigte mit dem Finger in ihren Mund.

Johanna schüttelte den Kopf. »Weißt du, Yrmel, möchtest nicht endlich mal etwas *reden*, denn dein Herumgewachel geht mir schon so was von auf die Nerven!« Sofort bereute sie ihren Ton und setzte versöhnlicher fort:

»Vielleicht weiß Gretlin, was du meinst.«

Yrmel warf den Kopf zurück und machte ein gurgelndes Geräusch, dann deutete sie wieder in ihren Mund.

»Ich weiß auch nicht«, meinte Gretlin zaudernd.

Schon etwas ungeduldiger packte Yrmel die arme Weinberl, riss ihr das Maul auf, roch an ihrem Schlund und machte ein herzzerreißend angewidertes Gesicht.

»Dass das Hundsviech stinkt wie ein dreckiges geheimes Gemach, brauchst mir nicht zu sagen, Yrmel, das riecht man ja zehn Ellen gegen den Wind«, lachte Johanna.

Gretlin, dankbar über die aufgelockerte Stimmung, meinte: »Das ist aber nix gegen den Gestank vom Frauenwirt, da sind auch gleich die Fliegen um ihn herumgeschwirrt, so hat der gestunken.«

Augenzwinkernd lachten beide und bemerkten nicht, dass Yrmel zornig den Kopf schüttelte und sich mit der flachen Hand an die Stirn schlug.

»Wer lacht denn da so laut, und warum bin ich da nicht dabei«, polterte plötzlich Marlen in die Küche, »ich hab ein bisschen Spaß nötig, das kann ich euch sagen, dieses Chorgebet, das schafft einen, diese ewigen Hymnen, deutsche Hymnen, fade Hymnen. Könnt ihr euch das vorstellen?« Ohne eine Antwort abzuwarten, quasselte sie weiter: »Heute hatte ich so ein Pech, ich musste neben der Meisterin sitzen. Also eines kann ich euch sagen, die hat einen dermaßen durchdringenden Mundgeruch, dass einem selbst der Atem wegbleibt. Ich hab mich gar nicht singen getraut, weil ich vor dem nächsten Einatmen Angst gehabt hab. Also wie die stinkt, aber kein Wunder, wenn man nur Zwiebeln und Knoblauch frisst, so wie die. Ich hab das dann der Dolores erzählt, ihr wisst schon, die Dolores«, alle wussten, dass Dolores die zweite der Nonnen des Magdalenen Ordens war, aber sich im Gegensatz zu Marlen an das Schweigegelübde hielt, »also die Dolores hat die Nase gerümpft, weil reden tut die ja gar nix, so eine Langweilige, die Dolores, sag ich euch, und die zeigt mir dann so ein Kraut, ich glaub der Salbei war das, aber so zerknittert und welk, wie der ausschaut, und dann steckt sie sich so einen Zweig in den Mund, kaut herum, die Dolores, und dann haucht die mich an. Also gestunken hat die nicht, und ich mein halt, das ist sonderbar, weil die frisst ja mindestens genauso viel Zwiebel und Knoblauch wie die Meisterin, und ich denk mir, also … was ist denn, warum starrt ihr mich denn so an?«

Johanna und Gretlin blickten wie gebannt zu Marlen und dann zu Yrmel, die aufgeregt auf den Essig zeigte und auf den Topf mit Salbeikraut. Den Honigtopf stellte sie mit Nachdruck daneben. Es schien ganz so, als wäre Yrmel eine gute Beobachterin und hätte schon des Öfteren mit den Ausdünstungen der Meisterin beim Chorgebet zu tun gehabt!

Jubelnd ging Johanna auf Marlen zu und drückte sie euphorisch an ihre Brust. »Marlenchen, so dämlich bist du gar nicht, du gehst uns zwar allen auf die Nerven mit deinem Gefasel, aber heute hast du was gut bei uns.« Damit küsste sie die Verdatterte so fest auf die Wange, dass diese nur ein verhaltenes »Sag ich doch« herausbrachte und verstummte, was ja selten genug vorkam.

»Natürlich, Yrmel, wunderbar«, rief Johanna, »warum ist uns das nicht gleich eingefallen.«

»Genau«, rief Gretlin, »das ist so ein guter Gedanke!«

»Was denn, bitte?«, rief Marlen dazwischen, aber niemand hörte ihr zu.

»Also der Salbei ist schon einmal klar, dann können wir auch noch Minze oder Melisse dazugeben, damit man den Salbeigeschmack ein bisschen verbessert«, redete Johanna ein wenig schneller als sonst.

Yrmel nickte begeistert.

»Und Honig, vergiss den Honig nicht, Johanna«, steuerte Gretlin bei.

»Aber sicher, und den Essig. Aber es fehlt noch was, was Außergewöhnliches, was alle aufhorchen lässt ...«

»Was lässt alle aufhorchen«, wieder hörte Marlen keiner zu.

Da schlug Johanna auf ihren Teig ein und schrie fast: »Ich hab's, Kinder, ich hab's! Rittersporn, Hortensien, Geißblatt ... nein Schmarrn, das ist giftig ... ich brauch was, was gut riecht und etwas ungewöhnlich ist ... ich brauch ... lass mich nachdenken, ich probier's, wartet mal ein bisserl, wie wär's mit ... Veilchen.«

»Veilchen?«

»Ja, die blühen jetzt wie närrisch in den Donauauen.«

»Also wir haben jetzt Honig, Salbei, Minze, Melisse und natürlich deinen Essig, Johanna. Ich glaube, das war's. Ach so ja, die Veilchen. Was meinst du Yrmel!«, fragte Gretlin.

Verdattert sah Johanna zu Gretlin. Das Mädchen war in ihrer Begeisterung nicht wiederzuerkennen. Niemand hätte geahnt, dass sie noch vor Kurzem aufgelöst und schluchzend in der Küche gehockt war. Auch die sonst so zurückhaltende Yrmel wirkte plötzlich wie ein junges Mädchen, was sie ja in Wirklichkeit war, und nicht wie ein verstörtes, ängstliches Ding. So wunderte es Johanna auch nicht, als diese begeistert nickte und in die Hände klatschte.

»Bitte was?«, Marlene sah von einer zur anderen, »vielleicht erklärt mir eine, was los ist?« Nichts war quälender für die neugierige kleine Nonne, als in Unwissenheit gehalten zu werden. Johanna beschloss, sie nicht länger auf die Folter zu spannen.

»Aber gern, Marlen, wir überraschen unsere Meisterin mit einer neuen Essigspezialität. Hilft garantiert gegen Mundgeruch: Gurgelwasser vom Kloster Sankt Hieronymus, mit Veilchen. Wir nennen es«, damit schlug sie wieder den Brotteig, »wir nennen es, lasst mich nachdenken …«

»Veilchentrunk«, kam es von Marlen.

»Schmarrn«, konterte Johanna, »So verkauft sich das nicht. Ihr wisst doch, der Wiener ist verwöhnt und braucht überall eine Geschichte dazu.«

»Blütenessig«, flüsterte Gretlin.

»Schmarrn.«

»Mundwohlgeruch«, kam es von Marlen.

»So was von Schmarrn.«

»Frühlingsessig«, meinte Gretlin.

»Passt nicht z‹amm. Frühling und Essig. Obwohl Frühling hat schon was …«

Es wurde still in der Küche des Klosters. Hätte Nachdenken ein Geräusch gemacht, wäre hier wohl ein Höllenlärm ausgebrochen. Alle wollten einen möglichst guten Namen erfinden, damit das Gurgelwasser nur ja durch viele Wiener Hälse rinnen würde!

Johanna murmelte: »Veilchen, Salbei, Frühling, Duft, Blumen, Geruch, Minze, Luft …«

Marlen meinte: »Das ist mir jetzt aber echt zu langweilig, nenn dieses Gesöff doch, wie du willst. Außerdem passiert hier sowieso nie etwas so, wie es Magdalena Apolonia will«, damit klopfte sie sich theatralisch auf die

Brust, »sondern es passiert nur das, was Johanna Maipelt wünscht.«

»Wie heißt du?«, unterbrach sie Gretlin und sah überrascht Johanna an, »Maipelt, das ist ein schöner Name. Klingt auch wie Frühling.«

Plötzlich hellte sich die Miene von Johanna auf, und mit Schwung knallte sie den Teig in die vorbereitete Form. »Mailufterl.« Nach einer kleinen Pause fuhr sie nachdenklich fort:

»Ja, das könnte so gehen. Mailufterl, ja das gfallt ma gut.«

Gretlin und Yrmel nickten, und Marlene schaute ratlos drein. Nur Weinberl drehte sich einmal im Kreis, stöhnte und legte sich wieder hin. Die Verdauung machte ihr halt zu schaffen, aber mit ein bisschen Bewegung lässt sich ja die größte Blähung leichter in die Luft setzen. Mit einem Geräusch, das an einen altersschwachen Blasebalg erinnerte, schaffte sich die Hündin Erleichterung und rollte sich wieder vor dem Ofen zusammen.

Naserümpfend schrie Johanna: »Bringt's das Viech hinaus, das stinkt mir alles voll hier.«

Verzweifelt rang sie die Hände: »Von wegen Mailufterl. Wie soll ich mich da auf meine Arbeit konzentrieren, wenn ich inmitten von Hundefürzen steh. Kein Mensch kann da an Veilchen denken, das Viech stinkt einfach nur nach faulen Eiern.«

Aber niemand reagierte, weder Gretlin noch Yrmel oder Marlen machten Anstalten, die räudige Hündin an die Luft zu setzen. Fast schien es, als erwarte Johanna das gar nicht, und so brummelte sie weiter so vor sich hin, während sie die Mahlzeit für die Büßerinnen bereitete. Hinter ihrer umwölkten Stirn aber formten sich die Gedanken rund um ihr Gurgelwasser, und sie wusste, dass Cäcilie nicht würde widerstehen können, wenn sie ihr das Mailufterl vorstellte. Sicherlich nicht wegen ihrem eigenem Mundgeruch, das einen unweigerlich an in der Gosse aufgeweichten Katzenkot denken ließ, sondern wegen der Silberlinge, die ihr im Säckel blieben, wenn der eitle Wiener seine Fahne im Veilchenduft zu ertränken versuchte. Zweifellos: Gretlin weiter im Kloster zu halten, war sie einen bedeutenden Schritt näher gekommen, aber noch nicht nahe genug, das wusste sie, denn sie kannte die Meisterin in- und auswendig. Gierig würde sie sich auf den neuen Essig stürzen und im Geiste bereits den Gewinn zählen, aber unweigerlich würde die Frage kommen: »Und was hat das mit dem Mädel zu tun? Was gedenkst du zu tun, Johanna?« Hannerl hörte die krächzende Stimme Cäcilies in ihrem Kopf, wie wenn sie direkt neben ihr stehen würde. Ärgerlich klopfte sie weiterhin den Teig, natürlich sollte sie sich um alles kümmern. Entweder sie schaffte es, Gretlin als unverzichtbaren Teil des Mailufterls darzustellen, oder das Mädchen wurde bei nächstbester Gelegenheit aus dem Kloster weggeschickt. Am besten, sie nahm es gleich in Angriff, der Lösung dieser schwierigen Angelegenheit näherzukommen. Unangenehme Dinge auf die lange Bank zu schieben, war nicht die Art Johannas.

»Du, Gretlin«, begann sie daher gleich, obwohl ein wenig zaudernd, »gibt es eigentlich irgendetwas, das du besonders gut kannst?«

Überrascht blickte das Mädchen auf, das zusammengekauert bei Weinberl saß und der Hündin den schlammverkrusteten Bauch massierte. Mit gerümpfter Nase betrachtete Johanna das Bild, und als sie zu Yrmel blickte, sah sie deren alarmierten angstvollen Blick. Schulterzuckend und scheinbar harmlos fuhr sie fort: »Na weißt du, es ist deshalb, Mädchen: Im Büßerinnenkloster hat jede Frau ihre Aufgabe.

Natürlich neben den Kirchgängen und den Gebeten.« Selbstgefällig nickte Johanna.

»Warum gehst du nicht auch in die Kapelle und betest, Johanna?«, fragte Gretlin unschuldig und wusste dabei gar nicht, dass sie damit den Nagel auf den Kopf getroffen hatte.

Kurz sah Johanna zu Yrmel, die plötzlich ganz vertieft und abwesend ihren Salbei zerpflückte.

»Weißt du, bei mir ist das ein bisschen anders. Ich bin ja die meiste Zeit in der Küche und hab immer so viel zu tun. Irgendjemand«, damit hüstelte Johanna etwas verlegen und sah verstohlen zu Yrmel, die weiterhin unbeteiligt ihre Kräuter zupfte, »also irgendjemand muss ja schauen, dass alles in Ordnung ist.«

»Kann ich das denn nicht auch, in der Küche bleiben und dir helfen, zu schauen, dass alles in Ordnung ist, Johanna?« Unschuldig schlug Gretlin ihre blauen Augen nieder, um gleich darauf zu Johanna hochzublicken und sie bittend anzusehen. Wenn sie nicht genau wüsste, dass Gretlin ein unerfahrenes kleines Ding war, könnte sie fast annehmen, sie wäre so ausgekocht, wie die Hühnermamsell am Petersmarkt. Die, die einen immer mit den Innereien betrügen wollte und statt der ganzen nur die halbe Leber in das ausgenommene Hendl steckte.

»Da hat die Meisterin noch ein Wörtchen mitzureden, Gretlin«, meinte sie jetzt ein wenig schärfer, »und ich kann mir nicht vorstellen, dass sie mir neben Marlen und Yrmel noch eine Küchenhilfe zubilligt.« Erschrocken ließ das Mädchen den Köter sein, sprang flink auf die Beine und wimmerte: »Was wird aus mir, Johanna, was kann die Meisterin denn sonst mit mir anstellen, ich will nicht weg, ich will nicht zurück zur Laimgrube, ich …«

»Das weiß ich auch«, unterbrach Johanna sie forsch, »umso wichtiger ist es, dass wir uns etwas einfallen lassen. Also denk nach und sag mir einfach, was du besonders gut kannst! Irgendwas wird es doch in Dreikönigsnamen geben, was du zusammenbringst!«

Angstvoll und mit rotem Kopf dachte Gretlin nach, nervös knetete sie dabei ihre Finger, fuhr sich dazwischen mit den Händen durch das Blondhaar, nestelte am Gürtel ihres Kittels und bot alles in allem einen höchst erbärmlichen Anblick. Weder Johanna und schon gar nicht Yrmel konnten sich diesem Gefühl von Hoffnungslosigkeit entziehen, und Johanna setzte barscher als beabsichtigt fort: »Bei uns teilen sich die Frauen die Arbeit. Die einen waschen die Wäsche, zwei betreuen den Küchengarten gleich hinter der Pforte, eine schmückt die Kapelle, ein paar von uns haben auch ihre kleinen Bälger zu versorgen, wie du sicher schon mitbekommen hast, und die meisten von uns«, hier bekam ihre Stimme einen stolzen Unterton, »sind mit der Herstellung von meinem Essig beschäftigt. Obst und Gemüse waschen, putzen und in Stücke schneiden. Den Sud bereiten, Kräuter und Gewürze zerkleinern …«

Johanna blickte zu Gretlin, die weiterhin schweigend und ängstlich in der Klosterküche stand und sich mittlerweile auf die Unterlippe biss. Wohl, um nicht in Tränen auszubrechen, vermutete Johanna und fuhr versöhnlicher fort: »Aber wenn du nicht kochen oder gärtnern oder waschen kannst, dann haben wir ja auch andere Arbeiten. Schau, es gibt auch ganz besondere Beschäftigungen, denn mittlerweile sind zwei Büßerinnen mit Töpfern beschäftigt, weil wir so viele irdene Krüge und Töpfe in ganz unterschiedlichen Formen brauchen, für den Essig, weißt du! Vielleicht findest du auch etwas für dich, denk nach!«

Mit zusammengekniffenen Augen stand Gretlin da, leicht vornübergebeugt und sah ins Leere. Als Johanna schon im Begriff war, die Nerven zu verlieren und zu einem verbalen Befreiungsschlag Luft holte, fasste sie Yrmel fest am Ellenbogen und schüttelte den Kopf. Johanna atmete hörbar aus und seufzte. Eine weitere Zeitspanne, wo nichts außer dem Schnarchen des Hundes zu hören war, verstrich. Noch immer stand Gretlin unbeweglich da. Plötzlich kam Leben in die Gestalt des Mädchens, und freudestrahlend wandte sie sich an die wartende Johanna: »Ich glaube ich weiß, wie ich helfen kann!«

»Na also«, meinte Johanna erleichtert, »wusste ich doch, dass du etwas besonders gut kannst!«

»Ja!«

»Was ist es denn?«

»Also die Frauen waren immer ganz begeistert davon.«

»Womit?«

»Ganz aufgeregt waren sie immer, wenn ich ein Stück fertig hatte! Ganz aufgeregt …«

»Was für ein Stück?«

»Und was für Freude mir das gemacht hat. Dass mir das nicht gleich eingefallen ist.« Vor Begeisterung drehte sich das Mädchen um die eigene Achse und umarmte danach etwas schwindlig Yrmel, die wartend und neugierig danebenstand.

Mit einem Willen zu Geduld und Nachsicht, der für Johannas Temperament mit den Qualen der heiligen Katharina zu vergleichen war, als sie ans Rad gebunden wurde, setzte sie scheinbar freundlich und ruhig an: »Gretlin, wir würden uns ja so gern mit dir freuen, wenn du uns bitte sagen würdest, *was* du so besonders gut zuwege bringst!« Mit etwas lauterer Stimme setzte sie nach: »Und das, Mädchen, ein bisserl hurtig!«

»Ach ja …«, damit blieb Gretlin stehen, faltete die Hände wie zum Gebet und meinte triumphierend: »Sticken, ich kann besonders gut sticken, mit Seidenfäden auf ganz feinem Gewebe oder sogar Goldgrund für Haarbänder, kleine Täschchen, Börsen …«

»Heilige Muttergottes!«, entfuhr es Johanna, und mit einem Plumps ließ sie sich auf den nächstbesten Sitz fallen. Ermattet fuhr sie sich mit den mehligen, vom Teigkneten müden Händen übers Gesicht.

Die erste Jungfrau im Kloster zu behalten, würde einem Meisterstück in Überredungskunst gleichkommen. Um Gretlin hier länger Unterschlupf gewähren zu können, musste sie Cäcilie nicht nur das Mailufterl, sondern auch noch ein stickendes Mädchen schmackhaft machen.

»Also Gretlin, genau das brauchen wir wohl im Kloster Sankt Hieronymus ganz dringend. Haarbänder und Börsen … Der Heilige Antonius steh mir bei, dass ich bei der Meisterin die richtigen Worte finde!« Zur Bekräftigung schlug Yrmel ein Kreuz und schüttelte nachdenklich den Kopf.

Unruhig hüpfte Sander von einem Fuß auf den anderen. Immer wieder blickte er sich suchend um. In regelmäßigen Abständen ging er aus dem weitläufigen Areal des Köllnerhofes durch die breite Durchfahrt, die auf die Fleischbänke hinausging, um sich umzusehen, dann stakste er zum anderen schmäleren Durchlass, zum Grashof, und blickte wieder in beide Richtungen. Nichts, dachte er, rein gar nichts.

Im Hof dieses vornehmen Hauses herrschte großes Durcheinander. Jene Hochzeitsgäste, die von weit herkamen, hatten hier im Köllnerhof Quartier gefunden. Nur die Vornehmsten, versteht sich, denn Martin Antoin, der Besitzer dieses Anwesens, nahm keinen Pöbel auf. Als Kanonikus war er von höchster Stelle hier am kaiserlichen Hof eingesetzt worden und vertrat die Interessen des Hochstiftes Köln. Nur sehr reiche Handelsherren aus den deutschen Landen hatten hier ihre Niederlassungen und durften von diesem ehrwürdigen Hause aus die Geschäfte führen. Das drei Stockwerke zählende Gebäude mit den Ecktürmen sah ehrfurchtsgebietend aus und war so weitläufig, dass sich der große Ziehbrunnen im Hof, die angebauten Stallungen und das Pförtnerhaus wie Miniaturausgaben ausnahmen. Selbst jetzt, als etwa drei Dutzend Menschen wie Stallburschen, Knappen, Dienstmägde, dazu mindestens genauso viel Pferde und Maultiere sich hier tummelten, um zu satteln, Gepäck aufzuschnallen, Proviant herzurichten und sich für die Reise fertig zu machen, war im Hof noch Platz genug. Auch die hohen Herren waren in den großen Wohnräumen der oberen Stockwerke zufrieden und kamen nur langsam und ein wenig widerwillig zu ihren jeweiligen Trossen und ließen sich in den Sattel helfen. Wer mochte gern den Luxus hier gegen unbequeme Saumpfade, feuchte Reisekleidung und billige Absteigen tauschen? Aber letztendlich waren sie alle da. Die Herren von Enns, die Schaunberger, allen voran Ulrich, machten sich für die Heimreise fertig, und jede Menge Verwandtschaft der Braut Beatrix aus Nürnberg war bereit, sich dem Tross, der zur gleichen Zeit bei der Herzogsburg in Marsch gesetzt wurde, anzuschließen. Alle waren da, dachte Sander frustriert, nur ich bin allein. Nun, sein Oheim, der Patriarch von Aquileia Bernhard von Randegg, war in der Kapelle des Hauses, die dem Heiligen Philipp geweiht war, und sich wenige Schritte entfernt im Köllnerhof befand. Er muss schon seit mindestens einer Stunde in diesem kleinen Gotteshaus auf den Knien liegen, dachte Sander. Fast war er froh, dass er ihm nicht unter die Augen treten musste, denn seit dem Erlebnis vor ein paar Tagen hatte sich zwischen den beiden, dem Oheim und seinem Mündel, etwas verändert. Sander verstand seinen Vormund, der stets gerecht und hilfsbereit gewesen war, nicht mehr. Warum nur hatte er die beiden, die tote Frau und vor allem das verletzte Mädchen, einfach so liegengelassen, geschunden, verschreckt und in der Gosse liegend? Es war ihm, der sonst keinerlei Schwierigkeiten hatte, mit seinem Oheim zu sprechen, nicht gelungen, ein klärendes Wort aus ihm herauszulocken. Bernhard von Randegg zog es vor zu schweigen und wollte in Ruhe gelassen werden. Er war reizbar und verstimmt und betete nun schon über eine Stunde im Morgengrauen in einer kleinen, kalten Kapelle. Soll sein, dachte Sander und dachte daran, wie Ewald und er in den letzten Tagen sich selbst überlassen waren und eben auf eigene Faust Wien erkundeten. War sehr lustig gewesen, weil Ewald keine Gelegenheit ausließ zu scherzen, zu singen und mit den Wienern Schabernack zu treiben. Doch schon bald ging Ewald eigene Wege und hing immer wieder mit einem gewissen Heinrich dem Teichner und einem Peter Suchenwirt zusammen, beide Dichter. Kennengelernt hatte er sie über Hugo von Montfort, der beste Beziehungen zum Hof hatte und ebenfalls Lieder schrieb. In der Gesellschaft dieser jungen Männer, die sich ganz der Dichtkunst und dem Gesang verschrieben hatten, fühlte sich Sander als Außenseiter. Er wollte es sich zuerst nicht eingestehen, aber eigentlich vermisste er die starke und sichere Hand seines Oheims, seine lustigen Geschichten, seine Erklärungen und Unterweisungen, die ihn bisher geleitet hatten, sehr. Mittlerweile vermisste er auch Ewald – wo war er nur? Hing er wieder mit seinen Dichterfreunden herum? Zu nachtschlafender Zeit hatte er sich von seinem Strohsack erhoben und dem noch schlaftrunkenen Sander zugeflüstert, er müsse sich dringend verabschieden gehen. Das war jetzt schon Stunden her! Wo war der lebenslustige Bursche nur abgeblieben? Wieder ging Sander Richtung Grashof, lugte in beide Richtungen und sah – niemanden. Kurzerhand, des unnützen Wartens müde, beschloss er, auf die Suche nach Randeggs Knappen zu gehen. Dem nächsten Burschen seines Trosses, der an ihm vorbeilief, trug er auf, seinen Oheim in Kenntnis zu setzen, und konnte nur hoffen, dass das auch wirklich geschah. Wenn nicht, dachte Sander trotzig, dann musste der Oheim halt einmal auf sein Mündel warten, so war das eben, wenn man betete und nicht sprechen wollte.

Mit ausgreifenden Schritten durchquerte er die große Durchfahrt, die mit hellen Bruchsteinen eingesäumt war und in der Mitte das Wappen des Hochstiftes von Köln trug, ein schwarzes Balkenkreuz auf weißem Grund mit Mitra, Stola und Bischofsstab. Dann fand sich Sander wieder auf der Gasse, jener Gasse, die er auf dem Weg von den Hochzeitsfeierlichkeiten im nahen Regensburger Hof zu so später Stunde in grausiger Erinnerung hatte. Die Gedanken an die tote Frau mit dem blau aufgedunsenen Gesicht, an das Mädchen mit den verschreckten Augen und den Köter mit seinem Gifthauch und den gefletschten Zähnen ließen ihn nicht los. Immer wieder hatte er dieses Bild vor Augen und den Gestank der Mörung in der Nase. Angewidert dachte er daran, dass dieser Teil der Stadt ›Unter den Fleischbänken‹ hieß, und war sich sicher, dass er auch die nächsten Tage allem Fleisch entsagen würde, solang er diesem Geruch nicht Herr wurde. Schnell bog er rechts in ein kleines Gässchen, in den Lichtensteg, und fand sich gleichsam am Nabel der Stadt, auf dem Hohen Markt, wieder. Fast wäre er in den Pranger gelaufen. Gerade noch schaffte er es, einer Gruppe lärmender

Kürschner und Wildwerker auszuweichen, die hier, wie so viele andere Handwerker auch, ihr Zunfthaus hatten. Doch auch die Hersteller von Buckeltragkörben, die in Wien Kraxen genannt wurden, waren schon unterwegs, die Schreiner, die Taschner und die Leinwandhändler. Kein Wunder, dass hier so viel los war, dachte Sander, befand er sich doch in unmittelbarer Nähe der Schranne, die die Gerichtsbarkeit und das Gefängnis der Stadt beherbergte. Das war bitter notwendig, dachte er weiter, denn nicht weit sah er auf einer kleinen Bodenerhebung den ›Silberbühel‹, die Geldwechsler hinter ihren aufgestellten Tischen stehen und die Beutelschneider in respektvollem Abstand um sie herumschleichen. Bisher dachte Sander, dass ihm nach der grausamen Begegnung nachts nicht so leicht wieder etwas erschüttern konnte. Aber er täuschte sich, als er in einem Holzkäfig vor der Schranne einen grün und blau geprügelten Mann eingepfercht sah. Rund um ihn stand der Pöbel, bedachte ihn mit Schmähworten und bespuckte ihn. Einige der ganz Dreisten hatten bereits Steine in den Händen und peinigten den Gefangenen noch mehr. »Ziemlich ungemütlich im Narrenköttl, was?«, schnappte Sander aus dem Munde eines derben Mannes auf.

»Hättest sie net umbracht, du stinkendes Stück Dreck du«, japste ein fettes Weib und spuckte grünen Schleim auf den vor Schmerzen wimmernden Mann im Käfig.

»Vögeln ja, aber strangulieren nein, hast das net gwußt, du Drecksau«, damit landete wieder der Stein eines wütenden Mannsbildes im Narrenköttl. Sanders Neugier kämpfte mit seinem Abscheu und gewann. Er sprach einen der Umstehenden, der seiner Kleidung nach wohl ein Lodenwirker war, an: »Werter Herr, was hat der da drinnen«, damit zeigte er auf den blutüberströmten Gefangenen, »denn angestellt?«

»Also, Sie sind sicher net von da. Sonst wüssten Sie es schon, wovon ganz Wien spricht.« Bedächtig wiegte der Lodenwirker den Kopf und schien nachzudenken, ob er einem Zuagrasten, also einem, der nicht aus Wien stammte, wohl Einzelheiten anvertrauen sollte. Schließlich siegte aber die den Wienern angeborene Klatschsucht, und er lehnte sich ganz nahe zu Sander, dass dieser in den vollen Genuss eines penetranten Mundgeruchs kam, der von Bratheringen zum Frühstück stammte, und flüsterte Sander ins Ohr: »Das ist die Bestie, die die Hure auf dem Gewissen hat. Das ist der Dreckskerl, der sie erwürgt und unter den Fleischbänken in die Gosse gekippt hat. Das ist der, den man dafür hängen wird, gleich, wenn wir mit ihm, diesem Stück Scheiße, hier fertig sind. Denn da kennen wir nix in Wien, wir passen auf unsere Weiber auf, besonders auf die mit dem gelben Tüchel. Auf die mehr als auf unsere Ehefrauen, denn wir brauchen unsere Dirnen, dass wir unsere schiachen Weiber zu Hause besser aushalten!« Dröhnend lachte der Lodenwirker, klopfte Sander kameradschaftlich in die Seite und sah mit Erstaunen, wie sich der Jüngling mitten am Hohen Markt vor allen Leuten erbrach.

»Also die Welschen halten nix aus. A bisserl a Blut, a bisserl a Schreierei und schon speiben sie uns die Stadt voll. Solche Seicherln, meiner Seel«. Damit ging er mit missbilligendem Zungenschnalzen seines Weges Richtung Zunfthaus und freute sich, dass er seinen Kameraden und allen anwesenden Tuchbereitern so eine lustige Geschichte von einem kotzenden Jüngling, der sich schon in aller Frühe sein feines Wams und seine teuren Beinlinge versaut hatte, erzählen konnte.

Sander atmete tief durch, als er sicher war, dass er seinen gesamten Mageninhalt losgeworden war, und wischte sich mit dem Ärmel über den Mund. Er konnte nicht sagen, was die plötzliche Übelkeit wirklich ausgelöst hatte. Der Gestank der schwitzenden Menschen um ihn, der üble Atem des Lodenwirkers, die jämmerliche Kreatur im Käfig oder die Erinnerung an den Vorfall in der Nacht. Letzteres hat den Ausschlag gegeben, dachte er und machte sich schnell davon, um dem Gespött der Leute, die Zeuge seiner Übelkeit geworden waren, zu entkommen. Als er den Fischhof passiert hatte, der einen weiteren Anschlag auf seine schon bedienten Magennerven bedeutete, bog er schnell in die Wildwercherstraße ein. Sander glaubte, seinen Augen nicht zu trauen, als ihm der Passauer Bischof mitsamt seinem Gefolge entgegenkam. Schnell noch wollte er sich in die Einfahrt des Rathauses drücken, doch es war zu spät, der Bischof hatte Sander bereits gesehen und – was noch viel schlimmer war – wiedererkannt. Er war nicht besonders gut gelaunt, der Bischof. Eben kam er vom Passauer Hof gegenüber der Kirche Maria am Gestade. Hier unterhielt der Offizial des Bistums seinen Haushalt. Na, der war vielleicht beflissen gewesen, als der Bischof höchstpersönlich aufgetaucht war. Sofort gab er ihm die besten Wohnräume und wollte ihm jeden Wunsch von den Augen ablesen. Gut – das Quartier war zwar zu seiner Zufriedenheit gewesen, es wurde dem Vertreter des Passauer Bistums gerecht, doch das angeschlossene Bad, auf dessen Errichtung er bei seinem Untergebenen schon bei seinem letzten Besuch gepocht hatte, war unzureichend ausgestattet. Er bedauerte vor allem, dass die Badedirnen nicht seinem erlesenen Geschmack Genüge taten. Seiner Meinung nach waren sie zu alt, zu hässlich und obendrein wurden sie seinen besonderen körperlichen Bedürfnissen nicht gerecht. So war er nicht entspannt, nicht genügend ausgeruht und er wusste, dass ihn in dieser Gemütsverfassung ganz alltägliche Dinge ungewöhnlich schnell furchtbar wütend machen konnten. Und diese

Alltäglichkeiten ließen nicht lang auf sich warten in Form der Herren von Enns und derer von Wallsee.. Nun, wie gut, dass er den Spross dieses Randeggs hier traf. Der Bischof winkte den überrumpelten Sander zu sich, bedeutete ihm, neben seinem Pferd zu gehen und ihn ein Stück Weges zu begleiten. Müßig zu erwähnen, dass es ihn einen feuchten Dreck kümmerte, ob der Jüngling etwas anderes vorhatte oder vielleicht sogar in eine andere Richtung musste. Folgerichtig wischte er die Einwände und Beteuerungen Sanders, dass er seinen Freund suchen musste, einfach mit einer schlappen Handbewegung beiseite. Als Sander schließlich ergeben neben ihm hertrottete, begann der Bischof zu erzählen. Endlich hatte er ausfindig machen können, wer ihm den toten Gerfalken in der Kartause vor die Nase gehängt hatte. War alles nur eine Frage der Geduld gewesen, unterstützt von ein paar Silberlingen, und schon haben sie geschnattert wie die Gänse am Martinstag. Es war ja so leicht zu durchschauen, dieses Lumpenpack. Und dumm ist es, dieses Geschmeiß, himmelschreiend dumm. Hatte der doch wirklich das Aas des Vogels bei den Sachen dieser kleinen Kanaille, die er sich zum Vögeln mitgenommen hatte, versteckt, als Trophäe, nachdem es ihm, dem Bischof höchstpersönlich vor der Nase gebaumelt war. Und dann, über so viel Blödheit musste er ja fast lächeln, bringt er auch noch die Kleine um die Ecke, als sie plaudern will. Dann knüpft er sie mit Lederbändern zusammen und macht genau dasselbe hier in Wien mit einer Dirne. So ein ausgewachsener Trottel! Macht zweimal dasselbe. Mit Lederbändern. Der Bischof schüttelte den Kopf und bekam nicht mit, dass Sander immer bedrückter neben dessen Pferd ging. Vielmehr setzte er selbstgefällig fort, wie schnell er herausgefunden hatte, dass der Verdächtige Stallknecht bei den Wallseern war. Ganz listig schaute er drein, als er Sander erzählte, dass man Lederbandagen bei ihm gefunden hatte. Die feinen Herren von der Enns wickeln ja Bandagen aus feinstem Leder um die Beine ihrer Reittiere! Ja, die Herren von Enns und ihr Aufwand um die Pferde! Selber schuld. Jedenfalls steckte der Schuft jetzt im Narrenköttl, und da würde er nicht lang bleiben. Denn auf der Gänseweide würde er gehenkt, da kannten die Wiener nichts, ihre Hübschlerinnen waren ihnen das wert!

Sander schluckte und war froh, dass der Bischof nicht den Weg über den Hohen Markt, sondern unter den Lauben zu Sankt Peter und dann den Graben entlang zu Sankt Stephan einschlug. Er dankte Gott, dass der Bischof ihm den neuerlichen Anblick der Kreatur im Käfig unwissentlich ersparte. Daher nahm er anfangs nur sehr unaufmerksam wahr, was der Bischof ihm weiter erzählte. Erst nach und nach wurde er aufmerksamer, als er immer wieder den Namen seines Oheims hörte. Der Patriarch würde schon nichts dagegen haben, hörte er, es seien sowieso nur drei. Ein Weib, zu alt zwar fürs Bett, aber zum Stiefelputzen und für kleinere Dienste durchaus zu gebrauchen, ein Stallbursch, der halt oft seine Nase in den Branntwein steckte und ein junger Bursch, der sich gut auskannte mit allem möglichen Getier und den der Patriarch auch auf die Jagd schicken konnte. Der brachte Hasen, Rebhühner und sonst halt so Kleinigkeiten. Sander sah auf in das aufgedunsene Gesicht des Bischofs hoch zu Ross. Wovon spricht der eigentlich, fragte er sich.

»Ich hab die Drei bereits zum Köllnerhof geschickt. Also bestell deinem Onkel einen schönen Gruß und – nein, sag ihm, ich will dafür kein Geld. Das ist doch selbstverständlich!«

Zaghaft fragte Sander: »Welche Drei?«

Wütend fixierte ihn der Bischof: »Sag einmal, Bürschchen, hast du überhaupt zugehört? Ich sagte, ich bleibe in Wien, weil ich mir dieses Gesindel von den Wallseern nicht antun will und ich habe zu viele Dienstboten dabei, die ich hier nicht im Passauer Hof unterbringen kann und vor allem nicht will. Zu viele Mäuler zu stopfen. Verstehst du?«

»Und?«, fragte Sander unter Aufbietung seines gesamten Mutes.

»Die nimmst du, oder besser gesagt dein Oheim, jetzt als Geschenk von mir an und macht was weiß ich mit ihnen.«

»Aber wir haben selbst genug Dienstboten und Gesinde dabei, um das wir uns kümmern müssen. Was sollen wir denn mit den drei jetzt machen?«

»Das, mein lieber Alessandro, Edler von Randegg, ist mir gänzlich gleichgültig.«. Damit lächelte er wieder sein schleimiges, öliges Lächeln, das höchstens bis zu den Mundwinkeln reichte und die starren, stechenden Augen wohl nie und nimmer erreichen würde, und wandte seinen Blick geradeaus.

Sander kannte den Bischof von der gemeinsamen Reise zur Genüge und wusste, dass für ihn das Thema erledigt war. Er würde sich wie ein feiger Hase in seinen Hof verkriechen, sich sein Bad und das Personal nach seinen Gelüsten einrichten und warten, bis die Luft rein war und dann seine Reise ganz behaglich später antreten.

Wütend stapfte Sander nebenher und überlegte, wie er das seinem Oheim beibringen sollte. Er war so in Gedanken versunken, dass er gar nicht merkte, wie er mit Bischof und Gefolge den Rossmarkt passierte und zwischen Magdalenenkapelle und Kantorhaus hindurchschritt, um dann gleich neben dem Heidenturm an der Südwestseite des mächtigen Domes eine etwas stämmige Gestalt mit einem grünen Samtbarett auf den braunen Haaren erkennen konnte.

»Ewald, da bist du ja endlich, ich hab dich schon gesucht!« Trotz des absolut missbilligenden Blickes des Passauers machte sich Sander von dessen Begleitung los und lief zu der Gestalt, die immer noch mit dem Rücken zu ihm stand, aber mit den Armen weit ausholend mit irgendjemanden, den Sander nicht ausmachen konnte, anscheinend in ein intensives Gespräch vertieft war.

Beim Näherkommen hörte Sander seinen Freund singen:

Es ist der Frühling gekommen,
Er trägt ein blühend Gewand
Von Purpur und Duft umklommen,
Erhebt er die Blumenhand;
Es blüht ein Veilchen gar wonnesam,
Der liebende Frühling ist der Bräutigam,
Er küsst und liebt es inniglich,
Das zarte Veilchen, wie freut es sich.*

Erstaunt packte Sander seinen Freund am Ärmel, drehte ihn zu sich herum und fragte zaghaft: »Mit wem sprichst du, Ewald?«

»Mit meinem Freund!«, kam es prompt.

Sander starrte auf das gotisch geschmückte und mit hohen Fenstern versehene Langhaus des Domes und konnte bei bestem Willen niemanden erkennen.

»Sag bloß, du kennst weder meinen Freund noch die Geschichte vom Veilchenfest?«, entrüstete sich Ewald und sah ganz verzückt auf den Grabdeckel hinter einer niedrigen Balustrade, wo die Figur des Neidhart in Stein gehauen ruhte.

»Nein, beide kenn ich nicht und ich glaube, wir haben im Augenblick auch Besseres zu tun, als uns über Blumen und Gräber zu unterhalten, Ewald!« Verärgert puffte Sander sei-

---

* Veilchenlied aus der Logau'schen Literaturepoche , Kisch Bd.1 S. 72

nen Freund in die Seite und zog an seinem Oberarm, um ihn zum Gehen zu bewegen. Doch einer stämmigen Eiche gleich, bewegte sich der kernige Bursch nicht vom Fleck und antwortete:

»So viel Zeit muss sein, Sander, ich bin so weit hergekommen, um in Wien den Spuren der berühmten Sänger zu folgen, Walther von der Vogelweide und jetzt Neidhart von Reuental. Ich *muss* da einfach bleiben und mich gebührend verabschieden. Wer weiß, wann ich wieder nach Wien komme. Hab etwas Geduld. Schau, lass dir doch die Geschichte vom Veilchen erzählen, so ehren wir das Angedenken dieses Sängers am allermeisten.«

»Ewald, bitte«, unterbrach ihn Sander, »der Bischof will uns seine halbe Dienerschaft aufhalsen, er bleibt in Wien, weil er Anschläge von den Herren von Wallsee befürchtet. Er will sich bis auf Weiteres im Passauer Hof verkriechen. Wir müssen meinen Oheim warnen!«

»Ich glaube nicht, dass ihn das sonderlich interessieren wird, Sander. Hast du eigentlich schon gesehen, dass der Wasserspeier da oben über dem Grab des Ritters die Form eines Fuchskopfes hat? Wie originell! Man nannte den Sänger nämlich auch Neidhart Fuchs, weißt du …«

Sander seufzte. Da war nichts zu machen, Ewald hing seinen Sängern nach, und womit er recht hatte, war, dass sich sein Oheim wohl nicht sehr für die Dienstbotengeschichten einsetzen würde. Als Sander mehr oder weniger verloren herumstand, sagte er sich, dass er genauso gut seinem Freund eine Freude machen konnte, und meinte unmittelbar: »Na dann los, bester Sänger nördlich und südlich der Alpen, lass die Geschichte vom Veilchen hören.« Aus den Augenwinkeln sah er, wie sich der Bischof vor dem Riesentor in seinem ganzen Prunk präsentierte und gelangweilt auf das Eintreffen Albrechts, dessen Gattin und der Hofgesellschaft wartete. Nun, da war es wohl besser, hier bei Ewald vor dem Grab eines singenden Ritters zu stehen und eine Geschichte zu hören.

Ewald ließ sich auch gar nicht lang bitten, lachte seinem Freund zu und begann zu erzählen:

»Weißt du, die Wiener haben eine Schwäche für den Frühling.« Sander starrte in den grauen, bewölkten Himmel, aus dem es jeden Moment tröpfeln konnte, zog sein wattiertes Wams fester um die Schultern und konnte einmal mehr nicht verstehen, wie man diese Witterung als frühlingshaft bezeichnen konnte, Temperaturen, die in Lucca als winterlich zu bezeichnen waren. Aber sei's drum. Er hauchte sich warmen Atem in die hohle Hand und hörte weiter zu.

»Wer am Beginn des Frühlings auf Feld und Flur das erste Veilchen fand, durfte dem Herzog davon Kunde geben. Dieser zog dann mit seinem ganzen Gefolge unter lautem Jubel und mit klingender Musik hinaus, um diesen Frühlingsboten zu begrüßen und einen Reigen zu stiften. Das schönste und sittsamste Mädchen durfte das Blümelein pflücken und das Maienlied anstimmen. Alle sangen mit und tanzten den Maienreigen.«

Ewald holte tief Luft und sah seinen Freund erwartungsvoll an. Sander scharrte mit den Fußspitzen auf der Erde, vermied es, Ewald anzusehen, und meinte: »Na ja, schöne Geschichte, Ewald. Aber sei mir nicht böse, sehr originell nun halt nicht, eher ein bisschen langweilig. Eher so für Mädchen …« Ewald grinste und versprach: »Na warte nur, jetzt kommt der hier«, damit zeigte er wieder auf die steinerne Gestalt auf der Tumba, »ins Spiel. Neidhart selbst entdeckte nämlich in einem Frühling das Veilchen im Feld, bedeckte es mit seinem Hut und eilte zum Herzog. Mittlerweile aber entdeckte ein Bauer den Hut, pflückte das Veilchen, und ... und ...« Ewald lachte, dass ihm die Tränen kamen.

»Na, was und?«, fragte Sander, neugierig geworden.

»Er hat die Stelle verunreinigt«, gluckste Ewald.

»Was heißt verunreinigt?«

»Na, er hat dort ...«

»Du meinst, er hat dort ...«, gluckste nun auch Sander.

»Ja, draufgeschissen hat er, der Bauer, und hat dann den Hut darübergestülpt.«

»Jetzt gefällt mir die Geschichte schon besser!«

»Wusste ich doch.«

»Wie geht's weiter?«

»Als der Herzog kam, den Hut lüftete, den Haufen Sch ..., also den Unrat sah, brach Neidhart in Verwünschungen aus und lief ins nächste Dorfgasthaus. Dort sah er die Bauern munter um das gepflückte Veilchen herumspringen. In seiner Wut schlug er wütend auf sie ein und wurde seitdem Bauernfeind genannt.«

»Na, der fackelt auch nicht lang, dein Freund da!«, sagte Sander grinsend und deutete zum Grab.

»Ja, aber der Zauber des Frühlings ist bis heute sehr stark in Wien. Nicht umsonst hat man den Neidhart von Reuental hier an so bedeutender Stelle bestattet. Man wollte dieses Frühlingsgefühl bewahren, das ganze Jahr lang.«

Etwas ernster fuhr Sander fort: »Aber Ewald, du musst dich jetzt verabschieden vom Neidhart Fuchs und vom Frühling in Wien. Wir müssen zurück zum Köllnerhof, ich muss dem Patriarchen von den Dienstboten erzählen, bitte komm mit!«

Ewald nickte verständnisvoll, und beide liefen hurtig zum Kantorhaus, das Mesnerhaus entlang, vorbei am Barleihhaus und dann schnell die Fleischbänke hinunter. Atemlos kamen sie im Köllnerhof an und sahen schon von Weitem drei Jammergestalten jeweils mit einem Bündel in den Händen, in das wohl ihre Habseligkeiten gebunden waren, bei Bernhard von Randegg stehen. Wie bereits vom Bischof angekündigt, waren das eine Frau und zwei Männer. Als Ewald und Sander zu ihnen traten, nickte Randegg ihnen zu: »Wir haben zwei Knechte und eine Magd mehr mit auf der Reise.«

»Ich weiß«, antwortete Sander, »ich bin dem Bischof begegnet.«

»Dann weißt du ja Bescheid«; sagte Randegg knapp und hatte nicht vor, Einzelheiten in Anwesenheit seines Gesindes zu klären.

Im Gehen sah er noch über die Schulter und meinte im befehlsgewohnten Ton: »Du, Alter, sattelst mir mein Pferd und lässt die Finger vom Schnaps, du, Weib, gehst zum Küchenwagen, und du, Bursch, wirst dich um die jungen Herren kümmern. Geh ihnen zur Hand und mach dich nützlich.«

Täuschte sich Sander, oder hatte sich sein Oheim wieder etwas gefangen. Sah er wieder dieses leise glimmende Feuer in seinem Blick, schritt der Patriarch wieder kraftvoll aus, hielt er sich gerader als noch vor zwei Stunden? Kann es ein Wunder des Heiligen Philippus gewesen sein, in dessen Kapelle der Oheim so innig gebetet hatte? Wenn das so ist, dachte Sander, sollte ich das mit dem Frühling und seinem Zauber wirklich ernster nehmen. War doch der erste Mai schon immer der Gedenktag dieses Apostels gewesen!

Fluchend und schimpfend stand Johanna im Innenhof des Klosters. »Ihr müsst schneller arbeiten, ich brauche die Fässer sauber geschrubbt – und das noch vor der Vesper!«, schrie sie mit drei Weibspersonen unterschiedlichen Alters, die alle mit Putzlappen, aufgefrorenen Fingern und mit einer Stinkwut, die der von Johanna in nichts nachstand, um sie herumstanden.

»Dann hättest halt früher was sagen müssen«, entgegnete die erste, die alle Wuckerl nannten, weil ihre gelockten Haare es schafften, sich von jeder noch so stramm sitzenden Haube zu befreien.

»Das hab ich gestern noch nicht gewusst, verflixt noch mal!«, schimpfte Johanna weiter.

»Wir tun, was wir können, Hannerl, aber ein 20-Eimer-Fass reinigt sich nicht von selbst! Und wenn wir das nicht sorgfältig erledigen, dann fällt dir der Essig drin um«, beteuerte Martha, eine Büßerin, die schon genauso lang wie Johanna im Kloster war und die Köchin in- und auswendig kannte. »Was ist denn los mit dir?«, fragte sie besorgt.

Johanna seufzte: »Ich muss heut noch zur Meisterin, und das drückt mir auf den Magen.«

»Na, da können wir sicherlich viel dafür, deswegen haben wir ja auch so eine schöne Arbeit von dir bekommen«, pfauchte die dritte Büßerin und rieb sich ihre rauen Hände an der groben Schürze.

»Aber das mit der Meisterin, das versteh ich«, meinte Wuckerl mitfühlend, »hast was ausgfressn?«

»Aber ka Red davon. Es geht um die Gretlin. Sie will bleiben.«

»Dieses blasse, verschreckte Ding, das sie dir vor ein paar Tagen in die Küche geschleppt haben?«, fragte Martha weiter.

»Die mit dem stinkenden Hund?«

»Ja, genau die.«

»Mach dir keine Sorgen, Hannerl. Die bleibt net lang, bevor die ihren Strohsack aufgewärmt hat, wird die weggeheiratet. Weiß ja eh, wie sich die Mannsbilder darum reißen, eine Büßerin heimzuführen«, meinte Wuckerl.

»Und jung ist die auch noch. Da geht's noch schneller!«, führte Martha weiter fort.

Wenn es so wäre, dachte Johanna im Stillen. Als sie an die Abscheu des Mädchens vor allen Männern dachte war ihr klar, dass das nicht so reibungslos ablaufen konnte. Aber wie sollte sie den Frauen erklären, dass Gretlin noch Jungfrau war und nicht im Traum daran dachte, sich in den Hafen der Ehe zu begeben, nicht nach dem, was sie in ihrem jungen Leben schon gesehen und erlebt hatte. Und wie sollte sie ihnen erklären, wie naiv und unbedarft dieses Mädchen trotz allem durch die Welt ging. Es würde keine zwei Tage dauern, und sie würde Opfer irgendwelcher hinterlistigen Machenschaften und Gewaltverbrechen werden.

Wie wenn sie es gespürt hätte, kam Gretlin aus der Küche in den Hof und nickte den Frauen schüchtern zu. »Kann ich helfen?«, fragte sie zaghaft. Wie immer hatte sie Weinberl im Schlepptau.

»Du kannst das Fass dort drüben auswaschen, wir brauchen das für den neuen Essigansatz, Mädchen«, meinte Johanna und übersah den Hund geflissentlich. »Ich brauch einen ganz milden Weißweinessig, sonst kommt der Geruch der Veilchen nicht zur Geltung. Der gemeine Essig ist zu scharf.«

Auf das fragende Gesicht der umstehenden Frauen hin begann Johanna zu erklären, wie sie es anstellen wollte, milden Essig zu erzeugen. »Wir füllen das Fass da zur Hälfte mit einem guten Weißwein und mischen gleich ein bisserl fertigen Essig rein, dann geht es schneller.«

»Was geht schneller?«, fragte Wuckerl.

»Die Gärung. Da bildet sich oben so eine Art Haut, die nennt man Essigmutter. Man darf sie weder zerstören, noch sie zum Absinken bringen, denn darunter wird aus dem Wein Essig.«

»Wie lang dauert das, Johanna?«, fragte Gretlin.

»Wochen. Alle sieben Tage ziehen wir aus diesen Löchern«, damit zeigte sie auf die Wand des Fasses, das mit einigen mit Stofffetzen zugestopften Öffnungen versehen war, »Essig heraus, einen halben Eimer voll, jedes Mal. Aber damit sind wir noch lang nicht fertig. Wir müssen zuerst die Veilchenblüten 14 Tage darin ziehen lassen und erst gegen Schluss den Salbei und den Honig zufügen.«

»Für unser Mailufterl«, sagte Gretlin stolz.

»Was ist denn das schon wieder?«, fragte Martha misstrauisch.

Wuckerl schaute genauso finster drein und meinte: »Johanna, sag nicht, dass wir wieder so ein neues Essigzeugs herstellen müssen. Wir legen mittlerweile doch eh schon alles in diese stinkende Brühe. Fisch, Fleisch, Obst, Kräuter, Gemüse …«

Wütend unterbrach Johanna das Lamentieren der Büßerinnen: »Es reicht jetzt, ihr Weiber, ihr saublöden … Wovon wollt ihr denn leben? Wollt ihr wieder auf die Gasse oder in den dreckigen Frauenhäusern vor dem Widmertor unterkriechen? Gefällt euch das so, wenn besoffene Männer die Finger überall haben und euch mit ihrem stinkenden Atem und ihren dreckigen Körperteilen bedrängen …« Ein heiseres Aufschreien von Gretlin brachte Johanna zur Besinnung, und verlegen biss sie sich auf die Unterlippe. Als sie tief durchgeatmet hatte, fuhr sie schon bedeutend ruhiger fort: »Ich meine ja nur. Schaut's, der Essig ist keine stinkende Brühe, er ist ein Elixier, das uns die Freiheit bringt! Seht es doch einmal so!«

»Geh, Hannerl, was redest denn so geschwollen, wie sollen wir denn jemals frei sein, wir Hübschlerinnen sind doch nur frei für die Bedürfnisse der anderen! Wir sind doch gar nichts.« Wuckerl schüttelte bitter lächelnd den Kopf.

»Ja, wennst meinst. Ich bin was, das sag ich dir, auch wenn ich nur die Essiggurkerl-Hannerl bin.« Vor Eifer wischte sich Johanna über ihr Gesicht, um die roten Wangen zu kühlen. »Und wenn ihr Weiberleut glaubt, dass man sich alles gefallen lassen muss, dann tut's nur weiter so, ich leg meine eigene Großmutter in Essig ein, wenn es mir ein Stück Freiheit bringt!«

»Das glauben wir dir aufs Wort, Hannerl!«, prustete Wuckerl.

»Lachts nur und wenns dann fertig seid, dann putzt weiter, denn ich brauch die Fässer!«

»Ja, ja«, murmelte Martha, »ich weiß net, warum du so schlechte Laune hast, Hannerl, ehrlich, mir reicht das schon so mit dir!«

»Ihr habt alle leicht reden. Ihr müsst euch nicht mit der Cäcilie hinstellen. Ihr kümmerts euch net darum, woher der Salbei kommt, der Honig, die Veilchen, das kann alles ich machen!«

Johanna war puterrot vor Zorn. Just in dem Moment setzte sich das Weinberl ungeniert in den Hof, gefährlich nahe am erst kürzlich geschrubbten und ausgewischten Holzfass und hinterließ einen gewaltigen Haufen Hundekot.

»So jetzt reicht mir das mit dem stinkenden Viech!«, keifte Johanna. »ich halt das nicht mehr aus!« Sie versuchte, nach dem Hund zu treten, der ihr aber geschickt auswich und sich hinter Gretlin versteckte.

»Johanna, nein«, weinte sie, »ich geb das Weinberl hinein in die Küche, dass du sie nicht anschauen musst.«

»Das ist ja noch schlimmer, da verstinkt sie mir die ganze Bude! Nein, Gretlin, es reicht mir jetzt wirklich!«

Inzwischen schluchzte das Mädchen hemmungslos und klammerte sich an die zitternde Hündin.

»Aber Hanna«, griff Wuckerl beschwichtigend ein, »jetzt lass der Kleinen doch den Hund!«

»Nein, es reicht mir jetzt. Die hat Flöhe, Zecken und verfilztes Fell! Sie hat Blähungen, setzt sich hin, wo sie will, hinterlässt da ihre Haufen …«

»Aber das ist ja noch kein Grund, sie zum Hundsschlager zu bringen«, meinte Martha vorwurfsvoll.

»Nein, nicht zum Hundsschlager, nicht die Weinberl«, schrie Gretlin und warf sich schluchzend auf das Tier.

»Hannerl, so hartherzig kannst nicht mal du sein, die Weinberl zum Hundsschlager! Also weißt!«, schimpfte Martha.

»Mein Weinberl, mein Weinberl«, heulte Gretlin.

»Ja, seid's ihr denn alle verrückt geworden? Wegen dem Hundsviech …«, schrie Johanna dazwischen, dass es im Klosterhof nur so schallte.

Prompt kam Cäcilie aus der Klosterpforte und schrie mit heiserer, zittriger Stimme, die jeden Moment am Überkippen war: »Johanna, was ist das für ein gotteslästerlicher Lärm? Ich wünsche dich zu sehen, noch vor der Terz, wir haben viel zu besprechen!«

»Na danke, ihr drei hysterischen Weiber«, fuhr Johanna Gretlin, Martha und Wuckerl an, »jetzt hat sie noch schlechtere Laune als üblich. Wie soll ich ihr denn das mit dem Mailufterl unterjubeln, ohne dass sie mir vor Wut vom Betschemel kippt?«

»Bist selber schuld Hanna«, konterte Martha, die als eine der wenigen Büßerinnen niemals Angst vor ihren Wutausbrüchen zeigte, »wennst du Gretlins unschuldiges Tier zum Abschlachten bringst, darfst dich nicht wundern, wenn sich das Mäderl wehrt.«

Genervt pfauchte Johanna: »Wer in Gottes Namen hat vom Hundsschlager gesprochen?«

»Du!«, schrie Wuckerl.

»Sicher nicht. Mit keinem Wort hab ich den Hundsschlager erwähnt.«

»Na, du willst das Viech ja loswerden!«, behauptete Wuckerl und schob trotzig das Kinn nach vorne.

»Bitte nicht mein Weinberl, Johanna, sag mir, was ich tun muss. Ich mach alles, dass du mir den Hund lässt«, weinte Gretlin.

»Herrschaftszeiten! Kein Mensch redet vom Abschlachten, außer euch, ihr Dummköpfe. Ich hab ganz was anderes gemeint.«

Verdutzt hielten alle inne. »Was denn?«, entschlüpfte es Wuckerl.

»Bringt's ma einen Zuber und einen Krug Lavendelessig«, keifte Johanna aufgebracht, »nur das wollte ich.«

Verdattert sahen die drei Frauen zu ihr.

»Ja, mir stinkt des Viech, aber ich bring net gleich jemanden um, der schlecht riecht und dreckig ist.« Johanna sah nun schon ruhiger zu den Frauen.

»Ihr werdet doch nicht so von mir denken!«, fragte sie eindringlich, »was glaubt's ihr denn, wer ich bin? Und überhaupt, wenn ich so wär, dass ich jeden umbringen lass, der dreckig is, dann würd ich den Barthel ja auch schon zum Henker geschickt haben!« Stille trat ein. Martha sah Wuckerl an, beide sahen zu Gretlin, die sich die Tränen trocknete und zu Weinberl schaute, die wiederum mit ihren bernsteinbraunen Augen scheinbar unbeteiligt Johanna musterte.

Wuckerl fing als Erste an zu kichern, Martha lachte, und Gretlin grinste unter Tränen. Ob sie wollten oder nicht, es war einfach zum Lachen, als sie sich den vom Wein stinkenden und von der Arbeit verdreckten Hauerknecht vorstellten. Martha klopfte Johanna kameradschaftlich auf die Schulter. »Bist halt so eine alte Spinnerin und gleich da mit Schreien und Herumbrüllen. Wir hätten wissen müssen, dass du es nicht so meinst, du alte Keifen du!«

»Na, Dankeschön euch allen. Also wo sind jetzt der Zuber und der Essig, Gretlin?«, fragte Johanna wieder viel beruhigter und fing, zum Erstaunen aller, das Weinberl ein. Es war das erste Mal, dass sie das Tier überhaupt nur anfasste, und – was noch viel ungewöhnlicher war – dass sich die Hündin auch einfangen ließ, denn als gelernte Überlebenskünstlerin in der Gosse war sie flinker als man annehmen konnte.

»Ich werd ihr das Fell nicht über die Ohren ziehen, sondern in Lavendel einweichen, und wenn es das Letzte ist, was ich tu. Stinkendes Viech!«

Damit schnappte sie die Hündin am Kragen und ließ sie nicht mehr los, obwohl diese jetzt doch herumzappelte und winselte, als würde sie das Badewasser schon von Weitem riechen.

Gretlin lief erleichtert los, um den Holzbottich zu holen, und beruhigt stampften gleich darauf auch Wuckerl und Martha zu den Fässern, um sie fertig zu schrubben.

»Wenn die Hannerl ihren heiligen Lavendelessig für den Hund opfert, dann ist sie ihr mehr ans Herz gewachsen, als sie zugeben will«, meinte Wuckerl nachdenklich und tauchte die Bürste seufzend in das Putzwasser.

»Ach unsere Johanna«, sagte Martha grinsend und wrang das grobe Tuch aus, »die is so weich wie ein Butterkrapfen, und wenn's nicht so unpassend wär, könnte man sagen, dass Hunde, die bellen, nicht beißen.«

»Das hab ich gehört, ihr zwei Schnepfen, ich mag manchmal ein bisserl deppert sein, aber derisch bin ich noch net!«, kam es von Johanna nebenan, die sich die Ärmel ihrer Kutte hochkrempelte und dabei mühelos das Weinberl festhielt. »Und außerdem schrubbt mir jetzt endlich die Fässer fertig, ihr braucht's net glauben, dass ich da immer nur die Drecksarbeit mach!«

Lachend und kopfschüttelnd machten die beiden Frauen einfach weiter und lugten weiter zu Johanna und Weinberl hinüber, denn sie wollten sich keinesfalls entgehen lassen, wie Johanna, die Hundehasserin, Weinberl auf Hochglanz brachte. Wie ausgemacht kam Gretlin mit dem Zuber, und Yrmel, die natürlich auch dabei sein wollte, wenn Johanna sich mit einem Hund abgab, trug einen Krug Lavendelessig. Sie traute dem Frieden nicht und blickte besorgt zum winselnden Weinberl. So sanftmütig Yrmel auch war, niemand zweifelte daran, dass sie beherzt eingreifen würde, sollte sie das Gefühl haben, dass der Hund gequält wurde. Niemand wusste das besser als Johanna: »Brauchst dich net aufregen, Yrmel, ich mach dem Hunderl schon nichts. Ich bad sie nur und scher ihr den ganzen Dreck herunter!« Dann schweifte ihr Blick rund um den Hof. Was sie da sah, erzürnte sie mehr und mehr: Wuckerl und Martha, die so taten, als würden sie die Fässer reinigen, Gretlin, die vor Aufregung von einem Bein auf das andere hüpfte, Yrmel, die Johanna nicht aus den Augen ließ. Und hinter den Fenstern der Schlafsäle konnte

Johanna auch noch ein paar Büßerinnen erkennen, die wie gebannt zu ihnen heruntersahen.

Wut und Zorn bemächtigten sich Johannas, und sie schimpfte: »Herrgottszeiten, geht mir der Affenzirkus, den ihr um dieses Viech macht's, auf die Nerven!«

Betreten sah Gretlin zu Yrmel und sagte: »Ich mach dir nichts als Arbeit, Johanna, ich weiß. So wie im Frauenhaus – zu nichts bin ich nütze!« Beschwichtigend strich Yrmel über den Oberarm des Mädchens, dessen Lippen verräterisch zitterten.

Johanna seufzte, packte den Hund und stellte ihn kurzerhand in den Zuber. Mit dem vom Arbeiten sehr muskulösen Unterarm hielt sie das Tier mühelos fest und schüttete erbarmungslos den Inhalt des ersten Eimers über Weinberl. Der Hund, der wohl ahnte, dass ihm nichts anderes übrigblieb, ließ den Schwall Wasser duldend, gleich einem Märtyrer, über sich platschen. Der klägliche Versuch, sich Wasser aus dem Ohr zu schütteln, wurde von Johanna sogleich mit einem kräftigen Ruck erwidert und mit den scharfen Worten »Trau dich, mich nass zu spritzen, Dreckluder elendiges!«, schlichtweg unterbunden. Wasser, alles andere als sauber, floss über die borstige Schnauze, und jeder der Anwesenden vermied es, dem Hund in seine Augen zu sehen, niemand hätte diesem mitleiderregenden Ausdruck standgehalten. Niemand außer Johanna, die unerbittlich den nächsten Eimer über der Hündin ausgoss und mit einem Nicken Richtung Krug zu Gretlin sah. Ohne den gottergebenen Hund loszulassen, sprach sie weiter: »Pass auf, Mädchen, Mitleid hilft nicht gegen Schorf, Flöhe und Zecken, merk dir das. Immer drüber mit dem Essig und hinein in den Dreck!« Zaudernd wandte sich Gretlin an Johanna, die noch immer fest den Krug Lavendelessig umfasste, zog den zusammengeknüllten Stofffetzen aus der Öffnung, kippte den Krug und träufelte ein paar Tropfen auf den Rücken des Tieres. Genervt zischte Johanna: »Mädchen, bitte schütt das Zeug ordentlich drüber – dieses Vieh ist zäher als du denkst!«, damit griff sie sich ungeduldig selbst den Krug von der ängstlich dreinschauenden Gretlin und ohne Innezuhalten leerte sie den gesamten Inhalt über den Hund. Augenblicklich füllte sich der Hof mit einem Dunst aus Lavendelessig, dass den Umstehenden die Augen tränten. Weinberl jaulte und zappelte derart, dass Gretlin laut zu schluchzen begann. Ungerührt massierte Johanna den Essig in alle Körperteile ein. »Mach dir nichts draus, Mädchen, der Essig brennt nur bei den Flohbissen ein wenig. Das gibt sich gleich. Dieses Viech jault halt gern. Meine Güte, was pickt denn da alles dran …«, damit fasste sie beherzt zu Weinberls Hinterteil und meinte: »Na, da brauchen wir gleich eine Schere und ein Messer, nichts als verfilztes, stinkendes Fell!« Als sie sich suchend umsah, ergriff der Hund die Gelegenheit beim Schopf, schüttelte sich ausgiebig, und Johannas Kutte war ab dem Gürtel nass. »Sauhund bleder, na wart!«, schimpfte sie und schon traf der nächste Schwall Wasser den Kopf des Hundes. »So du bleibst jetzt da stehen, bis das Zeug einwirkt und dann scheren wir dir den ganzen Dreck herunter!« Entschlossen drückte sie das Hinterteil des Hundes in den Zuber und angeekelt stellte sie fest, dass sich das Badewasser sofort dunkelbraun färbte. »Scheint sich langsam aufzuweichen, der ganze Saustall da …«, meinte sie ruhig, »auf den Essig ist halt Verlass, merk dir das, Gretlin. Aber wir brauchen noch mehr.«

Wortlos reichte ihr Yrmel einen weiteren Krug, den sie stillschweigend und vorausblickend, wie es ihre Art war, herbeigeschafft hatte. »Yrmel, tu mir den Stofffetzen raus, das kann ich mit einer Hand nicht, und wenn ich auslasse, dann läuft mir der Hund weg!«

Während Yrmel am Fetzen herumwerkelte und Johanna etwas Zeit zum Verschnaufen blieb, legte sich sogleich ihre Sorge um Gretlin wie ein Gewicht auf den Magen. Was sollte sie heute der Meisterin nur sagen? »Das ist Gretlin, sie will gern bei uns bleiben. Eigentlich ist sie nur unter Aufsicht für Hilfsarbeiten zu gebrauchen, weil sie den ganzen Tag herumträumt, aber dafür kann sie herrliche Haarbänder sticken …« Nein, das wird wohl nicht funktionieren. »Das ist Gretlin, eine Jungfrau, sie will gern bei den ehemaligen freien Töchtern bleiben und weiter an ihren kleinen Täschchen und Börsen arbeiten …« Das ging wohl auch nicht. »Wenn Sie möchten, Meisterin, kann Ihnen Gretlin eine herrliche Schärpe sticken, die würde ganz hervorragend zu Ihrem grauen Habit passen …« Einfach lächerlich war das Ganze. Seufzend wandte sich Johanna zu Yrmel, die den Krug noch immer nicht öffnen konnte. »Was ist denn los, geht das nicht schneller?« Ratlos zeigte Yrmel auf das runde Holz, das mit einem Stofftuch umwickelt in der Öffnung des Kruges steckte und beim besten Willen nicht herauszubekommen war. »Ach gib her , aber halt mir den Hund!«, damit drückte Yrmel Weinberl sanft aber bestimmt in das Badewasser, und Johanna zog und zerrte am Holz und am Tuch, solange, bis das Tuch riss. »Schmarrn. Wir müssen bei den nächsten Abfüllungen eine bessere Qualität nehmen, die alten Fetzen sind zu brüchig. Wenn man bessere Stofffetzen nimmt, dann sieht das auch für den Verkauf schöner aus. Stell dir vor, die Kunden bekommen ihr Mailufterl nicht auf, weil der Verschluss schäbig ist. Nein, da muss schon alles zusammenpassen.« Damit und mit einer weiteren Kraftanstrengung schaffte es Johanna schließlich, den Krug zu öffnen und Weinberl in eine weitere Lavendelessig-Wolke zu hüllen. Yrmel gab mit einer eindeutigen Handbewegung zu verstehen, dass sie Schere und Messer holen wollte, und nachdenklich massierte Johanna den Hund, dem inzwischen schon alles gleich war und der, so hatte es den Anschein, mittlerweile genoss, dass er von Schmutz und Ungeziefer befreit wurde. Zweifelnd sah sich Johanna den zerrissenen Stoff und den Holzpfropfen an und wurde sehr still, eine ganze Weile lang.

»Übrigens …«, setzte sie ruhig an, »ich muss heute noch vor der Terz zur Meisterin, und du gehst mit!«

Gretlin, die bisher ratlos herumgestanden war und mit der Spitze ihrer zerschlissenen Schuhe ein Muster in die Erde des gestampften Innenhofes geritzt hatte, fuhr erschrocken auf: »Aber wer sagt das, dass ich da hinmuss?«

»Na ich sag das«, meinte Johanna ungerührt und schrubbte den Nacken des Tieres. Gretlin sah sie nur gebannt und starr an.

»Also, was ist, Mädel, was glotzt du so? Ich gehe zur Meisterin, du kommst mit. So einfach ist das.«

Noch immer sagte Gretlin kein Wort, nur eine Träne rann ihr die blasse Wange herunter.

Yrmel kam herbei, in der einen Hand ein scharfes Messer und in der anderen ein gebogenes Metallstück, das beiderseits in zwei flachen scharfen Schneiden endete und Johanna unschwer als ihre beste Schere identifizierte.

»Also jetzt kommt her, ihr beiden«, meinte sie aufmunternd zu Gretlin und Yrmel, »und haltet mir des Weinberl fest.«

Gretlin hielt den Kopf des Hundes und murmelte beruhigende Worte, Yrmel hielt das Hinterteil. Unverzagt und entschlossener denn je begann Johanna, dem Hund das nasse verfilzte Fell abzuscheren. Beginnend beim Nacken über den Rücken bis zum Hinterteil. Ganze Lagen von stumpfen braunen Haarbüscheln fielen in den Zuber. Unermüdlich verwendete Johanna erst das Messer und danach um die

Ohren, an den Vorder- und Hinterläufen und an der Kehrseite ihre Schere. Was da zum Vorschein kam, erstaunte die drei Frauen nicht wenig. Unter den Schichten dunkelbraunen verdreckten Haaren kam das eigentliche Fell der Hündin zum Vorschein. Kastanienfarben am Rücken, an der Schnauze, die jetzt dank des Essigs nicht mehr verklebt, sondern seidig weich war, etwas heller, wie der obere Teil einer Haselnuss. Der Schweif, von Kletten und Filzen befreit, glänzte in hellem Braun.

»Ja, das gibt es ja nicht!« Johanna hatte sich als Erste von der Überraschung erholt, »da heißt es immer Kastanien aus dem Feuer holen ... Wir holen Kastanien aus dem Essig hervor. Ja Weinberl, was bist du denn für ein schöner Hund!«

Wie wenn sie verstanden hätte oder aus schierer Überraschung, weil sie so nette Worte noch nie aus dem Mund Johannas gehört hatte, wedelte die Hündin, dass das Wasser nur so plätscherte.

»Jetzt aber raus aus der Jauche da«, meinte Johanna und hob zusammen mit Yrmel den Hund aus dem Zuber. Gretlin, die sich noch immer nicht so recht gefangen hatte in Aussicht auf einen Besuch bei der Meisterin, umarmte hilfesuchend den feuchten Hund und steckte ihre Nase in das ungewohnt saubere Fell: »Und du riechst wie das Innere einer Kleidertruhe.« Wie zur Bestätigung leckte Weinberl Gretlin über die Nase.

Johanna hatte inzwischen alle Spuren des Hundebades mit der tatkräftigen Unterstützung von Yrmel beseitigt und stemmte resolut die Hände in die Hüften: »Ich hoffe, ihr alle habt jetzt genug gegafft. Der Hund wurde weder vergiftet, geschlagen oder sonst wie malträtiert. Also könnt ihr wieder beruhigt an eure Arbeit gehen!« Damit sandte sie einen wütenden Blick zu Wuckerl und Martha und zu den Köpfen hinter den Fenstern. Resolut stampfte sie zurück in ihre Küche. Gefolgt von Yrmel, Gretlin und einem ganz und gar sauberen Hund. Doch wenn Johanna dachte, sie könnte sich ein bisschen Zeit nehmen und sich gemütlich mit einem Becher Würzwein entspannen, wurde sie eines Besseren belehrt, sobald sie die Schwelle zur Küche überschritt und Barthel am Tisch sitzen sah.

»Was machst du hier, gibt es keine Arbeit?«

»Dir auch einen schönen Tag, Hannerl, nett, dass du mich so freundlich begrüßt!«

Ein Schnauben war die Antwort, das Barthel mit einem zahnlosen Grinsen quittierte. Nacheinander kamen Gretlin, Yrmel und der Hund in die Küche.

Als Barthel Weinberl entdeckte, wirkte er verdutzt. »Habt's ihr jetzt noch einen Hund?«, fragte er.

»Nein, stell dir vor, die Johanna hat das Weinberl gewaschen und geschert, und jetzt ist sie so sauber, riecht gut und sieht richtig schön aus«, berichtete Gretlin begeistert.

»Ach, nein, ist das vielleicht die Hannerl, die Hundsviecha net ausstehn kann und sie am liebsten alle vertilgen lassen möcht?«, fragte Barthel listig und sah zu Yrmel, die sich ein Grinsen verbiss und das Feuer am Herd schürte.

»Nein, das ist die Johanna, die dir gleich mit dem Nudelholz eins überzieht, wennst da weiter so faul herumsitzt und redliche Leut vom Arbeiten abhaltst! Und eines sag ich dir, so ein Bad, ein anständiges, und eine Schur, die würden dir auch ganz gut ankommen, schaust schon recht verlottert aus«, fauchte diese zurück.

Wieder grinste Barthel, kraulte die Hündin, die sich an sein Bein schmiegte, und meinte zu dieser: »Jetzt schaust gar nicht mehr aus wie eine vertrocknete Weinbeere, so können ma auch net mehr Weinberl zu dir sagn.«

Erwartungsvoll wedelte die Hündin mit ihrem sauberen, glänzenden Schweif, Gretlin blickte schüchtern auf, und beide warteten gespannt, was Barthel zu erzählen hatte.

»Ja, ich mein halt«, Barthel kniff die Augen zu, machte eine ausholende Handbewegung, um die Spannung zu erhöhen, betrachtete das kastanienfarbene Fell des Tieres und rief laut: »Jetzt werden wir dich einfach Maroni rufen!« Erklärend sagte er zu der lächelnden Gretlin: »Die Edelkastanien mein ich, die wir auch im Weinberg rösten, nach der Lese, wenn's schon kalt ist. Die riechen so gut und haben eine so schöne braune Farbe, wie das Fell von deinem Hunderl. Und die Händ kann man sich auch so schön dran wärmen.«

»Ja, so wie bei meinem Hund auch«, meinte Gretlin und streichelte das Tier. Yrmel grinste Barthel zu und freute sich, dass er es immer wieder schaffte, die Kleine aufzumuntern.

»Wenn's dann mit der Fellpflege von diesem Hundsviech fertig seid's und mit dem Austausch von Nettigkeiten, dann hebt vielleicht eine von euch ihren Hintern und hilft mir, Veilchen zu holen. Ich hab nämlich keine Zeit, da herum zu palavern und dem lieben Herrgott den Tag zu stehlen. Ich muss den Blumenessig ansetzen.«

»Aber liebste Hannerl, wie gern würd ich mit dir in den Wald spazieren und die holden Frühlingsboten pflücken, nur du und ich, die Blumen der Liebe«, säuselte Barthel und war mächtig stolz auf die vielen fremden Worte, die er verwendet hatte.

Johanna verdrehte die Augen und keifte: »I brauch ka Veilchen für irgendein windiges Gegrabsche von dir. Ich brauch des für mei Gurgelwasser, Depp, bleda!«

»I hab scho immer a Schwäche für romantische Frauen ghabt!«, gluckste Barthel und startete in Windeseile Richtung

Tür, bevor ihn das Nudelholz, das Johanna – einem griechischen Diskuswerfer gleich – geschleudert hatte, an der Schulter treffen konnte.

»Erlauchter Herzog, der Bischof von Passau hat einen Boten geschickt, er wartet bereits vor dem Riesentor.« Mit tiefen Verbeugungen war Hofkämmerer Michael Hirssmann zaghaft in Albrechts Kemenate gekommen und entfernte sich schnell wieder, ohne eine Antwort abzuwarten. Der Herzog, der mit dem Umlegen seines grau-roten Wamses beschäftigt war, das an den überbreiten Ärmel geschlitzt war und ein dunkles Untergewand hervorschimmern ließ, blickte auf und hob verärgert die Augenbrauen. Nicht so sehr über den Kämmerer, seine schlechten Manieren war er inzwischen gewohnt, vielmehr über den Passauer. Warum musste sich dieser vor der Domkirche aufpflanzen, dachte er verbittert und gab einem Diener Anweisung, ihm den rotsamtenen, mit weißem Hermelin eingefassten Herzogshut vom vorbereiteten Kissen zu reichen und ihm beim Aufsetzen behilflich zu sein. Ausgerechnet Sankt Stephan, dachte er weiter und seufzte. War das Erbe seines Bruders Rudolf nicht schon schwer genug zu tragen? Hatte er nicht schon übermenschliche Geduld beweisen müssen, bis der Luxemburger Kaiser Karl endlich vor neun Jahren Reichslehen und Privilegien bestätigte, damit Albrecht und sein Bruder Leopold das Erbe antreten konnten? Glich es nicht schon einem Wunder, dass er im selben Jahr auch die militärischen Zwiste mit dem Patriachat von Aquileia beilegen konnte, und dieser Bernhard von Randegg sich als fähig und kaisertreu erwiesen hatte? Albrecht kniff die Augen zusammen und sah aus dem Spitzbogenfenster hinaus auf den Burgplatz. Warum, dachte er, war es dann so schwierig, die Passauer Pfaffen aus der Stadt zu treiben und endlich, endlich ein Wiener Bistum zu errichten? Schon Bruder Rudolf war gescheitert und hatte trotz enormer Anstrengungen keine theologische Fakultät in seiner Universität einrichten dürfen. In Gedanken versunken sah der Herzog hinaus auf die Allerheiligenkapelle seiner Burg. Ein kleiner Triumph war Rudolf doch beschieden, sinnierte er, er durfte diese Kapelle mit Genehmigung des Papstes errichten und hatte die Erlaubnis, sie mit einem Kollegiatskapitel, das direkt dem Heiligen Stuhl unterstellt war, auszustatten. Wie klug Rudolf war, lächelte Albrecht, wie gerissen, als er dann vorgab, die Kapelle wäre zu klein, und gleich um Erlaubnis bat, das Kollegiat in die Pfarrkirche Sankt Stephan verlegen zu dürfen! Das war ja der ursprüngliche Plan gewesen! Sein Bruder Rudolf, dessen Umgang zwar schwierig und dessen Persönlichkeit eitel und machtbesessen war! Aber wie zielstrebig und verbissen, wie beharrlich und unbeirrbar er Wien als Residenzstadt ausbauen wollte, nach dem Vorbild Prags, jener Stadt, der sein Schwiegervater Kaiser Karl zu Macht und Bedeutung verhalf. Und dieses Erbe, diese Aufgabe wollte Albrecht erfüllen, er stellte sich der Verantwortung. Wenn er schon mit dem Kaiser auskam, Aquileia beruhigt unter Randeggs Führung wusste und seinen Bruder Leopold weiter in seine Schranken wies, dann sollte er auch den Passauer beherrschen können! Albrecht atmete tief ein, richtete sich auf und blickte weiter in den Burghof. Natürlich waren der Probst, die zwei Dutzend Chorherren und ebenso viele Kapläne ein Dorn im Auge des Passauer Bischofs, weil dieses Stephans-Kollegiat nun einmal nicht seiner Gewalt unterstand! Deswegen suchte er auch immer die Konfrontation mit Albrecht, er wollte den Herzog davon abhalten, Sankt Stephan als seine Pfalz-und Hofkirche zu betrachten, als religiösen Mittelpunkt seines Landesfürstentums. Aber vielleicht änderte die Heirat mit Beatrix von Zollern ja die Situation. Vielleicht scheute der Bischof jetzt eine direkte Konfrontation, weil er die Macht des Schwiegervaters Friedrich, des Burggrafen von Nürnberg fürchtete. Nun, zu hoffen war es allemal, denn Widersacher gab es für Albrecht genug, schon ohne den Passauer, der ihm die Bedeutung seiner eigenen Residenz schmälern wollte, hatte er alle Hände voll zu tun. Nachdem sich Freiburg nach schwierigen Auseinandersetzungen endlich für Österreich entschieden hatte, hatte Albrecht massive Probleme im Süden mit der Markusrepublik. Außerdem spürte er Verschwörungen in seiner unmittelbaren Nähe oder täuschte er sich? Waren die böhmischen Herren von Rosenberg nicht ein wenig zu freundlich mit Ulrich von Schaunberg umgegangen? War eine fast körperlich spürbare Abneigung der Herren von Wallsee gegen die beiden nicht beim Festmahl zu bemerken gewesen? Betrübt schüttelte Albrecht den Kopf, vergewisserte sich noch einmal, dass sein Aufzug einer öffentlichen Zurschaustellung der herzoglichen Macht gerecht wurde und verließ seine Kemenate. Wie froh war er, dieser Stadt für ein paar Wochen den Rücken kehren zu können und auf Preußenreise zu gehen! Dieser aufwändige Kreuzzug gegen die heidnischen Litauer war in seinen Kreisen zu einer beliebten Tradition geworden. Höhepunkt dieses Kampfes gegen die Ungläubigen war der Ritterschlag auf heidnischem Gebiet. Hatte sein Bruder Leopold bereits vor vier Jahren das Vergnügen dieser Reise gehabt, so war es jetzt an Albrecht, Macht, Stärke und ritterliche Tugenden zu beweisen, den zehn tapfersten Rittern einen Ehrensold zu übergeben und selbst von Hermann von Cilli, dem vornehmsten des Zuges, den Ritterschlag zu empfangen. Dass die Heldentaten darin bestanden, Bauerndörfer niederzubrennen und Heiden, die eigentlich gar keine waren, abzuschlachten, das kümmerte den Herzog wenig. Es belastete ihn auch nicht im Geringsten, dass diese Repräsentationsreise Unsummen an finanziellen Mitteln verschlang. Hatte er nicht die Finanzverwaltung seit vier Jahren in die Hände des erfahrenen Hofmeisters Johann von Fichtenstein gelegt? Nun, der würde schon wissen, wie man Geld lockermachte! Nur eines ging ihm im Kopf herum: Er brauchte für seine Reise noch repräsentatives Personal, einen Schreiber, der seine Heldentaten dokumentieren würde, besser noch einen Sänger, der sie auch besingen konnte. War da nicht dieser Hugo von Montfort, den ihm Hermann von Cilli genannt hatte und der wiederum die Bekanntschaft eines Wolkenbergs gemacht hatte? Hatte der sich nicht blumenreich über das große Können des noch so jungen Knappen geäußert? Grübelnd erreichte Albrecht den Burghof. Er würde Befehl geben, ihm dieses Talent vorzustellen, vielleicht hatte er ja Verwendung für den Knaben. Kurz nickte er seiner Angetrauten zu, die ihrerseits mit ihrem Gefolge bereits neben dem Brunnen wartete. Beatrix freute sich, mit ihrem Vater nach Nürnberg reisen und sich von Wien für eine Weile verabschieden zu dürfen. Obwohl sie die Schönheit der Stadt schätzte, musste sie noch viel lernen, um mit den Ränken und Verleumdungen, die am Hof gang und gäbe waren, zurechtzukommen. Sie rückte ihre reiche Haube, die sie ja erst seit wenigen Stunden tragen durfte und an die sich erst gewöhnen musste, zurecht, nestelte an ihrem mit kleinen Emailleplättchen verzierten Gürtel, nahm die Zügel ihres

Pferdes und reihte sich ein wenig verlegen zur Rechten ihres Mannes, des Herzogs, ein. Ihr Vater, der Burggraf, hatte inzwischen schon hinter Albrecht Stellung bezogen und nickte ihr, als sie vorbeiritt, aufmunternd zu. Friedrich von Nürnberg beugte sich im Sattel nach vorn und raunte seinem Schwiegersohn zu: »Wo geht es jetzt hin, mein Sohn, ich nehme an, nach Sankt Stephan?«

»Sehr wohl, Vater«, flüsterte der Herzog, sodass nur seine Frau und der Angesprochene die Worte vernehmen konnten. »Wir werden schon erwartet, vor dem Riesentor.«

»Ich kann mir denken, von wem«, antwortete der Burggraf und dachte eine Weile nach. Dann meinte er scharfzüngig: »Ich würde vorschlagen, wir selbst werden den richtigen Ort der Zusammenkunft bestimmen …«

»Woran denkst du genau?«, fragte Albrecht.

»Nicht an das Riesentor, wo die Apostel den Eingang bewachen, ich denke an das Singertor, dort fühle ich mich – wie soll ich sagen – heimischer und verstandener!« Schelmisch grinste der Burggraf.

»Guter Gedanke, das würde mir auch besser gefallen!« Albrecht lächelte ebenfalls und wies die Trompeter an, die Fanfaren zu blasen und dem Zug damit das Zeichen für den Aufbruch zu geben.

Beatrix, die stumm zugehört hatte, verstand überhaupt nichts. Aber wie sollte sie auch! Sie war noch nicht Wienerin genug, um zu wissen, dass neben dem Singertor, einem Eingang, der den Chorknaben und Sängern vorbehalten war, ihr verstorbener Schwager, niemand geringerer als Rudolf der Stifter, sich selbst und seine Frau Katharina mit Schutzmänteln darstellen ließ. Die Begegnung mit dem Bischof von Passau würde daher sehr kurz ausfallen, auch das konnte Beatrix nicht erahnen, denn wer würde sich gern länger als nötig unter dem Schutzmantel seines größten Feindes aufhalten?

»Kind, tu mir einen Gefallen und glotz nicht so durch die Gegend.« Johanna wischte sich genervt über das fleischige Kinn und kontrollierte, ob ihre Büßerinnenhaube richtig saß und sich nur ja keine Strähne ihres hellen Haares durchschwindelte und strich sich zum wiederholten Mal über ihr graues Habit, der faltenfrei ihre üppigen Formen umhüllte. Ich verstehe nicht, dachte sie, warum uns diese alte Truthenne so lang warten lässt. Dann strich sie Gretlin die Zöpfe glatt, kniff ihr in die blassen Wangen, um sie ein wenig gesünder aussehen zu lassen. »Wird schon gut gehen, Mädchen, wirst sehen …«, meinte sie aufmunternd und tätschelte ihr die magere Schulter.

»Johanna, schau doch einmal diese schöne Kemenate, nie habe ich etwas Helleres gesehen!« Gretlin breitete ihre dünnen Arme aus und drehte sich im Kreis.

»Du hörst mir gar nicht zu, Mädchen«, meinte Johanna und kniff die Augen zusammen. Ein sicheres Zeichen, dass sie sich langsam aber sicher zu ärgern begann.

»Schau nur, die breite Holzbank an der Wand, da liegt nicht nur eine gestickte Decke, sondern sogar ein Federkissen drauf. Wunderschön.« Staunend hob Gretlin ihre Hand zum Mund.

»Dir ist das vollkommen egal, dass wir hier bestellt sind bei der Meisterin, oder?« Johannas Stimme bekam schon einen leicht schrillen Unterton.

»Wie ist das Holz des Lehnsessels schön, so eine Maserung habe ich noch nie gesehen. Und der Tisch, die Platte glänzt ja, so lang ist die poliert worden. Und das Salzfass, das da draufsteht, das ist aus Metall, oder? Ist das am Ende gar ein Drache, der am Deckel ist?« Übermütig kicherte Gretlin.

»Mädchen, wir sind weder da, die Möbel der Meisterin zu betrachten, noch irgendwelche Viecher auf irgendwelchen Salzfässchen lustig zu finden, sondern uns um deine Zukunft zu kümmern. Jetzt komm, versteh doch ...« Johanna probierte es mit Engelsgeduld, doch wie es schien, drangen ihre Worte nicht bis zu dem jungen Mädchen durch.

»Schau, da in der Ecke ist ein Vogelbauer mit Singvögeln, und erst das Licht, das durch die Fenster dringt. Das sind wohl keine Tierhäute, gell, Johanna?«

»Nein«, meinte diese und gab alle Anstrengung, Gretlin von der Wichtigkeit ihres Besuches bei der Meisterin zu überzeugen, auf. »Das ist Waldglas, etwas ganz Neues und Besonderes in Wien, mein Kind. Deswegen kommt das Licht auch so schön in das Zimmer herein. Und bevor du noch weiter fragst: Ja, das da hinten ist das Bett der Meisterin. Und ja, da geht man Stufen hinauf und da liegen Bettwäsche und ein Ohrenkissen drauf. Nein, das geht zu weit, Mädchen ...«, Johannas Stimme glich einem Schwerthieb, »ansehen ist eine Sache, aber angreifen ... Leg das Kissen bitte wieder auf die Bettstatt, Gretlin, leg das wieder hin, Gretlin!«

Just in dem Moment – Cäcilie hatte immer ein besonderes Gespür für den richtigen Zeitpunkt – kam die Meisterin zur Tür hereingetrippelt und sah sich einer mit rotem Kopf schreienden Johanna und einer verträumt dreinblickenden Gretlin gegenüber, die zu allem Überfluss noch ein besticktes Ohrenkissen sanft streichelte.

»Gegrüßt sei Jesus Christus ...«, setzte Cäcilie hoheitsvoll an, und überrascht und verdattert setzte Johanna fort: »... in alle Ewigkeit, Amen.«

Stille breitete sich aus, keine angenehme Stille, sondern eher eine gespannte, wo niemand so recht wusste, was nun als Nächstes geschehen sollte. Eine Stille, die beiden Frauen gleich unbehaglich erschien – bis auf Gretlin, die weiterhin über das Ohrenkissen strich und dabei lächelte wie der Erzengel Gabriel in seiner besten Zeit. Sie schien sich wirklich wohlzufühlen.

»Gretlin, leg das hin«, zischte Johanna ein letztes Mal und blickte entschuldigend zu Cäcilie. Diese hatte im Nu die Situation erfasst und freute sich diebisch, dass sich ihre sonst so aufmüpfige Köchin in arger Bedrängnis befand. Gott möge ihr vergeben, aber diesen Zustand wollte die Meisterin bis zur Neige auskosten. Das hatte sie sich, wie sie meinte, nach all den Frechheiten Johannas wahrlich verdient.

»Nun, Johanna, wie ich höre hat sich die freie Tochter Gretlin in den letzten Tagen bereits im Kloster eingelebt – und wie man sieht«, damit zeigte sie auf das noch immer abwesend scheinende Mädchen, das inzwischen den Polster gegen das Licht drehte »fühlt sie sich schon wie zu Hause.« Sehr laut räusperte sich die Meisterin dann, drehte ihren faltigen Hals Richtung Gretlin und blickte sie mit ihren kleinen, stechenden Augen durchdringend an. Mit einem Ruck sprang das Mädchen zurück, und Johanna war klar, dass sie erst jetzt der Anwesenheit der Meisterin gewahr wurde. In welcher Welt hatte das Mädchen nur eben verweilt? Überrumpelt stieß Gretlin an eine mit Schnitzereien verzierte Truhe, ließ das Ohrenkissen fallen und zitterte vor Schreck. Johanna seufzte gottergeben und dachte, dass das wohl einer der schlechtesten Auftakte zu einem wohlmeinenden Gespräch darstellte. Doch wie immer, wenn sie sich knietief im Fettnäpfchen befand, beschloss sie, dem Schicksal die Stirn zu bieten. Sie atmete tief durch, dass die Seitennähte ihrer Kutte, die sich fest um ihren üppigen Busen spannte, bedenklich knackten, reckte das Kinn und hob mit fester Stimme an:

»Verehrte Meisterin, Ihr sprecht weise. Gretlin, die freie Tochter«, bei dieser Bezeichnung kreuzte sie im Geiste ihre Finger und bat alle ihr im Augenblick gewogenen Heiligen um Vergebung, »hat sich wirklich schon gut bei uns eingelebt. Wir können uns ein Miteinander in Buße und Arbeit ohne sie gar nicht mehr vorstellen.«

Aufmunternd nickte sie dem Mädchen zu, das verschämt das Kissen an seinen Platz legte, nicht ohne vorher noch einmal liebevoll darauf zu blicken. Mein Gott, hilf mir, dass die Göre diesen vermaledeiten Polster endlich aus den Fingern lässt, dachte Johanna und fuhr laut fort:

»Ich denke, dass sie sich ein bußfertiges und gottesfürchtiges Leben in unserer Gemeinschaft durchaus vorstellen kann!«

Cäcilie, der der Ton der nun wieder selbstsicheren Johanna so gar nicht ins Konzept passen wollte, erwiderte unwirsch: »Na, nicht so schnell mit den jungen Pferden. Wir wissen doch alle, dass die Plätze in unserem Kloster begrenzt sind. Johanna, dir brauche ich ja nicht zu sagen, dass wir immer sehr vorsichtig mit den Mitteln umgehen müssen, die uns die Wiener Bürgerschaft zur Verfügung stellt.«

Das genau musst du sagen, du alte, habgierige Schachtel, dachte Johanna und setzte zuckersüß lächelnd fort: »Natürlich, geschätzte Meisterin, weiß ich um das Joch der Sparsamkeit, das das Kloster Sankt Hieronymus zu tragen hat.«

»Jede, ich meine da wirklich jede muss ihr Scherflein dazu beitragen, dass wir in diesen schlechten Zeiten leben und Gott weiterhin mit Gebeten dienen können.«. Cäcilie schwenkte ihren mageren ausgestreckten Zeigefinger Richtung Gretlin, die sich wie unter Schlägen duckte.

Ja natürlich, damit dein Geldsäckel noch voller wird, dachte Johanna mit Ingrimm und fand es an der Zeit, mit ihrem Gurgelwasser herauszurücken, bevor der Jähzorn mit ihr durchging, was ja bekanntlich immer noch mehr Durcheinander veranstaltete und keinem helfen würde.

»Aus diesem Grund, werte Cäcilie, haben wir uns in der Küche ein neues Essigwasser einfallen lassen.« Johanna wartete gebannt.

»Was denn schon wieder, Johanna? Mittlerweile legen wir ja alles sauer ein, was nur da draußen wächst und gedeiht.« Gelangweilt blickte die Meisterin ihre Köchin an, die wiederum schwer zu tun hatte, ihren Jähzorn, der aufflammte wie Feuer in der Hölle, zu unterdrücken.

»Nun, wir gehen jetzt einen etwas anderen Weg, den der gesunden Schönheitsmittel sozusagen.«

»Der *gesunden Schönheitsmittel*?«, krächzte die Truthenne.

»Ja. Wir wollen mit einem speziellen Elixier dem schlechten Atem der Menschen zu Leibe rücken. So wie Christus einst mit guten Taten dem Pesthauch der Hölle.«

»Sehr löblich!«

Johanna wusste, dass die Meisterin bereits angebissen hatte. Sie musste nur einen Blick auf den faltigen Hals werfen und war im Bilde. Wenn der sich faltig zusammenschob und schnell wieder auseinander, dann war die Alte in Aufregung. Jetzt galt es, ihr den Veilchenessig in kleinen Schlückchen zu servieren und so nach und nach zum Kernpunkt der Sache zu kommen. Auf jeden Fall durfte Cäcilie nicht wissen, dass die Essenz bereits schon so weit gediehen war, dass man ans Verkaufen denken konnte. Das würde selbst für Johanna zu gefährlich sein. Denn nur zu leicht könnte man ihr ungebührliches, eigenständiges Handeln vorwerfen. Und außerdem: Zappeln musste die Truthenne, zappeln!

Johanna schwieg erst einmal ausgiebig. Sie spürte, wie die Meisterin ungeduldig wurde und ihr Kinn hin und her schob. Dann seufzte Johanna schwer, atmete durch und sah, wie Cäcilie sie mit aufgerissenen Augen anstarrte und an ihren Lippen hing. In sich hineinlächelnd glaubte sie, die alte Truthenne nun so weit zu haben, um ihr einen nächsten kleinen Brocken zuzuwerfen.

Gerade als sie ansetzen wollte, platzte Gretlin, die bis zu diesem Zeitpunkt nur nutzlos in der Gegend herumgestanden war und das Ohrenkissen angeschmachtet hatte, heraus: »Die Yrmel hat mit der Johanna nämlich schon einige Fässchen Mailufterl gemacht, Meisterin. Und das Mittel wirkt, wir haben es der Martha und der Wuckerl gegeben, auch die Marlen sagt, dass es wirkt, denn die Schwester Vikarin, die isst ja immer so viel Knoblauch und jetzt stinkt sie gar nicht mehr so aus dem Mund und …«

Johanna musste sich umdrehen, um ihre geballten Fäuste und ihre Zornesröte nicht so unmittelbar der Meisterin zu zeigen. Warum dieses blöde Gör ausgerechnet jetzt den Schnabel aufmachte und alles zerstörte, was Johanna sich so mühsam ausgedacht hatte! Sie wusste bereits jetzt, was Cäcilie auf diese Eröffnung sagen würde und war daher nicht im Mindesten überrascht, als sie sich beherrscht wieder umdrehte und in das listig dreinschauende Gesicht der Meisterin sah.

»Was soll ich davon nur halten, Johanna? Du braust etwas zusammen, das ganze Kloster weiß davon, und du findest es nicht einmal der Mühe wert, es der Meisterin zu offenbaren? Was ist das eigentlich, diese Mailuft?«

Übereifrig antwortete da wieder Gretlin: »Mailufterl heißt

es, Meisterin, Mailufterl. Salbei, Honig, Veilchen und natürlich feinster Essig. Johanna hat so schöne kleine Tonkrüge gefunden und das Mailufterl darin abgefüllt.« Mit einer Geste, die daran erinnerte, jemandem den Hals abschneiden zu wollen, brachte Johanna Gretlins Redefluss endlich zum Verstummen.

»Das wird ja immer besser«, frohlockte Cäcilie, so freute sie sich über diese Verfehlung Johannas, »da musst du dir jetzt aber einiges einfallen lassen, um deinen Übereifer und deine Geheimnistuerei vor mir rechtfertigen zu können. Und vor allem, bitte schön, was hat denn dieses Mädchen mit dem zu schaffen, was soll die bei uns, wenn sie nur herumpalavert und du das Mailufterl sowieso allein zustande bringst? Erklär mir das bitte.«

Erst verlegen und dann zu Tode erschrocken blickte Gretlin zu Johanna.

Na klar, dachte jene, jetzt erst beginnt dein Hirn zu arbeiten und du erkennst, was du dir selbst mit deinem vorlauten Geplapper eingehandelt hast. Jede Wette, dass du zu heulen beginnst wie ein räudiger Wolf im Wienerwald, wenn dich die Meisterin wieder zur Laimgrube schickt! Der Gedanke Johannas war kaum zu Ende gedacht, als auch schon leise Schluchzer von Gretlin zu hören waren.

»Aber ich will nicht weg, Meisterin, Johanna, ich will nicht wieder weg. Ich kann arbeiten, wirklich, ich will nicht zurück ins Frauenhaus, und das gelbe Tüchel, das hab ich ja nur getragen, weil die Elsbeth, also die meinte …«

Über so viel Dummheit konnte Johanna nur schreien. Und das tat sie auch, lang und anhaltend, bevor Gretlin ihr Geheimnis der Meisterin auf die Nase binden konnte und so ihre Chancen, jemals in einem Kloster der Büßerinnen unterkommen zu können, verwirkt hatte. »Jessasmariaundjosef«, plärrte sie, schnappte das Mädchen bei den Händen und zerrte sie hinter sich, »halt das Maul, Gretlin, wir wissen doch alle, dass du als Hübschlerin genug von den Männern hast, oder? Das ist doch bei uns allen so! Du bist ja eine von uns!« Endlich schien das Mädchen zu verstehen, kniff die Lippen zusammen und nickte stumm unter Tränen. Johanna konnte nur hoffen, dass das so blieb, und schickte sich an, zu retten, was noch zu retten war. Nun, gut sah das nicht gerade aus. Gretlin hatte ihr allen Wind aus den Segeln genommen. Die Meisterin wusste, dass das Mailufterl fertig war, dass es wirkte, dass es vor allem bereit war, verkauft zu werden und – das war der schlimmste Teil – die ganze Geschichte auch ohne Zutun von Gretlin passiert war. Dabei hätte Johanna die Jungfer so gern als unverzichtbare Arbeitskraft, als Quell der Erfindung und Ausgeburt an Schöpferkraft und Fleiß hingestellt. Das wäre zwar recht schwer gewesen, aber immerhin einen Versuch wert. Alles verwirkt! Wie ein Ertrinkender nach einem Strohhalm greift, begann Johanna vor sich hin zu plaudern und hoffte, dass ihr während ihres Gebrabbels irgendetwas einfallen würde. Amüsiert verschränkte Cäcilie die Arme und sah Johanna grausam lächelnd an.

Die weiß genau, dass ich keinen blassen Schimmer habe, habgierig ist sie und geizig, aber dumm gewiss nicht, dachte Johanna und erzählte: »Nun, wir waren alle so entzückt über das Gebräu!«

»Entzückt. Du. Erstaunlich.«

»Ja, und es duftet so lieblich …«

»Lieblich.«

»Und da haben wir so ganz kleine Krüge gefunden, nicht hoch, eine Handbreit nur und bauchig. Ganz reizend …«

»Reizend.« Cäcilie starrte abwechselnd Johanna und Gretlin an und bedeutete ihrer Köchin mit einem langen Blick, dass es ihr nun mit dem Gesäusel bald reichte und sie endlich zum Kern der Geschichte kommen sollte. Gretlin jedoch schien davon gänzlich unberührt zu sein, trocknete ihre eben vergossenen Tränen und mischte sich, sehr zum Missfallen von Johanna, wieder ein.

»Ja, abgefüllt hat das sehr schön ausgesehen. Yrmel hat dann einen Stoff genommen, ganz wenig, und die Krüge mit einem ganz kleinen, aber schönen Holzkeil verschlossen. Ich finde ja, dass der Stoff zu grob ist, man müsste feinstes Leinen nehmen, so wie das, aus dem das Kissen gemacht ist.«

Nein, dachte Johanna, nicht schon wieder dieses vermaledeite Kissen! Aber Gretlin war nicht zu halten, lief mit vor Eifer geröteten Backen die Stufen hinauf zur Bettstatt der Meisterin, nahm das Polster und begann:

»Das ist so ein feiner Stoff, darauf kann man sogar gut sticken, wissen Sie, verehrte Meisterin.« Nein, nicht schon wieder dieses Sticken, stöhnte Johanna innerlich. Heute blieb ihr nichts erspart. Ungebremst fuhr Gretlin fort, der Meisterin zu erklären, welcher Zauber von ihrem Ohrenkissen ausging. »Das nennt man Anlegetechnik. Da, wo die Rosen hineingestickt sind. Schauen sie nur genau, die sind auf Goldgrund. Die Fäden werden auf die Oberfläche gelegt und mit einem weiteren Faden von unten fixiert. Und auf diese Fläche stickt man dann Symbole und Muster, Blumen und Kränze. Was auch immer. Wenn man es bewegt, schimmert der Untergrund durch, so schön … Schauen Sie doch, Meisterin, wie das in diesem schönen Licht glitzert und lebt … Also ich habe halt immer viele Blumen gestickt und natürlich auch Herzen und Schleifen, so wollten es die Frauen bei uns«, setzte Gretlin geschäftig fort.

»*Du*?«, fragten Cäcilie und Johanna wie aus einem Mund. »Was machen Dirnen mit Ohrkissen?«

Gretlin lachte: »Keine Ohrkissen, sondern, Tüchel, Täschchen und Gürtel!«

»Aus Goldfäden?«

Wieder lachte das Mädchen: »Nein, natürlich keine Goldfäden, nur gefärbtes Garn, aber die Art, es zu machen, ist dieselbe, und manchmal bekamen die Frauen ja auch ein paar Silberfäden von ihren Freiern.« Beschämt senkte Gretlin den Kopf.

Nun, Gold und Silber, da begannen die Augen der Meisterin wieder zu leuchten. Geschäftsmäßig fuhr sie fort, und ihre Falten am Hals bewegten sich auf und ab vor Aufregung: »Das heißt, wenn ich dir so ein feines Stück Linnen gebe und ein paar Fäden, dann kannst du mir auch zeigen, was du mir jetzt erklärt hast?«

»Natürlich.«

Gretlin spricht von der kompliziertesten Art des Stickens, wie es nur in den Nonnenklöstern oder in höchsten adeligen Kreisen praktiziert wird, wie wenn ich vom Ausrollen des Germteiges spreche, dachte Johanna und hörte schweigend zu. Wenn die Situation nicht so vertrackt wäre und es vor allem nicht um so viel ginge, wäre es direkt zum Lachen, wie das junge Mädchen die Meisterin am Schmäh hält, dachte Johanna, und mitleidig sah sie zu Gretlin. Sie hat keine Ahnung, dass sie sich um Kopf und Kragen redet.

»Also ich habe hier ein Eck Leinen und da auch etwas Garn«, damit ging Cäcilie zu ihrer Kleidertruhe, räumte die weiche Decke weg, die obenauf lag, machte den reich verzierten Deckel auf und beugte sich hinein. Mit einer Stimme, die wie aus einer Höhle zu kommen schien, sprach sie weiter: »Und da habe ich auch eine Nadel.« Triumphierend tauchte sie wieder auf. »Jetzt zeig uns, wie das so geht, was du vorhin so wortreich erklärt hast.«

»Gern«, meinte Gretlin, glättete das feine Stück Stoff, fädelte mit einer Behändigkeit, die Johanna erstaunte, einen Faden in die Nadel und sah die beiden erwartungsvoll an. »Was soll ich denn machen?«

Ohne lang zu überlegen, eher einer Eingebung folgend, sagte Johanna rasch: »Ein Veilchen. Stick ein kleines Veilchen auf den Stoff, Gretlin.«

Gebannt sahen beide Frauen dem jungen Mädchen zu, wie es augenblicklich eifrig und ganz in sich versunken die Nadel auf und ab bewegte. Keine der Drei hörte die Glocken, die zur Terz läuteten, die trippelnden Schritte der Büßerinnen, die in die Kapelle zum Gebet strömten oder die Gesänge, die leise bis in die Kemenate der Meisterin klangen.

Nach einer Weile waren bereits zwei Blütenblätter eines Veilchens zu erkennen, und die beiden Frauen wunderten sich, wie jemand mit so dünnem Faden auf so feinem Gewebe überhaupt arbeiten konnte.

»Mir hat einmal jemand von Nadelmalerei erzählt«, merkte Cäcilie an, »jetzt weiß ich, was darunter zu verstehen ist.« Nach einer weiteren Zeitspanne lehnte sich Gretlin zurück und präsentierte lächelnd ihr Werk, ein Veilchen, so unmittelbar und echt, als hätte man es eben taufrisch aus dem Wienerwald geholt.

Atemlos fragte die Meisterin: »Woher kannst du das, Mädchen? Wer hat dir denn das beigebracht?«

Gretlin erwiderte unbekümmert: »Nun, gezeigt hat mir das niemand, aber unten vor dem Widmertor, also im Frauenhaus, da hatte ich so ein altes Stück Stickerei, abgerissen zwar, aber doch soweit beisammen, dass ich mir da die Art zu arbeiten abgeschaut habe.«

»Aber da musst du ja Stunden damit zugebracht haben!«, wunderte sich Cäcilie.

»Natürlich, ja. Ich hatte ja nichts zu tun, während Elsbeth ...«

Barsch unterbrach Johanna sie: »Ja, das Leben kann schon seltsame Wege gehen.« Sie funkelte Gretlin an, die Gott sei Dank verstand und schwieg.

»Nun gut.« Cäcilie, die ein Gesicht machte, als hätte sie jene Magd, die Stroh zu Gold spinnen konnte, höchstpersönlich unter Vertrag, bemerkte schon viel versöhnlicher als zuerst: »Ich könnte mir vorstellen, Gretlin, dass du ein paar von deinen Veilchen stickst, und Johanna sie dann als besondere Verpackung zwischen dem Holzkeil und dem kleinen Krug mit der Mailuft, also dem Mailufterl, klemmt.«

Sieh da, dachte Johanna erzürnt, wie genau sie zugehört hat, was sie sich alles gemerkt hat, diese alte Schastrommel, diese welke Distel, dieses miese Stück vertrocknete Kuhfladen. Ungeachtet ihrer mehr als schlechten Gedanken lächelte sie verbindlich der Meisterin zu und neigte aufmerksam ihren Kopf, um deren weiteren Ausführungen zu lauschen.

»Dass die gestickten Blumen wie ein Schildchen hervorschauen, so meine ich das – das sieht gut aus und jeder weiß dann, was da drinnen ist.« Cäcilie dachte kurz nach. »Und ich zeige dir dann das Kürzel, also die Buchstaben für das Kloster. Damit könnten wir unsere Waren kennzeichnen. Da musst du dann halt auf groben Stoff arbeiten.« Gretlin nickte begeistert, und Johanna schwieg verblüfft. Das ganze Theater hörte so abrupt auf, wie es begonnen hatte, denn mit einer fahrigen Handbewegung gab Cäcilie zu verstehen, dass ihre Geduld nun erschöpft sei und die beiden entlassen waren. Bevor Gretlin die wunderschöne Kemenate der Meisterin verließ, drehte sie sich nochmals um und fragte schüchtern: »Kann ich Maroni behalten?« Über so viel Dreistigkeit drehte sich Johanna fast der Magen um. Anstatt dem Herrgott auf Knien zu danken, dass sie etwas gefunden hatte, was die Meisterin zu Geld machen konnte und ihr den Aufenthalt im Kloster sicherte, stellte dieses Mädchen Forderungen! Cäcilie blickte überrascht auf. »Wer oder was ist Maroni?«

Da berichtete Gretlin willig: »Also zuerst hat sie ja Weinberl geheißen, weil sie wie eine vertrocknete Rosine ausgeschaut hat und alles vollgestunken hat. Aber jetzt ist sie gebadet und geschert, und der Barthel hat gemeint, sie ist so glatt wie eine Kastanie und deshalb ist das jetzt die Maroni!« Erklärend führte Johanna weiter an: »Sie spricht von der räudigen Hündin, die bei der Verstorbenen und bei Gretlin in jener Nacht gefunden wurde. Also wenn sie mich fragen, Meisterin, wäre es kein Schaden, wenn man das Viech …«

»Ich frage dich aber nicht, Johanna«, unterbrach Cäcilie sie so wütend, dass sich Speichelfetzen rund um das Kinn der Meisterin sammelten »du fragst ja auch nicht, wenn du ein weiteres Gebräu herstellst, wenn du es ausprobierst, wenn du die Hauerknechte in der Küche bewirtest, wenn du …« Da brach sie ab, weil ihr vor Zorn die Stimme wegblieb. Johanna blickte betreten zu Boden und konnte nur lautlos fluchen, als die Meisterin das Machtwort sprach: »Daher frage ich dich auch nicht, ob du einen Hund in der Küche beherbergen willst. Nein, ich befehle es dir! Und ich hoffe, dass er dir den ganzen lieben langen Tag so auf die Nerven geht, wie es deine mangelnde Disziplin und deine Aufmüpfigkeit bei mir tun. So – und jetzt geht mir aus den Augen, alle beide.«

Wie die begossenen Pudel schlichen Johanna und Gretlin hinaus, über den Hof und hinein in die Küche. Aufatmend ließen sie sich auf den erstbesten Sitz plumpsen. Keine sah der anderen in die Augen. Gretlin aus Furcht, Johanna aus Zorn.

Zu Yrmel, die mit blassem Gesicht und nervösem Augenzucken zu ihnen gelaufen kam und Johanna ungeduldig fragend am Ärmel schüttelte, sagte jene nur knapp: »So viel zu unserem Besuch, Yrmel: Gretlin wird wohl die einzige Jungfrau sein, die bis auf weiteres Unterschlupf im Kloster der Büßerinnen zu Sankt Hieronymus gefunden hat. Darauf kommt es ja schließlich an, und mehr möchte ich dazu wirklich nicht sagen.« Müde wandte sie sich ab, um sich einen großen Becher Würzwein zu bereiten.

Gretlin, die sich entzwischen auch sehr gut ohne Worte mitteilen konnte, zeigte zuerst auf sich und dann auf die Ecke, wo Maroni zusammengerollt schnarchte, und nickte kräftig. Da breitete sich ein Lächeln auf Yrmels Gesicht aus, als würde die Sonne über den Weinbergen von Grinzing aufgehen.

Traurig ritt Sander an der Seite seines Oheims den Witmarkt entlang und an der Kirche Sankt Michael vorbei. Er hörte nicht die Abschiedsrufe der Wiener, die die Straße säumten, das Scherzen und Lachen der Leute im Tross des Patriarchen, die sich allesamt, geplagt vom Heimweh, auf das Wiedersehen mit Lucca freuten. Der Zug näherte sich der Herzogsburg und würde in kurzer Zeit das Widmertor passieren, die Vorstädte durchqueren, den Wienfluss entlangreiten und sich weiter auf den beschwerlichen Weg nach Westen machen. Nach einem Seitenblick auf seinen Neffen rief Randegg den Marschall, der die Verantwortung für die Reise trug, an seine Seite und besprach sich mit ihm in kurzen Worten. Als dieser dienstbeflissen nickte und wieder seinen Platz an der Spitze des Trosses einnahm, gab Bernhard von Randegg seinem Neffen mit einem kurzen Nicken zu verstehen, ihm zu folgen. Sander, ein wenig verstört, staunte, als sein Oheim sein Pferd forsch nach rechts lenkte und im schnellen Galopp die Schaufellucke, eine enge Gasse, entlangritt. Erst beim Kloster der Minderen Brüder zügelte er sein Pferd und drehte sich im Sattel halb um, um festzustellen, ob sein Neffe nicht den Anschluss verpasst hatte. Ein wenig außer Atem brachte Sander sein Pferd zum Stehen und fragte verdutzt:

»Was soll denn das, Oheim?«

Leise lächelnd sprang Bernhard von Randegg vom Pferd und band es an einen ausladenden Nussbaum, der sich im Garten des kleinen Häuschens ›Zum goldenen Fasan‹ ganz in der Nähe der Kirche befand. Sander tat es ihm gleich, und die beiden schlenderten zum Portal der Kirche. Der Patriarch wies seinen Neffen an, auf den Stufen Platz zu nehmen, und setzte sich ebenfalls dazu. Eine Weile wurde gar nichts gesprochen. Bernhard von Randegg genoss die frische Luft, die den jetzt auch endlich in Wien herannahenden Frühling versprach, bewunderte die Strahlen der Sonne, die den hellen Sandstein der Kirche der Minderen Brüder funkeln ließ. Behaglich lehnte er sich an die steinernen Rippen des über elf Meter hohen Portals und schloss die Augen. Sander, ohne Gefühl für die Ruhe und Schönheit dieses Augenblicks, kratzte mit einem kleinen Holzstöckchen in den Unebenheiten der Stufen und brachte eine ansehnliche Menge Schmutz zum Vorschein. Er hatte kein Interesse mehr, seinen Oheim nach Sinn und Zweck dieses Ausflugs weg vom Tross zu befragen, es war ihm gleichgültig nach dem, was heute Morgen vor dem Dom geschehen war. Zu tief saß der Schreck, zu groß war die Enttäuschung.

»Der Glorreiche wurde er genannt«, begann Randegg mit sanfter Stimme zu erzählen, »dieser Babenberger Herzog

Leopold. Eine seiner wohl lobenswertesten Taten war es, den ankommenden Mönchen aus unserer Heimat ein Grundstück, hart an der Stadtmauer gelegen, zu schenken. Ja er hat sogar in Assisi den Heiligen Franziskus gebeten, ihm eine kleine Zahl an Mönchen zu senden!«

Bernhard, der bisher mit geschlossenen Augen gesprochen hatte, öffnete sie und wandte sich seinem Neffen zu.

»Sie kamen wahrscheinlich ziemlich müde und verlottert hier an, die Minderen Brüder, aber sie bekamen Grund und Boden mit einem kleinen Kirchlein darauf, das der Heiligen Katharina von Alexandrien geweiht war. Also nicht nur irgendein Stück Land, sondern geweihte Erde zwischen Schottenkloster und herzoglicher Residenz.«

Sander reagierte gar nicht, sondern kratzte noch mehr Erde und Schmutz aus den Ritzen zwischen den Pflastersteinen. Nachsichtig betrachtete Randegg den Jüngling und erzählte weiter: »Schon bald baute man eine größere Kirche und gleich ein Kloster dazu. Stell dir vor, Sander, der Baumeister hatte einen ganz und gar wienerischen Namen: Bruder Hans Schimpffenpfeil!« Randegg lachte und strich sich mit der Hand über sein Kinn. Sander blickte zornig zu ihm auf und verlor, als er die entspannte, heitere Miene des Patriarchen sah, die Beherrschung:

»Was willst du eigentlich, Oheim. Mich aufheitern mit deinen unseligen Geschichten? Weit gefehlt. *Du* nur bis Schuld daran, dass Ewald nicht mehr bei uns ist. *Du* hast dich nicht gekümmert. *Du* warst mit deinen Gedanken so weit weg in all der Zeit hier in dieser Stadt. Nur deswegen hat er diese neuen Freunde kennengelernt, diesen Montfort, diesen Teichner …« Sander unterbrach seine Schimpftiraden, weil er von Schluchzern geschüttelt wurde.

»Es tut mir leid, Sander«, meinte Randegg und strich ihm

begütigend über den Rücken. Sogleich rückte der Jüngling drei Handbreit weit weg und fuhr sich beschämt über die Augen.

Verständnisvoll blickte Bernhard zu seinem Mündel und meinte leise: »Mich hat hier die Vergangenheit eingeholt, mein Sohn. Dagegen war ich eine Zeit lang machtlos. Dämonen aus früherer Zeit sind auf mich eingestürmt, dass ich dachte, ich weile an der Pforte der Hölle und nicht in einer der liebenswertesten Städte.«

»Pah. Liebenswert. Ich wünschte, wir hätten diese Reise nie angetreten. Ich wünschte, ich wäre nie auf dieser Hochzeit mit all ihrem Gepränge gewesen. Ich wünschte, ich hätte dieses arme Mädchen nie getroffen, die auf der toten Frau gelegen hat, und ich wünschte, ich wäre nie ihrem grün und blau geprügelten Mörder in diesem Schandkäfig da begegnet!« Sander hielt erschöpft inne.

»Welcher Mörder?«, fragte Randegg erstaunt.

»Der Bischof von Passau hat den Stallknecht von den Wallseern überführt. Er hat die Frau in der Gosse getötet, mit den Lederriemen, die sie für die Pferde nehmen als Bandagen, damit hat er sie erdrosselt.«

»Mit Lederriemen für Pferde?« Der Patriarch schüttelte zweifelnd den Kopf. »Das war eine Lederschnur, wie sie die Falkner verwenden, Sander, nichts anderes, da ...«

Unwirsch unterbrach ihn sein Neffe: »Das ist mir doch gleichgültig. Jetzt kannst du dir deine Einwände sparen, Oheim. Sie kommen zu spät. Man hat den armen Mann auf der Gänsewiese gehängt. Aber Sie kommen ja immer zu spät, Oheim. Auch bei Ewald. Ich wünschte, ich hätte ihn nie kennengelernt ...«

»Nein, das wünscht du nicht, Sander. Sei nicht ungerecht. Ewald wird immer dein Freund bleiben. Eure Wege werden sich vielleicht wieder kreuzen, vielleicht auch nicht. Aber jetzt – nun er muss seinen eigenen Weg beschreiten.«

»Aber warum«, hier sah Sander seinen Oheim an, wie wenn er keine 14 Lenze, sondern nur vier zählen würde, »musste er denn mit dem Herzog verreisen? Warum ist er nicht mit uns nach Hause gekommen?«

»Ewald ist Sänger. Tief in seinem Inneren hat die Kunst ihren Platz gefunden. Albrecht hat ihn beordert, die Preußenreise mit ihm zu unternehmen und Lieder über seine Heldentaten zu schreiben. Mein Gott, Sander, das muss deinem Freund vorgekommen sein, als hätte sich das Tor in den Himmel der Glückseligkeit geöffnet!«

»Aber er hat doch versprochen, mit uns zu reisen.«

»Nichts hat er versprochen.«

»Aber sein Vater, was sagst du dem jetzt?«

»Dass sein Sohn in den Diensten der Herzogs von Österreich steht.«

»Aber so einfach ist das nicht.«

»Oh doch, so einfach ist das. Er hat seinen Platz gefunden, so jung er auch ist. Ewald wird niemand aufhalten können, das weißt du genauso gut wie ich, und sein Vater weiß das auch.«

»Was soll ich jetzt tun?«

»Also geht es gar nicht so um Ewald, sondern um dich?«

»Also …«

»Ja, Sander, du wirst auf eigenen Beinen stehen müssen, dich nicht mehr hinter einem dreisten Freund, der auf alles und jedes eine Antwort weiß, verstecken können.«

Randegg setzte fort: »Wir haben ja auch die drei Dienstboten vom Bischof dabei. Der jüngere macht mir einen ganz guten Eindruck. Wenn du auf ihn zugehst, dann könnte da auch so etwas wie eine Reisefreundschaft entstehen, auch wenn es nur ein einfacher Jüngling ist.«

Sander rümpfte die Nase.

»Ja, ich weiß«, meinte Bernhard abschwächend, »ein bisschen sonderbar ist er schon, und deinen Ewald wird er dir kaum ersetzen können. Aber ich denke, du musst lernen, die Menschen zu nehmen, wie sie nun einmal sind, das gehört zum Erwachsenwerden dazu.«

Sander schwieg eine Weile, dann meinte er kleinlaut: »Wirst du mir helfen, erwachsen zu werden, oder wirst du wieder in deine eigene Welt versinken, Oheim?«

Bestürzt und traurig zugleich musterte Bernhard seinen jungen Verwandten: »Ich hatte vergessen, wie feinfühlig du sein kannst, Sander. Ich entschuldige mich dafür, dass du dich von mir im Stich gelassen fühltest. Jetzt, nachdem ich ein wenig in mich gegangen bin, ist mir einiges klargeworden.«

Bernhard von Randegg sah zum Portal der Kirche, zu dessen Füßen er saß, und betrachtete die Statuen des Heiligen Philippus mit Buch und Kreuz, neben Johannes dem Evangelisten und Johannes dem Täufer. Er lächelte.

»Manchmal hilft Beten einfach. Man lernt zu vergeben.«

»Wem musstest du vergeben?«

»Einer Frau, die mir hier an diesem Platz besonders nahe ist. Die meine Treue und Zuverlässigkeit für ihre Zwecke ausgenutzt hat.«

»Was war das für eine Frau? Die vielleicht, die wir gefunden haben?«, fragte Sander und war sich bewusst, dass er hier über die Grenzen des guten Geschmacks hinausging, und diese Frage eigentlich ungebührlich war und viel zu sehr das Innerste seines Oheims berührte. Er rechnete daher mit einer schroffen Zurückweisung und war sehr erstaunt, als Bernhard von Randegg so sanft wie zuvor antwortete:

»Nein, natürlich nicht, mein Sohn. Aber du hast recht. Damit hat mein Weg begonnen.«

»Welcher Weg?«

»Der Weg der Überwindung, der das, was geschehen ist, ruhen lässt.« Nachdenklich setzte der Patriarch nach: »Der einen selbst zur Ruhe kommen lässt.«

Sander, die Gunst der Stunde nutzend, mehr über die Gefühle des sonst so undurchschaubaren Mannes zu erfahren, fragte dreist: »Also diese Frau, Oheim, die deine Treue ausnutzte, hast du sie … geliebt?«

Gespannt leckte er sich die Lippen und wartete auf eine Antwort.

Bernhard, der die Sensationslust in den Augen seines Neffen sah, lachte und meinte: »Liebe hat viele Gesichter. Aber, nun, ich habe sie sicherlich geachtet und verehrt, aber so richtig geliebt, nein, da gehört wohl mehr dazu …«

»Was?«, fragte Sander.

Randegg zeigte mit dem Finger nach oben an die Mittelsäule der Kirche, die das Portal teilte. Von dort sah eine Muttergottesstatue auf die beiden herab. In ihrem linken Arm hielt sie das Jesuskind und stützte dessen linken Fuß mit ihrer Rechten, während der Knabe mit seinem Händchen den Schleier der Heiligen Jungfrau ergriff. Zuneigung, Bescheidenheit und Demut strahlten so weit, dass selbst Sander von der Einzigartigkeit dieses Kunstwerks beeindruckt war. Leise meinte Sander: »Vielleicht weiß ich, was du meinst, Oheim.

»Ich bin sicher, dass du das weißt.«

Beide schwiegen und hingen ihren eigenen Gedanken nach.

»Ich hab dir gsagt, dass ich dich nicht dabeihaben will. Verstehst mi net? Ich will des net!« Ruckartig hoben Sander und Bernhard von Randegg ihren Kopf und sahen zwei Gestalten raschen Schrittes, von der Stadt kommend, an der

Minoritenkirche vorbeilaufen. Beide wollten durch einen Durchschlupf in der Stadtmauer hier ganz in der Nähe, um schnell in das unverbaute Gebiet der Vorstädte zu gelangen. Viele Wiener gingen diese Abkürzung und gelangten in ein Gebiet voll von Wiesen, Bäumen und blühenden Sträuchern. Jene, die gesprochen hatte, war eine etwas beleibte Frau im grauen Habit einer Büßerin mit einer weißen schmucklosen Haube, deren puterrotes Gesicht vor Zorn leuchtete wie eine Mohnblume im Schnee.

»Aber geh, jetzt sei net so garstig, Hannerl. Der Frühling kommt und …«

Ein etwas ausgemergelter Mann, dem schon einige Zähne fehlten, dessen Lachfalten und klobige Nase ihn aber gutmütig und freundlich ausschauen ließen, tätschelte der Frau die runden Schultern.

»Mir wurscht, ob Frühling is. Ich geh doch net zur Gaudi vor die Mauer, die Veilchen da brocken!«

Der Mann verdrehte die Augen, lief aber weiter hinter der Frau her und versuchte, sie bei der Hand zu fassen.

»Aber Hannerl, jetzt komm, ich möchte dir doch nur den Korb tragen, sei doch ein bisserl nett.« Beide kamen gefährlich nahe an das Portal der Kirche, merkten aber nichts von den beiden Männern, die sich hier niedergelassen hatten. Sie waren viel zu sehr mit sich selbst beschäftigt. Der Patriarch und sein Mündel hingegen betrachteten mit Interesse die Szene und grinsten bereits.

»Barthel, zum letzten Mal«, damit schlug die Frau dem Alten ziemlich hart auf die Finger, »hör auf mit dem Gesäusel. Des brauch i net. Ich brauch die Veilchen für meinen Essig. Damit basta.«

»Aber Hannerl. Wennst die Veilchen für deinen bleden krampensauren Essig brauchst, dann sollst sie halt haben. Himmelherrgott, dann helf ich dir halt! Hauptsach, ich bin a bisserl bei dir.« Ergeben folgte der Mann der beleibten Frau.

»Wennst meinst, alter Depp, soll mir recht sein!«, antwortete die Frau und schritt mit erhobenem Kopf, ausladenden Hüften und herausgereckter Brust am Portal vorbei. Beide schlüpften hintereinander durch den Durchlass und waren nicht mehr gesehen. Nur ein »Jetzt hör aber auf, du damischer Aff du bleder ...« war von Ferne noch zu hören.

Bernhard von Randegg wischte sich Lachtränen aus den Augen und sagte zu Sander, der wie ein schlimmer Junge hinter den beiden her kicherte:

»Und das, werter Neffe, das ist wirkliche Liebe!«

Erschrocken wehrte der Jüngling ab: »Nie und nimmer, die beschimpfen sich ja ständig.«

»Ja, eben, das ist Liebe auf wienerisch!«

Entschlossen stand der Patriarch von den Stufen auf, klopfte sich den Staub von seinem Reisemantel und meinte: »Jetzt verabschiede dich von dieser schönen Stadt. Vielleicht hast du Glück und darfst wieder einmal hierher kommen. Ich wünsche es dir! Ich bin zu alt, die weite Reise noch einmal zu unternehmen ...«

Damit ging er, ohne sich noch einmal umzudrehen, zu seinem Pferd, stieg auf und ritt Richtung Widmertor, das ihn hinausbringen sollte aus Wien und auf den Weg nach Italien.

Sander folgte ihm und später, als sie die Befestigungen und die Palisaden hinter sich gelassen hatten und in der Ferne bereits ihren Tross ausmachen konnten, meinte er zweifelnd zu seinem Oheim: »Jetzt war ich so lang in Wien, aber verstehen tu ich überhaupt nichts von den Leuten hier.«

Beruhigend klopfte ihm Bernhard auf die Schulter: »Da bist du nicht allein. Das geht jedem so. Aber das macht nichts!«

Zweiter Teil

Acht Jahre waren vergangen, aus dem Jungfalken war ein erfahrener Greifvogel geworden. Freilich einer, der nur in seinem Käfig hockte und nicht zur Jagd eingesetzt wurde. Aber sein inneres Feuer, das ihn selbst zu verbrennen drohte, brannte immer noch. Er war sicher, wenn man ihn fliegen ließe, dann könnte er auch wieder töten. Aber er musste sich in Geduld üben und warten. Nur mühsam brachte er sich durch den Tag, einen nach dem anderen. Gewiss, das Leben war bequem für ihn geworden, aber langweilig und eintönig. Zu leicht war alles zu erreichen, gutes Essen, ein weiches Bett, ein gemütlicher Platz am Ofen. Immer wieder musste er sich daran erinnern, dass er noch eine Aufgabe zu bestehen hatte. Er musste es ihm beweisen, dass er würdig war. Für dieses Bild lebte er, Anerkennung von ihm, Lob aus seinem Munde, Billigung seiner Taten. Er durfte jetzt nicht nachlassen und sich einlullen lassen von den Annehmlichkeiten dieses Lebens. Herausreißen musste er sich aus der Stumpfsinnigkeit, die ein voller Magen, ein durch Wein und Bier benebelter Verstand und ein nicht der Unbill der Natur ausgesetzter gepflegter Körper erzeugte. Gleich einem Falken, der in der Ausbildung stand, musste er wieder lernen zu hungern, zu fasten, sich zu kasteien. Nur so konnte aus der Mastgans, die er geworden war, wieder ein stolzer Falke werden, ein Raubvogel, der hoch in die Lüfte schwebt und schnell und geschickt seine Beute reißt. Es war an der Zeit, diesem Müßiggang Lebewohl zu sagen. Fast liebevoll kramte er seinen alten, zerschlissenen Beutel wieder hervor und nahm zärtlich seine Lederhaube heraus. Er strich über das graugrüne Leder mit den braunroten Flecken und grinste wohlig bei der Erinnerung an

Vergangenes. Sehr genau musterte er sein Federspiel und die lange Lederschnur. Sie durfte ihn nicht im Stich lassen, wenn es darauf ankam. Als Letztes kamen seine beiden Messer an die Reihe. Das eine, das er stets am Gürtel trug und ihm auch als Tafelmesser diente, hatte einen gesteckten Griff aus hellem Holz. Er fuhr mit seiner Fingerspitze über die Schneide und schnalzte missbilligend. Da würde er wohl noch nachschleifen müssen. Dann, bereits wieder ein entrücktes Lächeln auf den Lippen, ergriff er ein dunkelbraunes, mit allerlei Flechtwerk verziertes Lederetui und zauberte daraus ein Messer mit dickem Rücken und einer sichelähnlichen Klinge an der Spitze hervor. Wie die Kralle eines Raubvogels, dachte er entzückt und strich sanft über den Griff aus Pflaumenholz und über die Klinge, wo kunstvoll zwei Hornplatten eingelegt waren. Er ließ sich viel Zeit beim Einräumen seiner Schätze in den Beutel, räumte ihn wieder in den untersten Teil seiner Truhe und legte zwei seiner Schlafdecken darauf.

Entschlossen drehte er sich um und beschloss einmal mehr zu warten. Unauffällig zu sein, sich bedeckt zu halten und auf sein Schicksal, das ihm bislang immer noch geholfen hatte, zu bauen. Seine Zeit würde kommen, sein nächster Flug, sein nächstes Opfer. Er wusste, dass er damit recht hatte. Was er nicht ahnen konnte, war, wie schnell sich sein Wunsch schon erfüllen würde.

Lucca, im Jahr des Herrn 1382

Verärgert blickte Sander zur Tür, wo Ella, von einem Bein auf das andere hüpfend, winkte.

»Was ist los?«, brüllte er unwirsch, obwohl er wusste, dass die Dienstmagd ihn wegen des Lärms in der Wirtschaft nicht verstehen konnte. Einmal mehr ärgerte er sich, dass sich dieses Weib immer noch benahm wie eine Zwölfjährige mit fliegenden Zöpfen. Mittlerweile hatte sie bereits das reife Alter von 20 Lenzen erreicht und wurde immer mehr zu einer alten Jungfer. Alle schienen das zu bemerken, nur sie selbst nicht. Mit gespitztem Mund, weit aufgerissenen Augen und forschem Winken bedeutete sie Sander, zu ihr zu kommen. Das fiel ihm jedoch nicht im Schlaf ein. Sollte sie sehen, wie sie weiterkam. Hier herein jedenfalls würde man sie nicht lassen, diese Wirtschaft war den Männern vorbehalten und ihrer Zerstreuung. Und genau das hatte Sander vor. Scheinbar unbeeindruckt vom immer wilder werdenden Winken der Magd widmete er sich aufmerksam dem Brett mit den vier Ringen, das je in 16 Felder unterteilt war. Seit Kaufleute aus Byzanz dieses Schach über Venedig nach Lucca gebracht hatten, war Sander begeisterter Spieler. Stundenlang saß er mit seinen Freunden bei einem oder mehreren Bechern Wein und versuchte, Dame, Bischof, Turm und Bauer so zu bewegen, dass er den König seines Gegners mattsetzen konnte. Er bevorzugte diese Spielfiguren, die Byzantiner spielten mit Schah, Wesir und Elefanten, aber das war ihm zu abenteuerlich. Genervt blickte er wieder zur Tür. Ella hatte sich keinen Zoll bewegt. Mittlerweile gestikulierte sie nicht mehr, sondern weinte. Zornesröte schoss Sander ins Gesicht, und auf einen kurzen Wink kam sein Diener Heinrich, der sich wie immer im Hintergrund aufgehalten hatte, an den Spieltisch. Aufmerksam beugte sich dieser zu seinem Herrn.

»Geh zu diesem Weib und frag sie, was denn so Wichtiges passiert ist, dass sie mich bei meinem Spiel stören muss!«

Heinrich nickte und ging zur Tür. Entschuldigend nickte Sander seinem Gegenüber Guglielmo Obertenghi zu, einem Spross der Adelsfamilie Bonifacius, die mit Karl dem Großen einst nach Italien gekommen waren. Guglielmo meinte darauf belustigt: »Alessandro, ich wette du hast diese Magd absichtlich kommen lassen, um dich vom Spiel zu holen. Jeder hier in Lucca weiß doch, dass du nicht verlieren kannst. Und genau das tust du gerade!«

»Natürlich nicht!«, blaffte Sander und ärgerte sich über seinen letzten unüberlegten Zug, der seinen König arg in Bedrängnis gebracht hatte. Verzweifelt versuchte er noch zu retten, was zu retten war, musste sich aber schon beim nächsten Zug dem lachenden Guglielmo geschlagen geben. Missmutig lehnte er sich zurück und wischte mit einer einzigen forschen Handbewegung die Spielfiguren vom Tisch. Die umstehenden Männer lachten ebenfalls. Alessandro von Randegg, Neffe des greisen Bernhards von Randegg, Patriarch von Aquileia, machte seinem Ruf wieder einmal alle Ehre. Weitschichtig verwandt mit Beatrix von Zollern, der Gemahlin Herzog Albrechts III. zählte der schon von Kindheit an in Lucca lebende Alessandro zur Oberschicht dieser Stadt. Als dann vor vier Jahren Krieg zwischen Genua und Venedig ausbrach, der sogenannte ›Chioggia Krieg‹, zögerte der junge Randegg keinen Augenblick und ergriff die Partei Genuas. Es war bald weithin bekannt, dass der junge Adelige sich ohne Zweifel nicht nur auf dem gesellschaftlichen Parkett von Lucca, sondern auch als Ritter beweisen konnte. Er war ohne zu zaudern an der Seite Francesco Novellos da Carrara , König Ludwigs von Ungarn und der österreichischen Herzöge ins Schlachtfeld gezogen und hatte sich tapfer gegen König Peter von Zypern bewährt. Zum Dank hatte ihn Herzog Leopold mit einem hohen militärischen Amt in Oberitalien belohnt. Randegg galt nicht nur als treu, sondern auch als gerecht und besonnen. Er hatte nur eine Schwäche, er konnte nicht verlieren und sei es auch nur im byzantinischen Schach. Deswegen war er jetzt zur Zielscheibe des Gespötts geworden und er ließ seinen Zorn darüber an Heinrich aus, der mit bedrückter Miene wieder an den Tisch gekommen war. »Was ist, Heinrich, warum lässt du mich nicht in Ruhe!« Der Angesprochene, der nicht einmal mit der Wimper zuckte und die Rüge unbeeindruckt über sich ergehen ließ, antwortete flüsternd, seine Lippen dicht am Ohr seines Herren: »Der Patriarch verlangt nach Euch, Herr. Ella meint, es gehe ihm sehr schlecht!«

Unwirsch entgegnete Sander: »Was die schon meint, mindestens dreimal die Woche sagt sie, es gehe ihm schlecht. Ich lasse alles stehen und liegen und finde meinen Oheim in bester Laune vor, wenn ich in den Palazzo hetze! Immer dasselbe mit dem Weib!«

»Dieses Mal, so sagte man mir, werter Herr, ist Eile geboten.« Noch leiser flüsterte Heinrich: »Ella meint, er röchelt und schnauft.«

»Ja – soll er atmen wie ein Jüngling? Der Patriarch hat vor über sieben Dezennien das Licht der Welt erblickt, kein Wunder, dass er sich schwer tut!«

»Aber ich würde vorschlagen …«, setzte Heinrich ruhig fort und wurde mit einer abwehrenden Handbewegung von Sander unterbrochen.

»Ja, Heinrich, ich weiß. Mit dem alten Herrn ist nicht zu spaßen. Sag Ella, sie soll vorauslaufen. Ich werde natürlich sofort kommen, so wie vorgestern und letzte Woche und vorvorletzte Woche auch. Sie soll meinem Oheim ausrichten, dass ich schon auf dem Weg bin.«

Nickend lief der Diener wieder zur Magd, diese machte ein Kreuzzeichen vor Erleichterung, drehte sich um und lief barfuß zur Piazza San Michele so schnell sie konnte.

Sander erhob sich umständlich und gestenreich von seinem Stuhl, nickte seinen Freunden zum Gruß zu und sah sich draußen sogleich nach seinem edlen Pferd um, dessen Zügel der wartende Heinrich bereits in Händen hielt. Er half seinem Herrn in den Sattel. Erst als Sander fast nicht mehr zu sehen war, kehrte er ihm den Rücken zu und ging seiner Wege.

Alexander von Randegg war ein Kind der Stadt. Obwohl er in Augsburg geboren war und aus einer reichen Tuchhändlerfamilie stammte, war das Italienische in ihm mächtiger als das Deutsche. Das kam daher, dass er sehr früh seine Eltern verloren hatte und von seinem Großonkel aufgezogen worden war. Bernhard von Randegg, Bischof von Augsburg und Diplomat nahm den vierjährigen blassen Knaben mit nach Lucca, als er durch die Gunst des Kaisers zum Patriarchen von Aquileia erhoben wurde. In dieser Erzdiözese der katholischen Kirche, wo Randegg gleich einem Reichsfürsten und Landesherren von der Adria bis zu den Alpen residierte, wurde sein Mündel erwachsen. Hatte er es früher nur gespürt, so wusste der inzwischen 22 Lenze zählende Sander, dass in seinen Adern vielleicht deutsches Blut floss, dass seine Seele jedoch immer italienisch sein würde. Zu sehr liebte er das Land und die Stadt am Ufer des Flusses Serchio unweit von Pisa. Lucca mit den großen Plätzen, die noch aus der Römerzeit stammten, mit seinen hohen Wohntürmen und dem Reichtum, der von der Seidenherstellung rührte und dem auch die Venezianer wenig anhaben konnten, war ihm ans Herz gewachsen. Diese Zeit, wenn der Sommer zu Ende ging, wenn die Luft klar war und der Himmel blau, wenn die Winzer sich über jeden Sonnentag freuten, der ihre Trauben, die nun bald geerntet wurden, noch süßer machte, diese Zeit war Sander die allerliebste. Er mochte die Gesänge der Hauerknechte, den Geruch der Maische und natürlich die vielen Feste und die Köstlichkeiten, die dabei gereicht wurden. Die Vorfreude auf den goldenen Herbst beschäftigte Sander so sehr, dass er verdutzt innehielt, als sein Pferd aus alter Gewohnheit an der Frontseite eines mehrstöckigen Hauses unweit des Palazzo Guinigi stehen blieb und mit den Hufen auf dem Kopfsteinpflaster scharrte. Überrascht stieg er ab, tätschelte sein braves Pferd, das ihn sicher nach Hause gebracht hatte, und führte es unter die Loggia mit den drei Arkaden, die Werkstätten und Stallungen beherbergten. Sofort eilte ein Stallbursch heraus und nahm ihm die Zügel ab. Sander betrat das imposante Gebäude und gelangte vorerst in den eindrucksvollen, mit vielerlei Pflanzen und einem kunstvollen Brunnen verschönerten Innenhof, von dem aus er zur Treppe aus Stein und Holz mit Strebebögen gelangte, welche zu den vier oberen Stockwerken führte. Schnellen Schrittes lief er über die kühlen Steinplatten, mit denen die Fußböden im ganzen Palast ausgelegt waren, ließ den ›»Salone madornale‹, der für große Versammlungen vorgesehen war, hinter sich, die Schlafzimmer für die Gäste, die ›Agiamenti‹, also die Toiletten, und eilte weiter in den dritten Stock, wo die Küche untergebracht war. Dort erwartete ihn eine völlig aufgelöste Ella.

»Endlich Alessandro, endlich bist du da!« Die Tochter des Hausknechts, der jahrzehntelang im Dienste des Patriarchen stand und bereits verstorben war, hatte das seltene Privileg, Sander beim Vornamen ansprechen zu dürfen. Da sich beide aus Kindertagen kannten, hatte sich das so eingebürgert – eine Tatsache, die Sander heute bedauerte. Ella verstand es nicht, die nötige Distanz zu halten. Daher antwortete er auch schroffer als nötig.

»Hör auf mit dem Gezeter! Sag mir lieber, wo er ist! In der Sala dei Pappagalli?« Der Papageiensaal, der seinen Namen von den exotischen Wandmalereien, von Blumen, Bäumen und Vögeln hatte, war stets der Lieblingsort des alten Patriarchen gewesen.

»Nein, Alessandro, er ist in seinem Schlafzimmer. Heute hatte er nicht die Kraft, sich in seinen Sessel zu setzen.« Ella schniefte und wischte sich das Gesicht mit der Schürze ab.

Etwas besorgter meinte Sander: »Ist er wach?«

»Ja, ja, er will unbedingt mit dir sprechen. Er fragt dauernd nach dir. Ich konnte ihn kaum beruhigen.«

Wortlos drehte sich Sander um und gelangte über die Treppe in das Schlafgemach seines Oheims. Die schweren blauen Vorhänge des großen geschnitzten Bettes, das auf ein Podest gebaut war, waren auf einer Seite zurückgezogen, und Sander sah das bleiche und runzelige Gesicht Bernhards von Randegg. Sander ging entlang der kunstvoll mit Intarsien versehenen Truhen und nahm sich einen kleinen Hocker, dessen Füße Löwenköpfe zierten. Leise stellte er seinen Sitz neben das Bett. Fast erschrak er, denn er glaubte, sein Oheim wäre eingenickt, aber er war wach und sah ihn mit seinen wässrigen graublauen Augen dankbar an.

»Ich bin froh, Sander, dass du gekommen bist. Wirklich froh.«

Seine Stimme war rau und leise. Immer wieder machte er eine kleine Pause zwischen den einzelnen Wörtern. Es fiel ihm zusehends schwer, genug Luft zu bekommen.

Sander richtete sich alarmiert auf. Nun, dieses Mal hatte Ella nicht übertrieben, seinem Oheim schien es wirklich nicht gut zu gehen.

»Soll ich ein Fenster öffnen, soll ich dir Luft hereinlassen, einen Becher zu Trinken vielleicht?« Sander sprang von seinem Hocker und wollte zum Fenster eilen, doch der Patriarch legte seine Hand auf die seines Mündels und hielt ihn mit unerwarteter Kraft zurück.

»Nein, Sander. So viel Zeit haben wir nicht. Ich muss dir dringend etwas sagen. Setz dich.«

»Aber Oheim, soviel Zeit muss sein. Ich kann auch den Medicus rufen, der hat dir letztes Mal doch auch geholfen, der wird …«

Unwirsch unterbrach ihn der Alte: »Hör auf damit, Sander. Setz dich hin und hör mir einfach nur zu. Es ist sehr wichtig.«

Ergeben, aber doch besorgt, ließ sich Sander neben dem Bett des Patriarchen nieder und sah ihm in die Augen.

»So ist's recht. Danke. Bitte unterbrich mich jetzt nicht.« Tief atmete Bernhard von Randegg durch, sein Atem rasselte, aber unbeirrt begann er zu erzählen.

»Ich muss dich um Verzeihung bitten, mein Sohn. Ich hab dir viel Schlechtes aus meinem Leben nicht erzählt. Ich dachte immer, ich hätte Zeit genug, um es auszubessern, wieder gutzumachen. Immer habe ich es vor mit hergeschoben und jetzt fürchte ich, nein, ich weiß es, dass ich den Schmerz, den ich bereitet habe, die Wunde, die ich in meiner Schlechtigkeit den Menschen zugefügt habe, nicht mehr heilen kann.«

Sander war betroffen, als er die Träne, die dem Alten über die Wangen in sein spitzenbesetztes Kissen tropfte, sah. Solang er denken konnte, war sein Vormund ein starker, unbeugsamer Mann gewesen, der keinerlei Schwäche und schon gar keine Tränen zeigte.

»Aber mein Oheim …«, setzte er zaghaft an.

»Nein, Sander, du sollst mich jetzt nicht unterbrechen«, kam es forsch, und etwas versöhnlicher setzte der Alte fort,

»jetzt ist es an dir, meinen Fehler zu berichtigen. Ich muss dir ein schweres Erbe hinterlassen, mein Sohn.«

Was könnte denn das sein, dachte Sander verstört, soviel er wusste, war der Patriarch vor seinem Amt hier Bischof von Augsburg und kaiserlicher Diplomat gewesen. Er hatte Kaiser Karl den Luxemburger auf seinen Reisen begleitet, hatte sich als Generalkapitän militärisch bewährt und stets gute Verbindungen zu den Habsburgern gepflegt. Was sollte denn daran falsch gewesen sein? Staunend hörte er weiter der leisen Stimme des Alten zu:

»Ich bin nicht so edel, wie ich dir vorgegaukelt habe, Sander. Ich habe mir mein Amt als Patriarch mit Blut erkauft. Nein, nicht mit meinem. Mit unschuldigem Blut. Ich habe ein Menschenleben auf dem Gewissen und habe höchstwahrscheinlich damit ein paar andere zerstört. Und das Schlimmste daran ist … das Schlimmste …« Jetzt weinte der Patriarch und Sander, der kein Wort an ihn zu richten wagte, strich ihm nur begütigend über seine alten, faltigen Finger, die er in sein weißes Betttuch gekrallt hatte. Endlich beruhigte sich Randegg und erzählte weiter.

»Ich war in den Diensten der Gräfin von Tirol, vor meiner Zeit hier.« Überrascht sah ihn sein Neffe an.

»Nicht offiziell. Niemand wollte und konnte sich offiziell zu dieser schönen und mächtigen Frau bekennen. Nicht in dieser Zeit, wo sie ein Bannfluch des Papstes traf, wo sie ihre erste Ehe annulliert hatte, wo ihr Sohn und Nachfolger verstorben … vergiftet worden war. Nun, ich hatte eine Mission zu erfüllen in ihrem Auftrag.«

Sander war fassungslos. War denn der Alte jetzt schon ganz verrückt geworden? Meinte er etwa Margarete, die mit dem Bruder des Kaisers Karl schon als Kind vermählt wurde? Es konnte doch nicht sein, dass sein Oheim dieser Frau, die dann, als sie ihren ersten Mann vertrieben hatte, Ludwig den Bayern ehelichte, zu Diensten stand? Zehn Jahre war diese Frau im Kirchenbann, weil ihre erste Ehe nicht annulliert wurde! Bestürzt wartete Sander, was Randegg ihm weiter zu berichten hatte.

»Es war im Jahr 1363, Sander. Margarete hatte ihren Mann und ihren Sohn verloren und überschrieb ihr Erbe Tirol dem nächsten Verwandten.«

»Rudolf dem Habsburger«, warf Sander ein und biss sich auf die Lippen. Er sollte doch nur schweigen und zuhören!

Aber der Patriarch setzte unbeirrt fort: »Ja genau. Tirol war so gut wie übergeben. Das passte den Wittelsbachern nicht, und die hohe Frau sah sich im Brennpunkt der Machthungrigen. Von allen Seiten wurde sie ausgenutzt und angefeindet und sie beschloss, das, was ihr noch geblieben war, zu schützen. Auf ungewöhnliche Weise ...« Ein nicht enden wollender Hustenanfall schüttelte den dürren, verwelkten Leib des Alten, und Sander bekam es mit der Angst. Er wollte Ella holen, doch ungeduldig winkte der Patriarch ab.

»So viel Zeit habe ich nicht, Sander. Es geht schon. Setz dich hin und lass mich erzählen.« Sander hörte weiter gebannt zu. »Alles drängte die hohe Frau, um ja zu verhindern, dass Margarete den Vertrag rückgängig machen konnte. Es schien, als ob man ihr absichtlich keine Zeit ließ, sich zu sammeln, einen vernünftigen Gedanken zu fassen. Sie musste abdanken und Tirol so schnell wie möglich verlassen. Aber eines blieb ihr noch zu tun ... Doch vorher ... sie hatte alles verloren, bis ... sie erkannte, dass sie nicht mehr die Kraft hatte, ihr eigen Fleisch und Blut zu schützen ...«

Randegg weinte wieder und Sander hielt seine Hand. Verwundert fragte er sich, welches Fleisch und Blut der Alte meinte. Margarete hatte weder Mann noch Kinder zurückgelassen. Ludwig der Bayer war tot, und ihr Sohn Meinhard starb jung. Als hätte er die nicht ausgesprochene Frage seines Neffen vernommen, antwortete Randegg ganz leise:

»Da war Agnes … ihre Tochter …«

Erschrocken sah Sander seinen Oheim an.

»Ja, ganz recht, mein Sohn. Margarete hatte eine Tochter, und die war hochschwanger, als die Mutter abdanken musste.« Das Gespräch strengte den Patriarchen zusehends an, sein Atem wurde immer flacher, immer mehr Anstrengung bedurfte es, fortzufahren.

»Ich war es, Sander. Ich war der, der den Säugling außer Landes brachte. Ich wurde von der Gräfin auserkoren, ihr eigen Fleisch und Blut in Sicherheit zu bringen.«

»Was wurde aus der Mutter des Kindes, aus dieser Agnes?«, fragte Sander leise.

»Tot.« Ein Schluchzen, das nahtlos in einen weiteren Hustenanfall überging, war die Antwort. »Sie starb bei der Geburt ihres Kindes. Sie war ein so schönes Mädchen, sie hat so gekämpft, sie …«

Sander sah mit Schrecken, wie sich Randegg mit letzter Kraft aufrichtete und den Oberarm seines Neffen umklammerte.

»Sander: Es gibt einen Erben von Tirol, und der ist nicht aus dem Hause Habsburg. Ich hab diesem Menschen alles genommen. Sein Leben, sein Land … Ich habe schwer gesündigt …«

Sander dachte lang nach und schüttelte dann langsam den Kopf: »Du warst es nicht, Oheim. Die Gräfin von Tirol hat das entschieden. Sie hat Rudolf ihr Land vermacht, sie hat angewiesen, das Kind außer Landes zu bringen, seine familiären Bande zu zerreißen. Was hättest du denn tun sollen?«

Randegg blickte verzweifelt zur Decke: »Ich hätte mich stellen sollen. Ich hätte mich kümmern sollen. Ich habe nur daran gedacht, diesen armen Wurm loszuwerden. Mir war egal, was aus diesem Spross wird. Mir war nur wichtig, was ich dafür bekomme, für diesen Dienst …« Ermattet ließ sich Randegg ins Kissen fallen.

»Du hast das Patriarchat dafür bekommen, nicht, Oheim?«, fragte Sander vorsichtig.

Randegg nickte und atmete noch schwerer: »Nur zwei Jahre nach der Abdankung der Gräfin wurde ich auf höchsten Befehl nach Aquileia entsandt.« Es war, als wäre alles Leben aus dem Gesicht Bernhards von Randegg gewichen, so bleich, so ruhig lag er in seinen Kissen. Sein Flüstern war kaum zu hören, und Sander musste sich nahe zu ihm beugen, um zu verstehen, was er zu sagen hatte.

»Sander, Gerechtigkeit. Gerechtigkeit muss diesem Kind widerfahren. Ich bitte dich, finde es!«

»Aber wie denn, Oheim? Wie soll ich den Erben denn erkennen?«

»Die Adlerstola, es gibt ein Band zwischen der Großmutter und dem Enkel …«, keuchte Randegg.

Das konnte doch nicht der Ernst seines Onkels sein! Er sollte nach einem Stück Stoff suchen und daran niemand Geringeren als den Erben von Tirol erkennen? Sander zweifelte an der Zurechnungsfähigkeit des Patriarchen, fragte aber doch aus Höflichkeit:

»Aber bitte, wo soll ich denn suchen, mein Oheim?«

»Wien. In Wien. Dort musst du hin. Wende dich an die Minderen Brüder. Die wissen davon. Du weißt ja Sander, die Minderen Brüder. Versprich es mir, mein Sohn, dass du dich darum kümmern wirst, bitte, versprich es mir!« Die Stimme des Patriarchen war dünn und flehend geworden.

Sander nickte ihm beruhigend zu, und nur ein leichtes Zittern seiner Lippen verriet ihm, in welchem seelischen Aufruhr sein Vormund sich befand.

»Wo immer sich dieser Nachkomme befindet, Oheim. Ich verspreche, ich werde nicht eher ruhen, bis ich weiß, was mit diesem Jüngling passiert ist. Du kannst dich auf mich verlassen. Du hast so viel für mich getan, da werde ich wohl den rechtmäßigen Erben von Tirol für dich finden können!«

Erschrocken richtete sich der Patriarch auf: »Nein, Sander, du verstehst nicht …«, ein weiterer Hustenanfall ließ ihn verstummen.

Sander sprach besänftigend auf seinen Oheim ein: »Ich habe verstanden, sei beruhigt. Ich werde nach Wien reisen und dort suchen. So ein junger Mann kann sich doch nicht in Luft auflösen!

»Sander«, flüsterte Bernhards ein letztes Mal, und seine Lippen formten die Worte, »du verstehst mich nicht …« Was sein Mündel nicht verstanden hatte, konnte er nicht mehr sagen, sein letzter Atemzug reichte nicht aus, diesen Gedanken in Worte zu kleiden.

Der Patriarch von Aquileia starb am Anfang dieses goldenen Herbstes in Lucca und ließ am Ende seines Lebens ein dunkles Geheimnis zurück, dessen Lösung sich im fernen Wien befinden sollte. Sander war nicht überzeugt, dass alles, was sein Oheim ihm anvertraut hatte, auch der Wahrheit entsprach. Dementsprechend halbherzig machte er sich an die Vorbereitungen und erwartete nichts, außer dem letzten Wunsch Bernhards von Randegg irgendwie zu entsprechen. Das hatte er fest vor, auch wenn er wieder in diese seltsame Stadt nördlich der Alpen reisen musste!

»Jetzt tuats do weida! Gemma, gemma, ihr Brodler.«* Schweißgebadet stand Barthel auf dem vorderen Wagen und trieb seine Hauerknechte an, sich hurtig umzudrehen, die Butten mit den prallen, gelbgrünen Trauben schnell auf die Lagefläche zu kippen und flink wieder in die Rebenzeilen zu gehen. Da konnten die Lesehelfer dann wieder ihre Holzbottiche, die inzwischen wieder voll Trauben waren, in die leeren Butten schütten. Dann wieder alles von vorn. So wollte er das haben, so sollte es sein, und sein Ärger war groß, weil heute so ganz und gar nichts weiterging. Sein Schweiß vermischte sich mit dem süßen, klebrigen Saft der Trauben, den er inzwischen überall unter seinem großen Hemd hatte, und akkurat hatten ihn bereits drei Wespen gestochen. Wie das alles juckte, das Hemd, der Schweiß, die Wespenstiche!

Inzwischen war der vordere Wagen voll, und die Pferde, die ebenfalls unruhig waren wegen der Fliegen und Bremsen, durften sich endlich ins Zeug legen. Schnell sprang Barthel auf den nächsten Wagen und begann von Neuem, seine Leute anzutreiben.

»Wenn's ihr heit no des Türl passieren wollts, dann aber fix!«** Fast drei Wochen war Barthel mit der Weinlese beschäftigt, und sein Kreuz tat ihm bereits höllisch weh. Aber er wusste, dass es noch einmal so lang dauern würde, bis alle Trauben in den Wiener Kellern zur Weiterverarbeitung waren. Die ganze Stadt war am Werken, und keinen Bürger, der arbeiten konnte, hielt es innerhalb der Mauern. Hatte doch fast

---

* Macht schnell, ihr Zeitverschwender! Die Zeit drängt, wir haben nicht alle Zeit der Welt, oder so

** Wollt ihr heute noch das Tor der Stadt erreichen, dann müsst ihr euch aber sputen!

jeder Hausbesitzer mindestens einen Weingarten, und das bedeutete bares Geld und Wohlstand. Der Weinausschank und der Verkauf von warmen und kalten Speisen obendrein waren mehr als ein lukratives Zubrot. Das merkte man sehr deutlich im vorigen Jahr, als die Ernte wegen des Hagels im Frühjahr und der Trockenheit im Spätsommer fast ganz ausgefallen war. Zwölf Pfennig für ein Fass, reinster Wucher. Ganze Familien verarmten. Und dann noch die Pest! Fast 1000 Verstorbene hatte man am Kolomani Friedhof beim Kärntnertor beigesetzt! Aber Gott sei Dank, dachte Barthel, heuer ist's ein gutes Jahr und schon wieder etwas entspannter stibitzte er sich eine Beere und schob sie sich in den Mund. Aber gleich darauf sah er zwei Hauerknechte miteinander schwatzen und fuhr sie an: »Ihr wollt die bestbezahlten Arbeitskräfte in der Stadt sein? Dann auf geht's, schneller, die Rösser wollen heim!«

Was auch nicht weiter verwunderlich war, denn pro Tag zogen über 1200 Pferde 600 Wagenladungen Trauben in die Stadt. Dort verschwand die wertvolle Fracht in den bis zu zwei Stockwerken tiefen Kellern und wurde gepresst, vergoren und gekeltert. Nur eine kleine Menge der Trauben blieb in den Dörfern und wurde außerhalb der Stadtmauern zu Wein veredelt. Bis Martini, also bis zum 11. November, war es diesen Winzern außerhalb der Mauern erlaubt, steuerfrei Wein in die Stadt einzuführen, alles, was nachher geliefert wurde, wurde teurer. Bei jedem ausgeschenkten Wein musste man seit Neuestem ja Steuer zahlen, ein Pfund pro Fuder und ganze sechs Schilling pro Dreiling! Da wurde es auch ohne Einfuhrzoll schon teuer genug! Barthel schnaubte verächtlich. Aber wenigstens mussten die Pfaffen und das Hofgesindel auch bezahlen! Wenigstens was. Mittlerweile war auch der zweite Wagen voll beladen, und

Barthel, nun am Ende eines heißen, sonnigen und schweißtreibenden Arbeitstages auch am Ende seiner Kraft, ließ sich müde in die klebrigen Trauben sinken. Er war sowieso schon überall schmutzig, da kam es auf ein paar Mostflecken mehr auch nicht mehr an. Er gab dem Kutscher am Bock ein Zeichen. »Fohrn ma hoam«*, gellte sein Ruf über die Weinberge, und ein allgemeines Seufzen machte sich breit. Halbvolle Bottiche wurden noch schnell in die Butten geleert, noch obenauf in einen Wagen gekippt. Alte Weiber, junge Burschen, starke Knechte und so manch zähes Mädchen wischten sich über ihre Kopfbedeckungen, griffen sich ins Kreuz und sicherten sich mit letzter Anstrengung einen Platz auf einem der Pferdefuhrwerke, oder, was auch meistens der Fall war, gingen gebeugt und müde zu Fuß nach Hause. Barthel, seit zwei Dutzend Jahren schon Hauerknecht und von vielen Winzern wegen seiner Zuverlässigkeit geschätzt, fragte sich, während er fast schon einnickte, wie viele Weinlesen er wohl in seinem Alter noch schaffen würde. Er betreute die Weingüter der hohen Frauen, die den Schleier dem profanen Leben vorgezogen hatten. Edle Stifter, hochwohlgeborene Gönner oder andere Leute, die sich einen Platz im Himmel schon jetzt durch Mildtätigkeit sichern wollten, vermachten den Damen gern Weingärten, deren Einkünfte dann zur Gänze der Erhaltung der Klöster dienten. Natürlich konnten und durften die Nonnen nicht selbst den Weingarten bestellen, und so beauftragten sie erfahrene Hauerknechte, die die Ernte einbrachten und die Herstellung des Weines beaufsichtigten. Die Laurenzerinnen hatten in Sievering einen Weingarten, die Clarissen in Stammersdorf, die Himmelspförtnerinnen gleich vor der

* Fahren wir doch endlich nach Hause!

Seilerstätte, und die Ernte der Büßerinnen fuhr Barthel eben von Grinzing in die Stadt. Alles in allem eine anstrengende Arbeit, von der auch a g'standenes Mannsbild rechtschaffen müde sein durfte!

Als er den Schottenturm von Weitem erblickte und die Gespanne letztendlich den Graben und das Tor passierten, wurde er immer nachdenklicher und unruhiger. Er arbeitete gern, er sah Sinn in dem, was er tat und er war stolz auf den Wein, der aus den schönen Trauben gewonnen wurde. Natürlich – so wie alle Wiener – trank er gern auch einen Schluck oder zwei oder halt ein bisserl mehr. Aber heute, da freute es den Barthel so überhaupt net. Er durfte gar nicht drüber nachdenken, was mit den schönen Trauben geschehen würde, sonst ging ihm ja gleich die Galle über! Als er das Schottenkloster, also das Konvent der irischen Mönche, passierte und auch den Platz am Hof, wurde er schon leicht zornig, und als das Fuhrwerk die Bognergasse, den Graben und die Singerstraße erreichte, musste sich Barthel schon sehr zusammenreißen, um nicht gotteslästerlich zu fluchen. Dementsprechend aufgebracht und laut rief er dem Kutscher zu: »Passt, Ferdl. Kannst haltmachen. Den Rest machen die büßenden Weiber scho!«* Das Fuhrwerk kam zum Stehen, missgelaunt sprang Barthel vom Wagen und wie aufs Stichwort kamen die ersten Frauen in ihrem schlichten grauen Habit mit der weißen Haube und begannen die Trauben über die hintere Gartenpforte, die zur Weihburggasse ging, in den Innenhof und weiter in den Weinkeller zu schaffen. Eine besonders dicke, die faltigen Arme in die Hüften gestemmt, begann sogleich zu schimpfen: »Na, dass du di auch amal wieder

* Es ist in Ordnung, Ferdinand, die restliche Arbeit verrichten die büßenden Frauen!

anschaun lasst, Barthel! Wir haben glaubt, ihr kommts heit gar nimma.«*

»Is halt ka Katzensprung von Grinzing bis in die Singerstraßen. Hättets ihr Büßerinnen euch halt an Weingarten aufm Stephansplatz schenken lassen solln. Da wär ma schneller da gwesen.«** Barthel schaute wütend zu Johanna, die sich da so angriffslustig vor ihm aufgebaut hatte.

»Geh red net so an Bledsinn, an gschenkten Gaul schaut ma net ins Maul!«***, antwortete sie und meinte damit die zahlreichen Wohltäter und Schutzherren des Klosters Sankt Hieronymus, allen voran den Stifter Conrad Hölzler, der den Büßerinnen weitläufige Weingärten um Grinzing vermacht hatte. »Was bist denn so angfressen?«****, fragte sie weiter.

»Ah, nix …«, antwortete Barthel zähneknirschend und beaufsichtigte den Transport der Trauben in den Keller, wo die Holzpresse stand. »Aber wenn i denk, was ihr Weiber dann mit dem schönen …« Händeringend brach der Hauerknecht ab.

»Himmelkreuzdonnerwetter«, Johanna geriet außer sich, »jetzt fangst frisch wieder mit dem an! Wie oft soll ich dir noch sagen, dass uns ehemaligen Dirnen hier im Kloster Gastgeben und Weinschank verboten sind.«

»Aber des is ka Grund, aus an siassen Wein so a saures Zeug zu brauen. All die harte Arbeit wegen so an Fusel.«***** Barthel

* Wie schön dich zu sehen Barthel, ich habe mit deiner Ankunft fast gar nicht mehr gerechnet!

** Es ist ein weiter Weg vom Weinort Grinzing bis hierher in die Singerstraße. Wenn ihr Büßerinnen einen Weinberg am Stephansplatz hättet, dann würde ich freilich viel schneller sein!

*** Was für ein Unsinn! Bei einem Geschenk darf man doch nicht wählerisch sein!

**** Warum bist du denn so schlechter Laune?

***** Wenn ich nur daran denke, dass ihr Frauen aus diesem süßen Nektar nichts als nur einen sauren Tropfen herstellt, dann wird mir ganz schwer ums Herz! Diese entbehrungsreiche Arbeit nur wegen einem sauren Gebräu!

schrie jetzt ebenfalls. Puterrot im Gesicht standen sich die beiden gegenüber, bereit, aufeinander loszugehen wie die zwei Zwerghähne, die sich drunten am Schweinemarkt immer um die besten Hennen balgten. Die Knechte und Büßerinnen, die mit dem Schleppen der Trauben beschäftigt waren, grinsten sich zu. Allzu bekannt war dieser Wortwechsel zwischen den beiden. Jeder wusste genau, was jetzt kommen würde.

»Des saure Zeug heißt Essig, Barthel, Weinessig!«, erklärte Johanna und sah ihn mit blitzenden Augen an. »Damit füttere ich die Dirnen durch und ihre unehelichen Bälger, die ihnen Mannsbilder wie du anghängt haben, gleich dazu!*«

»Ja du kannst mi mal …«, brummte Barthel.

»Danke nein«, kam es von Johanna, und etwas versöhnlicher, wohl weil sie die Müdigkeit und Erschöpfung in den rot unterlaufenen Augen Barthels erkannt hatte, meinte sie: »Jetzt komm rein, du Sturschädl, mit dir kann ma sich heut net richtig streiten, so fertig wie du bist. Ich hab noch an kühlen Haustrunk in der Küche.«** Wie wenn rein gar nichts geschehen wäre, drehten sich beide um und gingen ruhig in den Hof des Klosters, vorbei an den Holzschuppen und Vorratskammern und dann linker Hand Richtung Küchentrakt. Genauso schnell, wie das Donnerwetter gekommen war, hatte es sich auch wieder verzogen und ließ eine sonnig lächelnde Johanna und einen heiteren Barthel zurück.

Johanna genoss die Freiheiten, die ihr seit ein paar Monaten das Leben erleichterten. Der Anlass war zwar traurig, aber wie jeder Wiener wusste, es gibt halt nix Schlechtes, was net auch was Gutes hätt! Bei der großen Pest im vori-

---

* Damit ernähre ich die freien Töchter und deren Nachkommen, die sie von euch Männern empfangen haben!

** Aber folge mir nur, du Dummkopf. Mit dir kann man heute kein Streitgespräch führen, weil du von der Arbeit schon zu beansprucht worden bist!

gen Jahr wurden auch ein paar Büßerinnen krank. Zwei starben, und als schon alle aufatmeten und meinten, der Seuche entgangen zu sein, da erwischte es die Meisterin, die Cäcilie. Man sollte ja Verstorbenen keine schlechte Nachred geben, dachte Hannerl, aber dass der alte Truthahn mich jetzt nicht mehr hinten und vorn schikanieren kann, ist schon recht angenehm. Denn die Nachfolgerin von Cäcilie hieß Susanna, Susanna von Schweinbart, und die, das wusste Johanna gleich nach der ersten Begegnung, war ein ganz anderes Kaliber. Nicht nur, weil sie viel größer und stattlicher und nicht so mager wie die Cäcilie, sondern weil sie einfach schlauer war. Sie ließ Johanna mit ihrem Essig alle Freiheiten und half, so gut es ging, den Bekanntheitsgrad des Büßerinnenessigs noch zu steigern. Und es ging gut, denn die Susanna hatte vortreffliche Beziehungen. Sie war eng mit der Oberin Klara Reichin des Klosters Santa Klara beim Kärntnertor bekannt. So von Meisterin zu Meisterin sozusagen. Und Santa Klara, ja das ist eine Goldgrube an hochwohlgeborenen Verbindungen, grinste Johanna in sich hinein. Denn dieser strenge Orden nach der Regel der Klara von Assisi war in Wien eine bedeutende Fluchtstätte schirmloser Witwen und Jungfrauen des Landadels. Im Klarissenkloster hatte keine Geringere als Katharina, die Schwester Herzog Albrechts mit dem Zopf, den Schleier genommen! Man munkelte, dass sie bald Äbtissin werden würde … Und die wiederum, diese starke und gottgefällige Frau, hatte eine Schwäche: die Essiggurkerln der Johanna Maipelt! Ja, was alles würde die Kathi, wie Johanna die hochwohlgeborene Herzogsschwester in Gedanken nannte, für ein Töpferl voll Gurkerln machen! Daher also die ungeahnten Freiheiten, die sich Johanna in Sankt Hieronymus herausnehmen durfte. Wie zum Beispiel einen verschwitzten, schimpfenden und stinkerten Hauerknecht in die Küche einzuladen! Hannerl grinste immer noch, als sie den in die Jahre gekommenen Barthel von der Seite taxierte und »blede Gaas«* und »sturer Trampel« von seinen Lippen ablesen konnte. Jedenfalls ließ er sich brummend in die Klosterküche ziehen und setzte sich mit einem Plumps auf eine roh gezimmerte Bank. Schon viel beschwichtigter nahm er den Becher mit kühlem Haustrunk entgegen und schwemmte damit den ganzen, langen Arbeitstag die Kehle hinunter. Dann erst sah er sich in der Küche um und erkannte nur Yrmel im dämmrigen Licht, die wieder einmal mit dem Putzen von Gemüse beschäftigt war. Heute Abend gab es rote Rüben mit viel Kren und Graubrot. Fast hätte er die alte, vom Rheuma geplagte Hündin übersehen, die, schon mehrere kahle Stellen im Fell, schwanzwedelnd zu ihm gelaufen kam. »Ja, Maroni, du alte Scheppern, wie geht's dir denn?« Johanna, die sofort ihr ›Hundehasserin-Gesicht‹ aufsetzte, wurde schon lang nicht mehr ernst genommen. Als Cäcilie den Weg aller Sterblichen gegangen war, wäre es ein Leichtes gewesen, die Hündin, oder das Viech, wie sie Johanna nannte, aus der Küche zu verbannen. Aber nichts geschah, Maroni schnarchte weiter auf einem alten leeren Sack neben dem Ofen, sabberte und furzte wie eh und je. Doch offiziell natürlich war die Johanna ganz ›bös‹ auf den Hund, er ging ihr ›furchtbar‹ auf die Nerven, und nichts wäre ihr lieber, als würde man das Viech ›gleich vertilgen‹.

Barthel grinste nun endlich auch und streichelte den alten, räudigen Köter. »Na, bist a schon a bisserl überwutzelt, mei altes Weiberl«, meinte er zärtlich und strich Maroni über ihre struppige Schnauze, aus der wegen der fehlenden Zähne

* Blöde Ziege

dauernd ein Speichelfaden heraustroff. »So wie halt alle da«, setzte er fort und sah listig zu Johanna, die sich wütend zu ihm umdrehte. Dann blinzelte er Yrmel zu, die kurz aufsah und Barthel spitzbübisch anlächelte, bevor sie sich wieder den roten Rüben widmete.

»Ja du bist vielleicht scho a klappriges Gstell, aber ich weiß no, wie's geht!«, meinte Johanna bissig.

»Wie wos geht?«, fragte Barthel und leckte sich die Lippen.

»Net des, was du denkst, du Falott du grauslicher. Des Arbeiten hob i gmeint, nur des Arbeiten. Mannsbild, bledes!«

Barthel, der diese Antwort sowieso erwartet hatte, aber immer noch nicht aufhörte, an einen plötzlichen Sinneswandel seiner Angebeteten zu glauben, entgegnete: »Ja, wann immer du meinst, dass du genug gebüßt und gearbeitet hast, mei Hannerl, i bin do und i würd di glei vom Fleck weg heiraten!«

Und da hatte der Alte nicht so unrecht, denn die Büßerinnen waren begehrte Heiratskandidatinnen in Wien. Seit die Schirmvögte des Klosters, niemand geringerer als der Bürgermeister und der Herzog selbst, bei Strafe verboten hatten, dass sich die Leute über einen heiratswilligen Mann, der eine Büßerin wählte, das Maul zerreißen konnten, da war es mehr als vorteilhaft, eine reuige Dirne zu ehelichen. Ja, sogar vornehm und edel galt man da in Wien. Und die Büßerinnen gingen auch weg wie die warmen Semmeln, selbst wenn sie uneheliche Kinder mit in die Ehe brachten oder schon ein bisserl altbacken waren. Nein, dachte Johanna, das war schon eine gute Sache, dass sie heiraten und das Kloster verlassen durften. Aber für sie kam das nicht infrage. Nein, sie hatte viel zu tun, ans Heiraten wollte sie da gar net denken, und so ein Mannsbild, das hielt einen ja nur ab von gesellschaftlichem Aufstieg und Erfolg. Und den hatte sie jetzt, wo die Susanna über die Klara mit der Katharina … nein, da wollte sie schon mehr erreichen, als wieder nur so einen Putzfetzen für einen Mann zu spielen und wegen jedem Dreck fragen zu müssen. Nein, da gefiel ihr das jetzige Leben schon viel besser. Aber – hier kratzte sich Hannerl an der Nase – es gäbe schon jemanden, für den die Ehe eine echte Erfüllung wäre.

»Ja Yrmel, sag, müsste denn die Gretlin net schon längst wieder da sein?«

Die Angesprochene, die Hände ganz rot vom Saft der Rüben, schüttelte zweifelnd den Kopf. In all den Jahren hatte sie sich weiter geweigert, auch nur ein Wort zu sprechen oder es wenigstens zu versuchen. Aber mittlerweile rechnete auch niemand mehr damit und ließ die inzwischen an die 30 Lenze zählende Frau, die stets beflissen und ruhig ihrer Arbeit nachging, in Ruhe und nahm sie so, wie sie war, nämlich stumm, aber mitfühlend. Auch jetzt fuchtelte sie vor Barthel herum, schnitt Grimassen, riss den Mund auf und deutete auf Johanna.

»Ah, versteh!«, meinte Barthel, »hat's wieder gekeift und geschimpft mit dem Mädl.« Yrmel nickte heftig und fuhr sich mit den Fingern von den Augen die Wangen hinunter und machte ein trauriges Gesicht.

»Geh, so schlimm, dass sie sogar geflennt hat?«, meinte Barthel und sah Johanna vorwurfsvoll an, die wiederum Yrmel ankeifte: »Du bist a alte Tratschn, Yrmel, so blöd des jetzt auch klingt!«

Achselzuckend wandte die sich wieder den Rüben zu.

»Was war denn schon wieder mit der Gretlin, Hannerl?« Barthel war jetzt ehrlich besorgt, denn immer öfter krachten die Klosterköchin und das Mädchen, das vor nun schon acht Jahren ins Büßerinnenhaus gekommen war, aneinander. Johanna schwieg und biss sich auf die Lippen. Sie drehte sich zu einem Tisch an der Wand, über dem ein Holzregal mit den verschiedensten Tonkrügen stand, und wählte ganz langsam einen aus.

»Hannerl, ich frag noch einmal, was war es denn desmal, was di so gstört hat an der Gretlin?«

Mit gespitzten Lippen nahm Johanna einen kleinen Krug herunter, drehte ihn geziert in der Hand, wiegte den Kopf und stellte ihn wieder auf das Regal.

Barthel, der amüsiert seine Hannerl beobachtete, meinte nur: »Kannst aufhören mit dem Kasperltheater oder kannst meinetwegen jeden Einzelnen von diesen Scherm da oben aufm Regal anschmachten. I will wissen, was passiert is – solang rühr ich mich net weg!« Wohlig seufzend nahm er einen Schluck aus dem Becher, verschränkte die Hände und schaute Johanna an, die sich bereits umgedreht hatte und lospolterte: »Ich weiß zwar nicht, was dich Tölpel das angeht, aber wennst es genau wissen willst: Ich hab dem Madl geraten zu heiraten!«

Barthel prustete los: »Grad du?«

»Ja grad ich, denn ich weiß, was für sie gut is.«

»Na kloar. Aber vergiss mir eins net, Hannerl: Ihre Mutter bist net.«

Johanna begann sich auf der Stelle heftig zu ärgern: »Das weiß i, Barthel. Die Elsbeth ist tot. Gretlin hat keine Mutter, und wer ihr Vater is, das weiß keiner, wahrscheinlich nicht einmal der selbst. Aber Gretlin kommt ins 20. Jahr und hockt seit acht Jahren da in der Kuchl herum. So kann man doch nicht leben! Da wird man ja mieselsüchtig!«

»Ah geh.« Barthel stand nun auf und zeigte auf einen Winkel in der geräumigen Küche, wo der Arbeitstisch Gretlins war. Er war säuberlich aufgeräumt. Holzspulen mit verschiedenen Stickgarnen in allen Farben und Qualitäten standen in Reih und Glied nebeneinander. Stramin, fein und grob, lag, jeweils in kleine Ballen gerollt, daneben, und am hinteren Teil des großen Holztisches stand eine kleine geschnitzte Truhe mit einem Schloss. Jeder wusste, dass Gretlin hier ihre wertvollen Gold- und Silberfäden aufbewahrte, die sie bei besonders schönen Stickarbeiten als Untergrund benötigte. »Also so direkt mieselsüchtig kommt mir das net vor.« Barthel sah kurz zu Yrmel, die ihm fast unmerklich zunickte.

»Und außerdem: Warst des net du, die ausdrücklich darauf bestanden hat, dass Gretlin bei dir in der Küche bleibt und nicht in eine der Schlafkammern der Büßerinnen zieht?«

»Wohl. Ich war das, weil …« Hannerl brach wütend ab, sie konnte Barthel doch nicht erzählen, dass Gretlin in all ihrer Unwissenheit den anderen Frauen auf die Nase gebunden hätte, dass sie noch Jungfrau war. Zack – und sie wäre vor die Tür gesetzt worden!

»Ja und warst es nicht auch du, die gschaut hat, dass die Gretlin für euer greisliches Zeug all die schönen Tüchel stickt?«, setzte Barthel triumphierend nach.

»Ja freilich«, meinte Johanna nur. Daran war nicht zu rütteln. Seit Gretlin die grauen und groben Stofffetzen, mit denen der Korken früher fest in die Hälse der Krüge gesteckt wurde, durch leinene Tücher mit dem Zeichen des Klosters Hieronymus, mit Blüten, Obst und Gemüse bestickt hatte, verkaufte sich das Essigsaure noch einmal so gut. Es sah einfach edler und teurer aus. Inzwischen waren die verschiedenen Tüchel zu begehrten Sammelobjekten geworden, um die sich die Wiener Bürgersfrauen nur so rissen.

»Na, da siehst, Hannerl. Kannst es dir ja gar net leisten, die Gretlin an so an Haderlumpen, der sie heiraten will, zu verliern!«

»Aha, daher weht der Wind«, meinte Johanna belustigt, »eifersüchtig bist, du alter Bock. Aber alle Männer sind keine Haderlumpen, weißt, und für die Gretlin wär a nettes Mannsbild und a Haufen Kinder schon mehr als an der Zeit!«

Damit drehte sie sich um, was nichts anderes bedeutete, als dass sie über dieses Thema nicht mehr sprechen wollte, oder besser gesagt konnte. Die Wahrheit, die sie Barthel nun einmal nicht anvertrauen konnte, war, dass sie selbst, Johanna Maipelt auch nicht jünger wurde und das Geheimnis der Jungfernschaft Gretlins bei ihr in guten Händen war, aber eben nur jetzt. Wer würde das unbedarfte Kind, das ahnungslose Mädchen, das jetzt zur weltfremden Frau herangewachsen war, vor den Stürmen des Lebens da draußen bewahren? Susanna, so nett und entgegenkommend sie auch war, würde es nicht dulden, Gretlin Schutz und Unterschlupf in Sankt Hieronymus zu gewähren, wenn sie wüsste, dass das gelbe Hurentüchel, mit dem Gretlin hier hereingeweht wurde vor acht Jahren, nur Verkleidung gewesen war. Seufzend wischte Hannerl über den ohnedies sauberen Tisch und nahm Barthel mit einer schnellen Handbewegung seinen Becher weg: »Hast nix zu tun, auf, auf, deine Leut haben die Trauben schon fast in der Press!« Barthel, der Anstalten machte, sich stöhnend aufzurappeln, ließ sich gleich wieder auf die Bank plumpsen, als er ein spindeldürres Weib mit einer Kraxen zur Tür hereinstolpern sah. »Oh je, die Barbel«, seufzte er.

Das Kräuterweibel erfreute sich, obwohl es nun schon steinalt sein musste, bester Gesundheit. Es sah zwar nicht aus wie das blühende Leben, hatte enorm an Gewicht verloren, sodass aus dem ehemals fülligen Frauenzimmer eine ganz und gar verrunzelte, vertrocknete und dürre Greisin geworden war, doch sie war der beste Beweis, dass ihre Kräuter langes Leben bescherten. Ihr Haar erinnerte zwar entfernt an welke Kräuselpetersilie, ihre Haut an die Schale einer gelben Rübe und ihr Atem an überstandigen Knoblauch und faulen Zwiebel, aber ihr Verstand arbeitete nach wie vor so scharf wie frischer Rettich. Mit einer Beständigkeit, die an das Stundenbeten der Büßerinnen im Kloster erinnerte, lieferte sie Johanna schon seit Jahren Kräuter und Gemüse für ihren Gewürzsud, den diese, mit feinstem Weinessig veredelt, über alles, was in Wien wuchs, goss. Fisch, Fleisch, Äpfel, Birnen, Kirschen, Marillen, Gurken, Karotten, Sellerie, Bohnen und seit Neustem auch Eier – rein gar nichts war vor Johannas Essigaufguss sicher. Der Bedarf an Kräutern und Gewürzen war in den letzten Jahren mächtig gewachsen, und die Barbel, obwohl sie fast täglich ins Kloster humpelte, kam mit dem Liefern kaum mehr nach. So hatte Hannerl auch noch etliche andere Zubringer unter ihrer Fuchtel, einmal mehr, weil die Kräuter, die die Barbel brachte, nicht nur der Menge nach zu wenig waren, sondern auch in der Auswahl an Sorten gering. Zu mutig war sie schon in ihren Kompositionen geworden, dass sie nicht mehr nur grüne Petersilie, Brunnenkresse, Liebstöckel, Fenchel oder Wacholderbeeren verarbeitete. Nein, Johannas Kreationen waren inzwischen ausgefallen und unvergleichlich. Da fuhr sie schon mit anderer Munition auf: Senfkörner, Ingwer, Zimt, Muskat, Safran oder – das war zurzeit ja das absolut Aufregendste für sie – Pfeffer! Sie hatte da schon eine sehr verlässliche Person kennengelernt, über sieben Ecken! Geheim natürlich, ohne dass die anderen Büßerinnen etwas davon erfuhren. Nur die Susanna natürlich, die musste den Luxus ja auch bezahlen. Das tat sie aber gern, denn die Pfeffer-Essig-Kreationen der Johanna Maipelt verkauften sich wie die Kipferl zu Martini. Kaum gemacht, schon gegessen! Aber von diesem neumodischen Zeug wollte sie vor der Barbel natürlich überhaupt nichts erzählen und schwor weiter auf Minze, Schalotten, Kümmel, Dill und Lauch. Johanna wollte ihr ja auch nicht auf die Nase binden, woher sie diese fremdländischen Gewürze bezog, zu vertratscht war ihr die alte Barbel! Und außerdem sollte ja niemand wissen, über welch hohe Geldmittel Johanna bereits mit Billigung der Oberin verfügen durfte, denn der Pfeffer, der kostete allein schon ein Vermögen! Auch wenn man so eine günstige Quelle wie sie aufgetan hatte!

So drehte sich die Essighannerl zur Barbel um und fragte ganz harmlos: »Was führt dich denn her, Barbel, du warst doch heut schon in aller Herrgottsfrühe da?«

»Gesehen hab ich was …« Mit einer ausholenden Handbewegung, als ob sie Spiralen und Kreise in die Luft malen wollte, stand das alte Weib in der Küche und schielte sensationslüstern abwechseln Yrmel an, die die Augen verdrehte, Barthel, der nur »Oh jemine« flüsterte und Johanna, die die Stirn in Falten legte. Denn eines musste man wissen von der Barbel: So alt und verrunzelt sie auch war, ihre Wahrsagerei, die sowieso niemand so richtig ernst nahm, hatte sie noch nicht an den Nagel gehängt. Nach wie vor nervte sie jene mit ihren Voraussagen, die sowieso gar nicht wissen wollten, was die Zukunft bringt. Johanna war eine davon und bremste die Alte sogleich: »Barbel, verschon uns mit deinen Gschichten, wir haben alle eine Menge Arbeit, und es interessiert uns nicht, ob es morgen regnet oder schneit, ob zu Maria Geburt eine Taubn vom Heidenturm bei Sankt Stephan fallt, oder ob die Reisnerin drüben am Fischhof a Madl oder an Buam auf d' Welt bringt …«

»An Schmarrn -Taubn oder Reisnerin. Ich hab was Wichtigeres gesehen, liebe Hanna!« Barbel streckte den Zeigefinger aus und fuhr damit geradewegs zwischen die ausladenden Brüste Johannas.

»Hör auf damit«, drohte Hanna und wischte den alten Finger, der entfernt an eine welke Pastinake erinnerte, unwirsch weg.

Unbeeindruckt schwatzte Barbel weiter: »Um die Kleine geht's, ums Blondhaar …«

Sofort starrten Johanna, Barthel und Yrmel sie misstrauisch an. Barbel, die die plötzliche Aufmerksamkeit genügend auskosten wollte, lehnte sich an die Wand und wartete lächelnd.

Hanna fing sich als Erste: »Die Gretlin meinst?«

»Jawohl«, kam es knapp von der Barbel.

»Was is mit dem Madl?«, fragte Barthel aufgeregt.

»Na, recht gut geht's ihr nicht!« Barbel konnte gar nicht genug von den ängstlichen Gesichtern rund um sie herum bekommen, besonders von dem von Yrmel, die mit schreckensgeweiteten Augen an ihrem schlaffen Unterarm, der übrigens wie eine vergammelte Runkelrübe aussah, hing.

»Jetzt sag schon«, Barthel drohte ihr mit der Faust.

»So sag ich gar nix.« Barbel tat auf beleidigt, aber letztendlich sprudelte sie nur so heraus.

»Also die sitzt und flennt.«

»Wo denn?« Johanna wurde ungeduldig.

»Bei den Minderen Brüdern sitzt sie und flennt.«

»Was macht sie dort?«

»Mi fragst? Flennen halt.«

Barthel sah anklagend zu Johanna. »Des kommt davon, dass du mit ihr g'schimpft hast. Ganz verstört is des Madl. Kannst du net a bisserl netter sein, Hannerl? Dass du mich anfahrst, soll sein, aber die Klane doch net!«

Yrmel nickte rasch. Barbel sah amüsiert in die Runde.

Hanna, der das alles nun doch zu viel wurde, schrie: »Ja, was hab ich denn schon Großartiges zu ihr g'sagt. Ich hab ihr g'sagt, sie muss schauen, dass sie weiterkommt im Leben, sie soll nachdenken, was sie will. Ich hab sie gefragt, ob sie denn nicht amal heiraten will. Sie kann nicht immer im Kloster bleiben. Sie hat doch noch gar nichts gesehen vom Leben. Nur Blumen und Gemüse und Obst sticken – das ist doch zu wenig.«

Schwer atmend hielt Johanna inne. Yrmel sah Barthel beschwörend an, und sogar Maroni hatte ihren Schlaf unterbrochen und war an seine Seite geeilt. Barthel nickte gottergeben. »Ja is gut. Ich versteh. Ich geh sie holen. Ihr Betschwestern könnt ja net gut allein in der Stadt rumlaufen, reicht scho, wenn die Gretlin sich unerlaubt herumtreibt. Meiner Seel, des auch noch, wo mir heit eh schon alles weh tuat.«

Yrmel schickte sich an, Barthel durch die Gartenpforte hinauszulassen, und Maroni würde höchstwahrscheinlich den alten Hauerknecht begleiten. Der konnte die alte, aber noch taugliche Hundenase wahrscheinlich gut bei der Suche gebrauchen.

Unvermittelt fand sich Johanna allein mit Barbel in der Küche wieder. Das alte Kräuterweibel nickte der Köchin zu und meinte: »Ich werd jetzt auch gehen, Hannerl.«

»Is gut«, kam es müde zurück.

»Mach dir keine Sorgen.«

»Hast leicht reden, Barbel! Was einem Mädel in der Stadt alles passieren kann ...«

»Aber geh. Weißt net, dass die wirklich reinen Jungfrauen einen ganz besonderen Schutz vom Herrgott haben, Hannerl?«

Augenzwinkernd verließ die Alte die Küche und ließ Johanna mit offenem Mund zurück. Zum ersten Mal fragte sich die Büßerin, ob an der Sache mit der Barbel und der Wahrsagerei nicht doch ein Körnchen Wahrheit war. Die hatte das Zweite Gesicht, die alte verrunzelte Schreckschrauben, wie sonst könnte sie Gretlin als Jungfrau bezeichnen!

»Ach Herrgott!« Sander schüttelte zornig den Kopf. Es ging einfach gar nichts weiter. »Luigi, sag, werden wir überhaupt noch in diesem Jahr nach Wien kommen, oder sollte ich mich darauf einrichten, den Winter hier in dieser Stadt des Markuslöwen zu verbringen?«

Ludwig, wie ihn seine deutschen Freunde, oder Luigi, wie ihn die Italiener nannten, schüttelte lachend den Kopf: »Alessandro, mein lieber junger Freund, hätte ich auch nur geahnt, dass du dich auf Reisen von einem charmanten jungen Mann in einen griesgrämigen Nörgler verwandelst, dann könntest du meinetwegen auf einem Maultier allein nach Wien reiten.« Ernsthafter meinte er dann: »Bis sich die ganze Handelsgesellschaft formiert hat, das dauert eben. Mehr als 100 Handelsherren mitsamt ihren Waren sind mit auf dem Treck. Also hab ein wenig Geduld.«

Statt einer Antwort knurrte Sander nur und sah auf die endlose Reihe vor und hinter sich. Menschen, Pferde, Lasttiere und Fuhrwerke, vollgestopft mit Waren aller Art, reihten sich auf der Brücke zwischen Festland und Lagunenstadt auf. Dabei war es immerhin schon ein Erfolg, wenn man schon in der Reihe stand. Alle, die hier abgekämpft und fertig zum Aufbruch lagerten, hatten bereits den Weg vom Fondaco dei Tedeschi, der deutschen Handelsniederlassung, hinter sich und die Räumung ihrer Warenlager ebenfalls. Unvorstellbar, dass sich dieser Moloch nun bereit machte, den uralten Handelsweg von Venedig nach Wien und weiter nach Brünn, Krakau und Kiew zu bestreiten. Ob das ein so guter Einfall war, sich einer Handelsgesellschaft anzuschließen, dachte Sander, und weiter, ob das wirklich so eine gute Idee war, dem Ansinnen seines Oheims, der damals schon mehr drüben als herüben weilte, nachzugeben? Sander schwitzte unter seinem Barett, sein Pferd, ein Falbe, das letzte Geschenk seines Oheims, tänzelte nervös und blähte die Nüstern. Missgelaunt stieg Sander kurzerhand ab, warf die Zügel seinem Diener, der nur zwei Schritte vor ihm stand zu und machte Anstalten, die Reihe vor sich abzuschreiten.

Amüsiert sah Ludwig dem Treiben seines jungen Freundes zu. Er selbst war die Ruhe in Person. Nach fast einem Dutzend Jahren, die er schon auf den meist römischen Straßen vom Süden hinauf in den Norden mit allen nur erdenklichen Gütern zugebracht hatte, war ihm die Ungeduld der Reisenden völlig fremd geworden. Es brauchte eben seine Zeit, bis Safran, Ingwer, Muskat, Nelken, Zimt und Zucker auf dem Weg waren, bis Olivenöl, Mandeln, Feigen, Zitronen und Orangen bereit waren, die Alpen zu überqueren, und bis Luxuswaren wie Korallen, Perlen, Edelsteine, Seidenstoffe, Samt, Brokat und Goldfäden dem kälteren Norden zustrebten. Da halfen keine Hast und keine Ungeduld! Luigi schüttelte sein schon bis auf einen schmalen Haarkranz kahles Haupt, streckte seine starken Arme einmal nach hinten, einmal nach oben, sodass seine nicht mehr so jungen Gelenke bedenklich knacksten. Dann richtete er sein Wams und überprüfte, ob die getriebene Silberschnalle des Gürtels auch wirklich in der Mitte seines recht ansehnlichen Schmerbauches saß. Beruhigt strich er mit seinen kurzen, dicken Fingern über die kleine Figur, die niemand Geringeren als den Heiligen Christophorus, den Schutzpatron aller Reisenden, in einer sehr wertvollen und gelungenen Arbeit darstellte. So beschützt konnte eigentlich nichts passieren, dachte er wie vor jeder Reise und blickte nach vorn, wo Sander erbost umherstampfte und jeden Mitreisenden mit einem finsteren Blick bedachte. Ob das wohl wirklich so eine gute Idee war, dachte Ludwig. Doch genau genommen hatte der erfahrene Handelsreisende keine andere Wahl gehabt. Als ihn von Augsburg der Hilferuf der Kaufmannsfamilie Randegg ereilte, er solle doch ihren jüngsten Spross auf seiner bevorstehenden Reise nach Wien mitnehmen, weil Alexander wichtige Geschäfte im Auftrag seines verstorbenen Oheims zu erledigen hatte, konnte Ludwig schlecht ablehnen. Schon seit Jahren waren die Beziehungen der Familie Randegg zu seiner Familie, der Fütterer in Nürnberg, nicht nur auf kaufmännische Belange beschränkt, sondern bereits als echte Freundschaft zu bezeichnen. Außerdem ließ der Burggraf von Nürnberg, der ja jetzt der Schwiegervater Herzog Albrechts mit dem Zopf war, über ein paar Umwege durchblicken, dass er Ludwig für diesen Dienst ein paar Ausnahmeregelungen bezüglich des streng geregelten Wiener Stapelrechts zukommen lassen würde. Also hatte es für ihn auch geschäftliche Vorteile, wenn er dem jungen Randegg half, sicher nach Wien zu kommen.

Wieder blickte er nach vorn, wo sich Sander inzwischen etwas abgelenkt hatte und mit einem hochgewachsenen, schlanken Mann, den Ludwig eindeutig als Mathis Imhoff, der mit Gewürzen und Seidenstoffen handelte, erkannte, ins Gespräch gekommen war. Ludwig Fütterers Gefühl sagte ihm, dass Sander bei diesem Mann gut aufgehoben war, denn die Imhoffs, eine alte Familie aus Augsburg, standen in Begriff, zu den führenden Nürnberger Kaufmannsfamilien aufzusteigen. Also sollte der Jungspund sich ruhig da vorn verplaudern, besser, er jammerte den Imhoffs etwas vor als ihm selbst. Doch zu früh gefreut, Sander stand eben in Begriff, wieder zurück zu Diener und Pferd zu kommen!

»Luigi«, tönte es da schon von Weitem, »es scheint loszugehen.« Hektisch nahm Sander seinem Knecht die Zügel aus der Hand und schwang sich auf sein Pferd.

»Nur langsam, langsam«, beruhigte ihn Ludwig und legte seine Hand beschwichtigend auf den Unterarm seines jungen Freundes, »da vorn die Fässer, die müssen noch auf den Karren, und dann könnte es etwas werden!«

»Ach die paar Weinfässer, die sind ja gleich verstaut.« Sander machte eine wegwerfende Handbewegung und fühlte sich mindestens so erfahren wie sein Gegenüber, hatte er ja gerade erst mit diesem Imhoff gesprochen, der ihm so einiges über den Handel mit Wien erzählt hatte.

Ludwig grinste. »Das ist kein Wein, sondern feinstes Olivenöl. Da würden wir Eulen nach Athen tragen, wenn wir Rebensaft in die Stadt an der Donau liefern.«

»Trinken die nicht in Wien?«, fragte Sander und sah sich im fernen, kalten Norden schon betrübt bei Kindergetränken wie Apfelmost oder Zitronenlimonade sitzen.

Jetzt lachte Ludwig und klopfte Sander übermütig auf die Schulter: »Nein, Alessandro, die trinken nicht.« Auf das verdutzte Gesicht des jungen Mannes hinauf wieherte der Kaufmann vor Vergnügen. »Alessandro, die trinken nicht, die *saufen*!« Verständnislose Blicke trafen ihn.

»Schau«, erklärte er, »in Wien ist das so: Da werden Ackerflächen aufgegeben und stattdessen ausgedehnte Weingärten angelegt. Rund um die Stadt reiht sich ein Rebstock an dem anderen. Die Hauerknechte sind die bestbezahlten Arbeiter, die Lese dauert über 40 Tage, und fast jeder Hausbesitzer hat einen Weinausschank!«

Sander pfiff durch die Zähne.

»Ja, mein Freund. Ich denke, nirgends wird so viel gesoffen wie in Wien. Und ganz heikel sind sie auf ihren Rebensaft. Es ist uns Händlern schlichtweg verboten, Wein einzuführen. Die trinken nur den eigenen.«

»Schmeckt er denn so gut, der Wiener Wein?«

»Ansichtssache, mein Freund. Für den italienischen Gaumen, nun sagen wir … Na ja, du probierst das einfach selbst aus«, kam es zögerlich von Ludwig.

Sander, der noch nachhaken wollte, besann sich eines Besseren, denn endlich, endlich ging es los, und der Tross der deutschen Kaufleute zog reich bepackt Richtung Wien.

Was dieses Mal wohl auf mich zukommen wird, dachte der junge Randegg und erinnerte sich an seine erste Reise vor acht Jahren an der Seite seines Oheims. Wehmut überkam ihn, umso mehr, wenn er an seinen jungen, lustigen Freund Ewald dachte. Wie lang war das schon her. Leider hatte er nichts mehr vom jungen Wolkenberg gehört, bis auf ein paar spärliche Nachrichten, dass ihn nach der Preußenfahrt mit Herzog Albrecht die pure Reiselust überkommen habe und er bis nach Arabien und Persien gekommen sein soll. Na ihm, Sander, reichte Wien schon! Eigentlich wollte er ja gar nicht in diese Stadt, an die er keine guten Erinnerungen hatte. Wären da nicht sein Oheim und dessen letzter Wunsch gewesen! Wenn er nur wüsste, wo er seine Suche beginnen sollte, er konnte sich ja schlecht vor das Stadttor in Wien stellen und alle Vorbeikommenden fragen: »Sind sie vielleicht der Nachkomme der Gräfin von Tirol?« Schlechter Einfall. Auf jeden Fall sollte er genauer Bescheid wissen über die hohe Dame. Was er bisher in Erfahrung bringen konnte, war ein wenig spärlich. Vor allem deshalb, weil jeder, den der junge Randegg aus seinem Bekanntenkreis fragte, sehr verschlossen wenn nicht sogar unhöflich reagierte. »Natürlich starb die Gräfin ohne Erben, was denn sonst? So eine Spinnerei!«, war noch die freundlichste Variante. Nach einigem Nachdenken war Sander auch der Grund dieser Schroffheit klar. Seine Familie, fest verwoben mit dem Schicksal der regierenden Habsburger, würden sich selbstredend eher die Zunge abbeißen, als Nachforschungen zu unterstützen, die einen Erben von Tirol zum Inhalt haben. Rudolf der Stifter, der Tirol endlich seinem Reich anschließen konnte, würde sich ja dreimal im Grabe umdrehen, wenn diese Besitzungen an einen anderen gingen, und seine Bemühungen und Verhandlungen letztendlich erfolglos geworden wären. Tirol und das Habsburgerreich waren eine Einheit, und das sollte auch so bleiben! Warum belasse ich es denn nicht dabei, dachte Sander und blickte sich um. Warum tue ich mir diese unangenehme Reise an, wenn ich sowieso auf verlorenem Posten stehe, wenn ich mit keiner Hilfe rechnen kann? Warum drehe ich jetzt nicht einfach um, dachte er weiter und nahm schon, wie zur Bestätigung seiner Gedanken, die Zügel fest in die Hand, um sie gleich darauf wieder lockerzulassen und sich seufzend einzugestehen: Weil ich es meinem Oheim schuldig bin. Die Wahrheit muss ans Licht. Was immer dieses Abenteuer für mich bedeuten wird, wen ich verletzen muss, wen ich beschäme, wen auch immer ich hoffe, zu finden. Ich muss es tun.

Voll neuem Tatendrang drehte er sich zu seinem Nebenmann: »Du, Luigi, seit wann reist du denn nach Wien?«

»Ach, schon über zwei Dutzend Jahre ist es her, als ich die ersten Gewürzsäcke nach Wien brachte und am Hof verschachern wollte. Da war ich noch grün hinter den Ohren und hab mich von den Wienern ganz schön anschmieren lassen!

Alles was du dabei hast, musst du an einen Wiener Kaufmann verkaufen zu Billigstpreisen, der verkauft es dann zu Höchstpreisen weiter, und die Spanne steckt er ein. Stapel nennen sie das, ihr ureigenstes Recht. Wucher nenn ich das, aber so ist das eben. Mittlerweile bin ich schon gescheiter geworden.«

Sander, der die Gewürzgeschichten seines Reisebegleiters mittlerweile schon satthatte, wechselte schnell das Thema: »Also Luigi, du bist schon vor 20 Jahren in Wien gewesen. Hast du da vielleicht von einer Gräfin von Tirol gehört?«

»Die Margarete von Tirol und Görz meinst du?«

»Ja, die meine ich.«

»Die, die schon als Kind mit dem Bruder des böhmischen Kaisers Karl verheiratet wurde?«

»Ja, genau.«

»Die, die ihren Mann Johann Heinrich einfach rausgeschmissen hat und dann Ludwig den Brandenburger geheiratet hat?«

»Ja, Luigi, genau um die geht es.«

»Hat mit dem Brandenburger gelebt in wilder Ehe, ohne Genehmigung des Papstes.«

»Ja, hat sie«, Sander wurde schon ein wenig ungeduldig, zeigte es aber nicht, denn er wollte seinen Freund, der sich seiner Meinung nach besonders gern selbst reden hörte, nicht stören. Schließlich wollte er ja Auskünfte aus ihm herausholen und ihn nicht vergrämen. Also nickte er wissend und meinte so nebenbei: »Ja, das war sicherlich schwierig für die Frau …«

Wie erwartet sprang Ludwig sofort auf diese Meldung an: »Was heißt schwierig, die wurde gemieden, geächtet, verschmäht. Der Luxemburger, also der spätere Kaiser Karl belagerte Tirol, brannte Bozen und Meran nieder, und der Brandenburger regierte das Land daraufhin mit noch härterer Hand und ließ die Adeligen scharenweise abmarschieren. Das war nicht einfach mit der Margarete. Erst nach zehn vollen Jahren hat die Kurie den Kirchenbann aufgehoben! Zum Glück blieb die zweite Ehe nicht kinderlos.«

»Ach nein?«, Sander horchte unwillkürlich auf.

»Ja«, erzählte Ludwig weiter, »ein Sohn namens Meinhard. Der Erbe von Tirol.«

»Ach?«, fragte Sander scheinheilig und war sich sicher, auf eine Spur gestoßen zu sein.

»Starb gleich nach seinem Vater vor mehr als 20 Jahren«, stellte Ludwig nüchtern fest.

Sander seufzte gottergeben. »Wäre ja zu schön gewesen! Sonst noch irgendwelche Kinder?«

»Da ist gar nichts bekannt. Aber ich denke nicht, denn die Gräfin überschrieb Tirol dem Habsburger Rudolf. Warum hätte sie das denn tun sollen, wenn sie eigene Kinder hatte? Vor genau 20 Jahren hat sie abgedankt und ist nach Wien gezogen. Von da an hörte man so gut wie nichts mehr von ihr. Ich hab sie nicht mehr gesehen, niemand hat sie mehr gesehen, obwohl sie in Wien wohnte.«

»Wo denn?«

»Rudolf hat ihr ein Wohnhaus ganz nahe dem Kloster der Minderen Brüder überlassen. Wenn du mich fragst, Alessandro, ein kleiner Ersatz für das große Tirol!« Ludwig lachte in sich hinein und fragte seinen jungen Freund: »Warum interessierst du dich denn dafür, mein Freund?«

»Ach«, meinte Sander scheinbar harmlos, »mein Oheim war einmal in ihren Diensten, und er hat mir oft von der hohen Frau erzählt.«

»Ja, da wird er wohl auf der Burg Neuhaus zwischen Bozen und Meran gewesen sein, da hat sich die Gräfin am liebsten aufgehalten, so sagt man wenigstens. Von dort ließ sie die Untertanen ihre Macht spüren, und die war, darf man den Berichten glauben, nicht gerade gering.«

Ganz dunkel stieg in Sander die Erinnerung hoch, zuerst wie ein Schatten, dann immer klarer. Eine trutzige Burg hoch über der Ortschaft Terlan, nicht enden wollende Mauern, Vorburgen, Zinnen, beeindruckend war es gewesen für ihn, den jungen Sander. Er war stolz, hier zu sein, wo die berühmte Margarete aus und ein ging, wo die Grafen von Tirol und Görz lebten. Wie überrascht er war, als sein Oheim immer unfreundlicher, immer nervöser wurde. Erst jetzt wurde ihm bewusst, dass Bernhard von Randegg damals mit dunklen Erinnerungen kämpfte wie Georg gegen den Drachen, dass er überwältigt sein musste von schlechten Erinnerungen. Jetzt im Rückblick erkannte er, wie beherrscht sein Oheim tatsächlich gewesen war, und er bekam eine Ahnung dessen, was ihn erwarten würde, wenn er es schaffte, das Geheimnis in Wien zu lüften. Ein unbestimmtes Zittern durchlief seinen Körper, er fröstelte und schloss unwillkürlich die Augen. Das hatte nichts mit harmlosem Einholen von Auskünften gemein, was er zu tun gedachte. Es wurde ihm schlagartig klar, dass er sich mit dem Erbe Bernhards von Randegg mitten hinein in den schwelenden Machtkampf zwischen den Habsburgern, Luxemburgern und Bayern begeben würde. Er musste sich hüten, zu viel und zu offensichtlich vorzugehen, und er musste sich vorsehen, denn wem konnte er wirklich trauen? Daher schien ihm die nächste Frage Ludwigs bereits verdächtig.

»Wie ich höre Alessandro, hast du dich ja im Chioggia Krieg wacker geschlagen!«

»Ja, es ging so«, antwortete Sander ausweichend und überlegte, ob er der Familie Fütterer wirklich trauen konnte, ob die freundschaftlichen Beziehungen hielten, was sie versprachen, oder ob ihm Ludwig eher als Aufpasser mitgegeben wurde, der genau darüber Buch führte, wie weit seine Nachforschungen erfolgreich waren. Alles war auf einmal sehr unsicher geworden, und Sander fühlte sich jetzt mitten im goldenen Herbst, als wenn er im Winter auf unsicherem Eis einen Schritt vor den anderen setzen müsste.

»Was heißt, es ging so, mein Junge«, polterte Ludwig, »ich habe gehört, dass du eine hohe Auszeichnung von Herzog Leopold bekommen hast. Letztendlich hat er es ja Männern wie dir zu verdanken, dass er nun die Oberhoheit über Triest hat!«

»Nun, die Stadt hat sich freiwillig unter den Schutz der Habsburger gestellt«, meinte Sander vorsichtig.

»Du bist zu bescheiden, Alessandro. Deine Fähigkeiten juristischer Natur wirst du aber jetzt nicht auch noch unter den Scheffel stellen, oder?« Ludwig zwinkerte Sander zu und dachte, dass der Bursche ja doch ganz in Ordnung war. Aus sicherer Quelle wusste er, dass sich der junge Randegg im Schlachtfeld tapfer geschlagen hatte und sich an der Seite Aquileias, Ungarns, Paduas und der Habsburger gegen Mailand, Zypern und Venedig gestellt hatte. Gleichsam als Vergeltung bekam der junge Mann von Herzog Leopold, dem Bruder Albrechts mit dem Zopf, einen hohen Posten im Kreise der Rechtsgelehrten. Er war einer der Jüngsten, der sich mit der Neufassung der städtischen Statuten für die Stadt Triest beschäftigen durfte. Wenn er es geschickt anstellte und nicht zwischen die Fronten der Habsburgerbrüder Leopold und Albrecht geriet, war er ein Mann mit glänzenden Aussichten. Schade, dachte Ludwig, dass ich keine heiratsfähige Tochter, sondern drei Söhne habe, ich könnte mir keinen besseren Schwiegersohn vorstellen!

Sander freilich war inzwischen mit ganz anderen Gedanken beschäftigt. Er allein wusste, warum er sich so mutig ins Feld geworfen hatte, warum er alles tat, um in das Heer Aquileias eintreten zu dürfen, warum er mehr als eifrig seinen Dienst versah und die Gefahr nicht scheute. Er wollte nicht weg aus Italien, er wollte nicht zurück nach Augsburg, wo seine Verwandten lebten. Er war kein Kaufmann und würde es wohl nie werden. Sander, ein Kind der südlichen Sonne, wollte um keinen Preis in den kalten Norden. Wie freute er sich, als ihm das Amt eines angehenden Rechtsgelehrten in Triest angeboten wurde. Das war die Möglichkeit für ihn, sein Leben hier in Italien einzurichten. Mit dem Tod seines Vormunds, dem Patriarchen von Randegg, sollte seine Zeit hier nicht auch vorbei sein, das hatte er sich fest vorgenommen. Umso mehr musste er aufpassen, er hatte viel zu verlieren. Unbemerkt blickte er Ludwig von der Seite an. Nun, irgendwo musste er einen Anfang machen, jemanden sollte er ins Vertrauen ziehen. Allein kam er nicht weiter. Also bemühte er sich um die Gunst seines Reisegefährten, und die war nun einmal nur über seine Kaufmannsgeschichten zu erringen.

»Ludwig?«

»Ja?«

»Sag, wie ist das so in Wien, du hast gesagt, du bist schlauer als früher, um deine Waren zu verkaufen?«

Wie nicht anders zu erwarten war, drehte sich Ludwig mit glänzenden Augen zu Sander und senkte verschwörerisch seine Stimme: »Nun, ich habe so meine Kontakte. Du weißt ja, dass ich nicht nur gewöhnliches Gewürz mit mir herumtrage …«

»Gewöhnliches Gewürz?«

»Ingwer, Zimt, Muskat, Safran und den Schmarrn halt.«

»Schmarrn?«

»Bringt doch nichts ein«, Ludwig machte mit Kennermiene eine sehr abfällige Handbewegung, »das kannst du doch nur um das Doppelte verkaufen!«

»Das Doppelte?«, Sander zog scharf die Luft ein.

»Ich hab was viel Besseres, das kann ich leicht mit sechsfachem Gewinn abstoßen!« Ludwig lächelte triumphierend und zeigte eine Reihe gerader, ein wenig gelblicher Zähne.

»Sechsfacher Gewinn – du meinst, aus 50 Kreuzern machst du 300?«

»Ja so ungefähr«, lachte Ludwig weiter, »nur beginne ich nicht bei 50 Kreuzern, sondern viel, viel höher!«

»Was kann denn das für ein Gewürz sein?«

»Pfeffer.«

»Pfeffer?«

»Pfeffer. Ich bin einer der weitbekannten Pfeffersäcke, Alessandro. Wir sind Kaufleute, die die scharfen Körner säckeweise über die Alpen bringen und dann um ein Vielfaches verkaufen. Wir sind die reichen, die *wirklich* reichen Gewürzhändler, alle anderen gibt es halt auch.«

»Du bist also ein Pfeffersack, Luigi«, Sander lächelte verschmitzt, und sein Reisebegleiter wurde ihm zusehends sympathischer. Er mochte Leute, die auch einmal über sich selbst lachen konnten.

Dementsprechend fuhr Ludwig mit scherzhaft erhobenem Zeigefinger fort: »Nur, dass ich es nicht jedem auf die Nase binde, weil ich nämlich meine Ware nicht den Wiener Kaufherren vor die Füße schmeißen werde wie wurmige Kastanien den Schweinen. Ich habe so ganz private Kontakte, die meine Ware quasi unter der Hand übernehmen, ohne viel Aufhebens zu machen.«

»Ist das nicht illegal?«

»Wenn man erwischt wird, schon. Aber in Wien funktioniert alles nach dem Spruch, eine Hand wäscht die andere, und der kennt den, der mit dem verwandt ist und der wiederum … kurzum, es funktioniert!«

Sander nickte bedächtig und war sich bewusst, dass dieses Eingeständnis von großem Vertrauen in seine Person zeugte. Keine Frage, Ludwig Fütterer vertraute den Randeggs. Also sollte das auch umgekehrt gelten. Mit einem tiefen Atemzug begann Sander von Neuem.

»Ludwig?«

»Ja?«

»Wenn ich, nur einmal angenommen, ein paar Auskünfte brauchen würde über ein gewisse Person in Wien. Du weißt schon, so nach dem Spruch: Eine Hand wäscht die andere und der kennt den und der …«

Ludwig unterbrach Sander lachend: »Ich weiß schon, was du meinst. Du musst mir aber schon ein bisschen mehr sagen, damit ich dir helfen kann.«

Sander gab sich einen Ruck und erzählte Ludwig Fütterer, dem Kaufmann, der heimlich in seinen Satteltaschen an die 20 Pfund Pfefferkörner eingenäht hatte, die er am Wiener Stapel vorbei unter der Hand außerordentlich gewinnbringend verkaufen wollte, vom Vermächtnis seines Oheims, dem ehemaligen Patriarchen von Aquileia. Staunend hörte Ludwig zu, bis Sander mit dem Satz: »Er meinte, ich soll mich an die Minderen Brüder wenden, die wissen Bescheid«, geendet hatte.

Eine lange Weile ritt Ludwig nur stumm neben Sander einher, sodass der junge Mann schon glaubte, er sei mit seinen Ausführungen zu weit gegangen und habe den Freund der Familie vollends überfordert. Doch da täuschte er sich. Nach alter Kaufmannsgewohnheit durchdachte Ludwig Schritt für

Schritt das eben Gehörte und sagte dann ganz ruhig, aber bestimmt: »Du, ich kenn da wen, der ist mit einer bekannt, die wiederum eine andere kennt, die weiß alles und kann dir ganz sicher helfen.«

»Aha«, sagte Sander, »das wäre dann wohl die Wiener Art.«

»Genau. Du lernst schnell, das muss man dir lassen!«

»Und was ist mit den Minderen Brüdern?«

»Nun, die kannst du immer noch befragen. Wissen tun sie alles, aber sagen werden sie dir nichts. In Wien sagt man auch, trau keinem Pfaffen! Meistens stimmt das auch.«

Entmutigt seufzte Sander.

Ludwig bemühte sich, Sander aufzuheitern: »Na, eines nach dem anderen, mein junger Freund. Jetzt bezwingen wir beide einmal die Alpen und erobern Wien. Wie der Zufall so will, werden wir zu Santa Katharina beim Kärntnertor einreiten.«

»Warum Zufall?«, fragte Sander interessiert.

»Schmarrn Zufall. Ist Absicht. Am Tag der Heiligen Katharina ist Jahrmarkt in Wien. Da herrscht absolute Zollfreiheit.«

»Ja klar, das ist schon wichtig«, meinte Sander enttäuscht. Diese Kaufleute waren schon eine eigene Rasse, dachte er bei sich.

»Aber das Beste ist das Scharlachrennen!«, setzte Ludwig nach und grinste Sander breit an.

»Was ist denn das?«

»Lass dich überraschen. Nur so viel: A echte Gaudi!«, gluckste Ludwig und gab seinem Pferd die Sporen.

»Aha. A Gaudi. Was immer das ist«, murmelte Sander und bemühte sich, Ludwig zu folgen.

Er dachte schon, es würde kein Ende nehmen. Er überlegte bereits, sein Vorhaben aufzugeben. Er wollte einfach nur Ruhe haben. Und dann sah er ihn. Er war da, er war wirklich gekommen. Wieder trafen sich ihre Wege. Das Blut rauschte in seinen Adern, sein Verstand war wach, er war beweglich, lebendig und bereit. Er würde es ihm zeigen, ihn beeindrucken, verblüffen und überraschen. Endlich wusste er wieder, was sein Weg war, welches Ziel auf ihn wartete. All die Jahre waren nicht umsonst gewesen, sie hatten ihn ausdauernder, überlegter und weiser gemacht. Gleich einem kleinen Wanderfalken, einem Sprenkel, der nach und nach frei wird von allen Fesseln, von Hunger, von Kälte, von Dunkelheit. Jetzt war er ausgelernt, er kannte seine Beute, er wusste, wie ihr beizukommen war. Klug blickte er in die Welt. Ein aufmerksamer, entschlossener, verlässlicher Jäger, der nur eines kennt: die Jagd nach dem Gemeinen, dem Schmutzigen und Abtrünnigen.

Er war da, kaum konnte er sein Glück fassen! Jetzt war viel zu tun. Vorausdenken, vorausplanen, sich wappnen, bereit sein. Er streckte sich, viel zu lang hatte er untätig die Stunden des Tages verbracht. Und das Beste daran war: Es war so leicht, so unglaublich einfach, an alle Auskünfte zu gelangen. Er hatte gelernt, sich unsichtbar zu machen. Niemand nahm ihn wahr, im Gegenteil, keiner wollte seine verwachsene Gestalt, sein abstoßendes Äußeres, das jedes Auge beleidigte, sehen. Umso besser für ihn, umso leichter, an das zu kommen, was er wollte. Eigentlich musste er nur das tun, was er bisher gemacht hatte. Schweigen und sich an die Fersen derjenigen heften, die ihn zu seinem Ziel führen würden. Niemand erkannte ihn, niemand sah ihn, denn jeder nahm nur das wahr, was er wirklich sehen wollte. Und ihn wollte man sicherlich nicht erblicken. Das war sein Vorteil und eines noch: Geduld und Ruhe, doch die Sinne geschärft, die Ohren auf Empfang und die Augen offen.

»Alessandro, ich finde es ja sehr aufmerksam von dir, dass du zu Ehren der Heiligen Katharina gleich ihre Kapelle aufsuchst, aber bitte spute dich, ich habe heute noch ein wichtiges Geschäft zu erledigen, ein wirklich wichtiges, das keinen, aber auch gar keinen Aufschub duldet.« Schon ein wenig erbost blickte Ludwig zu seinem jungen Reisegefährten, der seelenruhig von der imposanten Kirche der Minderen Brüder über den stillen Kreuzgang zum Langchor schlenderte. Völlig unbeeindruckt von der offensichtlichen Eile seines Gefährten meinte Sander: »Hier irgendwo muss es sein!« Wieder schlenderte er herum, wandte sich dann nach Westen und stand mitten in der großen Hallenkirche, ein hohes Gewölbe, getragen von dicken Strebepfeilern. Zweifelnd blickte er zum Altar, bekreuzigte sich und lenkte seine Schritte bedächtig weiter, diesmal ostwärts, vorbei am achteckigen aus Granit gefertigten Taufbecken. Ludwig folgte ihm widerwillig, jetzt schon fuchsteufelswild. Nur die Ehrfurcht vor diesen heiligen Hallen verbot es ihm, diesem ›Rotzlöffel, diesem italienischen Ausbund an Dreistigkeit‹ einmal ordentlich die Leviten zu lesen. Diese Zeitverschwendung! Was versprach sich der junge Geck nur davon, hier im Kloster und in der Kirche zu lustwandeln?

Als ob Sander die Gedanken seines Freundes gehört hätte, flüsterte er: »Dort, siehst du es auch?«, damit deutete er auf ein Hochgrab aus Marmor, das sich im Chor der Ludwigskapelle, die direkt an die Hallenkirche anschloss, befand.

Unweigerlich musste Ludwig seinen Blick in die gezeigte Richtung wenden und vergaß für kurze Zeit seinen Groll. Demütig ging er näher durch den erhabenen mit Spitzbogen und Strebepfeilern ausgestatteten Raum, blickte zum Kreuzrippengewölbe und bewunderte die hohen Fenster, die das Licht in warmen Gelb-, Rot- und Blautönen auf den steinernen Fußboden zauberten.

Als beide Männer neben dem Grab zu stehen kamen und ihr Knie vor Ehrerbietung beugten, platzte Sander heraus: »Aber das ist sie gar nicht!«

»Wer bitte schön ist sie nicht? Sprich in ganzen Sätzen Sander!«, zischte Ludwig zurück.

»Na die, die ich suche«, antwortete Sander patzig.

Ludwig betrachtete das Grab von unten nach oben, die schön gehauene, mit Rankenwerk verzierte Basis, die kleinen Frauenfiguren am Sockel, die teilweise beteten, teilweise in unendlicher Trauer die Arme rangen. Dann blickte er hinauf, wo die lebensgroße Gestalt einer Frau, gebettet auf zwei Kissen und umringt von vier weiteren Gestalten, ruhig und friedlich zu schlafen schien. Ludwig war beeindruckt von der Schönheit des Marmors, vor seinem satten Glanz, der der Frauenfigur eine unnahbare Anmut verlieh. Ihre Züge waren entspannt, ihr Schleier und ihr vornehmes Gewand umhüllten ihre schlanke Gestalt. Mit ihrem rechten Arm umfing sie ein Kind, steif und schmal neben ihr liegend. Ludwig war gewiss, dass diese Dame in jungen Jahren im Kindbett gestorben war. Er schüttelte sich und zwang sich damit, wieder in der Gegenwart anzukommen. Verständnislos fragte er Sander: »Wen suchst du denn eigentlich hier?«

Der zeigte auf das steinerne Abbild der Frau und meinte: »Die nicht, ich suche eine Ältere! Wer das da ist, weiß ich gar nicht.«

»Darf ich den beiden Herren demütigst auf die Sprünge helfen?« Erschrocken fuhren Ludwig und Sander herum. Wie aus dem Nichts war eine dunkle Gestalt im Durchgang vom Langchor zur Ludwigskapelle aufgetaucht, groß und massig, sodass vom Chor gar kein Licht mehr in die Kapelle fallen konnte, und die beiden Männer daher nicht das Gesicht der Gestalt erkennen konnten. Doch im nächsten Augenblick trat die Person heraus aus dem Schatten und präsentierte sich als Minderer Bruder, die Hände in einem schwarzen Habit verborgen. Die furchtsamen Blicke aus weit aufgerissenen Augen der beiden Männer völlig ignorierend, fuhr dieser in einer monotonen, tiefen Stimme, die wohl schon viele Gebete und Psalmen hinter sich hatte, fort: »Sie haben die Ehre mit Blanche von Valois, die Enkelin von niemand Geringerem als Ludwig dem Heiligen von Frankreich.«

Betroffen nickte Ludwig, sah wieder kurz auf das Grabmal und senkte beschämt seinen Blick zu Boden. Sander hingegen reckte sein Kinn und meinte: »Gibt es noch andere hier?«

Ein leises Lächeln, etwas herablassend, umspielte die Mundwinkel des Mönchs: »Welche *andere*?«

Genervt zischte Ludwig seinen Freund an: »Alessandro, du machst es schon wieder. Sprich in ganzen Sätzen und sag genau, was du wissen willst. Hier ist niemand zum Rätselraten aufgelegt.« Als ihn der Pater fragend ansah, verstummte er schnell. Sander, der sich nicht einschüchtern ließ, antwortete: »Ich suche das Grab der Gräfin von Tirol, sie ist vor nicht ganz zehn Jahren verstorben und hier beigesetzt worden.«

»Warum?«, kam es ruhig von diesem unerschütterlichen Mann mit der schwarzen Kutte.

»Nun, warum sie gestorben ist, kann ich nicht sagen, aber …«

»Warum sucht Ihr das Grab?« Etwas Bedrohliches mischte sich in den monotonen Singsang des Mönchs. Sander dachte einen winzig kleinen Augenblick zu lang nach, um glaubwürdig zu wirken, und meinte: »Für eine persönliche Andacht.«

»Eine persönliche Andacht also, so, so«, wieder der leichte Anflug eines Lächelns.

Mit einer ausgreifenden Geste, die den weiten Ärmel der Kutte zurückrutschen ließ und den Blick auf eine tellergroße, behaarte Hand mit langen, festen Fingern, die das Arbeiten gewöhnt zu sein schienen, freigab, zeigte der Mönch zur Südwand der Kapelle. Ludwig, der sich sichtlich unwohl in seiner Haut fühlte, setzte zaudernd einen Schritt nach dem anderen in die gezeigte Richtung und sah sich einem Wappen, das einen silbernen Adler auf rotem Schild zeigte, gegenüber. »Für eine persönliche Andacht wird das vorerst genügen, oder?«, fragte der Bruder barsch. Sander, der Ludwig nachgeeilt war, bemerkte: »Ach ja, das könnte vorerst genügen, ich erkenne den Tiroler Adler, ja, ja, sehr schön!« Damit drehte er sich zum Mönch um, der sich keinen Zoll von seinem Platz bewegt hatte, und meinte: »Besten Dank auch, Bruder, das wär's dann schon. Wir haben jetzt ja gefunden, wonach wir gesucht haben, lassen sie sich nicht aufhalten.«

Ludwig, perplex über so viel Dreistigkeit, blieb der Mund offen stehen. Furchtsam sah er zum Klosterbruder hinüber und erkannte gerade noch einen Anflug von aufwallendem Zorn in den Zügen des Mannes, den dieser aber gleich wieder hinter der Maske eines demütigen Gottesdieners verbarg. Um nur irgendetwas zu sagen und die unerträgliche Spannung, die anscheinend Sander überhaupt nicht mitbekam, zu entschärfen, plapperte er: »Sie fragen sich sicher, Bruder, wer wir sind. Nun, ich bin der Handelsherr Ludwig Fütterer aus Nürnberg, und hier«, damit zeigte er auf Sander, der gar nicht zuhörte, sondern eingehend den Grabstein betrachtete, »ist Alexander von Randegg, Großneffe des verstorbenen Patriarchen von Auquileia!« »Bernhard von Randegg?«, kam die Frage, genauso monoton wie alles, was dieser Mensch bisher von sich gegeben hatte.

»Ja genau, Bernhard von Randegg, ursprünglich aus Augsburg …«

Schroff wurde er unterbrochen: »Ja, ich kannte den Patriarchen.«

Sander, der den letzten Satz aufgeschnappt hatte, drehte sich um, musterte den Mönch für Ludwigs Geschmack ein wenig zu ungebührlich und meinte: »Nachdem wir uns jetzt vorgestellt haben, mit wem haben wir die Ehre?«

Mit einem kaum wahrnehmbaren Kopfnicken stellte sich der Mönch vor: »Bruder Konrad.«

Sanders missmutige Miene wich einem höflichen Lächeln: »Woher kommt Ihr, Bruder, oder wart Ihr schon immer hier in Wien?«

»Nein, ich komme aus Eferding in Österreich ob der Enns«, brummte Bruder Konrad und gab unmissverständlich zum Ausdruck, dass er mit keinen weiteren Auskünften aufzuwarten gedachte. Abweisend winkte er ab und bemerkte wieder ganz ruhig: »Ich möchte Sie bei Ihrer persönlichen Andacht nicht stören.«

Hätten die beiden, Ludwig und Sander, nun angenommen, dass sich der Mönch empfehlen würde, so wären sie genau jetzt bitter enttäuscht worden. Bruder Konrad blieb, einem Standbild gleich, hoch aufgerichtet, mächtig und allen Elementen trotzend, mitten in der Ludwigskapelle stehen, die Hände im Habit verborgen und die Augen starr auf die beiden gerichtet. Der junge Randegg fühlte sich nun auch ein wenig unbehaglich, ließ die Arme schlenkern und sah sich weiter unbeteiligt um. Ludwig trat nervös von einem Fuß auf den anderen und flüsterte: »Jetzt komm, Alessandro, ich hab dir doch gesagt, dass ich heute noch ein wichtiges Geschäft …«

»Bruder Konrad, auf ein Wort!«, dröhnte es hinter ihnen. Erschrocken drehten sich beide um, und Ludwig dachte, dass es mit Einkehr und Stille in diesem Raum wohl auch nicht weit her war, wenn man in kürzester Zeit gleich zweimal so unangenehm von hinten angesprochen wurde, dass einem der kalte Schweiß ausbrach. Konrad, der sich bis jetzt nicht gerührt hatte und nicht im Mindesten überrumpelt oder erschrocken wirkte, drehte sich langsam um, nickte dem schlanken, fast schon dürren Mann, dessen enge schwarze Beinkleider ihn wie eine Krähe aussehen ließen, zu und brummte monoton: »Stets zu Diensten, Hofmeister Fichtenstein.« Es schien, als ob er bereits auf den Neuankömmling gewartet hätte. Jedenfalls dachte Ludwig das, anders waren die Ruhe und Bestimmtheit des Bruders und die offensichtliche Ungeduld und Eile im Gehaben des Besuchers nicht zu erklären. Beherzt nahm Ludwig Sander beim Unterarm, nickte Bruder Konrad kurz zu und drängte den jungen Randegg durch die Hallenkirche westwärts zum großen Portal, wo er endlich diese ihm etwas unheimliche Kirche verlassen und sich seinem Geschäft widmen konnte. Sander maulte zwar, ließ sich aber widerstandslos mitziehen. Nur kurz blickte Ludwig noch einmal zur schwarzen Gestalt, die eigentümlich starr vor dem schmiedeeisernen Gitter stand, das den Aufgang zur Kanzel vom Kirchenraum abtrennte. Der Mann krallte sich förmlich mit einer Hand an die rosettengeschmückte Empore und ließ dabei den Mönch nicht aus den Augen. Auffallend waren auch die Finger seiner zweiten Hand, die sich unentwegt streckten und wieder zur Faust ballten. Ludwig spürte nicht nur Ungeduld, sondern mehr, Besessenheit,

Gier, schwer beherrschbares Verlangen. Aber ach, das sollte ihn nicht weiter beschäftigen, und schleunigst schob er seinen jungen Freund weiter, dem großen Portal entgegen, bevor es sich Sander wieder überlegte und nach verborgenen Grabmälern, älteren Damen, seltsamen Wappen oder sonst etwas suchen wollte.

Draußen umfing die beiden sofort der eigentümliche Geruch eines feuchten Herbstnachmittags. Die letzten Sonnenstrahlen waren verflogen, und schon senkte sich langsam aber stetig dichter, feuchter Nebel über die Klosteranlage.

»Puhh«, Sander rümpfte die Nase, »da habe ich jetzt gar nichts erreicht, was bringt mir ein gemaltes Wappen, ich brauche schon mehr Kenntnisse!« Unwillig blickte er hinauf zum hohen Turm der Kirche, und Ludwig wartete wieder auf die unvermeidliche Bemerkung über das Wiener Wetter, auf die er auch gar nicht lang warten musste.

»Einfach greulich. Das soll ein goldener Herbst sein? Sieht aus wie Graupensuppe. In Lucca könnte ich noch draußen sitzen und meinen Roten trinken. Weißt du, Ludwig, das, was hier am unangenehmsten ist, das ist …«

»Ja, ich weiß, mein Freund«, entgegnete Ludwig verärgert und schob Sander hurtig weiter, »Wien ist gegen Lucca, Triest und alle anderen welschen Städte wie eine saure Gurke mit Blutwurst gegen Honigmelone mit Schinken, ich weiß, aber jetzt komm!«

Sander blickte erstaunt zu Ludwig und meinte: »Was bist du so sauer, Luigi. Warum hetzt du so, ich meine ja nur, wir haben hier Herbst und es ist wie …«

Zornig unterbrach ihn Ludwig: »Morgen ist Martini, Sander, der Herbst ist hier schon vorbei, und wenn ich bis Katharina meine Geschäfte in Gang bringen will, dann müssen wir jetzt laufen. Ich kann doch nur zur Zeit des Jahrmarktes mit den anderen Kaufleuten verhandeln, sonst muss ich all meine Waren an die Wiener verkaufen. Und Jahrmarkt ist nur zweimal im Jahr. Verdammter Stapel!««

»Aber da hast du ja noch ganze 15 Tage Zeit!«

»Die werd ich auch brauchen, wenn du weiter so dahinkriechst. Komm jetzt, da vorn die Straße da ist die Schaufellucke. Da laufen wir jetzt hin, dann weiter nach Sankt Michael und über den Graben in die Singerstraße.«

»Das soll eine gemütliche Stadt sein, Luigi? Du hetzt mich, als wären wir auf dem Jahrmarkt in Augsburg.«

»Da wirst du noch staunen, mein Junge. Von wegen hetzen, von wegen Jahrmarkt! Warte, bis es hier losgeht! Zwei Wochen lang nur feilschen, kaufen, verkaufen – du wirst dich wundern! Komm jetzt endlich.«

Raschen Schrittes umrundeten die beiden die Südseite des Klosters, debattierten weiter über die Länge des Weges, die späte Stunde und das miese Wetter und rannten prompt frontal in einen alten Mann, der es mindestens genauso eilig hatte wie sie selbst, nur in der entgegengesetzten Richtung. Nicht genug, dass Sander und Ludwig sofort den abgestandenen säuerlichen Geruch nach Schweiß vermischt mit Traubensaft in der Nase hatten, knurrte sie auch noch ein alter Köter mit gefletschten Zähnen an, der mehr als unappetitlich aussah mit seinem räudigem Fell und dickem, gelbem Sabber an der Schnauze.

Ludwig, im ersten Moment erschrocken, im zweiten wutschnaubend, breitete im nächsten Moment die Arme aus, grinste vom einen Ohr zum anderen und drückte diese alte, verlotterte Gestalt ganz fest an sein vornehmes, aus schwarzviolettem Samt gearbeitetes Wams.

»Barthel, du altes Haus, was freu ich mich, dich zu sehen!« Sein stinkendes Gegenüber löste sich freudig und schulterklopfend aus der festen Umarmung und zeigte grinsend seine spärlichen Zähne..

Umständlich beugte er sich zum Hund und meinte beruhigend: »A lass do die Bellerei, Maroni, des is da Vickerl, unser Gwürztandler!« Noch immer grinsend richtete er sich wieder auf und fragte: »Wos machst eigentlich do, i hab dacht, du müsstest schon längst bei der Hannerl sei!« Als er Ludwigs betretenes Gesicht sah, lachte er gutmütig und streckte warnend einen klebrigen Zeigefinger, über den kürzlich noch süßer Traubensaft aus der Presse geflossen war, in die Luft. »Du, egal, wos du vorhast, du musst dich sputen, Geduld is net unbedingt die Stärke von meiner Hannerl!«

Ludwig deutete auf den jungen Randegg, der staunend mit offenem Mund die Szene beobachtet hatte und eigentlich gar nichts verstand. Der Kaufmann meinte gutmütig: »Ach, der Alessandro hat noch etwas bei den Minderen Brüdern zu erledigen gehabt. Deswegen bin ich spät dran, aber jetzt sind wir schon unterwegs. Schnellen Schrittes direkt zur Johanna mit einer guten Lieferung.« Damit klopfte er auf seinen Gürtel mit der Christophorus-Schnalle, dessen Leder heute, wie es Sander plötzlich auffiel, viel ausgepolsterter als sonst wirkte.

»Na dann«, lachte Barthel sein fast zahnloses Lächeln, griff kurz an den Gürtel, lachte noch mehr und tätschelte seinen Hund. »I muass weida, Vickerl. I muass jo aa zu den Minderen Brüdern, unsere Gretlin suachen. Die is vor den Launen der Hannerl auf und davon.« Sorgenfalten bildeten sich auf der Stirn des Hauerknechts, und er sah sich gleich suchend nach allen Seiten um.

»Was, die kleine Blonde, die Stickerin?«, fragte Ludwig besorgt.

»Jo genau, hat a Plerrerei geben in der Klosterkuchl, und da is weg. Aber weißt, Vickerl, des is gfährlich, denn die Büßerinnen derfen halt gar net in der Stadt rumflanieren. Wenns erwischt wern, da setzt's was vom Herzog und sie wern eingsperrt oder gar daträinkt. Da kennt ma nix bei uns, denn des würd ja so aussehn, als wärn sie wieder dabei, ihrem Gschäft nachzugehn.«

Ludwig, dem nun die Tragweite des Ganzen bewusst wurde und pure Angst in den rotunterlaufenen, müden Augen des Hauerknechts sah, fasste Sander am Arm, drehte ihn kurzentschlossen um und meinte, an den Alten gewandt: »Wir helfen dir, Barthel. Sechs Augen sehen mehr als zwei. Da werden wir die Gretlin schon finden, was, Alessandro?«

»Worum geht es?«, fragte Sander unwirsch, »vielleicht kann mir mal wer sagen, was da eigentlich passiert ist. Ich habe kein Wort verstanden.«

»Wos hot der?«, fragte Barthel und schien das erste Mal den jungen Mann an der Seite Ludwigs überhaupt zu bemerken.

»Ah, der hat gar nichts«, antwortete Ludwig und winkte ab, »lass uns suchen!« Damit begann er schnellen Schrittes loszumarschieren, Sander im Schlepptau. Die drei und ein absolut heruntergekommener Köter gingen wieder Richtung Kloster der Minderen Brüder.

»Also was soll das denn? Erst hast du es so eilig, und dann gehen wir wieder zurück? Luigi, könntest du mir mal erklären, was da los ist?«

»Später, mein Freund, später. Jetzt komm und hilf uns, ein blondes Mädchen, ungefähr zwei Köpfe kleiner als du, schlank, schüchtern, mit blauen Augen, zu finden. Komm, beeil dich.«

Verstört sah Sander zu den beiden Älteren und murmelte: »Bei denen ist nicht nur das Wetter nass, die sind ja selbst nicht ganz dicht.«

Im Laufschritt erreichten sie schließlich die Außenseite des Langchores, der sich mit seinen aufragenden Spitzbogenfenstern in den nebeligen Himmel erhob. Sander blickte hinauf zum hohen Turm und fragte sich einmal mehr, was er hier eigentlich sollte. Da öffnete sich eine kleine eiserne Tür, mit Rautenmustern verziert, die sich genau zwischen Langchor und Turm befand, und die direkt in die Ostseite der Kirche zu führen schien. Eine schmale Gestalt kam heraus mit einer Haut bleich wie Linnen, dunkelblauen weit aufgerissenen Augen und zerrauftem, blondem Haar, das in langen Strähnen unter einer Nonnenhaube hervorschaute. Aber noch bedrückender als das völlig entgeisterte Aussehen der jungen Frau war ihr Gang. Vorsichtig, von einer Seite zur anderen schwankend, krallte sie sich in das Mauerwerk der Kirche und hinterließ, ohne es überhaupt mitzubekommen, weiße Kratzer im Sandstein. Sie hörte nicht das scharrende Geräusch, das ihre Nägel im Mauerwerk verursachten, und sah nicht die aufgeschürfte Haut, die dort, wo der Stein scharfkantig war, bereits blutete. Die drei Männer standen stocksteif da und starrten die Frau an. Nur der Köter begann zu winseln und stellte sich an ihre Seite. Da erwachte Barthel aus seinem Schock. »Meiner Seel, Gretlin, wos is passiert?« So schnell ihn seine alten Beine trugen, rannte er zu dem bedauernswerten Geschöpf und fasste sie unter, damit sie endlich aufhörte zu schwanken und sich im Mauerwerk festzukrallen. Ludwig, der auch schon einmal gesünder und lebenslustiger ausgesehen hatte, kam seinem alten Freund zu Hilfe und stützte Gretlin von der anderen Seite, obwohl ihn Maroni erst gar nicht heranlassen wollte und drohend knurrte. »Komm, Barthel, wir müssen sie hier wegbringen, bevor sie andere Leute sehen, zu offensichtlich ist ihre Büßerinnentracht.« Mit Anstrengung geleiteten die beiden Gretlin in eine Nische zwischen den äußeren Strebepfeilern der Kirche, und Barthel drückte die schlanke Frau bestimmt zu Boden, sodass sie sich auf die Stufen niederlassen musste. Dann kniete er sich vor sie hin, so nahe, dass seine klobige Nase fast ihr Kinn berührte, und fragte leise: »Mei, Dirndl, wos is denn gschehn? Du schaust aus, wia wenn dir da Leibhoftige erschienen wär!«

Erst jetzt schien Gretlin die Anwesenheit Barthels wahrzunehmen, und stumm deutete sie auf die Kirche. Ihre Finger bebten genauso heftig wie ihr blasser Mund.

»Wos is denn, Mäderl?«, fragte Barthel weiter.

Unendlich langsam formten die Lippen Gretlins den Satz: »Da drinnen … da liegt einer …«

Mit einem kurzen Nicken wandte sich Ludwig ab und lenkte seinen Schritt in Richtung der kleinen Pforte, durch die die junge Frau eben gekommen war. Da traf sein Blick Sander, der regungslos dastand und die Frau anstarrte.

»Was ist Alessandro? Hast du noch nie eine Nonne gesehen? Das ist eine Büßerin aus dem Kloster Sankt Hieronymus.« Noch immer rührte sich Sander nicht vom Fleck. Ludwig wurde es fast zu viel: »Alessandro, jetzt komm schon! Gretlin darf nicht gesehen werden, hast ja den Barthel gehört. Schau, da hinten stehen unsere Burschen. Meiner müsste noch einen Reisemantel von mir im Tragkorb haben. Den holst du und gibst ihn der Kleinen. Dann kommst du nach in die Kirche. Ich muss schauen, was da passiert ist.«

Sander stand immer noch da, wie zur Salzsäule erstarrt. »Alessandro, jetzt beeil dich. Los jetzt, je eher sie ihr Habit verdeckt, umso besser ist es.« Sander schluckte, schüttelte den Kopf, setzte sich in Trab und kam wenig später mit einem groben braunen Mantel zurück. Barthel nahm ihn dankbar und wickelte Gretlin so ein, dass sie eher einem Bündel Brennholz als einer Büßerin glich. Dann versuchte er, etwas aus der noch immer unter Schock stehenden Frau herauszubekommen. Ludwig und Sander traten inzwischen durch die enge Türöffnung und fanden sich in einem kleinen Raum wieder, der wohl als Sakristei diente. »Wir scheinen genau hinter dem Hauptaltar zu sein«, raunte Ludwig und schob Sander, der eigentlich gar nicht vorangehen wollte, weiter. Dann hörten sie es. Beide. Erst ein Stöhnen, dann ein Wimmern. Sie wandten sich nach rechts und fanden sich wieder in der Ludwigskapelle, die sie ja erst vor Kurzem verlassen hatten. Auch Bruder Konrad war da, nur stand er nicht, wie vorhin, sondern er lag ausgestreckt auf dem kalten Boden. Ludwig sah das dünne Rinnsal Blut, das die Fugen der Steinplatten tränkte. Er eilte zu Bruder Konrad, beugte sich zu ihm und wich erschrocken zurück. Sein Gesicht war nicht wiederzuerkennen. Von zahlreichen Schnitten übersät, blutend und an einer Wange völlig zerfetzt, schnappte der Mönch nach Luft. Die Augen weit aufgerissen, gingen seine Pupillen wirr hin und her. Dann, plötzlich, hörte das Stöhnen auf, und sein Blick erstarrte. Ludwig lockerte den Kragen der Kutte, um zu fühlen, ob noch Leben in Konrad war, und erschrak. Eine dünne Lederschnur war fest um den Hals des Paters gewickelt und, nach dem unnatürlichen Winkel zu urteilen, in dem Hals und Kopf zueinanderstanden, schien das Genick gebrochen zu sein. Erschüttert sah Ludwig zu Sander, der stocksteif dastand.

»Da richten wir nichts mehr aus. Der hat es hinter sich.« Sander nickte seltsam abwesend, und beide drehten sich um und verließen die Kirche. Draußen wartete Barthel allein.

»Was ist passiert, hat die Stadtguardia die Gretlin erwischt?«, schrie Ludwig und packte den Alten an den Schultern. Barthel winkte müde ab: »Oba na, Vickerl. I hab sie auf den letzten Lesewagen gsetzt, der vom Widmertor reingfahrn is! Der Knecht do, des is der vom Jakoberkloster, des is ganz in der Näh, gleich beim Stubentürl. Der is ma no an Gfallen schuldig. Die setzn ma des Madl dann in der Singerstraßn ab, und dann kanns hamgehn zu da Hannerl. San nur a paar Schritt.«

Aufatmend stand Ludwig da. Nur kurz, denn dann schilderte er Barthel, was sie in der Kirche entdeckt hatten.

Nun ließ sich der alte Hauerknecht auf die Stufen der Kirche sinken und vergrub sein Gesicht in den Händen. Peinlich berührt hörte Ludwig seinen alten Freund laut aufschluchzen. »Mein Gott, was hat des Madl da nur gmacht, was is denn in sie gfahrn? Mein Gott, wie soll ich das nur mein' Hannerl erklären?«

»So, jetzt kannst runter, Mädchen. Da sind wir in der Singerstraßn. Lass uns die Hannerl schön grüßen, und sag dem Barthel, dass wir jetzt quitt sind.« Der Hauerknecht, der unterwegs zum Jakoberkloster beim Stubentor war, um den allerletzten Wagen voll mit Trauben abzuliefern, half Gretlin vom Kutschbock und winkte ihr ausgelassen mit den Worten nach: »Mei, bin i froh, morgen is Martini, und gleich sind alle Trauben im Keller!«

Gretlin, noch immer schwach auf den Beinen, wickelte sich fest in den Reisemantel, wie es ihr Barthel eingebläut hatte, und machte sich auf den Weg zur Gartenpforte des Hieronymus Klosters. Im letzten Moment wich sie einem Gespann mit Weidenkörben voll fetter Hühner aus, die ängstlich gackerten. Angewidert lief sie vor einem dicken

Schwein davon, das grunzend einen Kohlstrunk aus einer Lache fischte und genüsslich verspeiste. Sie entschuldigte sich schüchtern, als sie ein altes, zahnloses Weib, das Feuerholz auf einer Kraxen schleppte, fast umstieß, und winkte ab, als ihr ein verlotterter, magerer Junge frisch gefangene Krebse verkaufen wollte. Schnell lief sie weiter und hasste auf einmal all das. Die schmutzige Stadt, die Armut, das Alter, den Gestank und den Lärm. Mit einem Mal war sie von Ekel und Abscheu durchdrungen, musste bewusst tief atmen, um nicht auf der Stelle zu erbrechen. Kurz blieb sie stehen und wischte sich kalten Schweiß von der Stirn. Ihre Finger waren klamm und zitterten. In diesem Augenblick dachte sie, alles hinzuwerfen, den ewigen Kampf in ihrem Inneren aufzugeben und den bösen Dämonen, die sich erneut in ihrer Brust breitmachten, das Feld zu überlassen. Einfach so. Keine Angst, kein Verstecken, nur mehr Ruhe, Stille. Wankend schaffte sie es, die Tür zum Hof des Klosters zu erreichen, irgendwie setzte sie einen Fuß vor den anderen und erreichte endlich die Küchentür. Als sie Maroni erblickte, die auf ihren alten Beinen zu Fuß vom Minoritenkloster bis hierher in die Singerstraße gelaufen war, immer dem Fuhrwerk nach, auf dem Gretlin gesessen hatte und sie jetzt mit ihrem treuen Blick auf der Schwelle zur Küche erwartete, brach Gretlin mit einem Schrei, der allen Jammer der Welt in sich vereinte, zusammen.

Yrmel fand sie. Sie zog das schluchzende Bündel Elend kurzerhand in die Küche, schälte die Jammergestalt aus dem groben Reisemantel, schürte das Feuer im Herd, setzte Gretlin davor und drückte ihr einen Becher Kräutertee in die Hand. Genauso verfuhr sie mit Maroni, nur dass sie dem völlig erschöpften Tier keinen Tee, sondern lauwarme Milch in einer Schüssel vorsetzte.

Dann hockte sie sich kurzerhand neben Gretlin, nahm deren zitternde Hände in ihre eigenen, schaute ihr in die Augen und wartete. Das Holz knackte im Feuer, Maroni schlabberte ihre Milch und ließ sich dann stöhnend auf das Bündel alter Lumpen fallen, das ihr als Schlafplatz diente. Gretlin schaute weiter ins Feuer, Yrmel hielt weiter ihre Hand. Dann, nach einer langen Zeitspanne, hörten Gretlins Hände endlich auf zu zittern, ihr trüber Blick wurde klarer und sie begann leise zu sprechen.

»Es ist dieser Geruch. Nie werde ich diesen Geruch vergessen. So krank, so durchdringend. Es war wie damals. Wie bei Elsbeth. Das Blut, die Schnur, die Schnitte in der Haut und dieser Geruch. Ja vor allem der.« Fragend sah Yrmel Gretlin an und deutete auf ihre Nasenspitze. »Nein«, antwortete Gretlin, »ich kann nicht genau sagen, wie.«

Da schleppte Yrmel unermüdlich einen Topf nach dem anderen, einen Stoffbeutel nach dem anderen und ein Holzfässchen nach dem anderen von den Regalen an der Wand heran und ließ Gretlin daran schnuppern.

»Kein Lavendel, weit gefehlt«, sagte Gretlin und Yrmel kam mit dem nächsten Topf.

»Nein, Salbei auch nicht.«

»Knoblauch auf gar keinen Fall, und mit Zwiebeln brauchst du gar nicht erst zu kommen.«

»Muskat auch nicht.«

»Kein Ingwer.«

»Zimt auf gar keinen Fall, eher kühler.«

»Ist das Majoran? Ja? Aber das ist es auch nicht.«

»Thymian eher, aber doch nicht.«

Yrmel verlor nicht die Geduld. Im Gegenteil, sie war froh, dass Gretlin sich endlich etwas aus ihrer Erstarrung gelöst hatte, und fuhr weiter fort, alle möglichen und unmöglichen Duftproben heranzutragen.

»Kamille? Aber nein. Viel, viel stärker.«

Nach einer langen Zeit, als sich die Küche bereits mit Düften aller Art gefüllt hatte, meinte Gretlin müde: »Ach Yrmel, ich kann nicht einmal mehr Rosenöl von Lauch unterscheiden. Riecht für mich alles gleich. Ich komm einfach nicht drauf.« Verständnisvoll räumte Yrmel alle Utensilien weg, nicht auszudenken, wenn Johanna die Unordnung sah, die sie angerichtet hatte!

Angstvoll wandte sich Gretlin an Yrmel und hielt sich wie ein kleines Kind am Schürzenzipfel der Älteren fest: »Es ist wieder da. Das Böse ist wieder zu mir gekommen, Yrmel. Dieses Mal wird es mich besiegen.« Beruhigend strich Yrmel über das blonde Haar Gretlins, das sich vollends aus der Haube gelöst hatte. Tränen rannen über die Wangen des Mädchens, als es ganz leise fortfuhr: »Ich kann mich nicht mehr zur Wehr setzen, es kommt wieder näher, das Böse! Ich komme mir vor, als würde ich in ein schwarzes Loch fallen. Yrmel, was soll ich nur machen?« Hoffnungsvoll sah sie auf und erkannte, dass auch Yrmel weinte. Lautlos, verhalten und doch so verzweifelt. Lang standen die beiden Frauen nebeneinander, nur das Knacken des Holzes in der Feuerstelle, das Brodeln des Wassers im Kessel, der immer darüber hing, und das Schnarchen des alten Hundes waren zu hören. Dann, zuerst leise und weit weg, aber langsam und stetig immer lauter und näher vernahmen Gretlin und Yrmel aufgeregte Stimmen aus dem Klosterhof. Sie blickten sich an, und Yrmel nickte. Beide wussten, was jetzt kam: ein Donnerwetter in Form einer aufgebrachten Johanna. Mit einem lauten Knall wurde die Tür geöffnet, und nicht nur Johanna Maipelt füllte mit ihrer übermächtigen Anwesenheit den niedrigen Raum, nein gleich drei Männer kamen hinter ihr, und die Klosterküche drohte, aus allen Nähten zu platzen. Nur kurz sah sie zu den beiden und mit einer kaum wahrnehmbaren Handbewegung scheuchte sie Gretlin und Yrmel in die Ecke, gleich dorthin, wo der Hund schlief. Die beiden fügten sich wortlos, sie wussten, dass sie auch noch an die Reihe kommen würden, ein wenig Aufschub kam ihnen nur gelegen.

Johanna ließ Barthel links liegen und wandte sich an die beiden Männer, von denen der ältere, etwas füllige, sich anschickte, seinen Gürtel zu lösen. Yrmel betrachtete die Szene mit schreckensgeweiteten Augen. Was hatten die denn vor? Was würde als Nächstes kommen, würde er seine Beinkleider ablegen? Das darf doch alles nicht wahr sein, dachte sie und sah dann erleichtert, wie der Mann seinen Gürtel auf den großen Tisch legte und ihn an der Seite, die normalerweise an seinem Bauch lag, mit einem kleinen, spitzen Messer aufschlitzte. Dabei ging er sehr behutsam vor. Johanna hatte mittlerweile ein kleines Leinensäckchen aus der Truhe geholt und hielt es auf. Der Mann leerte den Inhalt des Gürtels, der nun wie ein gefüllter Lederschlauch aussah, in das Säckchen. Sofort erfüllte würziger und scharfer Geruch die Küche, und Yrmel brauchte nicht lang nachzudenken. Sie hatte Ludwig Fütterer, den geheimnisvollen Lieferanten der wertvollen Pfefferkörner, vor sich! Wortlos nahm Johanna das Säckchen an sich, verschnürte es sorgfältig und legte es ganz zuunterst in die kleinere der beiden Küchentruhen. Dann öffnete sie einen schon etwas abgeschlagenen, alten irdenen Topf, in dem man normalerweise Schweineschmalz aufbewahrte, und holte einen kleinen, prall gefüllten Lederbeutel hervor. Sie reichte ihn Ludwig, der ihn schnell und ohne Umschweife in den Tiefen seines weiten Gewandes verschwinden ließ. Während er die Schließe seines nun sehr dünnen Gürtels, den Heiligen Christophorus, wieder sorgfältig in der Mitte seines Bauches platzierte, murmelte er: »Immer wieder gern zu Diensten, Johanna.« Genauso leise entgegnete sie: »Gern, Ludwig. Beste Empfehlungen von der Meisterin Susanna.« Damit war der Handel perfekt, und keiner der Anwesenden verlor nur ein Sterbenswörtchen darüber. Doch Yrmel kannte Johanna wohl besser als sie sich selbst. Obwohl die Köchin vorgab, sehr ruhig zu sein, spürte sie Johannas Ungeduld und ihre bis zum Anschlag angespannten Nerven. Yrmel wusste, dass sie nur darauf brannte, die beiden vornehmen Herren aus ihrer Küche zu bekommen, um dann mit allem anderen, was ihr auf der Seele lag, aufzuräumen. Doch damit musste sie wohl noch warten, denn Ludwig Fütterer machte überhaupt keine Anstalten zu gehen, im Gegenteil, er setzte sich bequem auf die Bank, legte seine Handflächen aufeinander und sah Johanna in die Augen. Tief seufzend kam Johanna näher und setzte sich gottergeben ihm gegenüber.

»Was gibt es noch, Ludwig? Wie du weißt ist heute Unvorstellbares vorgefallen, und ich muss schauen, dass ich wieder alles auf die Reihe bekomme. Nächstes Mal hab ich sicher mehr Zeit für dich.«

»Ich weiß, Johanna. Ich war ja dabei. *Wir* waren ja dabei.« Damit zeigte er auf Sander, der nicht Platz genommen hatte, sondern stocksteif neben Ludwig stand und unentwegt in eine Richtung starrte. Ludwig folgte seinem Blick und erkannte im Halbdunkel Gretlin, die sich einfach auf den Lumpen neben ihrem schlafenden Hund niedergelassen hatte und mit den Fingerspitzen abwesend durch dessen Fell fuhr. Ludwig puffte Sander in die Seite, doch der reagierte nicht und starrte weiter in die Ecke. Seufzend meinte er dann: »Nun, ich darf dir Alessandro von Randegg vorstellen, Johanna. Er ist im Auftrag seines verstorbenen Oheims in Wien.« Wieder sah er zu Sander, wieder starrte der nur in die Ecke. Zornig schüttelte er jetzt den Arm des Jüngeren und meinte: »Wenn er auch einmal Manieren an den Tag legen würde, dann würde er dir ja selbst sagen, was genau er versucht, zu ergründen.« Sander, endlich ein wenig wachgerüttelt, wandte sich zu Ludwig und sagte leise: »Ich kenne sie.«

Ludwig seufzte: »In ganzen Sätzen …«

Sander lehnte sich ganz nahe an das Ohr Ludwigs und zischte noch leiser als zuvor: »Die junge Frau dort in der Ecke, die kenne ich.« Genervt winkte Ludwig ab und antwortete: »Darüber sprechen wir später. Besser wäre es, wenn du Johanna Maipelt jetzt sagen würdest, was dich nach Wien führt.«

Alexander von Randegg besann sich endlich seiner guten Manieren, verbeugte sich leicht vor Johanna und berichtete ausführlich über den Letzten Willen seines Oheims Bernhard von Randegg. Doch weder die Köchin noch der Hauerknecht hörten dem jungen Spund, wie sie ihn insgeheim nannten, zu, denn viel zu schwer war heute die Last der eigenen Sorgen. So lächelte Johanna nur teilnahmslos, nickte hin und wieder und war in Gedanken woanders. Barthel senkte sein Kinn auf die Brust und alle, die ihn gut kannten, wussten, dass er eingeschlafen war. Hier und da drangen Wortfetzen wie »Gräfin von Tirol« oder »Enkel« oder »Mindere Brüder« an das Ohr Johannas, aber sie konnte und wollte sich beim besten Willen keinen Reim darauf machen. Endlich schien der junge Mann zu einem Ende zu kommen, denn Ludwig erhob sich, reichte ihr seine Hand zum Gruß und meinte abschließend: »Ich bin sicher, dass dir Johanna irgendwie behilflich sein kann. Sie hat ja ihre Augen und Ohren überall.« Verbindlich lächelte die Angesprochene und wusste eigentlich gar nicht, wofür sie da ihre Zustimmung gab.

Schon wollte Johanna erleichtert die Türe hinter den beiden schließen, da kam der Jüngere noch einmal zurück.

Ein unsicheres Lächeln auf dem Gesicht reichte er der Köchin einen groben Sack von nicht unerheblicher Größe. Er schien auch ziemlich schwer zu sein, denn etwas außer Atem meinte Alexander von Randegg: »Wie ich gehört habe, essen Sie morgen zu Martini gern Geflügel. Ich habe mir erlaubt, Ihnen einen Teil unserer Jagdbeute mitzubringen, als Geschenk sozusagen.« Johanna nahm den Sack, knüpfte die grobe Schnur auf und sah, dass sich darin eine fette Graugans, zwei Flugenten, mehrere Wachteln und Schnepfen befand. Alles frisch erlegt. Gutes Wildfleisch war mit Abstand das, was am schnellsten ein seliges Lächeln auf das Gesicht der Köchin zaubern konnte. War es doch immer wieder schwierig, auch einmal Fleisch auf den Tisch der Büßerinnen zu bringen. Schon ein wenig lebhafter bedankte sie sich und sagte: »Und gleich so viel könnt Ihr entbehren, werter Herr!«

Ludwig lachte herzhaft und zwinkerte Sander zu. Er kannte die Schwäche Johannas in Bezug auf frisches Wildfleisch. Lächelnd stellte er fest: »Wir haben in unserem Gefolge wahre Meister der Jägerei, stimmt es nicht, Alessandro?«

Sander nickte und meinte schon im Hinausgehen: »Wir haben so viel davon, dass ich es Ihnen gern überlasse.«

Johanna bedankte sich noch einmal, grüßte und schloss erleichtert die Tür. Sie reichte den schweren Sack nach hinten, wo schon Yrmel bereitstand, um ihn zu übernehmen. Ein scharfer Geruch nach noch nicht ausgenommenem Wild und Blut erfüllte die Küche. »Komm, Yrmel«, meinte Johanna müde, »das Geflügel kann noch etwas abhängen, aber dem Kaninchen müssen wir heute noch das Fell über die Ohren ziehen.« Yrmel nickte und schickte sich an, den Sack zu leeren. Nacheinander legte sie die toten Vögel auf den Tisch, leblos baumelten die Hälse über die Tischkante. Den groben Sack legte sie nach hinten, um ihn später auszuwaschen. Geschäftig krempelten sich die beiden Frauen die Ärmel hoch. Da erschallte aus der Ecke der Küche ein markerschütternder Schrei. Erschrocken richtete Barthel sich auf und blickte verschlafen und ratlos umher. Maroni sprang, für ihre alten Tage überraschend schnell, unter den Tisch, und Johanna schrie entsetzt: »Um Gottes willen, was war denn das?« Yrmel hatte am schnellsten erfasst, wer sich hier die Angst aus dem Leib schrie, und hastete in die Ecke, um die um sich schlagende Gretlin mit beiden Armen auf den Boden zu drücken. »Der Geruch, Yrmel, der Geruch, da der Sack, Yrmel!« Gretlin schrie und gebärdete sich wie eine Furie. Mit bleichem Gesicht und großen Augen zeigte sie auf den groben Sack, der zu ihren Füßen lag, genau dort, wo ihn Yrmel zuvor hingelegt hatte. Einen Moment lang zauderte Yrmel, und Gretlin nutzte diesen unbedachten Augenblick, um sich loszureißen und würgend die Küche zu verlassen. Durch die offene Tür hörte man, wie sich die junge Frau im Klosterhof erbrach. Johanna spähte nach draußen, bereit, einzugreifen, wenn Gretlin sie brauchte. Ohne die junge Frau aus den Augen zu lassen, sprach sie beruhigend zu Barthel, der aufgesprungen war und sich erschüttert am Tisch anhalten musste.

»Nach dem, was du mir erzählt hast, Barthel, ist es nicht verwunderlich, dass sie beim Anblick der toten Viecher hier auszuckt und sich bei dem Gestank nach Blut übergeben muss.«

Mit zitternder Stimme antwortete der Hauerknecht: »Wenn des alles nur so afoch warad, Hannerl. Aber du hast net gsehn, wie sie aussikemma is, die Gretlin, aus der Kirchn. Wie der Racheengel! Meiner Seel, des werd i nie vergessen. I hob net glaubt, dass sie zu so was fähig is!«

Erschrocken drehte sich Johanna um und fuhr sich mit der Hand an den Mund. Erst jetzt wurde ihr die Tragweite dessen, was ihr der verzweifelte Hauerknecht sagen wollte, bewusst.

»Du meinst, Barthel, dass die Gretlin …«, fassungslos brach sie ab und atmete tief ein.

»Es schaut zumindest so aus. Es war ja sonst niemand drinnen. Da Vickerl hat gsagt, dass nur der Bruder in sein Bluat da drin glegn is. Und rauskemma hab ich sie ja gsehn, unsere Gretlin, mit eigenen Augen!«

Erschüttert blickte Hannerl noch einmal nach draußen, wo Gretlin sich inzwischen am Brunnen Gesicht und Hände wusch, und setzte sich dann schwer um Luft ringend auf die Küchenbank.

»Weißt du denn, Barthel, was du da sagst?«, fragte sie bestürzt.

»I kanns net ändern, Hannerl. Wenn i könnt, dann tät ich's, kannst ma glauben.«

Beide, Johanna und Barthel, versanken in ihre eigenen Gedanken und blickten starr vor sich auf die grobe, vom vielen Arbeiten schon recht mitgenommene Tischplatte und schwiegen. Niemand bemerkte, dass Yrmel die ganze Zeit, nachdem Gretlin in den Hof gelaufen war, in der Ecke saß und den blutigen Sack in beiden Händen hielt. Immer wieder roch sie an dem groben Stoff, und ihre gefurchte Stirn ließ darauf schließen, dass sie angestrengt nachdachte. Dann, mit einem Mal – die beiden Alten am Tisch schwiegen noch immer und nahmen nichts in ihrer Umgebung wahr – stand sie leise auf und ging festen und entschlossenen Schrittes zur Tür hinaus. Wäre Gretlin nicht damit beschäftigt gewesen, sich am Brunnen zu säubern und wären die Büßerinnen nicht in der Kirche zur Abendmesse versammelt gewesen, dann hätte zumindest irgendjemand gesehen, wie Yrmel ganz ruhig das Kloster Sankt Hieronymus über die Gartenpforte zur Singerstraße verließ, sich nicht im Mindesten um das Ausgangsverbot scherte und fest entschlossen ihrer eigenen Wege ging. So aber bemerkte nur der alte Köter Maroni, dass seine schweigsame, sanfte Freundin den Schutz des Klosters verließ und sich den Gefahren der Stadt stellte. Die Hündin winselte zwar leise, aber wer sollte denn dieser räudigen Kreatur Beachtung schenken?

»Ja, sapperlot«, der Ausrufer Laurenz Löschenprant hoch oben am steinernen Balkon der Schranne knallte mit einem Holzhammer so heftig auf den groben Tisch, dass man es vom Fischmarkt im nördlichen Teil des Hohen Marktes bis zum Zunfthaus der Tuchbereiter ganz unten im Süden hörte. »Jetzt halt's doch allesamt amal eure Goschen!«, brüllte er und raufte sich sein verschwitztes in alle Richtungen abstehendes Haar. An der Witterung konnte es nicht liegen, es war früher Nachmittag und schon empfindlich kühl geworden, vielmehr hatte es heute, am Vortag zum großen Scharlachrennen, schon viel zu viel zu tun gegeben. Das Vermessen des Scharlachs war an und für sich schon eine schwierige Angelegenheit, denn ein 20 Ellen langer, wertvoller Stoff musste ja erst einmal mit gebührenden Ehren her gebracht, von allen bewundert und dann auch noch Zoll für Zoll sorgfältig abgemessen werden. Der Preis war ja immerhin 30 ungarische Gulden wert! Eine schwierige Geschichte! Dann die Trompeter und ihre Fanfaren, und dazwischen musste der arme Ausrufer Löschenprant ja noch die Preise für die Sieger so lautstark verkünden, dass wirklich jeder noch so derische

Wiener verstand, worum es ging. Ja, dachte sich Löschenprant, wenn's net der Ehre wegen wäre, dann würd ich auf den ganzen Zirkus da sowieso pfeifen! Aber so fuhr er sich noch einmal durch sein wirres Haar, gab den Trompetern ein Zeichen und nach der ersten Fanfare schrie er: »Das Scharlachtuch für den Sieger der Lauffenden Rösser.« Unbändiger Jubel brandete auf und Rufe wie »Ein Hoch dem Herzog«, der ja schließlich den Preis gestiftet hatte, waren zu hören. Nach der zweiten Fanfare ertönte es: »Eine Spansau für den Zweiten«, wieder Jubel von den Zuschauern, etwas verhalten zwar, aber nur weil einem Gutteil der Leute schon das Wasser im Mund zusammenlief, wenn sie an das Spanferkel dachten, knusprig gebraten, mit Knoblauch gewürzt, mit Äpfeln gefüllt. Wer kann schon schlucken und jubeln gleichzeitig? Mit neuem Elan setzte Laurenz zum dritten Schrei an: »Und eine Armbrust für den Dritten!« Höflicher Applaus folgte.

Nachdem er den Preis für die Lauffenden Mannen, also jene, die am nächsten Tag ohne Pferd, aber mit läuferisch trainierten Waden an den Start gehen wollten, verkündet hatte: »Zwei Stück Barchent-Tuch für den Schnellsten«, hielt der Ausrufer erschöpft inne. Jetzt musste er noch die besonderen Gesetze, die während des Scharlachrennens galten, verkünden, und das war sehr anstrengend, weil es mehr als nur ein Ausruf, sondern eine ganze Litanei war. Frisch ans Werk, dachte er, räusperte sich kurz, machte einen großen Schluck aus dem bereitstehenden Becher Met und begann:

»Der allerhöchste Herzog gewährt morgen zu Santa Katharina anlässlich des Volksfestes der laufenden Pferde Zollfreiheit!«

Laute Jubelrufe drangen aus der Richtung der Kaufleute

an das Ohr des Ausrufers, war es doch ein Geschenk, seine Waren endlich einmal billig einführen und am Jahrmarkt dann teuer verkaufen zu dürfen!

»Außerdem«, fuhr Löschenprant nach einem weiteren Schluck Met fort, »müssen alle Rösser mit einem Zeichen versehen werden und sich beim Rathaus in der Salvatorgasse noch heute melden.«

»Mei Pferd kan sie oba net mödn, des kann nur fressen, scheißen und sehr schnö renna«, erdreistete sich da ein junger Reiter und erntete von den Umstehenden quietschende Lacher und laute Pfiffe.

»Ja Depp bleda«, zischte Löschenprant, um sich gleich wieder seines Amtes zu besinnen, »die Reiter mögen sich noch heute zum Rathaus begeben und ihre Pferde in eine Liste eintragen lassen! Dabei ist für jedes Pferd eine Gebühr von einem ungarischen Gulden zu hinterlegen.«

Zustimmendes Gemurmel und vereinzelte Lacher von jenen, die den Witz von vorhin erst jetzt verstanden hatten.

»Unser allerhöchster Bürgermeister lässt ausrichten, dass, wer immer die Pferde in ihrem Lauf stört, das Scharlachtuch bezahlen muss. Hat er nicht die nötigen Mittel, so wird ihm die rechte Hand abgehackt.«

Ein Raunen ging durch die Menge, denn man wusste, dass es sich da keinesfalls um einen Scherz handelte.

Laurenz Löschenprant schnaufte schon bedenklich, aber er hielt sich weiter aufrecht und nach einem weiteren kräftigen Schluck fuhr er mit lauter Stimme fort: »Nach den Pferden kommen die Lauffenden Mannen, die nach dem Rennen in das Haus des Bürgermeisters zu einem Umtrunk und einem Mahl geladen sind.«

Wieder jubelten die Wiener, und so mancher bedauerte spätestens jetzt, dass er seine Beine zu schwach und seinen

Bauch zu groß hatte werden lassen, denn beim Bürgermeister zu tafeln, ja, das wäre schon eine große Ehre!

»Und nun zum letzten Teil«, Laurenz Löschenprant leckte sich die Lippen, plusterte sich auf und setzte zu seinem persönlichen Finale an: »Nach den Rössern und den Mannen werden auf allerhöchsten Wunsch die freien Töchter um ein Barchenttuch laufen!« Tosender Applaus, lautes Pfeifen und Rufen brandeten auf, und Laurenz Löschenprant wusste, dass er spätestens jetzt der Aufmerksamkeit seiner Zuhörer verlustig gegangen war. Denn jeder, der über eine kleine Menge Fantasie verfügte – und das waren in Wien nicht wenige – stellte sich jetzt die Hübschlerinnen vor, wie sie die Röcke rafften und von Sankt Marx herein in die Stadt liefen.

»Mei, wir des a Gaudi«, lachten sie sich zu und konnten den Beginn des Volksfestes zu Ehren der heiligen Katharina am nächsten Morgen gar nicht mehr erwarten. Noch einmal ordentlich auf den Putz hauen, fressen, saufen, lachen und tanzen. Denn jedes Kind in Wien, wo es fast mehr Kirchtürme als Rauchfänge gab, wo mehr Pfaffen und Chorherren die Straßen bevölkerten als Bettler, wusste: »Kathrein stellt das Tanzen ein«. Was nichts anderes bedeutete als den Beginn einer traurigen Zeit, wo bis Weihnachten nur Fastenspeisen auf den Tisch kamen, wo noch mehr gebetet wurde als ohnehin schon, wo kleine und große Sünden um vieles schwerer wogen. Dann, wenn es in Wien schon zur Vesper stockdunkel war, wenn es stürmisch war und bitterkalt, ja dann erinnerte man sich gern an die geschürzten Röcke der Dirnen, an deren nackte Hinterteile und wogenden Busen, und dann wurde es einem auch im kältesten Winter wieder warm ums Herz.

Unweit der Schranne, vorbei am Hühnergässchen, am Schremhaus lag das Krechsenhaus, das seinen Namen von den Kraxen, den Korbwaren, hatte, die im Keller gelagert wurden. Da in unmittelbarer Nähe stand eine schwarze, schlanke Gestalt an die steinerne Einfassung eines Pumpbrunnens gelehnt und blickte versonnen ins Wasser, wo die Fischer ihre gefangene Beute herumschwimmen ließen bis sie sie herausholten, ihnen mit einem Holz auf den Schädel droschen und es in einem Wiener Haushalt frischen Fisch zum Mittagessen gab. Nun zog sich die Gestalt, die bei näherem Hinsehen niemand anderer als Hofmeister Johann Fichtenstein war, ihre schwarze Gugel fest um die Schulter. Er drehte sich weg, wie um zu zeigen, dass er nichts, aber auch gar nichts mit dem jubelnden und plärrenden Pöbel gemein hatte, der eben die Rufe des Laurenz Löschenprant vernahm.

Doch er war trotz der Lärmbelästigung einigermaßen gut aufgelegt, denn in den vergangenen Tagen war ihm das Glück hold gewesen. Er hatte bekommen, was er wollte und das war dem Hofmeister ja Lebensinhalt genug. So war er nur ein bisschen irritiert und nicht fuchsteufelswild wie sonst, als ihn ein Mann, der sich ganz leise vom Fischbrunnenhäusl angeschlichen haben musste, am Ärmel zupfte. Dieses niedere und einfache Haus, an dessen Pumpbrunnen Fichtenstein lehnte, bot Schlupfwinkel und Nischen genug und war vor allem von allen Seiten zu erreichen, weil es in die Mitte des Hohen Marktes gebaut war. Ohne einen Gruß begann der Mann, der Fichtenstein in seinen wohligen Gedanken gestört hatte, mit den Worten: »Ich weiß, wo Ihr wart.«

Belustigt hob der Hofmeister die Augenbrauen und lugte halb aus seiner Gugel. Es war doch immer wieder erstaunlich, was für unwahrscheinliche Dummköpfe hier in dieser Stadt auf freiem Fuß waren!

»Dort in der Kapelle. Ich weiß es«, setzte der Fremde fort.

Schon ein wenig unruhiger drehte Fichtenstein dem Mann sein ganzes Gesicht zu. Was er sah, stieß ihn ab und faszinierte ihn zugleich. So grobe Züge und eine doch so vornehme Sprache, denn so, wie der Mann die Silben betonte, dürfte er von hohem Stand sein. Eigentlich komisch, dass ich ihn dann nicht kenne, dachte Finkenstein und wartete weiter amüsiert, was da noch so kommen würde.

»Ich meine«, fuhr der Fremde fort, »dass das Tragen von kurzen Dolchen hierorts gestattet, doch der Gebrauch von langen Stechmessern ausnahmslos untersagt ist!« Fichtensteins Augen wurden größer, und in demselben Singsang fuhr der Fremde fort: »Ich habe sogar gehört, dass bei Übertreten dieses Gesetzes die Hand mit eben derjenigen Waffe öffentlich durchstochen wird. Das würde in Ihrem Fall ja für mehr Aufruhr sorgen als heute die Vorfreude auf das Katharinenfest.« Damit machte er eine ausholende Handbewegung über die jubelnde Menge rund um die beiden herum.

Fichtenstein schnaufte vernehmlich. Er war nun eindeutig nicht mehr amüsiert. In seinem Kopf formten sich unheilvolle Gedanken. Dieser Mann wusste offensichtlich von seinem Zusammentreffen in der Ludwigskapelle, er wusste vom Messer, und überaus alarmierend war, dass er auch ihn selbst als Person einzuordnen wusste. Das waren drei sehr schwerwiegende Gründe in den Augen des Hofmeisters, sich mit diesem fremdartigen Mann näher zu beschäftigen. Also drehte er sich vollends vom Brunnen weg, wo munter die Fischlein sprangen und sich ihres Leben freuten, bis halt der Stock des Fischers allem ein Ende machen würde …

»Ich kann Ihnen, werter Herr, nicht im Geringsten folgen«, Fichtensteins Stimme war so, wie wenn ein heißes

Stück Metall in einen Klumpen frische Bauernbutter sticht – scharf und einen tiefen Eindruck hinterlassend.

»Aber, aber, Hofmeister«, wiegelte der Fremde ab, »wir werden doch nicht auf diese schmähliche Art miteinander sprechen. Da sind wir uns beiden wohl Höheres schuldig.« Belustigt zog er seine Nase in Falten und setzte fort: »Ich weiß, Sie haben wenig Zeit, darum möchte ich Ihnen hier und jetzt ohne Herumreden ein Geschäft vorschlagen!«

»Ein Geschäft?«, krächzte Finkenstein mit nun etwas rostig klingender Stimme.

»Ja, eines, das Sie kaum ausschlagen können, es sei denn, die ganze Hofgesellschaft soll von Ihrem sehr innigen, wie soll ich sagen, fast schon messerscharfen Gebet erfahren, das Sie bei den Minderen Brüdern gehalten haben.«

Blässe zierte nun das Gesicht Finkensteins. Er ärgerte sich weniger über die Worte des Fremden als über sich selbst. Er war sich zu sicher gewesen, hatte nicht genug Vorkehrungen getroffen. Anders war es nicht zu erklären, warum er mit solchen Dreistigkeiten konfrontiert wurde. So wütend schlug er mit seiner Faust auf den steinernen Brunnen, dass er sich die Knöchel seines Handrückens aufschrammte. Der Fremde schien wirklich Gedanken zu lesen oder er beobachtete zumindest sehr genau.

»Nun, auch ich habe ein Messer. Ich habe ein scharfes Messer in Händen, das viel mehr Schaden anrichten kann.« Damit zeigte er auf die blutende Hand Fichtensteins.

Mit einem Sprung setzte Fichtenstein zwei Schritte weit zurück und erntete ein amüsiertes Lächeln seines Gegenübers.

»Nein, nur symbolisch, werter Hofmeister, nur in Gedanken …«

Finkenstein entspannte sich, aber nur ein wenig.

»Mein Messer häutet keinen Apostel, vielmehr schneidet

es eine tiefe Wunde ins Habsburgerfleisch. Da, wo es wirklich sehr weh tut.«

Verständnislos blickte Fichtenstein den offensichtlich bestens unterrichteten Fremden an. Keine Frage, er wusste nicht nur über seine Anwesenheit in der Kapelle und das große Messer, sondern auch über dessen Herkunft genauestens Bescheid. Woher hatte er diese Kenntnisse? Was war ihm, dem sonst so vorsichtigen Fichtenstein, wohl für ein Fehler unterlaufen? Außerdem musste sein Gegenüber gebildet sein, denn das einfache Volk kannte die Geschichte des Apostels ja nur, wenn man ihm ein gemaltes Abbild zwei Fingerbreit vor die Augen hielt. Eigentlich müsste er die Stadtguardia holen, ihn wegbringen lassen, sich selbst schützen, doch andererseits konnte es nicht schaden, sich alles in Ruhe anzuhören. Es konnte ja nichts passieren, der Platz war voller Leute!

Der Fremde schien wieder die Gedanken des Hofmeisters zu lesen und sprach schneller: »Wie wäre es, wenn unser Herzog sein über alles geliebtes, von seinem Bruder so listig erworbenes Tirol wieder verlieren würde?«

Fichtenstein leckte sich die Lippen, zu schaurig und prickelnd zugleich war diese Vorstellung.

»Was wäre denn, wenn die Gräfin noch aus ihrem Grab bei den Minderen Brüdern einen rechtmäßigen Erben hervorzaubern würde, einem Phönix gleich aus ihrer eigenen Asche?«, schmeichelte der Fremde weiter.

»Erstaunlich wäre das«, krächzte Finkenstein heiser.

Der Fremde lachte. »Was wäre das für ein Messer in Ihrer Hand, mein Herr. Nicht auszudenken! Kein Vergleich zu diesem elendigen Martermesser des Heiligen Bartholomäus, an dem Ihnen so viel liegt.«

Finkenstein zuckte merklich zusammen. Woher wusste

der Fremde das nur, fragte er sich wieder und ging im Geist all jene durch, denen er von seiner Leidenschaft erzählt hatte.

»Mit diesem Messer, das ich Ihnen anbiete, könnten Sie sich einen ganzen Berg Reliquien sichern, sich sozusagen ein großes Stück vom Kuchen der Heiligtümer abschneiden, die Albrecht so hortet.« Der Fremde lachte über seinen eigenen Scherz, wurde aber sofort wieder ernst und sah den Hofmeister forschend an. »Nun?«, fragte er.

»Was muss ich tun, um in den Besitz dieses wunderbaren Messers zu kommen?« Hörbar schluckte der Hofmeister, sein Mund war wie ausgedörrt.

Keine Frage, Fichtenstein hatte angebissen, wie die Fischlein vor ein paar Stunden in der Donau. Jene, die jetzt da im Brunnenwasser schwammen und auf das Holz des Fischers warteten.

Der Fremde setzte ein absolut liebenswürdiges Lächeln auf und sagte: »Nun, da gibt es einiges für Sie zu tun. So ein Messer verdient man sich nicht so leicht. Doch vorerst würde ich mich schon damit begnügen, wenn Sie mich mit zum Hof Albrechts nehmen würden.«

Verblüfft blieb dem sonst so wortgewandten Hofmeister der Mund offen: »Sind Sie … also wollen Sie damit sagen, dass Sie selbst dieses … gedanklich nur … dass Sie dieses Messer …«, stotternd brach Finkenstein ab und zeigte nur mit seinem dürren Finger auf sein Gegenüber. Der Fremde lächelte und wiegte seinen Kopf kaum merklich auf und ab. Finkenstein lächelte nun ebenfalls, etwas angestrengt zwar, aber stetig. Ja, da hatte er es ja wohl nicht mit einem ganz gewöhnlichen Emporkömmling zu tun, der einfach die Luft des Hofes, die Umgebung des Herzogs schnuppern wollte, um seine eigene Wertigkeit zu erhöhen! Das wäre zu einfach. Mit solch einem Geschöpf käme er bestens zurecht, darin hatte er Übung. Aber dieser Mann hier, der schien ja ein ganz anderes Kaliber zu sein. Da half kein Abschmettern, dem musste man entgegenkommen. Nein, so einen dicken Fisch an der Angel!

Scheinbar ganz entspannt meinte er: »Gern, werter Herr. Sie können sich während des morgigen Scharlachrennens in unmittelbarer Nähe des Herzogs aufhalten. Ich werde dafür sorgen, dass Sie zwischen Albrecht und mir reiten können.« Lauernd setzte er nach: »Na, das wär doch was?«, und schnalzte mit der Zunge.

»Ihre Reiterei, Herr Hofmeister, kann mir gestohlen bleiben.«

Fichtensteins Züge nahmen einen enttäuschten Ausdruck an. Konnte es sein, dass es noch viel schwieriger war, diesen Fremden, der vielleicht der rechtmäßige Erbe Tirols war, zufriedenzustellen? Offensichtlich, denn dieser forderte: »Ich brauche keine Zurschaustellung, ich brauche eine persönliche Unterredung, um mein Anliegen vortragen zu können.«

»Das, mein Herr, dürfte nicht so einfach sein«, unterbrach Finkenstein zuckersüß.

»Das«, unterbrach ihn der Mann heftig, und Finkenstein wurde sich der unterschwelligen Drohung unangenehm bewusst, »dürfte sogar *sehr* einfach sein. Meinen Kenntnissen zufolge findet morgen noch vor der Ehrung der besten Lauffer und vor dem Festmahl beim Bürgermeister eine Unterredung in der Hofburg statt.« Verblüfft, dass der Fremde sich auch hier auskannte, blaffte Finkenstein und gab eigentlich mehr preis, als er von Amtswegen befugt war: »Also, das wäre dann gar nicht passend. Denn die Herren von Wallsee, die von Schaunberg sowie die Passauer Delegation sind anwesend. Sie wollen nicht gestört werden und wählten deshalb diesen ungewöhnlichen Zeitpunkt.«

»Also ich finde«, meinte der Fremde affektiert, »das wäre dann *außerordentlich* passend.« Schärfer fügte er hinzu: »Melden Sie mich an, Hofmeister, wenn Ihnen am Besitz dieses ganz besonderen Messers gelegen ist!« Damit drehte er sich um und verschwand in der Menschenmenge, die gerade den Lauf der Dirnen verfolgte und sich vor lauter Schreien und Lachen kaum mehr halten konnte.

Fichtenstein blieb eine Weile mit offenem Mund zurück, klappte ihn dann wieder zu und wusste dabei nicht, wie verwechselnd ähnlich er den nach Luft schnappenden Fischen im Brunnen war.

Er war so verdattert, dass er die schmale, schlanke Gestalt nicht sah, die sich, einem Schatten gleich, an die Fersen des fremden Mannes heftete.

Die Tür zur Klosterküche wurde mit einem lauten Knall geschlossen, was diesmal nicht das überschäumende Temperament, oder besser gesagt, der ausgewachsene Grant Johannas war, sondern der heftige Herbststurm, der letzte welke Blätter von den Bäumen des Hofes bis hinein auf den Bretterboden der Küche wehte. Erschrocken fuhr Gretlin, die in ihrer Ecke saß und so wie jeden Abend bei Kerzenschein stickte, auf. Maroni sah, wie immer in den letzten Tagen, wenn die Tür geöffnet wurde, hoffnungsvoll hin, um sich dann enttäuscht und winselnd zusammenzurollen. Barthel blickte kurz zu Johanna und erkannte erschrocken, wie müde und alt die Klosterköchin aussah. Dunkle Schatten unter traurigen Augen, eine fahle Gesichtsfarbe und ein Mund, dessen Lippen fest zusammengekniffen waren. Mit einem erschöpften Seufzen ließ sich Johanna auf ihre wohlvertraute Küchenbank fallen, stützte die Ellenbogen auf und vergrub das Gesicht in ihren Händen. In der Küche war es still, fast unheimlich. Niemand schimpfte, keiner schlug den Brotteig, keiner schabte Gemüse, selbst das Feuer, das sonst munter prasselte, gloste nur freudlos dahin. Da klang ein erstickter Laut vom Tisch, und Barthel musste zweimal hinsehen, um zu erkennen, dass seine Hannerl schluchzte. Das war eine völlig neue Erfahrung für ihn, die ihn aufs Tiefste erschütterte. Seine Hannerl, die mit dem Nudelholz warf, als wäre es ein Kieselstein aus der Donau, die mit dem Fleischklopfer schlug, als würde sie Holz spalten wollen! Seine Hannerl saß da und schluchzte. Hilflos schaute er zu Gretlin, die sich ebenfalls mit der Schürze über die Augen strich, wohl kaum, weil ihr ein Flankerl Ruß von der Kerze hineingeraten war. Keine Frage, auch Gretlin weinte, stumm und angstvoll, so wie die letzten Tage auch. In die traurigen Hundeaugen Maronis mochte Barthel erst gar nicht schauen, denn da krampfte sich bei ihm sowieso gleich alles zusammen. Er fühlte sich sehr ungemütlich in seiner Haut und wenn er nicht den Wickerl erwarten würde, um sich mit ihm zu besprechen, dann würde er einfach Reißaus nehmen und sich in einer der Schenken volllaufen lassen, denn so einen Jammer konnte er sich wirklich nicht einmal anschauen!

Also raffte er sich auf, da er nicht einfach fliehen konnte, machte das Beste aus dieser vertrackten Situation und meinte leise zu Johanna: »Warst bei der Susanna?«

Ein Schniefen, ein lautes Schnäuzen war die Antwort.

Wieder setzte Barthel an, bemüht, diese trostlose Stille zu durchbrechen: »Was hat's denn gsagt, die Susanna?«

Wieder nichts, außer so ein unbestimmtes Schniefen. Dann, nach einer Ewigkeit, sprach Johanna mit einer Stimme, die ihr gar nicht zu gehören schien, so mutlos, leise und ängstlich klang sie: »Sie hat gemeint, dass sie noch ein bisserl ruhig halten kann. Sie drückt noch ein Aug zu, weil beim Scharlachrennen morgen sowieso alles auf den Beinen is und so ein Durcheinander herrscht. Aber dann meint sie«, hier musste Johanna unterbrechen, um ein weiteres Schluchzen zu unterdrücken, »muss sie das Verschwinden von unserer Yrmel melden. Fast 14 Tag sind's ja schon, seit wir sie zum letzten Mal g'sehn haben. Da muss die Stadtguardia davon erfahren, meint die Susanna, da kann sie nichts machen, die müssen sie dann suchen, unsere Yrmel!«

Barthel nickte beklommen. Nach ihr suchen hieß nichts anderes, als sie aufstöbern, festnehmen und des unerlaubten Verlassens des Klosters anklagen. So großzügig die Wiener sich auch dem Haus der Büßerinnen zeigten, so unerbittlich waren die Strafen, wenn sich eine Frau nicht an die Ordensregeln hielt. Strenger Kerker bis zum Abhacken einer Hand – alles war Barthel bei ähnlichen Verfehlungen schon zu Ohren gekommen. Hannerl schluchzte wieder und wandte sich mit roten Augen an Barthel. Sie legte ihre Hand auf seine und flüsterte: »Ich weiß nicht, was werden soll, Barthel. Ich hab schon alles in meiner Macht Stehende getan, um sie zu finden. Alles habe ich durchsucht, das ganze Kloster und die Umgebung. Überall hab ich herumgefragt. Niemand hat sie gesehen. Was soll nur werden?« Barthel wusste nicht, was ihn mehr bewegte, der offensichtliche Schmerz Johannas oder ihre kalte, schwielige Hand auf der seinen. So weit er sich zurückerinnern konnte, nie hatte er so eine Hilflosigkeit an ihr erlebt. So legte er einfach seine Hand auf die ihre und sah sie ruhig an. Nach einer für Johannas Begriffe halben Ewigkeit zog sie ihre Hand zurück, tätschelte Barthel noch einmal kurz die seine und stand schwerfällig auf. »Nutzt nichts. Ich muss meine Essigsachen für morgen herrichten. Susanna möchte, dass wir Büßerinnen draußen in Sankt Marx einen Stand aufbauen. Sie hat dafür eigens eine Bewilligung vom Herzog erwirkt. Das ist ihr sehr wichtig, und ich hab ja allen Grund, es ihr recht zu machen, dafür, dass sie solange ruhig gehalten hat!« Wieder seufzte Johanna, stand auf, strich sich die Schürze glatt und schlurfte auf die andere Seite der Küche. »Ich muss mich beeilen, denn morgen geht es früh los.« Damit nahm sie Krüge von den Stellwänden, kleine, große, runde und schlanke. Barthel sah ihr zu und meinte zweifelnd: »Das machst jetzt alles allein, Hannerl? Da wirst net weit kommen ohne der Yrm …« Bedrückt brach er ab.

Johanna nickte ihm zu und sagte: »Die Susanna hat mir eine Hilfe zugestanden.«

Gretlin, die bisher nur schweigend ihren Faden hin und her geführt hatte, blickte hoffnungsvoll auf, nur um dann gleich wieder den Blick zu senken, als Johanna den Kopf schüttelte.

»Nein, nicht du, Gretlin. Susanna meint, du hattest in letzter Zeit Aufregung genug. Du sollst schauen, dass du wieder Boden unter den Füßen bekommst. Susanna hat mir jemand anderen zur Seite gestellt.« Johannas Augen blitzten kurz zornig auf, dann fuhr sie wieder fort, Essigsachen in einen großen Weidenkorb zu packen: Birnen mit Ingwer, Zwetschken süßsauer, von den kleineren Essiggurken gleich mehrere, die Senfgurken dazu und von den süßsauren Marillen nur ein paar, die waren heuer ganz besonders gut geworden, da wollte sich Johanna noch einen Vorrat behalten. Barthel wetzte unangenehm berührt auf seinem Sitz hin und her. Verstohlen blickte er zu Gretlin, die engelsgleich in ihre Stickarbeit vertieft war. Er erinnerte sich plötzlich wieder sehr genau an die Vorfälle am Tag vor Martini und daran, dass er seitdem dem Mädchen nicht über den Weg traute. Was ging hinter dieser hübschen Stirn nur Gräuliches vor? Was war da eigentlich in der Kirche der Minderen Brüder passiert? Wickerl und sein junger Freund wollten ihm heute darüber berichten, sie hatten sich in ihren Kreisen umgehört. Vielleicht verstand Barthel dann, was da wirklich los war und konnte auch wieder der Gretlin in die Augen schauen, ohne dass es ihm kalt den Rücken hinunterlief. Brüsk schüttelte er seinen Kopf, um diese Gedanken abzuschütteln, und musste sich eingestehen, dass er eigentlich nur raus aus der sonst so gemütlichen Klosterküche wollte. Es schnürte ihm die Kehle zu, und er brauchte frische Luft. Wie auf Geheiß wurde daraufhin die Tür aufgerissen, und eine kleine, zierliche Nonne in der Ordenstracht der Magdalenerinnen oder der Reuerinnen, wie man sie in Wien nannte, kam hereingestürmt. Bevor Barthel noch sein »Oh je« anbringen konnte, setzte die Neuangekommene mit hoher, quietschender Stimme an: »Also, Johanna, ich bin gleich her, als mir die Susanna gesagt hat, dass du Hilfe brauchst. Keine Frage, ich bin da!« Kurz stemmte sie die Hände in ihr weißes Habit und plauderte munter weiter: »Wenn die Yrmel einfach so abhaut! Also, der hätt ich das ja nicht zugetraut. Aber«, damit hob sie ihren rechten Zeigefinger, »ich sag ja immer: Stille Wasser sind tief. Und still war sie ja allemal, die Yrmel«, damit bog sie sich vor Lachen.

Barthel duckte sich und erwartete einen mittelschweren Wutausbruch von Hannerl. Gretlin drückte sich noch mehr in die Ecke, und Maroni legte sich gleich noch näher zur Wand, doch es geschah – nichts. Johanna hantierte weiterhin stumm und seufzend mit ihren Krügen. Das bereitete Barthel jetzt aber doch ziemliche Sorgen. Was war nur mit seiner Hannerl los? Bekümmert hob er seinen Arm und legte ihn schwer auf den Unterarm der Nonne: »Marlen, weißt was? Halt einfach deine Goschn!« Unbeeindruckt schwatzte die aber weiter: »Morgen soll's schon losgehen, in aller Früh – hat mir die Meisterin jedenfalls gesagt – wir fahren raus nach Sankt Marx mit deinem ganzen Krempel da!«, damit zeigte sie auf Johannas Essigsachen. Die Köchin hatte mittlerweile schon begonnen, einen zweiten Korb zu füllen. Doch scheinbar unbeeindruckt schwieg Johanna noch immer. Barthels Beklemmung wuchs, niemand hatte bisher ungestraft die süßsauren Schöpfungen der Johanna als Krempel bezeichnen dürfen. Das wusste er nur zu gut! Was also war los mit ihr, sie war doch nicht im Begriff aufzugeben, sich keinen Deut mehr um ihr Leben zu scheren?

»Also ich freu mich ja am meisten auf die ganzen Mannsbilder da draußen. Die da hoch oben zu Pferd schauen immer so schneidig aus, und die Lauffer – da sollen ja heuer ganz G'schmackige dabei sein«, plapperte die Marlen munter und schickte sich an, das Feuer im Ofen zu schüren. »Mei, saukalt is es da!«

Barthel schüttelte den Kopf und fragte sich, wie so ein männergeiles Geschöpf wie Marlen es nur geschafft hatte, in den Orden der Büßerinnen der Heiligen Maria Magdalena aufgenommen zu werden. Irgendetwas war da nicht mit rechten Dingen zugegangen. Die konnte den ärgsten Straßendirnen ja noch Unterricht geben! Ungerührt stapelte Johanna weiter ihre Krüge. Na endlich, dachte Barthel, als er die Tür wieder aufgehen sah. Endlich, der Nürnberger war da mitsamt seinem jugendlichen Schatten!

»Habt's es g'schafft, Wickerl, trotz des Sauwetters«, meinte Barthel leutselig und deutete den beiden, Ludwig Fütterer und Alexander von Randegg, Platz zu nehmen.

»Da hast recht, Barthel, ganz nass bin ich geworden. Und unsere Pferde auch!« Damit wandte er sich an Johanna: »Dürfen unsere Knechte die armen Tiere bei euch im Schuppen unterstellen, Johanna? Oder bekommst du Schwierigkeiten mit der Meisterin?«

Müde winkte Johanna ab: »Aber freilich, lasst sie's nur rein ins Trockene, die armen Viecherln. Der Susanna is des scho recht, und Schwierigkeiten hab ich weiß Gott eh schon genug, kommt nicht auf ein paar mehr an! Is auch a bisserl a Stroh im Schuppen zum Abreiben!« Ludwig nickte dankbar und gab Sander ein Zeichen. Der ging wieder hinaus, um den Knechten Bescheid zu geben. Barthel deutete auf die Tür und meinte zu Ludwig: »Hast den jetzt immer bei dir, den Jungspund?«

»Ja, ich soll ihm ein bisschen unter die Arme greifen. Die Familie Randegg aus Augsburg ist ein guter Geschäftspartner von den Fütterern.«

»Aus Augsburg? I hab dacht, der Bursch is aus Italien?«

»Ja, aufgewachsen ist er in Italien. Darum sag ich ja immer Alessandro zu ihm.«

»Alessandro? Is a bisserl a Wacherl, gö?«*

»Was?«, fragte Ludwig belustigt.

»Na, schüchtern is er halt, red nix, deut nix ...«**

»Ach das meinst. Nein, der junge Randegg ist ein sehr tüchtiger Mann, hat sich militärisch hoch verdient gemacht in der Triester Frage. Der hat wirklich einen Stein im Brett beim Herzog! Aber wenn du mich so fragst, Barthel, es stimmt, hier im Kloster benimmt er sich wirklich wie ein Trottel, der nicht bis drei zählen kann! Geht mir schon ziemlich auf den Sack, sein Getue, wenn du mich gleich so direkt fragst. Sonst ist der gar nicht so, würd ja gar nicht gehen, da hätten sie ihn schon an die Luft gesetzt. Als Ritter kannst du dich nicht aufführen wie ein Kind!« Ludwig ließ sich gegenüber

* Er ist wohl ein wenig schwach, der Alexander?

** Er scheint schüchtern zu sein und richtet sein Wort nicht gern an andere.

von Barthel nieder und nahm dankend den Becher Würzwein, den ihm Johanna vorsetzte.

Barthel nickte Richtung Gretlin: »Wird scho an Grund haben, dass er ka Wort rausbringt bei uns, der Xandl!« Breit grinste er abwechselnd zu Ludwig und zu Gretlin, die mehr als aufmerksam zugehört hatte und sich jetzt übereifrig mit sehr roten Backen dem Sticken eines kleinen grünen Minzeblattes widmete.

Wie auf Bestellung kam Sander mit roter, triefender Nase herein.

»Komm her Xandl, setzt di her da, nimmst auch an Glühwein?«, rief Barthel fröhlich und schien seine bedrückte Stimmung von vorhin schon wieder vergessen zu haben.

Verständnislos blickte Sander den Alten an und deutete mit dem Finger auf sich selbst.

»Ja dich mein i, Burscherl. Alessandro, des is ma a bisserl zu kompliziert, bei mir bist da Xandl!« Selbstzufrieden lächelte Barthel, nickte Johanna zu, die einen weiteren Becher kredenzte und meinte gönnerhaft: »Da kommt er scho, da Wein. Kostest und sagst ma, ob er dir schmeckt. I mein ja, was Besseres wirst im ganzen Welschland net finden!«

Sander nahm einen großen Schluck vom heißen Gebräu aus Weißwein, Zimt, Muskat und ein paar Rosinen und machte danach ein Gesicht wie ein Kater, dessen Schweif man in die Tür geklemmt hatte.

»Meine Güte, ist der sauer. Ist das Wein oder Essig?«, schnaufte er und schüttelte sich am ganzen Körper. Johanna, die abwechselnd den jungen Mann und Gretlin beobachtete, drehte sich schnell weg und machte sich wieder an ihren Körben zu schaffen. Vorher grinste sie noch Ludwig zu, der sich meisterlich bemühte, nicht schallend zu lachen.

»Xandl, des is a echter Wiener Veltliner, pfeffrig, resch und g'schmackig!«, meinte Barthel eingeschnappt.

Sander, mit einem kurzen Blick auf Gretlin, besann sich auf seine gute Erziehung und meinte mit zusammengebissenen Zähnen: »Ja, ein ehrlicher Tropfen, naturbelassen und echt!«

»Siachst das, Xandl, so kumman wir z'samm!«*, zufrieden lehnte sich Barthel zurück und sah nicht, wie Gretlin zu Sander aufsah und mit ihrem hübschen Mund ein lautloses »Danke« formte. Johanna wiederum bedachte Ludwig mit einem langen Blick und deutete mit dem Kinn auf Gretlin und Sander. Erleichtert nickte Ludwig Fütterer, glaubte er jetzt zu verstehen, warum sich der junge Randegg so ganz und gar affig benommen hatte. Und er sollte recht behalten mit seiner Vermutung, denn durch den Zuspruch Gretlins mutig geworden, setzte Sander an: »Ich war schon einmal in Wien, vor acht Jahren!«

»Geh wirklich?«, stellte Barthel interessiert fest und beugte seinen Oberkörper in Richtung Sanders.

»Ja, mit meinem Oheim und einem Freund. Dich hab ich da auch gesehen, Gretlin«, abrupt hielt er inne.

»Mich?«, fragte das Mädchen aus der kerzenbeschienen Ecke.

»Ja«, Sander nahm allen Mut zusammen und setzte nach, »gleich ein paarmal, beim Festumzug zur Hochzeit und dann später unter den Fleischbänken, da …« Erschrocken brach er ab, als er alle Farbe aus dem Gesicht des Mädchens weichen sah, und ihre Augen wie schwarze Kohlenstücke brannten.

»Ich kann mich erinnern«, antwortete Gretlin hastig, »ich hab dich nur nicht gleich erkannt!« Bittend blickte sie zu ihm, und er schien sie zu verstehen, denn er verstummte und wagte

* Du hast ein Einsehen, Alexander, so werden wir gut miteinander auskommen!

stattdessen einen weiteren Schluck aus dem Weinbecher. Barthel, der von all dem nichts mitbekommen hatte, klopfte Sander auf die Schulter: »Des gfreit mi jetzt oba, dass dir mei Wein so schmeckt, Xandl. Magst no mehr?«*

Johanna, die den panischen Ausdruck im Gesicht des jungen Mannes sah, winkte ab und sagte begütigend. »Lass gut sein, Barthel, der Alexander hat sicher heute noch zu arbeiten. Da braucht er einen klaren Kopf, oder?« Damit nickte sie dem jungen Randegg zu, der dankbar erwiderte: »Ja, ich muss mich heute noch bei Hof melden. Sie wollen noch einmal mit mir über den toten Mönch sprechen. Das ist alles ziemlich geheimnisvoll, eigentlich weiß man gar nichts darüber!« Sander biss sich auf die Lippen. Hätte er doch nicht davon angefangen! Die Stimmung in der Küche war von einem Moment auf den anderen abgekühlt, trotz des munteren Feuers und des wärmenden Glühweins. Gretlin widmete sich wieder verbissen ihrer Stickerei, Barthel versuchte, einen letzten Schluck aus dem ohnehin schon leeren Becher zu schlürfen, Ludwig schaute starr vor sich auf die Tischplatte, und Johanna sortierte ihre Krüge neu. Nur Marlen, die schon die ganze Zeit wie eine schnurrende Katze um den jungen Italiener herumgestrichen war, fragte arglos: »Welcher tote Mönch?«

»Der Mindere Bruder, den wir in der Ludwigskapelle gefunden haben!«, antwortete Sander beklommen.

»Davon weiß ich ja gar nichts!«, meinte sie entrüstet, worauf Johanna sie entnervt anfuhr: »Stell dir vor, es passiert was und die Marlen weiß gar nichts davon!«

»Ja hör mal, Hannerl, als Ordensschwester würde ich doch davon erfahren. Du glaubst ja gar nicht, wie vertratscht wir

---

* Meine Freude ist grenzenlos, weil dir mein Wein gar so mundet

alle sind, je strenger das Schweigegebot, desto mehr wird getuschelt.«

»Doch, doch, Marlen, ich glaub dir das!«, antwortete Johanna erschöpft.

Aber die Nonne ließ nicht locker: »Wie hat er denn ausgesehen, der Tote? Alt, jung, groß, klein?«

Sander fühlte sich zusehends unwohl in seiner Haut und murmelte knapp: »Ich hab nicht so genau hingesehen. War alles voller Blut, seine braune Kutte war ganz durchweicht.«

»Seine was?«, schrie Marlen und lachte hysterisch.

»Sein braunes Habit war ganz durchweicht, das hat mir gereicht, ich kann Blut nicht so gut vertragen, und sein Antlitz war auch nicht gerade ein schöner Anblick! Jetzt sag du halt auch einmal etwas, Luigi!« Sander strich sich unbeholfen über's Gesicht und war zornig, weil er sich von Marlen so in die Enge getrieben fühlte.

»Marlen, treibs nicht zu weit, ich rate dir!«, Johanna hob die rechte Hand, mit einem großen Kochlöffel bewaffnet.

Schrill und sehr laut schrie Marlen: »Ihr könnt's mich alle mal!«

»Marlen, als Ordensschwester der Magdalenerinnen …«, weiter kam Johanna nicht, denn Marlen schrie einfach weiter: »Eben, Johanna, eben. Als Ordensschwester weiß ich, dass die Minderen Brüder in Wien gar kein braunes Habit tragen. Das ist ja lächerlich, wie dumm ihr alle seid. Bei uns sind's die Schwarzen Franziskaner! Hast mich gehört? Die *Schwarzen* Franziskaner!« Speichel tropfte der Nonne aus den Mundwinkeln, den sie unwillig mit dem Ärmel ihrer hellen Tracht abwischte. Triumphierend schaute sie in die Runde. Keiner der Anwesenden brachte ein Wort heraus. Marlen kostete die allgemeine Ratlosigkeit aus und säuselte: »Jetzt seids schmähstad alle zusammen, was? Von wegen Mönch, ein Haderlump war das, a falscher Fuffzger!«*

Und mit den Worten: »Braunes Habit, so a Schmarrn. Ihr alle könnt's mi amal, ihr Klugscheißer!«** drosch sie die Tür von außen zu und entfernte sich in Richtung der Schlafräume der Büßerinnen.

Wie schon so oft an diesem eigentümlichen Abend lastete die Stille schwer auf all jenen, die sich noch in der Klosterküche befanden. Johanna fing sich als Erste und drehte sich ganz ruhig zu Barthel, Ludwig und Sander um. Viel zu ruhig für Barthels Ansicht.

»So, jetzt haben wir's wohl ausgefasst, meine Herren!«, damit drosch sie mit der Handfläche auf den Tisch, dass die leeren Becher nur so hüpften, und jetzt begann auch sie zu schreien. Für Barthel, der eben der Wiederauferstehung seiner liebgewonnenen Hannerl beiwohnte, klang das Gekeife in seinen abstehenden Ohren wie Engelsmusik am Namensfest des Kirchenpatrons.

»Wir haben also einen jungen Mann aus Augsburg, der eigentlich Italiener ist«, damit zeigte sie auf Sander, der in sich zusammenkroch, »und der auf der Suche nach dem Enkel einer Tiroler Gräfin, die leider schon tot ist, nach Wien gekommen ist. Der obendrein die Gretlin kennt, wer weiß woher.« Mit blitzenden Augen funkelte sie das Mädchen in der Ecke an, das sich immer mehr zusammenrollte, in der Hoffnung unsichtbar werden zu können. Dann schnaubte sie Sander an, der sich mit beiden Händen an seinem Sitz festkrallte, um nicht einfach wegzulaufen.

---

* Entgegen Eurer Vermutung war der Ermordete kein Pater des Ordens der Minoriten sondern schlicht und einfach ein Betrüger!

** Ein braunes Ordenskleid, so ein Unsinn! Ihr könnt mich dort treffen, wo sich Fuchs und Hase Gute Nacht sagen, Ihr Besserwisser!

»Dann haben wir eine entlaufene Büßerin, die obendrein stumm ist und von der niemand in dieser vermaledeiten Stadt ganze 14 Tage lang etwas gesehen haben will und dann, zu allem Überfluss«, damit schaute sie wieder Sander und Ludwig zornig an, »haben wir einen braunen Mönch, der blutend und erdrosselt in einer Kapelle liegt, obwohl er eigentlich schwarz sein sollte.« Damit machte sie eine weitausgreifende Handbewegung, die alle im Raum mit einschloss. »Wisst's was? Ich pfeif schon langsam drauf. Ich bin ins Kloster büßen gekommen, weil ich a Ruh haben wollt von dem ganzen Durcheinander da draußen und jetzt bin ich mitten drin. Himmelkreuzdonnerwetter noch amal!« Damit drosch sie wieder auf die Tischplatte. Stille. Dann sprach Johanna laut und deutlich weiter. Und jeder, der sie nur halbwegs kannte, wusste, dass sämtliche Einwände zwecklos waren, die Köchin hatte die Führung übernommen, gleich einem riesigen Teigwender, der im Begriff war, das Unterste nach oben zu kehren.

»So und jetzt passiert alles so, wie ich das will, habt's verstanden?« Einhelliges angstvolles Nicken von Ludwig und Sander und auch von Gretlin war zu sehen. Nur Barthel grinste und fühlte sich wieder pudelwohl. Seine Hannerl war wieder zurückgekommen! Und wie! Wie der stürmische Wiener Westwind, der die Blätter von den Bäumen fegt und die Fensterläden erzittern lässt! Ehrfurchtsvoll hörte er ihr weiter zu: »Du, Sander, gehst heute glei zu der Herzogin Beatrix. Bist ja eh schon bei Hof, da machst an Hupfer zu ihr, die scheint mir ein sehr vernünftiges Frauenzimmer zu sein. Erzählst ihr von dem Enkel, den du suchst und vom falschen Minderen Bruder, ja?« Sander nickte ergeben. In Anbetracht dieser Wiener Urgewalt konnte er mit all seinen ritterlichen Erfahrungen einpacken.

»Und du, Barthel, du schnappst dir den Krispin und den Jobst, wennst die zwei Haderlumpen findest, und ihr zieht's durch alle Schenken und Spelunken und suchts nach der Yrmel. I hätt nie gedacht, dass ich euch einmal saufen schick, aber der Herrgott will's anscheinend nicht anders von mir!« Barthel nickte ernst, nur seine Mundwinkel zuckten leicht.

»Und du, Ludwig, sei so nett und trag mir die Körbe raus in den Schuppen, die Gretlin soll euch leuchten! Vielleicht hast auch noch ein bisserl Muskat und Senfkörner dabei?«

»Ja freilich, Johanna«, nickte Ludwig, »in den Satteltaschen der Pferde habe ich noch ein paar Schätze für dich, ich gebe alles der Gretlin mit, bezahlen kannst mir das später! Ich schau, dass ich nach Hause komm!« Keiner konnte Ludwig die Sehnsucht nach Flucht verdenken!

»Na dann wissen ja alle, was zu tun ist!« Johanna klatschte in die Hände, und der allgemeine Aufbruch begann. Barthel humpelte hinaus und suchte nach Krispin und Jobst. Gretlin nahm die Kerze, blickte noch kurz zu Sander, senkte dann beschämt den Blick und glitt vor ihm zur Tür hinaus. Ludwig stemmte sich einen vollen Korb rechts und einen links auf die Hüfte und folgte den beiden Richtung Schuppen. Sogar Maroni richtete sich auf, schnupperte kurz, verließ ihren Platz neben dem Ofen und lief ebenfalls hinaus ins Freie. Mit Nachdruck schloss Johanna die Tür, atmete tief durch und schenkte sich einen Becher Glühwein ein. Mit einem Zug leerte sie ihn und fuhr sich seufzend über den Mund.

»Mein lieber Gott, noch ein paar solche Tage und du kannst mich gleich eingraben am Gottesacker zu Sankt Stephan!« Dann begann sie im Feuer herumzustochern, bis es wieder aufloderte, zog sich einen Schemel nahe an die Wärme und ließ sich nieder. Gerade als sie ihre Beine hochlegen wollte, drang ein markerschütternder Schrei an ihr Ohr. Alarmiert sprang sie hoch, lief Richtung Tür und wäre fast mit Martha zusammengestoßen, die erschreckt rief. »Johanna, die Gretlin!«

»Um Gottes willen! Was ist passiert?«, Johanna schüttelte die Büßerin.

»Die Gretlin«, stotterte Martha, »die liegt zusammengekrümmt im Schuppen und schreit sich die Seele aus dem Leib. Wir haben sie gefunden, als wir vom Nachtgebet gekommen sind.« Martha verstummte, als sie das entsetzte Gesicht Johannas sah, und trat zur Seite. Johanna hetzte in den Schuppen und fand Gretlin im Stroh sitzend und die Hände über das Gesicht geschlagen. Neben ihr winselte Maroni. Sie bemühte sich, ruhig zu bleiben und fragte vorsichtig: »Was ist nur mit dir los, mein Mädchen?« Langsam kauerte sie sich an die Seite der vor Angst zitternden jungen Frau. Irgendwie schaffte sie es, ihre Leibesfülle am strohbedeckten Boden unterzubringen und kurzerhand nahm sie die Jüngere in ihre Arme. »Gretlin, du kannst es mir doch sagen, was ist denn mit dir? Wovor fürchtest du dich so?«

»Das Böse kommt«, monoton und leise murmelte die junge Frau an der Schulter Johannas.

»Was denn Böses? Hier bei uns geschieht dir doch nichts!«

»Immer wieder kommt es, damals bei der Elsbeth, in der Kapelle und jetzt auch bei der Yrmel ...« Gretlin riss sich los und war im Begriff, wieder zu schreien zu beginnen. Johanna versuchte krampfhaft, die Gedanken der jungen Frau auf anderes zu lenken. »Sag mal, Gretlin, warum bist du eigentlich zu den Minderen Brüdern gelaufen, als wir uns ... gestritten haben ... weißt schon, wegen dem Heiraten und so ...?«

»Da kenn ich mich aus, weißt du!«, flüsterte Gretlin und beruhigte sich etwas, »mit der Elsbeth, da sind wir oft zum Turm spaziert. Schatzsuche haben wir das Spiel genannt.«

»Schatzsuche?«

»Ja, in der Kapelle, gleich beim mittleren Fenster, da wartete immer Nicolas auf uns! Der hat uns dann einen Schatz gegeben!«

»Was? Wann war das denn?«

»Weiß nicht, da war ich noch klein, aber es war so lustig. Ich hab dann nach der Schatzsuche immer Leckereien bekommen, Dörrzwetschken, Nüsse oder auch Honig manchmal.«, Gretlin lächelte bitter und kuschelte sich zur Erleichterung Johannas an sie, »deshalb bin ich dorthin gelaufen, ich wollte wieder klein sein, bei meiner Mutter sein, den lieben Nicolas sehen und mich auf etwas freuen. Aber stattdessen war das Böse da, hat da gelegen und wieder so gerochen! Und jetzt glauben alle, ich war's! Ja ich weiß genau, wie ihr mich alle anschaut, der Barthel und du!« Zornfunkelnd mit verweinten Augen sah Gretlin zu Johanna auf.

Dann nahm sie ein Büschel Stroh und warf es der überraschten Köchin mitten ins Gesicht. »Da! Riechst du es nicht, da ist es, das Böse, ganz nah!« Panisch schlug Gretlin wieder die Hände vor das Gesicht und begann sich weinend hin und her zu wiegen. Maroni winselte wieder.

Johanna ließ von Gretlin ab, sackte müde und verzweifelt in sich zusammen und wusste nicht, wie sie dem ganzen Durcheinander aus Angst und Sorge Herr werden sollte. Sie hoffte, dass sie aus diesem Albtraum bald erwachen und sie die heile Welt der Küche und des Klosters wieder wie ein schützender Mantel umhüllen würde. Doch als sie endlich nach langem hin und her, nach gutem Zureden, nach Drohen und Schimpfen mit der weinenden Gretlin und der stinkenden Hündin in der Küche angekommen war, hoffte sie, dass sie endlich ein wenig zu sich finden, durchatmen und diesem Irrsinn ein Ende machen konnte. Nach einer langen Nacht an der Seite der zitternden Gretlin, in der Johanna mehr vor sich hin döste als sich wirklich auszuruhen, fuhr sie erschrocken hoch. Johanna ahnte mehr, als sie es sah. Es war wieder jemand verschwunden. Der Platz neben dem Ofen war leer, Maroni, die alte Hündin, war weg und tauchte auch nicht wieder auf, obwohl die Köchin das ganze Kloster durchsuchte und unentwegt ihren Namen rief.

Die Heilige Katharina meinte es in diesem Jahr gut mit den Wienern und schickte zu so früher Stunde schon etwas Tageslicht, das sich wie ein hellgrauer Schleier über die dunklen Dächer der Häuser legte. Sie schickte keinen kalten Wind, sondern nur ein frisches Lüfterl, und auch keine tiefhängenden Nebelwolken, sondern eben gar keine. Dank sei der Heiligen, denn jetzt Ende November hätte sie ja alle Möglichkeiten gehabt, von strengem Morgenfrost bis zum ersten Schnee. Aber so konnte sich der Zug von der Stadt hinaus nach Sankt Marx, wo das Rennen beginnen sollte, zwar warm eingepackt, aber nicht unbedingt frierend auf den Weg machen. Sander, dem ohnedies dauernd kalt war, ausgenommen den Augenblicken, wo er der Anwesenheit Gretlins gewahr wurde, denn dann war ihm siedend heiß, fror heute Morgen erbärmlich. Ludwig Fütterer, der gestern zu tief ins Weinglas geschaut hatte, stand ebenfalls abseits, bereit, sich im hinteren Teil des Zuges einzureihen.

»Wie war's gestern bei Hof, Alessandro?«, fragte Ludwig mit sehr heiserer Stimme, die wohl eher auf zu kalt genossene Getränke gestern Abend als auf eine Erkältung schließen ließ. Sander zwinkerte seinem Freund zu: »Na, sicherlich nicht so lustig wie bei dir, Luigi!« Verlegen grinste der

Gewürzhändler und murmelte: »Ich hab so gute Geschäfte gemacht hier in Wien, da musste ich ein paar Runden ausgeben im Regensburger Hof.«

»Also, wenn du das sagst!«, lachte Sander, wurde aber gleich wieder ernst. »Bei mir war es nicht lustig, aber sehr aufschlussreich. Ich wurde zu Beatrix vorgelassen und konnte ihr mein Anliegen unterbreiten.«

»Wie ist dir das gelungen?«, staunte Ludwig und wunderte sich einmal mehr über Sanders gute Beziehungen zum Hof.

»Wir Augsburger haben gute Beziehungen zum Burggrafen von Nürnberg.«

»Dem Vater von Beatrix?«

»Ja genau. Da war es leicht. Der Name Randegg öffnet mir so manche Tür, aber was sag ich dir …« Sander winkte bescheiden ab und erzählte weiter. »Jedenfalls war Beatrix bestürzt über die Geschichte mit dem Erben der Gräfin von Tirol.«

»Kann ich mir vorstellen!«, meinte Ludwig und zügelte sein Pferd, das bereits ungeduldig mit dem Huf am Pflaster scharrte.

»Sie meint, dass es sich da in jedem Fall um einen Irrtum handeln muss, Margarete starb ihres Wissens vor 13 Jahren kinderlos hier …« Weiter kam Sander nicht mit seiner Erzählung, denn ihm blieb vor Staunen der Mund offen. Nie hätte er den Wienern zugetraut, ein Fest so pompös zu begehen. Was er da sah, beeindruckte ihn aufs Äußerste. Der Zug formierte sich, die Trompeter auf den herzoglichen Rössern voraus, danach die gemeldeten Pferde, heuer acht an der Zahl, mit ihren Führen. In gemessenem Abstand kamen dann die Lauffenden Mannen, siegessicher lächelnd, in Begleitung ihrer Knechte. Ihnen folgten die erst kürzlich aufgenommenen

Bürger der Stadt, dann die Armbrust-, Büchsen- und Hakenschützen in Reih und Glied mit ihren jeweiligen Fahnen. Ludwig, dem dieses Scharlachrennen schon bekannt war, drängte seinen jungen Freund, weiter zu erzählen: »Hast du auch von unserem Erlebnis in der Kapelle sprechen können? Weiß man da schon Genaueres? Wer war der Mönch?«

»Nun – was soll ich sagen …« Wieder sprach Sander nicht weiter, sondern beobachtete gebannt die Träger der Preise, die jetzt an der Reihe waren. Ein ganz und gar überforderter Jüngling mit dem scharlachroten Tuch auf einem goldfransenverzierten Kissen, schön gefaltet, dann der Träger der zwei Stück Barchent und schließlich mit enormem Abstand der Hausknecht vom Rathaus. Die wenigen Schaulustigen, die sich nicht bereits selbst hinaus auf den Weg nach Sankt Marx gemacht hatten, lachten Tränen, genauso wie Ludwig, der im Moment den Toten vergaß und haltlos kicherte. Heuer nämlich war die Spansau dermaßen schwer, dass der Hausknecht schon nach wenigen Schritten puterrot und schwitzend, mit dem gebratenen Viech über die Schulter geworfen, daher stolperte.

»Also«, setzte Sander fort und grinste weiter über den Knecht, »diese kleine, vorlaute Nonne bei den Büßerinnen hatte recht. Das Habit der Franziskaner in Wien ist schwarz. Und Beatrix hat sich genau umgehört. Niemand der Minderen Brüder kam ums Leben.«

Ludwig riss sich kurz vom Spektakel los und betrachtete Sander besorgt: »Das heißt, wir hatten es hier mit einem Betrug zu tun. Es gibt keinen Minderen Bruder namens Konrad in Wien.«

»Nein, wohl nicht. Ich hab auch erwähnt, dass wir ein Gespräch dieses angeblichen Bruders mit dem Hofmeister Finkenstein mitbekommen haben.«

»Und?«, fragte Ludwig eindringlich.

»Beatrix sagte dazu gar nichts, sie schaute nur sehr eigentümlich drein. Ist sehr vorsichtig, die hohe Dame!«, erwiderte Sander.

Ludwig nickte bedächtig: »Dazu wird sie auch allen Grund haben, schätze ich!« Damit wandten sich die beiden wieder dem Festzug zu. Nachdenklich und ruhig, aber mit zunehmendem Interesse, denn zu aufregend war das, was hier geboten wurde. Aufgeregt puffte Ludwig Sander in die Seite: »Da schau, da kommt unser Vorsteher.« Denn ein gutes Stück hinter dem unglücklichen Knecht kam der von allen geachtete Hannsgraf, der Vorsteher der kaufmännischen Zunft, mit einer kunstvoll geschnitzten Armbrust. Der Zunftvorsteher grüßte huldvoll nach allen Seiten und sah etwas verärgert auf seinen Vordermann, der schnaufte und mit dem Gewicht des Schweinebratens kämpfte.

»Der ist aber nicht sehr gut drauf«, meinte Sander.

»Wärst du auch nicht an seiner Stelle, er war gestern mit von der Partie«, murmelte Ludwig und verdrehte belustigt die Augen.

Endlich, hinter den Trägern der Preise ritten der Bürgermeister und die Ratsherren.

»Wo ist denn der Herzog?«, fragte Ludwig.

»Der Herzog und sein Gefolge, so munkelte man gestern bei Hof, werden durch wichtige Geschäfte aufgehalten. Die Sieger werden dann bei ihrer Rückkehr in die Stadt begrüßt werden.«

»Na, wenn das nicht seltsam ist, was mag da vorgehen«, flüsterte Ludwig, und ebenso wie Sander schickte er sich an, seinem Pferd die Sporen zu geben und an die Letzten des Zuges anzuschließen. Trotz der festlichen Umgebung wollte keine so rechte Freude bei den beiden aufkommen, ihre

Gedanken waren bei dem, was sich bei Hof abspielen mochte. Doch plötzlich, nachdem die Spielleute und allen voran deren Vorsteher, der Spielgraf, einhergeschritten kamen, drang ein Freudenschrei Sanders an Ludwigs Ohr. Erstaunt blickte er zu seinem jungen Freund und traute seinen Augen nicht. Ein breites, offenes Lächeln, leuchtende Augen, Hände, die begeistert winkten, sah er da. Was war nur mit dem sonst so schüchternen Alessandro plötzlich los?

»Bist du es wirklich?«, rief Sander fröhlich und ziemlich laut. Ludwig zuckte zusammen und meinte, angeschlagen, wie er von der gestrigen Sauferei war, sein Kopf müsse platzen.

»Ja klar, mein Freund. Leibhaftig«, kam es da von einem mehr als stämmigen jungen Mann, der ein samtenes Barett auf borstigen braunen Haaren trug, und dessen rechtes Auge so geschlossen war, dass es aussah, als würde er dauernd zwinkern.

»Wer ist denn das?«, fragte Ludwig neugierig und kühlte mit der Hand seine Stirn.

»Das ist Ewald von Wolkenberg. Mein bester Freund aus Jugendtagen«, sagte Sander und rief noch lauter und mit lachender Stimme: »Was tust du da, du alter Lump?«

Postwendend kam es zurück: »Dich hier suchen, du hässliche Kröte.«

»Aber woher wusstest du, dass ich in Wien bin?«, schrie Sander über die Köpfe der Leute hinweg.

Ewald, der an der Seite des gefeierten Dichters Hugo von Montfort schritt und schon ein paar böse Blicke wegen seines ungehobelten Benehmens einstecken musste, schrie ein letztes Mal zu Sander: »Erzähl ich dir später, mein Freund, wir sehen uns in Sankt Marx.« Dann wurde er von der Menge verschluckt, und Sander, aufgekratzt und lustig, meinte zu

Ludwig. »Lass uns schnell hinaus reiten, damit ich Ewald gebührend begrüßen kann!«

Ludwig winkte ab: »Schnell geht bei mir heute überhaupt nichts. Mir brummt der Schädel. Sankt Marx ist nicht um die Ecke, wir müssen mit dem ganzen Zug durch die Stadt, über die Wollzeile, durch das Stubentor, dann weiter die Landstraße bis zum Rennweg reiten.«

»Na, auf was warten wir dann noch«, zappelte Sander ungeduldig.

»Langsam, mein Freund«, meinte Ludwig und griff sich wieder an die Stirn, »dort angekommen wird erst einmal Pause gemacht. Denn so viel frische Luft in aller Früh wird wohl einen mordsmäßigen Appetit nach sich ziehen. Ich hoffe nur, dass ich dann schon was essen kann, denn momentan ist mir schon noch flau! Ich hoffe, es gibt überhaupt was, da draußen vor der Stadt. …«

Sander lachte: »Ja sicherlich wieder so einen guten Wein wie gestern Abend beim Barthel. Mir zieht es heute noch die Wangen zusammen, wenn ich daran denke!« Wieder lachte er, so groß war seine Freude über das Wiedersehen mit Ewald, und ritt zügig voraus. Was beide nicht vermuteten, war, dass bereits lang vor der ersten Dämmerung ein Zug aus der Stadt hinausgezogen war – weniger prunkvoll, ohne Trompeter und Fahnen, ganz ohne Scharlach, dafür mit Wagen voll Met, Wein, Brezeln, Brot, Kuchen, Äpfeln, Suppentöpfen, Eierspeispfandln und noch so einigem mehr, was man für die Zubereitung eines zünftiges Wiener Frühstück brauchte.

Als sich nun die hochwohlgeborene Abteilung mit einem schwitzenden, Schweinsbraten tragenden Knecht, einem schönen scharlachfarbigen Tuch, einem verkaterten Ludwig, einem ausgelassenen Sander und einem spöttischen Ewald erst beim Jakoberkloster befand und sich anschickte, das Stubentor und den Stadtgraben zu passieren, mühten sich indes am Rennweg starke Knechte ab, zwei hohe senkrechte Stangen mit einem Querholz in den gefrorenen Boden zu treiben.

»Jetzt kumm, hau ordentlich drauf«, meinte der eine. »Mach ich ja eh so gut i kann«, stöhnte der andere und drosch weiter auf das Holz ein, das sich endlich Zoll für Zoll tiefer in das Erdreich treiben ließ. Schon standen zwei weitere Knechte bereit und befestigten lange Stricke an der Querstange. Gar nicht lang, und acht Pferde würden hier vor Ungeduld am frostigen Boden scharren und die dazugehörigen Reiter würden gespannt auf das Trompetensignal warten, um lospreschen zu können.

Etwas abseits hatte man große Tische aufgebaut und rundherum die abenteuerlichsten Sitzgelegenheiten. Einen schönen Sessel für den Bürgermeister, ein paar wackelige für die Begleitung, abgeschnittene Baumstämme, Latten auf Holzstapeln. Daneben waren dann in einer Reihe die Arbeitstische der Standler aufgebaut. Die Weißbäcker mit Zuckerzeug, die Hohlhippler, der Fleischhacker mit Blutwurst und Kraut, die Hendl-Annerl mit der Eierspeis und der Eiersuppe mit Wein und Safran, der Bierbrauer aus der Kärntnerstraße, der Winzer aus der Schönlaterngasse. Alle hatten zu tun, denn der Ansturm auf ihre Köstlichkeiten würde wohl nicht mehr lang auf sich warten lassen. Ganz hinten in der Reihe stellte Johanna ihr Essiggemüse, ihr eingelegtes Obst und in einem großen offenen Tontopf ihre Essiggurkerln auf einem groben Tisch bereit. Sie war nicht ganz bei der Sache und lugte immer wieder auf die Seite, wo, abgetrennt durch einen Strick und einen darüber geworfenen festen Kotzen, eine Art Umkleidekabine für die Lauffer geschaffen wurde. Johanna wartete darauf, dass die Dirnen endlich eintrafen. Sie wollte unbedingt Erkundigungen einziehen. Marlen, die munter plapperte, lugte auch immer öfter Richtung Vorhang, aber sie war offensichtlich nicht auf Informationen, sondern vielmehr einen Blick auf stramme Männerwaden, auf entblößte Pobacken oder noch besser auf deren Vorderseite erpicht. Da plötzlich versetzte ihr jemand von hinten einen Stoß, und Marlen purzelte geradewegs auf den gespannten Vorhang zu, krallte sich fest, um nicht hinzufallen, riss die ganze Konstruktion herunter und gab den Blick frei auf zwei junge Männer, die sich gerade umständlich die Beinlinge über das nackte Gesäß zogen. Als sich die beiden der lachenden Meute ausgeliefert sahen, wurden sie eher vor Zorn als vor Scham wütend und boxten die am Boden liegende Marlen mit den Worten »Betschwester, scheinheilige« unsanft, griffen sich den Kotzen und warfen ihn wieder über den Strick. Niemand anderer als Barthel hatte Marlen den Schubser gegeben, und nun stand er da und lachte aus vollem Hals, als sich Marlen das Hinterteil rieb.

»Hast was erreicht gestern Abend?«, fragte Johanna ganz ruhig und vermied es geflissentlich, einen Kommentar zu der eben stattgefundenen Szene abzugeben.

Barthels Lachen verstummte augenblicklich, und mit treuherzigen Augen blickte er zu Johanna: »Wir haben uns recht bemüht, der Jobst, der Krispin und ich, aber leider …«

»Das heißt, dass ihr nur gesoffen und nichts herausbekommen habt!« Johanna seufzte.

»Also, wie gesagt, wir haben uns ehrlich bemüht, Hannerl, weißt eh, aber niemand hat was von der Yrmel gehört.«

»Gehört ja sowieso nicht, du Trottel. Sie spricht ja nicht!« Marlen giftete Barthel an, wandte sich aber schnell ab, als Johanna ihr einen eisigen Blick zuwarf.

Barthel, der sich bemüßigt fühlte, die ganze gestrige Sauftour als sehr anstrengend zu schildern, meinte: »Wir waren überall. Zuerst natürlich im Spital.«

»Im Spital?«

»Ja, bekräftigte Barthel eifrig, »hätt ja was passiert sein können mit der Yrmel. Im Heiliggeist haben's uns erst gar net reinlassen, im Bürgerspital war's auch net und im Sankt Martin vor dem Widmertor erst recht net. Na da hamma uns dacht, wenn's net krank is, is vielleicht bsoffen gwesn und hat sich verirrt ...«

»Barthel!«, unterbrach ihn Johanna scharf.

»Reg di net auf. Jedenfalls war ma dann drinnen in jeder Spelunken. Stell dir vor Hannerl, wir warn sogar im Siaßen Löcherl!«

»Was, in der Metstuben, du?«, fragte Johanna überrascht.

»War eh ein Opfer für mich, so a grausliches Gebräu, dieser Met. Nix gegen a ehrliches Glaserl Wein.«

Johanna seufzte wieder schwer.

»Oba«, setzte Barthel an, »wir haben da so Gerüchte gehört über den Hofmeister und seine Vorliebe für Haut und Bana.«

»Was?«, fragte Johanna desinteressiert und ordnete ihre Krüge neu.

»Weiß doch eh schon jeder, dass der Fichtenstein auf Heiligtümer steht«, Marlen feixte zu Barthel hin und meinte weiter schnippisch, »dafür hättet ihr nicht saufen gehen müssen!«

»Was heißt Heiligtümer?«, fragte Johanna.

»Na Reliquien halt«, Marlen verdrehte die Augen, »Fingerknochen vom Heiligen Georg, die Zunge vom Blasius, so Sachen eben.«

»Geh weida, Marlen«, brummte Johanna, »dieser Schmarrn interessiert mich nicht! Ich wollte nur wissen, ob es eine Spur von der Yrmel gibt, sonst nichts. Jetzt, wo schon wieder wer weg is!«

»Um Gottes willen, was is denn scho wieder gschehn bei euch?« Barthel riss die Augen auf, aber Marlen winkte gleichgültig ab. »Aber, die räudige Hündin meint die Johanna. Auf einmal war's nicht mehr da. Eh ein Segen, wennst mich fragst, so wie die immer gestunken hat.«

Johanna biss die Zähne aufeinander und ordnete ihre Krüge wieder neu.

Barthel blickte traurig: »Also des oide Weiberl wird ma fehlen ...«

»Aber geh! Vielleicht kommt's ja wieder!«, sagte Marlen fröhlich, »der wird halt die Schreierei unserer hysterischen Gretlin auf die Nerven gefallen sein. Da ist sie nicht die Einzige, das sag ich dir, Barthel. So ein Getue!« Damit hielt sich Marlen spöttisch die Nase zu und nuschelte, Gretlin nachmachend: »Da riecht es so komisch, das Böse kommt, immer näher, dieser Geruch, nein ...«

»Ach, halt's z'samm, Marlen!« Barthel deutete bereits eine Ohrfeige an, wurde aber von Johanna müde unterbrochen: »Lass das, Barthel. Is scho gut. Die änderst nicht mehr. Wenn unsere Marlen einmal den Löffel abgibt, dann musst ihr Mundwerk extra daschlagn. Und fast hast ja recht, Madl«, damit tätschelte Johanna Marlens Unterarm, »bei uns geht's wirklich unmöglich zu. Ich selber kenn mi a nimma recht aus und am liabsten würd ich auch weglaufen so wie die Maroni, ehrlich!«

Betroffen sah Barthel zu Johanna, die verstohlen ein paar Tränen zerdrückte und wieder ihre Krüge umstellte. Dann atmete sie tief durch, stemmte die Arme in die Hüften und meinte gespielt herrisch: »Ich weiß net, wo sind nur die Hübschlerinnen. Tauchen die heut gar net auf?«

»Ja weißt eh, Hanna, die wollen ihren großen Auftritt. Bevor der Festzug net da is, kommen die Dorthe und ihre Weibsen a net daher!«

»Was, die Dorthe läuft mit?«, sagte Johanna und freute sich insgeheim, denn eine bessere Informantin als die Freundin von Elsbeth würde sie nicht finden können, um Genaueres über Gretlin herauszubekommen.

»Aber nein, mitlaufen tut's net die Dorthe, der ihre Haxen wollen s' halt nimma so recht tragen, aber a strenges Regiment wird jetzt in der Laimgruben geführt, seit sie den Merkel abglöst hat!«

»Was denn? Die Dorthe führt jetzt des Frauenhaus?«

»Ja, hast des net gwusst, Hannerl?«

»Na! Aber i frag mi schon, warum ausgerechnet du des so genau weißt, Barthel?« Wütend hob Johanna ihren Zeigefinger in die Luft, doch gerade, als sie auf den errötenden Barthel eine Schimpftirade loslassen wollte, ertönte von Weitem ein Trompetensignal. Kein Zweifel, der Festzug würde in Kürze eintreffen! Sofort machte sich bei allen Standlern, Knechten und Mägden hektische Betriebsamkeit breit. Alle warfen noch einen letzten Blick auf ihre Waren und sahen dann den Näherkommenden erwartungsvoll entgegen.

Der Bürgermeister Paul Holzkäufl und seine Ratsherren ließen nicht lang auf sich warten und nahmen gleich ohne viel Federlesens an einem der Tische Platz. Die Bürgerschaft stellte sich in Reih und Glied. Noch einmal wurde das Scharlach, der kostbare Preis ausgerufen, dann die inzwischen angebundenen Pferde auf ein Zeichen von ihren Stricken befreit, und das Rennen begann. Die Männer mit ihren Tuchbaretten, festlichen Wämsern und kurzen Mänteln schrien und feuerten das Pferd an, auf das sie gewettet hatten. Etwas leiser johlten die Weiber mit ihren goldbestickten Hauben, den warmen Joppen, und ganz und gar leise waren die anwesenden barhäuptigen Jungfrauen im bänderdurchflochtenen Haarschmuck. Umso begeisterter gebärdeten sich die zahlreichen

Knechte und Mägde, die zur Feier des Rennens den Rest des Tages freihatten. Sie verfolgten alle mit Spannung die Reiter und die nachfolgenden laufenden Männer auf ihrer Strecke durch das Weingartenland. Ganz nahe grüßte der Turm der alten Kirche zu Sankt Marx die braunen und schwarzen Pferde, die Paulakapelle zu Erdberg blickte auf die keuchenden Läufer, und etwas weiter weg sah die Festgesellschaft das Nonnenkloster Sankt Niklas auf der Landstraße. Das Wetter hielt, die Luft war zwar beißend und kalt, doch mit der richtigen Menge warmem Würzwein, mit in Fett gebackenen Krapfen, mit Krebsensuppe und gesottenem Aal ließ sich auch der kälteste Herbsttag lustig und fröhlich verbringen. Überhaupt, wenn man noch in Erwartung eines ganz besonderen Spektakels war, dem Lauf der freien Töchter. Da wurde es einem direkt warm ums Herz.

Plötzlich schrie Marlen: »Da, hast recht gehabt Barthel, da!«

Mürrisch drehte sich Johanna um, doch sogleich überzog ein Lächeln ihr vor Sorgen zerfurchtes Gesicht. »Ja, Marlen, hast recht, jetzt kommt die Dorthe mit ihren Weibsen!«

Zufrieden grinste Barthel: »Ich hab doch gwußt, dass die ihren großen Auftritt brauchen!«

Nach allen Seiten übertrieben grüßend, die Hüften schwingend und die Röcke hebend saßen die Dirnen zusammengepfercht auf einem Wagen, der von einem Riesenvieh von Pferd gezogen wurde. Lachend und grölend begrüßten die Zuschauer die freien Töchter.

»Na, was is, warum lassts euch führen?«, schrie da ein junger Bursch.

»Damit du was zum Schauen hast, du Rotzlöffel!«, antwortete eine lange, dürre Frau, die schon bessere Jahre gesehen hatte, erhob sich blitzschnell von ihrer hölzernen Sitzbank, drehte sich um, schlug ihren Rock hoch, sodass man einen kurzen Blick auf ein schlaffes Gesäß erhaschen konnte, setzte sich wieder hin und tat, als wäre nichts geschehen. Die Zuschauer quietschten vor Vergnügen. Sogar über das Gesicht des Bürgermeisters huschte ein Lächeln, und mit der ihm angeborenen Würde schritt er zum Wagen der Dirnen und half jeder Einzelnen von ihnen herunter. Dorthe, als Letzte von sieben Weibsbildern, war schon so klapprig, dass sie Holzkäufl kurzerhand herunterhob. Die Zuschauer klatschten Beifall und feuerten die Mädchen an. Dorthe winkte sie alle herbei und murmelte: »So jetzt stellts euch da zwischen die Stangen und auf das Trompetensignal laufts los. Aber i bitt euch, net schnell, sondern ganz langsam. Lasst euch Zeit und geht's zwischen die Leut durch, die Kundschaft mag ja schließlich was von euch sehen. Je öfter ihr stolpert, umso besser is.« Nickend begaben sich die Hübschlerinnen über Umwege durch die Tischreihen an den Start, nicht ohne sich von dem einen oder anderen einen Becher Wein, eine Zuckerstange oder ein Stück Wurst zustecken zu lassen.

Dorthe sah mit Genugtuung auf ihre Mädchen und schlenderte Richtung Standler, um sich auch das eine oder andere zu gönnen. Unweigerlich blieb sie bei der Essiggurkerl-Hannerl stehen, und die beiden Frauen umarmten und küssten sich wie zwei Busenfreundinnen.

»Mei, Hanna, was freu ich mich, dass ich dich seh. Gut schaust aus, a bisserl zwider schaust drein, aber aufrecht und grad bist noch unterwegs, im Gegensatz zu mir alter Schachtel.« Dorthe zeigte auf ihre krummen Beine, mit denen sie mehr schlecht als recht vorwärtskam, und lachte ein zahnloses, aber herzliches Lachen.

»Na, dafür hilft dir der Bürgermeister höchstpersönlich vom Wagen, das kann auch nicht jede von sich behaupten!«

Johanna drückte ihre alte Freundin aus längst vergessenen Tagen an ihren breiten Busen, hielt sie dann eine Armlänge von sich weg und meinte ernst: »Dorthe, ich brauch deine Hilfe!«

»Was is geschehn?«

»Um die Gretlin geht's.«

»Das blonde Mäderl, die von der Elsbeth?«

»Ja, um die geht's. I komm nimma zrecht mit ihr. Irgendwas verheimlicht mir die Gretlin. Stell dir vor, die haut mir so mir nichts dir nichts ab zu den Minderen Brüdern. Einfach so.«

Nachdenklich runzelte Dorthe die Stirn. »Na, des hat's scho öfters gmacht.«

»Was?« Johanna schaute betroffen.

»Zu den Minderen Brüdern gangen, aber nicht allein, mit der Elsbeth is immer gangen.«

»Was haben's denn dort gmacht?«, fragte Johanna erstaunt.

»Du, i weiß net. Die Elsbeth hat nie so direkt drüber g'sprochen, Weißt eh, wie's war, ruhig halt und a wengerl verschlossen. Aber ich kann mi erinnern, dass die beiden, also die Gretlin und die Elsbeth, immer ganz aus dem Häusl waren nach der Tour. Schatzsuche haben's gsagt dazu.«

»Schatzsuche ... Ja davon hat die Gretlin gestern auch g'sprochen und von einem Nicolas ...«

»Ja, aber«, Dorthe blickte beunruhigt zu ihren Mädchen, die sich endlich bis zu den Stangen durchgekämpft und die Männer schon so richtig auf sich aufmerksam gemacht hatten und nun auf das Trompetensignal warteten.

»Mehr weißt nicht, Dorthe, ich brauch wirklich ein bisserl a Hilf!«, bohrte Johanna weiter.

Ein wenig ungeduldig meinte die Alte: »I bild mir ein, dass ich noch so ein Bündel mit dem Krempel von der Gretlin irgendwo hinter dem Fensterbrett hab. Schaust amal vorbei, Hannerl, bei mir in der Laimgruben und holst dir's ab. Vielleicht hilft's dir weiter.« Damit humpelte Dorthe Richtung Start, um den Dirnen letzte Anweisungen zu geben, drehte sich aber noch einmal um: »Nix für ungut, Hannerl, ich muss auf die Maderln schauen, i hob da ein paar Frischg'fangte drunter! Schad eigentlich, dass du das gelbe Tüchel nimma tragst, i könnt auch Hilfe gebrauchen …«

»Schon gut«, winkte Johanna Dorthe nach und machte sich entmutigt daran, die leeren Krüge unter den Tisch zu stapeln und ihre letzte Ware appetitlich herzurichten.

»War wohl net das, was du wissen hast wollen«, murmelte Barthel, der die ganze Zeit schweigend zugehört hatte.

»Nein, wirklich net, aber was weiß ma, was die Gretlin noch für Sachen im Frauenhaus hat, obwohl, nach so langer Zeit …«, müde winkte Johanna ab. Inzwischen war das Gejohle der Zuschauer so laut, dass man kaum mehr das eigene Wort verstehen konnte. Die sechs Hübschlerinnen hatten sich bereits nebeneinander aufgestellt, eine zeigte das Bein bis zum Knie, die andere schupfte ihren Busen aus dem Mieder, die nächste schüttelte ihr Haar, und so ging das weiter, bis die Männer unter den Zuschauern vor lauter Begeisterung nicht mehr an sich halten konnten. Aber auch so manche Bürgersfrau schaute interessiert zu, denn von Fachleuten konnte man immer etwas lernen! In all dem Trubel hätte Johanna fast Krispin übersehen, der schon von Weitem schreiend und gestikulierend auf ihren Stand zugelaufen kam.

»Wos is los, Krispin? Warum kommst erst jetzt?«, rief Barthel.

»De Hannerl brauch i«, keuchte der Knecht und hielt sich, gänzlich außer Atem, am Tisch mit den Essiggurkerln fest.

Johanna, die von dem windigen Krispin stets auf Abstand ging, weil er dem Barthel all die Dummheiten zuflüsterte, auf die er nicht sowieso schon selbst kam, meinte misstrauisch: »Was willst von mir?«

»I kumm grod von Sankt Markus!«, keuchte Krispin.

»Was machst denn du im Siechenhaus, hast di gestern wohl krank gesoffen mit dem Barthel«, meinte Johanna wutschnaubend.

Das Siechenhaus zum Heiligen Markus war ein gefürchteter Ort, befasste man sich dort doch ausschließlich mit der Pflege von Kranken mit ansteckenden oder ekelerregenden Krankheiten. Es lag unweit von hier auf der Landstraße und war besonders furchteinflößend, weil dort auch Geisteskranke verwahrt wurden. Dass Krispin gerade in der Anstalt zum Heiligen Markus gelandet war, wunderte Johanna nicht. Der Knecht war ihr immer als nicht ganz dicht vorgekommen. Doch entgegen ihrem Verdacht wehrte er sich vehement:

»Schmarrn. Z'sammgschlagen habens mi im Siaßen Löcherl, weil i zu viel gfragt hob wegen dem Fichtenstein.«*

»Hast dein Maul halt wieder einmal net halten können, Krispin.« Barthel winkte ab.

»Oba wos. Jedenfalls wie ich do so gschrien hob, da habens gmeint, i bin jetzt angrennt und flugs wor i draußen beim Heiligen Markus, bei de ganz Depperten!«

Johanna schnaubte verächtlich, enthielt sich aber eines Kommentars.

Krispin fasste sie daraufhin ganz aufgeregt bei der Hand, was sie mit Widerwillen über sich ergehen ließ, neigte sein versoffenes Gesicht nah zu ihr und raunte:

---

* »Aber nein. Sie haben mich in der Taverne zum süßen Loch dermaßen zusammengeschlagen, weil ich mich erdreistete, Erkundigungen nach dem hochwohlgeborenen Hofmeister Fichtenstein einzuziehen.«

»Hannerl. I hob durt von an Köter ghert, an damischen, den niemand angreifen derf, weil er glei zuaschnappt.«

Hanna schlug Krispin grob auf die Wange: »Lass mi gehen, Krispin, du stinkst wie der Mistrichter aus dem Hosentürl.«

Doch der Knecht ließ sich nicht abschütteln und packte Hanna noch fester.

»Her ma zua, Hanna. Der Köter soll neben so an Weib sitzen, die den ganzen Tog nur flennt, oba …«

Barthel versuchte nun einzugreifen und Johanna aus dem eisernen Griff Krispins zu befreien, doch der Knecht fuhr unbeirrt fort.

»Her zua. Des Weib, des flennt … ohne an Ton. Sitzt neben dem Köter und flennt … ohne an Ton … Host mi jetzt, Hanna? Waßt jetzt endlich, wos i da sogn wü?« Einen kurzen Augenblick lang hörte man nur das Grölen der Menge und den Anfang des Trompetensignals, das den Dirnenlauf ankündigte.

Erschrocken starrte Johanna erst Krispin und dann Barthel an. Beide nickten. Krispin siegessicher, Barthel betroffen.

Mit einem einzigen Ruck befreite sich Johanna von den rotgefrorenen, runzeligen Klauen des Hauerknechts, umrundete mit einer Geschwindigkeit, die man ihr nicht zugetraut hätte, den Essiggurkerltisch und lief wie eine Verrückte zu den beiden Stangen, zwischen denen, aufgereiht wie die Glieder einer Kette, die Hübschlerinnen standen. Von Weitem schon schrie Johanna: »Dorthe, gib mir dein Tüchel, ich brauch des gelbe Tüchel!« Verdutzt drehte sich Dorthe um, blickte zu Johanna, die im Trab, der jedem Brauereipferd Ehre gemacht hätte, auf sie zu gestampft kam, und knöpfte seelenruhig ihr gelbes Tuch von der Achsel. Zu viel Eigentümliches war schon im Leben Dorthes passiert, um sich über so etwas aufzuregen. So murmelte sie nur: »Hast es dir doch überlegt, Johanna!«, und hielt ihr das Tuch entgegen. Im Vorüberlaufen schnappte sich Johanna den Fetzen und schlang ihn, noch immer laufend, um ihren Oberarm. Genau in diesem Augenblick war das Trompetensignal zu Ende, und die sechs Hübschlerinnen begannen nun ihrerseits zu laufen, affektiert und gespreizt lüfteten sie ihre Gewänder und ließen kichernd und gackernd vor Vergnügen nackte Körperteile blitzen. Doch erstaunt hielten sie in ihrem Tun inne, als sie von einer ältlichen, absolut übergewichtigen Frau in einer Kutte mit einem umgeschlungenen Hurentuch schnaufend wie ein Walross überholt wurden. Dem Großteil der Zuschauer entging jedoch diese Einlage, denn wer schaute auf einen von grobem grauem Tuch verdeckten Hintern, wenn gleich daneben sechs junge Popscherln posierten! Niemand. Niemand bis auf Barthel, der sich an der davoneilenden Johanna nicht sattsehen konnte. Der ihr mit verklärtem Blick solang nachsah, bis sie in den weitläufigen Weingärten hinter zahlreichen Rebstöcken nur mehr schwer zu erkennen war. Der sogar noch regungslos mit stolzer Miene dastand, bis man nur mehr ganz weit weg ein flatterndes gelbes Tuch eher erahnen als wirklich ausmachen konnte.

Er sah sie mit Abscheu. Diese grinsenden, siegestrunkenen Burschen. Er hasste sie, die Erfolgreichen und die Gefeierten. Er verabscheute Helden und er spuckte heimlich grauen Speichel vor ihre Füße, als sie die Wohnung des Bürgermeisters Holzkäufl unter dem Applaus der Anwesenden stürmten. Er verdrehte missbilligend die Augen, als sie mit satter Überlegenheit ihre Preise, das Scharlachtuch, den Barchent, die Armbrust und die Spansau präsentierten und sich beglückwünschen ließen. Er wollte gar nicht zuhören, als die Sieger ihren Weg über den oberen Rennweg schilderten, er wollte nichts davon wissen, dass sie an den Ufern der Wien schon ziemlich außer Atem waren, es interessierte ihn einen Dreck, wie froh sie waren, auf dem unteren Rennweg die Führung zu übernehmen, und er hielt sich die Ohren zu, als sie von ihrer unbändigen Freude erzählten, als Erster in Sankt Marx durch das Ziel gekommen zu sein. Er als ewiger Verlierer wich vor dem Duft der Sieger zurück wie eine räudige Katze vor der Essigessenz.

Aber er hatte gelernt in all den Jahren, er verstellte sich gut. Wenn sich schon ein Blick der Anwesenden in seine Ecke verirrte, so sah man nur einen ernsten jüngeren Mann, der höflich darauf wartete, was die Sieger des heutigen Scharlachrennens zum Besten gaben. Er konnte warten, er wusste, dass seine Zeit nah war, so viel schon hatte er geschafft! Wie diesen Schatten, den er so erfolgreich abgeschüttelt hatte. Da überzog ein Lächeln seine eigentümlichen Züge. Was dachte sich denn dieses Weib, ihm nachzuschleichen Tag und Nacht? Wie ein Hund, der einer Fährte folgt, schnüffelte sie um ihn herum, stumm und bedrohlich. Doch er hatte sich gewehrt, sie hatte Bekanntschaft gemacht mit seinen Klauen, mit seinem unerbittlichen Falkenzahn, stark wie ein Hammer, scharf wie eine Klinge. Da war er dann endlich verschwunden, der hartnäckige Schatten! Entspannt schlenderte er zur Tafel, die sich vor Köstlichkeiten bog und der bereits die Ratsherren und die Hofbediensteten fleißig zusprachen. Auf sechs Tischen, die in der mit buntem Laub geschmückten Wohnung des Bürgermeisters verteilt waren, schmausten die Gäste schon jetzt um zehn Uhr ihr üppiges Mittagsmahl aus knusprigen Braten, garnierten Pasteten, gefülltem Geflügel, süßer Mandelmilch und verführerischem Backwerk. Er selbst ging nicht zu den Tischen, um zu essen, er tat nur so. Er ging da hin, um zu lauschen. Dabei fing er so manchen seltsamen Blick auf. Das amüsierte ihn. Er hörte manchen tuscheln, sah, dass man mit dem Finger auf ihn zeigte. Kein Zweifel, die kleine Unterredung heute Morgen im Kreis der Wallseer, der Passauer und der Schaunberger hatte ihre Wirkung nicht verfehlt. Es schien sich herumzusprechen, dass er wichtig war, dass er etwas zu sagen hatte. Doch er hatte nur mit Andeutungen um sich geworfen, da einen Verdacht geäußert, dort eine Bemerkung gemacht, nichts weiter, als einen kleinen Stein in einen glatten See geworfen. Mit Genugtuung stellte er fest, wie die Ringe immer weitere Kreise zogen. Ja, was er zu unternehmen gedachte, konnte bei Weitem den lächerlichen Zieleinlauf der aufgeplusterten Sieger des heutigen Rennens in den Schatten stellen. Wieder grinste er beim Wort Schatten und dachte an das helle Blut, dass er aus diesem Weib gepresst hatte, die Angst in ihren Augen! Gleich war ihm viel wohler zumute, es war ein sattes Gefühl, sich seiner Macht bewusst zu sein.

»Wo ist eigentlich Hofmeister Fichtenstein?«, hörte er den Bürgermeister zu einem Ratsherrn murmeln, »ich hatte ihn heute schon erwartet und ihm extra sein Leibgericht, die Singvogelpastete, weglegen lassen!«

Der Angesprochene wandte sich achselzuckend an einen Herrn zu seiner Rechten, der niemand Geringerer als der Oberste Jagdmeister Thomas von Kreusbach war, der Sohn und Nachfolger von Matthis von Kreusbach, dem Alten, den die Pest dahingerafft hatte.

»Soviel ich weiß ist der Hofmeister nicht auf Pastete aus, Herr Bürgermeister«, meinte Kreusbach mit einem Schmunzeln und tat sich noch etwas von dem Jungschweinernen auf, »man sagt, er hätte anderwärtig erfolgreich gewildert.«

»Gewildert? Wo denn, Herr Jagdmeister«, forschte Holzkäufl nach.

»Nicht in meinem Revier, da können Sie sicher sein«, antwortete Kreusbach stolz, »eher im Revier des Schaunbergers. Messer sollen es dieses Mal gewesen sein, keine Knochen, keine Finger, sondern Messer vom Apostel Bartholomäus. Der Fichtenstein schwelgt im Glück, der Schaunberger ist sauer!«

Damit deutete er in Richtung eines ziemlich beleibten Mannes, der mit kleinen, listigen Augen seine Umgebung taxierte und sich leise mit einem Herrn aus der Passauer Delegation unterhielt. Er, der sich immer näher an die Sprechenden herangepirscht hatte, folgte dem Nicken und wurde Ulrichs von Schaunberg gewahr. Eine unbändige Freude bemächtigte sich seiner und fast hätte er sich vergessen, wäre hingelaufen und hätte sich damit gebrüstet, dass er das mit den Messern erledigt hatte. Er ganz allein. War er stolz! Aber sofort nahm er sich wieder zurück. Es war noch zu früh. Mit gesenktem Kopf lauschte er weiter.

»Der Schaunberger nämlich«, flüsterte Kreusbach verschwörerisch, »der hat einen Verlust erlitten, einen gewaltigen. Dem hat man einen seiner wichtigsten Männer hier am Hof so mir nichts – dir nichts kaltgestellt.«

»Aha«, meinte Holzkäufl nebenbei, winkte ab und wollte von einem wichtigen kaltgestellten Mann überhaupt nichts wissen, »sind's alle wieder versammelt die Herren! Bin ich froh, dass ich mich um die Hofränke nicht zu kümmern brauche, die Streitereien im Rathaus sind mir lästig genug.«

»Also«, meinte Kreusbach, »um Streitereien dürfte es sich da nicht handeln. Ich glaube, dass da außerdem ein gewaltig fetter Hase im Pfeffer liegt!« Der Jagdmeister grinste wegen des treffenden Vergleichs und fuhr dann wieder ernster fort: »Es heißt, dass es dem Habsburger ein bisserl eng ist zurzeit!«

»Dem Herzog? Tanzt ihm sein Bruder wieder auf der Nase herum? Wär ja nicht das erste Mal, dass der Leopold macht, was er will, Vertrag hin oder her …«

»Nein, nein, man munkelt«, hier lehnte sich Kreusbach nahe an das Ohr des Bürgermeisters, und er, der im Hintergrund die Ohren spitzte, hatte mächtig zu tun, etwas zu verstehen, »dass es irgendeine Sache mit Tirol sein soll. Eine Nachlassgeschichte. Aber mehr ist nicht herauszubekommen. Da halten sich alle sehr bedeckt und sind ziemlich beunruhigt. Überhaupt die Gattin des Herzogs, Beatrix.«

Wieder schwappte eine Welle der Freude in sein Herz wie ein Guss warmen Wassers in der Badestube. So weit also war er schon gekommen! Aufgescheucht hatte er das Gesindel wie der Falke eine Schar Tauben. Und jetzt flatterten sie herum, einmal da, einmal dort und wussten gar nichts!

Der Bürgermeister winkte wieder ab und meinte leutselig: »Wird schon nix Schlimmes sein! Nehmen sie doch noch was vom Rehbraten, Herr Kreusbach und kosten S', was meine Frau aus Ihrem Wildbret gezaubert hat!« Damit nickte er den Herren zu und ging weiter zum nächsten Tisch, wo der Sieger des Pferderennens schon nervös auf die offiziellen Glückwünsche des Stadtoberhauptes wartete.

Er konnte nicht widerstehen. Nein, dem Wildbret auf jeden Fall, das sollten sich die Herren schon selbst behalten, da war er Besseres gewohnt. Nein, er konnte nicht widerstehen, sich in den Dunstkreis des Schaunbergers zu begeben, um hier ein paar Worte aufzuschnappen. Ruhm macht süchtig, und er spürte, dass es brodelte und gärte. Wie zufällig bediente er sich an einem der Tische, die auch von der Sippe der Schaunberger belagert wurde. Wein, Bier und Edelbrände waren hier angerichtet, dazwischen etwas Brot und Käse, was aber von den Herren schmählich vernachlässigt wurde.

»Hat er sich schon wieder etwas beruhigt, der Ulrich?«, fragte ein blasser Mann mittleren Alters, den die Farben weiß und rot an seinem Wams als Ministerialen der Schaunberger auswiesen.

»Ja was glaubst du denn, seit er das mit dem Pater mitbekommen hat, hat er wie rasend durch die Burg gewütet. In ganz Eferding hat man seine Wutschreie gehört.« Der untersetzte, nicht mehr so junge Mann schüttelte seinen großen, kahlen Kopf, der auf einem kurzen, dicken Hals saß. »Er beruhigte sich gar nicht mehr, so sind wir am selben Tag mit Sack und Pack nach Wien gereist.«

»Und hier sitzt er nun und wütet innerlich«, meinte der Ministerial zerknirscht.

»Ja, man möchte meinen, so fromm ist er, unser Herr, dass er sich wegen dem Tod eines Geistlichen so grämen kann, aber wir wissen es doch besser, oder?« Damit nickten sich die beiden zu und gingen mit gefüllten Bechern in Richtung Ulrichs von Schaunberg, nicht ohne sich vorher gegenseitig mitleidige Blicke zuzuwerfen.

Unruhe machte sich in ihm breit. Was war das? War da etwas seinen aufmerksamen Blicken entgangen? Vollends aufgelöst ging er weiter, wo die Passauer ihr Lager aufgeschlagen hatten und einem gefüllten Wildschweinbraten den Garaus machten.

»Die Schachereien mit den Heiligenknochen und dem anderen geweihten Firlefanz können wir erst einmal vergessen«, meinte Ulrich und bohrte sein Messer so tief in den Wildschweinbraten, dass es im groben Holz darunter stecken blieb und er es nur mit einem kräftigen Ruck wieder herausziehen konnte. Seine kleinen Augen, die zusätzlich durch seine feisten Backen zusammengedrückt wurden, blitzten zornig. »All die Arbeit umsonst, all die Bestechungsgelder, die Lobhudeleien bei den Pfaffen, alles für den Arsch!« Erzürnt drosch der Schaunberger mit dem Messer auf die Schwarte des Wildschweines, als müsste er es auf der Stelle erdolchen und als läge es nicht sowieso schon fertig geschmort, mit Dörrzwetschken und Äpfel gefüllt, vor ihm. »Wenn ich den erwische, dem dreh ich eigenhändig die Gurgel um, und stech ihm so hinein, genauso …« Damit stach der Schaunberger seine Klinge unentwegt in das Fleisch vor ihm. Die beiden Ministerialen sahen gequält drein und verabschiedeten sich bereits vom Gedanken, ein saftiges Stück Braten zu erhaschen, sie mussten sich, wenn überhaupt, wohl mit Geschnetzeltem zufriedengeben. Er sah dem ganzen Treiben mit zunehmender Bestürzung zu. Nervös trat er von einem Fuß auf den anderen. Verlegen sah er, wie sich fremde Blicke auf ihn hefteten. Er war nicht mehr unsichtbar, er war in seiner Erregtheit aufdringlich geworden. Angewidert zeigten die Menschen mit dem Finger auf ihn und rückten von ihm ab. Da ging es ihm noch schlechter, und er fühlte sich wieder so klein, so hilflos wie als kleiner Junge in der Kemenate seiner Mutter, als die Hofdamen mit den Fingern auf ihn zeigten, so wie sie es mit einem ekligen kleinen Wurm gemacht hätten. Der kalte Schweiß rann über sein Gesicht. Er begann zu keuchen, nach Luft zu ringen, er hatte das Gefühl, dass er nicht mehr atmen konnte. Er stank nach Schweiß, und wie immer in solchen Augenblicken, wo die Blicke der erbosten Menschen auf ihn gerichtet waren, gab sein Schließmuskel nach. Die einen hielten sich die Nase zu und starrten ihn entsetzt an, die anderen flohen angeekelt in die entgegengesetzte Richtung. Er war nicht mehr zu übersehen, wie er keuchend, nach Luft ringend, schwitzend und stinkend dastand als Bild des Abscheus. Als sich die Meute an seinem Jammer sattgesehen hatte und sich weiter den Speisen, den Getränken und anderen Lustbarkeiten zuwandte, so wie ein Schmetterling von einer Blume zu anderen gaukelt, so wurde ihm ein wenig besser. Langsam begann er wieder Luft zu bekommen, allmählich wurde er ruhiger. Aufatmend wollte er sich wieder verstecken und unsichtbar werden, da spürte er zwei Augen auf sich gerichtet. Wie zwei Pfeilspitzen bohrten sie sich in sein Gesicht, das noch immer etwas verzerrt und mit einem feinen Schweißfilm überzogen war. Er erschrak fürchterlich, als er der Blicke gewahr wurde, und sprang zwei Schritte zurück, als er den Funken des Erkennens in den Augen des anderen spürte. So schnell er konnte, verließ er das Haus des Bürgermeisters.

»Auf einen Schluck, lieber Graf, Sie sehen aus, als wäre Ihnen der Leibhaftige persönlich erschienen«, lachte der Passauer Bischof, tätschelte seinem Freund Ulrich von Schaunberg die Schulter und reichte ihm einen Becher Wein, den dieser auf einen Zug leerte. Nur wer ganz genau hinsah – und das vermied tunlichst jeder, der Bekanntschaft mit dem Grafen gemacht hatte – sah das Zittern seiner sonst so ruhigen Hände.

Es war noch dunkel in den Straßen und Gassen Wiens und es würde noch lang dauern, bis das erste Tageslicht diesen Herbsttag erhellte. So früh am Morgen, nach dem Fest der Heiligen Katharina, schlief ein Teil der Wiener seinen Rausch aus, während der zweite Teil gerade erst seinen Brummschädel auf ein Kissen gebettet und ins Land der Träume geglitten war. Umso ungewöhnlicher war die behäbige, schon etwas in die Jahre gekommene Frau anzusehen, die sich hinkend auf das Widmertor zubewegte. Sie war um diese Tageszeit die Einzige, die aus der Stadt heraus wollte, diejenigen, die hinein wollten, waren bei Weitem zahlreicher. Denn jeden Morgen eroberten die Marktfahrer die Stadt. Und so kam es, dass das alte Weib an Gemüsekarren vorbeihumpelte, sich um Leiterwagen voll mit Geflügel herumdrücken musste, einem großen Metzgerwagen, der mit Schweinehälften beladen war, auswich, und so alles in allem noch ramponierter als zuvor und ziemlich außer Atem am Stadtgraben vorbei durch die hölzernen Palisaden endlich in der Laimgruben angekommen war. Doch die Frau hielt sich nicht lang auf, verschnaufte nur kurz und hinkte weiter den Wienfluss entlang. Anscheinend kannte sie sich gut aus, denn für jemanden, der nicht ortskundig war, musste der Pfad im Stockdunkeln doch eine gewisse Herausforderung bedeuten. Die letzte Strecke zu einem windschiefen einstöckigen Haus, in dem Licht brannte, lief sie fast und nur leise hörte man sie fluchen: »Vermaledeiter Knöchel, damischer …« Angekommen, bückte sie sich rasch und warf Steine an die Fenster, die mit Haut bespannt waren, sodass ein leiseres oder lauteres Klacken, je nach der Größe ihrer Geschosse, zu hören war.

»Endlich«, murmelte die Frau, hielt sich mit beiden Händen den schmerzenden Rücken und sah, wie ein Fenster geöffnet wurde und ein verstrubbelter Kopf zu sehen war. »Schleich di, wir haben schon geschlossen, heb da deine Kraft für ein andermal auf!« Damit wurde das Fenster so schnell wieder zugemacht, dass die Frau draußen gar nicht dazu kam, etwas zu erwidern. »Geh, Schmarrn«, maulte sie, seufzte und begann von Neuem, Steine zu werfen. Als das Fenster wieder aufging, etwas heftiger, als zuvor, beeilte sie sich zu rufen:

»Dorthe, ich bin's! Geh lass mir rein!« Erstaunt kam die Stimme vom Fenster: »Mei, Hannerl, was tust denn so früh da bei uns! Geh auf die Hinterseite durch das kleine Türl, das Tor da hab i scho verriegelt, die Mannsbilder wissen sonst dar net, wann Schluss is!« Nickend machte sich Johanna auf den Weg, nicht ohne aufzustöhnen, als sie ihren wehen Knöchel belastete. Dorthe wartete schon am Hintereingang, und nach einer innigen Begrüßung mit zwei Schmatzern auf die Wangen saßen die beiden Frauen zusammen an einem rohen Tisch, der von leeren Tonkrügen, Bechern und Brettern mit Speiseresten übersät war. Mit einer Handbewegung meinte Dorthe: »Ich lass die Madln noch a bisserl schlafen, dann erst geht's ans Aufräumen. War gestern ein guter Abend ... viel zu tun, wennst noch weißt, was ich damit mein!«

»Ja, ja ... kann ich mir vorstellen«, nickte Johanna und versuchte ihren Ekel zu verbergen.

»Warum kommst so früh, hast nimma schlafen können, so wie ich? Du, des is des Alter, ich sag dir's ...« Dorthe wiegte wissend den Kopf hin und her.

»Aber nein, ich war heut noch gar net im Bett.«

»Na, du Rumtreiberin! Erst brauchst das gelbe Tüchel von mir und dann findest net in die Federn? Was soll ich mir da denken, Hannerl? Ich dachte, du büßt und reust jetzt in der Singerstraßen, daweil treibt du es bunter als bei uns damals.« Dorthe lachte zahnlos, den Mund weit aufgerissen, die Haut runzlig, und einmal mehr erkannte Johanna, wie alt ihre Freundin inzwischen geworden war. Sehr sanft antwortete sie: »War ganz anders, Dorthe. Ich bin gestern nicht das Scharlachrennen gelaufen, sondern direkt zum Markusspital.«

»Was machst du bei den Depperten?«, fragte Dorthe ziemlich direkt.

»Geh, deppert sind wir ja alle – irgendwie. Das wär also kein Grund, aber«, Johanna legte ihre Hände auf die alten verschränkten Klauen der Alten und sagte mit einem strahlenden Lächeln, »ich hab mir meine Yrmel wieder geholt!«

»Ja was macht denn die bei den Depperten?«, fragte Dorthe erstaunt.

Schlagartig wurde Johanna ernst: »Überfallen haben sie sie. Zumindest sieht es so aus. Weißt, Würgemale am Hals, eine Stichwunde am Oberarm …«

»Mein Gott, Johanna!« Dorthe hob die Hand zum Mund und murmelte: »Was is denn nur los? Mein Gott, wenn ich da an die arme Elsbeth denk, damals vor so langer Zeit, die …«

Johanna winkte ab, wollte sie doch so gar nichts von Gretlins Mutter und deren schrecklichem Ende wissen, und noch viel weniger Dorthe, die jetzt die Verantwortung für so viele blutjunge Mädchen hatte, beunruhigen.

»Nein, nein, Yrmel hat Glück gehabt. Sie ist nicht schwer verletzt«, schwächte sie daher ab und dachte mit Schaudern an die letzte Nacht, als sie versuchte, das Ausmaß dessen, was Yrmel erlebt haben musste, zu ergründen. »Sagen tut sie halt nix, kann nichts sagen, weißt ja. Ich seh ihr nur an den Augen an, dass sie Fürchterliches erlebt haben muss.«

»Wie ist sie denn ins Siechenhaus gekommen, um Gottes willen?«, fragte Dorthe noch immer erschrocken.

»Mitten in den Weingärten haben sie sie gefunden mit aufgerissenem Mund und Schaum davor. Haben ja net gwusst, dass sie geheult hat und verzweifelt war, die dachten, die is rasend geworden.«

»Mei, die Arme, der kommt ja kein Laut über die Lippen, die konnte ja keinem sagen, mei …«, jammerte Dorthe.

»Gefunden haben sie sie erst, als die Maroni so fürchterlich geheult hat wie eine Wölfin, haben die Leute gmeint.«

»Die Maroni?«

»Ja, die alte Hündin, die hat's aufspürt, unsere Yrmel. Weiß der Teufel, wie sie es geschafft hat, so weit zu rennen mit ihrem Rheuma und den krummen Haxen.« Johanna zerdrückte eine Träne und schüttelte sich unwillig.

»Du flennst wegen an Hund, du?«, lächelte da Dorthe.

»Schmarrn.«

»Ja freilich, Schmarrn«, grinste die Alte und strich Johanna liebevoll eine weitere Träne von der Wange, was sich jene nur unwillig gefallen ließ.

»Ich hab sie gut versorgt, alle beide, und jetzt schlafen sie tief und fest in der Küche neben dem Ofen.« Johanna stotterte ein bisschen und bemühte sich, die Rührung, die sie überkam, als sie die verletzte Yrmel zusammen mit Maroni im Siechenhaus entdeckte, zu ignorieren. Vehement wischte sie sich die nassen Wangen am Ärmel ab und flüsterte: »Ganz fertig wird man in dem ganzen Durcheinand da bei uns in Hieronymus.«

Um Johanna nicht noch mehr zuzusetzen, wechselte Dorthe das Thema: »Du, Johanna, weil du grad über die krummen Haxen von diesem Hundsviech da redst, was is denn mit deinem passiert, du hinkst?«

Zornig auf ihre eigene Ungeschicklichkeit schnaubte Johanna: »Derstessen hab ich mich über so a Wurzel im Weingarten!«

»Ja wennst auch beim Rennen der freien Töchter mitmachst!«, schmunzelte Dorthe. Schon etwas beschwichtigter kramte Johanna in ihrem Beutel und gab Dorthe das gelbe Tüchel zurück: »Danke, vielen Dank, aber ich brauch es jetzt nicht mehr.«

»Gern gschehn, Johanna. Wenns dich wieder pressiert, dann darfst dir's wieder ausleichen!«

»Um Gottes willen, nein!«, entrüstete sich Hanna. »Wenn die Kathi net die Hand über mich gehalten hätt, dann würd ich jetzt schön dumm aus der Wäsch schauen.«

»Wer is denn die Kathi jetzt schon wieder?«

»Na die Katharina von den Klarissen, die Schwester vom Herzog.«

Dorthe schüttelte ratlos ihren Kopf.

»Na die halt, die meine Essiggurkerln so gern mag. Die Kathi hat ein gutes Wort für mich eingelegt. Denn wenn mich jemand als Büßerin mit dem gelben Tuch erwisch hätt, dann wär i jetzt scho Fischfutter!«

»Geh? Was? Fischfutter?«, stotterte Dorthe.

»Jede Büßerin, die sie bei Wiederbetätigung erwischen – und das hat ja bei mir so ausgschaut, wie das gelbe Tüchel so geflattert is – wird in der Donau ertränkt, hast das net gwusst, Dorthe?«

»Meiner Seel. Das is aber hart.«

»Ja, da wird nicht lang herumgetan. Erwischen sie a Büßerin, die wieder um die Männer herumscharwenzelt oder die wieder ins Gschäft einsteigt – dann zack – eini in den Sack und untertaucht! Is nicht nur einmal vorkommen, Dorthe! Da fallt ma ein, ich muss nachher no schnell in der Singerstraße vorbei, um einen großen Topf Essiggurkerln zu holen. I möchte mich bei der Kathi bedanken.«

»Ja, aber warum is denn dann die Yrmel abghaut, wenn's so streng umgehen mit euch Büßerinnen?«, fragte Dorthe unsicher.

»Siehst, Dorthe, das hab ich mich auch gfragt. Die ganze Zeit geht mir das im Schädl umadum. Die Yrmel zeigt nur auf Gretlin, und ich vermute stark, es hat irgendwas mit dem Mädl zu tun. Weißt, die Yrmel und die Gretlin, die stecken ja immer beinand, schon seit die Kleine bei mir in der Küche ist!«

»Wär scho wichtig zu wissen, was da is, Hanna!«, murmelte Dorthe.

»Deswegen bin ich da!«

»Ich hab dir da schon des Graffl von der Elsbeth und der Gretlin herausgsucht, es war in ihrer Kammer unter an losen Brett versteckt, dass es der Merckel net find, der alte Bock, Gott hab ihn selig, den Haderlumpen!«

Schwerfällig erhob sich Dorthe von ihrem Sitz und schlurfte zu einer alten Truhe, die etwas abseits in der dunkelsten Ecke des Raumes stand und die – unschwer zu erkennen – am Abend für die ›Geschäftsanbahnung‹ diente, also als Sitz für zwei Personen eng nebeneinander, die eigentlich schon in Gedanken auf dem Weg hinauf in eine der Kammern waren. Dorthe schob zwei fadenscheinige Polster vom Deckel und kramte in einem Sammelsurium von Tüchern, alten Schuhen, Gürtelschnallen, Haarspangen und Unterröcken herum, bis sie ein grauglänzendes, zerfranstes Bündel herauszog und sich damit wieder zurück an den Tisch setzte. Schwer atmend entwirrte sie den Stofffetzen und nahm drei mit einer engen Schrift beschriebene Bogen Pergament heraus. Mit einer achtlosen Geste schob sie die Schriftstücke hinüber zu Johanna: »Da wär einmal des Zeug! Wennst wem findst, der lesen kann …«

Hanna steckte die Bogen ebenso desinteressiert wie Dorthe in ihren Beutel und starrte gebannt auf das Bündel, aus dem Dorthe nun Musterbänder, einc kleine Gürteltasche und ein Haarband hervorzog, alles offensichtlich Dinge, an denen Gretlin vor dem schrecklichen Erlebnis in jener Nacht und ihrem Umzug ins Kloster der Büßerinnen gearbeitet hatte.

Etwas enttäuscht hob Johanna das fransige Stück Stoff, in dem diese Habseligkeiten gewickelt waren, an, um es genauer zu betrachten. Das ehemals prächtige Gewebe hatte von der

Lagerung unter den schmutzigen Brettern erheblich gelitten. Von der ursprünglichen Farbe war nichts mehr zu erkennen, nur mehr matt glänzte es. Johanna berührte die mit doppelten Perlreihen eingerahmten Medaillons, in deren Mitte Adler aus schwarzer Seide gearbeitet waren. Daneben fühlte sie metallene Plättchen mit bunten Gravuren, die sie so gar nicht einordnen konnte. Überhaupt war ihr diese Stickerei in ihrer ganzen Ausführung fremd. Ratlos wandte sie sich an Dorthe.

»Bist du sicher, dass das die Sachen von der Gretlin sind?«

»Ja freilich. Von ihr und von der Elsbeth.«

»Aber woher hatte denn das Mädchen so a komische Art zu sticken gelernt, von der Mutter, der Elsbeth etwa gar?«

»Was meinst jetzt?«, fragte Dorthe verblüfft, »von der Mutter oder von der Elsbeth?«

»Na, die Mutter von der Gretlin mein i, die Elsbeth. Geh, Dorthe, bist jetzt scho ganz alt und deppert«, lachte Johanna gutmütig.

»Ja Kruzifix, Hannerl, wer is da alt und deppert? Die Elsbeth is do gar net die Mutter von der Gretlin gwesen!« Dorthe schnaubte verächtlich und setzte bereits zu neuen Schimpftiraden an, als sie die verdatterte Miene Johannas sah.

»Sag bloß«, murmelte sie, »du hast des net gwußt!«

»Ka Ahnung hab i ghabt«, hauchte Johanna.

»Vielleicht hat des Madl in der Elsbeth die Mutter sehen wollen, aber sie war's net. Die Gretlin is a angnommenes Kind gwesn.« Begütigend tätschelte Dorthe Johannas zitternde Hand und blickte besorgt in das bleiche Gesicht der Büßerin.

»So a armer Wurm war's, gfunden hat sie's in der Nacht auf der Straßn, hat uns die Elsbeth damals erzählt, und sie hat sich gekümmert um das klane Bauxerl. Gholfen hat ihr niemand und gfragt hat auch kaner nach der Gretlin. Scho komisch eigentlich …«, versonnen schaute Dorthe in die dunkle Ecke, wo die Truhe stand. »So a guate Haut, die Elsbeth, und so grauslich hat's ihr Leben lassen müssen. Und jetzt die Yrmel nur knapp davonkommen …«

Auf einmal hielt es Johanna in diesem Haus in der Laimgruben nicht mehr aus. Der Dunst der ausschweifenden Feierlichkeiten, der Mief der ungewaschenen Körper, die verdorbenen Speisen auf dem Tisch, die Erinnerung an Elsbeth, die Würgemale an Yrmels Hals, dieser ganze Ärger mit der Gretlin – all das bereitete ihr plötzliche Übelkeit. Sie verabschiedete sich von Dorthe. »Bleib nur sitzen, meine Liebe, ich find allein raus, und danke für alles.« Damit zeigte sie noch einmal auf das gelbe Tüchel, raffte schnell die Stickereien in ihren Beutel und flüchtete hinaus in den kalten Morgen. Nach ein paar tiefen Atemzügen war Johanna wieder so weit, dass sie den Rückweg in die Stadt antreten konnte. Und sie musste so schnell wie möglich zurück, das war ihr klar. Zwar beruhigten sich ihre Magennerven bei jedem Schritt ein wenig mehr, doch das Durcheinander ihrer Gedanken schien sich zu vergrößern, je mehr sie über das nachdachte, was sie soeben erfahren hatte. Resolut, wie sie war, beschloss sie kurzerhand, überhaupt nicht mehr weiter zu rätseln, sondern sich Hilfe zu holen. Jeder Mensch bekommt so viel, wie er verträgt, sagte sie sich, und ich hab mir weiß Gott genug aufgetan. Sie machte sich Sorgen um Yrmel, deren Verband sie erneuern sollte, hoffentlich hatte Barbel, die ja fast jeden Morgen in die Küche kam, die richtigen Kräuter dabei! Und die vermaledeite Hündin, die brauchte was Warmes zu saufen, die hustete, weil sie die ganze Nacht draußen auf dem kalten Erdboden neben der Yrmel gelegen war. Um die Gretlin wollte sich Hanna zum Schluss kümmern. Erst einmal zur Kathi in die Kärntnerstraße laufen mit den Essiggurkerln. Wenn ihr nur der Knöchel nicht so verdammt wehgetan hätte!

Gerade als sie in der Weihburggasse eingetroffen war, nach einem beschwerlichen Fußmarsch und möglichst ungesehen über die Gartenpforte in die Küche huschen wollte, prallte sie mit einem Knecht zusammen. Stumm hielt er ihr zwei Fasanen und drei Rebhühner, aufgehängt am Hals mittels einer groben Schnur, entgegen. Johanna drängte den Mann unwirsch weg: »Ja sapperlot, bring ma des Zeug bloß net glei in die Küch!« Unbeeindruckt folgte ihr der Knecht, und sie sah aus den Augenwinkeln, dass er am Gürtel noch ein Kaninchen hängen hatte. Darum kann ich mich jetzt net kümmern, dachte sie und herrschte ihn an: »Du wartest da.« Umständlich und mit zitternden Händen kramte sie in ihrem Beutel, schob die Pergamentrollen beiseite und nahm die Stickereien von Gretlin heraus. Seufzend schob sie den Beutel wieder über die Schulter, hielt den mitgenommenen Stoff in Händen, atmete tief durch und öffnete die Tür in die Küche. Als die Anwesenden ihrer gewahr wurden, stimmte jede für sich ein Gezeter an. Maroni winselte und versuchte zu bellen, was in ein röchelndes Keuchen überging. Eine blasse, von Schmerzen ganz abgezehrte Yrmel rang die Hände und deutete angespannt auf Gretlin, was in ihrer Sprache so viel wie »Bitte schaff mir die vom Hals« bedeutete. Barbel stimmte ein Riesengeschrei an, dass die Speichelfetzen nur so um ihr Kinn flogen. Gretlin, die neben Yrmel stand, hielt sich kreischend die Nase zu und deutete auf den Knecht mit dem toten Federvieh, der stumm und beharrlich auf der Schwelle zur Küche stehengeblieben war. Johanna konnte dieses Durcheinander nicht mehr verkraften. Schon seit dem Morgengrauen auf den Beinen und nach einem anstrengenden Besuch bei Dorthe, war sie am Ende ihrer Kraft, und das letzte Bisschen an Energie, das sie noch in Reserve hatte, entlud sich in einem Wutanfall, dem zwei Tonkrüge, die am Tisch standen, zum Opfer fielen. Johanna schleuderte sie einfach an die Wand, und der Apfelmost aus dem einen und die Milch aus dem anderen zeichneten unschöne Muster auf Boden und Wand. Doch Johanna hatte noch nicht genug. Als Nächstes erwischte sie ein Holzfass mit Heringen, das ebenfalls den Weg alles Irdischen ging, als das Holz beim Aufprall auf den Boden zerbarst und die Küche sich mit dem scharf-würzigen Fischgeruch füllte. Jetzt endlich war sie ruhiger, und wie immer, wenn sie vor lauter Wut eine Riesensauerei angerichtet hatte, begann sie seelenruhig mit allen zur Verfügung stehenden Tüchern und Fetzen sauber zu machen. Das war ihr Ritual, das gehörte dazu. Wenn wieder alles sauber war, dann fühlte sie selbst sich auch reingewaschen von all dem Dreck, der sie vor wenigen Augenblicken noch schier zum Ausrasten gebracht hatte. Als die Küche sauber und die verschmutzten Tücher zusammen mit den Scherben und den Heringen zusammengefegt waren, warf Johanna alles in einen Weidenkorb und stellte es kurzerhand vor die Tür in den Hof. Darum wollte sie sich später kümmern. Viel ruhiger blickte sie nun zu Barbel und fragte sie: »So du alte Schastrommel, was willst du eigentlich von mir?«

Ungerührt wegen der etwas derben Ansprache entgegnete Barbel scharf: »Wennst meine Kräutln net mehr brauchst, dann sag's einfach! So a Lügerei kann i net leiden!«

»Wer, in Gottes Namen, lügt denn?«, fragte Johanna schneidend.

»Na du! Von wem kriegst denn das Zeug, hä?«

Alles klar, dachte Johanna, die Alte hat Wind davon bekommen, dass Ludwig Fütterer ebenfalls das Kloster beliefert, und meinte schon etwas beschwichtigender: »Ich kauf nur das von den anderen, was du mir net liefern kannst, Barbel. Zimt und Muskat und …«

»Aber Schmarrn«, unterbrach sie Barbel unwirsch, »was ich da riech, des is net Zimt und des andere neumodische Zeug. Des is was ganz was Gwöhnlichs, was du von mir auch haben kannst.«

Jetzt mischte sich Gretlin, die, seit sie den Knecht mit dem Federvieh nicht mehr sehen musste, weil Johanna ihm kurzerhand die Tür vor der Nase zugeschlagen hatte, bedeutend ruhiger war, ein: »Weißt Johanna, ich wollte, also wir«, damit zeigte sie auf Yrmel, die die Köchin zwar müde, aber erwartungsvoll anschaute, »also wir wollten dir auch noch etwas sagen über den Geruch, du weißt schon, wir wissen jetzt nämlich genau, was …«

»So lang kennen wir uns, so lang, und jetzt holst dir dein Grünzeug von wem andern, scham di, Hannerl, pfui«, keppelte Barbel dazwischen und fing doch wahrhaftig zu heulen an wie ein altes Waschweib.

»Jetzt sei doch leise, Barbel«, meinte Gretlin, »ich muss jetzt was mit der Johanna besprechen!«

»Hast an Ehrenpreis dabei und einen Ackerschachtelhalm?«, fragte Johanna abwesend, wandte sich dem Verband Yrmels zu und ignorierte einfach das Gezeter um sie herum.

»Freilich hab i des da. Brauchst das vielleicht?«, fragte Barbel und zog Rotz die Nase hoch.

»Ja«, sagte Johanna knapp und wickelte das Tuch, das sie um die Stichwunde gelegt hatte, ab.

»Ja freilich, da soll's wieder herhalten, die alte Barbel, da bin ich wieder gut genug. Aber sonst, da bedienen ma uns bei anderen«, zeterte Barbel weiter.

»Halt's Maul und mach ma da einen Kräuterwickel, des schaut ma entzündet aus«, fuhr Johanna ungerührt fort, »und du, Gretlin, gibst ma an großen Topf Essiggurkerln, ich muss zu den Klarissen. Nachher gibst der Maroni noch a warmes Wasser. Die schaut ma net so frisch daher.«

»Aber Johanna, ich muss dir was sagen«, setzte Gretlin an.

»Später, mein Mädchen, später. Glaub mir, ich muss dir auch etwas sagen, das ist so wichtig, dass ich Kopfweh davon hab', aber im Augenblick kann ich des net.« Damit drehte sich Johanna kurzerhand um, schnappte sich den Topf Gurkerln und lief nach draußen, wo sie prompt in den wartenden Mann mit dem erlegten Federvieh hineinlief.

»Der Herr von Randegg schickt mich, ich muss was Wichtiges ausrichten und soll das hier …«, damit hielt er ihr das tote Getier mit den nach unten baumelnden Hälsen vor die Nase. Ohne abzuwarten, was der komische Kauz vielleicht noch sagen wollte und mit Widerwillen einen Fasanenkopf aus ihrem Blickfeld schiebend, meinte Johanna eilig: »Lauter wichtige Sachen, aber ich hab jetzt keine Zeit!« Flucht war ihr einziger Gedanke, weg von all diesen Schwierigkeiten, von denen sie überfordert war. Was könnte es jetzt für sie Wichtigeres geben, als sich bei Katharina für ihre Fürsprache zu bedanken? Mit ziemlicher Gewissheit hatte ihr die hohe Frau den Tod durch Ersäufen oder ähnlich Unangenehmes erspart! Außerdem musste sie ihre Gedanken ordnen, das, was sie von Dorthe erfahren hatte, verdauen und vielleicht – aber an diese Ungeheuerlichkeit wollte sie noch gar nicht denken – mit einer hohen Persönlichkeit über diese Dinge sprechen, ihr diese vermaledeiten Schriftstücke zeigen, die sie ja nie im Leben entziffern konnte, ungebildet und unfähig zu lesen, wie sie nun einmal war! Sie, die Köchin holte sich Hilfe bei der Schwester des Herzogs, lächerlich!

Kopfschüttelnd erkannte sie, dass ihr der Knecht des Randeggs unverdrossen mit den toten Vögeln in der Hand folgte. »Soll er mir halt hinterherlaufen, der Depp. Wenn er nix Besseres zu tun hat«, murmelte sie und machte sich auf den Weg von der Weihburggasse in die Kärntnerstraße. Das waren nur ein paar Schritte, ein Katzensprung sozusagen, aber dennoch klafften Welten zwischen dem Büßerinnenkloster und dem Konvent der Klarissen. Das wurde Johanna, der einfachen Köchin, mittlerweile bewusst, und sie fragte sich, welcher Teufel sie geritten hatte, sich so weit über ihren Stand hinauszuwagen. Gut, sie hatte Susanna, die Meisterin der Büßerinnen, die ein gutes Wort für sie eingelegt hatte, natürlich war da auch noch die Schwäche der hohen Frau für ihre kulinarischen Erzeugnisse. Aber doch zweifelte Johanna daran, dass ihr gewöhnliche Essiggurkerln den Weg in das erlauchte Klarissenkloster öffnen würden. »Da hast di jetzt aber tüchtig überfressen«, sagte sie zu sich selbst und fasste sich unsicher mit der rechten Hand an den Hals. Auf einmal war sie nicht mehr die resolute Köchin Johanna Maipelt, die es mit Gott und der Welt aufnahm, sondern die ganz und gar furchtsame Hannerl, Tochter eines heruntergekommenen Besenbinders und ehemalige Dirne, die sich unsicheren Schrittes ihren Weg durch die Kärntnerstraße bahnte.

Es war so weit. Nicht länger mit der Langfessel am Block gebunden, ohne das Geschüh an den Beinen bewegte er sich leichter als je zuvor. Die Haube war von seinem edlen Kopf gezogen, seine bernsteinfarbenen Augen blickten klug in die Welt. Er war auf dem Weg. Nichts mehr konnte ihn aufhalten. Er startete zu seinem entscheidenden Flug. Jetzt öffnete er seine Schwingen, stieg auf höher und höher, zog seine Kreise. Ein einziger Gedanke beherrschte sein ganzes Dasein: Er musste sein Opfer finden. Nur mehr ein wenig, ein ganz kleines Stück, dann würde es sich ihm zu erkennen geben, dessen war er sich sicher. Aber wer war es? Wer würde ihm zu Ruhm und Anerkennung verhelfen? Unermüdlich kreiste er weiter, versuchte, eines zum anderen zu geben, Verbindungen aufzudecken und Kraft zu sammeln für den letzten Stoß, den gezielten Biss in die Schädeldecke seiner Beute. Mit dieser spitzen zahnartigen Ausbuchtung am Schnabel, dem Falkenzahn, wollte er zustechen. Wer würde es sein? Wen würde der Tötungsbiss ereilen? Ein wenig noch, ein bisschen Geduld ... Wenn es nicht so schwer wäre, so kurz vor dem Ziel! Er kreiste weiter hoch oben, um sich nichts entgehen zu lassen, keine Unachtsamkeit, keine noch so kleine Regung, keine Äußerung. Er brauchte ein Zeichen, einen Wink, um endlich zum Sturzflug ansetzen zu können. Wie ein Pfeil würde er die Luft durchschneiden. Zielgerichtet, selbstbewusst. Der Falkenzahn, einmal hineingehackt in das Fleisch, brachte den sicheren Tod, nichts und niemand konnte das Opfer nun vor dem sicheren Untergang bewahren. Die Vorstellung allein schon erregte ihn über die Maßen, bis in die letzte Einzelheit stellte er sich dieses Gemetzel vor, während er am Rande der Kärntnerstraße im Dreck saß und mit seinen kleinen, dicken Fingern seinen vom Speichel nassen Mund abwischte. Seine krummen Beine taten ihm weh, sein Kreuz schmerzte, nur kurz wollte er hier ausruhen. Er war schon so lang unterwegs, seit dem Morgengrauen lag er auf der Lauer, doch so nah am Ziel ... seine schorfigen Nasenflügel bebten vor Aufregung, und immer wieder fasste er mit zitternden Händen und angstvollem Blick in die tiefe Tasche seines Umhanges, um es zu fühlen, kratzig und kühl, spannend und verheißungsvoll. Erleichterung machte sich breit. »Ja, es ist noch da, ja ich habe es«, dachte er mit Genugtuung, um gleich darauf dieses Spiel von Angst, Erwartung und Erleichterung wieder von Neuem zu beginnen.

Seine kleinen, listigen Augen waren nur scheinbar auf das Straßenpflaster gerichtet, sein zu großer Kopf war zwar gesenkt, wie wenn er schlafen würde, doch er war hellwach. Er wartete auf sie, denn nur sie würde ihm den Weg zeigen, sie würde ihn dahin führen, wohin er wollte.

Benommen saß die nicht mehr ganz junge Frau auf der Nonnenempore der Kirche Santa Klara. Die schmalen Schultern nach vorn geneigt, der Rücken nicht so straff wie sonst, sondern rund und zusammengesunken, die Hände im Schoß verschränkt. Es war so kalt in der Kirche, dass ihr Atem gefror. Sie merkte nichts davon. Unbewusst jedoch zog sie ihren wollenen Mantel fester um das blausamtene Kleid, das schwer und mit zahlreichen Unterröcken ihre dünnen Beine bis hinunter zu ihrem feinen Schuhwerk umhüllte. Es kribbelte in ihrer Nase, die an den Nasenflügeln rot vor Kälte war. Mit ihren schlanken Fingern, die zeitlebens noch keine schwere Arbeit verrichtet hatten, fasste sie sich an den Mund und nieste so verhalten und leise wie möglich.

»Wann kommt sie denn endlich?«, dachte sie ungeduldig. Verärgert spürte sie, dass ihr ein Tropfen aus ihrer eiskalten Nase auf den Spitzenkragen troff. Mit einer schnellen Handbewegung wischte sie ihn weg und ordnete ihr geflochtenes Haar, das nur ein wenig aus ihrer reichen mit Pelz verbrämten Haube hervorschaute.

Sie war zu Fuß gekommen, nur eine Dienerin durfte sie

begleiten, aber auch diese ließ sie draußen auf dem Schweinemarkt warten. Es war gut, dass sie mit den Örtlichkeiten vertraut war, sonst hätte sie nie von diesem weitläufigen Klosterhof in das kleine Stiegenhaus, das hier herauf zur Nonnenempore führte, gefunden. Wie gut, dass sie damals ihren Gemahl und seine Abgesandten begleitete. Nie hätte sie geahnt, dass es hier keinen direkten Eingang zur großen dreischiffigen Kirche gab. Sie konnte ja schlecht jemanden fragen, denn eigentlich war sie ohne Erlaubnis hier. Ja, damals hatten sie einen Erlass von niemand Geringerem als Papst Gregor vorzuweisen gehabt, heute hätte sie bestenfalls ihre hohe Stellung in die Waagschale werfen können, aber genau das suchte sie zu vermeiden. Abgesehen davon, dass einem in diesem riesigen Konvent ohnehin niemand begegnete, den man fragen konnte, wenn man sich verlaufen hatte, denn zurückgezogen und in strenger Klausur lebten die hohen Damen hier, so wollte sie unerkannt bleiben. Missmutig streckte sie ihre kalten Beine aus, schüttelte sie kurz und stand von diesem kalten Fenstersims, das das große Maßwerkfenster der Empore nach unten begrenzte und auf dem sie mehr gelehnt als gesessen hatte, auf. Eher gelangweilt vom vielen Warten als neugierig sah sie hinunter in die Kirche, und ihr Blick traf auf einen wunderschön gearbeiteten, geweihten Flügelaltar, der heute, an einem ganz normalen Wochentag, aufgeklappt auf der Werktagsseite, ihren verstorbenen Schwager Rudolf und seine Gattin Katharina, die sich guter Gesundheit erfreute und nach langen Jahren in Prag wieder nach Wien heimgekehrt war, zeigte. Wie erfolgreich doch diese Familie war, dachte sie sich im Stillen und meinte damit auch ihren Mann Albrecht und ihren Schwager Leopold, die die österreichischen Länder regierten.

Mittlerweile ging sie schon auf und ab und spielte bereits

mit dem Gedanken, einfach unverrichteter Dinge zu gehen und die Äbtissin des Klarissenklosters ein andermal zu besuchen. Wenn das nur so einfach gewesen wäre, die Schwester ihres Gatten zu besuchen! Wie viele geheime Anfragen waren nötig, um bei der Äbtissin ein Gespräch unter vier Augen zu erlangen! Doch ihr Anliegen war zu wichtig, zu groß war ihre Unruhe, und Katharina, bei der alle wichtigen Fäden zusammenzulaufen schienen, war die Richtige, um ihre Bedenken zu zerstreuen oder sie zu beraten, was zu tun sei. Endlich hörte sie leise Schritte, die vom kleinen Kreuzgang herkamen, der im Norden an die Kirche anschloss und mit dieser nur durch ein kleines verstecktes Tor verbunden war. Eine große, hagere Gestalt in der dunklen Tracht der Klarissen eilte durch die Kirche und lief behände und schneller als gedacht die Empore hinauf. Mit einer leisen Stimme, die klang, als hätte man sie schon des Längeren nicht mehr zur vollen Lautstärke erhoben, flüsterte die oben bei den Maßwerkfenstern Angekommene: »Beatrix, ich bitte dich vielmals um Entschuldigung. Ich habe dich so lang warten lassen.« Damit umschloss sie beide Hände der wartenden und frierenden Frau mit ihren angenehm warmen Fingern und sah sie unter ihrer Nonnenhaube aus freundlichen grauen Augen an.

»Aber macht nichts«, winkte Beatrix, die gerade einmal halb so alt wie Katharina war, ab, und die Äbtissin lächelte, denn die vor Kälte zitternde Gattin ihres Bruders war bekannt für ihre Bescheidenheit, und es war offensichtlich, dass es für die junge Frau schönere Orte als eine bitterkalte Empore in einer leeren Kirche gab.

»Ich hatte Besuch aus einem befreundeten Kloster«, erzählte Katharina lächelnd, setzte sich selbst auf das Fenstersims und deutete Beatrix, sich ebenfalls niederzulassen.

»Vom Orden der Klarissen?«, fragte Beatrix höflich.

»Nein, nein«, lächelte Katharina noch breiter als zuvor, »um es geradeheraus zu sagen, von der Köchin des Büßerinnenklosters zu Sankt Hieronymus!«

»Die bekommt bei Ihnen, werte Schwägerin, die Gelegenheit zu einer Aussprache?«, damit schüttelte Beatrix ihren hübschen Kopf und dachte an die vielen Verwicklungen, die sie selbst durchlaufen musste, um eine paar Worte mit der Äbtissin, die ja immerhin zu ihrem engsten Familienkreis zählte, sprechen zu können.

»Nun«, Katharina merkte die Verwirrung von Beatrix, »die Köchin kam sozusagen durch den Hintereingang.«

»Den Hintereingang?«

»Ja, wie du weißt haben wir von meinem Bruder einen Keller geschenkt bekommen, wo wir unseren Eigenbauwein ausschenken dürfen.«

»Ja, Rudolf bedachte die Klarissen ja mit vielen Stiftungen«, nickte Beatrix und deutete in die Richtung des Flügelaltares.

»Wahrlich. Friede seiner Seele.« Damit bekreuzigte sich Katharina ganz in der Rolle der Äbtissin, um gleich darauf ihre Augen schelmisch nach oben zu richten und Beatrix noch leiser ins Ohr zu flüstern.

»Jedenfalls gibt es eine ebenerdige Verbindung von unserem Keller in der Kärntnerstraße in den kleinen Kreuzgang.«

Staunend betrachtete Beatrix Katharina, die wie ein freches Mädchen kicherte.

»Und über diesen Weg kann ich leicht und ungesehen meine Fäden zu Eurer Welt da draußen knüpfen, ganz wie es mir beliebt!«

»Unter den strengen Augen der Minderen Brüder?«, wagte Beatrix einzuwenden. Sie wusste von ihrem früheren Besuch, dass der kleine Kreuzgang als eigener Bereich für die Minderen Brüder vorgesehen war, die in langer Tradition die Seelsorge der hohen Damen innehatten. Damit war auch die Existenz von zwei Klosterhöfen gerechtfertigt. Im größeren waren nur die Nonnen der Klarissen zugelassen, im kleineren auch die Minoritenbrüder. Dass man diese scheinbar unumstößliche Regel ganz einfach durch einen geheimen Gang durch den Keller von der Kärntnerstraße umgehen konnte, das war Beatrix neu und zeigte ihr einmal mehr, wie anders die Mentalität der Wiener im Vergleich von der der Nürnberger war. »Nein« war noch lange nicht wirklich nein, »unmöglich« gab es nicht und »vielleicht« konnte so ziemlich alles heißen. Was für eine Stadt!

Katharina war indessen ernster geworden und blickte Beatrix interessiert an: »Lassen wir diese Geschichten. Was wolltest du von mir wissen, liebste Schwägerin, was macht dir dein Herz schwer?«

»Nun«, damit verschränkte die Jüngere ihre Finger ineinander und blickte zu Boden: »Es sind, wenn ich so sagen darf, ein paar Ungereimtheiten zu mir durchgedrungen. Beginnen wir einmal mit dem Einfacheren.« Damit begann Beatrix, von den Ränkespielen der einzelnen Grafen und Landesherren zu erzählen. Von den Herren von Wallsee, den Passauern und den Herzögen von Rosenberg, die sich mit den Schaunbergern verbündet hatten.

»Ach was, unser lieber Oheim Graf Ulrich von Schaunberg?«, Katharina richtete sich auf und lächelte grimmig, »wenn ich den nicht schon zur Genüge kenne. Der hat es immer verstanden, sich lieb Kind zu machen und sich offiziell als Berater von Leopold und Albrecht hinzustellen. Insgeheim hat er dann die Herrschaften Frankenberg und Attersee und wie sie alle heißen erworben und meine Brüder gegeneinander ausgespielt. Das, was ihm jetzt passiert ist, geschieht ihm ganz recht!«, ereiferte sich Katharina.

»Was ist ihm denn passiert?«, fragte Beatrix ahnungslos.

»Ich habe es gerade von einem Minoritenbruder erfahren, untergeschoben hat er ihnen einen Mönch. Irgendwer hat sich als Mitglied des Ordens ausgegeben und unlautere Geschäfte mit Reliquien betrieben, und das schon einige Zeit und mit ... mit ... na, das möchte ich jetzt gar nicht sagen ...«

»Hofmeister Finkenstein«, beendete Beatrix den Satz.

»Wie ich sehe, bist du gut informiert, Schwägerin«, sagte Katharina mit einem erstaunten Nicken.

»Nicht so gut, wie ich gern möchte«, setzte Beatrix zerknirscht fort. »Ich schlage mich schon des Längeren mit einem jungen Adeligen herum, der lange Zeit in Italien verbracht hat.«

»Was meinst du mit herumschlagen, werte Schwägerin?«, fragte Katharina mit Augenzwinkern und erkannte mit Wonne, wie eine leichte Röte die Wangen der jungen Frau überzog.

»Aber was, Katharina. Mein Vater kennt die Familie des jungen Mannes gut, eine Augsburger Kaufmannsfamilie, Alexander von Randegg heißt er, hat sich im Waffendienst in Triest einen guten Namen gemacht. Jedenfalls«, damit legte sich die Stirn der Herzogin in Falten, »er erzählte mir vom Auftrag seines verstorbenen Onkels, des Patriarchen von Aquileia, nach einem Erben von Tirol zu suchen.«

»Meine Brüder sind die Erben von Tirol, erst Rudolf und jetzt Albrecht und Leopold.« Katharinas Stimme verlor mit einmal ihre Liebenswürdigkeit und wurde schneidend und hart. Jetzt konnte sich Beatrix ihre Schwägerin sehr gut als unbeugsame Äbtissin vorstellen und verstand, dass diese Frau, die ihr scheinbar bescheiden und harmlos gegenübersaß, über mehr Macht verfügte, als sie es als junge Herzogin überhaupt erahnen konnte. Katharina, die das erschrockene Gesicht der Schwägerin sah, meinte schon etwas milder gestimmt: »Entschuldige meinen Ton. Weißt du, es ist nur so, dass ich heute schon einmal auf diesen geheimnisvollen Erben angesprochen wurde. Im Zusammenhang mit dem geheimen Gang vom Keller und mit der Köchin. Ich habe das als Spinnerei abgetan, aber jetzt sehe ich das in einem anderen Licht«, damit kramte sie in den Taschen ihrer weiten Nonnentracht und brachte drei Seiten Pergament, eng und zierlich beschrieben, zum Vorschein.

»Bevor ich dir das zu lesen gebe, möchte ich dir noch sagen, dass mir der Name Randegg ebenfalls schon ein Begriff ist.«

»Wie das denn?«, fragte Beatrix erstaunt.

»Nun, irgendwie ist er auf meine Vorliebe für Rebhuhn aufmerksam geworden, jedenfalls hat er mir seinen Knecht mit ein paar schönen Exemplaren vorbeigeschickt. Sie werden eben in der Küche gerupft und zubereitet!«

Mit einem »Seltsam, was der alles weiß« vertiefte sich Beatrix in die drei Briefe, ließ danach die Lektüre sinken und sah Katharina unsicher an. »Was hältst du davon, können die Briefe echt sein?«

»Ob sie wirklich aus der Feder der Gräfin stammen, ist eigentlich unerheblich, du weißt genauso gut wie ich, Beatrix, dass Dokumente in Zeiten wie diesen gefälscht sein können – und mit Erfolg!« Damit spielte Katharina auf ihren vor 18 Jahren verstorbenen Bruder Rudolf den Stifter an, der beseelt von dem Gedanken war, Wien zu ähnlich großer Bedeutung zu verhelfen, wie sein Schwiegervater Karl es mit Prag getan hatte. Weder die Erhebung der Kirche Sankt Stephan zur Metropolitankirche noch die Gründung der Universität waren dem gleich einem König auftretenden Rudolf genug – nein mithilfe der Fälschung eines Dokuments, das weithin als Privilegium Minus bezeichnet wurde, setzte er sich im Rang den Kurfürsten des Heiligen Römischen Reiches gleich und erschuf für sich und seine Familie den Titel Erzherzog. »Gut«, setzte Katharina, ganz die Schwester dieses engagierten, sich wenig um herkömmliche Gepflogenheiten kümmernden Herrschers, mit bestimmter Stimme fort, »Margarete hat unmittelbar neben dem Kloster der Minderen Brüder gelebt. Sie ist gestorben, und im Totenbuch im Jahr 1369 eingetragen. Es könnte sein«, damit tippte Katharina auf die beschriebenen Seiten in ihrer Hand, »dass sie das hier geschrieben hat. Aber wie du weißt, die Echtheit ist nicht wichtig. Der Glaube der Leute daran, was da drinnen steht, das ist von Bedeutung.« Nach einer bedeutungsschweren Pause, in der sie Beatrix gebannt ansah, setzte Katharina fort: »Wenn man nach einem Erben von Tirol sucht, wird man früher oder später einen finden. Und dann gnade uns Gott!«

Beatrix zog die kalte Luft geräuschvoll ein, nie und nimmer konnte sie sich vorstellen, was der Verlust des Tiroler Erbes für ihren Gatten bedeuten würde. Es käme einem Meuchelmord am Hause Habsburg gleich, einer Zertrümmerung des hohen Ansehens von Rudolf, dem älteren Bruder, eine nie dagewesene Verachtung der Regentschaft ihres Gatten – das, so viel war immerhin klar, musste mit allen zur Verfügung stehenden Mitteln verhindert werden!

»Was soll ich tun, Katharina?« Beatrix richtete sich zu ihrer vollen Größe auf und blickte erwartungsvoll ihre Schwägerin an.

Leise lächelte die Äbtissin. »Ich sehe, du hast verstanden, Beatrix. Gut so.«

Nach einer längeren Pause fuhr sie fort: »Ich denke, es wird das Beste sein, du suchst dir einen Erben aus.«

»Wie bitte?«, fragte Beatrix und meinte, sich verhört zu haben. Unbeirrt fuhr Katharina fort: »Einer ist so gut wie der andere. Doch es muss jemand sein, mit dem du leichtes Spiel hast. Bring ihn zum Vorschein und dann reiß ihm, vor so vielen Leuten wie möglich, den Kopf ab. Dann ist das Kapitel erledigt. Dann hat die Familie Ruhe.« Gleichgültig starrte Katharina auf ihre weißen Hände. »Wenn du ganz gescheit bist, dann such dir einen aus, der dir sonst auch gefährlich werden könnte. Dann hast du gleich zwei Sorgen auf einmal los.«

»Ein guter Gedanke«, murmelte Beatrix, die es plötzlich vor Unruhe nicht mehr auf dem schmalen und kalten Fenstersims aushielt und Anstalten machte, die Nonnenempore zu verlassen. Mit einem kurzen Nicken bedankte sie sich bei Katharina. »Du hast mir sehr geholfen. Danke. Ich werde dich nicht enttäuschen, Schwägerin. Aber jetzt muss ich allein sein und meinen Gedanken freien Lauf lassen!« Damit lief sie mit steifen, durchgefrorenen Beinen die Stufen hinunter und verließ das Kloster über den großen Hof Richtung Schweinemarkt, wo, ebenfalls schon halb erfroren, ihre Dienerin wartete, um sie in die Herzogsburg zu geleiten.

»Du weißt gar nicht, wie dankbar ich dir sein werde, Beatrix«, flüsterte die Äbtissin der Davoneilenden nach und sah versonnen hinunter zum Flügelaltar, wo sich eine Handvoll Nonnen zum Gebet für das Seelenheil des Stifters versammelt hatte.

Was Beatrix nicht wusste und Katharina ihr auch nicht auf die Nase binden würde, war, dass sie bereits eigene Nachforschungen über die Echtheit der Briefe angestellt hatte und deswegen so spät zu ihrer Zusammenkunft gekommen war. Kein Zweifel, es gab einen Minoritenbruder Nicolas, der sich zu Lebzeiten der Gräfin um ihre persönlichen Belange kümmerte. Er hatte immer wieder kleinere Geldbeträge von ihr erhalten und sie Bedürftigen zukommen lassen. Hier und da war auch eine Widmung dabei. Das allein, so dachte Katharina insgeheim, war ja schon ein Zeichen des Altersirrsinns der alten Gräfin gewesen. Denn wer der Bedürftigen würde denn ihre rührseligen Zeilen lesen können, waren sie doch allesamt von niederem Stand! Sei's drum, leider war der Pater, der sich übrigens als Baumeister des Klosters hervorgetan hatte, immer noch sehr um den Nachlass der Gräfin bemüht. Akribisch genau verteilte er weiterhin die Einkünfte, die die Gräfin bis in alle Ewigkeit von den Zöllen der Stadt Wels erhielt. Warum nur hatte Rudolf, ihr Bruder, ihr diesen Geldfluss eigentlich zugedacht? Katharina schüttelte den Kopf. War er um das Wohl Margaretes so besorgt oder wollte er sie nur beruhigen? Nun, einen Großteil des Geldes verwandte Pater Nicolas für den Ausbau des Klosters, was Katharina als sehr tröstlich empfand. Über den kleineren Teil hüllte er sich jedoch verbissen in Schweigen, aber er – das war nun wieder sehr gut zu wissen – war ein ehrgeiziger Mensch. Mit einer kleinen Ablassspende zur Unterstützung seiner Bauarbeiten musste man ihm die Zunge doch etwas lösen können! Katharina lächelte, aber gleich darauf verschlossen sich ihre Züge wieder, denn eines beunruhigte sie, und das hing mit dieser Johanna, dieser gottbegnadeten Köchin, zusammen. Sie erwähnte eine eigentümliche Stickerei, einen schwarzen Adler. Nun der schwarze Adler auf Gold war doch nichts anderes als das Symbol für das Heilige Römische Reich! Und die Art und Weise, wie die Büßerin die Verarbeitung schilderte, war beunruhigend, denn so eine Geschichte könnte selbst diese fantasiebegabte Person sich nicht aus den Fingern ziehen. Schade, dass sie die Stickerei in der Klosterküche vergessen hatte. Aber macht nichts, sie hatte versprochen, sie zu holen und mit einer weiteren

Lieferung Essiggurkerln noch heute zu bringen. So weit, so gut, dachte Katharina. Sie hatte ihre Rolle gut gespielt und die richtigen Fädchen gezogen. Jetzt lag es an den anderen, an denen, die ›da draußen‹ lebten, Handlungen zu setzen. Sie würde sehen, wen ihre einfallsreiche Beatrix als Erben hervorzaubern konnte. Sie vertraute ihrer jungen Schwägerin in dieser Angelegenheit voll und ganz. Beatrix würde alles tun, um die Größe und Unanfechtbarkeit der Familie Habsburg zu erhalten, ehrgeizig genug war sie ja. Und wenn sie keine gute Wahl traf, dann war ja immerhin noch sie selbst, Katharina, da! Ihr würde sicherlich etwas einfallen. Einmal mehr dankte die Äbtissin ihrem Schöpfer, dass sie hier innerhalb der schützenden Mauern des Klosters Santa Klara, scheinbar harmlos ihre ganz und gar nicht harmlosen Ränkespiele veranstalten und so den Einfluss ihrer Familie mehr als jeder andere stärken konnte. Selbstzufrieden seufzte sie, um dann ihre Nase schnuppernd in die Luft zu strecken, denn aus der Küche kam schon der erlesene Geruch von gebratenen, mit Speck umwickelten Rebhühnern heraufgestiegen. Wie gut, dass der Knecht dieses Randeggs wie aus dem Nichts mit seinem Wild erschienen war, gleich im Schlepptau der Köchin, denn jetzt gab es nicht nur Linsen mit Essiggurkerln, sondern saftiges Geflügel obendrein!

Mit hochrotem Gesicht verließ Krispin die Löwengrube. Drei Tage war er nun in diesem unterirdischen Gewölbe gesessen, hatte sich von den Leuten auf der Galerie verspotten lassen! Nur weil er seine Zeche in ungefähr der Hälfte aller Buschenschenken in Wien nicht bezahlen konnte! Jetzt endlich hatte er seine Strafe im Schuldnergefängnis abgesessen und war wieder auf freiem Fuß! Ewig diese Sauferei, dachte er und raufte sich das fettige braune Haar. Niemals hatte er Geld, weil er seinen gesamten Lohn, den er sich sauer in den Weinbergen verdiente, sofort in Rebensaft umsetzte. Die Wirte waren aber auch so teuer geworden, dass er ununterbrochen Schulden machen *musste*! Man ließ ihm ja nichts anderes übrig, lamentierte er weiter. Er konnte es gar nicht erwarten, hinauszukommen aus der Schranne, diesem Gerichtsgebäude am Hohen Markt, das neben dem Schuldnergefängnis auch den Kerker für die Weiber und die Stuben der Gerichtsleute beherbergte. Einen kurzen Blick noch riskierte er in die Kapelle, die zutreffenderweise ›Zur Todesangst Christi‹ genannt wurde, und sah eine kniende, krumme Gestalt, das Haupt tief gesenkt, die Finger verschränkt. Krispin verharrte und empfand Mitleid – so wie es jeden überkommen hätte beim Anblick dieser erbarmungswürdigen Kreatur. Jeder wäre sicher gewesen, es mit einem verzweifelten Verurteilten, der um sein Seelenheil flehte, zu tun zu haben. Niemand konnte ahnen, am allerwenigsten der einfache Knecht Krispin, dass die Tränen, die aus diesen halb geschlossenen Augen auf die schmale Brust des scheinbar ins Gebet Versunkenen tropften, Freudentränen waren. Niemand hätte gedacht, dass die Seufzer, die sich diesem zusammengekniffenen Mund entrangen, unterdrückte Jubelschreie waren. Wirklich niemand hier in der Kapelle der Schranne am Hohen Markt konnte sich vorstellen, wie dankbar und befreit und mit welcher Inbrunst dieser Mann, den die Natur wirklich nicht mit Schönheit überhäuft hatte, seinem Schöpfer dankte. Krispin beschloss, doch noch ein Weilchen zu bleiben und den scheinbar Betenden mit der gruseligen Schaulust, die jeden Wiener überkam, wenn er einen Todgeweihten zu Gesicht bekam, zu beobachten. Was er aber nicht ahnen konnte, war, dass sich die Gedanken des seltsamen Mannes vor dem Altar schier überschlugen, mit Mühe nur hielt er seine Knie gebeugt, hielt seine Finger gefaltet. Laut schreien und tanzen wollte er!

Stattdessen sammelte er sich mit aller Kraft, richtete sich langsam auf und verließ die Kapelle. Jetzt nur nichts verderben, sagte er sich und keuchte. Es fiel ihm schwer zu atmen, er begann zu schwitzen. Er versuchte, mit mühsam aufgebrachter Willenskraft in die angrenzenden Kammern zu gelangen. Dorthin wollte er, wo das Stadtgericht mit seinen Knechten, Schreibern und Schergen sein Quartier aufgeschlagen hatte.

»Ruhig bleiben, ruhig …«, hörte ihn Krispin im Vorbeigehen flüstern, und er folgte der Gestalt wie eine Ratte dem Flöte spielenden Fänger. Vielleicht konnte er so Zeuge eines wirklich grauslichen Vorfalls werden, mit dem er dann im Wirtshaus prahlen konnte! Mit einer besonders schaurigen Geschichte konnte er sich vielleicht so manches Viertel Wein ausgeben lassen! Der Mann war erschöpft, das sah Krispin. Seine Beine wollten ihm schon nicht mehr gehorchen. Er bekam nicht genug Luft, er zitterte, doch er hielt sich aufrecht und bewegte sich langsam aber stetig weiter. Krispin leckte sich die Lippen, als er ihn direkt in die Stube des Stadtrichters wanken sah. Gebannt blieb er im Türrahmen stehen. Wie war er aufgeregt!

Weniger aufgeregt, eher mit der Gelassenheit eines Mannes, dem schon eine ganze Menge untergekommen war, sah Valentin Frühauf von seinem Schreibpult hoch. Noch ehe die Gestalt ganz auf ihn zu geschlichen kam, traf ihn ein sonderbarer Gestank. Unwillig blähte er die Nasenflügel, erhob sich, richtete sich zu seiner vollen Größe auf und war im Begriff, seines Amtes zu walten. Mehr oder weniger geduldig wartete er, bis dieser offensichtlich fest entschlossene Mann vor ihm angekommen war, dann donnerte er mit der lautesten Amtsstimme, die er aus den Tiefen seines mächtigen Brustkorbes herausbekommen konnte: »Was ist Ihr Begehr?«

Schnaufen und Keuchen war die Antwort. Dann ein leises Flüstern: »Ich suche den Stadtrichter!«

Frühauf donnerte wieder: »Sie stehen vor ihm.«

Täuschte er sich, oder war da der leichte Anflug eines Lächelns auf diesem grauen, mit einem Schweißfilm überzogenen Gesicht?

»Das trifft sich gut, denn ich habe etwas zu melden«, kam es mit leiser Stimme von seinem Gegenüber. Nach einer geraumen Zeit, als Valentin Frühauf schon ganz kribbelig beim Anblick dieses seltsamen Gesellen wurde, begann dieser in aller Ausführlichkeit zu erzählen. Dazwischen ging rasselnd sein Atem, und seine Hand fuhr über seinen verzerrten Mund, um den Speichel aus dem Mundwinkel zu wischen. Als er geendet hatte, wandte sich der Stadtrichter ruhig an den Schrannenschreiber, der sich im Nebenraum zur Verfügung hielt: »Geh, Gustl, schick mir den Urteilsschreiber und einen … wart … ist besser, gleich zwei von den Gerichtsknechten. Wir haben da was zu erledigen!«

Krispin, der langsam nähergekommen war, um das leise Flüstern zu verstehen, stand wie vom Donner gerührt. Dann auf einmal kam Leben in ihn und er machte sich auf schnellstem Wege auf in die Singerstraße.

»Geschieht mir ganz recht! Aber wo hab ich nur den Fetzen, den saubleden!« Johanna fluchte und war fast den Tränen nahe, als sie vom Klarissenkloster wieder nach Hause in die Singerstraße lief. »Wo nur hab ich den zum letzten Mal gesehen, verdammt noch einmal!« Schon wenn sie daran dachte, was ihr vor wenigen Augenblicken bei der hohen Dame, der Äbtissin, passiert war, trieb es ihr die Schamesröte ins Gesicht. Nicht nur, dass sie sich verplaudert und von dieser eigenartigen Stickerei, die sie zusammen mit den Briefen gefunden hatte, Katharina berichtete, nein, sie hatte dieses Stück Stoff doch tatsächlich irgendwo liegengelassen und konnte auf die Bitte der Äbtissin, ihr die Stickerei zu überlassen, nur dämlich grinsen und sich entschuldigen. So beschämend! Und jetzt sollte sie dieses Teil so schnell wie möglich heranschaffen, wo sie doch nicht einmal wusste, wo genau sie suchen sollte. Es war ja nicht vorauszusehen gewesen, dass dieses Stück Stoff so wichtig war! Angestrengt nachdenkend setzte Johanna einen Fuß vor den anderen und erkannte mit Grimm, dass nur eine an ihrem Dilemma schuld war: Nicht die hysterische Gretlin, nicht die schüchterne Elsbeth, nicht die alte Dorthe, die keifende Barbel oder die stumme Yrmel – nur eine war schuld, ihre eigene Wut. Diese Wut, die sie immer Taten setzen ließ, die sie schon wenige Augenblicke danach zutiefst bedauerte. Sie konnte sich noch entsinnen, dass sie mit der Stickerei und den Briefen in die Küche gekommen war, dann kam eine alte Bekannte dazu: Die Wut, die ein Loch in ihre Erinnerung brannte, ein großes schwarzes Loch. Kurzerhand blieb sie stehen und sah sich um. Wie war sie nur hier in die Rauhensteingasse gekommen? Vor lauter Schimpfen und Heulen war sie nicht nach dem Göttweiger Hof rechts abgebogen, sondern vorher. Jetzt musste sie einen Umweg gehen. »Dass das aber auch immer passiert, wenn ich sowieso in Eile bin und mir schon vor Müdigkeit alles wehtut«, jammerte sie halblaut und sprang schnell zur Seite, weil ein ganzer Trupp Menschen aus dem nahegelegenen Haus des Scharfrichters eifrig gestikulierend herausgelaufen kam.

»Ja, er ist noch in der Schranne«, hörte sie einen Mann mittleren Alters sagen und klopfte sich den Schmutz von ihrem Umhang, um möglichst unauffällig zu wirken.

»Er wartet, weil der Frühauf ihn noch braucht«, sagte derselbe Mann. Der Frühauf, das ist ja der Stadtrichter, dachte Johanna erstaunt.

»Soll ja nicht irgendeine von den Betschwestern treffen, sondern die richtige!«, kam es wieder von den Männern.

Johanna spitzte die Ohren, zum einen, weil sie hinter den Sprechenden niemand geringeren als den Scharfrichter Ignaz Mitterlehner persönlich aus seiner Wohnung treten sah, und zum anderen kannte sie zwei von ihnen. Sie arbeiteten beide als Gerichtsschergen in der Schranne.

»Ist der Frühauf schon unterwegs?«, fragte der Henker die beiden.

»Ja, er und der Herr kommen uns vom Hohen Markt her entgegen!«

Beruhigt nickte dieser und ging mit weit ausholenden Schritten an Johanna, die sich in eine Hauseinfahrt gedrückt hatte, vorbei.

»Na, dann auf in die Singerstraße, bevor das Vögelchen uns davonfliegt«, konnte sie ihn gerade noch vernehmen, dann verschwand er in dem Durchgang zu einer schmalen, mit Unrat übersäten Gasse, die geradewegs auf den Platz um Sankt Hieronymus führte.

Seltsam, dachte Johanna und schickte sich ebenfalls an, zu den Büßerinnen zurückzukehren. Einer der Knechte blieb etwas hinter dem Henker zurück, und Johanna erkannte in ihm jenen Burschen, der ihr immer wieder mit dem Aufbau ihres Verkaufsstandes am Graben half. »Du Sepp«, rief sie ihm frech nach, »was ist denn passiert?« Der Angesprochene drehte sich kurz um, machte eine abwertende Geste mit der Hand und meinte: »Nichts weiter, Hannerl. A Büßerin hat's halt net lassen können, und jetzt schnappen wir sie wegen Wiederbetätigung!«

Die Welt um Johanna begann sich zu drehen. Schwankend erreichte sie den schmalen Weg, den die Wiener gemeinhin als ›Armesündergassl‹ bezeichneten, weil hier die Verurteilten vom Strafhaus aus der Rauhensteingasse zum Richtplatz geführt wurden.

»Was in Christi Namen«, murmelte sie und hielt sich die kalte Hand an die heiße Stirn, »nein, das glaub ich nicht.« Es konnte doch nicht sein, dass Katharina nun doch nicht Wort gehalten hatte und Johannas Verfehlung, mit dem gelben Hurentuch beim Scharlachrennen mitzulaufen, den Weg in die Schranne zum Stadtrichter gefunden hatte! So leichtgläubig war sie gewesen, so sicher hatte sie dem Schutz Susannas, der Meisterin und dann dem von Katharina, der Äbtissin, vertraut! Johanna war schon zu lang auf der Welt, um nicht zu wissen, was nun geschehen würde. Die Gerichtsschergen würden sie festnehmen, zur Schranne führen und im Narrenköttl, einem großen hölzernen Käfig, zur Schau stellen. Nach der Urteilsverkündung am Balkon des Gerichtsgebäudes würde man sie zum Donauarm, zur Taborbrücke, führen. Dort würde sie unter allgemeinem Gelächter entkleidet und gefesselt werden, bevor man sie in einen Sack steckte. Mit langen Stangen würde man dieses Bündel so lang unter Wasser drücken, bis es am Grund liegen blieb. Johanna rutschte mit dem Rücken die Hauswand hinunter, bis sie am kalten Boden zu sitzen kam. Zusammengekauert verbarg sie ihr Gesicht in beiden Händen. Was sollte sie nun machen? Wer würde sich um die verletzte Yrmel kümmern, wer die Jungfer Gretlin vor dem Rausschmiss aus dem Kloster bewahren, wenn sie selbst verurteilt wurde? Tränen traten in ihre Augen, als sie an Barthel dachte. Was sollte der alte Depp denn ohne sie machen? Warum nur hatte sie sich hinreißen lassen, dieses vermaledeite gelbe Tüchel zu nehmen? Das hatte ihr doch noch nie Glück gebracht. Sie hätte es wissen müssen. Was kümmerte die hohen Damen denn ein Topf mit Essiggurkerln? Hatte sie wirklich geglaubt, wichtig zu sein? Sie, Johanna Maipelt, die alte Dirne und Büßerin. Nur weil sie den Kochlöffel gut schwingen konnte und ein großes Mundwerk hatte? Wie töricht! Schluchzend krümmte sie sich noch mehr zusammen, doch dann kam ihr ein Einfall. Sie würde dort Schutz und Asyl suchen, wo der Stadtrichter keinen Zugriff auf sie hatte. Nun, es gab mehrere Orte in Wien, wohin sie sich flüchten konnte, die Freyung beim Schottenkloster war zu weit, die Herzogsburg beim Widmertor auch nicht näher, aber der Stephansdom, das konnte sie schaffen! Durch das Armesündergassl durch und dann die Singerstraße hinunter. Ich muss nur aufpassen, dass mich die Schergen nicht sehen, dachte Johanna, raffte ihre Röcke, erhob sich mühsam und lief los. So mir nichts, dir nichts würde sie sich nicht gefesselt in einen Sack stecken lassen! Ersäufen wie eine Katze, mit Stangen unter das Wasser gedrückt … mit Grauen setzte Johanna ihren Weg fort. Wo war nur dieser Fetzen mit dem schwarzen Adler abgeblieben, mit diesem Tuch hätte sie Katharina sicherlich einen Gefallen getan und die hätte sie vielleicht nicht ausgeliefert! Tränen der Angst rannen Johanna wieder die Wangen herunter, ihr Atem ging schnell, ihre Beine schmerzten. Endlich war sie am Ende der schmalen Gasse angelangt und lugte hinaus in die Singerstraße. Von Weitem schon sah sie den Henker und die Schergen bei der Klosterpforte in ein Gespräch mit der alten Agnes, der Pförtnerin, vertieft. Das war die Gelegenheit, ungesehen in die Singerstraße zu gelangen und bis zum Dom zu laufen. Johanna kannte die Pförtnerin gut, bevor die sich umdrehte und die Meisterin holte, war Johanna bereits am Nordtor angelangt und ihre Rettung war geglückt. Sie atmete tief durch und setzte schon zu einem schnellen Lauf an, da sah sie drei Gestalten aus dem Kloster herauskommen. Eine erkannte sie als den Stadtrichter Valentin Frühauf und die auf der anderen Seite hatte sie auch schon gesehen. Nein! Das war ja der stinkende Geselle von heute Morgen. Was machte denn der da? Plötzlich erstarrte Johanna, als sie die dritte Person erkannte, die von den beiden aus dem Kloster hinausgeführt wurde, direkt in die Arme des wartenden Henkers und der beiden Schergen. Johanna schlug sich mit der eigenen Hand einmal fest auf den Mund, um nicht loszuschreien und sich zu verraten. Der ganze Aufmarsch hatte nicht ihr gegolten, so viel stand fest, aber was in Gottes Namen sollte das denn jetzt bedeuten? Ohne es zu wissen, hatte sie sich aus der Gasse Schritt für Schritt herausbewegt und ihre Deckung verloren. Da spürte sie, wie sie jemand von hinten packte, sie herumriss und ihr gleichzeitig den Mund zuhielt, sodass der laute Schrei, zu dem sie schon angesetzt hatte, zu einem dumpfen Gebrumm ausartete. Schon holte Johanna zum Faustschlag aus, wie sie es früher immer mit ungeliebten Freiern getan hatte, als sie geradewegs ins Gesicht von Yrmel blickte. »Mein Gott, was ist denn in dich gefahren, was tust du denn, siehst du denn nicht, wen sie da holen?«, fauchte Johanna Yrmel an und riss sich unwillig los. Yrmel, mit panischen Augen, die nur aus einem kohlrabenschwarzen Loch zu bestehen schienen, zeigte unbeeindruckt auf die kleine Tür, die vom Klosterhof auf die Singerstraße führte und durch die sie offensichtlich herausgeschlichen war, um Johanna zu warnen. Danach hielt sie Johanna ihre Hand mit einem bröseligen weißen Pulver hin und rümpfte ihre Nase. Ratlos starrte die Köchin sie an. Yrmel, schon ziemlich wütend, weil Johanna nicht und nicht verstehen wollte, zeigte vehement auf einen der Männer, den Johanna vorhin als den Knecht des jungen Randeggs erkannt und der sie den ganzen Morgen lang verfolgt hatte. Da schnupperte Johanna an dem Pulver und sah wieder zur Pforte. Endlich verstand sie.

»Campher ist das, ja du hast recht, der Kerl stinkt nicht nur nach Rotz und Schleim, nach ungewaschenen Untergewändern und nach erlegtem Wild, sondern nach dem Zeug da.« Yrmel nickte wie besessen. »Aber was hat das damit zu tun, dass der Henker gerade unsere …«

»Jetzt schaust bled aus der Wäsch, was, Hannerl?«, hörte die Büßerin eine Stimme hinter ihr zetern. »Ach lass mich doch in Ruh, Barbel, siehst nicht, dass die gerade …«, schrie Johanna und wollte sich Richtung Pforte bewegen. Da hielten sie die verwelkten Pastinakenfinger des alten Kräuterweibels am Oberarm fest, und Barbel zischte Johanna ins Ohr: »Ich würd da nicht hingehen, da ist nichts mehr zu machen. Der Stadtrichter hat schon mit der Susanna gesprochen. Bist selber schuld, wir wollten dir in der Früh schon sagen, dass der Knecht vom Randegg derjenige ist, der mit seinem Lederschnürl alle um die Ecken bringen will! Die Gretlin hat ihn am Gestank wieder erkannt und er ist auch genau der, den die Yrmel verfolgt hat und der sie dann überfallen hat. Das wollten wir dir sagen. Aber du, du hast ja nicht zugehört, weilst dich bei der Kathi einschleimen hast wollen mit deinen Essiggurkerln.«

»Ach was weißt du denn, Barbel«, schrie Johanna verzweifelt und sah hinüber zum Henker, »Hilfe hab ich wollen holen, weil ich nicht mehr gewusst hab, was ich denken soll über … über … Gretlin, Gretlin, nein!«, schrie Johanna und riss sich von der Alten und von Yrmel los, lief zur Pforte und warf sich dem Henker entgegen. Dann zerrte sie am Arm der armen Gretlin, die inzwischen den Schergen übergeben und in deren Mitte festgehalten wurde.

Valentin Frühauf, der Stadtrichter, fasste Johanna am Arm und zog sie kurz, aber resolut zur Seite: »Geh weg Weib«, meinte er barsch.

»Aber was habt ihr denn mit der Gretlin vor?«, schrie sie und wehrte sich verzweifelt.

»Diese Büßerin wurde der Wiederbetätigung beschuldigt und sieht einem Strafverfahren und einem Urteil entgegen!«, sagte der Stadtrichter noch immer sehr ruhig.

»Die Gretlin? Aber wer bitte hat sie beschuldigt? Das ist doch nicht möglich, weil … weil …« Johanna sah zu Gretlin, die weiß wie die Wand zwischen den Schergen stand und mit weit aufgerissenen Augen auf den Knecht des Randegg starrte. Frühauf sagte: »Das war dieser Mann!« Damit starrte auch er diesen Knecht an.

»Was«, kreischte da Johanna, »einem dahergelaufenen Falotten glaubt ihr, dem da, dem stinkenden Bock mit dem toten Federviech da herum, der soll über Leben und Tod meiner Gretlin bestimmen?«

Da war es mit der Ruhe des Stadtrichters vorbei und er brüllte, dass alle Anwesenden, einschließlich Barbel, zusammenzuckten. »Ich verbitte mir eine solche Sprache, Weib. Wie kannst du es wagen, dermaßen respektlos von diesem Herrn zu sprechen!«

»Herr, welcher Herr?«, kreischte Johanna erneut und sah besorgt zu Gretlin, die wieder scheinbar teilnahmslos dreinschaute, was nichts anderes bedeutete, als dass sie kurz davor stand, einen hysterischen Schreianfall zu bekommen.

»Dieser Herr«, meinte der Stadtrichter nun wieder ruhiger, »ist niemand geringerer als Heinrich von Schaunberg, Sohn des Ulrich von Schaunberg, in seiner Eigenschaft Berater unseres hochwohlgeborenen Herzogs Albrecht. Und jetzt, Weib, aus dem Weg, geredet worden ist jetzt genug!«

Stille senkte sich über den Platz. Auch Hanna schwieg erschüttert. Da durchdrang ein markerschütternder Schrei, auf den kurze, abgehackte Schluchzer folgten, das Schweigen. »Er war's, Hanna. Die Elsbeth, der Geruch, Hanna, die Yrmel hat ihn beobachtet, da waren wir dann sicher. Ich wollt es dir doch heute Morgen schon sagen, er war's. Und meine schwarzen Adler, die hat er auch …« Damit brach Gretlin zusammen und wurde, leicht, wie sie war, von den Schergen hochgehoben und in Richtung Hoher Markt geschleift. Johanna sah dem Knecht des Randeggs ins lächelnde Gesicht. Ihre Lippen formten lautlos den Namen Heinrich von Schaunberg. Ungläubig schüttelte sie den Kopf.

»Ein schöneres Weib hat noch kein Mensch gesehen …«, sang Ewald mit seiner inzwischen recht tiefen und geübten Stimme und bekam postwendend eine Kopfnuss von Sander. Lachend setzte er fort: »Wer sie kennt, der kann mit Recht nur sagen: An ihr ist alles fehlerlos. «

»Musst du denn hier, vor dem Regensburger Hof, so ein Trara veranstalten, die Leute schauen schon! Die kennen mich als erfolgreichen welschen Feldherrn im Dienste des Herzogs und nicht als Hanswurst.« Verärgert schnaufte Sander.

»Ihr Antlitz leuchtet wie die Sonne, und klar die hellen Augen, rot der Mund …«, trällerte Ewald weiter und puffte seinen wiedergewonnen Freund aus Jugendtagen so lang in die Seite, bis dieser seinen Groll vergaß und zu lachen begann.

»Dir werde ich nichts mehr erzählen, das sag ich dir«, gluckste Sander und schüttelte Ewald ab, »du bist übermütig wie eh und je und dämlich noch dazu!« Lachend umarmte Ewald den jungen Randegg und meinte: »Für mich bleibst du immer der verweichlichte quengelige Ziehsohn des Patriarchen, ich pfeif auf deinen militärischen Erfolg! Wie bin ich froh, dich hier wieder getroffen zu haben! Ich habe dir so viel zu erzählen! Aus Frankreich, Kastilien, England, Schweden und Ungarn …«

»Da muss ich mir ja viel Zeit nehmen, Ewald!«, lachte Sander und wurde plötzlich ernst. »Sobald ich meinen Auftrag erledigt habe, höre ich dir gern zu! Aber sag mir, wie hast du gewusst, dass ich hier in Wien weile?«

»Das war ja ganz leicht«, meinte der Sänger lachend, »ich hab dich sozusagen erschnuppert!«

»Du hast *was*?«

»Na, deinen Diener, den du damals aufgedrängt bekommen hast vom Gefolge des Passauers. Du weißt schon, als der Albert von Winklern kalte Füße bekommen hatte, na wie heißt er denn, den sie dir geschickt haben in den Köllner Hof …?«

»Heinrich?«

»Ja den Heinrich, diesen Stinkbolzen«, setzte Ewald grinsend fort.

Sander warf entschuldigend ein: »Ja ich weiß. Ich habe mich schon fast an sein Gekeuche gewöhnt, an seine verwachsene Gestalt und auch an diesen Geruch nach Thymian und Campher. Mit diesen Kräutern und dem weißen Pulver scheint er besser Luft zu bekommen, und seine Anfälle und Krämpfe werden auch weniger. Obwohl – du hast recht – in letzter Zeit nimmt sein Gestank ziemlich überhand! Er ist auch immer sehr erregbar, wenn du weißt, was ich meine. Dauernd diese Unruhe, einmal lacht er die ganze Zeit, dann wieder streift er in den Wäldern umher. Ach, weil er auch ständig mit dem Jagen von Federvieh beschäftigt ist und schmutzig daherkommt!«

»Das ist untertrieben, fürwahr, mein Freund«, setzte Ewald fort, »den geladenen Gästen des Bürgermeisters ist der Appetit vergangen, als Heinrich da herumgespuckt und gekeucht hat! Jedenfalls wusste ich, wenn der Stinker da ist, dann bist auch du nicht weit!«

»Welche Gäste eigentlich?«

»Na, auf der Siegerfeier für den Gewinner des Scharlachrennens, da ist der Heinrich herumscharwenzelt, hat geschwitzt und gestunken. Ich hab mir sowieso schon gedacht, warum du ihn nicht einfach vor die Türe setzt, hab dich aber in dem Gedränge nicht gefunden!«

»Kein Wunder, ich war ja gar nicht dort!«

»Was?«

»Nun, ich war bei der Gattin des Herzogs, bei Beatrix, ich musste noch ein paar Erkundigungen wegen meines Auftrages hier einholen«, nachdenklich hielt Sander inne, »sag mir, was macht der Heinrich ohne mein Wissen auf einem Bürgermeisterempfang?«

»Es schien mir, als wäre er mit dem Fichtenstein da! Mit dem hat er ganz vertraulich getuschelt.«

»Was, mit dem Hofmeister?«, bemerkte Sander misstrauisch. »Da wird er mir wohl einiges erklären müssen!«

»Das denke ich auch. Aber jetzt«, Ewald klopfte seinem

Freund auf die Schulter, »lassen wir den Stinker, und du zeigst mir dein kleines Vögelchen. Komm, wir gehen nach Sankt Hieronymus!« Verlegen wand sich Sander: »Also, ob die Gretlin jetzt wirklich Zeit hat, uns zu empfangen …«

Ewald lachte geradeheraus: »Glaub mir, eine Büßerin, die Aussicht auf einen Ehemann hat, die nimmt sich Tag und Nacht Zeit für seinen Besuch. Oder würdest du gern den ganzen Tag nur arbeiten und deutsche Hymnen singen, wenn da draußen das Leben mit all seinen fröhlichen Liedern wartet?«

»Nein«, Sander schüttelte bestimmt seinen Kopf, »so ist die Gretlin nicht, die ist viel ernsthafter, sittsam und …

»Ja, ja, mein Freund, dich hat es ziemlich erwischt, so viel steht fest.« Ewald grinste, und einträchtig plaudernd spazierten die beiden Männer von der Rotenturmstraße zum Stephansplatz. »Komm wir gehen gleich über den Freithof«, schlug Ewald vor und schob Sander durch das Mesnertor auf den weitläufigen Gottesacker rund um den Dom. Über den Fürstenbühel, eine kleine Erhebung, von wo aus die Herrschenden ab und an zum Volk sprachen, wanderten sie weiter, bis sie am Stephanstor angekommen waren, das in einem schmalen Durchgang zur Singerstraße mündete. Kaum hatten sie das Tor passiert, da kam ihnen eine aufgeregte Menschenmenge entgegen. Schnell drückten sie sich an die Wand, um den Pöbel durchzulassen. Ein Weib, das offensichtlich schon zu viel getrunken hatte, schnappte Ewald am Arm und raunte: »Kumm mit, junger Herr, am Hohen Markt gibt's was zu schauen!« Ewald riss sich los und half dann Sander, der sich angeekelt von einem grobschlächtigen Mann bedrängt sah, der ihm unbedingt ein richtig dreckiges Weibsstück zeigen wollte. Als die Meute vorüber war, schüttelten sich beide und lachten schon wieder, so groß war die Freude, dass sie wie in alten Zeiten durch die Stadt schlendern konnten. Als sie dann die Gasse zum Grünen Anger passiert hatten, zeigte Sander nach vorn und rief: »Da vorn ist die Klosterpforte, aber ich denke, wir werden den Eingang durch den Klosterhof direkt in die Küche nehmen!« Ewald schmunzelte über die plötzliche Aufregung, die sich im Gesicht seines Freundes widerspiegelte, und meinte verschwörerisch: »Du kennst ja den Hausbrauch schon ganz gut!«

»Na ja«, erklärte Sander ernst, »ich bin schon ein paarmal hier gewesen mit dem Ludwig Fütterer, einem Kaufmann aus Nürnberg, der Geschäfte wegen, weißt du!«

»Ich hoffe doch, du warst auch schon einmal nicht unbedingt geschäftlich, sondern eher privat hier, mein Freund?« Ewald platzte fast vor Lachen, als er die große Verlegenheit Sanders erkannte.

»Ja, also … schon eher, auch einmal oder zweimal oder so …«, stotterte Sander und setzte dann laut fort, um sich abzulenken: »Was ist dort vorn los, warum stehen denn da alle auf der Gasse?«

»Scheint ein sehr weltoffenes Kloster zu sein, die Büßerinnen zu Sankt Hieronymus, um es einmal so auszudrücken!« Ewald schmunzelte, verharrte aber plötzlich, als eine alte, etwas zu dicke Büßerin mit verweinten Augen rief: »Ach Alexander, dich schickt der Himmel!« Ein eher versoffener alter Mann rang die Hände und brüllte: »Xandl, komm her do zu uns, es is was Schreckliches passiert!« Ganz fertig war Ewald, als dann auch noch eine alte Schachtel, die wie ein Bund verwelkter Petersilie aussah, kreischte: »Ich habs euch allen gsagt, der stinkate Vogelmensch war's. Aber mir glaubt ja sowieso kaner …«

»Sag mal, mein Freund, wer sind denn die komischen Leute da und was wollen die?«, fragte Ewald unsicher und fasste Sander am Arm. Der riss sich vehement los, rief dann aber noch schnell über die Schulter: »Das sind die Johanna, der Barthel und die alte Barbel – da muss was Furchtbares geschehen sein, die sind sonst nicht so!« Damit lief er das letzte Stück Weg, als wäre der Teufel persönlich hinter ihm her.

»Also, das möchte ich jetzt aber doch sehr hoffen, dass die sonst nicht so sind«, murmelte Ewald und folgte seinem Freund langsam nach.

Bei der Gruppe angekommen, staunte Ewald nicht schlecht, als sich die beleibte Frau, der der Tracht nach eine Büßerin, in die Arme Sanders fallen ließ und herzzerreißend schluchzte: »Die Gretlin, Sander, stell dir vor, die Gretlin ist im Narrenköttl.«

Alle Farbe wich aus dem Gesicht seines Freundes, und Ewald stellte sich zum Schutz ganz dicht zu ihm, sodass er mit seinem Brustkorb den Rücken Sanders stützte. »Warum«, kam es leise über die Lippen des Randegg, »was hat sie verbrochen?«

Der alte, nach Wein riechende Mann, den Ewald als Barthel erkannte, begann in breitestem Wienerisch zu erzählen. Ewald verstand so gut wie kein Wort und wunderte sich wahrlich, dass Sander offensichtlich der Schilderung folgen konnte. Von einem Krispin war die Rede, der aus einer Löwengrube kam, der einen stinkenden Vogelmann beschattete und dann erfuhr, dass die Schergen zum Henker ausgeschickt wurden, um ein Vögelchen in der Singerstraße abzuholen. Man musste dem Sänger seine Ratlosigkeit angesehen haben, denn Yrmel, die abseitsstand und sich natürlich nicht an dem ganzen Tumult, wo jeder irgendetwas daherredete, beteiligte, schüttelte Sander am Arm und deutete auf den ratlosen Sänger. Der verstand, drehte sich zu seinem Freund und übersetzte Ewald den wienerischen Kauderwelsch so, dass auch er mitbekam, was passiert war. Yrmel begleitete die Worte mit ausdrucksvollen Gesten, malte mit langen, schmalen Fingern Gitterstäbe in die Luft, verzog den schönen Mund zum Weinen, deutete auf ihr Herz und zeigte auf Sander, auf Johanna und Barthel. Ewald konnte nicht sagen, was ihn mehr erschütterte. Der atemlose und verzweifelte Bericht seines Freundes oder die Angst und Sorge in den dunklen Augen der Büßerin.

»Und ihr seid euch wirklich gewiss, dass es mein Diener Heinrich war, der Gretlin angezeigt hat?«, fragte Sander mit Zaudern, so als würde sich noch immer alles in ihm sträuben, dieser Geschichte Glauben zu schenken.

»Ja«, sagte Johanna leise »er war's. Gretlin hat es mir noch einmal bestätigt, bevor … bevor …«, beklommen hielt sie inne, wollte sie Sander nicht auch noch mit dem Zusammenbruch der jungen Frau quälen, stattdessen bemühte sie sich, von etwas anderem zu sprechen, und berichtete weiter: »Diese Adler, diese schwarzen hat er auch an sich genommen!«

»Welche Adler?«

»Die goldene Stickerei mit den schwarzen Adlern, die ich von der Dorthe geholt hab mit den Briefen! Na all diese Sachen«, Hanna schüttelte unwillig den Kopf, »die Gretlin gehören!«

Verwirrung war ins Gesicht des jungen Randegg geschrieben: »Wer ist Dorthe? Wo sind Briefe? Schwarze Adler, goldene Stickerei …«

»Was?«, rief nun auch Ewald dazwischen, »woher hat dein Mädchen den Königsadler, Sander?«

»Ich … ich weiß nicht …«, murmelte Alexander von Randegg und verstummte.

»Wo sind die Briefe?«, fragte Ewald und wandte sich an Johanna.

»Die hab ich der Kathi gebracht, wir können ja alle nicht

lesen …«, mutlos seufzte Johanna, »ich weiß jetzt gar nicht mehr, was ich mir dabei gedacht hab. Ich wollt ja nur herausfinden, wer die Gretlin eigentlich ist, ich hab mir halt gedacht, vielleicht steht das in diesen Briefen.«

»Aber du weißt doch, wer Gretlin ist, sie ist schon acht Jahre in deiner Küche, du hast sie aufgelesen damals aus der Gosse.« Sander sah besorgt zu Johanna.

»Na aufgelesen nicht direkt, gebracht haben sie sie mir. Also die Stadtguardia hat sie zu Sankt Hieronymus gebracht, weil sie ja das gelbe …« Johanna wurde das langsam alles zu viel, zuerst der Besuch bei den Klarissen, die Angst, verhaftet zu werden und jetzt zuschauen zu müssen, wie sie die arme Gretlin zur Schranne schleiften wegen Wiederbetätigung, wo Gretlin ja nicht einmal ein Hübschlerin war!

»Vermaledeites gelbes Tüchel!«, schrie sie. Ewald und Sander, die an ihren Lippen hingen, weil sie noch mehr zu erfahren wünschten, schüttelten verwirrt den Kopf. Der Sänger deutete Sander bereits, dass mit dem Weib da irgendetwas nicht stimmte, er drehte seinen Zeigefinger und klopfte ihn dann an die Stirn, doch Sander winkte ab und widmete sich wieder der Köchin, die im Augenblick ihre ganze Kraft und Courage verloren hatte und wie ein Häuflein Elend an der Wand des Kloster lehnte.

»Was ist mit dem Tuch, mit den Briefen, mit der Stickerei, Johanna«, versuchte es Sander geduldig noch einmal, »du musst uns sagen, was du weißt, sonst kann ich bei Hof gar nichts machen, um Gretlin zu helfen!«

Wütend stellte sich die Angesprochene den beiden entgegen und schrie: »Das ist es ja eben, ich weiß gar nichts! Ich weiß nur, dass Elsbeth nicht die Mutter von unserer Gretlin ist! Und das – auch wenn ihr mir jetzt nicht glaubt – hab ich erst heute Morgen erfahren!«

Yrmel schaute nach einem kurzen Blick zu Ewald zu Boden, Barthel sah Johanna verständnislos an: »Wos sogst denn do, Hannerl, die Gretlin, die is do da drunten bei den Fensterhennen aufgwachsn, wos solls denn da sonst sein als a freies Töchterl?«

Schwer atmend stemmte Johanna ihre Hände in die Hüften und sagte halblaut: »Sie is net amal a Büßerin, Barthel. Sie hat nämlich gar nix zu büßen, sie is net amal a freie Tochter, nur a Jungfer vor dem Herrn, sonst nix.«

»Des hob i ja scho imma gwußt, Hannerl, die ganze Zeit schon, musst sie ja nur anschaun, de Klane, so verschüchtert, wie die war, die hat no ka Mannsbild so ganz ohne ...«

»Halts Maul, Barbel ...«, unterbrach Johanna das Kräuterweibel schroff.

»Ja Himmelherrgott, was macht's denn dann im Kötter wegen Wiederbetätigung?«, murmelte Barthel und wischte sich über die Augen.

»Sie hat eine goldene Stickerei mit schwarzen Adlern ...?«, murmelte Sander von Neuem. »Waren da vielleicht auch so Plättchen drauf, sie sich ganz hart anfühlen wie Metall?«

Johanna nickte verzagt.

»Emaille?«, fragte Ewald Sander, der traurig nickte.

»Und so Schnüre, waren die auch da herum, Johanna, so weiße ...«

»Perlen meinst du wohl, Sander, ja, so was kenn ich, ja, die waren auch drauf, ganz kleine, ganz viele.« Johanna faltete die Hände.

»So hat mir mein Oheim die Stola beschrieben, Ewald, genau so«, flüsterte der junge Randegg.

Alle waren still geworden, jeder hing seinen Gedanken nach, da schrie Sander mit einem Mal gequält auf, setzte sich einfach auf die Gasse und vergrub sein Gesicht in den Händen. Ewald beugte sich zu ihm, tätschelte seine Schulter und meinte: »Wir holen sie da raus, Sander, mach dir keine Sorgen, wir haben beide genug Freunde und Gönner bei Hof.« »Nein, nein«, hörte Ewald seinen Freund flüstern und war erschüttert, als er die Tränen sah, die ihm die Wangen herunter rannen. »So einfach ist das nicht.« Mit unendlich traurigem Gesicht blickte Sander auf und hauchte fast, so leise sprach er: »Sie, also Gretlin, war die ganze Zeit im Besitz des goldenen Tuches mit den schwarzen Adlern, Ewald. Sie hat von gar nichts gewusst. Wer die Adlerstola hat, der ist der Erbe, denn die ist von niemand Geringerem als von Ludwig dem Bayern!«

»Dem Kaiser? Das kann nicht sein, da musst du dich täuschen!«

»Das hat mir mein Oheim so anvertraut. Das heißt, dass ich die ganze Zeit nach dem Falschen gesucht hatte. Mein Oheim hat einen Säugling gerettet. Mehr hat er mir ja nicht gesagt, wie sollte ich wissen ... Die Gräfin von Tirol hinterließ einen Erben, aber es ist kein Mann, sondern ...« Sander schluckte.

»Eine Frau, wie sie selbst eine war«, vollendete Ewald den Satz und schüttelte erstaunt sein Haupt.

»Deswegen wird es nicht so leicht sein, Gretlin da heraus zu holen, sie wird zu Tode kommen, Ewald, nicht, weil sie als Büßerin versagt hat«, er lachte gequält auf, »eine Büßerin, die sie ja nicht einmal sein darf, sondern weil sie die rechtmäßige Erbin von Tirol, Tochter des Brandenburgers und der Herzogin ist.«

»Ich frage mich nur, Sander«, meinte Ewald nachdenklich, »wie Heinrich das herausbekommen hat.«

»Nun«, antwortete Sander leise, »er war ja immer dabei, er kannte meinen Oheim, er war mein Diener, die ganze Zeit. Als er das Stück Stoff bei Johanna gesehen hat, da hat er sich ja gleich ausgekannt. Er ist verwachsen, rachitisch, krank, aber nicht dumm. Ewald, dieser Heinrich war mir die letzten Jahre eine große Hilfe. Er ist eigentlich, wenn ich es recht bedenke«, Sander dachte nach und rieb sich mit den Fingerspitzen die Stirn, »erstaunlich!«

Johanna, die sich inzwischen etwas gefangen hatte, kam näher zu den beiden und legte Sander die Hand auf die Schulter. »Ich hab dir noch etwas zu sagen, Alexander. Es geht um deinen Knecht. Er ist auch nicht das, was er vorgibt zu sein, ich weiß es vom Stadtrichter persönlich. Also da gibt es keinen Zweifel.« Als Johanna Alexander von Randegg den wahren Namen seines vermeintlichen Diener kundtat, wollte sich dieser schreiend zum Hohen Markt aufmachen, doch Ewald hielt seinen Freund mit aller Kraft zurück. Er umfing ihn mit seinen starken Armen und summte leise in sein Ohr, immer wieder, so lang, bis sich sein Freund nicht mehr wehrte: »Ihr Antlitz leuchtet wie die Sonne, und klar die hellen Augen, rot der Mund …«

Dann hielt er ihn eine Armlänge weg und flüsterte: »Mit Wut, Zetern und Gebrüll kannst du ihr nicht helfen, Sander, komm mit, wir müssen zu Beatrix!«

Die hohe Frau saß auf ihrem Holzstuhl, den geschnitzte Löwenköpfe als Armlehnen zierten, und beschäftigte sich scheinbar eingehend mit ihrer am großen Rahmen aufgespannten Stickarbeit. Sie hielt ein burgunderrotes Garn gegen das Licht. Sieben brennende Kerzen auf einem Kandelaber, der in der Wölbung der dreigeteilten Maßwerkfenster aufgestellt war, tauchten den Raum in ein anheimelndes Licht. Diese große Kammer, die sich im Nordtrakt der Burg befand, war nur eine von vielen repräsentativen Räumlichkeiten und wurde bevorzugt zum Empfang von Gästen genutzt, wenn der anschließende Königliche Saal, wo auch Recht gesprochen wurde, zu groß erschien. Die Familie liebte dieses Zimmer nicht zuletzt deshalb, weil es nicht wie der Saal über zwei Geschosse ging, sondern die Decke niedriger war, und ein munteres Feuer im Kamin ausreichte, es jetzt im November halbwegs warm und gemütlich zu machen. Die Dame am Fenster nickte bedächtig mit dem Kopf und entschied sich dann doch für altrosa Fäden, um die Blütenblätter des kleinen Rösleins an der Bordüre zu sticken.

Sie würde einen ganzen Rosengarten sticken, um nur ja nicht in das verschlagene, widerliche Antlitz des Hofmeisters blicken zu müssen, der sich eben in seiner Wichtigkeit sonnte, lässig an der Balustrade lehnte und ihren Gatten, dem Herzog, gestenreich seiner Unterstützung versicherte.

»Mir ist das schon von Beginn an sehr beunruhigend erschienen«, hörte sie Fichtenstein, wie immer von oben bis unten in Schwarz gekleidet, die Beinkleider so eng um die dünnen Waden, dass sie wie Spinnenbeine wirkten, mit der ihm eigenen nasalen Stimme sagen.

»Und warum dann, werter Hofmeister, dringt diese Kunde erst jetzt an mein Ohr«, der Herzog, der es auf seinem Stuhl hinter einem großen Pult nicht mehr ausgehalten hatte, ging auf und ab und hielt, wenn immer er am kunstvoll mit Arabesken eingerahmten Kamin vorbeikam, schnell die Hände über das prasselnde Feuer. Seine Gattin wusste nur zu gut, dass dies eine Geste des unterdrückten Zorns und der Ungeduld ihres Gatten war. Fichtenstein schien davon nichts zu bemerken oder wollte es nicht, denn er fuhr in seinem Singsang fort: »Nun, ich wollte zuerst ganz sicher gehen, bevor ich Euer Gnaden mit dahergeredetem Unsinn behellige.«

Du wolltest schlicht und einfach wissen, ob du es zu deinen Gunsten verwenden kannst, dachte Beatrix und stach so fest die Nadel in den Stramin, dass sie fast ein Loch gerissen hätte.

»Aber wenn Euer Gnaden sich lieber selbst überzeugen möchten … Besagter steht draußen.« Finkenstein machte eine einladende Handbewegung Richtung Tür, hinter der sich ein kleines Empfangszimmer befand.

»Was heißt, er steht draußen?«, fragte der Herzog unwirsch und sah zu seiner Frau, die kaum wahrnehmbar die Schultern hob. Auf einen kurzen Wink von Albrecht machte sich ein Diener, der bisher regungslos in der Kammer gestanden hatte, auf den Weg zur Tür. Finkenstein lächelte ölig und warf sich in Positur. Er konnte es kaum erwarten, Albrecht dabei zuzusehen, wenn man ihm sein Lieblingsspielzeug Tirol wegzunehmen drohte. Der Diener ging in das kleine Empfangszimmer und ließ die Tür angelehnt. Der Herzog, seine Frau und der Hofmeister hörten gedämpfte Stimmen, dann erschien er wieder und fragte demütig. »Wen der drei Herren darf ich hereinbitten?«

»Der drei?«, entfuhr es Finkenstein erschrocken. Beatrix, die nur auf eine kleine Unsicherheit des Hofmeisters gewartet hatte, fuhr schnell dazwischen, bevor noch einer der beiden Männer reagieren konnte. »Natürlich alle drei, Leopold. Der Herzog lässt niemanden ungehört am Eingang stehen, oder?« Fragend sah sie ihren Gatten an, der ungeduldig seine Zustimmung gab. Finkenstein sah erst betreten zu Boden, dann aber richtete er seine Aufmerksamkeit zur Tür, wo Heinrich, Ewald und Sander mit kurzen Verbeugungen die große Kammer betraten. Letzterer war kreideweiß und seine Lippen zitterten vor Wut. Als er und Randegg vom Hieronymus Kloster direkt her in die Burg gelaufen kamen, wartete Heinrich, sein Diener, oder besser gesagt sein ehemaliger Diener bereits und teilte ihnen mit süffisantem Lächeln mit, dass er Gretlin schon sicher im Narrenköttl abgeliefert habe und jetzt gern mit ihnen zum Herzog gehen würde. Als Sander auf ihn losgehen wollte, hatte er ganz klar formuliert, dass es genau zwei Möglichkeiten für den jungen Randegg gäbe: Entweder er erfülle den Auftrag seines Oheims und gab preis, dass Gretlin die Enkelin der verstorbenen Gräfin von Tirol war, was ihm den Groll des Herzogs eintragen würde oder mehr als das, denn Habsburg würde die Tiroler Lande verlieren. Oder aber er vergaß die ganze Sache mit dem Erbe, stempelte Gretlin zur rückfällig gewordenen Büßerin und sah zu, wie sie ertränkt wurde. »Pflicht oder Neigung, entscheide dich, junger Herr, in allen Fällen werden du und deine kleine Hure die Verlierer sein!«

Sander wollte in dieses vom Lachen verzerrte Gesicht schlagen, diesem verwachsenen Wicht die Zunge herausreißen, aber Ewald ging dazwischen und meinte zuckersüß, dass sie sehr gern mit Heinrich zum Herzog gehen würden.

So standen sie nun da alle drei, und in Sanders Kopf hämmerte es »Pflicht oder Neigung, Pflicht oder Neigung«.

Endlich, nachdem er seinen Besuch gemustert hatte, und sein Blick an Heinrich haften geblieben war, meinte der Herzog barsch: »Muss ich mich denn jetzt schon mit jedem Abschaum unterhalten, weil Sie es, werter Herr Hofmeister, von mir verlangen?«

Der Angesprochene zuckte mit den Schultern und meinte betont gleichgültig: »Nun, natürlich *müssen* Sie nicht, aber ich kann Ihnen versichern, dass dieser Herr«, damit zeigte er auf Heinrich, »Ihnen Wichtiges mitzuteilen hat«. Er räusperte sich und zeigte abfällig auf Sander und Ewald: »Was die anderen beiden hier zu tun haben, entzieht sich meiner Kenntnis. Ich weiß nur, dass dieser Mann hier gleich einem scharfen Messer ins Habsburgerfleisch schneiden kann, wie er mir im Vertrauen mitteilte!« Fichtenstein zwinkerte Heinrich verschwörerisch zu und ermunterte ihn, zu sprechen. Erbost drehte sich Albrecht zu Heinrich und donnerte: »Was erlaubst du dir, du verwachsener Wicht, wer glaubst du zu sein, um hier solche Reden zu schwingen?«

Heinrich, auf einen solchen Angriff nicht vorbereitet, begann zu keuchen und um Luft zu ringen. Fichtenstein, der ihm beistehen wollte, meinte: »Er kann uns zum Erben der Gräfin von Tirol führen, er weiß von jemandem, der Ihnen, Herzog, die Länder, von Ihrem Bruder Rudolf mühselig erworben, aus den Händen reißen kann!«

»Ach ja, einen Erben, so, so«, fragend sah Albrecht zu Beatrix, die ihm mit einer kurzen Geste zu verstehen gab, dass Heinrich zu Wort kommen sollte.

Der hatte sich mithilfe einer großen Portion Campher wieder so weit im Griff, dass er sprechen konnte. Unverblümt wandte er sich an die Herzogsgattin und meinte: »Danke, dass du mir Gelegenheit gibst, mich endlich einmal bei dir persönlich vorzustellen, liebste Cousine!« Beatrix' Augen weiteten sich, um dann gleich zu engen Schlitzen zu werden und sie fragte lauernd: »Wie soll ich das denn verstehen?«

»Nun, werte Base, so schwer ist das doch nicht. Aber ich will es dir dennoch erklären.« Lächelnd umkreiste er Ewald, der schon lang nicht mehr so perplex gewesen war, und den noch immer wutschnaubenden Sander und trat ein paar Schritte auf Beatrix zu, die sich von ihrem Sessel erhoben hatte.

Nur kurz rang er nach Atem, dann meinte er wie nebenbei: »Mein Vater hat mir leider nicht viel von seinem Schwiegervater erzählt. Genauer gesagt hat er überhaupt nicht mit mir gesprochen, aber das gehört jetzt nicht hierher. Nur so viel: Mein Vater heiratete Adelheid von Hohenzollern, das war«, Heinrich ging noch einen Schritt Richtung Beatrix, »vor genau 24 Jahren.«

»Was hast du mit meiner Tante zu schaffen?«, fragte Beatrix erschrocken.

»Nun, hattest ist der richtige Ausdruck. Die Gute verstarb überraschend«, ein grimmiges Lächeln umspielte seinen Mund, »war übrigens nicht recht schade um sie!«

»Wie kannst du nur so über meine Tante, über die Schwester meines Vaters, der immerhin Burggraf zu Nürnberg ist, wie kannst du nur ...«, setzte Beatrix an, wurde aber sofort von Heinrich unterbrochen. »Ich kann sehr wohl, liebste Base. Ich bin nämlich der Sohn deiner Tante.« Erschrocken verstummte die Herzogin. Dann fasste sie sich und flüsterte: »Du bist der Sohn von Adelheid? Dann müsste dein Vater ja ...«

»Genau«, unterbrach Heinrich, plusterte sich auf und sah einen nach dem anderen an, Ewald, Sander, Fichtenstein und zuletzt den Herzog, »Ulrich von Schaunberg ist mein Vater. Ich bin der Vetter Ihrer Gemahlin, Herzog, und der Sohn Ihres lieben Oheims Ulrich. Ich gehöre sozusagen zur engen Familie!«

»Nie wirst du zu meiner Familie gehören«, fauchte Beatrix.

»Wer wird denn so uneinsichtig sein, liebste Base?«, konterte Heinrich.

Betroffenes Schweigen umfing ihn. Heinrich schien das alles noch mehr anzustacheln. Wie im Rausch setzte er fort: »Und als Einstandsgeschenk habe ich gleich etwas ganz Besonderes mitgebracht. Ich schenke dir, Albrecht, Tirol.«

»Das kannst du nicht! Das gehört mir bereits«, zischte der

Herzog und stellte sich schützend neben seine Gemahlin, die zu zittern begonnen hatte.

»So sicher wäre ich da nicht«, Heinrichs Stimme troff vor Sarkasmus, und mit einem langen Seitenblick auf Sander meinte er, »ich kenne da jemanden, der sehr enge verwandtschaftliche Bande zur Gräfin von Tirol hat!«

»Habe ich es Ihnen nicht gesagt, Euer Gnaden«, mischte sich da Hofmeister Fichtenstein ein, der sehr darunter litt, dass er nicht mehr beachtet wurde, und sich gleich wieder in den Mittelpunkt spielen wollte, »habe ich nicht gesagt, dass uns dieser Mann zum Erben von Tirol führen wird?«

Ganz ruhig sprach Albrecht zu Heinrich, bewusst den Einwand seines Hofmeisters missachtend, und nahm die kalten Finger von Beatrix in seine Hände: »Wie kannst du beweisen, dass du der Vetter meiner Frau bist?«

»Mein Vater kann es bezeugen.«

»Ulrich von Schaunberg?«

»Ja, mein Vater, Ulrich von Schaunberg«, Heinrich stampfte auf wie ein trotziges Kind.

»Nun, dann lasse man ihn holen, den Schaunberger, wenn es sein muss, auch mit Gewalt.« Auf einen Wink verließ der Diener an der Tür die Kammer. Albrecht vermutete richtig, dass Ulrich nicht unbedingt gern seinen Anweisungen Folge leisten würde, belagerten landesfürstliche Truppen doch seit über einem Jahr die Burg Neuhaus in Österreich ob der Enns. Dieses Lehen, das die Grafen von Schaunberg vom Bischof von Passau erhalten hatten, brachte Albrecht in seinen Besitz. Mit Erfolg hatte er dieses stolze Grafengeschlecht, das ihm schon jahrelang auf der Nase herumtanzte, in die Schranken gewiesen und in seine Abhängigkeit gebracht. Denn jetzt mussten sie ihn, Albrecht den Habsburger als Lehensherrn anerkennen, wenn sie die Burg, die als ihr Familiensitz, als fürstliche Repräsentation und als Stützpunkt zur Falkenjagd diente, behalten und weiterhin Herr über die weitläufigen Besitzungen bis zur Donau bleiben wollten. Das war sehr schmerzlich für Ulrich, aber nur so konnte Albrecht die Unabhängigkeitsbestrebungen dieses Grafen unterdrücken.

Nachdenklich ging Albrecht wieder im Raum hin und her. Sander, der nicht erwarten konnte, endlich Gretlin ins Spiel zu bringen, platzte heraus: »Und wie willst du, Heinrich, wissen, wer der Erbe von Tirol ist, wer soll deiner Meinung nach mit der Gräfin Margarete verwandt sein?«

Auf einen erstaunten Blick des Herzogs stockte Sander und verbeugte sich. »Ich vergaß mich vorzustellen, Euer Gnaden. Mein Name ist Alexander von Randegg, ich stehe Ihnen und Ihrem Bruder Leopold seit dem Chioggia Krieg am Schwarzen Meer militärisch zu Diensten.«

Albrecht nickte , winkte aber ab, denn von seinem Bruder wollte er jetzt gar nichts hören, und nahm den Satz Sanders wieder auf: »Ja, wahrlich, es würde mich sehr interessieren, woran ihr den Erben erkennen wollt«, er machte eine kleine Pause, »sofern er überhaupt zu finden ist, was ich ehrlich gesagt stark bezweifle!«

Heinrich reckte sich und erklärte stolz: »Nun, da wären Schriftstücke, Briefe, drei an der Zahl, von denen du, liebe Base, ja sicherlich weißt.«

Beatrix bedachte ihren Gemahl mit einem kurzen Blick und schüttelte dann bedauernd den Kopf.

Wütend ging Heinrich auf sie zu und blaffte: »Leugnen hilft dir gar nichts, ich weiß doch, dass die Briefe deiner Schwägerin bei den Klarissen übergeben wurden, ich war ja dabei!«

»Wenn du das sagst, werter Vetter«, entgegnete Beatrix süffisant, »ich war leider nicht zugegen.«

Zornig funkelte Heinrich die Herzogin an, um nach kurzem Nachdenken gleich wieder zu lächeln. Er griff sich an die Tasche seines braunen, durch Flecken verschiedener Herkunft ziemlich schmutzigen Umhanges und entgegnete: »Ich habe ja noch ein Beweisstück«, er klopfte auf seine Tasche, »und nur der, der im Besitz desselben war, kann der Erbe sein!« Der Herzog blickte überrascht auf, Fichtenstein trat näher, und Sander spürte die Wut in sich aufsteigen wie kochende Milch. Ewald, der die verdächtigen roten Flecken im Gesicht seines Freundes sah, raunte Sander zu. »Handle nicht unüberlegt, mein Freund, beherrsche dich.«

»Aber ich muss doch, uns läuft die Zeit davon, Gretlin, sie wird …«, flüsterte er verzweifelt.

Ewald dachte kurz nach, dann entschuldigte er sich bei den Anwesenden und verließ die Kammer, nicht ohne vorher Sander zuzuflüstern: »Ich kümmere mich darum und warte, bis du kommst. Ich tue mein Möglichstes, aber spute dich und komm mir nach! Bald!« Sander nickte gequält.

Beatrix hingegen verhielt sich sehr ruhig und dachte an das, was ihr die Schwägerin Katharina bei den Klarissen vorgeschlagen hatte. Sie kam zu der Überzeugung, dass es nun an der Zeit wäre, sich selbst einen Erben auszusuchen. Und das Beste daran war, dass sie da schon einen wirklich guten Einfall hatte!

Die ganze Nacht über hatte er Wache gehalten, gleich als Beatrix und der Herzog ihn entlassen hatten, war er hierher gelaufen. Hier wollte er warten, nicht von der Seite der jungen Frau weichen, bis … ja bis … Sander mit neuen Nachrichten vom Hof eintreffen würde. Er richtete es irgendwie ein, der schmächtigen Person, die zusammengekauert in dem Holzverschlag saß, eine Idee von Sicherheit und Schutz zu bieten. Ewald lehnte an einer Seite des Narrenköttls, und mit lauten Rufen scheuchte er die ganze Nacht herumstreunende Hunde, zu nahe kommende Schweine und Geflügel weg. Das war aber nicht das, was ihm zu schaffen machte, vielmehr war es der Pöbel, der nichts unversucht ließ, Gretlin zu quälen. Halbvolles Nachtgeschirr wurde herangeschafft, um es auf die Bedauernswerte zu kippen, schal gewordenes Bier oder faulige Küchenabfälle versuchte man über sie zu schütten, und wenn das wegen der Wache Ewalds alles nicht fruchtete, lief man schnell vorbei und spuckte zwischen den Holzstäben durch. Aber alles war besser als Steine. Ewald wusste nicht, was er tun sollte, wenn eine dieser Kreaturen einen Stein in die Hand nahm. Schon der Gedanke daran ließ ihn schaudern. Endlos schienen die Stunden, die der Sänger an der Seite der jungen Frau am Hohen Markt zubrachte. Und nur langsam zogen lichtere Nebelschwaden über den Platz, endlich ließ sich die Morgensonne als heller Punkt hinter der dicken Wolkendecke sehen. Ewald reckte seine steifen Glieder und sah besorgt zu Gretlin. Sie saß noch genauso unbewegt da wie gestern. Die Augen halb offen, die angewinkelten Knie fest mit den Armen umschlossen, kauerte sie in einer Ecke des Verschlages. Der warme Umhang, den Ewald ihr zwischen den Holzstäben hindurchgezwängt hatte, lag noch genauso verknüllt da wie gestern. Gretlin tat nichts, gar nichts. Sie gab keinen Ton von sich, sie sprach nicht, sie regte sich nicht. Wenn er nicht das leichte Heben und Senken ihres Brustkorbes wahrgenommen hätte, wäre Ewald überzeugt gewesen, es mit einer Steinsäule zu tun zu haben. Er sah auf und blickte durch die Gitterstäbe auf die andere Seite des Platzes Richtung Wipplingerstraße, wo sich das Rathaus befand. Plötzlich sah er sie. Gleich einer graubraunen, schlammigen Woge arbeitete sich eine grölende Menschengruppe schnellen Schrittes heran, allen voran der Henker, der wie in jeder größeren Stadt auch in Wien Todesstrafen öffentlich zu vollziehen hatte. Fast im selben Augenblick ein ähnliches Bild auf der anderen Seite, vom Lichtensteg her kommend, allen voran die Schergen und – Ewald konnte es nicht fassen – ein Pfarrer. Mit Rufen und Schreien kündigte sich auch hier eine Welle raubeinige, in grobe Umhänge gehüllte Masse an. Der Abstand zwischen den beiden Gruppen verringerte sich zusehends, bis etwa vier Dutzend Menschen unter lautem Gebrüll die Schranne erreicht hatten. Wie ein dampfender Lavastrom ergoss sich die Menge zu beiden Seiten des Narrenköttls. Ewald war umringt von schweißnassen Gesichtern mit roten Wangen vor Aufregung. Geballte drohende Fäuste begleiteten jede seiner Bewegungen, und nicht enden wollendes Gejohle der Männer und unentwegtes Kreischen der Frauen drangen an sein Ohr.

Viele waren heute mitgekommen, an diesem kalten Novembertag, hatten ihr armseliges Hab und Gut, die Häuser und Schuppen der Stadt kurzfristig den Alten und Kindern überlassen und hatten sich auf den Weg zur Schranne gemacht, um dabei zu sein, wenn eine sündig gewordene Büßerin in den Fluten der Donau ertränkte wurde. Aber die rechte Gaudi begann schon jetzt, denn auf dem Weg zum Wasser wollte man so richtig die Sau herauslassen! Schmutzig sind sie alle und gefährlich, dachte Ewald und rückte näher an das Gitter. Greise, die in abgetretenen Latschen nur mehr humpeln konnten, Männer, deren lange Haare verfilzt bis zur Schulter reichten, Frauen, deren derbe Hauben fett und fleckig vom Gesicht abstanden, und Jungfrauen, die verwahrlost und mit ungekämmten Flechten sich hysterisch und unkontrolliert die Seele aus dem Leib plärrten.

Erregt und angriffslustig musterten sie einander, warteten darauf, dass man die Büßerin aus dem Köttl zog. Wie Funken sprühte es aus den verklebten, gelblichen Augen und Anfeuerungsrufe: »Holt sie! Holt sie!«, schienen sich auszubreiten wie ein Flächenbrand.

So eine heruntergekommene und verlotterte Bande, die sich hier versammelt hatte, dachte Ewald, und es wurde ihm mit einem Mal bewusst, dass das auch Wien war, nicht nur die glänzenden Empfänge in der Herzogsburg, die erbaulichen Messen im Dom, die er bis jetzt mit diesem, seinem Lieblingsort, verbunden hatte. Aus welchen Löchern nur sind diese derben Leute gekrochen, fragte er sich, und wo waren sie sonst, wenn keine Hinrichtung ihr trauriges Dasein erhellte? Aber wo, wo in Gottes Namen war Sander? War der Schaunberger doch nicht gekommen, war der Herzog unzugänglich, konnte Sander all sein Einfluss bei Hof nicht helfen?

Mitten in das lauter werdende Gebrüll drang ein lang anhaltender Ton aus einem Horn über den weiten Platz. Sofort verebbte der Lärm, und die braungraue Masse teilte sich brav zu beiden Seiten, trat in den Hintergrund, ließ Raum für die Schergen des Henkers. Alle schauten gebannt auf Gretlin, die, als sich der Henker am Riegel ihres Verschlages zu schaffen machte, unruhig umsah und dann blitzartig auf die Füße sprang. Der etwa 30 Lenze zählende Mann unterschied sich sehr von der ihn umgebenden Meute. Seine Beinkleider waren nicht lose, sondern eng anliegend. Seine Beinlinge endeten in einem gemusterten Aufschlag direkt unter dem Knie und steckten in schwarzen spitzen Lederschuhen. Prächtig legte sich ein fellgefüttertes Wams um seine breiten Schultern, und die geschlitzten Ärmel ließen einen

Blick auf ein weißes Leinenhemd zu. Die Haare trug er kurz geschnitten. In einer Hand hielt er eine Hacke, mit der er das hölzerne Schloss barsch öffnete, die andere streckte er ohne viel Aufhebens in den Käfig, packte Gretlin am Oberarm und zog sie mit Gewalt durch die kleine Öffnung. Ewald hielt den Atem an. Was würde die junge Frau jetzt tun? Er wartete auf ein Schreien, ein Toben und Kratzen, doch nichts geschah. Willenlos ließ sie sich vom Henker herausholen und links und rechts von den Schergen packen. Ihr Gang war steif, mit den durchgefrorenen Füßen der kalten Nacht kein Wunder, doch sie hielt sich, wie Ewald staunend feststellte, tapfer. Ihre hellblauen Augen waren auf einen Punkt hinter ihm gerichtet, er drehte sich, um zu erkennen, was Gretlin so gebannt fixierte. Da trafen sich seine Blicke mit denen aus warmen braunen Augen, denn niemand anderer als Yrmel stand ein paar Fuß nur entfernt. Sie trug denselben graubraunen Umhang wie der Pöbel über ihrer Nonnentracht. Man konnte sie nicht als Büßerin erkennen, zum Glück, dachte Ewald. Starr stand sie da, stolz und aufrecht, und sandte, wie es Ewald schien, ihre ganze Kraft zu der blonden, jungen Frau, die sich auf sie zu verlassen schien und so ihre Umgebung und all die Gewalt rundherum nicht wahrnahm. Gierig und geifernd waren Dutzende Augenpaare wie hypnotisiert auf Gretlin gerichtet. Enttäuschung machte sich jedoch langsam breit, die Büßerin hielt nicht, was sich die Menge unter einem plärrenden, kratzenden, in Sünde gefallenen Weib vorstellte.

Es war still geworden auf dem Platz vor der Schranne. Auf dem Balkon hatte sich der Gerichtsschreiber postiert und verlas mit lauter Stimme das Urteil. Bei dem Passus »Ertränken durch Sacken in die Donau«, erhob sich wieder Geschrei und Gejohle. Mühsam unterdrückte die Meute ihren Drang, nach vorn zu sprinten, um bei der grauenerregenden Prozession über den Lichtensteg, die Straße zum Roten Turm bis hinunter zum Donauarm möglichst weit vorn mit dabei zu sein. Doch die Schrannenknechte waren die Gelassenheit in Person. Mit besonnenen und sehr langsamen Bewegungen schirmten sie die Menschen von Gretlin und dem Henker ab, sodass sich diese an die Spitze des Zuges setzen konnten, dicht gefolgt vom Priester und einem Schreiber der Schranne. Daneben ging ein weiterer Knecht mit zwei langen Stangen und einem Sack aus grobem Stoff. Ewald, der rücksichtslos drängte, konnte einen Platz gleich dahinter ergattern, obwohl die Gerätschaften ihm ein nicht auszusprechendes Unbehagen bescherten. Beunruhigt sah er sich um, Yrmel war verschwunden, so plötzlich, wie sie erschienen war. Nicht nur er dürfte das bemerkt haben, denn auch Gretlin wurde zusehends unruhiger und wimmerte leise mit gesenktem Kopf. Nicht ohne ein gewisses Pathos streckte sich der Henker und schritt allen voran. Dabei neigte er seinen Kopf nach hinten, sodass das samtene Barett gerade noch auf seinem Haupt blieb. Mit lautem Rufen setzte sich der Zug in Bewegung. Ewald wurde mehr geschoben und gestoßen, als dass er sich selbst fortbewegte. Er sah nur einen Teil von Gretlin, ihren schmächtigen Rücken, eingeklemmt zwischen den breiten Schultern der Knechte. Wo war Sander nur, dachte er ein ums andere Mal. Was sollte er denn tun, wenn sein Freund nicht endlich auftauchte? Er konnte doch nicht zusehen, wie man diese unschuldige Frau in den Fluten ertränkte! Der Zug kommt schneller voran als gedacht, viel zu schnell, dachte Ewald bei sich. Schon sah man den Roten Turm ganz nahe, gleich würde man das Tor passieren und sich rechter Hand der großen Donaubrücke zuwenden. »Sander, wo bist du!«, schrie

Ewald verzweifelt und war sich bewusst, dass sein Hilferuf ungehört im Jauchzen der Menge unterging. Wie eine leblose Puppe ließ sich Gretlin durch die Rotenturmstraße schleifen, Ewald vermutete, dass sie gar nichts von dem mitbekam, was geschah, er hoffte es für sie. Als sie durch das Stadttor waren, verhielt der Zug, und Ewald sprang mit beiden Beinen in die Luft, um über die Köpfe seiner Vordermänner zu sehen, was denn da im Wege stand. Er glaubte zu träumen, als er Johanna in ihrer ganzen Leibesfülle hinter aufgebauten Verkaufsbuden erkannte. Daneben stand Barthel mit zwei Gesellen, die Ewald nicht kannte, die aber ziemlich kräftig aussahen. Auf den groben Brettern, die als Tische dienten, standen reihenweise Krüge und Becher. Mit einem ausgesucht freundlichen Lächeln reichte Johanna den ersten Trunk an den Priester, der Henker und die Knechte folgten. Als die Köchin Ewalds gewahr wurde, zwinkerte sie kurz mit dem rechten Auge, und Barthel schnalzte kurz mit der Zunge, dann wandten sie sich an die nächsten, reichten Becher um Becher mit einem herzlichen »Wohl bekomms!« herum, als wäre das hier ein Freudenfest und als hätten sie nie etwas anderes gemacht. Inzwischen war die Prozession völlig zum Erliegen gekommen, denn alles scharte sich um die aufgestellten Tische. Johanna zuckte jedes Mal zusammen, wenn einer der heruntergekommenen Gestalten einen Becher auf einmal aussoff, und Ewald schien ihr anzusehen, wie sie litt. Jeder getrunkene Wein war ein Becher Essig weniger. Ihr musste das Herz bluten. Doch tapfer hielt sie durch und versuchte, den Blick auf Gretlin, die weiter mit gesenktem Kopf zwischen den Schergen eher hing als stand, zu vermeiden. Als alle Umstehenden mit Trinken beschäftigt waren und sich schon eine etwas gelöstere Stimmung breitmachte, zischte Johanna Ewald unbemerkt zu: »Was ist mit Sander, kommt er denn? Lang können wir dieses Theater nicht durchhalten. Einmal ist auch der beste Wein aus!«

Ewald zuckte die Achsel und antwortete leise: »Ich habe noch nichts von ihm gehört. Ich wünschte, ich hätte bessere Nachrichten für euch!«

»Verdammter Mist, elendiger«, fluchte sie unterdrückt und rief laut in Richtung Henker und Priester: »Euer Gnaden, noch einen kleinen Schluck?« Dann drehte sie sich um und herrschte die beiden Knechte zu ihrer Rechten an: »Jobst, Krispin, laufts und holts noch des letzte Fassl aus dem Keller. Sputet euch.« Verschwörerisch lehnte sich Johanna dann wieder zu Ewald und raunte: »Wenn denen die Kehle trocken wird, dann geht's der Gretlin gleich nass eini!«

Ewald lächelte bitter und sah beunruhigt zum Henker und seinen Schergen, die sich mit dem Weinbecher in der einen und Gretlins zarten Unterarmen in der anderen Hand anschickten, weiterzugehen. Vorbei ging der schaurige Zug an der Schlagbrücke, wo wöchentlich das Großvieh geschlachtet wurde und die Wiener sich auf der fast 100 Schritte langen Brücke mit ihren Tontöpfen drängten, um sich frische Innereien für ein ausgiebiges Mittagessen zu sichern. Ewald schüttelte es bei dem Gedanken an Blutsuppe, geröstete Nierndln*, Rindsbeuschel** und Stierhoden. Sein Magen war von der Nervenanspannung so empfindlich, dass er fürchtete, sich übergeben zu müssen. Doch unbarmherzig wurde er weitergeschoben, und als er sich reckte und streckte, konnte er über die Köpfe der Menge den blonden Schopf Gretlins erkennen, die sich willenlos Richtung Langer Brücke schleifen ließ. Die Lange Brücke war mit ihren 500 Schritt Länge ein gewaltiges Bauwerk, das die Schlagbrücke

---

* Schweinsniere in Zwiebel geschmort
** Lunge vom Rind

direkt zierlich erscheinen ließ. Sie umspannte einen der tiefsten Donauarme hier im Überschwemmungsgebiet, bedrohlich gurgelte und schäumte dunkelgraues Donauwasser um die 30 hölzernen Joche, die die Brücke abstützten. Der Brückenkopf auf der anderen Seite endete halbkreisförmig und war zur Verteidigung der Stadt vorgesehen. Tabor wurde dieses Bollwerk genannt, das Wien vor Feinden schützen sollte, noch ehe diese überhaupt die Donau überwinden konnten. Ewald, der in die rasch dahin strömenden Fluten blickte, wurde plötzlich klar, warum gerade hier, zu Füßen der langen Brücke, der Hinrichtungsort für Tod durch Ertränken war. Das Wasser war tief, und durch die hölzernen Joche bildete sich ein Strudel in der Strömung. Ein menschlicher Körper, gefesselt und in einen Sack gebunden, würde nach unten gezogen werden, so wie das Stück Holz, dessen Bahn Ewald gerade mit Grauen beobachtete. Es trudelte munter heran, umschiffte das hölzerne Joch, stach plötzlich in die Wellen und verschwand, bis es ein ganzes Stück weiter vorn wieder an die Oberfläche kam. Ein Blick auf die langen hölzernen Stangen der Knechte sagte Ewald, dass Gretlin die Möglichkeit des Auftauchens nicht vergönnt sein würde. Angstvoll reckte er wieder seinen Kopf und drehte sich um. Er fing den panischen Blick Johannas auf, die weiter tapfer Wein aus dem letzten Fass ausschenkte, aber zusehends blasser und zittriger wurde. Doch Ewald gab sich keinen Illusionen hin: War der Wein aus, wollte der Pöbel Taten sehen. Wie zur Bestätigung seiner schlimmsten Befürchtungen wurde Gretlin grob an das Ufer gezerrt, und einer der Knechte begann, ihr die hellgraue Kutte vom Leib zu reißen. Mein Gott, dachte Ewald, warum schickst du mir nicht endlich Sander! Wie soll ich das denn aushalten, was soll ich bloß tun? Während der eine Knecht das heruntergerissene

Habit achtlos auf den Boden schmiss, machte der andere sich bereit, Gretlin, die nur mehr in ihrem Untergewand dastand, an Händen und Füßen zu fesseln. Ewald sah sich mit Ekel um. Alle Augen folgten der Bewegung des Knechtes. Männer leckten sich mit der Zunge vor Aufregung über rissige Lippen, Mädchen spielten geistesabwesend mit dem Zipfel ihrer verfilzten Zöpfe, Frauen drehten nervös am schmutzigen Band ihrer Hauben. Jeder wartete, reckte seinen Hals und stützte sich am Vordermann ab, um im richtigen Augenblick hochspringen zu können und einen unverstellten Blick auf ein möglichst aufgelöstes, schreiendes und um sich tretendes Frauenzimmer zu erhaschen. Doch wieder enttäuschte Gretlin die Menge, sie hielt den Kopf gerade und ließ die grobe Behandlung widerstandslos über sich ergehen. Ewald folgte ihrem Blick und wurde nicht enttäuscht. Es war, wie er erwartet hatte: Yrmel stand in unmittelbarer Entfernung und hielt ihre Augen fest auf Gretlin gerichtet. Da – blitzschnell schleuderte der elegant wirkende Henker mit all seiner Kraft den gereichten Sack in die Luft, um im selben Augenblick den Schergen das Zeichen zu geben, die gefesselte Gretlin zu heben und mit den Füßen voran in den Sack zu stecken. Er benahm sich wie ein Scharlatan, ein Zauberer, der den Leuten eine ganz große Sensation zu bieten hatte. Das kam für Ewald alles so unerwartet, dass er die leise beginnenden und bis zur Unerträglichkeit laut anschwellenden vielstimmigen Rufe der Meute »Ersaufen! Ersaufen!« überhaupt nicht wahrnahm. Er sah nur die hellblauen Augen Gretlins, die aufgerissen und starr wie große Löcher in einem schneeweißen Antlitz brannten. Wie lang nur würde die Anwesenheit Yrmels ihr die nötige Kraft geben? Ewald begann zu weinen, lautlos schüttelte ein Schluchzen seinen breiten Brustkorb. Noch nie in seinem abenteuerlichen Leben hatte er sich so hilflos gefühlt, noch nie musste er sich dermaßen geschlagen geben, niemals dachte er, dass ein solches Ausmaß an Verzweiflung Besitz von ihm ergreifen konnte. Doch plötzlich hörte er eine bekannte, quengelige, aufgedrehte Stimme an seinem Ohr: »Jetzt lasst uns da amal durch, geht's auf d' Seitn!«*, tönte es, und etwa ein Dutzend Büßerinnen unter der lautstarken Führung von Schwester Magdalena Apolonia passierten die Menge rund um Gretlin und den Henker, erklommen die Lange Brücke und nahmen Aufstellung. Schmutzverkrustete, verschwitzte Gesichter neigten sich nach oben, und viele haarige Arme, ungewaschene Hände und Finger mit schwarzumrandeten eingerissenen Fingernägeln streckten sich den Büßerinnen entgegen. Einer der Männer begann zu johlen. »Wos wird des jetzt, wann's fertig is?«** Ein anderer antwortete lachend: »Vielleicht haben's noch a paar Sündige mehr unter eana, de Weibsn do! Amal a Hur, imma a Hur!«*** Verdutzt hielten die Knechte und der Henker inne und sahen ebenfalls nach oben, wo Marlen gerade ihre Arme ausbreitete, sich den Büßerinnen zuwandte und gleich einem Dirigenten den Einsatz gab.

Da erklang vielstimmig der Beginn einer Deutschen Hymne. Jede der Büßerinnen interpretierte das Gotteslob auf eine ihr eigene Art und Weise, was nicht unbedingt einem harmonischen Vortrag dienlich war. Martha sang mit einer Altstimme etwas zittrig, Wuckerl quietschte ein paar Töne, weil sie vor lauter Schluchzen keinen Ton halten konnte, und die Schwester Vikarin krähte wie ein altersschwacher Zwerghahn auf dem Mist. Unbeeindruckt von dem misstönenden Gejaule dirigierte Marlen mit weit ausgreifenden Gesten und feuerte

* Gestatten bitte, wir möchten gerne den Weg passieren!
** Was geht hier vor?
*** Es kann sein, dass ein paar Frauen mehr in Sünde gefallen sind.

ihren zweifelhaften Chor mit Rufen an, wie: »Ja, zeigt es nur den Stinkerten da unten, wie fromm man bei uns in Sankt Hieronymus ist!«* Pflichtschuldigst begannen die Büßerinnen noch lauter zu krakeelen:

Christ ist erstanden
Von der Marter alle;
Des solln wir alle froh sein,
Christ will unser Trost sein.
*Kyrieleis.***

Die Menge johlte und pfiff. Ewald, unter normalen Umständen, hätte sich gebogen vor lauter Lachen, doch jetzt im Angesicht der bleichen Gretlin, die, nur den Kopf aus dem Sack haltend, starr ihrem Ende entgegensah, weinte Ewald weiter hemmungslos. Die durchwachte Nacht, die Gemeinheiten des Pöbels, Johannas Ausschank und die verzweifelten Versuche der Büßerinnen, Zeit zu gewinnen, forderten ihren Tribut. Der stets gut gelaunte, mit dem Leben zufriedene Ewald war am Ende seiner Kraft. Und weit und breit kein Sander in Sicht!

Wär er nicht erstanden,
So wär die Welt vergangen;
seit dass er erstanden ist,
so lobn wir den Vater Jesu Christ‹.
Kyrieleis.«

---

* Beweist es nur den Menschen hier, wie gottesfürchtig wir im Kloster zu Sankt Hieronymus leben!
** ›Christ ist erstanden‹ ist der vermutlich älteste liturgische Gesang in deutscher Sprache. Er entstammt wahrscheinlich dem süddeutsch-österreichischen Kulturkreis und wurde schon um 1100 gesungen.

Die Menge, aufgestachelt durch den misstönenden Gesang, hemmungslos durch die bevorstehende Hinrichtung, begann ihrerseits wieder: »Ersauft sie! Ersauft sie! Ersauft sie!« Da puffte ein grobschlächtiger Mann einen anderen in die Seite. Der wiederum gab ihm einen Stoß, dass er in eine Gruppe Frauen hineinfiel, und bevor Ewald noch recht wusste, was um ihn herum geschah, war bereits eine Schlägerei im Gange: Tritte in den Bauch, Faustschläge auf den Kopf gefolgt von markerschütterndem Geschrei. Kreischen und Schreien der Frauen, Jammern der am Boden Liegenden und anfeuernde Rufe der Unentwegten drangen nur vage an das Ohr Ewalds.

Halleluja,
Halleluja,
Halleluja!

hörte er die Büßerinnen krähen, dann blickte er zum Ufer. Der Henker, fürchtend um sein eigen Leib und Leben im Angesicht der Menge, die wie eine gewaltige Welle auf ihn zuzurollen schien, trieb mit unnatürlicher Hast seine Knechte an, die Gretlin schnell in den Sack stopften wollten. Keine Rede mehr von seinen theatralischen Bewegungen, nur mehr schnell weiter mit der Dirne!

Des solln wir alle froh sein,
Christ will unser Trost sein.
Kyrieleis.

Da traf Ewald ein wuchtiger Schlag, und er ging zu Boden.

Christ will unser Trost sein.
Kyrieleis

Überraschend fand er sich zwischen Johanna und Barthel wieder, die herbeigeeilt waren und ihn aus dem Pulk raufender Menschen herauszogen.

»Jetzt is alles z' spat!«*, weinte Johanna.

»Dass Gott sich ihrer oarmen Seel dabarmt«**, wimmerte Barthel und schlug ein Kreuzzeichen. Ewald presste die Lippen aufeinander, dann begann er, einer plötzlichen Eingebung folgend, zum Ufer zu laufen. Johanna wollte ihn noch aufhalten, aber er riss sich los und spurtete zum Henker. Mit einer freundschaftlichen Geste legte er dem völlig Überrumpelten den Arm um die Schulter. Ewald hatte nicht viel Zeit, sich Gedanken zu machen, er dachte ganz fest an seinen Freund Sander und schaute zu Gretlin, die einem körperlosen Wesen gleich, zugeschnürt und verpackt auf ihr Ende wartete. Ein einfaches Liebeslied musste her, aber schnell! Zaudernd begann er zu singen:

Hat mich ins Herz getroffen
Die Schöne, Liebevolle,

Noch nie hatte er solche Angst gespürt, niemals zitterte seine Stimme so wie jetzt. In seinem ganzen Leben nicht. Da, eine glockenhelle, strahlend reine Stimme begann mit ihm zu singen:

Auf sie nur will ich hoffen,
es wird noch alles gut.

Unsicher schaute er sich um, und sein Blick blieb an ihr hängen. Sie stand da, ihm gegenüber und bedachte ihn mit einem

---

* Die Zeit ist vorüber
** Gott möge sich ihrer armen Seele erbarmen

durchdringenden Blick, während aus ihrer Kehle die Melodie leicht und heiter entsprang.

So weckt in meinem Herzen
Die Liebe große Freude

Yrmel sang aus voller Brust mit all ihrer Kraft. Ihre ganze Gestalt schien nur aus dieser heiteren, strahlend hellen Stimme zu bestehen. Ewald sang mit ihr und war überzeugt, dass dieses Lied nie schöner geklungen hatte.

Ich weiß schon, wen ich liebe –
*Ich will ihr ganz gehören.**

Die Prügelei ebbte nach und nach ab, und als Ewald die nächsten fünf Strophen seines Lied zum Besten gab mit der Gewissheit, dass ihn Yrmels Gesang begleiten würde, wurde es still, und ein paar Leute begannen zu lächeln, vereinzelt war auch ein verzücktes Seufzen zu hören.

Johanna reagierte prompt. Sie horchte auf, konnte aber die Sängerin, die Ewald so kunstvoll begleitete, nicht sehen, zu dicht stand die Menschentraube vor ihr. So begnügte sie sich damit, Barthel grob anzurempeln: »Es ist noch nicht vorbei, Barthel, der Ewald versucht's noch amal. Mei, hoffentlich schafft er's, sie aufz'halten!«** Dann blickte sie zornfunkelnd auf den weinenden Barthel: »Hör auf zum Flennen wie a oides Weib. Helfn miassen ma den Sängern do, her mit dem Fusel, schnell!«*** Barthel wimmerte weiter.

---

* Liebeslied Kl128, Kühn, Dieter. »Ich Wolkenberg«, Frankfurt 1977, S.497
** Er wagt noch einen Versuch, helfe Gott, dass er es schafft, sie aufzuhalten!
*** Jetzt hör doch auf zu weinen wie eine alte Frau, wir müssen den Sängern doch unsere Hilfe angedeihen lassen! Her mit dem Rebensaft!

Mit den Armen in die Hüfte gestützt schrie sie den armen Kerl an: »So, und jetzt zeigst ma, wo der Barthel den Most holt!« Da endlich begann er zu laufen, das verstand er.

So schnell, wie Yrmel vor Ewald erschienen war und gesungen hatte, so spurlos verschwand sie auch wieder, als sie spürte, dass er seine Kraft wieder gefunden und seinen Zuhörern allein gewachsen war. Ewald, der genau wusste, dass die Leute auf Dauer nicht mit sehnsüchtiger Liebe zufriedenzustellen waren, entschied sich für deftigere Kost, schnappte den Henker, der immer noch wie vom Donner gerührt dastand, noch fester um die Schulter und begann das Lied zu singen, das er seinem großen Vorbild Neidhart Fuchs zugedacht hatte:

Graserin saß in der Wanne,
weckte Lust, mich lockte ihr Gekräus.

Selbstbewusst schmetterte Ewald sein Lied über die Donau, dass die Zuhörer sich vor lauter Vergnügen auf die Schenkel schlugen.

Als ich zwischen ihren Schenkeln
Das Braune sah, da störten mich nicht Hügel, Schilf –
Ich packte zu und zog sie an mich ran …

Singend sah Ewald, wie Barthel ein angeregtes Gespräch mit einem vornehm aussehenden Mann führte und so nebenbei Jobst und Krispin Anweisung gab, weitere Fässer Wein heranzurollen und zur Ausschank bereitzustellen. Das konnte wohl nur Ludwig Fütterer sein, dachte Ewald und dankte insgeheim den Nürnberger Kaufleuten, die im Regensburger Hof Unmengen von Wein gehortet haben mussten. Nur so war es zu erklären, dass sie ein paar Fässer für den Pöbel verschmerzen konnten, um einer Büßerin den Weg zur Hinrichtung zu verlängern! Aber wo war nur Sander?

Bückte mich und jückte sie, im Bad.
Hat der Welt nicht groß geschadet,
*hat uns beiden Herz und Sinn erfreut.**

Mit Inbrunst sang er weiter und bemerkte mit Erleichterung, dass die Knechte des Henkers sich vor Lachen bogen und die Anwesenheit Gretlins fast vergessen hatten. Den Henker selbst hielt Ewald weiterhin fest umschlungen, so wie ein Liebchen, das man festhalten und nicht aus der Hand geben wollte. Sollte Sander in absehbarer Zeit nicht erscheinen, musste er sich überlegen, was er mit dem Früchtchen da in seinen Armen noch anstellen musste, um ihn davon abzuhalten, Gretlin in die Fluten zu tauchen!

Sander traute seinen Augen nicht, als die Morgendämmerung durch die hohen, schmalen Fenster drang. »Um Gottes willen«, dachte er, »was wird Ewald nur denken, wenn ich nicht komme! Wie mag es«, bei dieser Vorstellung krampfte sich sein ganzer Körper wie unter starken Schmerzen zusammen, »nur Gretlin gehen, nach einer kalten Nacht im Narrenkotter und jetzt gerade auf dem Weg zur Donau?«

Hasserfüllt blickte er in das feiste, vom reichlichen Alkoholgenuss rot aufgedunsene Gesicht Ulrichs von Schaunberg.

---

* Kühn, S.499

Es hatte Stunden gedauert, den Grafen aufzuspüren, von einer Weinschenke zur anderen waren die Höflinge gezogen, ohne ihn anzutreffen, bis man endlich, einem Hinweis eines seiner Ministerialen folgend, gewaltsam in die Badstube am Passauerplatz eingedrungen war und fündig wurde. Weitere wertvolle Zeit verging damit, den Grafen so weit auszunüchtern, dass er dem Herzog überhaupt vorgeführt werden konnte. Inzwischen gingen Albrecht, seine Gattin Beatrix und Sander in der herzoglichen Kammer auf und ab, ließen sich Erfrischungen reichen, nicht um Hunger und Durst zu stillen, sondern ganz einfach, um nicht einzuschlafen und um neue Kräfte zu tanken. Trotzdem fühlte sich Sander wie zerschlagen, hatte doch der ebenfalls anwesende Hofmeister Fichtenstein die Zeit genutzt, die wundersamen Ereignisse rund um seine gesammelten Heiligtümer darzulegen. Und das waren nicht wenige. Sander musste sich beherrschen, um dem Grafen Schaunberg nicht seine gestreckte Faust in den selbstgefällig grinsenden Mund zu schlagen. Schnell blickte er zu Heinrich, seinem Diener, doch seine Wut wurde dadurch nur noch mehr angefacht, denn der stand in absolut stolzer Körperhaltung zur Rechten des Grafen und blickte hochmütig auf den Herzog. Albrecht, der den stolzen Blick mit einem finsteren Brummen quittierte, begann als Erster zu sprechen: »Verehrtester Oheim, hochfreier Graf von Schaunberg«, nach dieser Anrede räusperte er sich vernehmlich, »es ist schön, dass Sie es doch noch geschafft haben, uns mit Ihrer Anwesenheit zu beehren!« Ulrich nickte beifällig, und der Spott in seinem Blick war nicht zu übersehen. »Nun«, setzte Albrecht fort und zeigte auf Heinrich, der lächelnd einen Schritt nach vorn tat, »dieser Mann hier gibt an, Ihr Sohn zu sein, könnt Ihr das bestätigen?« Unwirsch drehte Ulrich seinen großen Kopf nach rechts, betrachtete Heinrich lang und eingehend, räusperte sich und sagte mit rauer Stimme: »Wer soll das sein?« Da trat der Hofmeister beflissen nach vorn und wiederholte: »Der Herzog meint, dass dieser Mensch Ihr Sohn und Erbe ist, also wenn …« Wütend schnitt Albrecht ihm das Wort ab und sagte barsch: »Ich meine gar nichts, ich frage und wünsche eine Antwort!« Genauso polternd antwortete Ulrich: »Und ich meine, dass ich diesen Wicht hier gar nicht kenne!«

Heinrich wich einen Schritt zurück und sah Ulrich verständnislos an. Der war inzwischen aufgesprungen und schrie: »Wie kommt Ihr eigentlich auf so einen abwegigen Gedanken? Wie hätte ich, der Graf von Schaunberg, einen dermaßen abstoßenden Widerling zeugen sollen?« Heinrich wurde blass, doch unbeirrt fuhr der Schaunberger fort: »Seht ihn Euch doch an. Diese verwachsene Gestalt, der viel zu große Kopf, die schmalen Schultern, diese krallenförmigen Finger, und riecht ihr nicht den Gestank nach Fäulnis und Krankheit …« Beschwichtigend versuchte Finkenstein, dem fast schon rasenden Grafen Einhalt zu gebieten, doch Ulrich ließ sich nicht bremsen und schob den dürren Hofmeister mit einer einzigen Handbewegung zur Seite. »Und Ihr wagt es«, schrie er weiter, »mir diesen degenerierten Abschaum als meinen Sohn unterzuschieben?« Ganz ruhig antwortete Albrecht: »Ich wage gar nichts. Ich frage. Und ich frage erneut. Ist dieser Mann Euer Sohn, Graf Schaunberg?« Da durchbrach ein Schrei die Stille, und unter fast unmenschlichem Heulen stotterte Heinrich: »Ich bin dein Sohn, Vater, du weißt es doch, ich habe so lang gewartet!« Weinend ging er mit ausgebreiteten Armen auf den Grafen zu, der zornig zurückwich und entgegnete: »Ich habe keinen Sohn, du Unhold!« Da drehte sich Heinrich um und wandte sich hilfesuchend an Hofmeister Fichtenstein: »Aber Ihr, Ihr wisst doch, wer ich bin. Ihr wisst doch …«

»Ich weiß gar nichts«, entgegnete Fichtenstein mit einem ängstlichen Blick auf den Herzog. »Ach nein, auf einmal?«, parierte dieser voll Sarkasmus.

»Aber ich weiß etwas!«, brüllte da Heinrich mit fast überkippender Stimme, »ich weiß mehr als dir lieb sein wird. Also bin ich nun dein Sohn oder nicht? Soll ich schweigen oder reden, Vater?«

»Nenn mich nicht Vater«, schrie Ulrich zornentbrannt.

Unbeirrbar setzte Heinrich fort: »Soll ich davon sprechen, Vater, dass Ihr hinter dem habsburgischen Rücken ein Bündnis mit den Bayern eingegangen seid?« Ulrichs Kopf wurde um noch eine Nuance röter.

»Soll ich dem Herzog hier mitteilen, dass Ihr zwar offiziell dem im vorigen Jahr geschlossenen Waffenstillstand beipflichtet, ihr aber hinterrücks die österreichisch–bayrische Allianz sprengen wollt, gemeinsam mit den Herren von Rosenberg, soll ich, Vater?« Albrecht horchte auf, und ein eiskalter Blick traf den Grafen. Heinrich, den das Sprechen immer mehr anstrengte, weil es ihm wegen der Aufregung immer schwerer fiel, genug Luft zu bekommen, setzte mit rauer Stimme fort: »Soll ich, Vater, erzählen, dass Ihr die Sache mit Attersee und Frankenburg längst vor ein reichsfürstliches Schiedsgericht in Nürnberg gebracht habt und auf ein Urteil wartet?«

Wutentbrannt sprang Ulrich auf und wollte auf Heinrich losstürzen. Ein Blick des Herzogs genügte aber, und er setzte sich wieder schwer atmend auf den ihm zugewiesenen Stuhl. Er umklammerte die hölzernen Lehnen so fest, dass seine Fingerknöchel weiß hervortraten. »Habsburgergesindel«, zischte er.

Unbeirrt setzte Heinrich seinen Rachefeldzug fort, und nach Luft schnappend wandte er sich an Fichtenstein:

»Und Sie, Hofmeister, die Messer des Heiligen Bartholomäus, in der Kirche der Minderen Brüder, die Sie ja um jeden Preis haben wollten …«, mit der Kraft der Verzweiflung schleuderte er die Worte in den Raum und wurde sogleich von Fichtenstein unterbrochen.

»Ja wenn Ihr schon die Minderen Brüder erwähnt, dann muss ich hier leider sagen, dass wir es mit einem Mörder zu tun haben!« Triumphierend schaute er zum Grafen Schaunberg, und als ihm dieser kaum merklich zunickte, setzte der Hofmeister fort: »Dieser Mann hier hat nämlich einen Mönch auf dem Gewissen, einfach erwürgt und aus.« Heinrich schrie auf wie ein verwundetes Tier: »Aber das war doch Ihr Einfall, Sie wollten doch …«

»Nein, nein«, säuselte Fichtenstein, »Ihr Einfall war das mit Tirol, so war das, genauso.« Er sah wieder ängstlich zu Albrecht und meinte: »Ich hab gar nichts damit zu tun.«

Stille senkte sich über den Raum. Der Graf starrte wutentbrannt zu Heinrich, der wiederum blickte verständnislos zum Hofmeister, und Finkenstein selbst schaute intensiv auf sein schwarzes Schuhwerk. Mitten in der trügerischen Ruhe vernahmen die Anwesenden die glockenhelle Stimme von Beatrix, die spürte, dass jetzt ihre Stunde geschlagen hatte und bedachtsam ihre Worte wählte: »Wenn ich Sie recht verstanden habe, Graf Schaunberg, dann ist dieser Mann nun nicht mein Vetter?« Heinrich gab ein undefinierbares Keuchen von sich, und Ulrich nickte angewidert. »Und wenn ich Sie recht verstanden habe, Hofmeister, was gar nicht so einfach ist, dann beschuldigen Sie diesen Mann eines Mordes?« Fichtenstein blickte auf und nickte heftig, bevor er sprach: »Jawohl, Herzogin, ein Mörder, das ist er!«

»Interessant.« Damit spähte Beatrix vorsichtig zu Sander und fuhr mit fester Stimme fort. »Sehr interessant. Für mich stellt sich die Frage, woher dieser Mensch all seine Kenntnisse hat. Er weiß von den Messern des Bartholomäus im Besitz eines Minderen Bruders, er weiß um geschriebene Briefe, von deren Existenz ich nicht einmal ahne, ja er weiß sogar um Ihre – nun wie soll ich es nennen, Graf – Machenschaften, Ansinnen ...« Beatrix verstummte und sah nacheinander den keuchenden Heinrich, den um seine Fassung bemühten Ulrich und den ängstlichen Hofmeister an. Dann atmete sie hörbar ein, erhob sich und trat auf Sander zu. »Sie, Alexander von Randegg, sind ja auch mit einer besonderen Aufgabe nach Wien gekommen, und langsam frage ich mich«, Beatrix blinzelte Sander unmissverständlich zu, bevor sie sich umdrehte und an alle anderen gewandt, fortfuhr, »ich frage mich, ob wir nicht hier in diesem Raum der Klärung ihrer Aufgabe näher sind als vorerst angenommen, ich sehe es förmlich vor meinem geistigen Auge, wie der goldene Schlüssel zu ihrem Rätsel umherschwebt, gleichsam auf Adlerschwingen ....« Albrecht bedachte seine Gattin wegen dieser gar zu blumenreichen Rede mit einem erstaunten Heben seiner Augenbraue, doch Sander lächelte erleichtert und verstand. Beatrix präsentierte ihm eine Lösung auf dem Silbertablett, er brauchte nur zuzugreifen. Die schwarzen Adler, die goldene Stickerei, schoss es ihm durch den Kopf und er konnte nur beten, dass ihm Johanna die Wahrheit darüber gesagt hatte. Eine kurze Zeitspanne, so kurz wie der Flügelschlag einer Amsel nur, dachte er nach und wandte sich dann bestimmt an den Herzog und seine Gattin: »Mein verstorbener Oheim, Bernhard von Randegg, Patriarch von Aquileia gab mir den Auftrag, nach dem Erben der Gräfin Margarete von Tirol zu suchen, den er einst auf Anweisung der hohen Dame als Säugling außer Landes gebracht hatte.«

»Was für ein Erbe, Randegg? Was soll das denn schon wieder? Mein Bruder Rudolf war der Erbe von Tirol, er allein!«, polterte Albrecht.

Sander nahm all seinen Mut zusammen und schüttelte langsam den Kopf, bevor er weiter sprach: »Ich wünschte, es wäre so, Euer Gnaden. Aber die Gräfin hatte eine Tochter Agnes, die ihr einen Enkel gebar.«

»Und wo ist er, dieser Enkel, wo? Zeigt ihn mir!«, schrie Albrecht aufgebracht.

Sander blickte kurz zu Beatrix, die ihm aufmunternd zunickte, und stürzte sich sogleich mit all seiner aufgestauten Wut auf Heinrich, der überhaupt nicht wusste, wie ihm geschah. Mit einer flinken Handbewegung untersuchte er die Taschen dessen Umhanges, bis er erleichtert ein Stück schweren Stoffes fühlte. Danke, Johanna, danke dir tausendmal, dachte er. Schnell ließ Sander das wertvolle Teil hinter seinem Rücken verschwinden. Sofort erfüllte der durchdringende Geruch nach Hering die große Kammer. Mit einem Fußtritt beförderte Sander seinen ehemaligen Diener in die Ecke des Raumes und wandte sich seelenruhig an Albrecht: »Mein Oheim hat mir ausdrücklich zu verstehen gegeben, dass ich den Erben an einem abgerissenen Stück der Stola von Ludwig dem Bayern erkennen würde. Er selbst hat es dem Säugling in die Windel gesteckt.« Damit zeigte er das bis jetzt hinter seinem Rücken verborgene Stück Stoff dem erstaunten Herzog und fuhr fort: »Und wie es Eure besonnene Gattin schon längst geahnt hat, werter Herzog, ist der Erbe mitten unter uns!« Damit zeigte er auf den in der Ecke nach Luft ringenden Heinrich. »Ich gehöre nicht zur Luxemburger Brut, ich nicht, ich habe diesen Stoff von den Büßerinnen. Aus dem Mist habe ich ihn gefischt, er gehört mir nicht!«

Als Albrecht, Ulrich und Fichtenstein entsetzt auf Heinrich starrten, nickte Beatrix Sander zufrieden zu und setzte noch lautstark nach: »Wer die Adlerstola vorweist, ist der wahre Nachkomme der Gräfin Margarete und der rechtmäßige Erbe Tirols! Er ist eine Gefahr für Habsburg!«

Ulrich von Schaunberg bedachte die Herzogin mit einem langen Blick, lächelte grimmig und murmelte. »Eben. Dieser Kretin kann nicht mein Sohn sein, denn ich habe keinen Sohn, nie gehabt! Er dürfte wohl aus dieser kranken Tiroler Linie stammen, eindeutig!« Heinrich schrie bei diesen Worten auf wie ein verletztes Tier.

»Erbe und Mörder zugleich – was es nicht alles gibt! Aber es ist ja nicht verwunderlich, wenn man direkt aus dem Schoß einer mit dem Kirchenbann belegten Vorfahrin schlüpft.« Beifällig nickte Hofmeister Fichtenstein, gratulierte sich zu seinen eigenen Worten und stellte sich hinter Schaunberg. Nur Albrecht gilt es noch zu überzeugen, dachte Sander im Stillen, alle anderen haben verstanden. Er sandte hilfesuchende Blicke zu Beatrix. Diese deutete ein leichtes Nicken an und hakte sich bei ihrem Gemahl, der nachdenklich vor dem Fenster stand, unter. »Wie sollte er uns sonst von Geheimnissen, wie dem Schutzbündnis des Schaunbergers berichten können, wenn er nicht der Enkel Ludwigs von Brandenburg ist. Wie sollte er das denn wissen! Wie sonst könnte man seinen Hass auf uns Habsburger erklären? Und schau ihn dir an, Albrecht, er kann nur ein Erbe dieser abtrünnigen Margarete sein, die zeitlebens im Bannfluch der heiligen Kirche stand, das ist die Strafe, dieser kränkliche und verwachsene Geselle.« Da der Herzog noch immer nicht überzeugt schien, fuhr Beatrix ihr letztes Ross in die Schlacht und flüsterte: »Ich war bei Katharina, sie würde es sehr gern sehen, wenn wir den Erben endlich finden und ausschalten könnten. Um die Sache mit den Minderen Brüdern würde sie sich selbst kümmern, soll ich dir ausrichten.« Als sie den beruhigten Blick aus den Augen ihres Gatten empfing, wusste Beatrix, dass sie gewonnen hatte.

»Nun, da ja alles geklärt ist, wird meine Anwesenheit hier nicht mehr erforderlich sein! Ich empfehle mich.« Ulrich stand bestimmt auf und verließ die große Kammer. »Bis auf Weiteres, mein lieber Oheim«, rief ihm der Herzog noch nach, »sobald Ihr wieder etwas – besser beieinander seid, wünsche ich ein ausgiebliges Gespräch über meine besten Freunde, die Bayern. Von denen dürft Ihr ja einiges zu berichten haben!« Mit einem lauten Fluchen flog die Tür hinter dem Grafen ins Schloss. Heinrich, der unerwartet schnell auf die Beine kam, machte Anstalten, Ulrich nachzulaufen. Beatrix sah alarmiert zu Albrecht, doch dieser winkte ab, nickte, und auf einen geheimen Wink lösten sich zwei Knechte von der Tür und verließen gleich hinter Heinrich die herzogliche Kammer. Beiläufig meinte Albrecht zu seiner Gattin: »Keine Angst, der kommt nicht weit!«

Mit falscher Liebenswürdigkeit wandte er sich dann seinem Hofmeister zu, der sich Schritt für Schritt dem Ausgang genähert hatte und gerade den kunstvoll verzierten Türknauf in die Hand nehmen wollte. »Wohin so schnell, Hofmeister?« Abrupt drehte der sich um und stammelte: »Auf mich wartet eine Menge Arbeit, Herzog. Weiß der Teufel, was in Wien so passiert, wenn ich nicht achtgebe.« Damit verschwand er nach draußen.

»Ja, weiß der Teufel«, wiederholte Albrecht und drehte sich resigniert um. Da klang ein zaghaftes Räuspern durch den Raum. Alexander von Randegg machte sich bemerkbar.

»Was gibt es noch, die Nacht war ja wahrlich lang genug und der Morgen umso unerfreulicher«, blaffte Albrecht Sander an, der keine Anstalten machte, die große Kammer zu verlassen und nervös von einem Fuß auf den anderen trat.

»Es ist nur ... eine Unschuldige«, Sander holte tief Luft und versuchte, festen Stand zu bewahren, obwohl ihn starker Schwindel erfasste, »eine Unschuldige, seltsam verstrickt in die Ereignisse der heutigen Nacht, wird gerade zur Donau geführt, um ertränkt zu werden, und«, er wischte sich kalten Schweiß von der Stirn, »ich bitte um ihr Leben, jetzt wo alles geklärt ist, und ...« Weiter kam Sander nicht. In dem Augenblick, wo er laut ausgesprochen hatte, was ihm die ganze Zeit auf der Seele lag, war er am Ende seiner Kraft.

Beatrix, die fühlte, dass hier eine kleine Gefälligkeit angebracht war, drehte sich zum Ohr ihres Mannes und flüsterte ihm etwas zu.

Albrecht grinste leicht, wurde aber sofort wieder sehr ernst und fragte Sander. »Wer soll sie sein, die Unschuldige, Edler von Randegg? Wie wenn eine Frau je unschuldig sein könnte ...« Damit heimste er einen bösen Blick von Beatrix ein.

»Sie gehört dem Orden der Büßerinnen zu Sankt Hieronymus an, die Unschuldige«, murmelte Sander, fest entschlossen, die wahre Identität Gretlins so lang als möglich zu verschweigen.

»Ach ja, ausgerechnet«, lachte da der Herzog geradeheraus »eine Unschuldige bei den büßenden Frauen? Was es nicht alles gibt!« Damit wurde er wieder ernst und bemerkte: »Die sind ja begehrt in ganz Wien, die ehemaligen freien Töchter, hörte ich. Als Köchinnen, möchte man meiner Schwester Katharina Glauben schenken, und vor allem als ... Ehefrauen, möchte man den Bürgern Wiens vertrauen. Aber da müssen Sie sich wohl selbst davon überzeugen, Alexander von Randegg!« Der Herzog rief einen Schreiber herbei und meinte nicht ohne Augenzwinkern: »Dann rettet mir halt diese Dirne, ich hab bei Gott andere Sorgen.« Der Schreiber schüttelte ratlos seinen Kopf, und Albrecht klopfte Sander auf die Schulter: »Was gibt's da zu überlegen, Schreiber, sucht halt einen, der sie heiraten mag!«

Hofmeister Finkenstein lief behände durch die Gassen Wiens. Er atmete tief durch und war fest überzeugt, dass er seine Rettung nur den wohltätigen Wirkungen seiner Heiligtümer zu verdanken hatte! Sämtliche Heiligen da droben, damit sah er in den wolkenverhangenen Himmel, hatten sich vereint, um ihn, ihren treusten Verehrer, halbwegs ungeschoren aus diesem Schaunberger Schmutz herauszuziehen! Aber jetzt brauchte er Ruhe, absolute Stille, um nachzudenken, was er alles tun könnte, damit der Herzog ihm wieder gewogen wäre. Doch als er an die stetigen Geldsorgen der Habsburger dachte, wurde ihm warm ums Herz. Es würde nicht allzu lang dauern, bis Albrecht wieder angekrochen kam, da war er sich sicher! Also, warum sich Sorgen machen? Klammheimlich zog sich Hofmeister Fichtenstein in die kleine Kammer, die als Aufenthaltsraum für die Zöllner diente, zurück. Hier, über der spitzbogigen Durchfahrtshalle des Rotenturmtores, war einer seiner Lieblingsplätze, denn er konnte auf der einen Seite nach Süden über die Stadt blicken bis zur Stephanskirche und zur Burg, und auf der anderen Seite weit nach Norden über die Donauauen tief in das Land hinein. Hier hatte er sich schon oft verkrochen, nicht nur der schönen Stadt und der Landschaft wegen, das war nur die Draufgabe. Denn erst richtig anregend und schön war es zu sehen, wie Reisende, Schiffer und Fuhrleute von den Zöllnern hemmungslos um ihr Geld erleichtert wurden, bevor man sie in die Stadt ließ. Diese Allgegenwart von Geld und Reichtum war immer noch das beste Mittel für ihn, sich zu entspannen. Mit einem Seufzen wandte sich der Hofmeister zum kleinen, spitzbogigen Fenster und gedachte, sich in das Bild der Donau, die hier in einzelnen Armen wie aus Silberschnüren, dahinfloss, zu versenken. Doch was war das? Da staunte er nicht schlecht, der Hofmeister Fichtenstein! Zu eigentümlich war der Blick auf das, was eine fahle Mittagssonne an diesem Novembertag beschien. Zu seinen Füßen breitete sich nicht nur die Donau aus, nein, ganz Wien schien sich hier vor der Langen Bücke versammelt zu haben.

Da war doch dieser Sänger, dieser stiernackige, grobschlächtige, ewig zwinkernde Kerl! Warum umarmte der denn den Ignaz Mitterlehner, den Henker, so innig? Also der konnte ja was erleben, bei der nächsten Hinrichtung würde er sich nicht mehr so sang- und klanglos aus dem Nachlass der Opfer bedienen dürfen wie sonst immer! Bei allen Heiligen, warum schielte diese Dirne, die hier ja offensichtlich ersäuft werden sollte, noch immer aus dem Sack, wo waren die Schergen denn? Wo war der Priester, der das letzte Vaterunser mit ihr zu beten hatte? Suchend sah der Hofmeister von seinem hohen Sitz hinab und fand den Geistlichen mehr als nur angeheitert mit einem Becher Wein herumstehen. »Jetzt langt es aber«, schrie Finkenstein und öffnete das Fenster. Verdutzt hielt er inne, was kam da für ein erbarmungswürdiges Gekrächze an sein Ohr: »Halleluja, Halleluja!«, schallte es von der Langen Brücke, wo die büßenden Frauen mittlerweile, mitgerissen von den derben Liedern Wolkenbergs, für den nötigen Hintergrundchor sorgten. Die Zuhörer, abgefüllt mit einem guten Regensburger Tropfen, hin und her gerissen zwischen dem schlüpfrigen Text Ewalds und den klerikalen Untermalungen des Büßerinnenchores, brüllten vor lauter Lachen und fielen sich gegenseitig, um Luft ringend, um ihre schmutzigen Hälse. Angewidert knallte der Hofmeister das Fenster zu, er würde sie nie verstehen, die Wiener, nie und nimmer! Bevor er sich kopfschüttelnd abwandte, sah er noch einmal auf der anderen Seite zum Fenster hinaus und erblickte gerade noch den jungen Mann, der vornehm und reich gekleidet die Rotenturmstraße herunterlief, als sei ihm eine Herde Höllenhunde auf den Fersen! »Aber das kann doch nicht, das ist doch dieser …«, stotterte er, lief schnell wieder zum Fenster auf der anderen, der Stadt abgewandten Seite und bekam gerade noch mit, wie sich dieser Mann rücksichtslos seinen Weg durch den Pöbel bahnte, im Schlepptau eine mehr als übergewichtige Büßerin mit einer Schürze und einen alten Mann, der sich schwer auf sie stützte, weil er offenbar zu viel Wein genossen hatte. »Randegg, jetzt weiß ich es, der Randegg ist es«, murmelte Fichtenstein und sah gebannt zu, wie sich Besagter keuchend und mit den Händen ringend vor dem Schrannenschreiber und dem Henker aufbaute und etwas überreichte. Fichtensteins Augen wurden zu schmalen Schlitzen. Selbst auf diese große Entfernung konnte er das Siegel des Habsburgers an einem Schriftstück baumeln sehen, da kannte er sich aus, damit hatte er ja tagtäglich zu tun. Doch was jetzt geschah, das konnte selbst der Hofmeister nicht ahnen. Ignaz Mitterlehner, der sich augenblicklich in das Schreiben vertiefte, machte eine weit ausgreifende Geste und eine Äußerung, die der Hofmeister leider nicht verstehen konnte, weil nicht enden wollender Jubel aufbrandete. Der Sänger, der auch einen Blick auf das Pergament machte, weinte und lachte zugleich und … küsste den Henker begeistert auf den Mund!

»Auf den Mund, den Mund, pfui Teufel!«, schimpfte Fichtenstein und schüttelte sich, um gleich wieder seinen Hals aus dem Fenster zu strecken, um ja nichts zu versäumen. Dem Henker schien das auch noch zu gefallen, denn mit einer zierlichen, überschwänglichen Bewegung wies Ignaz Mitterlehner seine Knechte an, die Dirne aus dem Sack zu befreien! Hatte man so etwas denn schon gesehen! Und jetzt, was passierte denn jetzt? Fichtenstein machte das Fenster noch weiter auf, konnte aber wieder kein Wort von dem, was da unten gesprochen wurde, verstehen. Enttäuscht drehte er sich um und nach einem Augenblick des Nachdenkens hastete er die Stufen hinunter und stand wenig später unter der Toreinfahrt. Pöbel hin oder her, das, was hier vonstattenging, war so ungewöhnlich, da musste er dabei sein! Als er auf der Straße war, rannte er prompt in einen Kerl hinein, der seinem Akzent nach ein deutscher Kaufmann sein musste. Von irgendwo war ihm dieses Gesicht bekannt, doch Fichtenstein nahm sich nicht die Zeit, genau nachzudenken. »He, langsam mit den jungen Pferden«, sprach jener, der niemand anderer als Ludwig Fütterer war, als der Hofmeister ihn im vollen Lauf anrempelte.

»Aber ich muss …«, stotterte dieser, reckte sich dann, besann sich seines Amtes und fragte forsch: »Was ist da los? Warum geht das Sacken in die Donau mit diesem Weibsbild nicht weiter?«

»Na warum wohl, weil sie jetzt nicht ertränkt wird, die Kleine, sondern heiratet!« Ludwig schüttelte den Kopf über so viel Unverständnis und zeigte Jobst und Krispin über den Kopf des Hofmeisters hinweg durch eine eindeutige Handbewegung, dass dieser wohl nicht ganz richtig im Kopf sein musste, wenn er so eine dumme Frage stellte! Die beiden Knechte grinsten frech und prosteten Fütterer zu. »Aber …« Fichtenstein taumelte weiter, war schon fast am Donauufer, da traf ihn unverhofft eine schallende Ohrfeige. Als er aufsah und sich die Wange hielt, blickte er mit Schrecken ins Gesicht dieser aufgeblasenen Büßerin mit der Schürze. »Die war net für Sie gedacht, werter Herr. Aber warum drängen's eana da a so dazwischen, schleichen's Ihna gfälligst, Sie Grischpindl!*«

Fichtenstein ging zwei Schritte weiter und drehte sich verdattert um. Er blieb mit offenem Mund stehen und lauschte.

»Net nur, dass du den guten Wein ausschenkst, Barthel, du vermaledeiter Ochs, du bleda, jetzt saufst ihn auch noch söba, bis d' fast nicht mehr grad stehn kannst ...«**, hörte er die Büßerin mit hochrotem Kopf plärren. Der alte Mann schützte sein Haupt, indem er die Arme hob und winselte: »Ja, Hannerl, dann sauf du amal mit dem Pfaffen da. Was der die Kehle hat runterrinnen lassen, des geht ja auf ka Kuhhaut net! Da bin selbst i überfordert!«***

»Pah«, kam es da wieder von der Frau, »wirst schon schauen, Barthel, wo du zukünftig den Most holen wirst!«

Schnell lief der verschreckte Hofmeister weiter, denn die rasende Büßerin holte schon zur nächsten Watschn**** aus, und bevor die ihr Ziel erreicht hatte, wollte er schon weg sein. Er drängte sich weiter durch den Pöbel nach vorn zum Wasser und schnappte Worte auf wie: »Ja wie heißt der Sänger? Wolkenberg? Na aus dem wird noch was, das ist sicher!« oder: »Bei dem Chor da droben auf der Brücke kommt mir gleich

---

* Diese Backpflaume sollte einem anderen gebühren, werter Herr! Aber warum nur drängen Sie sich so dazwischen? Weichen Sie! Gehen Sie Ihres Weges, Sie dürrer Mensch!

** Du verschenkst unseren guten Rebensaft nicht nur, sondern trinkst auch selbst noch so viel davon, dass du nicht aufrecht stehen kannst, du Rindvieh, du ausgesprochen blödes!

*** Aber Johanna, dann trink doch du einmal mit diesem Mann der Kirche. Der verträgt mehr als ein ausgewachsener Ochse. Da kann selbst ich nicht mithalten!

**** Ohrfeige

das Speiben*. Wenn die Dirnen es den Männern so schlecht besorgt haben, wie sie jetzt singen, dann ist's ka Wunder, dass sie dafür büßen müssen!« Noch mehr Gelächter rundherum war die Antwort. Fichtenstein, der es längst bereute, seinen sicheren Hochsitz oben im Rotenturmtor verlassen und sich in die Niederungen des gemeinen Volkes begeben zu haben, kam einigermaßen ramponiert zwischen Randegg und dem Henker zum Stehen. Doch Fichtenstein hatte Übung, mit unangenehmen Auftritten zurechtzukommen und fasste sich schnell.

»Was geht hier vor, in Dreikönigsnamen?«, herrschte er den Henker an.

»Geh, lass doch die Heiligen Drei Kenig in Rua, de kemman erst nach Weihnachten!«, lallte der eine Knecht besoffen und stieß den anderen so lang an, bis der grinste. Finkenstein bedachte die Schrannenknechte mit einem vernichtenden Blick und wandte sich Ignaz Mitterlehner, dem Henker, zu, der sich sofort gewaltig am Riemen riss, kannte er doch den Hofmeister und seinen Einfluss in der Stadt und vor allem bei Hof besonders gut! Der Henker wählte seine Sätze mit Bedacht und erzählte in ruhigen Worten, dass er eben ein Begnadigungsschreiben, vom Herzog Albrecht persönlich unterfertigt, erhalten habe und er jetzt seines Amtes zu walten gedenke und die angeklagte Büßerin in Freiheit entlassen werde. Dem Hofmeister blieb zuerst vor Staunen der Mund offen, dann fragte er nach: »Vom Herzog persönlich, sagst du?« Mitterlehner nickte.

»Was hast du denn damit zu tun, warum kommst du erst jetzt damit?«, blaffte der Hofmeister und bohrte plötzlich wütend seinen dünnen Finger in das Wams von Sander. Dieser

* Erbrechen

schlug kräftig mit seinem Handschuh auf den ausgestreckten Finger und entgegnete erzürnt: »Randegg, Edler von Randegg ist die richtige Ansprache von Ihnen für mich, werter Hofmeister.« Erschrocken zog Fichtenstein seine Hand zurück. »Und warum ich so spät hierher komme, das sollten Sie wohl am besten wissen.« Damit sah Sander den Hofmeister süffisant an und setzte halblaut fort: »Die Angelegenheit stand auf des Messers Schneide, wenn Sie verstehen, was ich meine, Fichtenstein, auf des *Messers Schneide*!«

Damit drehte er sich wortlos um, umarmte Ewald innig und dankbar, bevor er Gretlin, die erschöpft in den schlammigen Ufersand gesunken war, vorsichtig in seinen warmen Umhang wickelte und kurzerhand durch die Beifall klatschende Menge Richtung Laurenzerberg trug. Oben auf der Anhöhe wurde er bereits von einer Gruppe Nonnen erwartet, die Gretlin in Empfang nahmen und weiter versorgten. Ewald von Wolkenberg stimmte nun ein Schlusslied an, das einem Kirchenlied gefährlich ähnlich war, und die Leute, die genug von ›Halleluja‹ und ›Jesus Christus‹ hatten, zerstreuten sich langsam und sahen einem verkaterten nächsten Tag entgegen. Lachend und scherzend kamen endlich die Büßerinnen von der Langen Brücke herunter, und Marlen, die sich gewaltig ins Zeug legte, um die Chorleiterin zu markieren, klopfte Ewald mitleidig auf die Schulter: »Wennst das nächste Mal nach Wien kommst, dann darfst wieder mit uns singen, Ewald. Klingen doch so gleich viel besser, deine Lieder, gell!«

»Natürlich, wie recht du hast, Marlen!«, meinte der Sänger mit einer tiefen Verbeugung und blieb extra lang mit dem Kopf unten, damit Marlen sein Lachen nicht zu offensichtlich mitbekam. Wieder aufgerichtet sah er sich nach einer weiteren Büßerin um, konnte sie aber nicht finden, zumindest nicht die, die er noch unbedingt sprechen wollte. Stattdessen kam Johanna zu ihm gelaufen, weinend und lachend zugleich. »Jetzt hammas doch noch g'schafft, Ewald. Mei, bin i froh!« Damit drückte sie den lachenden Ewald so fest an ihren Busen, dass er übertrieben mit seinen Armen ruderte und quietschende Hilfeschreie von sich gab.

»Mei, so umarmt möchte i auch amal von dir wern, Hannerl.« Nach Wein stinkend, aber sichtlich gut aufgelegt schlurfte Barthel heran, und als Johanna sich mit bösem Blick von ihm abwandte, hakte er sich lachend bei Jobst und Krispin unter.

In den allgemeinen Trubel hinein kam auch noch wankend der Pfarrer angerauscht und drückte einen Kuss auf Barthels Wange.

»Ja, schmust ihr jetzt alle dauernd miteinander umadum, es Mauna, es depperten?«*, mischte sich Johanna ein und wischte sich dann aber Tränen der Rührung aus den Augen. Doch der Pfarrer umarmte Barthel fest und innig, wie wenn er gar nichts gehört hätte. Als dieser ihn weinselig anblickte, und seinerseits die Arme um den Bauch des Pfarrers schlang, lallte dieser: »Bruada Aloisius hoaß i, oba du derfst Loisl sogn. Mei, so a Gaudi hob i selten erlebt bei ana Hinrichtung, so a Gaudi!«**

»Du kannst nicht mehr weglaufen, Vater, ich bin dein Sohn.« Mit einem schnellen Sprung stellte sich Heinrich dem davoneilenden Ulrich von Schaunberg in den Weg. »Ein Stück Dreck bist du, weiter nichts«, schrie dieser und stieß den jungen Mann achtlos zur Seite, »und jetzt lass mich in Ruhe,

* Ist es denn jetzt Brauch, dass ihr Männer euch gegenseitig küsst?
** Mein Name ist Bruder Aloisius, aber es sei dir gestattet, Loisl zu mir zu sagen. Welch große Freude mir heute diese Hinrichtung beschert hat!

bevor ich mich vergesse.« Unverzüglich kam Heinrich wieder auf die Beine und riss seinen Vater stolpernd am Ärmel. Wutentbrannt drehte sich dieser um und presste ihn mit aller Gewalt gegen die grobe Mauer. Er legte seinen Unterarm über den Hals Heinrichs und erhöhte langsam aber stetig den Druck auf dessen Kehle. Die Panik, die den Blick seines Sohnes verschleierte, stachelte Ulrich nur noch mehr an. Nur wenige Zoll von seinem Kopf entfernt spie er ihm förmlich ins Gesicht: »Wenn du verwachsene Kreatur mein Sohn wärst, dann hättest du deine Dreckfinger vom Minderen Bruder gelassen!«

»Aber … aber … warum … der Bruder, der …«, hechelte Heinrich. Mit einem Ruck drückte Ulrich so fest die Kehle Heinrichs zu, dass dieser fast in Ohnmacht fiel. »Weil dieser Bruder niemand anderer als mein eigener Bruder gewesen ist, du elender Bastard!« Genauso schnell, wie er ihn an die Wand gedrückt hatte, ließ Ulrich von Heinrich ab. Schwach und nach Luft ringend sank dieser zu Boden. Der Schaunberger stieß mit seinem Stiefel auf den am Boden Kauernden und zischte: »Such's dir aus, du Stück Dreck. Willst du wirklich mein Sohn sein? Dann bist du auch der Mörder deines Oheims, deines eigenen Fleisches und Blutes!« Damit rauschte Ulrich von Schaunberg aus der Burg, und draußen auf dem Hof hörte man ihn wütend nach seinem Stallburschen rufen. Jahrelange Arbeit, angefüllt mit Intrigen und Schmiergeldzahlungen waren mit dem Lederriemen eines lächerlichen Federspiels zunichtegemacht worden! Wie gut hatte alles geklappt, wie gekonnt hatte sein Bruder den Bruder Konrad gemimt. Gut, bis auf die Kutte, die eben braun statt schwarz war, aber kenne sich einer mit den Gepflogenheiten der Wiener aus! Blödes Volk! Und jetzt, damit bemächtigte sich wieder ohnmächtiger Zorn seiner Gedanken, ist das einträgliche Geschäft mir den Reliquien vorbei! Wegen diesem Kretin da drinnen …

Heinrichs Blut pochte in seinen Schläfen. Mühsam rappelte er sich auf, den Rücken weiterhin an die aus groben Steinen gefügte Mauer gelehnt.

»Dein eigen Fleisch und Blut«, murmelte er, beugte seinen Kopf weit zurück und begann gleich darauf hysterisch zu lachen. Bilder von einer kränklichen, dürren Frau kamen ihm ins Gedächtnis. Ihr mitleidheischender Blick, der rasselnde Atem, dieser von schlechten Säften durchdrungene Geruch. Die Erinnerung an die Berührungen mit ihren ewig kalten Händen, an die Küsse mit zittrigen, ewig vom Speichel verklebten Lippen verursachte ihm Brechreiz. Davon hatte er sich befreit, hatte ihr die Luft genommen, so wie allen anderen Weibern nach ihr. Denn er wollte nicht zu dieser schwachen, kranken Weiberwelt gehören, er war stark, sein Platz war bei seinem Vater. Da trafen ihn die letzten Ereignisse wie ein Blitz, und wie unter Schlägen krümmte er sich zusammen.

»Ich bin dein Sohn, Vater, bitte, ich bin dein Sohn!«, gellend schreiend und mit den Armen rudernd wie ein Betrunkener begann Heinrich zu laufen. Stolpernd bahnte er sich den Weg vorbei an den Angehörigen des Hofes, die zu dieser frühen Stunde auf dem Weg zu ihrem Dienst waren. Er hastete weiter zur gewundenen Treppe, die auf den Burgfried führte. Er hörte nicht die Schritte, die ihm folgten. Immer wieder wurden seine Schreie durch Schluchzen unterbrochen, das wie Wehklagen eines geschundenen Tieres klang, heiser und krächzend, schrill und hohl zugleich. Mit einem Mal wurde ihm klar, dass er eine Gelegenheit vertan hatte. Er war gescheitert in der Welt der Männer, er hatte Hand an seinen eigenen Oheim gelegt, hatte ihn erdrosselt wie ein billiges Weib. Das war unverzeihlich. Der Schrei des Falken drang an sein Ohr, und es klang wie ein Hohnlachen. Er lachte ihn aus, ihn, der es diesem edlen Vogel gleichtun wollte, der sich anmaßte, der König der Lüfte zu sein, der Herrscher über Leben und Tod. Er hatte versagt, das Opfer, das er sich suchte, war seinesgleichen. Schreiend setzte er seinen Weg fort. Die beiden Knechte des Herzogs folgten ihm auf dem Fuß. Mit einem Ruck, der Heinrich fast aus dem Gleichgewicht brachte, riss er die schwere Holztür auf und nahm gleich zwei der Stufen auf einmal. Oben angekommen, stieß er mit Wucht und beiden Händen auf die Holzklappe über seinem Kopf, dass sie mit einem lauten Krach nach oben schwang und aus den Angeln geschleudert wurde. Heinrich spuckte splitterndes, morsches Holz und Dreck, der über seinen Kopf in seinen aufgerissenen Mund herabgefallen war, und stützte sich mit beiden Händen über die Öffnung. Seine Arme zitterten vor Anstrengung, als er die Beine vom Boden hob und diese sein ganzes Gewicht halten mussten. Mühsam schob er seine Hüfte Zoll für Zoll über den Rand der Öffnung nach oben, robbte über mit Taubenkot verunreinigten Boden und erhob sich schließlich in den Kniestand. Wieder schüttelte Schluchzen seinen Körper, er krümmte sich wie unter starken Schmerzen zusammen und sank mit dem Gesicht erneut auf den Boden. Seine Arme hielt er fest um den Körper geschlungen, als könnte er verhindern, dass der Schmerz seinen Brustkorb sprengte. »Aber ich bin es doch, dein Sohn«, flüsterte er und wiegte seinen Oberkörper hin und her. Wieder richtete Heinrich sich auf, fuhr mit der rechten Hand über sein mit Vogelkot, Tränen, Rotz und Dreck verschmiertes Gesicht und richtete sich langsam zu seiner vollen Größe auf. Schwankend ging er zum Rand des Bergfrieds, dessen Zinnen weit auseinandergezogen waren und immer wieder Platz ließen, dass sich ein schmächtiger Mann durchzwängen konnte. Der Schrei des Falken dröhnte in seinen Ohren, er breitete seine Arme aus, um Luft zu schnappen und sich den Wind um die Nase wehen zu lassen. Da traf ihn ein gewaltiger Schlag auf die Schulter. Er verlor das Gleichgewicht und sprang hinein in die Luft, die seine kranken Lungen umschmeichelte wie ein Federkissen vor dem Eintauchen in einen tiefen, traumlosen Schlaf.

Seufzend erhob sich Äbtissin Katharina vom harten, kalten Boden der Kirche, auf dem sie die letzten Augenblicke kniend zugebracht hatte. Ein letztes Mal sah sie auf zur Madonna mit ihrem Lilienszepter in der einen und dem Jesusknaben in der anderen Hand. Wie heiter und entspannt sie die Jungfrau anblickte, wie liebevoll sie sich dem Kind zuwandte! Katharina unterdrückte das Bedürfnis, ganz sachte über die Brosche der Figur aus bemaltem Stein zu streichen, dieses ›A‹, das für nichts anderes als für ›Albrecht‹, ihren Vater, stand. Wie hätte sie nun seiner Hilfe bedurft, wie schwer war ihr heute ums Herz, als sie an ihre Mutter Johanna von der Pfirt dachte! Sie, diese praktische und starke Frau würde nicht zögern, ihren Vorsatz in die Tat umzusetzen. Sie nicht. Würde sie, ihre Tochter, das auch können? Seufzend fuhr sich Katharina über ihr Kinn und fasste sich an den Hals. Schwindel erfasste sie und sie lehnte sich kurz an den Strebepfeiler, wo über ihr die Madonna thronte. In letzter Zeit fühlte sie sich schwach und ausgehöhlt, doch gerade das durfte heute niemand merken. Schon hörte sie den Minderpater herbeieilen, festen Schrittes, Herr im eigenen Haus. Katharina vermisste die Sicherheit ihres Klarissenklosters, das sie sonst verlässlich wie einen Schutzpanzer zu umgeben schien. Heute musste sie im ihr fremden Kloster der Minderbrüder weilen, zu wichtig war das, was in der kommenden Stunde ihrer harrte. Tief durchatmend drehte sie sich nach vorn und blickte vom Langhaus in den Chor. »Pater Nicolas, wie schön, Sie zu sehen! Gelobt sei Jesus Christus!«, eröffnete sie huldvoll das Gespräch.

»In Ewigkeit, Amen, Äbtissin!« Ein hochgewachsener, starker Mann kam ihr mit energischen Schritten und ausgestreckter, schwieliger Hand entgegen. »Wie schön ist es, Sie hier begrüßen zu dürfen! Ich wollte Ihnen unseren Baufortschritt zeigen, Äbtissin.« Mit einem breiten Lächeln und einer ausgreifenden Armbewegung zeigte er auf die Ecke, wo der Langchor mit der Ludwigskapelle zusammenstieß, und setzte begeistert fort: »Dank Ihrer großzügigen Spende konnte ich die Innenwände des Glockenturms verschönern, und …«

Mit leiser Ungeduld unterbrach Katharina den Pater und meinte: »Gern überzeuge ich mich später von Ihrem Schmuckwerk, Pater, obwohl«, hier bekam der Ton etwas Schneidendes, »ich nicht nachempfinden kann, warum die Minderbrüder überhaupt so einen gewaltigen Glockenturm benötigen!« Der Pater senkte beschämt seinen roten Kopf. Versöhnlicher fuhr Katharina fort: »Aber heute haben wir ja Wichtigeres zu tun, Pater Nicolas. Ich hoffe, die notwendigen … Vorkehrungen … wurden bereits getroffen?«

Pflichtschuldigst antwortete der Pater: »Selbstverständlich, Äbtissin, selbstverständlich. Die Grabplatte wurde bereits gehoben, jetzt wollten wir noch warten, bis …«

»Wer, *wir*?«, unterbrach Katharina schroff, »hatten wir nicht besprochen, dass diese … Angelegenheit … eine Sache zwischen Ihnen und mir bleibt?« Streng blickte Katharina den Pater an. Zum ersten Mal bot der Minderbruder so etwas wie Widerstand und richtete sich zu seiner vollen Größe auf, während er mit fester Stimme antwortete: »Wir werden das so zu Ende bringen, wie es von der Verstorbenen gewünscht wurde. Äbtissin, ich halte mich da genau an die Anweisungen, die sie sehr klar und präzise im Vollbesitz ihrer geistigen und …«

»Ja, ja, schon gut«, seufzte Katharina und winkte ab. Die Angelegenheit dürfte sich schwieriger für sie gestalten als erwartet. Da plötzlich war der Widerhall vieler Schritte im ganzen Kirchenraum zu hören, unterbrochen von lautem Gekreische, dumpfem Murmeln und vereinzeltem Lachen. Als Katharina nicht weniger als acht Personen in die Kirche kommen sah, raffte sie besorgt ihr dunkles Habit und eilte der Gruppe entgegen. »Kommen Sie gefälligst mit und helfen Sie mir, Pater«, rief sie unwirsch über ihre Schulter, und Pater Nicolas hatte Mühe, ihr nachzukommen, so schnell lief Katharina.

Noch vor dem zweiten Joch des Langhauses traf sie auf die Menschengruppe und breitete achtunggebietend ihre Arme aus. »Halt, halt, so geht das nicht. Das ist kein Jahrmarkt und keine Weinschenke!«

»I hob's da g'sogt, dass des net geht«, meinte da ein alter Mann an eine dicke Büßerin gewandt, die Katharina sofort als ihre Essiggurkerl-Hannerl erkannte. Kopfschüttelnd verließ der Mann die Kirche und drehte sich nicht einmal mehr um, als Johanna »Wart auf mich draußen …!« schrie.

»Wie wär's, wennst gleich mitgehen würdest, Hannerl, das hier drinnen regt dich doch nur auf!« Scheinbar fürsorglich fasste Katharina die Köchin an der Schulter und schob sie resolut Richtung Kirchenpforte, »und nimmst gleich die junge Reuerin* und die Alte mit!« Damit deutete sie auf Marlen, die sofort »Immer, wenn was los ist, darf ich nicht mit«

* Nonne des Ordens der Magdalenerinnen

maulte, und auf die alte Barbel, die Katharina mit einem finsteren Blick bedachte und sagte: »Sie do, machen's liaba wos gegen Ihren Schwindel, i hob a Melisse, also a Herzkraut draußen in der Kraxen, des sollten Sie nehmen!«* Verdutzt hielt die Äbtissin inne. »Jetzt schleich di scho, Barbel«, meinte Johanna und zerrte sie nach draußen.

Nacheinander sah Pater Nicolas diejenigen an, die noch in der Kirche geblieben waren. Zuerst wandte er sich höflich an den vornehmen jungen Mann: »Sie müssen Alexander von Randegg sein!« Der Angesprochene nickte und verbeugte sich leicht vor dem Pater und etwas tiefer vor Katharina.

»Ich stelle mich wohl gleich selbst vor«, preschte da ein vierschrötiger Mann vor. »Ewald von Wolkenberg! Ich bin der Sänger!«

»Nun«, meinte Katharina etwas von oben herab, »ob wir bei unserer Unternehmung einen Sänger benötigen, das bezweifle ich.«

»Werte Äbtissin: Es gibt nur ganz wenige Augenblicke im Leben und im Tod, wo man keinen Sänger benötigt. Glauben Sie mir, vertrauen Sie mir!« Damit küsste er ihr ungeniert die Hand und verbeugte sich so tief, dass sein Kichern nur sehr dumpf von unten bis zu den Ohren Katharinas drang.

»Na sei's drum«, meinte sie und unterdrückte mühsam ein kleines Lächeln. Pater Nicolas Blicke wanderten nun unsicher zwischen den beiden jungen Frauen, die ebenfalls noch auf eine Vorstellung warteten, hin und her. »Und jetzt darf ich die Person begrüßen, die heute die Hauptlast der Verantwortung trägt«, nach einem weiteren unsicheren Blick ging er entschlossen auf die hochgewachsene, schlanke Gestalt mit den

* Werte Äbtissin, pflegen sie doch Ihr nervöses Herz und nehmen Sie etwas von meiner Melisse, auch Herzkraut genannt. Ich habe zufällig etwas davon in meinem Tragekorb draußen!

braunen Augen zu. Katharina, die die Frau mit einem kurzen Nicken bedacht hatte, zog Nicolas zurück und meinte: »Nein Pater, da ist Ihnen ein Fehler unterlaufen, denn hier handelt es sich nicht um die Hauptperson, sondern um meine Base!«

»Entschuldigung!«, entfuhr es dem Pater.

»Da ist *Ihnen* wohl ein Fehler unterlaufen, werte Äbtissin, diese Dame ist die Büßerin Yrmel, wohl kaum Ihre Base! Nicht auszudenken!«, ein Schmunzeln zeigte sich auf dem Gesicht Wolkenbergs.

Katharina bedachte ihn mit einem vernichtenden Blitzen aus ihren sonst so sanften Augen: »Unterstellen Sie mir, Sänger, meine eigene Verwandtschaft nicht zu kennen?«

Jetzt lachte Wolkenberg geradeheraus und gluckste: »Nicht direkt, aber ...« Dann riss er erstaunt die Augen auf, als ihn Yrmel grob am Ärmel packte und ihm ohne Worte zu verstehen gab, den Mund zu halten. Völlig überrumpelt blieb er stehen und starrte Yrmel argwöhnisch von der Seite an.

Inzwischen beäugte Katharina die zweite junge Frau. Das soll die Enkelin der Gräfin sein, dachte sie erstaunt. So ein sanftes, blauäugiges Wesen, ein Blondschopf, der so unbedarft und ahnungslos in die Welt blickte? Doch als sie den Blick der jungen Frau auffing und die Geradlinigkeit und Festigkeit ihres Blickes spürte, sog sie geräuschvoll die Luft ein. Keine Frage, hier stand wohl der Löwe der Görzer in einem Lammfell verkleidet vor ihr! Aufmerksam erkannte sie den verliebten Blick Randeggs, mit dem er die junge Frau bedachte. Du wirst dich auch noch wundern, wen du dir da eingefangen hast, was aber nicht meine Sorge sein soll, dachte sie, wollte sich dann an die junge Frau wenden und erkannte mit Bestürzung, dass sie gar nicht wusste, wie sie sie ansprechen sollte! Eine ungute Geschichte. Offiziell war sie ja die Büßerin von Sankt Hieronymus, wie der junge Randegg immer wieder beteuerte, inoffiziell jedoch die Enkelin der Gräfin. Nun kam es einzig darauf an, was sie selbst sein wollte

Da kam Katharina der Pater unwissentlich entgegen. Herzlich nahm er die schmale Hand der jungen Frau in seine beiden tellergroßen Pranken und meinte leise: »Wie schön, Euch zu sehen, Gretlin, wie viel Zeit ist vergangen, seit Ihr mit Eurer Elsbeth hier in die Kirche gekommen seid! Ich habe Euch gar nicht wiedererkannt!« Die junge Frau lächelte wehmütig, und Katharina musste sich eingestehen, dass man der Anmut dieses Geschöpfes nur zu leicht erliegen konnte. Sogar jetzt, wo sie stumm nickte und ihre Augen sich mit Tränen füllten, sah sie einfach nur bezaubernd aus. Aus der Sakristei kam ein weiterer Pater angelaufen und flüsterte Nicolas leise zu: »Wir wären dann bereit, die Messe kann beginnen.« Nicolas nickte beflissen und meinte zu der jungen Frau. »Gretlin, schau nur, Pater Alfons trägt den grünen Messornat!« Auf deren fragenden Blick erklärte er: »Wir haben ihn nähen lassen aus einem Kleid der Gräfin, das sie uns vermacht hat!« Gretlin lächelte unsicher, und Katharina verdrehte die Augen. Forsch sagte sie, um diese Beweihräucherung abzukürzen: »Na, dann bringen wir es doch einfach hinter uns!« Einer Prozession gleich folgten der Sänger, der junge Randegg, die beiden Frauen und Katharina den beiden Patres bis in die Ludwigskapelle. Nach einer kurzen Ehrenbezeugung vor dem Grab der Königin Elisabeth von Aragon wandten sie sich der Sakristei zu. Vor dem Dreikönigsaltar war auf einem Podest das Hochgrab der Gräfin von Tirol, das jetzt ohne seine Grabplatte aus rotem Marmor zerstört und anklagend zugleich aussah. Während der Pater im grünen Ornat eine Messe las, stellten sich Katharina und Pater Nicolas auf die eine Seite des Grabes, Sander und Gretlin auf die andere. Yrmel, die sich dahinter postieren wollte, wurde von Ewald die andere Ecke der Ludwigskapelle gezogen. Unwirsch riss sie sich los und blitzte den Sänger zornfunkelnd an. Der scherte sich aber überhaupt nicht um den Zorn der Büßerin und flüsterte: »Woher kennen Sie meine Lieder?« Ein Schulterzucken war die Antwort. Ewald wischte diese Geste mit einer abfälligen Handbewegung weg und fragte wieder: »Woher kennen Sie meine Lieder, warum können Sie so wunderbar singen, wenn Sie nicht sprechen können?« Yrmel starrte ihn bewegungslos an. Da bekam seine Stimme einen weichen Klang und er meinte: »Bitte Yrmel, ich muss es wissen, so schön war das.« Nach einer langen Pause nickte die junge Frau und räusperte sich ganz leise.

»Gut«, flüsterte sie noch leiser, »unter einer Bedingung werde ich dir, Ewald, verraten, woher ich deine Lieder kenne.« Belustigt starrte sie in das Gesicht des Sängers, der nun, als er die Stimme der stummen Yrmel vernahm, plötzlich seine verloren hatte.

»Also hör gut zu, denn ich spreche nur einmal. Mein Name ist nicht Yrmel. Ich heiße Sibylle von Montfort. Die Büßerinnen haben damals, als sie mich aufgelesen haben, falsch von meinen Lippen abgelesen.« Yrmel schwieg und schaute Ewald ernst an. »Ich habe sie gelassen, es war mir sogar lieber so. Ich mochte sowieso nicht länger Sibylle sein.«

»Von Montfort«, hauchte Ewald.

»Ja, ich bin die jüngere Schwester von Hugo, dem Minnesänger und Hofmeister von Herzog Leopold.« Ewald, der Hugo, der ebenfalls auf der Preußenreise des Herzogs Albrechts mit von der Partie gewesen war, schätzen gelernt hatte, flüsterte: »Aber weiß Hugo, dass du ...«

Yrmel fiel ihm ins Wort und meinte ganz ruhig: »Er weiß es.«

»Aber dann bist du ja die Tochter von Ursula von der Pfirt und die ...« Entsetzt starrte Ewald zu Katharina, »die

Base von der da … Um Gottes willen, Yrmel, also Sibylle, was machst du bei den Büßerinnen?« Betroffen starrte Ewald die junge Frau an.

»Das führt jetzt zu weit, Ewald. Das erkläre ich dir ein andermal.«

Vom geöffneten Grab her kam ein auffälliges Räuspern, und Ewald sah Äbtissin Katharina, die tadelnd zu den Flüsternden sah. Sander und Gretlin bekamen davon nichts mit, sie standen gottlob mit dem Rücken zu den beiden. Vorsichtig setzte Sibylle fort: »Bitte sag den anderen nichts, sie haben von meinem Gesang nichts mitbekommen, für die bin ich die stumme Yrmel in der Küche. So soll es bleiben bitte.«

»Aber die Äbtissin?«, fragte Ewald erstaunt.

»Sie wird nichts verraten, das kannst du als gegeben annehmen.« War da ein grimmiger Ausdruck auf Yrmels Gesicht zu sehen oder täuschte er sich? Ewald konnte es nicht sagen. Doch er nickte und gab sein Ehrenwort, nichts zu verraten. Die Messe war zu Ende, und Ewald und Yrmel, stellten sich zum geöffneten Hochgrab. Auf ein Nicken Katharinas hob der Pater den knarrenden hölzernen Deckel einer länglichen Holzkiste, die man in die marmorne Umrandung eingelassen hatte. Katharina hielt den Atem an, schloss kurz die Augen, bis das Knarren vorüber war und sie annehmen konnte, dass der Deckel vollends gehoben war. Ihr Herz klopfte nervös, und einen lächerlichen Augenblick lang musste sie an das alte Kräuterweibel denken und an die Melisse in ihrem Tragekorb. Dann öffnete sie die Augen und sah sich einer mumifizierten Gestalt gegenüber. Keine Frage, warum so viele hochgestellte Persönlichkeiten Kirche und Kloster der Minderen Brüder zu ihrer letzten Ruhestätte erkoren, dachte sie erstaunt. Hatten die Patres doch auch bei der Gräfin Margarete ganze Arbeit geleistet, bevor sie die hohe Frau vor 20 Jahren hier in dieses Grab betteten. Nicht nur, dass die Minderbrüder beteten, nach drei Tagen, nach neun Tagen, nach 30 Tagen und zu allen Jahrestagen, um die Seele der Verstorbenen rein zu halten, nein auch der Leichnam, von den Intestinae* befreit, mit Essig gewaschen und mit Stroh ausgefüllt, war zu fast ewiger Schönheit gerichtet. Katharina staunte über die ganz und gar nicht abstoßenden Gesichtszüge der Gräfin. Zwar war die Haut wie Leder über das eingefallene Kinn gespannt, der Kopf mit der seidenen Schapel und einem feinen Schleier zur Seite gekippt und dort, wo früher Augen geleuchtet hatten, nur mehr Löcher zu sehen, doch das tat dem hoheitsvollen Gesamteindruck keinen Abbruch. Mit weiter nervös klopfendem Herzen betrachtete Katharina jene Frau, die unfreiwillig so viel zum Aufstreben der Familie Habsburg beigetragen hatte. Abwartend blickte sie auf zu jener lebenden Frau, die jetzt genauso viel zum Abstieg der Familie beitragen konnte. Katharina sah Gretlin, die sanft über Handschuhe aus feinem Leder strich, die die gefalteten Hände der Verstobenen bedeckten. Sie beobachtete, wie die Enkelin den kostbaren Rosenkranz und das Kreuz befühlte, wie sie ihr einen Ärmel des ehemals honiggelben, nun schlammgrauen Kleides zurechtzupfte und ihre Gürtelschnalle mit dem Siegel sanft betastete, silberner Adler auf rotem Schild. Inzwischen rannen Tränen die Wangen Gretlins herunter und tropften auf ein verblichenes, hellblau und türkisfarbenes Kissen mit Rüschen auf den Seiten, worauf das Haupt der Verstorbenen ruhte. Eine Strähne ehemals blonden Haares schaute vom Schleier hervor und ringelte sich graubraun um den Reif, der den Kopf umschloss. Langsam fuhr Gretlin die Stola entlang, die so kreuzweise über Brust und Hüfte der Verstorbe-

* Intestinae (Plural von Intestina) = Eingeweide, die nach der damaligen Sitte extra in einer Urne bestattet wurden.

nen gebunden war, dass die gestickten schwarzen Adler aufrecht zu liegen kamen. Jeden Adler befühlte Gretlin, sie fuhr die Konturen der Perlenschnüre nach und tippte auf die ziselierten Emailleplättchen.

Da auf einmal sah Katharina, wie ihre Base Sibylle Gretlins Unterarm drückte und sie aufforderte, noch einmal die Stola entlangzufahren! Als Gretlin das mit einem erstaunten Blick auf ihre treue Freundin tat, hielt diese ihr Ohr ganz nahe an die Stola. Dann nickte sie befriedigt und drückte mit der flachen Hand auf eine Stelle des goldenen Stoffes, dann auf eine andere, dann wieder auf die erste. Jetzt konnten es alle hören. Auf einer Länge von ungefähr zehn Zoll, dort, wo die Adlerstola das Herz der Gräfin bedeckte, raschelte es. Alle sahen fragend Pater Niclas an, der auf ein zustimmendes Nicken Katharinas die Stola an jener Stelle umdrehte und zwischen den Stoffschichten und den eingelegten Papierstreifen ein gefaltetes Pergament hervorzog. Er überreichte es Gretlin, die den Bogen auseinanderfaltete und ihn dann mit den Worten: »Ich kann ja nicht lesen!« dem jungen Randegg reichte. Sander, der einen erstaunten Blick auf Gretlin warf, nahm ihr das Pergament ab und begann mit leiser Stimme vorzutragen:

Jetzt, wo ich friedlich heimgegangen bin zu meinem Schöpfer, meinen Feinden verziehen und mein Heil der Jungfrau Maria und allen Heiligen anvertraut habe, ermächtige ich Dich, mein allerliebstes Kind, Tochter meiner Agnes, dein Erbe anzutreten, solltest du willens dazu sein. Dein nicht einfaches Leben als Kind und Jungfer, dem ich nur unerkannt und aus der Ferne beiwohnen durfte, ist vollbracht und nun, in Anbetracht deiner Vermählung, ist die Zeit da, wo du dich deinem weiteren Leben stellen musst. Pater Nicolas hat mein vollstes

Vertrauen und wird Dir, liebe Margarete, immer zu Diensten sein, so wie mir. Ich habe aus den Einkünften der Welser Maut verfügt, Dir die nötige Hilfe zukommen zu lassen, um Tirol wieder den rechtmäßigen Erben, deren von Görz, anzuvertrauen. In all Deinen Bestrebungen, Margarete, Tochter meiner Agnes, werde ich an Deiner Seite sein, einer Schutzheiligen gleich, werde ich Dir den Rücken stärken. Um eines noch möchte ich Dich in aller Demut bitten: Schenke den üblen Nachreden meiner Mitstreiter kein Gehör, glaube nicht allzu leichtfertig den Verleumdungen und Schmähungen von ihrer Seite. Ich, die Mutter Deiner Mutter, der Herzogin von Kärnthen und Gräfin von Tirol, habe mir in meiner Zeit auf Erden kein sittenloses Leben vorzuwerfen. Ausgesöhnt mit Jesus Christus und wohlbehalten in unmittelbarer Nachbarschaft der Minderen Brüder kann ich Dir versichern, liebste Margarete, dass ich mich keiner der mir vorgeworfenen Verfehlungen schuldig gemacht habe. Gottes Segen sei mit Dir in allem, was Du tust, wie immer Deine Entscheidung auch lauten wird. Nimm das Kleinod entgegen, das Pater Nicolas all die Jahre für Dich aufgehoben hat. Möge mein Leitspruch darauf nie und nimmer der Deine werden.

Katharina hielt die Luft an, bis sie ihren Herzschlag schmerzend bis in den Hals hinauf spürte. Sie sah zu Gretlin, die unverwandt auf das Antlitz der Verstorbenen starrte, dann zu Sander, der mit einem erwartungsvollen Blick zu Gretlin schaute und ihr den Brief in die Hand drückte. Als sie sehen wollte, was Pater Nicolas dazu zu bemerken hatte, war sein Platz leer. Leise hörte sie Schritte, die sich in die Sakristei bewegten und gleich darauf wieder beim Hochgrab ankamen. Pater Nicolas trug ein rundes Lederetui, aus dem er eine Schale hervorholte, die aus dünnem Silber getrieben und feuervergoldet war. Sie war mit drei blattförmigen Schnallen so in einer Kokosnuss verankert, dass nur der Rand mit einem Schriftzug hervortrat. Pater Nicolas überreichte der verblüfften Gretlin die Schale mit den Worten: »Das ist die Brautschale der Gräfin, die ihr Ludwig der Brandenburger am Tage ihrer Vermählung zum Geschenk gemacht hat. Ich habe die Aufgabe, sie dir in Anbetracht deiner baldigen Hochzeit zu überreichen. Nun bist du, nach der letzten Verfügung dieser hohen Frau, befugt, ihr Erbe anzutreten.« Damit neigte er den Kopf, blickte zu Katharina und – erschrak. Eine Grimasse war aus dem sonst so gütigen Gesicht der Äbtissin geworden. In dem Augenblick, als er Gretlin die Schale überreichte und sie mit beiden Händen danach greifen wollte, riss ihr Katharina den Brief aus der Hand. Eine unheilvolle Stille senkte sich über die Kapelle. Gretlin brach das Schweigen und sah zur Äbtissin. »Katharina von Habsburg, Schwester von Rudolf, Albrecht und Leopold: Ich habe mich schon entschieden, bevor ich vor dem Grab meiner Vorfahrin stand.«

»Wofür hast du dich denn entschieden?«, fragte Katharina drohend.

»Das werde ich zu gegebener Zeit verkünden, jetzt möchte ich mich von meiner Großmutter verabschieden und dann nach Hause gehen!«

Katharina presste die Lippen aufeinander. »Danke, Pater Nicolas, für Ihre Treue und Verbundenheit«, bemerkte Gretlin sanft, drückte dem Pater den Arm und gab Sander das Zeichen, sie nach draußen zu begleiten. Ewald und Yrmel folgten mit einem finsteren Seitenblick auf Katharina.

Vor der Kirche der Minderen Brüder angekommen, wurde Gretlin von Johanna umarmt und gedrückt. »Mei, Madl, war's eh net so schlimm?« Gretlin schüttelte den Kopf, konnte aber nicht vermeiden, in Tränen auszubrechen.

»War's recht grauslich, die Gräfin, sind ihr die Würmer aus der Nase gekrochen, hat's gestunken?«, drang Marlen neugierig in die Gefährtin.

»Aber halt doch dein Schandmaul, Marlen! In Gottes Namen!«, schrie Johanna die kleine Nonne an und umarmte weiter die weinende Gretlin.

»Da schau her, wo hast denn die her die Schüssel da mit dem Jungfernkraut?«, fragte Barbel.

»Was für a Jungfernkraut, spinnst jetzt wieder?«, antwortete Johanna, nahm Gretlin die Brautschale aus der Hand und betrachtete die feuervergoldete Innenseite.

»Na, des Kräutl da, des is a Beifuß, der is gegen alle Frauenleiden und auch gegen Hexen und Dämonen«, erklärte Barbel ungeduldig.

»Wenn ich an die da drinnen denke, wird sie den Schutz vor Hexen und Dämonen hochnotwendig haben«, raunte Ewald Yrmel zu.

Gretlin schluchzte nur mehr leise und flüsterte: »Das ist meine Brautschale!« Bittend sah sie zu Sander, der verstand und allen Umstehenden erklärte.

»Die Gretlin und ich, wir brechen noch heute auf. Ich will sie mitnehmen nach Italien.« Er räusperte sich vernehmlich. »Vorher werd ich sie natürlich heiraten, wie ich's ihr bei der Donau unten versprochen habe.«

Jetzt weinte auch Johanna, zu frisch waren die Erlebnisse der letzten Tage, zu sehr schmerzte die Erinnerung an eine Gretlin, in einen Sack gebunden …

Barthel rettete die Situation und meinte: »Na sichst, Gretlin, jetzt host des hinter dir! Kumm her, mei Dirndl!« Selber gerührt klopfte Barthel der Weinenden den Rücken und wischte ihr mit einem groben Tuch über das Gesicht.

»Jetzt lass den Fetzen, der stinkt ja, wie wenn die Maroni

drauf gefurzt hätt!«, meckerte Johanna und riss ihm das Tuch aus der Hand.

»Du, Johanna«, setzte Gretlin an, »kannst du mir auf die Hündin schauen? Ich kann sie ja nicht mitnehmen!«

»Da is was Wahres dran«, meinte Barbel, »die verreckt dir, bevorst noch bei den Welschen dort ankommst, und wer weiß, was die mit ihr anstellen!«

»Was sollen wir denn mit ihr anstellen«, blaffte Sander empört, »meinst, dass wir sie aufessen, oder was?«

»Also man erzählt sich da so Gschichten«, murmelte Barbel und wiegte ihren Kopf hin und her.

»Was glaubt ihr denn? In Italien ist es viel schöner, kultivierter, da ist der Wein süß, da lacht die Sonne, da …«

»Is scho gut, Xandl, wir glaubn dir eh net«, mischte sich Barthel ein.

Da klopfte Ewald Sander auf den Rücken und meinte: »Lass dich nicht ärgern, mein Freund. Und du dich auch nicht, Gretlin, ich bin mir sicher, die Johanna passt gern auf die Hündin auf, und wenn unsere Yrmel reden könnt«, damit fixierte er diese fest mit seinem Blick, »dann würde sie genau das auch sagen, oder Yrmel?« Als die Angesprochene nickte und spitzbübisch Ewald angrinste, umarmte Gretlin erst sie und dann Johanna.

»Jetzt hot unser Hannerl a so an Scheißköter«, Barthel hielt sich den Bauch vor Lachen, »grad de Hannerl, die die Hundsviecha eh net mog.«

Johanna gab Barthel kurzerhand eine Kopfnuss und wandte sich an Gretlin: »Jetzt wirst uns also verlassen, Mädchen. Bist dir sicher?«

Da wurde es still vor der Kirche der Minderen Brüder, und Marlen, Barbel, Ewald, Yrmel, Barthel und Johanna blickten zu Gretlin.

»Ich musste mich entscheiden, wisst ihr. Die schwarzen

Adler auf meinem goldenen Tuch, das der Gräfin und ihrem Erbe Tirol zugehört, oder das gelbe Tüchel von dir, Johanna, das mich zu euch nach Sankt Hieronymus gebracht hat, das Tüchel der freien Töchter. Aber ich nehm jetzt keines von beiden.«

Bestürzt stöhnte Johanna auf. »Keines von beiden, ja Mädchen ...«

Ewald nahm die dicke Büßerin freundschaftlich bei den Schultern und sagte lachend: »Vielleicht nimmt deine Gretlin ein ganz anderes Tuch, vielleicht den Brautschleier, und entgeht dem, was die Gräfin erfahren musste.« Damit betrachtete er die Inschrift der Schale und zitierte: »Liebes langer Mangel ist meines Herzens Angel.«

»Wie traurig«, schniefte Marlen, »aber so romantisch!«

»I versteh gor nix«, schimpfte Barbel.

Barthel wischte sich die Augen und meinte weinerlich: »I scho, i weiß, wia sie die Gräfin gfühlt hot, imma is zruckgwiesn worn, so wie i immer ...«

In das laute Lachen von Ewald und Sander schimpfte Johanna: »Mei, du oida Depp, du!«, drückte ihn aber kurz an sich, bis Barthel wieder sein zahnloses Lächeln zeigte.

In die nachfolgende Stille hinein meinte Sander zu Gretlin: »Komm, es wird spät, wir müssen noch das Packen beaufsichtigen!« Dann wandte er sich zu seinem Freund: »Ewald, du bist dir sicher, dass du nicht mitkommen willst, der alten Zeiten wegen? Wir machen auch wieder eine lange Rast in Innsbruck!«

»Nein, nein«, winkte Ewald bestimmt ab und meinte mit einem Seitenblick auf Yrmel, »ich muss noch etwas hier in Erfahrung bringen. Und «, damit klopfte er Alexander von Randegg freundschaftlich auf die Schulter, »ich bin doch nicht lebensmüde und höre mir wieder auf dem ganzen Weg über die Alpen dein Gezeter an!« Zuerst blickte Sander etwas beleidigt, doch dann grinste er und antwortete: »Ich nehm eh den Luigi mit!«

»Der arme Kerl«, meinte Barthel und alle, außer Sander und Gretlin, nickten.

Stille war in die Kirche der Minderen Brüder eingekehrt. Alles war wieder an seinem angestammten Platz, kam es Katharina in den Sinn, und sie dachte dabei nicht nur an das wieder verschlossene Grab. Alles an seinem Platz: Tirol, die Macht der Familie, das Andenken an ihren Bruder. Beruhigt ging Katharina zum Dreikönigsaltar. Mit flinken Bewegungen stellte sie sieben Kerzen der Reihe nach auf. Eifrig ging sie daran, sie anzuzünden. Achtlos riss sie dafür den letzten Brief der Gräfin in sieben Streifen. Den ersten entzündete sie am ewigen Licht des Altars. Dann wandte sie sich den Kerzen zu. Während sie wartete, bis der erste Docht vom brennenden Pergament Feuer fing, formten ihre Lippen das erste Wort. Dann wiederholte sie die Prozedur mit allen Streifen solang, bis alle sieben Kerzen brannten und alle Worte gesagt waren. Zufrieden sah Katharina auf die kleinen schwarzen Fetzen Asche, die winzig kleinen schwarzen Adlern gleich auf dem roten Marmor landeten und augenblicklich zu grauem Staub zerfielen. Beruhigt drehte sie sich um, ihre Arbeit war getan, ihre Aufgabe erfüllt, das Erbe gewahrt. Noch einmal flüsterte sie die Worte, um sie dann auf ewig aus ihren Gedanken zu verbannen, genauso wie sie es mit der Person, die sie gesprochen hatte, zu tun gedachte:

LIEBES LANGER MANGEL IST MEINES HERZENS ANGEL.

VIENNA PANNONIE